JEAN S.

Né à Rouen en 1950, Alain Absire écrit son premier roman à l'âge de quinze ans, et se lance à vingt ans dans l'écriture de pièces de théâtre. Auteur depuis d'une vingtaine d'ouvrages (romans, essais et nouvelles), parmi lesquels *Lazare ou le Grand Sommeil* et *Lapidation*, il obtient en 1987 le prix Femina pour *L'Égal de Dieu*. Passionné par l'Italie, il a publié une trilogie sur Florence, Naples et Rome, et, en 2006, *Deux personnages sur un lit avec témoins*, un roman sur le peintre Francis Bacon.

Paru dans Le Livre de Poche :

LAPIDATION

ALAIN ABSIRE

Jean S.

ROMAN

FAYARD

© Librairie Arthème Fayard, 2004.
ISBN : 978-2-253-11378-2 – 1re publication LGF

*It will be Summer – eventually.
Ladies – with parasols –
Sauntering Gentlemen – with Canes –
And little girls – with Dolls –*

*Will tint the pallid landscape –
As'twere a bright Boquet –
Thro' drifted deep, in Parian –
The Village lies – today –*

Emily DICKINSON, *Poème n° 342.*

Longtemps avant la mort de Jean S. 1938-1958

En ses premières années...

1

En ses premières années, Jean S. posait sur le monde un regard pur, et l'amour qu'elle portait à l'humanité coulait de source. Souvent, les eaux en crue de cette joie inondaient la terre. Tantôt elle courait, chantait, remuait la maisonnée, et se jouait à elle-même la comédie de la sainteté. Tantôt un feu follet s'allumait dans la prunelle de ses yeux, tour à tour verts, gris ou bleus. Alors, elle se tournait et se retournait dans son lit, et, la peau rougie par le frottement des draps, elle se demandait jusqu'à l'aurore comment partager avec les autres la vigueur de cet amour toujours neuf.

Mais Jean S. connaissait aussi des heures sans gaieté. Une fois passée l'exaltation de la rêverie, ou du devoir accompli, seule grand-maman Frances, à l'origine de tout ce qui semblait vivant et drôle, la comprenait. Peur d'avoir mal agi, de décevoir et d'être punie par Mum and Dad, il suffisait que la plus gentille vieille dame du Middle West paraisse pour que ses craintes s'apaisent. Quand le bord de ses paupières gonflées devenait tout chaud, et que, brouillé, le monde environnant se mettait à danser, il fallait bien qu'on la console. Alors, la charmante grand-maman murmurait un poème dans le creux de son oreille, et sa douleur de fillette se calmait. Cela se passait durant ces années ensoleillées, débordantes de rêves doux et de chagrins inavoués, quelque part dans la ville au milieu des terres grasses, entre le fleuve et la voie ferrée, quand l'émerveillement d'être en vie, ou la détresse du monde entier, emplissait chaque instant de son existence.

Le calme ne durait jamais. Quelques jours plus tard, dans Main Street, devant la confiserie *Lillie Mae's* et sa vitrine débordante de réclames rouges, de maisons en pain d'épice, sucres d'orge, guimauves et pommes glacées, un cri minuscule arrêtait Jean S. : blotti au pied du mur, un chaton l'appelait. Vous voyez ! Ce n'était pas sa faute si les plus déshérités la reconnaissaient... Frimousse ronde, œil écarquillé, flancs pelés et bout de queue dressé, celui-ci la suppliait de s'approcher. En ronronnant, il venait se frotter contre sa main tendue. Pas de doute : le malheureux l'avait choisie... *Là, là mon trésor. Mais comme tu as l'air triste ! Et abandonné...* Voilà comment, une fois de plus, les voisins de Marshalltown : Mary Beker, la caissière de l'*Orpheum*, et Mickey Burke, le marchand de vêtements sur Locust Street, ainsi que Carol et Pat, les pensionnaires de la maison de retraite, voyaient la deuxième fille du pharmacien et de l'institutrice, ce garçon manqué toujours en baskets et culottes courtes, avec ses cheveux blonds coupés à la serpe, galoper en serrant contre sa poitrine un nouvel animal sans foyer. Rien d'étonnant : la semaine précédente, elle avait ramassé un écureuil blessé.

Comme elle n'osait pas faire irruption dans la boutique, où, avant de préparer ses remèdes, Dad, lunettes sur le nez, lisait gravement les ordonnances remises par les fermiers, elle montait dans sa chambre blanche comme un igloo, allumait sa lampe à froufrous, se roulait, en criant de joie, sur sa peau d'ours polaire. *Fini la rue, polisson ! Tu dormiras là, avec moi...* Oreille basse, le chaton s'enfuyait. Entre deux piles de livres, elle le rattrapait, le berçait, le couvrait de baisers. Ce qu'elle aimait, c'était leur gratter le dessus du nez, ou bien leur chatouiller les coussinets, c'était tellement drôle de voir s'écarter leurs orteils ! *Tu vivras là, mon minou, je ne te dérangerai pas. On n'est pas très riches, mais ça ira, tu verras…* Une soucoupe de lait, vite lapée, après quoi on jouait à se faire griffer. Et puis, à l'heure de passer à table, mains lavées et minois frais, on se décidait à se montrer.

« Qu'est-ce que c'est que ça ? lançait la sœur aînée.

– C'est les vacances, je fais ce qui me plaît ! »

Avec Dad, c'était plus compliqué. Il avait toujours le même mouvement de surprise, quand, au moment de bénir le repas, il découvrait ce que lui ramenait sa fille. « Regarde mon nouveau bébé ! » Et le visage de Dad se fermait. Lèvres serrées, encore plus blanches que d'ordinaire, d'une voix profonde et grondante, la sentence tombait. *Rusty, le chien de la maison, détestait les chats, il mangerait celui-là…* Relâcher son nouvel ami ? Non, elle ne le pouvait pas. Pourtant, elle aurait tellement voulu plaire à Dad ! Mais elle se souvenait trop bien de l'histoire affreuse que racontait Mrs Heyle, la maman de son amie Hannah : les malheureux chatons que l'on noyait dans un seau d'eau tiède, fermé par un couvercle sur lequel il fallait s'asseoir. *L'eau tiède ? Ils croient que c'est le ventre de leur mère !* Non ! La mort, Jean S. savait ce que c'était : une fois, sur la route au milieu des grands champs, elle avait vu un cheval blessé. Une voiture l'avait fauché, il gisait là, éventré, et les fermiers le regardaient mourir. Il perdait son sang. Ses flancs se dilataient, se contractaient. L'air sortait par ses naseaux blancs d'écume, comme expulsé par d'énormes cheminées. Plaie grande ouverte, pattes brisées, flottant sur une flaque d'un rouge luisant, il fixait, épouvanté, la nuit qui le recouvrait. Elle se souvenait de l'avoir vu pleurer. Et puis, il avait cessé de haleter. *C'est fini ? Mais non, il est juste endormi. Il va se réveiller, hein ? Et il sera guéri ?* Dad l'avait prise par la main. Sur le chemin, il avait dit que, bien qu'elles n'aient pas de Paradis, les bêtes, nos amies, méritaient que l'on prie pour elles. Mais ses doigts étaient glacés, et, en prenant garde qu'il ne l'entende pas renifler, elle avait sangloté jusqu'à la maison.

Ici, rien ne changeait. Chaque fois, son cœur saignait lorsqu'il lui fallait se séparer de son nouveau compagnon. « Oh Dad ! Laisse-moi le garder, je t'en supplie ! » Jusqu'au matin suivant : c'est tout ce qu'elle obtenait. Pourtant, le dimanche, à l'église de la Trinité, le pasteur Harry Kenneth tonnait qu'il fallait secourir ceux qui souffraient. Alors, à quoi cela servait-il de s'adresser au Bon Dieu, si on ne lui obéissait jamais ? Un jour, elle répéterait en ville que, chez le pharmacien, on rejetait les créatures les plus faibles… C'était à n'y rien comprendre, car Dad était bon avec les gens sans argent. Quand ceux de la réserve indienne, les plus malades, avec la peau du visage ravagée, de longs cheveux gris, et des gilets de cuir râpé, venaient lui demander de préparer un médicament, il ne les obligeait pas à payer.

« Jean ! Relève donc la tête », lui lançait Mum, pendant que sa sœur, la bonne élève, pouffait en lui jetant des regards de côté. Sans desserrer les lèvres, elle s'imaginait qu'elle vivait chez des gens qui n'étaient pas ses parents. Elle se répétait qu'on l'avait échangée contre un autre bébé et, bouche cousue, genoux serrés, comptait les *ploc* que faisaient ses larmes en s'écrasant dans sa soupe.

Quelques jours plus tard, elle ramassa un oisillon tombé du nid. La pauvre bête avait une patte racornie, noire comme une brindille sèche. Elle sautillait au lieu de marcher, et s'affalait sur le côté chaque fois qu'elle voulait battre des ailes. Bien que l'idée de l'enfermer lui déplût, elle alla chercher la cage à la cave, y déposa son nouveau protégé, et dissimula le tout dans un recoin de son igloo. À la nuit tombée, elle vola des asticots, que Dad gardait pour sa prochaine partie de pêche, mais le piaf fit le dégoûté, et, craignant que les vers ne profitent de son sommeil pour se multiplier, elle les remit à leur place. Elle tenta de lui faire avaler de la salade, sans plus de succès. Seules les miettes de pain, qu'elle écrasa au fond de sa main, furent becquetées, sans enthousiasme… Le jeu dura une semaine. Elle le trouvait beau, son oiseau tellement léger. Et, malgré son air bancal, elle rêvait du matin radieux où elle le verrait s'envoler. Le soir, au dîner, elle ricanait intérieurement : ah, si Dad savait ! Hélas, le temps passant, l'orphelin n'allait pas mieux. Alors, avant de s'endormir, à genoux devant son crucifix, elle chantait un cantique pour sa guérison. Elle murmurait des choses tellement belles que la certitude d'être exaucée la gagna.

Tandis qu'elle cédait à un sommeil délicieux, l'idée lui vint que l'âme appartenait au monde des oiseaux, et que, portée par un souffle de vent perpétuel, elle voletait autour du soleil sans jamais se fatiguer.

Au matin, elle découvrit son moineau couché sur le flanc, dans une attitude pitoyable. Elle l'appela : « Bonjour, petit. Lève-toi, le ciel est clair, c'est un délice… » Elle le chatouilla, à travers les barreaux, avec une plume. Elle le prit au creux de ses bras, souffla son haleine sur son corps misérable, et couvrit sa patte tordue de gentils baisers… Mais il demeurait inerte. « Regarde comme c'est bon de vivre ! » Soulevant sa paupière lourde, l'oisillon posa sur elle un regard flottant. Elle pensa au cheval éventré qui haletait tel un soufflet de forge. *Dis ! Est-ce que les yeux restent ouverts quand on meurt ?* Elle aurait tant voulu que le ciel des enfants demeure limpide ! Et l'air fragile qu'ils respirent, toujours pur ! Mais, depuis deux jours, à table, Dad parlait d'un petit garçon qui s'était noyé dans la mare de la réserve indienne. Et puis il y avait ces photos de la guerre, sur lesquelles elle était tombée en feuilletant le journal de Mum. On voyait des soldats morts sur une plage, yeux vitreux, avec du sang plein la poitrine. Ce matin-là, elle avait décidé qu'elle serait infirmière dans l'armée…

Au-delà de sa fenêtre, le blé en herbe brillait sous la lumière vive du printemps, le monde entier semblait avoir été créé pour l'éternité. Pourtant, au creux de sa main, l'oiseau ne bougeait plus. C'était fait. Jean sut qu'elle ne l'entendrait jamais chanter.

Elle plaça le corps minuscule, si décharné qu'il semblait que plumes et duvet avaient poussé sur le squelette, dans un mouchoir blanc, au fond d'une boîte à chaussures. Puis, au milieu de la nuit, elle l'enterra au bout du jardin, passé l'extrémité de la grande pelouse, si soigneusement tondue par Dad qu'on eût dit une moquette verte. Agenouillée, la nuque douloureuse, elle embrassa le cercueil de son ami, pour qu'enfin il prenne son élan vers le paradis. Après quoi, imitant le pasteur au cimetière, elle aspergea le couvercle d'eau du robinet bénite par ses soins, et jeta de pleines poignées de terre, jusqu'à ce que la boîte fût recouverte.

Bien qu'elle entendît en pensée la voix de Dad affirmer que les volontés de Dieu devaient être acceptées, elle ne parvint pas à prier.

2

L'année de ses huit ans, Jean S. résolut de devenir chirurgien. Elle emprunta un livre de médecine à la bibliothèque de l'école et se fit apporter en douce un cœur de bœuf par un copain de classe dont le père était boucher. Ayant enfilé l'une des blouses blanches du pharmacien et les gants de vaisselle de sa mère, elle s'installa dans la remise au fond du jardin et, armée d'un couteau de cuisine, entreprit de mener à bien la première dissection de sa vie. L'organe, noirâtre et froid, était dur et ne sentait pas bon. Difficilement, car la lame n'était pas aiguisée, elle trancha le muscle, aussi volumineux qu'un ballon, et l'ouvrit par le milieu. L'œil sur les croquis, elle ne reconnut pas grand-chose, à part des réseaux de veines d'où s'écoulait encore un peu de sang : manifestement ça ne fonctionnait pas pareil que chez les gens. Elle crut identifier *valvule*, *oreillette* et *ventricule*, et, armée d'un cure-dent, tenta d'extraire une large artère hors des tissus spongieux. Quand Dad la découvrit, avec ses gants poisseux et sa blouse tachée qui lui descendait jusqu'aux pieds, il s'exclama que c'était répugnant et lui ordonna de se débarrasser de cette horreur. Il lui commanda de se laver et jura qu'elle serait privée de pêche à la truite avec oncle Bill... *Mais je n'ai rien fait de mal, Dad...* Au moment de lancer le cœur dépecé dans l'incinérateur, il reprocha à sa fille de ne pas être très futée. Drôle de manière de comprendre qu'elle tentait de ressembler à ce qu'il souhaitait... Hélas ! Dad ne prenait jamais le temps de l'écouter.

Elle se vit jetée à la rue, obligée de frapper aux portes pour quémander un peu de pain et d'amitié. Elle cessa de boire et de manger, et, durant plusieurs nuits, un grand jour blanc stagna sous son front moite. Est-ce qu'il y avait quelque chose de mal en elle ? Ou bien était-elle si bête que personne ne l'aimerait jamais ? Par moments, le bruit de son cœur, qui battait à toute vitesse dans ses oreilles, emplissait son igloo. Au bout de quatre jours, se sentant à bout de forces, elle partit retrouver grand-maman Frances dans sa maison toute pimpante. Ravie, la vieille dame l'accueillit, en chaussons roses. Comme chaque fois qu'elle voulait se débarrasser de lui, elle envoya grand-papa Benson bricoler dans son atelier et, pour consoler sa petite-fille, prépara des crêpes au sirop d'érable. « Dad t'aime, tu es sa princesse, la rassura-t-elle, tandis que la fillette se goinfrait. Mais Dad ignore la fantaisie des enfants de huit ans, poursuivit-elle, il croit que le monde est raisonnable, autant que lui. » Quand Jean eut tout dévoré, ses frêles épaules rejetées en arrière, elle réclama *des poésies, pleines de songes, et de rimes jolies…* Grand-maman Frances nota que son regard, qui la scrutait, n'était cette fois ni vert ni bleu, mais d'un gris de pluie pas ordinaire. Calée dans son fauteuil à bascule, avec sa chérie blottie à ses pieds, elle commença à fredonner :

Qui est cette dame en pétales blancs,
Aux cheveux enveloppés de rêves blancs,
Qui frappe à la porte du monde ?
Où loge-t-elle ?
Dans le pot de fleurs de ses lèvres, il n'y a pas de
                                              [sommeil.
Elle frappe à la porte de chez nous.
La femme aux cheveux enveloppés de rêves blancs
Court à travers les cartes des cœurs.
Elle tisse l'amour par-dessus les ombres et le temps,
Elle cherche, semant à tous vents ses corbeilles de
                                       [pétales blancs.

Grand-maman Frances inventait mille chansons comme celle-là, qu'elle rassemblait, de sa jolie écriture, sur des cahiers reliés. Jean était capable d'en réciter plus de trente, rien que de belles histoires d'*île de printemps,* de *jeune homme mélancolique*, ou d'*étoile du sommeil*. Mais rien n'égalait la manière dont les disait la vieille dame, d'une voix qui gommait de la surface du monde ce qui était incertain ou laid.

« Dis, grand-maman, crois-tu qu'un jour j'écrirai aussi bien que toi ?

— Tu as des idées plein la tête, Jean adorée. Il suffira de les recopier. Si tu hésites, je te montrerai.

— Oh oui, s'il te plaît ! »

3

« Alors, tu es contente d'apprendre à danser ? »

Ils voulaient qu'elle réponde : « Oui ! », avec un voile de bonheur devant les yeux. Dad souriait. D'un geste moitié caresse, moitié chatouille, il lui frôla la joue. Le pauvre homme attendait qu'elle se pende à son cou.

Elle restait pourtant les bras ballants.

« Tu n'es pas ravie de faire des claquettes ? Et ton tutu, et tes petits chaussons en satin rose, ils ne te plaisent pas ? » Voilà que Mum s'en mêlait, répétant que la danse lui apporterait la grâce que toute jeune fille rêvait de posséder.

Son tutu... Elle s'y sentait aussi mal à l'aise que dans la robe à dentelles dont on l'affublait pour aller prier au temple le dimanche. Le cœur en breloque, elle bafouilla que oui... elle était heureuse et les remerciait de leur bonne idée. Mais ils savaient reconnaître ses mensonges. Comment leur avouer qu'elle ne se sentait pas assez jolie, comparée à Clara, Gladys et Mary, qui étaient une classe au-dessus de la sienne, et qui allaient raconter à la récréation que cette godiche de Jean S. avait l'air empoté quand il s'agissait de virevolter sur les pointes ? Difficile, après cela, de prendre un ton supérieur, quand bien même on aurait 20 sur 20 en récitation de poésies... Mum brûlait de savoir comment s'était déroulé ce premier cours. C'eût été facile de la combler, réinventer la vérité était un jeu d'enfant. À tel point que les filles de l'école la croyaient dur comme fer quand elle racontait que grand-maman Frances avait été écuyère dans un cirque. « Nous danserons un ballet pour Noël », se contenta-t-elle de préciser. Mum applaudit. Dad annonça qu'oncle Bill viendrait à la représentation. Les malheureux ! Ce n'était pas grâce à ses talents de danseuse qu'on donnerait un jour le nom de *Jean S.* à une rue de Marshalltown, ni qu'elle aurait sa statue en ville, ni que des curieux se déplaceraient des régions les plus reculées des États-Unis pour visiter la maison de Mum and Dad.

Maintenant qu'elle avait atteint neuf ans, bien que maigrichonne pour son âge, elle se considérait comme adulte et responsable. Hélas, au centre du monde où elle se tenait, un peu chancelante, trop de sensations fortes la tiraillaient ! Elle restait surtout désolée de ne pas savoir bien aimer, ni ses parents, ni ses amies, qui la regardaient d'un œil méchant, ni les pauvres gens de la réserve indienne, auxquels elle avait peur d'adresser la parole, ni les animaux blessés qu'elle ne parvenait jamais à sauver. Face à ce quelque chose dans le monde qui résistait au débordement de son amour, les cheveux hérissés d'épis dans le grésillement de la lumière des champs, ou enveloppée par le silence de son igloo, elle laissait les histoires les plus belles monter jusqu'à ses lèvres. Un souffle angélique passait alors sur elle, et la poésie caressait son cœur pâle d'une main douce.

Chaque samedi, après le cours de danse, elle allait, avec son amie Hannah, réciter des poèmes du côté du fleuve. Là, près d'un hangar délabré, envahi d'herbes folles sous lesquelles, affirmait-elle, il y avait des tombes apaches enfouies, elle déclamait des vers d'une voix vibrante : *Où sont ces étoiles d'automne/Rondes comme des mandarines mûres/Sur le ciel de velours des nuits/De mes nuits blanches d'insomnie ?*

Vers après vers, la tristesse du monde se diluait. Il n'y avait plus d'oisillon enterré au fond du jardin, ni de petit Indien noyé. Et plus la terre se vidait de ce qui l'enlaidissait, plus Jean se sentait devenir quelqu'un de bien. Dans ces moments-là, une chaleur délicieuse se répandait dans son corps. Ce n'était plus elle, mais une autre fille, tour à tour drôle, rêveuse, tendre ou déchirée, qui se révélait, et la copine Hannah n'était pas plus rassurée que ça. Elle trouvait soudain le teint de Jean un peu trop clair, un vrai teint de craie, et puis cette brillance au fond de ses yeux l'inquiétait. Oui, c'était surtout ça qui la mettait mal à l'aise : ce feu follet dans la prunelle de son amie. On aurait dit qu'un incendie y couvait.

Jean fut la première à lever le doigt quand on réclama une fille pour la pièce de théâtre de fin d'année. Plus elle y songeait, plus il lui paraissait naturel de jouer la comédie. Certes elle devrait se montrer en public – or, dès qu'elle s'avançait sur scène pour danser, elle se mettait à trembler. Mais comment savoir ? Même un nouveau-né savait « faire semblant » pour obtenir ce qu'il voulait. Alors que, dans la vraie vie, nul ne traversait jamais la rue en faisant des claquettes.

Que Clara, Gladys et Mary déposent leur candidature ne l'étonna pas. Face à elles, ses chances paraissaient faibles, mais elle insista au point que le directeur finit par la recevoir. Il la questionna, tandis que, toute proprette dans sa petite robe bleue, elle ne le quittait pas des yeux. Une vraie miss, les joues en feu. Obstinée, elle lui parla de la joie de vivre d'autres vies. Lorsque, pour juger de quoi elle était capable, il lui demanda de réciter quelques couplets de son choix, elle inclina délicatement la tête sur son épaule et restitua de mémoire les premiers vers d'un poème découvert dans l'un des livres de grand-maman Frances. L'homme, d'allure aussi sévère que Dad, resta bouche bée. Cette innocente soupirait et s'exprimait d'une voix brisée : *En mai, j'avais un bel oiseau qui, pour moi, chantait à loisir les leurres du printemps. Mais quand approche l'été, et que la rose apparaît, Rouge-Gorge est absent...* Elle se troubla, posa la main sur ses yeux. Quelle drôle de gamine ! Cette sensibilité à fleur de peau, ce n'était pas ordinaire. *Je ne me plains point, sachant que, dans un jour plus serein, ce mien Oiseau, bien qu'envolé d'un arbre lointain, de sa mélodie claire me répondra...* Que disait-elle là ? D'où tenait-elle ces vers douloureux ? Elle n'avait aucune raison d'être triste à ce point.

Sa récitation achevée, elle s'assit, pleine de grâce, dans une position proche de l'abandon. Elle plissa son nez retroussé, et un sourire charmant se dessina sur ses lèvres roses. Aucune trace de son chagrin, débordant l'instant d'avant, ne subsistait. Mensonge ou sincérité ? À la question : « Mais qui parle ainsi de son oiseau disparu, est-ce toi, Jean ? », elle répondit qu'il s'agissait d'une personne inventée, qui n'avait rien de réel...

Après deux jours d'attente, on lui annonça qu'elle l'avait emporté sur les autres candidates, pourtant plus expérimentées. Elle en fut enchantée car, pour gagner la partie, il lui avait suffi d'exprimer ce qu'elle ressentait. Trop contente d'elle-même, elle ne put se retenir de pavoiser, et ses copines la détestèrent durablement pour cela.

« Alors, Jean ! C'est une sacrée responsabilité. »

Exact. Pour la cérémonie de la remise des prix, les parents et grands-parents se presseraient. Cette année, les enfants interpréteraient l'histoire de la jeune pionnière aux cheveux d'or, qui, égarée dans une forêt de l'Ouest américain, s'installait chez trois ours bruns. Elle fit la grimace : c'était le genre de conte qu'adoraient les plus petits. Mais, à la lecture du texte de la pièce, elle fut rassurée : son personnage occupait tout le temps la scène.

Décidée à devenir une enfant prodige, elle arriva à la première répétition en ayant déjà travaillé chaque intonation avec grand-maman Frances.

En ce beau matin de juin, pull marin rayé blanc et bleu et jupe plissée d'écolière, elle grimpa sur l'estrade. Là, ensoleillée de blondeur sous la rangée d'ampoules électriques, elle prit sa première pose. Les trois garçons désignés pour lui donner la réplique tentèrent de la suivre, mais, hésitants, ils restaient à distance. Ne sachant que faire de leurs bras, ils lançaient des regards effarés vers la salle. Tour à tour, les trois ours de l'histoire balbutièrent quelques mots… Une vraie bouillie. *Mais pourquoi leur maison était-elle si sale ? Pourquoi n'avaient-ils pas fait leurs lits ?* Têtue, la fillette leur donnait une leçon de propreté. Elle allait et venait, sourcils froncés, doigt levé. Elle se tenait droite, mais, fâchée pour de vrai, elle restait haute comme trois pommes, et le gentil duvet blond paille de sa nuque enfantine brillait. Incapables de résister à cette tornade, les ours, trois garçons de la campagne aux traits frustes et au front piqué d'acné, abandonnèrent bientôt l'idée de la suivre dans son numéro, ce qui eut le don de la mettre hors d'elle.

« Bon sang ! Il faut vous secouer ! s'écria-t-elle.
– Mais on se met où ? On fait quoi ?... », bredouillèrent les autres, pris dans la tourmente.

Tournée vers la salle, Jean interpella le professeur de littérature. D'une voix acide, elle lança que si ces balourds n'étaient pas décidés à jouer il fallait choisir d'autres garçons plus doués. En retour, elle se prit une remarque cinglante : si elle refusait de travailler avec Peter, Hart et Carl, c'était elle qui serait remplacée. Un sentiment d'injustice lui obstrua la gorge. Elle voulait seulement apporter son aide, c'était tellement important que tout le monde ait du succès !

On la renvoya au milieu de la scène, en lui ordonnant de cesser de s'agiter. Dégrisée, elle reprit du début. Douleur, terreur, incompréhension, quelle expression sur son visage ! L'estrade cédait sous ses pieds. Lits défaits, maison à l'abandon, d'une voix monotone, elle recommença son sermon. « Re... regardez cette vaisselle sale... Et ces trois assiettes, pour... pourquoi ne sont-elles pas lavées ? » C'était à son tour de bégayer. Quand elle se força à lever les yeux sur lui, le plus grand des garçons, celui en chemise à carreaux avec une cravate écossaise nouée sous le menton, lui ricana au nez.

Durant les trois semaines de répétition, elle ne retrouva jamais l'excitation de ses premiers pas sur scène. Elle s'excusa auprès de Peter, Hart et Carl, et leur apporta une belle pomme rouge glacée à chacun. Mais les trois compères prirent son cadeau sans la remercier. Pas question pour autant d'abandonner ! Mum and Dad, et oncle Bill, verraient ce qu'elle valait.

Elle s'accrocha, même si, par la faute de ce trio d'imbéciles, elle éprouvait les pires difficultés à se souvenir de son texte. Son costume : un joli corsage blanc à grand col, un gilet brodé, une jupe épaisse, des bottines à talons, et la coiffe d'une pionnière de la ruée vers l'Ouest l'aida à se mettre dans la peau de la jeune aventurière autoritaire. Et sitôt qu'elle eut posé sur sa tête la perruque de longs cheveux dorés, elle se mit à marcher différemment. Quand le moment vint pour son personnage de se séparer de ses nouveaux amis, elle les regarda non plus comme des garçons des champs pas très futés, mais comme de véritables compagnons bons à câliner.

L'avant-veille de la distribution des prix, le trac la saisit. Elle vécut quarante-huit heures abominables et n'abandonna son igloo que pour s'enfermer aux toilettes. Au jour J, elle laissa Dad la conduire au théâtre, en se disant qu'elle pourrait toujours se jeter ensuite dans l'étang.

Dans les coulisses, on lui mit du rouge sur les joues. Mais les boutons de son corsage roulaient sous ses doigts, elle ne parvenait pas à les attraper. Jupe et gilet brodé… On dut l'aider à se vêtir. Quelle drôle d'atmosphère ! Affublé de son masque, Hart ânonnait son texte, la famille ours n'en menait pas large. Le directeur avait la mine renfrognée, et le professeur de littérature distribuait des conseils que personne n'écoutait. De derrière le rideau montait un brouhaha. Jean s'imagina qu'on l'attendait armé, et que, à la moindre faute, on ne la raterait pas.

Les trois coups.

Une lumière crue éclabousse le décor. Allez, ma fille, montre-leur ce dont tu es capable ! *Mais il y a erreur, je n'aime que la poésie, celle des cœurs blessés et des rouges-gorges qui ont cessé de chanter.* Horreur ! Sa main pousse la porte de la chaumière. Elle s'avance, éblouie, la voilà qui s'introduit dans le foyer grizzli… En bas, on tousse, quelqu'un chuchote. Au-delà du voile de brume qui scintille, le trou béant est vivant. Trois chaises de tailles différentes, trois assiettes de soupe, une grande, une moyenne, une petite, et trois cuillères aussi... À gestes mesurés, elle goûte. « Mmmm... Voilà deux jours que je n'ai rien mangé. » Son texte défile. Elle essaye les lits, grimpe sur le plus haut, finalement se couche et s'endort dans le plus petit. « Oh ! », s'exclament les enfants assis dans le trou qui palpite. C'est que trois ours bruns, papa, maman et rejeton, sans doute affreusement méchants, viennent d'entrer et découvrent qu'on leur a volé leur dîner.

L'histoire se précipite. Jean s'entend parler. Elle se voit aller et venir. Et voici déjà nos amis de la forêt avec laisses et colliers, attachés par ses soins. Fini la liberté ! « Pourquoi avoir changé de gouvernement, quand tout allait mieux avant ? », se plaignent-ils. Trois animaux savants... Et Jean ne peut retenir ses larmes. « C'est pour votre bien, je vous le promets. »

Dernier couplet. Rideau qui glisse et se referme. Du fond du gouffre, on applaudit. Elle reste là, dans son costume du Far West, sidérée que ce soit terminé. Les trois ours non plus ne savent où aller. Et de nouveau la fente au milieu du rideau s'écarte. Son regard fouille la brume d'où s'élèvent en folâtrant mille volutes de poussière dorée : est-ce que Dad applaudit aussi ? Peter d'un côté, Carl de l'autre, deux mains moites lui saisissent le bout des doigts. *Un pas en avant – Salut*. Ça empeste le chaud près de la rampe électrique. Le directeur sourit. Le flash d'un appareil photographique se déclenche. « Bravo – Hourra ! », crient les spectateurs, mais impossible de reconnaître la voix de Dad ! Un rappel encore ? Non, d'en bas ne monte plus que le méli-mélo des conversations. La professeur de littérature vient l'embrasser, elle lui dit qu'elle a fait de gros progrès.

La voici dans la salle. En costume, elle se précipite sur Dad.

« Est-ce que ça t'a plu ? Dis, est-ce que tu as ri ? Est-ce que tu m'as aimée ?

– Tout cela n'est pas sérieux, Jean, répond Dad. Je ne crois pas que le théâtre soit une chose recommandable.

– Mais tu as vu comme les gens sont contents ?

– Demain, ils auront oublié. Et toi, tu devras travailler pour rattraper le temps perdu. »

Premiers émois...

1

Ni claquettes ni tutu !
Depuis son entrée à la grande école, chaque samedi après-midi, Jean S. paye quinze cents pour se caler au fond d'un fauteuil d'orchestre, à l'*Orpheum*, à l'*Eldorado*, au *Golden Palace* ou au *Central Star*. Et, si elle les a en poche, elle rajoute cinq cents pour s'offrir un esquimau à l'entracte. Quand on donne une comédie avec James Stewart ou un film romantique dont la belle Gene Tierney est la vedette, grand-maman Frances l'accompagne. Mais le plus souvent, sans avertir Dad, qui la croit en train de jouer au basket ou occupée à tresser des paniers d'osier, elle vibre seule aux aventures du cow-boy Roy Rogers, toujours bien coiffé sur son cheval Trigger, ou s'esclaffe devant les pitreries de Laurel et Hardy.

Premier choc.

Une semaine après un *Abott et Costello* réjouissant, un visage tragique occupe la largeur de l'affiche du nouveau film produit par UNITED ARTISTS. Un titre : *The Men*. Les photos d'une histoire en noir et blanc, punaisées dans la vitrine de l'*Orpheum*... Que montrent-elles ? Un soldat cloué dans un fauteuil roulant, la jambe amputée. Rien qui puisse laisser deviner à Jean S. (douze ans depuis quelques semaines) ce qui l'attend.

Elle se cale face au grand écran, à sa place préférée : sixième rang, neuvième fauteuil.

Générique. Violons enveloppants. Images de villes dévastées par les bombardements... Des militaires en patrouille, treillis, casque et fusil. Au milieu de la rue, leur chef s'écroule, la balle d'un tireur allemand embusqué vient de le toucher. Nom : Ken Wiloceck ; grade : lieutenant ; nationalité : américaine. On le rapatrie. Colonne vertébrale brisée. Survivra-t-il ?

Prisonnier de sa chaise d'infirme, l'acteur, vingt-cinq ans à peine, cheveux bruns coupés court et mâchoire volontaire, ne ressemble à aucun des héros de cinéma habituels. Il garde le dos voûté et ne se redresse jamais. Il a surtout une manière particulière de marmonner son texte, on dirait la diction hachée des malheureux de la réserve indienne, qui éprouvent tant de difficultés à s'exprimer quand ils viennent au drugstore demander un remède à Dad pour apaiser la toux qui leur déchire la poitrine. Jean en oublie que l'histoire est inventée. Rien de comparable au beau Tyrone Power, qui, épée au côté dans *Prince of foxes*, parle haut et n'écorche jamais le moindre mot. Quand Ken Wiloceck doit s'avouer qu'il ne remarchera pas, ni ne refera l'amour, elle en est aussi ébranlée que le matin où un adolescent noir lui a confié comment, pour un salaire de misère, son père a eu les jambes écrasées sur un chantier. Lui aussi, avec sa figure d'ange d'une maigreur terrifiante, parlait avec ce débit saccadé et cette voix monocorde, douce et fêlée.

Les yeux de Jean se brouillent de larmes.

Une fois les lumières rallumées, elle est la dernière à quitter l'*Orpheum*. Face à Main Street, où circulent quelques vans de fermiers, la vie lui paraît inventée de A à Z. Les façades blanches alignées, la vitrine de *Lillie Mae's*, l'énorme diamant en éclats de miroirs qui sert d'enseigne à la joaillerie *Jack Beckans and sons*, ont tout d'un décor de Hollywood. La vérité est ailleurs. La vérité, c'est l'histoire que l'on vient de lui raconter. Mais un doute lui traverse l'esprit : et si cet acteur était vraiment paralysé ? Levant les yeux vers l'affiche panoramique, elle cherche son nom. Il s'appelle Marlon Brando et n'a pas encore droit aux lettres capitales.

Le lendemain, elle se précipite à la bibliothèque et réclame un bon livre sur le métier d'interprète. Le responsable des rayons ART ET THÉÂTRE lui met entre les mains un gros ouvrage intitulé : *La Formation de l'acteur*, écrit par un Russe, Constantin Stanislavski. Le soir même, calfeutrée dans son igloo, elle entreprend la lecture du premier chapitre. Répétitions d'*Othello*, une pièce dont elle n'a jamais entendu parler. Trac, impuissance, automatisme, exaltation. « Du sang, Iago ! Du sang ! » Instant où surgit la vie profonde, mais aussi frémissement constant des émotions, mécanismes du souvenir et images du subconscient… Elle s'efforce de se concentrer, s'interroge pour comprendre ce que signifie « créer la vie spirituelle du rôle ». Elle revient en arrière, saute quinze pages, se retrouve face aux « rouages de l'imagination », puis bute sur la nature du « geste psychologique », censé transporter l'acteur dans la peau d'un gentleman, d'un traître, d'un amoureux ou d'un miséreux. Hélas, ses paupières papillonnent ! Son œil dérape en fin de ligne, et ce discours d'initié finit par lui échapper.

Elle se replie sur *Weekly Stars* et les deux revues de cinéma que les clients de Dad prennent sur le présentoir à l'entrée de la boutique. Non seulement elle y dévore des reportages sur les films en cours de réalisation : *La Flèche et le Flambeau* avec Burt Lancaster, ou *Quo Vadis ?* avec Robert Taylor, mais aussi des photos en couleur d'artistes, qu'elle colle dans des cahiers à pages quadrillées. En particulier, elle apprend que sa nouvelle idole, qui marche bel et bien sur ses deux pieds, tourne dans *Un tramway nommé désir*, une pièce dans laquelle il a triomphé à Broadway. Et, surtout, elle découvre sa méthode pour interpréter le personnage de Ken Wiloceck. Dans une interview, il explique comment, se faisant passer pour un vétéran paralysé, il a été admis dans un hôpital de Caroline du Sud, où, durant trois semaines, assis lui-même dans un fauteuil roulant, il a vécu la vie des autres patients.

> C'étaient des hommes jeunes, âgés de dix-sept ou dix-huit ans, *commente l'acteur*. Certains peignaient des fleurs, en serrant le pinceau entre leurs dents, d'autres apprenaient le piano, mais la plupart d'entre eux étaient désespérés. Surtout lorsqu'ils pensaient à leurs épouses, qui, feignant d'ignorer qu'ils étaient devenus impuissants, leur juraient une fidélité éternelle. L'idée que, tôt ou tard, elles céderaient à la tentation les hantait.

Impressionnée, Jean S. ne se sépare plus du magazine. Elle s'imagine jouant le rôle d'une adolescente atteinte d'une maladie grave, déterminée à cacher la vérité à ceux qui l'entourent. Pour éprouver des sensations proches de la réalité, elle cesse de s'alimenter, dissimulant chaque jour dans une poche en papier la nourriture que lui sert Mum, et la servant à Rusty sitôt le repas terminé. Bientôt, les forces viennent à lui manquer, et elle prend rendez-vous à la clinique de Marshalltown. À l'heure dite, le médecin est surpris de voir arriver cette gamine dans son cabinet. D'une voix faible, elle évoque toutes sortes de malaises répertoriés dans les encyclopédies médicales de Dad. Bouffées de chaleur, perte de poids, vomissements, étourdissements, douleurs musculaires, syncopes à répétition... tout y passe. L'air désespéré, elle affirme que la famille S. vit dans une misère noire, sans parvenir à nourrir ses huit frères et sœurs. « Je crois qu'il va falloir me garder ici », ajoute-t-elle en essuyant une larme. Perplexe, le médecin l'ausculte et diagnostique une banale crise d'anémie. « Pourtant par moments j'ai le cœur qui s'affole, j'ai peur qu'il s'arrête de battre... », proteste Jean, les lèvres grises, comme sur le point de s'évanouir. Quand, le lendemain, Mum and Dad reçoivent la visite des services sociaux de l'État, ils sont consternés par l'idée qui a germé dans la tête de leur fille. Se reprochant de ne pas avoir remarqué son allure souffreteuse, ils s'entendent rétorquer : « Ne vous tracassez pas pour moi, je vais devenir une actrice célèbre. J'ai déjà commencé à travailler. »

2

La scène suivante se passe dans la cour du lycée de Marshalltown, par un soir d'orage.

Chaleur tropicale. L'air tremble sur le goudron surchauffé. Les compétitions de fin d'année sont terminées. C'est la fête. Médaillés ou non, les athlètes, des garçons âgés de quinze à vingt ans, sont rassemblés. Slows et calypsos, barbecue, soda et Coca-Cola, les filles de la ville et des environs sont là pour rire et danser. Sandalettes, robe à pois, cheveux mouillés, raie sur le côté... pour la première fois, Jean S. a la permission de sortir le soir. La sœur aînée de son amie Hannah l'a invitée, bien qu'elle ne soit pas encore lycéenne. Elle est venue par curiosité et se tient sage dans son coin. Elle est la plus jeune de l'assistance.

Depuis une heure, elle garde les yeux fixés sur le vainqueur du cent mètres. Tandis que les autres héros de la journée s'essoufflent, le torse nu du sprinter ondule sous les derniers rayons d'un soleil d'or. Ses muscles roulent sous sa peau satinée, c'est à peine si quelques gouttes de sueur brillent, éparses le long de son dos. Il doit avoir dix-huit ans, il est Noir. On le surnomme *Iron Bob*. Il zone, depuis qu'il a été renvoyé de la fabrique de chaussures où, cinquante heures par semaine, il collait des semelles sous des souliers grossiers. Ce soir, il est d'une souplesse exquise, et Jean pense : *si plus tard je me marie, ce sera avec un garçon aussi beau que lui*. Mais, violons et bongos mêlés, la voix sirupeuse de Sugar Shane susurre *Lovely face*, les couples se forment. Iron Bob s'approche du banc des grandes de dernière année et tend la main à l'une des lycéennes, que nul n'a encore invitée. Pourquoi choisir celle-là, dont la taille manque de finesse ? L'élue se recroqueville, son teint rosit, son sourire se crispe. Il lui prend la main, l'attire vers lui. Les yeux fixés sur un horizon invisible, elle se laisse mener au centre de la cour. À peine retenu par quelques épingles, son chignon couleur de foin sec tremble. Iron Bob l'enlace sans lui laisser le temps de réagir. Perchée sur la pointe des pieds, la maladroite tente de suivre le rythme. Lourde toupie, elle virevolte sur elle-même. Les lèvres de Bob touchent le lobe de son oreille, Jean l'imagine murmurant « Je t'aime »… Pourtant, cette fille est gauche, et sa figure poupine est dépourvue de charme ! La voilà qui souffle, qui s'agrippe. Elle fait mine de chalouper en cadence, mais une rigole de sueur colle le tissu de sa robe à la peau de son dos.

Les autres ont cessé de danser. Ils observent ce couple mal assorti. Jean surprend leurs regards méchants. Rien de comparable avec l'envie qu'elle ressent. *Qu'y a-t-il de plus naturel au monde que de se tenir enlacés ?* a-t-elle envie de leur lancer. Elle ne se trompe pas : ici, les mâchoires du fils Logan se contractent, et là, Peter Ealy de l'équipe des basketteurs serre les poings. Iron Bob n'en a pas fini : il met un coup de langue sur la nuque de la fille. L'air moite pèse son poids. Carole Wayne retrousse les babines, et, figé sur un « O » majuscule, Kirk Sterling reste bouche bée. Ciel d'encre. La fièvre monte d'un cran. Un Blanc taillé dans le roc s'approche. Un professeur le retient. Une lueur d'incendie vacille dans ses yeux, il veut se dégager et séparer ces deux-là. « Mais non, ça ne sert à rien ! Viens ! » Bob sourit, ses lèvres glissent vers celles de l'empotée. On jurerait sentir l'odeur des peaux chauffées… Un craquement. Disque rayé, le pick-up s'arrête. L'inconnue s'arrache des bras de son cavalier. Ma parole, elle pleure !

« Toi, ne recommence jamais ! », gueule l'athlète qui voulait se battre. Iron Bob ramasse sa chemise, dit qu'il s'en va. Jean brûle de le suivre. Ce qui monte en elle est trop nouveau, elle voudrait se délivrer de cette impression d'abandon, peut-être en le rattrapant, pour danser blottie dans ses bras… *Mais tu t'es vue, avec tes bouts de seins qui tardent à pointer, avec ton cou de coucou, et tes épis que le peigne a du mal à discipliner…* Il lui suffirait d'expliquer quelle actrice renommée elle va devenir pour qu'on l'invite à valser. Comme elle est bête de ne pas y aller !

Ça y est ! Bob a franchi la grille. Il s'éloigne dans la rue. Il ne reviendra plus.

On dirait que le thermomètre a baissé de dix degrés. Quelqu'un met un vieux Tommy Dorsey. Un rire jaillit. On s'éponge le front, garçons et filles se retrouvent, on se prend par la main, on échange quelques bisous, on est entre copains, c'est bien. Cependant, à l'écart, Peter Ealy et les autres continuent de discuter. Jean déteste l'expression qu'ils ont. Elle ne s'amuse plus. Il est à peine vingt heures, mais elle veut rentrer.

« Qui était cette fille avec Iron Bob ? demande-t-elle au moment de s'en aller.

– C'est Dorothy Carrige, la fille du contremaître de l'usine de chaussures », lui répond la sœur de sa copine Hannah.

« Ils ont battu Iron Bob. Iron Bob a le bras cassé. Iron Bob se cache. Iron Bob ne recommencera jamais !

– Mais qui a fait ça ?

– James Logan, Peter Ealy, Bucky Malone... Ils l'ont rossé, il fallait voir ça ! »

Bouleversée, Jean voudrait que ce ne soit pas vrai. Cependant, la veille dans la nuit, tout a dégénéré.

« Ils l'ont sorti de l'un des taudis sous le viaduc, qu'on aurait dû raser depuis longtemps. On a été obligé de le plâtrer. Il n'est pas près de retravailler. Ça lui apprendra à nous manquer de respect. »

Ce matin, dans le drugstore de Dad, tout le monde parle de cette histoire-là... Mais Iron Bob s'est contenté de danser.

Déjà la fille du pharmacien de Marshalltown court vers le viaduc. Avec ses deux dollars d'économie, elle a acheté un cake aux fruits confits pour le porter au blessé. Elle frissonne, en proie à une colère nouvelle. Un jour ces brutes seront punies, Dieu n'accepte pas que l'on éprouve de la haine pour plus pauvre que soi. Elle emprunte un chemin de traverse. Son paquet sous le bras, elle suit un sentier sinueux, qui mène sous les arches du grand pont. Les ronces écorchent ses chevilles, des graviers roulent sous ses pieds. À droite, à gauche, nulle âme qui vive ! Elle franchit une rigole d'eau croupie d'où monte une odeur nauséabonde. Un nuage mouvant l'environne, les ailes de dizaines de mouches grésillent au-dessus d'un tas d'ordures. Elle ne s'est jamais aventurée aussi loin. Elle n'a pas peur, rien ne l'arrêtera.

Mais voici quelques baraques en planches, avec des toits de tôle ondulée.

« Je cherche Iron Bob, s'il vous plaît. »

Barbe grise, pansement jaune sale au cou, le vieux nègre la regarde. Sa paupière tremble un peu.

« Qu'est-ce que tu lui veux, à Iron Bob ?, grogne-t-il. Des perles de salive brillent aux commissures de ses lèvres.

« J'ai un cadeau pour lui. Mon nom est Jean S., je suis son amie. »

Le bonhomme crache par terre : « Pas d'amis ici, jamais d'amis... »

Une femme âgée, corpulente, avec une jupe rapiécée et des varices aux jambes, s'interpose. Elle veut savoir quel est ce cadeau que personne n'attend.

« C'est pour qu'Iron Bob reprenne des forces », réplique la fillette en montrant sa friandise.

Le vieux tend le cou. « Laisse ça là, on lui donnera », lâche-t-il d'une voix de misère.

Est-ce qu'il se méfie d'elle ? Mais elle n'est pas de la bande des méchants ! Son cœur est doux au contraire. Elle veut parler avec Iron Bob, toucher son bras cassé, lui jurer qu'elle est de son côté. Rien à faire ! On lui barre le chemin. La femme lui présente ses paumes calleuses, pour qu'elle y dépose son cake. Elle le serre contre elle. L'homme s'écarte, l'idée qu'il a peur d'elle lui traverse l'esprit. « Donne ! », insiste la vieille. À l'entrée de la première bicoque, un rideau qui s'effiloche sert de porte ; plus loin un corsage aux couleurs délavées et une chemise grise sont en train de sécher sur un fil... La malheureuse ne veut pas qu'on entre chez elle. Elle aurait honte qu'une Blanche voie sa maison. Il ne s'agit pourtant que d'embrasser Iron Bob, de poser ses lèvres sur les coups qui lui cabossent le visage, de lui assurer que tous les garçons de Marshalltown ne sont pas mauvais.

« Si tu ne veux pas laisser ça là, alors remporte-le. Retourne chez toi ! », lance un adolescent qui se tient dans le dos de Jean.

La rage qui enflamme le regard du jeune garçon la désarme. Elle a son petit rire pitoyable. « Je peux vous croire sur parole, n'est-ce pas ? fait-elle. Mais dites-lui que c'est de la part de la fille du pharmacien... Et ajoutez, s'il vous plaît, que le Bon Dieu voit chacun de nos gestes, et que ceux qui causent du mal seront forcément punis. »

3

La lettre dans laquelle, de son écriture la plus ronde, elle invitait Marlon Brando à venir se reposer de son dernier tournage chez Mum and Dad était restée sans réponse, et le moral de Jean était à la baisse. Pour alimenter ses rêves, elle devait se contenter de ses cahiers, sur les pages desquels alternaient photos d'artistes et poèmes. Le plus dur à accepter, c'était la désinvolture avec laquelle Dad considérait sa vocation : « Pas douée pour la comédie... », « Trop naïve, ma fille... », « Il y a tant de beautés qui attendent d'être remarquées, c'est comme pour la danse, pourquoi toi ? » La danse... Pas une minute elle n'y avait cru ! Seule grand-maman Frances prenait ses ambitions au sérieux. Elle parlait du soir où elle verrait sa petite-fille dans son premier film, à l'*Orpheum* (une histoire d'amour triste à pleurer). Dad saurait alors à quel point il s'était trompé.

L'envie de partir loin commença à trotter dans la tête de Jean.

Elle prit l'habitude de s'observer dans la glace durant des heures et de se trouver mille défauts : bouche trop petite, pommettes trop hautes, yeux sans couleur précise, cheveux presque blancs sous l'ampoule électrique, grains de beauté sur le visage, omoplates osseuses, taille pas assez marquée, cuisses trop longues et mollets trop courts… L'intégralité de son anatomie y passait, et elle en ressortait désespérée. À d'autres moments, elle déclamait poèmes, comptines, scènes d'Ibsen, et même quelques dialogues de Tennessee Williams, quand, dans son igloo, elle s'imaginait donnant la réplique à Marlon Brando. Mais son jugement sur elle-même variait d'un quart d'heure à l'autre et, se trouvant bouleversante à dix-sept heures, elle pouvait se juger imperméable à toute émotion quinze minutes plus tard.

Deux mois durant, elle guetta en vain la réapparition d'Iron Bob. Mais nul ne croisait plus le champion au bras cassé, ni du côté de la fabrique de chaussures bon marché, ni au stade, où il ne venait plus s'entraîner à la course. N'osant pas retourner sous le viaduc, elle fantasma sur l'amour brisé entre elle et son beau cavalier. Mais Iron Bob n'était pas du genre à écouter de telles sornettes. Parfois, l'idée de vivre un amour impossible l'électrisait, mais, sitôt après, elle pensait à la crainte du pauvre nègre devant sa bicoque, et elle s'en voulait de ne rien entreprendre pour l'aider. À force d'y revenir, un sentiment de culpabilité s'enracina en elle. Elle en arriva à déposer en douce son peu d'argent de poche dans le tiroir-caisse de Dad, en échange des vitamines qu'elle subtilisait afin de les distribuer dans la rue aux jeunes mères de famille noires. Considérant le manque à gagner entre les prix affichés et ce qu'elle parvenait à payer, et craignant que son péché fût mortel, elle prit l'habitude de prier chaque soir deux fois plus longtemps.

Ainsi, l'été s'écoula chargé d'impressions fortes. Mais ce n'étaient que les prémices de bouleversements plus importants. Comment eût-elle deviné, à quelques semaines de ses treize ans, qu'un autre sujet allait bientôt l'accaparer ?

Il se prénommait Cass. Il entrait dans sa dix-huitième année. C'était le fils aîné du garage Chevrolet à la sortie de Marshalltown. Bon joueur de base-ball, il était solidement bâti. Son front haut, légèrement bombé, et ses yeux clairs lui donnaient un air honnête que son comportement ne démentait jamais. Pour lui, le monde était limpide : d'un côté les bons, et de l'autre les mauvais. Il aimait raconter des blagues. Son rire franc lui attirait la sympathie et il ne se connaissait aucun ennemi. Bien qu'il eût quitté le lycée prématurément pour rejoindre l'atelier de mécanique automobile de son père, il ne détestait pas se plonger dans la lecture d'un roman, tels qu'en produisaient David Goodis ou Jim Thompson. Côté filles, il aimait les blondes aux yeux bleus, à l'épiderme crémeux et aux lèvres brillantes. Depuis deux ans, il avait eu de gentils flirts, mais ignorait cette brusque chaleur qui monte au crâne et rend les tempes moites.

Et voilà que, par hasard, son regard s'était attardé sur une jeunesse qui n'était pas son genre. Un jour, alors que, dans Main Street, ladite pin-up de poche donnait quelque chose à une Noire, il s'était approché, et le regard gris-vert, ou gris-bleu, de la mignonne l'avait traversé comme du verre. Depuis, il avait pris l'habitude de la suivre jusqu'au drugstore paternel, sur Kalbreen Street, puis l'avait revue encore, cheveux courts, teint de porcelaine, frêle, toujours en chandail et short, ou pantalons longs. Peut-être ni fille ni garçon, cette enfant à l'air grave, si peu comparable aux écervelées de son âge, l'intriguait...

« Hep ? lui lança-t-il un samedi devant la façade de l'*Orpheum* où l'on donnait *Asphalt Jungle*.

– Hep... répondit-elle sans se démonter.

– C'était bien, le film que tu as vu ? »

Comment interpréter cette petite moue sur ses lèvres tendres ?

« Mm... mm... fit-elle. Je préfère les histoires qui font pleurer.

– Tu veux dire les histoires d'amour ?

– Les histoires où il y a des gens qui n'ont rien fait de mal et qui souffrent malgré tout. »

Cette souris de la planète Mars s'était mise à marcher. De tout son être se dégageait un attrait bien au-dessus de son âge. Il inventa qu'il passait par hasard dans le quartier et que, si elle le voulait, il était prêt à l'accompagner. *Pourquoi pas ?* pensa Jean. *Peut-être a-t-il besoin de parler...* « Alors, on y va, O.K. ! » Il régla aussitôt son pas sur le sien. Impossible de résister à son parfum de lilas !

« Quel âge as-tu ? fit-il en jetant un regard sur ses espadrilles et ses chevilles fines que poudrait un soupçon de blanche poussière.

– Quatorze ans », mentit-elle en lui décochant un sourire de séductrice diplômée.

Ils remontaient Main Street, et il était en nage sous sa chemise hawaïenne. Il voulut connaître son nom, savoir dans quelle classe elle était, quel sport elle pratiquait. Elle pensa : *Et s'il prend ma main dans la sienne, qu'est-ce que je fais ? Même fine mouche, on n'a pas encore l'habitude de ces choses-là...*

Devant la vitrine de *Lillie Mae's*, elle vit qu'on les regardait. Si Dad apprenait qu'on l'avait surprise en compagnie d'un type plus vieux qu'elle, il la priverait de cinéma… Le garçon se risqua à lui raconter quelques histoires drôles. Elle eut l'amabilité de sourire. À la chute de la quatrième, dévoilant son petit pointu de langue et ses dents nacrées, elle éclata même d'un rire clair.

Elle jubilait. Toujours à s'empiffrer de sucreries, d'où leur taille de Bibendum, Laura Dubster et Camilla Reynolds ne se remettraient jamais de l'avoir vue longer la vitrine de *Lillie Mae's* avec le genre de beau bronzé qui ne s'intéresserait jamais à elles. Elle-même n'en revenait pas qu'on s'accroche ainsi à ses pas. À proximité de la pharmacie, piquant son fard, le gars lui proposa d'aller manger une glace et de boire un Coca.

« Oh non ! regretta-t-elle en prenant le même air douloureux que l'actrice Teresa Wright quand elle contemple le lieutenant Ken Wiloceck cloué dans sa chaise d'infirme. J'ai hélas un frère qui a été blessé à la guerre et dont les deux jambes sont mortes, poursuivit-elle en baissant les yeux.

– Mon Dieu ! Tu as un grand frère paralysé ?

– Oui, et je dois rentrer chaque soir pour m'occuper de lui.

– Quel malheur ! Et il ne remarchera jamais ?

– Non, jamais. Le pire, c'est que sa femme l'a quitté pour un autre homme. Pourtant, c'est un héros, on l'a décoré. »

Sous le choc, Cass Brenner bredouilla une ou deux phrases convenues. Mais, devant son embarras, Jean au grand cœur lui proposa une seconde rencontre, le lendemain dimanche, dans le hangar délabré sous lequel le peuple apache massacré dormait pour l'éternité.

Elle regagna son igloo tout émoustillée. Déjà, le mois précédent, un mal élevé avait sifflé sur son passage, et, une semaine auparavant, un type de l'âge de Dad, au volant de sa belle décapotable, l'avait suivie du regard. En proie à une allégresse voltigeante, elle balança son chandail sur le lit et, face au miroir, commença à se palper. Depuis le premier liquide chaud qu'elle avait senti couler entre ses jambes, et la première culotte hygiénique, cérémonieusement donnée par Mum, elle aurait juré que ses bras devenaient moins maigres et que ses seins, jusque-là aussi durs que du bois, s'arrondissaient. Elle les tint dans ses mains, les soupesa et jugea qu'ils accusaient un poids respectable. Elle suivit du doigt le tracé de ses hanches, dont le galbe s'affirmait, puis elle caressa sa taille de plus en plus fine et se réjouit que, sur chaque pouce de son corps, sa peau se fît tendre et veloutée. Quelles délices ! Même ses épaules, sur lesquelles glissait la lumière du jour, douces désormais, et joliment dessinées, perdaient leur aspect osseux.

Elle se présenta le lendemain sur les lieux de son rendez-vous. Vêtue d'un mini-short et d'un débardeur échancré volé à sa sœur, elle ne risquait pas de passer inaperçue. L'insistance avec laquelle Cass Brenner la considéra fit tressaillir son cœur. Elle déposa un bisou sonore, vite donné vite envolé, sur la mâchoire carrée de son nouvel ami. Le visage du garçon se colora. En retour, elle sentit flamber ses propres pommettes.

« Voilà, c'est chez moi ! dit-elle en s'asseyant parmi les herbes folles. C'est à l'abandon et tout rouillé, il n'y a plus de toit, mais c'est mon théâtre sans public. Regarde comme c'est nostalgique ! Les hangars d'autrefois ont été démontés, pas celui-ci !

— Et qu'est-ce que tu fabriques ici ?

— Je récite des poésies. Je m'imprègne de ce que je dis, et après j'ai l'impression de l'avoir vécu. Je sais des centaines de strophes. J'en ai recopié de très belles. Viens à côté de moi, je vais te montrer. »

Elle sortit trois cahiers de son sac de toile. Étonné, Cass découvrit comment on pouvait mêler, sur papier quadrillé, des photos de James Mason, d'Elisabeth Taylor, de Laurence Olivier, de Vivien Leigh, de Gene Tierney et de Tony Curtis, avec des prières, un ou deux cantiques, des dessins de paysages, d'oiseaux, de fleurs, de clochers, et des poèmes calligraphiés à l'encre violette.

« Celui-ci est mon préféré : *Je suis Personne ; et vous ?/Êtes-vous personne aussi ?/Dans ce cas, nous faisons la paire./Chut ! On pourrait nous trahir – qui sait !* »

Cass acquiesça. Perplexe, il regarda Jean à la dérobée. Comme soudainement hantée par une intense mélancolie, elle poursuivit : « *Être quelqu'un, que c'est morne !/Que c'est commun de coasser son nom/Tout au long de juin/Au marais béat…*

– C'est de toi que tu parles ? demanda-t-il.

– L'auteur s'appelle Emily Dickinson, elle ne pensait pas exister pour de vrai. C'est un écrivain qui préfère les enterrements aux réunions de famille, qui envie les sanctuaires glacés et le marbre des tombes… Ses vers sont pleins de mystères, et j'aime m'y replonger quand je ne sais plus moi-même si cela vaut la peine d'exister.

– Et ça te redonne le goût de vivre ?

– Ça me montre qu'il y a des secrets enfouis dans l'âme de chacun d'entre nous. »

Elle se tut. Un voile de douleur tomba sur son visage.

« C'est à cause de ton frère paralysé ? reprit-il en posant sa main sur ses petits doigts blancs.

– Non, rien à voir. Là, il est seulement question de moi. »

Elle se rapprocha et murmura que, certaines nuits, quand elle doutait d'être en vie, elle inventait ses propres poèmes. « Tiens, écoute : *De couleur de l'as de pique/Sur un firmament sans fin/Isolée toute petite/Je suis comme le poivre d'un simple grain…*

– Moi, je n'ai jamais rien écrit, lui confia-t-il. Mais je pourrais essayer, pour toi, pour que, en me lisant, tu sois sûre d'être quelqu'un d'important. »

D'adorables fossettes creusèrent les joues de Jean.

« Ça ne doit pas être facile d'écrire pour quelqu'un d'autre.

– Bah ! Avec les mots…

– Il n'y a pas que les mots. Il faut bien connaître la personne, sinon on dit n'importe quoi. Quand tu auras essayé, tu comprendras. »

Cass frôla la nuque de garçonnet.

« Te connaître, je ne demande que ça… souffla-t-il, un peu confus.

– Tu me suivais dans la rue, n'est-ce pas ? Tu me guettais hier, quand je suis sortie de l'*Orpheum* !

– Euh…

– Dis-moi ! »

Il se racla la gorge. Elle ne manquait pas de toupet.

« Moi, je t'ai montré mes cahiers, maintenant tu es obligé de me dire la vérité. »

Il s'entendit répondre que cela faisait en effet deux semaines qu'il l'avait remarquée, mais qu'il était resté discret, pour ne pas la mettre mal à l'aise.

« Hou, l'affreux ! pouffa-t-elle. Il suit les filles !

– Non, toi seulement.

– Alors, je t'embrasse une fois, et toi tu écris pour moi. »

Sans lui laisser le temps de rien ajouter, elle posa ses lèvres sur les siennes. Premier baiser de cinéma. Comme c'était drôle de toucher la langue d'un garçon avec sa langue ! Comme c'était chaud et profond !

Pris à contre-pied, Cass Brenner enlaça cette délicieuse peste de Jean S. Et il mit tant de fièvre dans cette première étreinte que la demoiselle en eut le souffle coupé.

4

Il y a des domaines où le hasard n'existe pas.

En ce mois de décembre 1952, l'un des plus rigoureux qu'eût connu le Middle West depuis trente ans, Jean S. voulait bien croire à la Providence, mais pas au hasard ! Pas à ce point. Même Cass, pourtant peu enclin à divaguer, même Cass Brenner donc, gentil *boy-friend* depuis quelques semaines, incapable d'écrire, mais expert en baisers ardents et regards langoureux, en convenait : le hasard ne pouvait pas tout expliquer. Il y avait autre chose, de plus… *élevé*.

Les journaux racontaient tous la même histoire, adorable.

La scène était facile à se représenter. Lieu de départ : la zone peu fréquentée du viaduc de Marshalltown, du côté des baraques de misère, où, jadis, logeait le bel Iron Bob. Personnage : une maman au ventre vide, à l'esprit saturé d'injustices et de soucis par milliers. Qu'arrive-t-il ? Un instant d'inattention… C'est la fin de la journée, un petit mignon, cheveux crépus, trois ans seulement, s'évade vers les pentes abruptes et les sentiers escarpés. La décharge publique aurait pu l'avaler à jamais, mais non ! Le Bon Dieu veille. Et cette neige qui tombe ! Qui tombe ! Que porte-t-il de chaud pour le protéger ? Rien ! Des chaussures à la semelle crevée, un pantalon élimé et un vieux pull miteux, récupérés auprès du Mouvement national pour la promotion des gens de couleur de la ville de Des Moines. Il erre donc, mais la nuit aveugle descend, et le voici, le chérubin, qui se perd dans la brume grise. Il claque des dents, il a peur du loup, et du bonhomme Hiver qui s'empare des enfants. Nuée de papillons en coton blanc, les flocons de neige se collent dans ses cils, entrent dans sa bouche. Ses menottes potelées n'arrivent plus à remuer, il a faim, il tousse, sa poitrine se déchire. Des ombres gigantesques l'encerclent, des bras décharnés l'agrippent, des doigts de givre le griffent. Il pleure, mais ses larmes gèlent sur ses joues. Le vent méchant lui fouette la frimousse, il n'y voit plus clair. Il s'enfonce jusqu'au genou, il tombe, il appelle sa maman. Il voudrait se relever, mais craint la morsure de l'oiseau-serpent, que le grand-père de son grand-père Makanda a connu autrefois, sur l'autre versant des océans, dans le pays lointain des tam-tam enfiévrés, des masques de plumes, des visages peints, de la Magie des sorciers initiés, et des Grands Secrets révélés.

Il est debout, mais ses jambes sans force se dérobent sous lui. Le voici assis, le voici qui se recroqueville. Sa tête s'incline, il tente de protéger sa poitrine. Déjà un voile blanc se pose sur ses épaules, couvre ses cheveux. Le pouce dans la bouche, il se pelotonne, c'est une boule informe. Il gémit, mais nul n'est là pour le bercer. Est-ce qu'il respire encore ? C'est comme un tas, ça n'a plus de forme, plus de jambes, plus de bras... Sa mère ne le reconnaîtrait pas. Une dernière fois, il distingue les cristaux des étoiles aux branches de glace, qui percent la toile du ciel noir de millions de trous d'aiguille...

Pour connaître la suite, il suffit à Jean de lire à haute voix la première page du *Times Republican* :

C'est seulement le lendemain matin, à l'aube, que James Pellington, forestier bien connu de nos concitoyens, remarqua ce qu'il crut être un tas de branchages recouvert de neige. Quelle ne fut pas sa surprise lorsque, ayant balayé l'épaisse couche de givre, il identifia la tête, puis le corps entièrement gelé d'un enfant en bas âge ! Les membres raides du pauvre infortuné, son front glacé, et l'inconscience dans laquelle il avait sombré, lui firent craindre le pire. Pourtant, un filet d'air sortait encore des poumons du garçon, et son cœur épuisé battait faiblement. Ayant tout tenté pour réchauffer cette innocente victime de l'hiver impitoyable qui nous frappe, James Pellington se précipita à l'hôpital, où les médecins compétents prirent le relais. Mais la température du corps était descendue à trente et un degrés. Frictions de poitrine, pompe à oxygène, réanimation... La respiration sembla se stabiliser, puis le miracle eut lieu à dix heures seize du matin. Buddy Hooker ouvrit les yeux, il remua le bras, tout étonné d'exister, il était sauvé ! Et ni ses mains ni ses pieds n'avaient gelé.

Même si elle se reprochait d'être distraite pendant les offices au temple et les cours de catéchisme, et de ne plus prier avec autant d'ardeur qu'auparavant, Jean voyait dans cet épisode la preuve que le Ciel veillait sur les plus désespérés. Et elle se réjouissait que Cass Brenner, dont l'imagination peinait à décoller, partage sa certitude. Quand elle était en colère après Mum and Dad, elle se plaignait de vivre dans une famille étroite d'esprit, qui la brimait. Mais ces contraintes n'étaient rien, comparées aux souffrances du petit Indien noyé, de cet enfant miraculé, d'Iron Bob, et des gens du viaduc au regard peureux. Elle pressentait trop d'aliénations autour d'elle. Le souvenir du vieux Nègre au pansement jaune sale la poursuivait. Elle trouvait révoltant que des malheureux, également aimés de Dieu, soient obligés de supplier pour un soupçon d'humanité.

Un soir, peu avant Noël, alors qu'elle feuilletait un journal, elle tomba sur une photo qui la révulsa. Dans une ville du sud des États-Unis, trois jeunes Noirs affamés avaient été battus dans la rue parce qu'ils avaient volé de la nourriture dans un restaurant et bousculé des clients en s'enfuyant. On les voyait en larmes, le visage tuméfié, les vêtements déchirés, au milieu des passants, tous des Blancs, qui les injuriaient. Le même tribunal qui avait envoyé les gamins en prison avait acquitté ceux qui les avaient frappés. Ainsi, certains payaient leurs fautes plus chèrement que d'autres.

C'était à des personnes qui, comme elle, se préparaient à une destinée singulière de réagir, pour que le mal ne se répande pas dans le monde entier !

Sans hésiter, Jean prit son papier à lettres et trempa son porte-plume dans l'encrier.

Qu'est-ce qui lui était passé par la tête ?

S'inscrire à la section de Des Moines du Mouvement national pour la promotion des gens de couleur ! Dad n'en revenait pas. Et s'en vanter, par-dessus le marché : à l'école, chez *Lillie Mae's* ou devant la caissière de l'*Orpheum*, qui l'avait répété au pasteur Kenneth, lequel avait jugé bon de l'avertir en tant que chef de famille… Dad ne faisait pas semblant, une douleur lui vrillait la nuque, ses lèvres tremblaient… Petite sainte-nitouche, pas plus contrite que cela, Jean l'écoutait la sermonner. « Les gens vont penser que tu es communiste ! », lui lança-t-il d'un ton cinglant. *Communiste...* Elle ne savait même pas ce que ça signifiait. Elle répondit : « Je me moque de ce que les gens s'imaginent. C'est la fraternité entre les êtres qui compte. C'est pour ça que je me suis inscrite.

– Ils vont t'embrigader ! À qui la faute ? Est-ce ce garçon qui rôde autour de toi depuis un mois qui t'a influencée ? Tu crois que je ne le vois pas ! Tu seras obligée de distribuer des tracts, de coller des affiches, de crier des slogans contre l'Amérique ! Tout le monde saura de quel côté tu es. Tout le monde croira que c'est comme ça que nous t'avons élevée.

– Je veux être avec ceux qui ne savent pas se défendre.

– Mais qu'est-ce que tu crois ? Que tu sauveras le monde, Jean ?

– Je le sauverai, oui ! Et, à ce moment-là, tu me comprendras. »

Dad garda le silence. Une balle empoisonnée s'était logée dans le cerveau de sa fille, et il accusait le poids des ans. Avec quelque chose de blessé sur son visage en lame de couteau, il vit Jean au milieu d'une horde, les traits déformés par la haine, se précipiter poings en avant sur un barrage de policiers, se faire traîner par les pieds sur les pavés et prendre des coups de matraque. Pourtant, dans la famille S., on avait toujours partagé des idées simples. Il n'y avait qu'une seule clé pour comprendre le monde. S'en écarter, c'était ouvrir la porte au doute qui minait les cerveaux des marginaux. Établir ses propres lois, c'était rompre les garde-fous. On n'avait pas à expliquer ces choses-là. C'était ainsi !

Sachant qu'elle désespérait son père, Jean effleura timidement ses lèvres du doigt. *Je ne peux pas renoncer...* se dit-elle. Dad connaissait pourtant l'histoire d'Iron Bob, et il lisait les journaux ! « Tu n'iras pas aux réunions ! Pas question que tu ailles à Des Moines ! », trancha-t-il.

Inutile de lui crier que, sans la tendresse des plus forts pour les plus faibles, le monde allait disparaître. Mais quelle souffrance de constater qu'il ne comprenait rien à ce besoin d'amour qui la transfigurait ! Elle se mordit l'intérieur des joues pour s'interdire de pleurer. Une fois de plus elle regretta de ne pas être orpheline, ou enfant noire, grelottante de froid sous le viaduc.

5

Grand-papa Benson était mort. Une brèche, dans laquelle s'engouffrait un oiseau étrange, s'ouvrait en Jean.

Mais comment se libérer d'une telle détresse, quand on s'accroche au goût enfantin de la vie ? Comment accepter que toute existence est faite pour s'abîmer dans un gouffre noir ? Impossible d'admettre que ces milliers de fils tendus, rompus chaque jour, font partie de la routine...

Et le Paradis, Jean ? Oublies-tu le Paradis, promis aux cœurs purs dont la générosité coule de source ?

Plus jeune, elle avait cru en l'éternité. Mais, devant un monde injuste, où les hommes se méprisaient les uns les autres, elle ne savait plus que penser.

Seule chance d'en réchapper : affronter la réalité, qui ne devait pas être si terrible, puisque, après le chagrin, on revenait toujours au quotidien. D'heure en heure, l'idée prenait racine : il fallait qu'elle voie. Et qu'elle touche. Et qu'elle sache à quoi ressemble un corps changé en objet inanimé !

Elle prit sa décision à la veille des obsèques. Avant qu'on ferme le cercueil, elle s'approcherait de grand-papa Benson. Peut-être aurait-elle le courage de poser sa main sur sa poitrine.

« Grand-maman, cette nuit je reste auprès de toi ! »

Elle attendrait que la dame chérie soit endormie... Puis, l'esprit clair comme du cristal, elle descendrait dans la chambre funéraire.

À une heure du matin, guettant chaque bruit, Jean emprunta l'escalier. Gagna le salon, alluma l'unique lampe et s'approcha à pas comptés. Tout était muet. Elle songea aux blanches pierres tombales d'Emily Dickinson... Comme elle aurait voulu frissonner de cette angoisse qui, dans les histoires affreuses, fait trembler les superstitieux qu'enveloppent les vapeurs des marais ! Mais elle était dans le réel, et nulles ténèbres grouillant d'êtres maléfiques ne s'étalaient devant elle. Serré dans sa boîte étroite, mains croisées sur le ventre, costume sombre et cravate nouée, grand-papa Benson dormait.

Pourtant, à bien y regarder, son teint était blême, le coup de serpe de sa bouche virait au gris, et ses orbites se creusaient. Jean sentit ses propres os se liquéfier. *Embrasse ton grand-père pour lui dire au revoir*, lui souffla une voix intérieure.

Impossible de résister à cette force qui, l'ayant saisie par la nuque, la forçait à s'incliner au-dessus du corps du vieux fermier. Pour l'amour du Ciel ! Cette peau raide, parcheminée, rugueuse sous ses lèvres ! Et cette odeur fade ! Mais pas question de se dérober ! Elle restait comme aimantée, et un froid glacé prenait possession d'elle !

Elle s'arracha violemment et supplia son grand-père de lui pardonner.

L'une de ses larmes avait coulé sur le visage de cire, et elle suivait le sillon d'une ride, comme si les morts avaient su pleurer.

Sur les planches

Tandis que, subjuguée par Marlon Brando, Jean S. se mettait en tête de devenir star, Carol H., professeur de diction, entamait sa quinzième année d'enseignement au lycée de Marshalltown.

Se fiant à son expérience, elle remarqua Jean S. dès la rentrée. Voix claire et bien posée, port de tête altier, cambrure des reins accusée, sourire conquérant de la fille pleine de toupet... cette jeune personne lui parut toute désignée pour jouer sur scène les rôles les plus piquants.

En réalité, face aux haussements d'épaules que suscitait sa vocation, Jean vivait des semaines difficiles. Plus souvent en phase d'apathie que d'exaltation, son goût pour la poésie aux résonances d'outre-tombe s'accentuait. Ses petits airs crâneurs, ses discours sur sa future célébrité, et la tendre relation qu'elle était certaine d'entretenir bientôt avec Marlon Brando, lui attiraient d'âcres inimitiés. De plus, maintenant qu'elle mesurait 1 m 60 et laissait pousser ses cheveux, les lycéennes des classes supérieures prenaient soin de la ridiculiser aux yeux des garçons, souvent tentés de l'approcher. Lasse de Cass Brenner, décidément trop prévisible, Jean restait de plus en plus seule, et commençait à douter d'avoir la moindre destinée.

Elle interrompit le roman dont elle avait entrepris la rédaction : l'histoire d'amour douloureuse d'une petite fille blanche et d'un jeune garçon noir. La terreur de l'échec pointa en elle. Le souvenir de la peau glacée de grand-papa Benson collé à ses lèvres, elle déclara à Cass Brenner qu'elle serait capable de se tirer une balle dans la tête.

Seul le rituel des séances à l'*Orpheum* l'empêche de lâcher prise. Face à l'écran – orchestre, sixième rang –, un samedi de novembre, sa vie prend un nouveau tournant.

Et c'est comme un embrasement.

Le personnage se nomme Rose Loomis. Ses cheveux sont blonds, ses yeux bleu translucide et sa peau laiteuse. Elle se déhanche divinement, donnant à chaque passant le sentiment qu'elle en pince pour lui. Irrésistible en robe décolletée rouge vif, elle affiche une sexualité ravageuse. Sous le regard brûlant de son mari trop âgé, elle aime que le jeu soit dangereux. Jamais Jean n'a vu femme plus provocante. Un soir, devant les bungalows de Niagara Falls, Rose Loomis se met à chanter… Les voisins en ont le souffle coupé. Gestes languides, moue boudeuse ou sourire enjôleur, la chipie fait virer l'atmosphère à l'aigre, et Jean se surprend à éprouver une sensation chaude qui clapote au creux de son ventre. Le rouge lui monte au front : ce n'est pas normal d'être ainsi attirée par une femme. Pour se rassurer, elle plaque sa main sur l'entrejambe de Cass Brenner assis à ses côtés. Raté ! Bien que la tentatrice soit de son genre préféré, cet amorti-là ne bande pas.

Un baiser, Jean ?
Oh Cass ! Laisse-moi.

De peur de manquer une seule expression de cette garce de Rose Loomis, elle ne quitte pas l'écran des yeux. Tant pis pour le péché ! Elle le confessera au pasteur Kenneth. Deux femmes entre elles, une diablesse et une star en herbe, tout juste entrée au lycée, ça ne doit pas être si grave, du moins en pensée…

Scène après scène, bien que la traînée ne songe qu'à éliminer son bon à rien de mari, l'émoi de Jean ne retombe pas. Comme elle envie ce sourire, ces lèvres mouillées, cette palpitation de gorge, cette poitrine de reine sûrement tendre au toucher ! En même temps, une telle dose de perversité, sous cette chair à se damner, a quelque chose de terrible.

Attention de ne pas franchir la limite ! Recommandation inutile : à la fin, la femme-chienne est piégée. Poursuivie par son mari dans les machineries des ascenseurs de Niagara Falls, la frayeur s'empare d'elle. Courant d'escalier en escalier, elle panique, se retrouve coincée, ne peut plus s'évader. Morale prévisible : la justice de Dieu va passer. À l'orchestre de l'*Orpheum*, chacun se retient d'applaudir. Sous des stries d'ombre et de soleil, l'époux saisit chaque pan du foulard de soie noué autour du cou de l'infidèle et se met à serrer. Envol de la caméra, plongée aérienne. Dans l'abdomen de Jean, ça chauffe. Mais pourquoi ne pas montrer l'agonie de Rose Loomis ? Quelle cruauté, alors que seule la souffrance aurait pu racheter ses fautes.

Monroe… Marilyn Monroe… Jean sortit frustrée du cinéma, tout en se répétant le nom de cette star, que, comme tous les hommes, elle avait eu atrocement envie de détester et d'embrasser. Pour Marilyn, pas de pardon ! La femme adultère était condamnée, et l'actrice qui osait se confondre avec elle l'était aussi. *Loomis… Rose Loomis…* Mais comme son mari l'aimait ! Pour lui également, toute forme de rémission était exclue. Victime de son adoration, il devait libérer son cœur du nœud de ronces qui le déchirait. *Monroe... Marilyn Monroe...* Ni ange ni bête, mais un seul et même être sensationnel, qui, en technicolor, pouvait tout se permettre.

À deux pas de chez Mum and Dad, où elle était toujours censée rentrer à l'heure pour secourir son frère handicapé, Jean apostropha Cass : « Dis, est-ce que tu m'aimes assez pour m'étrangler ? »

Le pauvre garçon la fixa avec des yeux ronds.

« Bien sûr... Dans la vraie vie, c'est plus compliqué qu'au cinéma, soupira-t-elle en précipitant leur séparation. Pas question d'escamoter le gros plan. Et puis il faut insister, ça dure, la fille ne veut pas, elle se débat. »

* *
*

« Madame, ai-je la trempe d'une actrice ? »

Par un soir venteux de décembre, Carol H. reçut la visite de la jeune Jean S. L'adolescente à la mine grise grelottait. Elle était dans un tel état d'excitation que la professeur l'assit dans son salon, lui prépara un bol de chocolat et téléphona au pharmacien de Marshalltown pour l'avertir que sa fille était avec elle et qu'elle la raccompagnerait quand elles auraient fini de discuter.

Jean répéta sa question, expliquant qu'elle était montée sur scène quelques années auparavant et qu'elle avait décidé d'en faire son métier. Mais il était encore temps de la décourager, car, depuis son enfance, on lui enfonçait dans le crâne qu'elle ne valait rien, ce qui était sans doute vrai. Sautant du coq à l'âne, elle enchaîna sur la poésie, un bout de roman inachevé, les pièces de Tennessee Williams, ses films préférés et la nouvelle génération d'acteurs de Hollywood, surtout Marlon Brando et Marilyn Monroe, « qui, même dans la peau de criminels, nous forcent à les aimer… ». Carol H. l'écouta égrener les idées les plus confuses. Disparue, l'effrontée du lycée ! Paupières gonflées, le teint brouillé d'avoir pleuré, Jean S. cherchait ses mots. « Aujourd'hui, je peux encore renoncer, insista-t-elle. Mais si je dois abandonner dans un mois, j'en mourrai. »

À la question : « Pourquoi veux-tu être comédienne ? », elle répondit : « Pour vivre mille vies plus intéressantes que la mienne, qui est petite et misérable. Pour donner libre cours à des sentiments que, sans cela, je n'éprouverai jamais. Pour être ange un soir, et démon la semaine d'après.

— Faire du théâtre n'est pas un lit de roses, Jean. Pour y parvenir, il ne faut jamais transiger, même si la vie bat de l'aile, que l'on souffre, ou qu'un ami vous a trahi. Premier principe : garder confiance en soi, et le montrer. Ensuite : se démener sans répit, travailler sa voix, entretenir son apparence physique et préserver sa santé, étudier ses attitudes et les peaufiner une à une. Interdiction de tenir en place ou de se satisfaire de ce que l'on a trouvé. Au contraire, obligation de voyager, au moins en pensée, de lire, de se cultiver, de rester aux aguets, et de piocher partout de nouvelles idées. Enfin, avoir la patience d'observer la terre entière. Être l'éponge qui s'imbibe. Graver chaque geste dans sa mémoire, chaque expression de visage, chaque inflexion de voix et chaque émotion, pour être capable de les restituer.

— Même s'il s'agit de jouer une traînée que tout le monde déteste ?

— Chaque personnage a son histoire. C'est à l'acteur de se l'approprier en s'appuyant sur ses propres souvenirs. Le secret, c'est de se croire soi-même une traînée, tout en gardant sa personnalité.

— Et d'avoir d'affreuses pensées ?

– Si certaines règles t'encombrent, tu les balaies, nul ne te demandera de répondre d'actes que, dans la réalité, tu ne commettrais pas. »

Jean hocha la tête.

« Je crois que, quand le personnage ne vaut rien et que l'on meurt avec lui sur scène, c'est pour de vrai… murmura-t-elle. Et cela fait mal, n'est-ce pas, chaque fois qu'on est tué ?

– Mais quel bonheur d'être toujours vivant, quand le public applaudit ! Qui donc peut se vanter d'être mort cent fois dans sa vie ?

– D'être mort ? Personne. Ni de renaître ailleurs, en portant un autre nom, avec d'autres gens, à une autre époque… »

Jean trempa ses lèvres dans le chocolat.

« C'est cela que je viens chercher, même si je finis épuisée », ajouta-t-elle gravement.

* *
*

20 janvier – 17 heures 45 – Cours de théâtre de Carol H. – *CHARADE NUMÉRO 3*

Talons haut perchés, chevelure ondulée, blonde et soyeuse, bouche humide et rouge vif, boucles d'oreilles à larges anneaux, robe écarlate, décolletée, et écharpe blanche, négligemment posée sur les épaules, Jean S. s'avança, telle une reine de beauté. Prête à se livrer, elle savait dans quoi elle s'engageait. Seconde après seconde, geste après geste, tout était calé.

Exercice de la semaine.

Chaque élève choisissait une scène et l'interprétait devant la classe. À charge pour les autres de deviner de quoi il s'agissait. Cette fois, sous les lumières basses, deux couples s'apprêtaient à danser. Démarche chaloupée, dos et bras nus, comme Marilyn, Jean S. tendit le disque de son choix à Paul Brent, l'un des cinq grands de dernière année avec lesquels elle avait répété, reprenant et dirigeant chacun d'entre eux des heures durant. L'enregistrement, emprunté à Cass, commença à tourner sur le pick-up. *My Foolish Heart*, par Margaret Whiting. Ce n'était pas la chanson du film, mais cela y ressemblait, en un peu moins « jazzy ».

Silence autour de la scène, on attendait. Intriguée, Carol H., lunettes sur le nez, se pencha en avant sur son siège.

Piano et violons... La fausse Rose s'assit sur les marches du fond, dans une position d'abandon. Tandis que les hommes la dévisageaient, bouche close, elle fredonna les premières mesures de la mélodie. « *Beware my foolish heart/Our night is a lovely moment/Darling, take care my lips...* » Virgule d'or tombant sur le front, peau de lune, mezza voce, sans couvrir la voix de l'artiste, elle chantait du bout des lèvres. Mauvaise fille ! Mais comment être tendre et réservée avec un vieux mari impuissant ? Mariage forcé, disputes affreuses, nuits blanches sans amour, tristes à pleurer... Qui, dans l'assemblée, savait à quel point son cœur était déchiré ? Les regards des hommes la consolaient. *Take care my foolish heart/It's love, this time is love/What a sensation, my foolish heart...* D'un geste léger, paupières mi-closes, elle fit glisser sa petite main brûlante le long de son bras, sur sa hanche, jusqu'à l'estuaire de ses cuisses, qu'elle tenait caché. Puis elle croisa ses jambes polies, de façon que chacun pût admirer la blancheur de son mollet et remarquer l'osselet frémissant de sa cheville. Impudique, ravie que, là-bas dans les coulisses, une ombre familière la menace, Rose Loomis s'offrait en spectacle au plus aimant...

Jean S. ne savait pas chanter, mais l'éclairage de scène épousait ses traits, soulignant à ravir l'éclat de son teint nacré. Son visage lisse de femme-enfant n'avait plus rien d'angélique. Sans manières, ni naïvetés de gamine, elle bougeait avec cette même grâce qu'on lui connaissait dans la vie quotidienne et donnait le change à s'y tromper. De tout son être se dégageait la séduction morbide d'une vraie « fille à tuer ». L'écolière aimait la provocation. Dans une petite ville comme Marshalltown, cela prouvait, soit un certain courage, soit une bonne dose d'inconscience. Carol H. était stupéfaite par ce cocktail de sensualité, de vulgarité calculée et de langueur.

Mais, las d'épier, le mari surgit. Comme au cinéma, il se rua sur le disque pour le briser. Franchissant l'espace qui se dilatait, Rose le défia, follement ravie de cette mise en scène. Puis, balançant sa croupe gainée de rouge sang, elle fit volte-face pour rentrer se coucher.

Une rafale d'applaudissements salua la sortie de Jean. Les plus âgés dans l'assistance avaient reconnu *Niagara*. Elle parut en tirer une grande fierté. Le soir même, à l'heure de quitter le lycée, redevenue tout innocence, la figure et les lèvres débarbouillées, la robe de sa sœur aînée roulée sous son bras, elle voulut savoir si, bien qu'elle n'eût pas l'âge réglementaire, elle serait autorisée à suivre le cours pour le reste de l'année. Redoutant qu'elle ne se prît pour Marilyn, Carol ne se précipita pas pour accepter. « Tu nous as montré tes cheveux bouclés, tes lèvres, tes jolies épaules... Bravo Jean, c'était très spectaculaire ! répondit-elle. Tu nous as livré ta charmante personne, flirtant tellement avec le public que pas un de mes garçons n'aurait été capable de te résister. C'est ainsi que se comporte Rose Loomis.

Chacun de ses gestes est fait pour séduire, à charge pour elle de laisser deviner à ses admirateurs quelles idées lui trottent dans la tête. Voilà pourquoi tu l'as jouée en train de jouer elle-même son propre personnage. Mais le théâtre est rarement un lieu d'exhibition. On jurerait même qu'il s'y passe souvent peu de choses. C'est que l'essentiel n'y est pas toujours dit. Et pourtant, dans la salle, tout le monde comprend ce dont il s'agit. Je veux bien t'apprendre comment se produit ce miracle de télépathie, mais il te faudra travailler dur. »

Dans la rue baignée d'une lune glacée de janvier, Jean embrassa vingt fois Cass Brenner. Puis, sitôt franchie la porte de chez elle, heureuse comme jamais, elle proclama que, à partir de dorénavant, son avenir s'annonçait des plus brillants.

Comprendre d'abord.

Avant de se lancer dans l'apprentissage de scènes entières, elle se vit contrainte d'observer les autres, d'étudier leur manière de parler, de se déplacer, de bouger. Avant de monter sur scène, elle dut enregistrer les conseils de son professeur. Elle l'entendait répéter que l'essentiel était que le jeu fût vrai. Un soir, elle la vit s'insurger contre une fille de première année, fière d'avoir travaillé son personnage devant le miroir, alors que, lui lança-t-elle : « L'important pour l'acteur n'est pas de s'observer de l'extérieur, mais de l'intérieur... » Elle nota aussi à quel point Carol refusait le jeu mécanique, comme serrer les poings pour signifier la colère, rouler des yeux pour mimer la jalousie ou enfouir son visage au creux de ses mains pour se donner l'air de sangloter, quand le bon acteur est contraint de pleurer pour de vrai. Rongeant son frein, elle prit l'habitude d'imaginer la vie de dizaines de personnages et de recopier leur histoire sur de grands cahiers, se figurant leur enfance, décortiquant les rencontres qui les avaient influencés, la nature et l'évolution de leurs pensées. Elle ne manquait pas un cours. Assise au premier rang, en jeans, baskets ou pieds nus, comme prête à recevoir une décharge électrique, crayon d'écolière à la main, elle noircissait deux pages de notes à chaque séance. Inutile de chercher à lui parler tant que le cours n'était pas terminé, même Brett Leak, pourtant le genre de garçon bohème qui l'attirait, y avait renoncé. Quant à Martin Holly, qui lui glissa à l'oreille, alors qu'elle écoutait une scène d'Ibsen, qu'il la trouvait irrésistible, il s'entendit répondre d'une voix acide : « Désolée, je suis enceinte de mon ami, le gars du garage Chevrolet. »

Quand elle se permit quelques commentaires personnels sur la manière dont les uns et les autres, tous plus âgés et plus expérimentés, interprétaient leurs rôles, elle ne se fit pas que des amis. Un jour, elle aborda Priscilla pour lui reprocher la fixité de son regard et sa tendance à rester concentrée sur elle-même, au lieu d'écouter son partenaire. « Tu n'as qu'à noter ça sur tes cahiers ! lui répliqua son interlocutrice. Ça pourra t'être utile, on ne sait jamais, si un jour Carol a envie de t'écouter. »

Durant la première semaine d'avril, elle réclama la permission de jouer, n'importe quoi, ce que l'on voudrait bien lui donner… « Patience ! lui répondit Carol. Bientôt tu seras transparente comme du papier-calque sur lequel on peut tout recopier. »

L'événement tant désiré arriva quinze jours plus tard. De but en blanc, on lui demanda de réciter deux ou trois poèmes, sans accessoire ni mise en scène. Un sourire plein d'espoir se dessina sur ses lèvres. Tremblante de gratitude, elle chercha ses marques là où tous les regards convergeaient. Et elle prit le temps de fouiller à tâtons en elle-même. À l'image de Priscilla, les filles ricanèrent : à leur avis, la petite maligne commençait à paniquer.

« *Ce n'était pas la mort car j'étais debout/Et tous les morts sont couchés/Ce n'était pas la nuit, car les carillons déchaînaient leurs voix pour midi…* » L'un après l'autre, elle enchaîna ses textes préférés, et les sarcasmes furent ravalés.

« *Ce n'était pas le gel, car sur ma peau/Des siroccos semblaient serpenter…* » Surprise ! Son langage était intime. Elle se confiait à l'oreille amie qui, grâce à elle, apprenait mille secrets.

« *Comme si l'on avait raboté ma vie/Pour l'insérer dans un châssis – J'avais perdu la clé du souffle – C'était un peu comme à minuit…* »

Septième poème. Pas question de l'arrêter. Buste raide, diction heurtée, filet de voix, presque inaudible parfois, tour à tour nostalgique, tendre ou déchiré, enjouée quand le propos devenait plus léger, elle paraissait d'une fragilité extrême. Un réseau de fines fêlures blanches cernait ses yeux. On eût dit qu'elle était sur le point de se briser. De temps à autre, elle hésitait, butait sur un mot… Non, ce n'était pas parfait, mais d'où venait cette fatalité que l'on sentait sourdre en elle ?

« *Notre âme a des instants plâtrés/Où, trop horrifiée pour bouger/Elle sent quelque peur effroyable/Monter pour la regarder…* » Souvenirs poignants, pour trouver les bons sentiments : à plusieurs reprises elle avait songé à l'oisillon décharné enterré au fond du jardin, à Iron Bob qu'elle ne reverrait jamais, au petit Indien noyé, à l'enfant noir mort de froid et ressuscité. Mais, au onzième poème, le goût de la peau froide de grand-papa Benson lui glaça les lèvres. Au lieu de couler de source, la strophe suivante se brisa net entre ses dents, et la douleur qu'elle ressentit, ce nœud de chagrin palpitant dans ses tripes, dépassa ce qu'elle croyait possible d'éprouver. La vue brouillée dans une mer d'obscurité, souffrant le martyre et jouissant tout à la fois d'un bien-être surnaturel, elle s'efforça de dire jusqu'au bout ces vers-là.

Puis, d'une jeunesse déconcertante avec ses cheveux nattés, elle essuya ses larmes et resta immobile.

La salle mit un moment à se détendre.

Quand Carol lui assura que ce qui venait du cœur était juste, elle eut un sourire incertain. « Toute émotion se canalise, Jean, il suffit d'empêcher le moteur de s'emballer, ajouta-t-elle. Sinon, on est comme un skieur qui dévale une pente semée de rochers. Rassure-toi, mieux vaut avoir trop à donner que d'être contraint de creuser en soi, sans être certain de rien remonter. »

À la sortie, Brett Leak lui demanda à quoi elle avait pensé en disant ses poèmes. « À toutes les choses qui me font rire ou pleurer », répondit-elle. Il voulut en savoir plus, mais elle se sentait habitée par un chaos de sensations et d'images encore plus inextricable que lorsqu'elle quittait le hangar désaffecté.

Marchant et discutant, ils se retrouvèrent dans le vert profond des champs de céréales. Sur le chemin, elle remarqua un petit insecte sombre, juché sur une longue sauterelle. « Regarde, il cherche à lui dévorer la tête. Je m'en souviendrai, ça m'aidera à jouer la cruauté », commenta Brett Leak. Jean parut si désemparée qu'il la prit par les épaules pour la rassurer. Dieu qu'il était grand pour ses dix-sept ans ! Comme il serait bon de s'amouracher d'un garçon comme celui-là, pour qui le théâtre était le meilleur moyen de vivre en marge ! Se hissant sur la pointe des pieds, elle frôla son menton, puis posa un baiser léger sur le bord de ses lèvres. « Merci, chérie, dit le garçon ravi. Mais je croyais que tu attendais un bébé ? » Elle pouffa de rire et recommença à l'embrasser, car c'était bon.

Ensuite agir.

L'idée venait d'elle : jouer le personnage de Willie dans *Propriété condamnée*, une courte pièce de Tennessee Williams qu'elle adorait. Bien qu'un peu âgé pour le rôle de Tom, Brett lui donnerait la réplique, elle en avait décidé ainsi. Depuis que, entre deux câlins, la main dans la sienne, elle parlait théâtre avec lui, elle avait toujours le sourire aux lèvres. Au lycée, cette expression tendue qu'on lui connaissait avait disparu. Élève désormais attentive, même dans les matières qui ne l'intéressaient guère, elle avait retrouvé la vivacité et le naturel d'une jolie fille, dont les formes précoces pointaient sous des chandails trop petits. Seule ombre au tableau : elle hésitait toujours à se séparer de Cass Brenner, avec qui elle continuait de sortir, un peu par envie, un peu par pitié, au risque de tomber sur Brett et d'être abandonnée par l'un et par l'autre, également trompés. Souvent, elle se répétait : *deux garçons en même temps, c'est une sécurité…* Mais, depuis que l'un des étudiants amenés à la maison par Mary Ann avait voulu l'embrasser en douce, elle savait qu'elle ne risquait pas de rester seule bien longtemps. Même que… dans sa tête, l'idée de souffler bientôt un de ses copains à sa sœur aînée faisait son chemin.

« Willie, c'est moi, on a le même âge ! Ce rôle-là, je le veux maintenant, dans un an je serai trop grande ! », proclama-t-elle à Carol. À l'en croire, elle savait ce que ressentait cette pauvre petite que les anciens soupirants de sa sœur Alva, morte du poumon, exhibaient le soir aux galas des chemins de fer ou aux bals du casino du Lac de la Lune. Sûre d'elle, elle ajouta : « C'est comme moi : elle a un prénom de garçon. Cela fait qu'elle ne sait pas qui elle est.

– C'est une naufragée, prise au piège d'une vie sordide, la reprit Carol. Même ses rêves sont poisseux. Il se pourrait que, chez elle, tout soit inventé, que ses parents n'aient jamais fichu le camp, et qu'Alva fasse toujours le trottoir. Comment sais-tu, toi, si elle dit vrai ?

– Je connais Willie. Elle n'attend pas le prince charmant, qui ne viendra jamais la sauver. Oh ! Je les imagine, ses amoureux, avec leurs vêtements imprégnés de sueur, l'haleine lourde et le visage luisant. Elle se persuade seulement que quelqu'un peut vouloir la rendre heureuse, comme d'autres auparavant se sont occupés de sa sœur aînée. Elle veut porter des parures brillantes et danser avec des talons aussi hauts que des poteaux télégraphiques. Pourtant, ce n'est pas le bonheur qu'elle désire, mais son apparence. Sur ce chemin-là, elle n'a aucune chance d'être aimée, et ce qu'elle dit déchire l'âme.

– Elle et toi n'avez rien de commun…

Jean répéta qu'elle devait interpréter ce rôle.

– Mais tu vas jouer devant quel public ? l'interrompit Carol. Crois-tu que les gens de Marshalltown accepteront de te voir comme une gamine paumée, qui s'est mis en tête de coucher à droite et à gauche avec des types pas nets ? J'en connais plus d'un qui aura du mal à l'avaler.

– À commencer par Mum and Dad ! convint Jean. Ils ne risquent pas d'admettre jusqu'à quelles extrémités le désespoir peut pousser une gentille fille. »

Mais qu'importe l'étroitesse d'esprit ! L'essentiel était que son professeur, la meilleure de l'État d'Iowa, la conseille et lui montre, jour après jour, comment travailler avec Brett, jusqu'à ce qu'elle soit parfaite. Jouer une seule fois devant la classe rassemblée, quand elle serait prête, lui suffirait. Fourrageant dans son sac, rempli jusqu'à ras bord d'objets hétéroclites, elle en sortit une poignée de faux brillants qui étincelaient et tout un lot de bijoux de Prisunic, boucles d'oreilles, colliers dorés et verroterie : « Voilà le genre de choses que porte Willie ! affirma-t-elle. J'ai mis du temps à trouver ce que je cherchais. » Sentant que Carol était sur le point d'accepter, elle lui promit qu'elle n'aurait pas à le regretter.

Sitôt dehors, elle courut rejoindre Brett sous les vertèbres de fer de son vieux hangar. Se précipitant sur lui, elle noua ses bras autour de son cou : c'était gagné ! Ils pouvaient commencer à répéter. Elle le serra fort. Et elle riait ! Elle riait comme jamais ! Pour se libérer, il bascula avec elle, lui plaqua les épaules sur les hautes herbes. Elle riait à gorge déployée, mais elle referma ses jambes autour de sa taille. Voilà maintenant qu'il était prisonnier, que la follette ne voulait plus le lâcher. Alors, pour la punir, il tenta de gober son bout de langue rose bonbon. Contraint de renoncer, tant elle rigolait, il lui ôta son petit pull et, tout étonné de son audace, découvrit quelques trésors. Poussant des « Ohhh chérie ! » qu'il ne parvenait plus à contrôler, il caressa les jolis seins aux pointes brunes, à la peau fine. Puis il frotta sa joue sur le ventre chaud qu'un duvet or pâle rendait velouté au toucher.

Enfin prouver.
Quand, un mois plus tard, dans l'après-midi du troisième samedi de juin, Jean entra sur scène, affublée de fanfreluches, avec une longue robe de velours bleu ornée d'un col de dentelle crasseux, de faux brillants autour du cou et de grosses bagues décoratives aux doigts, elle fit son effet. D'une minceur extrême, les

joues lisses, rehaussées de fard rouge, une poupée cabossée à la main, elle paraissait treize ans à peine. L'air ingénu, innocente mais tragique, elle avança en chancelant… *« Salut. Qui es-tu ? »* lui lança Tom, tenant son cerf-volant orné de rubans. *« Ne me parle pas avant que je tombe. Tiens… prends… prends ma poupée. Je ne veux pas la casser… »*, lui répliqua-t-elle d'une voix de gamine. Assise au dernier rang, Carol porta son regard sur J. William Fischer, le millionnaire excentrique de Marshalltown, fabricant de vannes pour pipelines, mécène amateur d'opéra et collectionneur de tableaux impressionnistes français. L'inviter à venir voir *Propriété condamnée* était une idée à elle. Elle espérait ne pas s'être trompée.

Jean/Willie roula en bas du talus. *« J'ai fait sauter un de mes diamants ! »*, se plaignit-elle à Tom, qui lui rétorqua que ce n'était pas un vrai diamant et qu'elle ne le retrouverait jamais sous ce poussier… Dans le public, J. William Fischer plissa les paupières. Il était bien le seul habitant de Marshalltown à admettre que le talent s'exprimât autrement qu'à travers des œuvres édifiantes et des dialogues bien-pensants. *« Ça fait deux ans cet hiver que j'ai tiré ma révérence »*, répondit Jean/Willie à Tom, qui voulait savoir pourquoi elle n'était pas à l'école, et un sourire se dessina sur le visage de Fischer. Carol était rassurée. Depuis qu'elle le connaissait, il ne l'avait jamais laissée tomber, même quand une clique de parents avaient voulu fermer son cours, prétextant que le théâtre était une activité de poseurs et de fainéants, qui détournait les élèves de l'université et des bons métiers. Étant de ces hommes puissants que nul n'osait contrarier, son appui avait suffi à étouffer la cabale. Désormais, elle le surnommait affectueusement « Bill » et restait convaincue que, si le cas se représentait, il l'aiderait encore.

L'idée de lui montrer Jean sur scène avait surgi la semaine précédente, quand la force d'âme de sa jeune élève l'avait, pour le coup, impressionnée. Pourtant, malgré sa compréhension du personnage de Willie, la pauvre gamine avait peiné, toujours à cause des émotions qu'elle devait canaliser. Cent fois elle avait recommencé, écoutant chaque remarque, parfois en rage contre elle-même, mais jamais découragée.

Or, ce soir-là, Willie existait.

Il fallait l'entendre expliquer que sa sœur « *était très recherchée par le personnel des chemins de fer…* ». Ou que, depuis qu'Alva était au jardin des Macchabées, ces vêtements qu'elle portait étaient les siens, qu'elle les avait hérités d'elle, comme « *de tous ses soupirants, Albert et Clément, et même le commissaire des trains de marchandises…* ». À la voir légère comme une plume, avec dans la voix une gouaille enfantine, inconnue du côté de Marshalltown, nul ne pouvait imaginer quelles difficultés elle avait affrontées pour créer cette vérité apparente. Il est vrai que, jamais à court d'idées, elle avait inventé et écrit, épisode après épisode, l'histoire complète, triste à pleurer, de la malheureuse Willie, victime d'une société cynique, dont, pour tenter de survivre, les enfants se prostituaient.

Au moment où, plissant ses lèvres couleur de sucre d'orge, elle parla de sa poupée, « La Toquée », et de ses cheveux qu'elle avait peur de laver, « *parce que ça pourrait décoller sa tête, à l'endroit où elle a eu sa fracture multiple du crâne…* », Bill Fischer s'appuya bras croisés au dossier de la chaise vide placée devant lui. Cette attitude, Carol le savait, était signe qu'il réfléchissait. De là à croire que sa petite protégée l'intéressait… Il n'y avait qu'un pas.

Pluies de roses...

1

Un scandale.

Les parents ne parlaient que de ça.

Voilà que ce Paul R., nouveau professeur de littérature, expulsé l'an passé d'un collège de Des Moines, lisait en classe *Des souris et des hommes*. Un roman anti-américain, dans lequel John Steinbeck, auteur à la fibre socialisante, réduisait les États-Unis et son « Golden State », la belle Californie proche du paradis terrestre, à une terre d'errance où s'opposaient grands propriétaires et travailleurs agricoles itinérants. Procédé bien connu : d'un côté, les canailles dépourvues d'humanité, et, de l'autre, de pauvres journaliers exploités, vivant dans des conditions sordides. Entre méchants patrons et bons ouvriers, les adolescents à l'esprit malléable choisissaient vite leur camp.

Pour Jean S., bientôt dix-sept ans, l'aventure de ces deux compères, chassés sur les chemins par la crise, était vérité pure. Et les destins brisés de George et de Lennie – le géant au cerveau engourdi, qui tue les petits chiens, et rêve cependant d'élever des centaines de lapins – relevaient de la tragédie. Alors qu'elle s'apprêtait à tenir, en janvier, le rôle principal de *Sabrina Fair*, une pièce que l'on eût dit écrite pour elle, elle en oubliait sa propre vie.

Un après-midi de novembre, debout devant le tableau noir, Paul R. lisait les pages dans lesquelles Crooks, le palefrenier, est insulté par la femme de Curley, le fils du patron. Tandis qu'il faisait résonner la voix du malheureux Nègre : « *Vous n'avez pas le droit de venir dans la chambre d'un Noir. Vous n'avez aucun droit de venir tourner par ici. Vous allez foutre le camp, et vite !* », une évidence surgit dans l'esprit de Jean.

Ainsi, alors que, vibrant d'amour et de générosité, il s'employait à déniaiser les consciences, certains parents se liguaient pour réclamer le départ du meilleur professeur de Marshalltown !

Édifiée, elle ne voyait plus rien de comparable entre Paul R. et les autres gars, les Cass Brenner au volant de leurs Chevrolet, les Brett Leak, si terre à terre, préoccupés par leur *bon profil* et leur *voix bien posée*, ou les Archie Wicks, toujours à lui toucher les seins. Que Paul R. fût beau ou laid n'avait aucune importance, c'était la compagnie d'un homme courageux qu'elle recherchait. Elle l'écoutait, respirait le même air que lui, s'indignait des mêmes injustices, ou vibrait d'enthousiasme pour les mêmes causes.

Seul l'intéressait ce genre de partage.

Loin d'imaginer quel engouement il soulevait, Paul R. poursuivait sa lecture : « *Un Noir doit avoir quelques droits, quand bien même ils ne sont pas de son goût* », disait Crooks par sa voix. Il y mettait tout son cœur, et le mouvement de ses lèvres était adorable.

Sitôt le cours terminé, Jean l'aborda pour parler de Crooks, que l'on menaçait de pendre à une branche d'arbre...

Elle soupira : « Il n'y a pas d'issue, n'est-ce pas ? pour les pauvres gens à la dérive.

– Même réduit à rien, dépouillé de toute dignité, l'homme peut retrouver foi en un idéal, répondit-il avec un frémissement dans la voix.

– Mais s'il n'y a personne pour l'écouter ? Crooks se plaint, mais si faiblement que nul ne l'entend.

– Alors il faut se lever et crier, Jean, pour l'aider à redresser la tête.

– Il y a aussi les déshérités, les sans-travail, les malades qui n'ont plus la force de bouger et les simples d'esprit, sans famille comme Lennie, poursuivit-elle sombrement.

– Pour eux non plus, il n'y a pas de fatalité. À condition de ne jamais se résigner, tôt ou tard chacun peut mener la bonne vie. »

Voyant quelle flamme brillait dans le regard de son jeune professeur, elle le laissa parler de ghettos, de brutalité et de surdité des classes moyennes américaines, et y opposer chaînes brisées, fierté retrouvée et esprit fraternel. Après tout, c'était ce qu'elle voulait : avoir la certitude que la force d'un idéal pouvait changer le monde. Elle se demanda seulement pourquoi, du haut de sa chaire, le pasteur Harry Kenneth, qui s'emportait pour un cantique mal chanté, ne tenait jamais ce genre de discours, et pour quels motifs il ne s'insurgeait pas contre les bicoques de tôle qui pourrissaient sous le viaduc.

Elle revint à la charge après la répétition du samedi matin.

« Regardez ce qu'ils ont fait ! », lança-t-elle en surgissant dans le minuscule appartement de Paul R. La douce élève au visage d'ange peint était loin. Ni sourire, ni bonjour : son attitude jurait. KIDNAPPEURS LYNCHÉS, titrait le journal qu'elle avait apporté. En pages intérieures, plusieurs photographies montraient trois Noirs poursuivis, blessés dans le dos par balles, rattrapés, battus, puis aspergés avec un reste d'essence et à moitié brûlés. Elle en tremblait : l'enfant enlevé avait été relâché et rendu à ses parents, alors pourquoi tant de haine ?

« Vous parliez de révolte ! lâcha-t-elle, suffoquant d'indignation. Comment se peut-il que nous acceptions de telles atrocités sans broncher ?

– Nous ne sommes pas assez en colère », lui répondit Paul R.

Jean inclina la tête, oppressée :

« Oui, c'est notre colère qu'il faudrait entretenir. Sur scène, j'en suis capable, je m'insurge pour ceux qu'aime mon personnage. Je rugis, je me débats pour eux. J'ai des opinions, on se fie à moi, on me suit. Mais, sitôt le rideau baissé, je m'étrangle dès que j'élève la voix. Alors je fais semblant, je tente de petits gestes insignifiants... »

Du cake laissé chez Iron Bob aux vitamines de Dad distribuées dans les rues, en passant par ses visites aux vieillards isolés, elle cita quelques exemples dont elle ne se vantait jamais.

« On ne peut pas blâmer les gens qui cherchent », dit Paul R., un peu nerveux.

Se penchant anxieusement vers lui, elle lui demanda s'il se sentait capable d'apprendre la colère à des cœurs tendres comme elle.

Lui apprendre la colère ? À elle, la fille la plus aimable du lycée ? Sans être certain de savoir ce qu'un tel propos recouvrait, il répondit que l'heure du salut approchait.

« J'ai cru en la justice de Dieu, mais c'est terminé... » murmura-t-elle, désemparée.

Ses yeux restaient fixés sur la photo d'un corps d'homme vivant, enflammé, qui se débattait. Silencieuse, elle attendait autre chose que des banalités.

Paul R. se racla la gorge, bredouilla que le Jugement dernier était une invention des puissants pour sauvegarder leurs biens. Puis, revenant sur des mots un peu usés, il dit :

« Avant d'être en colère, il faut comprendre comment est organisé notre monde et en connaître les rouages avant de se risquer à les dynamiter.

– D'abord se réveiller… Cela prend du temps, n'est-ce pas ? »

Il hocha la tête. Au-dehors, la pluie s'était mise à tomber.

« En attendant que cela vienne, nous nous occuperons des pauvres de Marshalltown ! lança-t-elle en posant sa main sur la sienne.

– Les pauvres ? Ensemble ? Oui, pourquoi pas… marmonna-t-il.

– Vous et moi allons porter des vêtements chauds et des gâteaux de Noël aux familles sous le viaduc. Et nous donnerons des jouets aux enfants de la réserve indienne. »

Comme ragaillardie à l'idée d'agir avec lui, elle dévisageait son professeur de cette façon si particulière qu'elle donnait l'impression de mettre à nu ce qui se cachait derrière les pensées des gens. Ses doigts serrèrent ceux de Paul R. :

« Distribuer des jouets, vous et moi, n'est-ce pas une bonne idée ?

– Bien sûr que si, Jean ! »

Son visage s'illumina : « Oh, merci ! Je m'en doutais ! »

Mais, entre l'élève sans complexe et le professeur célibataire, quelle différence d'âge ? Cinq ans, à peine… Elle ne relâchait pas son étreinte. Jeux, vêtements, même un peu usagés : ensemble, ils alerteraient tous les parents et organiseraient une grande collecte au lycée…

Il opina à cette idée, tout en pensant qu'une bêtise comme celle-là, ça ne s'inventait pas.

2

« Tu sais ce que je pense, Jean ? Tu es une fille formidable ! »

Ces mots étaient venus dans la bouche de Paul R. sans qu'il les eût préparés. C'était dit ! Il ne fallait pas les regretter, parce que, globalement, il en était convaincu. Elle leva les yeux vers lui, avec un sourire crispé, mais rien ne prouvait qu'elle l'eût écouté. Elle peinait sur le chemin du viaduc, portant à bout de bras la valise pleine de vêtements à distribuer, mais elle avait refusé de la lui confier, prétextant qu'il se coltinait déjà les jouets et que c'était suffisant. Radieuse et facile à vivre pendant les deux semaines qu'avait duré leur collecte au lycée, elle paraissait ce matin moins sûre d'elle. Emmitouflée dans un anorak rouge molletonné, chaussures de neige aux pieds, elle semblait frigorifiée. Jusqu'à présent, elle s'était comportée comme si une étoile céleste l'eût guidée. N'hésitant jamais sur la voie à prendre, chaque jour elle avait répété : « Nous réveillerons Marshalltown ! » Or, il n'y avait pas de quoi pavoiser. Malgré les affiches placardées en ville jusque dans la vitrine de *Lillie Mae's*, malgré les milliers de tracts distribués et les appels lancés au micro sur la scène de l'*Orpheum*, ils n'avaient ramassé que poupées défraîchies et trains cassés, habits usés, corsages flétris et pantalons déchirés. Lui, avait réparé baigneurs et voitures miniatures, et elle, enrôlant grand-maman Frances, avait des heures durant reprisé chemises et culottes trouées. Finissant par frapper aux portes pour en appeler à la générosité publique, elle s'était dépensée sans compter. « Je suis issue d'une vieille famille de pionniers qui a dû lutter pour s'installer, avait-elle déclaré un soir à Paul R. Ce doit être pour ça que j'ai cette volonté de construire, et de bien agir. » Mais tout n'était pas si simple, et, malgré sa promesse, le pasteur Harry Kenneth n'avait pas ajouté le moindre mot à ses sermons pour l'aider. Pire ! Paul R. avait dû affronter le directeur de son lycée, alerté par des esprits malfaisants que le professeur passait trop de temps avec la fille du pharmacien, « une sacrée comédienne, dont il fallait se méfier… » *O.K. pour l'époque de Noël. Ensuite, terminé !* Il n'avait pas osé en parler à Jean, survoltée par leur entreprise, mais, à peine née, leur association était condamnée. D'ailleurs, entre les répétitions de théâtre et les heures qu'elle consacrait à ce qu'elle nommait leur « mission de charité », ses résultats scolaires étaient en baisse.

Ils s'arrêtèrent devant le feu de camp qui brûlait entre les baraquements de tôle. La morve au nez, deux gamins jouaient là avec de vieilles conserves, des ficelles et des bouts de bois. Paul R. ouvrit sa valise en premier. *Oh, la voiture de pompiers mécanique ! Ah, la toupie multicolore ! Oh, la maison de poupée !* Yeux écarquillés, les garnements n'osaient pas s'approcher. Jean chercha du regard le vieux Nègre, ou la femme aux jambes marquées de varices grasses, en vain. Comment avait-elle pu espérer que, quatre ans après, la famille d'Iron Bob se montrerait ? Elle posa les jouets aux pieds des enfants. « Ce sont vos cadeaux de Noël, mes chéris ! » Les petits ne savaient quelle attitude adopter. À deux doigts de pleurer, le moins hardi appela sa mère. Paul exhiba encore un Mickey rafistolé et, pour le frère aîné qui pointait le nez, un chapeau de David Crockett en faux castor. Les cris ne cessant pas, une jeune femme apparut. Pull-over rapiécé, chaussures ressemelées…

Jean voulut lui remettre ce qu'elle avait tiré de sa valise. Mais, à la manière dont la malheureuse courbait les épaules, elle perçut en elle cette vieille frayeur des esclaves entravés. *Prenez, s'il vous plaît. Il n'y a pas de honte à recevoir de l'aide.*

Réaction nulle. L'histoire du cake se reproduisait.

Suivit une seconde femme, enceinte de plusieurs mois, avec un nourrisson au dos, harnaché dans un châle. Un grand-père patibulaire l'accompagnait, plus ou moins fâché qu'on vînt les déranger. Paul R. pensa qu'il fallait insister, et Jean s'empressa d'ajouter d'autres affaires. Puis elle murmura quelques mots à l'oreille de la jeune maman, guère plus âgée qu'elle. Apeurée, l'adolescente parut hésiter. Il fallut lui choisir une robe colorée, comparable, en moins fané, à celle qu'elle portait déjà, et la poser à plat sur elle, une fois dépliée, pour lui prouver que ces grands ramages lui allaient bien. Miracle, c'était sa taille ! Incrédule, elle plaqua ses mains dessus, pour l'empêcher de tomber.

Ainsi parée, la petite mère de famille se regarda de la tête aux pieds. Jaune, orange, violet... Elle se caressa le ventre, se lissa les côtes. Vague sourire, regard moins effarouché, ses hanches se trémoussèrent.

Jean lui posa la main sur le bras, comme pour la remercier. Puis, l'air maternel, elle se pencha et déposa un baiser sur le front de son bébé.

3

Mille spectateurs !

Voilà ce que Carol H. a pronostiqué pour cette représentation de *Sabrina Fair*. Et elle ne s'est pas trompée.

21 h 40 : l'auditorium est comble... Au point qu'on a dû asseoir une centaine de personnes sur des chaises en bois. Dieu soit loué, l'inconfort ne paraît pas les gêner. Pantalon de nylon blanc, chemisier de soie, foulard noué autour de ses cheveux blond platine, en talons mi-hauts, Jean S. est ravissante dans le rôle de la fille d'un chauffeur de maître, qui, sous les néons de Paris *Ville lumière*, acquiert élégance et bonnes manières, et finit par épouser le fils du patron de son père. Virevoltante, elle occupe tout l'espace. Son petit accent français est piquant. C'est un plaisir de la voir, vive comme une anguille. Tant pis si certains esprits grognons s'étonnent qu'elle embrasse son partenaire masculin avec tant d'ardeur. Difficile, dans ces conditions, pour les autres acteurs d'exister à ses côtés. Rien là de très étonnant pour J. William Fischer, assis au premier rang : même dans une pièce sans intérêt particulier, Jean S. montre un beau tempérament. D'ailleurs, son opinion était faite en arrivant : si elle veut faire carrière, cette fille-là réussira.

Avec vingt ans de moins, il lui eût simplement demandé si elle voulait l'épouser.

23 h 30 – Rideau.
La troupe au grand complet revient saluer. Carol a de quoi être fière, ses élèves ont bien travaillé. Surtout Jean, si sérieuse et si enfantine maintenant que c'est fini. Les spectateurs redoublent d'applaudissements et rient avec bonhomie. Chacun a lu dans le journal qu'elle vient d'être désignée par le gouverneur comme présidente des adolescentes de l'Iowa pour une grande campagne de charité au profit des pauvres orphelins. Mais qu'est-ce que c'est? Deux bouquets de roses qu'on apporte pour l'exquise Sabrina Fair, si volumi-

neux qu'elle ne sait comment les tenir. Bonheur mérité. Seule, elle s'avance jusqu'à la rampe, sous les sifflets admiratifs. Ça y est ! À demi cachée derrière les brassées de fleurs, elle rit. *Oh, comment puis-je vous remercier ? Je ne vous remercierai jamais assez d'être aussi gentils.*

... Pluie d'épines

Igloo porte close.
Troisième lettre anonyme à l'adresse de Mademoiselle Jean S., 1010 Kalbreen Street.
Dix jours après la joie de *Sabrina Fair*, le repli.
Cœur qui bat contre les côtes, peur de se montrer, d'être prise à parti. Avec l'impression que quelqu'un vous déteste, vous épie, vous veut du mal, aimerait vous voir détruit.
On l'interpelle anonymement. On lui demande pour qui elle se prend. On déchire l'article du *Times Republican*, celui où le journaliste écrit qu'elle a du talent, pour le lui envoyer dans l'enveloppe, en confettis, et lui conseiller d'arrêter son cirque pendant qu'il en est temps. *Peaux-Rouges et Nègres du viaduc*, on lui jette ses amis à la figure. On y mêle Paul R., en la menaçant de révéler qu'il est son amant, ce qui n'est pas la vérité, elle ne l'a même jamais embrassé. On la traite de *SALE PUTE !* On lui promet que, si elle continue à la ramener, on les fera renvoyer tous les deux du lycée, et que sa belle réputation sera foutue.
Elle pleure, car personne ne comprend qu'elle donnerait tout, honneurs, succès, pour rencontrer de vrais amis et rester aux côtés d'un garçon généreux qu'elle aimerait pour la vie.

Une femme qui a une histoire

Fin juin 1956.
Qui est cette jeune fille en pull-over et pantalon de gymnastique ?

On s'interrogeait dans la grange délabrée, perchée au sommet de la falaise, à la sortie de Plymouth, Massachusetts. *A-t-elle déjà travaillé ? Quels rôles a-t-elle joués ?* Les huit spectateurs, gens de théâtre pour la plupart, qui auditionnaient depuis le début de matinée tendaient l'oreille. Ils en avaient pourtant assez d'entendre des filles, soit trop timides, soit qui en rajoutaient, rabâcher cette scène de *Jeanne de Lorraine*. Mais avec cette espèce de fraîcheur provinciale, celle-ci était différente. Quel âge a-t-elle ? De quelle école vient-elle ? Sourde au remue-ménage qu'elle suscitait, les yeux au ciel, l'inconnue s'adressait au « Roi des cieux », auquel elle avait juré de chasser les Anglais. « C'est Jean S., de Marshalltown, dans l'Iowa. Dix-sept ans, présentée par Carol H., son professeur au lycée », précisa Franklin Trask, l'homme d'affaires qui finançait le théâtre de Priscilla Beach, pour lequel il sélectionnait, chaque été, les meilleurs étudiants en art dramatique, repérés dans des centaines de collèges des États-Unis.

Sitôt la scène terminée, on demanda à cette Jean S. si un petit rôle, dans l'une des pièces présentées tout l'été en tournée, l'intéresserait. Elle répliqua que, du moment qu'elle jouait, n'importe quel personnage lui conviendrait. Puis elle parla de John Steinbeck et de *Sabrina Fair*, et avoua qu'elle avait dû se bagarrer contre ses parents pour avoir l'autorisation de s'éloigner de Marshalltown pendant deux mois et demi. « Mais j'ai réussi mes examens de fin d'année, et ils n'ont pas pu m'en empêcher », ajouta-t-elle, assez fière. Quand Franklin Trask l'interrogea sur sa ressemblance avec Grace Kelly, elle demanda : « Parce que je suis blonde aussi ? C'est ce qu'on m'a dit quand j'ai joué la pièce d'où a été tiré son film *Le crime était presque parfait*. » Le Yankee lui précisa que c'était plutôt une question d'innocence, cette sorte d'inconscience qu'ont les victimes toutes désignées, à cent lieues de se douter qu'elles produisent un certain effet. Elle rétorqua qu'il ne fallait pas s'y fier, que, dans la pièce, elle se débattait comme une diablesse et poignardait d'un coup de ciseaux, l'assassin envoyé par son mari pour la tuer.

Après le dîner, on annonça que Jean S. jouerait le rôle de Mage dans *Picnic*, de William Inge. « Mais je suis toute plate, à côté de Kim Novak ! », s'exclama la fille de Marshalltown, faisant allusion au film de Joshua Logan qu'elle avait vu pendant les fêtes de Pâques. « Et je ne suis pas une reine de beauté… », ajouta-t-elle, sincèrement inquiète. « Tu n'es pas Jeanne de Lorraine non plus, et pourtant tu l'as jouée ! », rétorqua Paula Cassidy, la responsable du théâtre.

Malheureuse Jean !

Certes le rôle était beau, plus important et plus intéressant que ce à quoi elle s'attendait. Mais comment lutter contre le souvenir du décolleté de Mage, en technicolor sur l'écran de l'*Orpheum*, une vraie bombe sexuelle, blonde oxygénée ? Quand John M. fut désigné pour être son partenaire dans le rôle tenu au cinéma par William Holden, son appréhension baissa d'un cran. Ce garçon, elle l'avait remarqué dès son arrivée. Grand, cheveux bouclés, allure dégingandée, avec – s'était-elle dit – quelque chose de James Dean, dont la mort brutale la laissait inconsolable.

Dès la première lecture, il fut évident que le couple fonctionnait. Les deux jeunes gens restèrent jusqu'à minuit à discuter de leurs personnages. Une scène en cinémascope, tête à tête, sous les étoiles au clair de lune… Quelle sensation de bien-être ! Oubliés, Marshalltown et son carcan ! Même ce pauvre Paul R., appelé, contre son gré mais à la grande satisfaction de Mum and Dad, sous les drapeaux, était loin. Comme entre James Dean et Elisabeth Taylor dans *Géant*, le courant passait. Jean eut beau rire toute la soirée, et lui, se gendarmer pour ne pas perdre le fil de ce qu'il disait, la révélation fut totale et partagée. Elle se figura, photographiée à ses côtés, en première page du *Times Republican*, et lui se vit la montrant de loin à ses amis : *Regardez, c'est ma Grace Kelly, ma nouvelle chérie, un peu jeune mais évoluée pour son âge, et puis… quel talent, si vous saviez !*

Les répétitions ne commençant qu'après le déjeuner, il passa la chercher le lendemain, à l'aube. Le temps qu'elle s'asperge le visage d'eau fraîche, enfile un petit pull et un pantalon à pli, avale un bol de lait chaud… Et en route ! Côte à côte sur la banquette avant d'une vieille camionnette, les voilà qui filaient vers la sortie de Plymouth. Il l'emmena le long de la mer, dans la campagne de la Nouvelle-Angleterre. Puis ils s'arrêtèrent au bord d'un joli cours d'eau, où elle lui expliqua comment son oncle Bill gagnait tous les concours de pêche de sa région. Silencieuse et attentive, suspendue aux lèvres de son partenaire, elle jugea qu'il avait les plus beaux yeux noisette qu'elle eût jamais vus, même au cinéma. Avant de remonter dans la camionnette, elle eut une façon de se pencher vers lui et de lui frôler le poignet qui la fit frémir. Quand elle s'installa sur la banquette, elle se demanda à quoi il ressemblait une fois déshabillé et fit semblant de croire que ce n'était pas bien d'avoir ce genre d'idées, de la part d'une fille de la campagne, bien candide quant aux choses du sexe.

Leur première répétition ne fut pas à la hauteur de ce qu'elle espérait. John peinait à se concentrer. *ACTE I – SCÈNE IV* : comme l'indiquait l'auteur, il prit la petite main de Mage dans la sienne, mais elle eut aussitôt envie qu'il la porte à ses lèvres et la couvre de baisers, ce qui n'était pas dans la pièce, du moins pas à cet endroit. Ce n'était pourtant pas le moment de le distraire, il était ici pour travailler et trouver ensuite un engagement dans un théâtre de la Côte est. Quant à elle, trop troublée pour s'approprier son personnage, à la fois bombe sexuelle et brave fille immature, elle retenait son souffle dès qu'elle devait parler, et, à chaque indication, répondait timidement : « Euh… Je vais… essayer. » Le soir venu, face à la mer, un peu à l'écart de la compagnie, elle parut sombre et fâchée contre elle-même. Yeux cernés, elle déclara d'une voix légèrement voilée que, comme Mage, elle voulait s'évader de la vie tranquille et fuir le Middle West. Non, elle n'épouserait pas un garçon de l'université, ne serait jamais une petite chose bien dressée, une épouse hypocrite, une mère de famille réservée, rêvant en douce que Montgomery Clift vient sonner à sa porte pour lui voler un baiser. « Moi aussi, je veux faire carrière et être connu dans le monde entier », lui répondit John en fixant du regard le feu de joie que la troupe avait allumé sur la plage.

Le lendemain, nul ne sut qu'ils avaient répété tous les deux jusqu'à deux heures du matin et qu'ils avaient recommencé à l'aube, au bord d'une route perdue du Massachusetts. Miracle ! Aucune distance ne semblait plus séparer Mage et son drôle d'amoureux. Quand il lui prenait la main, on sentait que c'était pour l'emmener loin… Et quand elle le dévorait des yeux, on devinait l'espoir qu'elle plaçait en lui. Franklin Trask se montra ravi, et, soulagé, il les invita le soir même pour leur offrir du champagne de France. Quand ils quittèrent la grande villa, Jean sentit que sa tête tournait. Quatre coupes… Ce n'était pas raisonnable pour une fille qui ne buvait jamais et qui s'étonnait de voir Mum and Dad avaler leur Dry Martini chaque dimanche en revenant du temple. De plus, elle avait fumé trois cigarettes et – c'était un comble ! – elle avait trouvé ça excellent.

« Allons sur la plage ! Je n'ai pas envie de rentrer, dit-elle, au moment de monter dans la camionnette.

– Tu n'es pas fatiguée ? lui demanda John.

– Pas assez ! », répondit-elle de son petit ton décidé.

Dieu que c'était bon de se retrouver seuls au bord de l'eau, avec les idées qui chaviraient !

Lequel des deux fit le premier pas ?

Lui, bien sûr, parce qu'il était le garçon, et parce que c'est toujours ainsi que ces choses-là arrivent.

Trois jours qu'ils se connaissaient, et voilà ! Ce n'était pas plus compliqué que ça, cette main tendue vers la fille allongée sur le sable, les yeux fermés, comme si elle dormait face aux étoiles. Et pas plus compliqué que le va-et-vient des vagues.

Une fois grisé de champagne, comme pour une nuit de noces, c'est très simple de tendre les lèvres pour l'embrasser.

Et ensuite ?

Une sensation brûlante descend de la poitrine au bas-ventre. Deux souffles s'accélèrent. Quelques caresses, d'une main légère car on est encore un peu intimidé. Puis viennent d'autres gestes, plus affirmés.

Ensuite ?

Une fille de rêve, douce, dont on embrasse les cheveux. Un homme vigoureux, dont on lèche un peu le piquant de la barbe. Une bouche humide, que l'on fait mine de dévorer, un lobe d'oreille que l'on mordille, avec un goût de pêche au palais.

Ensuite ?

Un chandail que l'on soulève, une chemise que l'on déboutonne. Un téton que l'on suce, un ventre musclé que l'on masse. Une fente secrète et tendre que l'on palpe au travers du tissu, un pantalon que l'on dégrafe. Une peau neuve dont on respire la propreté toute luthérienne, une verge enfiévrée qui s'érige, dont on ose s'emparer, que l'on tient, et qui continue de gonfler, de gonfler encore au creux de la main. L'élastique d'une petite culotte que l'on a peur de craquer, une onde de désir euphorique qui brûle les reins, un nœud nerveux qui se resserre, entre l'anus et les testicules. Deux cœurs à l'unisson, qui se déploient... et puis soudain...

Soudain, alors qu'on est presque nue, une hésitation. Un élancement, comme une douleur dans la poitrine. Et puis... plus rien.

Jean, que se passe-t-il ?

Oh ! tu vas me détester...

Pourquoi ? Dis-le-moi.

Tu seras déçu, ou bien tu ne me croiras pas... J'ai tellement honte de moi, Oh ! John, si tu savais...

Mais honte de quoi ?

Une larme coule. Puis une autre, qui brille sur la joue enfantine, et que l'on lape, toute salée, avec volupté.

John, tu vas être tellement fâché.

Mais de quoi ?
Elle secoue la tête, met sa main devant ses yeux, elle a du sable dans les cheveux.
Là... Là... Je n'ai rien à te pardonner, chérie. Vite, je t'en prie ! Ou bien je vais exploser.
John, pour moi, c'est... la première fois. Jusqu'à présent, je me suis dérobée. Et voilà... Je, je veux continuer, avec toi, mais... Mais je crois que je ne suis pas assez douée.

Dernière semaine d'août 1956.
On ne regardait qu'eux.
Depuis le début de la tournée, d'abord dans *Picnic*, puis dans *Hay Fever* de Noël Coward, leur couple s'imposait partout où ils jouaient. Même si le public était souvent restreint, les rappels rythmaient leur été. Depuis début août, la troupe logeait à Cape May, dans le New Jersey, et, chaque soir, John s'arrêtait sur le chemin du retour pour une nouvelle scène d'amour à la belle étoile. Jean aimait la vigueur avec laquelle ce garçon la renversait au fond de sa camionnette. Et elle riait quand les ressorts de la banquette arrière couinaient sous leurs deux corps enlacés. « Encore ! Encore, John, je veux recommencer ! », s'écriait-elle, le cœur inondé de joie, dès que cessait l'affreux grincement.

Il continuait à l'appeler *ma Grace Kelly*, surtout depuis qu'ils avaient vu *La Main au collet*, où, feu couvant sous la glace, la belle de Hollywood embrassait Cary Grant avec une sensualité à se damner. Quant à elle, pleine de santé, adorant se sentir objet de désir, elle s'était mise à écrire des poèmes débordant d'allégresse, destinés à celui qu'elle aimait :

Homme lumineux comme les plaines en automne/ Donne-moi ta poitrine tendre nid d'azur/Donne-moi tes mains plus pures que les galets de la plage/Donne-moi ta chair, plus délicieuse que toute pensée.

Grâce à lui, elle avait découvert les grands orchestres de Woody Herman, les rythmes effrénés du blues boogie et du rock'n'roll. Les soirs de semaine lorsqu'ils ne jouaient pas, il l'emmenait danser dans une boîte enfumée, où, en T-shirt, cigarette au bec, échevelée et hors d'haleine, après avoir trempé ses lèvres dans un verre de gin tonic, elle s'en donnait à cœur joie sur *Baby let's play house*, ou *Blue Moon of Kentucky*, des chansons endiablées d'Elvis Presley, qu'elle adorait.

Seigneur ! Quelles parties ils se payaient !

Hélas, l'heure du retour à Marshalltown approchait, avec la perspective d'entrer à l'université et d'y périr d'ennui, dans l'attente d'y trouver un bon mari, futur homme de loi, impatient de se ranger comme Dad et de voir sa jeune femme élever, comme Mum, au moins quatre enfants. Affolés à l'idée d'une séparation, ils décidèrent de louer dès l'automne un studio à New York, proche des théâtres de Broadway. Sachant que les quinze dollars par semaine qu'ils encaissaient depuis le début de la tournée ne les mèneraient pas loin, il leur restait à trouver de quoi payer le loyer et à annoncer la nouvelle à Mum and Dad, qui légalement pouvaient tout empêcher…

Plus le fil des jours se déroulait, et plus leur entrain baissait d'intensité.

Après s'être tenue, pendant trois mois, à mille lieues de ses préoccupations habituelles, Jean lut dans un journal que, conduits par un jeune pasteur du nom de Martin Luther King, les Noirs de Montgomery en

Alabama s'étaient soulevés contre la discrimination raciale dont ils étaient victimes dans les bus. Et elle s'indigna d'apprendre que, par réaction, les politiciens sudistes les plus modérés se muaient en ségrégationnistes violents.

Une nuit, dans son sommeil, elle vit le corps d'un pendu se balancer sous les arches du viaduc. C'était Iron Bob menotté, visage hideux, cou monstrueux, étiré, rompu, laissant sa tête arrachée suspendue, tel un gros fruit blet, juteux de sang violet.

Au réveil, elle redevenait petite fille, se blottissait contre son amant ou le couvrait de baisers violents. *Promets-moi que nous allons repartir de zéro. Oui, Jean chérie, pour nous, l'amour est l'occasion de commencer quelque chose qui ne ressemble pas au reste de notre existence.* Elle y croyait. Mais comment empêcher, en sortant de scène, ses yeux de s'obscurcir derrière un voile gris de fumée ? Elle se voulait pourtant femme idéale, confiante, et débordante de vie. *Dis-moi que nous ne sombrerons pas dans l'habitude, que, quoi qu'il nous arrive, nous ne nous contenterons jamais du succès. Je te le jure, nous nous secouerons l'un l'autre, Jean, nous ne tomberons jamais dans la facilité.*

Elle éprouvait un élancement de bonheur à imaginer leur vie future. Elle savait cependant que rien n'est aussi simple, qu'un baiser peut faire mal, et qu'à s'aimer trop violemment on risque de se déchirer.

Sur quoi se joue un destin ? Quand on y songe : sur rien… On s'imagine que les choses mettront du temps à changer, ou ne bougeront peut-être jamais. On croit qu'il ne faudra plus se quitter, et toujours se tenir la main, pour avoir une chance, et puis…

Coup du hasard : un soir, alors qu'il ne restait plus qu'une semaine à passer à Cape May, ils allèrent voir

Blanches colombes et vilains messieurs, avec la troupe. Bien qu'elle eût préféré rouler avec John vers l'un de leurs coins tranquilles, elle avait suivi tout le monde, à cause de Marlon Brando, qui dansait et chantait pour la première fois au cinéma, et de Jean Simmons, une actrice de son gabarit, avec qui elle se sentait une vraie parenté et à qui (bien qu'elle fût brune) elle se vantait de ressembler.

À l'entracte, au moment des esquimaux géants, on diffusa une annonce dans les haut-parleurs : Monsieur Otto Preminger, le réalisateur de *L'Homme au bras d'or*, recherchait à travers l'Europe et les États-Unis une actrice inconnue, âgée de seize à vingt-deux ans, pour tenir le rôle principal dans *Sainte Jeanne*, un film qu'il allait réaliser d'après la pièce de George Bernard Shaw. Chaque candidate était invitée à remplir un formulaire, disponible aux caisses.

« Inscris-toi, on ne sait jamais... souffla John.
– Tu y crois, toi ? Ce n'est qu'un truc pour se faire de la publicité. Ils savent déjà qui jouera le rôle, répliqua Jean avec amertume.
– Tu ne risques rien à essayer... Et puis, ça nous permettrait de démarrer à New York. »

Sur le chemin du retour, sans s'être donné le mot, Ed et Barbara, leurs partenaires dans *Hay Fever*, revinrent à la charge : Jean avait fait merveille avec *Jeanne de Lorraine*, elle devait tenter sa chance. « Dans la pièce, Jeanne est décrite comme une fille grande et robuste, Carol Baker ou Shirley MacLaine seront parfaites », rétorqua-t-elle en retroussant légèrement la lèvre, alors que, dans son attitude, il n'y avait d'ordinaire aucun dédain.

* *
*

Premiers jours de septembre 1956.
C'était le moment d'y penser.

D'ailleurs, elle n'avait rien d'autre à faire, tant sa vie était redevenue terne depuis son retour à Marshalltown. En attendant que John M. ait trouvé l'argent dont ils avaient besoin pour s'installer à New York, elle regardait ébahie sa ville natale. L'enfilade des habitations blanches ; le palais de justice, auprès duquel l'hôtel de Main Street ressemblait à une maison de poupée ; la façade du *Grandstand*, sur laquelle flottaient encore les banderoles des parades foraines de la foire aux bestiaux... C'était une autre planète ! Alors que, dans sa tête, clignotaient les enseignes rouge et or de Broadway.

Elle répétait à qui voulait l'entendre qu'elle était fatiguée des rôles sérieux, qu'elle voulait chanter sur scène, valser dans les bras de ses partenaires et se bagarrer à coups de poing, comme Jean Simmons dans *Blanches colombes et vilains messieurs*. Mais, pour remplir le bas de laine, elle servit à la buvette du drugstore de Dad jusqu'à la fin de l'été, en s'efforçant d'être aimable neuf heures par jour avec les clients, des fermiers ventripotents qui lui décochaient des sourires trop larges pour être honnêtes. De temps à autre, elle se planquait pour fumer une cigarette et pensait : *désormais tu es une femme qui a une histoire...* Le problème était de savoir si le beau scénario n'était pas déjà bouclé. Certes, il y avait eu la fin de l'innocence, mais, pour la suite, elle piétinait. « On dirait qu'il y a des problèmes, Jean », lui dit un jour, d'un air à la fois mystérieux et résigné, un vieux fermier, ancien ami de grand-papa Benson. Elle le regarda, interrogative. « On croirait que la gentille fille a eu un accident, ou quelque chose de ce genre », précisa le vieux monsieur avec un sourire triste. Elle retourna à sa machine à café et fit mine de s'affairer.

Dès qu'il fut sorti, elle alluma une autre cigarette. *Tu fumes trop*, se dit-elle. Mais elle avait l'impression que la fumée faisait fondre la sensation de froid qu'elle avait au ventre.

Le coup de téléphone de J. William Fischer arriva au pire moment. Depuis son réveil, le sentiment qu'elle plaquerait John s'il ne la sortait pas de là avant la rentrée universitaire ne la lâchait pas. Et une telle idée l'effrayait, parce que, dans cette espèce d'apesanteur où elle vivait, elle se sentait capable de balayer la seule chose belle qui pût la sauver. Mais cet excentrique, au demeurant toujours charmant, y tenait : elle et Carol H. viendraient dîner chez lui, dans sa villa hollywoodienne, le soir même.

Trois heures plus tard, après avoir franchi le portail d'entrée sévèrement gardé, puis une seconde grille électrifiée glissant sur des rails comme à Fort Knox, admirant au passage un buste de Rodin, un Van Gogh certifié et quelques toiles de Chagall, elle et son professeur se retrouvèrent au bord d'une piscine de milliardaire. En chemise jaune canari, leur hôte rayonnait. On fit descendre une table et des chaises suspendues au-dessus de l'eau. On sangla les invités comme sur une balançoire géante et, grâce à un système de palan, on les grimpa là-haut. D'abord un porto vingt ans d'âge, servi en carafe de cristal. C'est fort ! Tant pis pour le roulis dans la nacelle, on s'accrocherait. Mais quel dommage que John ne soit pas là ! *Plouf!* Geste un peu brusque, un couteau tombé à l'eau. *Oh, pardon!* J. William Fischer s'amusait : *On s'habitue, vous verrez*. Mais Carol a un air entendu, elle sait pourquoi elles sont là, et ce n'est pas pour se baigner. À la fin du dîner, le milliardaire sort de sa poche une feuille pliée et la tend à Jean. C'est une lettre sur papier à en-tête. On y recommande la jeune Jean S. à monsieur Otto

Preminger, *une actrice surdouée, que tout le monde a applaudie dans l'Iowa et en Nouvelle-Angleterre.* On détaille ses rôles, on insiste sur *Jeanne de Lorraine*, et l'on renvoie aux articles joints, tous élogieux. « Carol a préparé le questionnaire, tu le rempliras ce soir en sortant de chez moi. Je veux que le dossier d'inscription parte demain à la première heure », précise J. William Fischer. Jean se sent chavirer. Bateau sur l'eau... Elle a le mal de mer. « J'ai envie d'une comédie, jouée avec légèreté », murmure-t-elle. Mais pourquoi dit-elle cela ? Carol paraît si convaincue : « Tu changeras de registre après, Jean. Tu tiens ta chance. Et puis, si tu n'essaies pas, tu passeras ta vie à le regretter. »

Herr Otto
(petits dialogues de commères)

Le tyran de Hollywood va tourner sa Jeanne d'Arc *!*

Un Viennois au crâne rasé, adaptant un auteur irlandais qui raconte l'histoire d'une bergère française canonisée, on va rigoler !

Vous savez que, il y a quelques années, Zanuck a sérieusement pensé le faire assassiner...

Et que, sur le plateau de Laura, *la pauvre Gene Tierney a tenté de se suicider.*

Détail sordide : quand, en 49, elle lui a confié son histoire d'amour avec le jeune sénateur John F. Kennedy, qui durait tout de même depuis un an et demi, il s'est empressé de la répéter.

Résultat : les tourtereaux n'ont jamais pu se marier, alors qu'ils formaient un couple magnifique, et qu'ils s'aimaient.

Et ce n'est rien à côté du reste : il raconte dans toute la presse que Kim Novak est incapable de sortir la moindre réplique, et que, sur le plateau de L'Homme au bras d'or, *Sinatra était obligé de reprendre les mêmes scènes trente-cinq fois à cause d'elle.*

Et quoi d'autre ?

Que, dans Un si doux visage, *il fallait gifler la tendre Jean Simmons pour qu'elle prenne un air un peu pervers.*

D'ailleurs, pour lui, tous les acteurs sont des prostitués qui se donnent au plus offrant...

Et sur Marilyn ?

Il dit que, il y a trois ans, devant les caméras de La Rivière sans retour, *elle articulait son texte d'une manière si outrée, tordant ses lèvres de façon si désespérée, pour être certaine de bien prononcer, que sans Zanuck et la Fox il l'aurait virée.*

Après quoi, il a décidé de ne plus jamais travailler pour aucun studio.

Et de n'en faire qu'à sa tête...

D'où cette idée de nous rejouer le coup de la chasse au talent.

Comme Sezlnik, pour Autant en emporte le vent.

Il y a dix-huit mille candidates inscrites. Et encore, sans l'Asie ni l'Amérique latine. Il va toutes les écouter. Quel défilé !

Il l'a bien cherché.

Il veut sa Scarlett O'Hara.

En plus ingénue.

Plus du tout une enfant, pas encore une femme pour autant...

Une victime, une vierge façonnée à son idée.

Une oie blanche qui se laisse conduire au bûcher sans piailler.

Bûcher dressé

1

Sélectionnée.
Trois mille finalistes retenues, et Jean S. en était.
Merci, monsieur J. William Fischer! Le choix s'était fait sur dossier, une lettre de milliardaire, ça compte. *Rendez-vous le 15 septembre au Sherman Hôtel de Chicago à 10 heures du matin.* « Et tes études ? », s'était écrié Dad. Les événements se précipitant, on avait négocié : dans la semaine, Jean s'était inscrite à l'université d'État de l'Iowa, en art dramatique. Encore plus fort : elle avait rendu visite à sa future compagne de chambre avec un sac de gâteaux aux noix de pécan. En échange de quoi, bien que son excitation des premières heures eût cédé la place à l'incrédulité, Mum and Dad, complètement dépassés, l'avait conduite à Chicago.

Voilà comment, proprette et gentiment coiffée, avec deux monologues en tête, elle attendait à l'heure dite dans un salon défraîchi, au milieu de trois cents autres filles. Que d'austérité autour d'elle ! Que de cheveux tirés en arrière, ou de coupes à la Ingrid Bergman dans la *Jeanne d'Arc* de la RKO ! Et que de cols roulés noirs, de robes strictes et de crucifix en or autour du cou ! Aux plus raides, tantôt bâties comme des guerrières, tantôt arborant une physionomie de sainte illuminée, il ne manquait que l'armure et l'oriflamme. L'une après l'autre, on les appelait. Chacune demandait à la suivante de veiller sur son sac à main et, après un signe de croix, disparaissait dans la pièce adjacente. La porte se refermait, et, de l'autre côté, une voix de stentor ordonnait de commencer. Ensuite, on n'entendait plus rien. Jusqu'au tintement de clochette... *Suivante, s'il vous plaît.* Une minute après être entrée, la fille ressortait avec une allure de chien battu. Certaines pleuraient. D'autres juraient qu'on ne les y reprendrait jamais.

Jean se tenait sagement au deuxième rang.

Ton tour approche.

Si seulement je recevais trois mots d'encouragement...

Ordre alphabétique oblige, elle dut patienter quatre heures durant, au milieu d'un troupeau de plus en plus clairsemé.

15 heures 32.

« Jean S. ! »

C'était à elle. Elle eut une pensée pour John et Carol. *Comme je voudrais que vous soyez fiers de moi, vous deux !* Puis, se répétant qu'elle était actrice, que c'était son métier, et qu'elle vivrait bientôt avec l'homme de sa vie à Broadway, elle abandonna non seulement son sac, mais aussi ses chaussures. Drôle d'idée ! Pieds nus, elle paraissait encore plus petite.

Porte close. « Commencez ! »

Plus un bruit.

La minute fatidique s'écoule.

Puis une autre minute passe.

Et une troisième, identique. Et soixante autres secondes s'égrènent... C'est assommant !

Et toujours pas de clochette. Dans le salon, les filles s'étonnent.

Rien ! Il ne se passe plus rien.

On les a oubliées. Un quart d'heure que cette gourde est là-dedans ! Une perruche qui est partie les fesses serrées dans sa robe blanche bon marché. Et sans rouge à lèvres. Une provinciale, une écolière intimidée sur son banc. Mais qu'est-ce qu'elle fiche ?

Ah ! Ça bouge... La porte s'ouvre !

Elle sort, les joues en feu, le regard fixe. « Jean S. ! » Mais on la rappelle ! Sur le seuil, c'est... Otto Preminger lui-même, avec son crâne lisse. Il n'a pas l'air commode :

« Pourquoi ne portes-tu pas de croix ?
– Ma famille est trop pauvre, monsieur. »

Regard battu, la donzelle joue les Cendrillons. Mais le réalisateur fronce méchamment les sourcils. « Non, ce n'est pas vrai, se reprend-elle *in extremis*. C'est parce que j'étais certaine que toutes les autres en porteraient. »

« Vous savez quoi ? J'ai l'impression que votre fille a du talent. »

Monsieur Preminger était sérieux. Il ne tenait plus en place dans sa suite du Sherman Hôtel. Jean était en bas, devant un Coca-Cola, elle savait seulement que Mum and Dad avaient été appelés d'urgence au vingt-troisième étage. Cigare allumé, voix rocailleuse, pantalon de toile et chemise coloniale, le metteur en scène allait et venait à grandes enjambées, répétant qu'il ne retenait que dix candidates et que tout se déciderait à New York le mois suivant. Mais pourquoi gardait-il ce regard furibard, alors que personne ne le contredisait ? Le mieux était que Jean retarde de quelques semaines son entrée à l'université. Étourdie par la fumée du cigare de nabab, Mum roulait nerveusement les bords de son chapeau entre ses doigts, et Dad se sentait piégé. « Jean a de la sincérité. Veillez à ce qu'elle la conserve ! » Quelle autorité ! On se taisait, parce que le maître n'aurait pas compris qu'on n'aime pas Hollywood et toutes ses simagrées, et qu'on n'ait pas envie de voir un jour sa propre fille dans une robe à paillettes, le visage aussi fardé que Marilyn. Et puis on se retenait parce que, si Jean apprenait qu'on s'était opposés, elle était capable de ne jamais le pardonner.

2

Garder confiance en moi. Ne jamais douter de mes capacités. Je suis une actrice. Je sais que je vais y arriver.

Le réalisateur au crâne lisse avait rappelé : il la voulait deux semaines avant la date prévue, pour une lecture de la pièce, en vue de préparer le bout d'essai sur lequel se jouerait la finale. Depuis, on eût dit que Jean S. s'attendait à affronter le monde entier.

Ah, le passé ! Je suis fatiguée du passé, et de l'avenir qui aurait pu lui succéder. Cet avenir, c'est la préhistoire. Si un jour je devais écrire le récit de ma vie, c'est maintenant qu'il commencerait !

Voilà le genre de phrases que John comprenait, quand elle lui téléphonait, dans ses moments d'euphorie, quand tout éclatait, Marshalltown, le monde, la société, et que ses propres mots éclataient aussi. À l'inverse, en phase descendante, elle lui confiait qu'il n'était pas suffisant d'être contente de son propre travail et qu'elle ne pensait pas être capable d'ouvrir la bouche devant ces gens célèbres qui allaient l'évaluer. Dans ces moments-là, il arrivait qu'elle ait soudainement envie de boire quelque chose de fort, qui dope le moral. Un soir, en sortant de chez Carol où elle passait chaque jour plusieurs heures à répéter, elle s'était ainsi retrouvée seule dans un bar désert, ou plutôt un commerce de boissons. Le visage éclairé par une lumière au néon rose, imitant John, elle avait réclamé un gin tonic, et le serveur, un jeune homme au visage ravagé par l'acné, s'était arraché à regret du flipper qu'il secouait comme un fou.

Pas de gin tonic ici !
Je suis majeure, qu'est-ce que tu crois, mon gars ?
Gin tonic ? Connais pas.
Alors… Sers-moi un whisky, s'il te plaît.

C'était la première fois qu'elle y goûtait. Elle avait bu cela comme un médicament, puis avait attendu un effet qui ne s'était pas produit. Elle s'en doutait : à part l'amour, nulle défonce ne valait la peine. *Quelle idiote !* s'était-elle dit. Tout ça parce qu'il était plus facile d'oublier Rose Loomis et d'effacer la petite Willie, avec sa poupée déglinguée et les fanfreluches de sa sœur morte, que de s'accrocher ! Voyant son propre reflet un peu honteux dans la vitrine, elle avait souri, face à la nuit : pas de ça ! Elle serait une grande actrice, toute sa vie ! Même si elle devait commencer sous l'armure d'une sainte, épée au côté, à mille lieues de toute réalité…

3

Quel accueil !
On était venu la chercher à l'aéroport de New York. On l'avait conduite à l'hôtel où elle logerait, en plein Manhattan. Une assistante de casting l'avait accompagnée pour le dîner, mais maintenant… Maintenant, ils étaient là, sept spectres, en rang serré derrière une table, à l'écouter, et elle avait la migraine. *Ô mon roi ! Je viens*

délivrer Orléans et vous livrer le trône de France… Ses pieds nus étaient glacés. Cinq minutes que, de mémoire, elle disait son texte devant des inconnus qui avaient le pouvoir de décider de son destin. L'un d'entre eux l'observait à la jumelle, à dix pas de distance ! Rivés sur elle, les yeux d'un autre clignotaient derrière des verres ronds, tandis qu'un troisième, les cheveux gominés, un foulard à pois autour du cou, la considérait avec une mine consternée. Raide, au milieu, trônait le réalisateur au crâne en boule de billard. Il avait une écorchure fraîche, brillante comme un petit croissant de lune, en haut du front. Il respirait fort par le nez. Il secouait sa grosse tête et avait l'air furieux. Il tapota des doigts sur la table, puis brisa net son envol. Un élastique, vite ! Qu'elle s'attache les cheveux, ils étaient trop longs, et, à cause de cette frange ridicule, on ne voyait plus ses yeux.

Jean songea à John : *Ne doute pas de mon talent. Ne doute jamais, je t'en supplie…*

Elle se ressaisit, mais l'ambiance virait à l'orage. Chaque fois qu'elle répondait au figurant censé jouer le roi de France, elle entendait le maître grommeler.

Coup de tonnerre : *Cette fois, ça suffit !* L'orage s'abattit sur elle. Qu'est-ce que c'était que ce ton ? Et ce regard de folle à lier ? Où étaient passés sa spontanéité et son naturel ? On parlait de cinéma ici, pas de théâtre de quartier…

« J'ai travaillé, monsieur, pour me préparer.

– Travaillé ? Avec qui ?

– Avec mon professeur, pour les intonations, et la concentration. Et avec Mum, pour être sûre que je savais mon texte. »

Quel désastre ! En deux semaines, il ne restait plus rien de bon ! Il fallait tout reprendre à zéro.

La séance était terminée. « Je n'ai demandé que des conseils… », souffla Jean en sortant de la lumière des spots.

« Non, reste là ! Recommence, comme à Chicago ! Mets-y du cœur, tu es morte de l'intérieur ! », rugit le réalisateur au crâne lisse, tout en pointant sur elle un doigt accusateur.

Elle s'envola pour Des Moines le soir même, pensant qu'elle n'avait plus la moindre chance de l'emporter. À Dad, qui vint la chercher, elle dit qu'elle avait eu raison de s'inscrire à l'université… Et pourtant, sa convocation pour le bout d'essai du 15 octobre tenait toujours. Non seulement l'assistante de casting le lui avait confirmé, mais elle lui avait remis une enveloppe contenant ses billets d'avion et le texte des scènes du film qu'elle devait apprendre, telles que les avait dialoguées l'écrivain Graham Greene. Elle n'osa pas parler de ce qui lui était arrivé, ni à Carol ni à John, qui lui sembla curieusement distant au téléphone.

Oh, chéri, comme tu me fais peur, toi aussi ! Je vais échouer, personne ne me reconnaîtra dans la rue, et nous ne serons jamais, enlacés toi et moi, en photo sur la couverture de Hollywood Confidential.

Elle apprit ses répliques et se força à les jouer au moins une fois devant son professeur, pour ne pas l'inquiéter. Mais, quoi qu'elle décide, cela n'irait jamais. La France, la guerre de Cent Ans, les villes assiégées par une sainte distribuant les coups d'épée… Et tout cela au cinéma, avec un réalisateur qui la détestait ! Comme d'ordinaire, elle creusait ses souvenirs pour s'en inspirer. Mais, privée de voix célestes, les points de repère lui faisaient défaut.

Deux jours avant l'échéance, Dad reçut un télégramme de la production :

PLUS QUE TROIS CANDIDATES – UNE NEW-YORKAISE DE L'ACTOR'S STUDIO – UNE SUÉDOISE DE STOCKHOLM – ET VOTRE FILLE –

Alors, ce fut plus fort qu'elle : au risque de ne plus pouvoir monter sur scène si cela ratait, elle reprit espoir.

4

« Coupez-lui les cheveux !
– Comme Falconetti, autrefois ? »

Quelle merveilleuse idée ! Pour un peu Jean se serait jetée au cou du réalisateur et aurait posé un baiser d'amour sur son crâne dénudé.

« Et coupez-moi ça court, presque à ras ! »

Alors que, à part Bob W., un photographe chargé de lui tirer le portrait pour une campagne de publicité, personne, depuis son arrivée, ne s'était préoccupé de son sort, on convoqua pour elle le coiffeur des *Artistes Associés*, un magicien adulé par Kim Novak et Marilyn.

Dès qu'il fut installé, l'artiste se pencha au-dessus de sa précieuse tête. Les mèches blondes commencèrent à tomber. Au ralenti, elles glissèrent sur les genoux de Jean, s'étalèrent sur le sol en un tapis soyeux. En même temps, quelque chose d'étrange se passait. Là, dans le miroir, à chaque coup de ciseaux, les contours et les traits d'un nouveau visage se précisaient. Le front se dégageait, l'arc d'une paire de sourcils se dessinait, le regard s'approfondissait, et, plus saillantes, les pommettes hautes s'affirmaient. Mais quel rapport existait-il entre la grâce de ce port de tête, la fragilité de cette nuque et la robustesse de Jeanne, sainte et guerrière ?

« Je veux qu'on ne sache plus si elle est fille ou garçon ! », ordonna le réalisateur, qui surveillait. Attention : il ne lui resterait bientôt plus rien sur la tête ! Mais l'as de la coupe connaissait son métier, et c'est un crâne blond, d'une rondeur parfaite, que, petit à petit, il révélait.

Quand le réalisateur trancha, jugeant qu'on était arrivé à ce qu'il voulait, Jean éprouva une curieuse sensation. Face à cette fille-garçon, qui n'était plus celle que connaissait chaque habitant de Marshalltown, elle se sentit à la fois dépossédée et préservée. Au moment de se lever, elle vacilla. *Pour qui me prendront les hommes qui vont me regarder ? Et s'ils avaient l'impression de commettre un péché, uniquement parce que je leur plais ?* Mais ne plus être tout à fait femme, est-ce que cela comptait, tant que l'on était désirée ? Le pire, c'était la honte, sûrement pas l'interdit.

Au maquillage, on lui creusa des cernes, on lui blanchit le teint, et elle se vit enfin titubant d'épuisement, chaînes aux pieds, traînée hors du cachot jusque devant ses juges. On l'habilla, on lui enfila des braies trouées et une chemise de gros lainage, sous laquelle il lui sembla que s'effaçait une autre part de sa féminité. *Je suis un soldat de Dieu, blessé, mourant de faim, un prisonnier que l'on va condamner à être brûlé vif.* Elle scruta le miroir avec un léger frisson. Une inconnue lui faisait face. *Viens, Jeanne, je t'attends. Empare-toi de moi, je suis ta maison, habite-moi, prends possession de moi, étouffe-moi, mais, pour l'amour du Christ-roi, ne me lâche pas.*

Sur le plateau, les rampes de projecteurs brûlaient. On s'affairait, il y avait un bruit infernal, la poussière piquait le nez, et la chaleur était suffocante. Le réalisateur au crâne lisse, entouré de dix machinistes, tenait un porte-voix. Il la contempla, dit que ça allait, se pencha, mit l'œil à la caméra.

Attention aux fils ! Assieds-toi sur ce tabouret. Ne te tourne pas vers l'objectif, pour toi il n'existe pas ! Et ne bouge pas non plus. On travaille d'abord, on tournera après. Voici ton partenaire, en bure de moine. Il s'agenouille à tes côtés. Il vient très près, comme le confesseur. Ces voix qui t'ont parlé, à Domrémy, qu'est-ce que c'était ? À toi de te justifier. Tu as mal, parce que ta bataille est perdue, et parce qu'il te reste tant à accomplir, que tu n'accompliras jamais ! Plus un bruit... Es-tu sorcière, Jeanne ? Le moine cherche à t'arracher ton âme. À deux pas de vous, le regard suspendu à tes lèvres, le réalisateur est tendu. Toi, l'entêtée, tu ne veux que le bien de la chrétienté, et c'est pour la gloire du Très-Haut que tu as levé l'épée. Voilà ce que personne ne comprend. Mais tu te cramponnes. Folle ! À croire que tu as hâte qu'on te porte au bûcher.

Le bout d'essai.

Deux heures à répéter, prisonnière dans son corps d'emprunt. Cent vingt minutes pendant lesquelles douze personnes ont guetté le moindre de ses progrès, dans l'espoir de commencer à tourner. *Non ! Ne me dévisagez pas comme ça s'il vous plaît, je n'ai pas envie que vous vous souveniez de moi quand ce sera fini.* Puis les premières prises, sans une seconde de répit. « Action ! » Clap : *SAINTE JEANNE/ESSAI J.S./*N° 8. Et toujours ce rite cruel, pour la harceler.

« Ma parole, tu es aussi douée que Rita Hayworth ! »

Elle fait tant d'efforts pour ressembler à celle que le maître a inventée ! Elle n'en peut plus. Elle réclame un verre d'eau et quelques minutes de répit.

« Tu veux être actrice, mais tu n'as pas assez de nerfs pour continuer.

— Bien sûr que si, je vais continuer ! s'insurge-t-elle. Je vais reprendre, et reprendre encore, jusqu'à ce que vous soyez épuisé ! »

Stupeur. Silence de mort. La petite Jean S. se crispe sur son tabouret. Satanée gamine, elle n'a plus la frousse ! Elle se rebelle, alors que, il y a seulement quelques instants, elle semblait sur le point de détaler. Maintenant tout peut arriver. Un peu de sang colore la pâleur crayeuse de ses joues. Au risque d'effacer son maquillage, elle s'essuie les yeux, personne ne verra qu'elle retient ses larmes. Ce n'était qu'une faiblesse, elle est prête ! C'est son devoir, son obligation, son expiation, pour ne pas avoir été mieux préparée. *Qu'on essaie donc de m'arrêter, désormais ! Je suis Jeanne ! Regardez-moi, voyez qui je suis, décidée à ne pas me renier, prête à brûler !* Pourtant, elle ne peut s'empêcher de jeter un coup d'œil dans la direction de son tortionnaire.

La transpiration perle au front du maître. Il semble moins méchant.

Pas d'erreur... Il sourit, va vers elle, la relève, la prend dans ses bras et, paternel, lui murmure à l'oreille qu'elle est parfaite et que la prise suivante sera la bonne. Mais elle garde la mine de déterrée de Jeanne la Pucelle et le regarde comme si elle ne le connaissait pas.

5

L'agent publicitaire avait appelé.

On était vendredi et il voulait que Mum and Dad prennent l'avion du lendemain matin pour New York, sans avertir leur fille, retenue là-bas, comme les deux autres candidates, jusqu'au résultat final. Le feuilleton ne cesserait donc jamais ! Sauf que, cette fois, la gagnante serait désignée dans moins de quarante-huit heures. Quoi qu'il en soit, il fallait encore trouver quelqu'un pour garder les enfants, Kurst et David, et s'occuper en catastrophe de la buvette et de la pharmacie. Et pour quel résultat ? On se contentait de leur répéter que l'essai s'était bien passé, et, quand elle leur parlait au téléphone, Jean semblait perdue. Quelle détestable histoire ! Malgré les propos apaisants de William J. Fischer et de Carol H., et le soutien de grand-maman Frances, Dad s'en voulait de ne pas s'être opposé à ce *grand bazar*, et Mum craignait que, gravement déçue, Jean ne revînt à Marshalltown blessée à jamais. « Au moins elle ne restera pas seule, nous la ramènerons avec nous », lui dit Dad quand, après bien des hésitations, il eut rappelé la production pour leur faire part de sa décision.

Dès leur arrivée, une limousine à vitres fumées les conduisit à leur hôtel, le genre de palace avec salle de bains en marbre dans lequel ils n'avaient jamais imaginé mettre les pieds. En chemise blanche et cravate, chapeau vissé sur la tête, Dad ne desserra pas les lèvres de tout le trajet. À Mum, qui réclamait d'aller embrasser sa fille cloîtrée à l'autre extrémité de Manhattan, on répondit qu'il fallait attendre le lendemain. « Alors on va lui téléphoner ! » Non, pas de téléphone ! On ne passerait pas la communication. Leur déplacement devait rester secret.

Un coup monté ! Les utiliser ainsi avait quelque chose de méprisant. On allait les sortir soudain d'une boîte et les jeter sur la scène, pour qu'ils s'agitent comme des marionnettes. Gagnants ou perdants, de quoi auraient-ils l'air, tous les trois, quand, au moment crucial, des centaines d'inconnus observeraient comment une brave famille du Middle West réagit face à un tel événement ? Tous ces gens au cœur de pierre ne comprenaient pas que, lorsque l'on aimait ses enfants, on ne voulait pas les voir souffrir, et que l'on refusait d'être ridiculisé en leur présence. Or, c'était entre ces mains-là que Jean était tombée !

Où puisèrent-ils le courage de patienter jusqu'à ce que la limousine, le lendemain matin, revînt les prendre à onze heures pile ? Sans plus d'explications, ils furent emmenés à l'immeuble où logeaient les Artistes Associés, un gratte-ciel devant lequel s'étaient massés les photographes. Au trente-septième étage, on les conduisit à la salle de projection, où public choisi et reporters se bousculaient. On les invita à s'asseoir sur les deux fauteuils restés libres, au premier rang, face à la scène et à l'écran. À voir la mine coincée du couple qu'ils côtoyaient, Dad crut qu'ils n'étaient pas les seuls parents à avoir été traînés là, presque de force. À tort, il s'imagina que d'autres, guettant comme eux l'apparition de leur fille, enduraient un vrai supplice. Enfin on lança une musique de générique, et, sous les applaudissements, monsieur Preminger apparut, encore plus impressionnant dans un complet sombre à veste croisée. Comme si l'attente n'avait pas assez duré, il commença par appeler la star masculine de son film, engagée, moyennant une montagne de dollars, pour jouer le dauphin de France. Un acteur à la mèche blond décoloré, que Mum and Dad avaient vu jouer un rôle d'assassin et précipiter une pauvre femme en voiture roulante du haut d'un escalier, surgit dans les faisceaux croisés de dix projecteurs. « Monsieur Richard Widmarck ! », s'exclama le réalisateur, satisfait de son effet. Et l'on se leva, et l'on applaudit, et, yeux écarquillés, beaucoup de femmes excitées se réjouirent, tandis que les flashes crépitaient. Mais où cachait-on Jean ? Et quelle allait être sa réaction quand elle les apercevrait, si empruntés, inopportuns, voire inconvenants dans leurs vêtements du dimanche ? La star de films noirs s'exprima d'une voix nasillarde, histoire de remercier monsieur Preminger de lui donner un personnage en armure, futur roi velléitaire un peu demeuré. Les bravos crépitèrent, accompagnés de sifflets admiratifs. Le public semblait avoir oublié dans quel but avait été organisé ce show.

Pas si vite !

Les lumières déclinèrent. Tout le monde se rassit. Le silence s'installa, et la voix du réalisateur résonna dans les haut-parleurs pour annoncer l'instant de vérité... La photo d'une jeune fille brune aux cheveux tirés s'afficha sur l'écran : *Kelly Blane, 21 ans, de New York*, bientôt remplacée par une autre : *Jean S., 17 ans, de Marshalltown*, puis par une troisième : *Doreen Denning, 19 ans, de Stockholm*... presque une athlète, à la carrure de nageuse de cent mètres. « Et maintenant, mesdames messieurs, voici, en avant-première mondiale, quelques images du bout d'essai de la nouvelle Jeanne d'Arc... »

Ô Seigneur ! Faites que ce ne soit pas Jean, et que nous rentrions dormir à la maison... fit Dad en son for intérieur.

Mais, en noir et blanc, sur l'écran, apparut une drôle de fille en haillons, une androgyne fiévreuse, aux cheveux coupés ras. Une peine cruelle altérait les traits de son visage, si subtilement différent de ceux qu'on avait l'habitude de voir au cinéma. Un moine la harcelait de questions, et Dad reconnaissait le désespoir tout enfantin qui gâtait cette gentille frimousse. *Oh Dad ! Avant toi je n'existais pas, je n'étais personne, c'est à cause de toi si je suis née, alors ne me gronde pas si je suis moi.* Une vague de nostalgie s'abattit sur lui. Déjà, au réveil, quand il avait eu fini de se raser, un immense sentiment de regret l'avait submergé. Il avait noué sa cravate et avait éprouvé la même sensation que trois ans auparavant, quand, pour la première fois, il avait aperçu Jean tenant la main d'un garçon. Là, en se regardant dans la glace, il avait ressenti un besoin poignant de s'évader de cet hôtel, de passer en vol rasant par-dessus les gratte-ciel et de s'en retourner vers Marshalltown, trente ans en arrière, à une époque où il lavait des bouteilles dans une arrière-boutique pour payer ses études ; où il gagnait seulement quinze dollars par mois et ambitionnait de devenir médecin ; où il épousait Dorothy Arline Benson, l'institutrice ; où, alors qu'il était toujours employé dans une pharmacie du centre-ville, sa deuxième fille venait au monde, avec des cils presque blancs.

Mais à quoi bon ? Chacun sait qu'il est impossible de vivre deux fois le même instant.

L'explosion d'un flash, à quelques centimètres de sa joue, le ramena au présent. La lune blême d'un projecteur se plaqua sur Mum, dont le visage était inondé de larmes. La star de films noirs leur tendait la main, elle était descendue les chercher, elle les embrassait. L'objectif d'une caméra les espionnait, le public les applaudissait. Sur la scène, le réalisateur tenait Jean par l'épaule. Que lui avait-il fait aux cheveux ? Diaphane dans une robe fourreau noire, elle souriait à peine. Prise dans le feu croisé des photographes, c'était lui, son Dad, qu'elle regardait.

6

Hé ! Voyez quelle gentille fille ! Elle parle de sa grand-mère et remercie son professeur. Ma parole, ils ont trouvé l'oiseau rare.

Dans la soirée du samedi 20 au dimanche 21 octobre 1956, les États-Unis découvrirent une Jean S. rayonnante, pas grisée pour deux sous. Prise en sandwich entre un match de boxe pour chimpanzés et le chanteur Marion Marlowe, elle répondit avec le sourire aux questions concernant son humble extraction et rejoua volontiers la grande scène de son bout d'essai. L'histoire miraculeuse de l'Amérique profonde se répéta ainsi en direct, devant les millions de téléspectateurs du TV show d'Ed Sullivan. Un conte de fées, comme seule pouvait en produire la plus grande et la plus équitable des nations, se propagea d'est en ouest, volant à la rencontre des cœurs simples. Encadrée par le réalisateur au crâne lisse et l'agent publicitaire Mike B., la nouvelle Pucelle apparut déterminée, mais sans manières, avec une sorte de sagesse inscrite en elle, comme si le coup de baguette magique qu'elle avait reçu le midi même n'avait été qu'une étape dans sa trajectoire d'étoile, programmée pour filer dare-dare sur la poudre d'or de la Voie lactée. *Star en un midi, star en une nuit, on ne pouvait que l'aimer...* En attendant que ses cheveux repoussent, qu'elle prenne quelques accents canailles et enfile des décolletés en lamé cousus moulé-serré, elle serait une sainte très convenable. L'Amérique républicaine du général Dwight Eisenhower allait saluer sa fabuleuse destinée, et des milliers de jeunes filles en quête d'illusions allaient adorer s'identifier à elle.

7

Interviews, conférences de presse, cocktails et soirées de charité, séances photos, couvertures de presse, essayages, premiers cours de maintien et de diction pour effacer son accent du Middle West... Prise dans le tourbillon de la célébrité, l'actrice aux cheveux de garçonnet dut attendre novembre pour avoir la permission de revenir à Marshalltown et d'y passer sept jours, avant d'être happée, corps et âme, par un mécanisme dont elle pressentait que les dents seraient d'acier.

Sept jours ! Pas un de plus.

À Des Moines, une centaine de personnes, parmi lesquelles plusieurs reporters, accueillirent une Jean S. électrisée. Depuis deux semaines, elle vivait une aventure incroyable. Plus le temps de penser, de s'interroger, d'hésiter. On lui avait annoncé que Richard Burton allait jouer le rôle du comte de Warwick, et c'était aussi renversant que si Marlon Brando en personne eût rejoint la distribution. On lui avait parlé aussi de Richard Todd et de Finlay Curie, les plus brillants des acteurs anglais, que trois générations de comédiennes avaient rêvé d'approcher. Chaque soir, elle s'endormait comme un bébé, et lorsque, chaque matin, on venait la réveiller, elle s'attelait aussitôt à la tâche : donner à ses admirateurs l'image d'une jeune fille talentueuse, mais également assez honnête, saine et pieuse, pour mériter d'interpréter le rôle d'une sainte.

Son portrait géant, déroulé sur la façade de l'aéroport, et les applaudissements qui fusèrent quand elle parut sur la passerelle de l'avion l'émurent au point qu'elle marqua un arrêt au milieu des autres passagers. Elle reconnut Carol H., sa copine Hannah, grand-maman Benson et, plus loin, Mum and Dad avec ses deux frères. Même Mary-Ann, sa sœur aînée, s'était déplacée avec son fiancé ! Ravissante dans le manteau de vison qu'on lui avait prêté, elle leva le bras et leur adressa son sourire le plus éclatant. Mais, au tréfonds d'elle-même, elle eut le sentiment que rien de cela n'était mérité, et que, d'une manière ou d'une autre, la vérité finirait par éclater. Quand Cass Brenner, qui conduisait la Chevrolet décapotable à l'arrière de laquelle on la pria de s'installer comme une mariée, la dévora des yeux, elle se sentit affreusement coupable vis-à-vis de lui. « C'est juste que... tu es si belle, Jean. » Elle voulut se pencher pour l'embrasser, mais, au lieu de se poser sur sa joue, ses lèvres rencontrèrent le gros bouquet de roses qu'on venait de lui offrir.

Une semaine plus tard, le jour même de ses dix-huit ans, à l'instant de repartir pour New York, puis pour Londres, où serait tourné *Sainte Jeanne*, elle évita de regarder en arrière. La fanfare dans les rues de Marshalltown ; les clés de la ville remises par monsieur le maire ; son bout d'essai projeté à l'*Orpheum* devant une salle comble ; l'article paru dans le *Times Republican*, où la journaliste la décrivait comme la fille dont rêvaient tous les parents... Cela appartenait à un passé qu'elle ne retrouverait peut-être jamais.

Ange gardien, toi qui prends soin de moi, fais que je revienne, et qu'ils m'aiment toujours autant.

Dans l'avion, assise près du hublot, elle cacha sa tête entre ses mains pour ne pas voir grand-maman Frances, Carol, Mum, et Dad qui semblait préoccupé de son sort pour l'éternité. Aucun d'entre eux ne bougerait de là tant qu'elle n'aurait pas décollé.

Quand le bimoteur prit de l'altitude, deux larmes brouillèrent sa vue. Le passager à côté d'elle la dévisageait. « Qu'est-ce qui vous arrive, mademoiselle S. ? », lui demanda-t-il à voix basse.

Oh, mon Dieu ! On la connaissait désormais. Dans deux jours, pour son arrivée en Angleterre, on lui avait programmé un dîner avec Vivien Leigh et Laurence Olivier. D'ici là, on pouvait tout répéter et révéler à la presse quelle gourde elle était.

N'ayant pas le droit de décevoir ceux qui l'aimaient, elle releva le nez et contempla son voisin en écarquillant les yeux. Sur son visage se dessina cette expression d'étonnement enfantin qui lui allait si bien.

Herr Otto (2)
(propos de coulisses – studios de Shepperton/Londres)

On dit que Herr Otto séquestre la jeune Jean S. depuis trois mois dans une suite du Dorchester Hôtel ; que, hors des plateaux, elle n'a le droit de voir personne ; qu'elle ne reçoit plus de nouvelles de son ami John M., qu'elle dîne toute seule et reste triste à mourir, derrière un cordon de protection de plus en plus serré.

On dit que Herr Otto l'a obligée à monter à cheval dans Hyde Park et à apprendre à brandir une épée, neuf heures par jour, et cela pendant plusieurs semaines.

On dit qu'il l'a emmenée fêter Noël en France. Là-bas, histoire de finir de la réduire à sa merci, il a tenu à lui faire rencontrer Ingrid Bergman, la plus fameuse de toutes les Jeanne d'Arc.

On dit que, mécontent que l'on ait trafiqué le chef-d'œuvre de Bernard Shaw, Richard Burton a tiré sa révérence dès la première lecture du scénario et que le grand John Gielgud le remplace. Voilà une gloire de plus du théâtre anglais au générique ! Face à ces monstres sacrés, la pauvre Jean s'étrangle quand elle doit parler.

On dit que Herr Otto ordonne qu'on lui recoupe les cheveux tous les quatre jours, et qu'elle en a assez.

On dit que, quand elle l'a vue arriver le premier matin, Margot Grahame, qui joue le rôle d'une duchesse, a éclaté de rire et lui a dit que c'était bien trop court. Ce à quoi notre Pucelle a répondu qu'elle ne se voyait pas en chignon sur le champ de bataille.

On dit que, depuis cette repartie, la malheureuse enfant s'est fait une ennemie.

On dit qu'on la réveille à 5 h 30, et qu'à 8 heures elle est en place, sur le plateau, avec, sur les épaules, une cuirasse de quinze kilos, réplique authentique d'une carapace de chevalier.

On dit qu'elle passe des heures assise sur un tabouret, en pleins courants d'air, sans même une tasse de café chaud, ou bien à marcher de long en large en attendant que les éclairages soient réglés.

On dit que Herr Otto ne la laisse jamais respirer. Que, quand elle peut enfin tourner, il l'accuse devant toute la troupe d'être un vrai glaçon, et que, plus il l'oblige à recommencer les mêmes prises, plus elle se raidit.

On dit aussi que, parfois, il la prend dans ses bras et lui offre des disques de Sinatra.

On dit que, l'autre jour, il l'a secouée si furieusement qu'elle s'est mise à sangloter et qu'il a fallu arrêter de tourner.

On dit que John Gielgud s'est senti obligé de la consoler. « Curieuse attitude, pour un vieil inverti ! Mais il est exact que Jean n'est pas une vraie fille... », aurait lâché en aparté Herr Otto.

On dit que les rushes ne sont pas excellents, et que c'est une mauvaise idée de filmer une pièce qui n'a pas dépassé les cent représentations à Broadway, malgré l'interprétation de Katherine Cornell, qui, elle, était loin d'être une débutante sans expérience.

On dit que, l'autre soir, quand Herr Otto a enfin autorisé Jean S. à téléphoner à son père, à Marshalltown, pour lui demander conseil sur l'attitude qu'elle devait adopter, celui-ci lui a répondu d'aller dormir.

On dit que Herr Otto garde la scène du bûcher pour la fin, au cas où Jean S. brûlerait pour de vrai...

Au cas où Jean S. brûlerait pour de vrai…

« *Brûlez-la ! Brûlez-la !* »
Ils sont des centaines à hurler d'une voix rauque sur le passage de Jean S. enchaînée. Fin de tournage. La production est réunie au grand complet. À la lueur des torches, des reflets sinistres glissent sur les façades qui se dressent, gothiques et menaçantes, sous un ciel d'encre. Bancales, piquant un peu du nez, elles encerclent le bûcher et semblent prêtes à se refermer sur lui, à l'instant où le supplice commencera.
« *Brûlez-la ! Brûlez-la !* »
L'effroi est palpable, et les physionomies hideuses. Ces gens-là ont Jeanne de Lorraine en horreur. Ils frisent l'hystérie à l'idée de respirer l'odeur âcre de sa chair en train de griller. Sous un ballet d'ombres démesurées, on en revient aux vieux films d'épouvante des studios Universal. Carnaval de démons… La haie des hallebardiers se resserre. *Seigneur, ayez pitié de moi !* La peur de souffrir saisit Jean. Jamais, durant les semaines passées, elle n'a ressenti de frayeur comparable face à la douleur du martyre.
« *Brûlez-la ! Brûlez-la !* »
Ils s'égosillent à en avoir la gorge à vif. Elle croit qu'ils vont la rouer de coups. Elle qui a bu le sang des batailles, il faudrait qu'elle avance tête haute, mais elle est une petite fille et veut se protéger au lieu de prier. Un visage abominable se dresse devant elle. Haleine de

chien, crocs de loup, on va la dépecer. Son courage est en lambeaux. On la saisit sous les bras, on la soulève, on la hisse sur le tas de fagots, on l'attache au poteau. Son corps sursaute et se crispe, elle ne parvient pas à le maîtriser.

Un moine lui présente un crucifix, perché au sommet d'un bâton. Elle tend ses lèvres pour embrasser les plaies, là où le fer de la lance a frappé, là où les clous se sont enfoncés. Pas le temps ! On lui arrache le corps du Christ bien-aimé. Elle lève les yeux vers le Ciel, mais il est fermé et s'appesantit sur elle. Cagoule rouge, torche à la main, le bourreau s'approche. Dure comme la pierre, Jeanne n'aurait jamais tremblé ainsi devant lui. Ce sifflement… Cette odeur ? Ce sont les bouteilles de gaz dissimulées sous le bûcher. Une convulsion de joie soulève la foule. Le feu prend, elle tousse, ne respire plus. Bouche grande ouverte pour happer un filet d'air, elle songe à Rose Loomis, à sa suffocation. Elle aussi mourait vraiment, mais si doucement ! À la manière de l'enfant dont le sommeil clôt les paupières.

Rose Loomis, c'est elle. Elle le sait depuis le premier instant.

Mais la clameur retombe, où sont les flammes ? Est-ce un miracle ? *Merci Seigneur ! Il n'y a qu'un peu de fumée entre mes pieds.*

Un souffle brûlant jaillit. Deux langues de feu l'enveloppent. « Oh ! », s'exclame la foule. « Je brûle ! », s'exclame-t-elle. L'incendie atteint son ventre, gifle sa poitrine, lèche ses poignets… Elle se tord, ses liens se défont. Mains au visage, elle tente de se protéger. Du haut de sa grue, le réalisateur au crâne lisse continue de filmer, et, en bas, dix photographes mitraillent la scène. Dans l'assistance, on crie, on applaudit, pourtant certains ne savent plus quoi penser. Les vêtements de la suppliciée sont en train de brûler, mais il y a tant de fumée que l'on ne distingue plus rien. Le bourreau se précipite sur le bûcher, il ôte les chaînes du cou de Jean, l'emporte dans ses bras de géant.

À l'arrière, deux pompiers déclenchent leurs extincteurs, la police intervient. « Coupez ! », crie Otto Preminger. Avec soixante mètres de pellicule, et plus de deux minutes de film, il a ce qu'il voulait.

Au téléphone, elle n'a rien dit à Mum and Dad.

Elle a les chevilles et les mains bandées, et de vilaines brûlures sur le ventre, qui la font souffrir et lui laisseront sans doute des cicatrices. « Je vais bientôt revenir à la maison vivre quelques semaines à vos côtés », s'est-elle contentée de leur confier, d'une voix altérée.

Les radios et la télévision ont diffusé la nouvelle, et les États-Unis se sont émus : Jeanne de Lorraine a failli brûler pour de vrai ! Tandis que, dans la presse, certains dénoncent *un coup de pub douteux*, d'autres, photos à l'appui, écrivent que deux bouteilles de gaz ont explosé sous le bûcher, et que, *grâce au Ciel*, la malheureuse Jean S. l'a échappé belle. L'équipe entière s'est montrée pleine d'attention vis-à-vis d'elle. John Gielgud lui a donné une broche en forme de masque de théâtre, qui a appartenu à sa mère ; Kenneth Haig, interprète du frère Martin, lui a apporté une somptueuse boîte de chocolats ; les techniciens lui ont fait livrer des brassées de fleurs multicolores, et Otto Preminger lui a offert un nouvel électrophone pour qu'elle écoute les disques de Sinatra pendant sa convalescence. Quant à Richard Widmark, pourtant distant durant les dix semaines de tournage, il a accordé une interview à *Life* dans laquelle il prédit une belle carrière *à cette sacrée entêtée de*

Jean S., qui, ne manquant ni de courage ni de persévérance, ne se laisse jamais démonter.

En visionnant les rushes, muscles tendus, nerfs vrillés, elle s'est revue paniquer, enchaînée sur le bûcher. Le visage cuisant, elle a refusé de recommencer à tourner. *Inutile d'insister. C'est non ! – Même pour un paquet de dollars ? – Non Otto ! Vous vous débrouillerez avec ce que vous avez. Pour moi, c'est fini, je n'ai plus rien à donner.*

Mais voici que, à la veille de repartir pour les États-Unis, on lui passe une communication téléphonique de John M.

Elle hésite à prendre le combiné. Depuis son arrivée à Londres, ses lettres à son amant sont restées sans réponse. Durant ses soirs de froide solitude, se sentant trahie, elle a dû avaler des pilules magiques pour s'endormir et cesser de pleurer, et depuis elle ne peut plus s'en passer.

Toujours à vif, sa plaie n'est pas refermée. John a l'âme vide. Maintenant, elle le sait.

Il s'inquiète de son sort. Ces images à la télévision, alors qu'on la distinguait à peine, enveloppée de fumée, aux côtés d'une sorte de fantôme noir, accouru pour la délivrer, l'ont anéanti. Comme elle tarde à lui répondre, il bredouille quelques excuses : « J'aurais dû t'appeler plus tôt. Je veux dire que je voulais, mais je… je n'y arrivais pas.

– Dommage… souffle Jean, minée par les douleurs qui lui chauffent méchamment la peau du ventre.

– Tu es célèbre maintenant, n'est-ce pas ?

– Ces choses-là ne durent pas.

– Je n'ai aucun souci, tu auras de bons rôles. Des rôles sérieux.

– Non, ce n'est pas ce que je veux.

– Alors tu auras des rôles de comédie.

– Le Studio n'a pas d'autre projet avec moi.
– Cela viendra, dès que *Sainte Jeanne* sera sorti. »

Ces mots résonnent bizarrement dans l'air. Elle fait la grimace et s'entend répondre que le tournage a été laborieux, qu'il y a beaucoup de dialogues et peu de scènes d'action. « C'est fifty-fifty, ajoute-t-elle, le succès n'est pas garanti.

– Tu seras magnifique, Jean.
– C'est pour ça que tu n'as plus donné signe de vie ? »

Il y a un silence au bout du fil. Il est possible qu'il ait raison : l'épreuve l'a aguerrie, elle a progressé, John Gielgud le lui a souvent confirmé : *N'écoute pas Otto, tu as le feu sacré, chérie. Entretiens-le, et il ne t'arrivera rien de mauvais.* Désormais, elle se sent aussi armée pour réciter un monologue de Shakespeare que pour jouer les amoureuses écervelées. Avec un bon professeur, elle pourrait même apprendre à danser, et à chanter. Pour changer, *Photoplay* la montrerait avec les cheveux blond platine, sexy dans une robe dos-nu d'un bleu électrique... Tout cela traverse son esprit, alors que John cherche quelles justifications lui opposer.

Finalement il dit : « Tu vas pouvoir t'installer à Broadway...

– Avec 250 dollars par semaine, cela se pourrait en effet.
– Alors, vas-y !
– Avec qui ? Tu as changé d'avis ? Ça recommence à t'intéresser ?
– Non, Jean... C'était un plan tordu, je ne peux pas. Mais tu as bien quelqu'un pour me remplacer...
– En deux mois, on m'a sortie seulement deux fois de mon hôtel, pour m'inviter à dîner. Devine qui c'était !
– ...

– C'était Harry Bellafonte, le plus bel homme que j'aie rencontré.

– Tu vois !

– Sauf que c'est une star, qu'il a quinze ans de plus que moi, qu'il est riche et père de famille et n'a ni camionnette ni banquette arrière qui grince.

– La camionnette, je l'ai revendue.

– Comme ça, le trait est tiré ! Mais j'aurais préféré être là quand tu as fait ça.

– Ça aurait changé quoi ? J'avais besoin d'argent.

– Et moi, j'avais confiance… murmure-t-elle en sentant un vide douloureux entre ses jambes. Mais je ne suis pas malheureuse, se reprend-elle aussi sec. Il n'y a eu aucun accident : mon personnage m'habite au point que j'ai été à deux doigts de brûler vive, moi aussi. Les graines de l'été dernier ont germé, j'ai ce que je désirais. »

* *
*

« Sagan, tu connais ? Françoise Sagan ? »

Preminger avait tenu à l'accompagner jusqu'à l'aéroport. Depuis son refus de retourner sur le bûcher, il se préoccupait de sa santé. *Tu restes six semaines à Marshalltown, sans bouger, sans te montrer. Tu fermes ta porte si on vient t'interviewer. Tu te reposes, tu mènes ta vie d'avant, comme si rien n'était arrivé. Moins tu seras visible, plus on te désirera…* Coup de chance : c'est exactement l'attitude qu'elle comptait adopter. Mais, avec sa manie de la harceler, voilà que, sur la route, il ramène cette… Françoise Sagan, une Française de vingt et un ans, écrivain au talent précoce à ce qu'il semble. Et il en rajoute, comme si le coup de téléphone de la veille ne l'avait pas assez remuée ! Cela ressemble à une idée fixe, il insiste avec cette romancière en herbe...

« Tiens, tu liras ça dans l'avion ! dit-il en lui jetant un livre sur les genoux.

– Qu'est-ce que c'est ?
– Ça s'appelle *Bonjour tristesse.*
– Et alors ?
– C'est mon prochain film. Il y a un rôle pour toi.
– Pour moi ?
– Le personnage se nomme Cécile, dix-sept ans et un corps d'adolescente. Son armure, c'est un maillot de bain, et elle ne meurt pas à la fin. Rien à voir avec une sainte. Une vie de turpitude ne l'effraie pas, au contraire. Elle a beau être paresseuse, elle résiste à l'ennemi, comme toi. J'ai les droits. On tourne cet été sur la Côte, j'espère que tu sais nager. Je t'ai trouvé un professeur de français à Des Moines, il viendra chez toi pour te faire travailler. Ton contrat est prêt. Tu verras... Le rôle te plaira. »

Prémonitions

1

Pause à Marshalltown…
La photo de Jean S. trônait partout dans Main Street : placardée sur la façade de l'*Orpheum* ; placée sur un trépied dans la vitrine de *Lillie Mae's*, sous l'enseigne *Coca-Cola*, entre guimauves et pommes glacées ; affichée à l'entrée du *Times Republican building* et exposée en gravure de mode sur la porte de la joaillerie de Charles et Mary Lyndhurst. Sa victoire était celle de l'Amérique des champs de blé sur l'Amérique des trusts et de la finance. Ravis, les fermiers s'appropriaient son succès, au détriment des industriels et des cols blancs.

Impossible de quitter la pharmacie de Dad sans être abordée, questionnée, parfois même embrassée par des gens qui l'avaient toujours ignorée.

Félicitations, gentille Jean ! Fé-li-ci-ta-tions ! Nous t'avons regardée à la télévision. Seigneur ! Quel courage tu as eu quand tu as failli brûler…

Voyez, ce n'est pas arrivé ! Je suis toujours vivante.

Elle avait un rire si heureux, quand on lui parlait, que les passants riaient de bon cœur avec elle.

Dans les premiers jours, elle crut que chaque habitant de la région avait adopté la petite star aux cheveux courts. Fille ou sœur aînée, elle commença par se réjouir à l'idée de faire partie de milliers de familles.

Mais elle ne tarda pas à se sentir observée par ceux qui préféraient rester dans l'ombre. Elle nota que, à son approche, certaines conversations s'arrêtaient, et qu'on la détaillait volontiers dès qu'elle tournait le dos. Déconnectée des discussions sur l'équipe des *Bobcats* ou sur le dernier match de base-ball, mal à l'aise d'être l'invitée vedette de tous les mariages de la ville, elle éprouva bientôt l'impression d'un voyageur fraîchement débarqué en terre étrangère. Et puis il y eut les promeneurs, avec leurs chiens, qui la regardaient fixement. Il y eut les garçons qui se retournaient sur elle en chuchotant, et ces gamins qui se poussaient du coude et ricanaient... Le matin où elle surprit un homme caché derrière la pharmacie avec un appareil-photo, elle se souvint du conseil de Preminger, lui recommandant de fermer sa porte, et elle limita ses sorties à deux heures de piscine hebdomadaire. Le reste du temps, concentrée sur ses cours de français, qui, malgré la patience du professeur envoyé par le Studio, lui causaient quelques migraines, elle se replongea dans la tranquillité ouatée de son igloo.

À force de relire *Bonjour tristesse*, et bien qu'elle décelât quelque chose de malsain dans l'attitude de son personnage, aux antipodes de sa propre personnalité, elle se persuada qu'elle était née pour jouer Cécile, une fille tête en l'air comme elle en connaissait des dizaines, une gamine futile, et cependant assez rusée pour provoquer une tragédie. Y songer souvent agit sur elle comme une thérapie, lui permettant d'oublier Jeanne de Lorraine et les jugements qui ne manqueraient pas d'accompagner la sortie du film. La Côte d'Azur, David Niven et Deborah Kerr, les stars engagées à ses côtés, l'envie d'une histoire contemporaine qui lui parlait, tout cela la rendait de plus en plus impatiente de travailler. Tant pis si le besoin de la torturer reprenait Preminger. Depuis son refus de remonter sur le bûcher, elle était décidée à ne plus se laisser faire. *Plus de starlette à la noix, à deux doigts de pleurnicher! Il a voulu me tuer, mais l'été prochain c'est moi qui lui en ferai voir.*

En comparaison de son désir de devenir une « vraie » actrice, servir d'exemple aux jeunes filles américaines et vivre une lune de miel avec leurs parents ne lui parut bientôt plus indispensable. Lasse de se cacher, elle reprit l'habitude d'aller du côté de son vieux hangar, dont la carcasse rouillait dans une splendeur fauve. Là-bas, elle se répétait que, même si *Sainte Jeanne* ne rapportait pas des millions de dollars, avec Cécile sa carrière serait lancée.

Quelle chance elle avait! Ohhh... Comment était-il possible qu'elle fût aussi heureuse?

Huit semaines après la fin du tournage, John M. était oublié, et, même si le cœur solitaire est aussi lourd qu'une pierre, elle survivait. *Ciao, ciao, le mec.* Évacué, comme le souvenir des brûlures cuisant la peau de son ventre.

Restaient les chansons de Harry Bellafonte pour rêver.

20 avril 1957 : elle abordait cette avant-première à New York avec sérénité. Mais, à son arrivée dans le hall de l'*Astor Theater*, où le public attendait de découvrir la nouvelle Jeanne de Lorraine, Preminger, qui ne l'avait pas vue depuis soixante jours, lui lança qu'il détestait la manière dont elle s'habillait, qu'elle marchait comme une paysanne et que laisser ses cheveux repousser lui ôtait toute personnalité. Détendant les muscles tendres de sa nuque, elle s'efforça d'encais-

ser. Seconde déconvenue : personne ne parut la remarquer à son entrée dans la salle. *Que se passe-t-il ? Vous m'avez vue dans vos journaux et vous ne me reconnaissez pas ?* Mères de famille, comptables, postiers et policiers, qui adoraient le conte de fées de la gentille fille choisie parmi des milliers d'autres, au fin fond de l'Iowa, s'étaient pourtant rassemblés et l'orchestre affichait complet.

À sa différence, Richard Widmark, unique star du générique à s'être déplacée (sans doute parce qu'il tournait depuis trois jours dans les rues de Manhattan), souleva un tonnerre d'applaudissements quand il se montra au premier rang.

Le film démarra... Lentement. Jean trouva que, sur l'écran, on parlait énormément. Elle était de tous les plans. Assise, à terre, prostrée, debout, à genoux, chevilles et poignets enchaînés, mains jointes et doigts croisés pour implorer... Visage marqué, traits tirés, elle souffrait, pleurait, priait, s'insurgeait, se défendait, criait... En quelques occasions, elle se jugea émouvante, mais, tandis que l'action tardait à se développer, elle s'estima bien légère pour un rôle de sainte, redoutable seigneur de guerre.

Quelle empotée ! Tout le monde va voir que je ne sais pas jouer.

Dans la salle, les gens bougeaient, certains parlaient à voix haute, d'autres toussaient ou froissaient des papiers de bonbons. Quand elle vit deux spectateurs se diriger vers la sortie, tenant à la main le questionnaire remis par la production, elle fut tentée de les retenir. *Restez, vous verrez... C'est mieux après !* Assis à son côté, l'œil rivé à l'écran, Preminger demeurait de marbre, mais l'odeur de sueur que dégageait sa peau rude trahissait sa fébrilité.

Rien ne collait, ni cette théâtralité que d'ordinaire le cinéma gommait, ni les décors, ni les dialogues, ni les maquillages, ni les cuirasses brillantes, ni les accessoires, ni les costumes trop neufs… Il y avait une telle distance entre les scènes du procès et la réalité ! Rien, même la lumière pourtant de toute beauté, ne paraissait vrai. À part sa Jeanne de Lorraine, et seulement dans les scènes où on la harcelait, aucun personnage n'avait d'existence propre. C'était si démodé ! De surcroît, alors que la presse annonçait un western en armure, la caméra prenait le temps d'explorer les lieux et de scruter les visages. Elle marquait la position des corps et figeait le placement de chacun dans une dramaturgie de tragédie. Seule consolation pour la débutante qui ambitionnait d'être parfaite : ce manque de crédibilité servait sa propre interprétation, involontairement décalée.

Accueil glacial. Elle se demanda comment les fermiers de Marshalltown allaient recevoir cela. À l'apparition du mot « fin » sur l'écran, la salle se vida en quelques instants. Widmark s'éclipsa : *Un dîner au restaurant ? Non, pas le temps…* Et Preminger déclara à son monteur qu'il allait couper cinq scènes. « Cesse donc de t'inquiéter, à Paris, dans un mois, ça marchera ! » lança-t-il à Jean, une fois dehors.

Sur ce, il vissa son chapeau sur sa tête.

Puis il la planta là, seule sous une pluie grasse.

2

12 mai : celle que demain le Nouveau Monde va aduler ou détester a rendez-vous chez Givenchy-Paris.

De face, de profil, de trois quarts :… Ultime essayage devant dix miroirs. Après une nuit de rêves en morceaux, difficile de se reconnaître dans cette robe du soir verte, à ceinture et à manches longues. À midi, on dégage le front, on ondule délicatement les cheveux aux reflets de pépite. À dix-huit heures précises, dans les salons du Crillon, la maquilleuse aux doigts en pattes d'araignée révèle le visage de la dernière Vénus américaine. Glamour, la Pucelle ! Les reporters, photographes, cameramen se marchent sur les pieds pour tenter de l'approcher.

Ainsi en a décidé le réalisateur au crâne lisse.

Souris-leur, Jean ! Ou ils vont te dévorer !

Plus question de jouer la fille des champs. À l'Opéra Garnier, certains spectateurs ont payé leur place 1 000 dollars pour voir l'imprudente se livrer à la terre entière, sans épée ni armure.

Tu es mon trésor, Jean. Tu es le diamant brut que les hommes rêvent de m'acheter.

Les journalistes de Paris appellent ça : UN TRIOMPHE ANNONCÉ ! *France-Soir*, *Le Figaro* et *Paris-Match* applaudissent la « révélation de l'année »…

Tes gants, Jean ! Mets tes gants blancs et fais-leur un signe !

Avenue de l'Opéra. La Rolls Royce est encerclée, il faut baisser les vitres, serrer les mains qui se tendent… Voici la mariée au bras de son père, Otto Preminger ! Cent micros leur barrent le passage, mille flashes les mitraillent. Mais où est l'heureux époux ? Ah ! Il est ici ! Un bel homme à la peau noire, un roi de « là-bas » en habit d'apparat, prend le bras de la minuscule Jeanne. Regardez comme l'élue s'illumine, c'est Harry Bellafonte, qui l'attendait en bas du grand escalier ! Pour les accueillir : un ministre, garde des Sceaux. Monsieur François Mitterrand s'avance, œil pétillant, baisemain de seigneur. *Ne regarde pas tes pieds, Jean ! Tu ne vas pas tomber…* Yul Brynner est présent, sexy comme le Ramsès des *Dix Commandements* ; Maurice

Chevalier le suit de près ; l'écrivain Jean Cocteau porte la cape de satin noir, et, fière de son nouveau chevalier servant, Gina Lollobrigida arbore le plus riche décolleté de la soirée. Dans le cortège, on reconnaît Gérard Philipe, Olivia de Havilland et Eddie Constantine, sans flingue au côté. Petit remue-ménage : voici Anita Ekberg en Walkyrie, tandis que, aussi altier que Don Quichotte, paraît Salvador Dali... Une pluie d'étoiles, réunie à Paris en plein festival de Cannes ! Les organisateurs ont bien fait leur travail. Sur scène, avant que le rideau se lève, Bob Hope et Fernandel forment un duo de choc. Touriste américain et serveur français : la salle s'écroule de rire.

Le public est chaud.

Dans sa loge, la Pucelle a des yeux d'alouette. On se pousse pour l'apercevoir. Le rideau peut se lever.

Vois, Jean! Vois le monde entier quand il vient se prosterner.

Premières images, le calme se rétablit. Et l'excitation retombe aussi. Certes, Preminger a raccourci quelques scènes, gommé le trop-plein de musique et resserré le montage quand il le fallait, mais l'action n'en paraît pas plus enlevée, et, au fil des minutes, la chape s'appesantit sur un parterre vaguement assoupi. Même le gaz qui explose sous les fagots du bûcher ne produit guère d'effet. Demain, les articles ne seront pas fameux. On saluera l'innocence juvénile de Jean S., sa conviction, le réalisme de son martyre et de ses larmes, qui ne sont pas de glycérine. Mais, sans s'être donné le mot, deux quotidiens parleront aussi d'un érotisme qui ne convient en rien à la sainte nationale. *Érotisme... Tu vois, Jean chérie : Cécile sera le rôle de ta vie.*

Pour l'instant, dans les salons de chez *Maxim's*, tout le monde la félicite. Arletty l'embrasse quatre fois, Yul Brynner l'invite à dîner, et le garde des Sceaux lui dit :

« Je ne voyais pas Jeanne comme cela, mademoiselle, mais on comprend qu'Orléans ne vous ait pas résisté. » Tout miel, il s'informe de ses projets et lui donne un numéro de téléphone où l'appeler. Elle y croit. Pour ce soir, elle a le droit. Quel dommage que grand-maman Frances ne soit pas là ! Sous l'éclat des lustres, les bulles de la fête crépitent. La fontaine de champagne ne cesse plus de couler, elle se déverse en cascade dans un parterre de cristal. *Pose ce verre, Jean. Tu sais bien que tu n'as pas l'habitude.* Non ! Elle agit comme il lui plaît. Les paillettes lui tournent un peu la tête, et alors ? Elle sait jusqu'où elle peut aller. Et puis, s'il le faut, Harry la ramènera dans ses bras.

Hé ! Miss Pin-up : regarde donc par la fenêtre ! Regarde comme cette nuit de printemps est douce, chaude et parfumée !

Elle a envie de traîner dans les rues de Paris. Ni vu ni connu, Harry et elle s'éclipsent. Tant pis pour Otto ! Il la reverra, sa créature ! Sur le chemin du retour, vers deux heures du matin, ils traversent la place de la Concorde déserte, puis ils franchissent la Seine. Pas de paparazzi en vue... Il la prend par la main, et elle se sent belle. Jamais elle n'a été plus heureuse qu'en cet instant. Tant pis si certains ricanent dans les salons parisiens. *Cendrillon s'est prise pour Jeanne d'Arc ! Visez cette cruche, avec ses poses de marquise !* Le public, lui, voit la *Miss Starlette modèle* dans des dizaines de revues et la reconnaît en vitrine des kiosques à journaux. À la radio, il l'entend parler de vocation, d'honnêteté, et d'accord entre les êtres, et il ne peut se retenir de l'aimer, un peu, beaucoup, raisonnablement... Quel sourire, sur le visage de Harry ! Lui, a choisi son camp. Au début du boulevard Saint-Germain, elle pouffe de rire à l'idée de faire l'amour avec ce prince-là. D'habitude, ce genre de rêverie la rend malade. Mais, cette nuit, plus rien ne fonctionne comme d'ordinaire. Tant d'hommes souriants l'ont serrée de près pour la féliciter de ses « débuts prometteurs ». Harry se met à fredonner *Don't ever love me*, il sait que c'est, parmi ses chansons, celle qu'elle préfère. Quel dommage de ne pas oser maintenant ! De ne pas essayer, ne fût-ce que pour voler un baiser, puisque, de son côté, il ne se déclarera jamais ! Le problème avec lui, c'est son dévouement à toutes les causes qu'il épouse, y compris ce rôle de chaperon d'une Miss acidulée, féline aux griffes encore tendres qu'il faut protéger de la malveillance d'un monde sans pitié. Mais quel raisonnement sans queue ni tête ! Ces mêmes vertus qu'elle exige d'un homme l'éloignent de Harry. *Trop grand pour moi, n'est-ce pas ? Un géant ! Je voudrais un amant parfait, c'est vrai, mais peut-être juste un peu moins parfait que lui…*

Elle attendra qu'une occasion se présente. À condition que cela ne tarde pas trop.

Oh, et puis elle est à Paris, au mois de mai !

Elle dort dans une suite remplie de fleurs et de télégrammes, au dernier étage d'un palace. Nouvelle étoile au firmament, elle brille d'un éclat piquant, et le Studio va la payer 400 dollars par semaine pour jouer le rôle d'une chipie, sur les plages ensoleillées de la Côte d'Azur.

Heureuse, je vous dis !

N'empêche que, pour Jean et Harry, c'est vraiment idiot.

3

L'idée de cette confrontation, devant journalistes et photographes, entre Sagan l'auteur prodige et Cécile son héroïne, avait germé dans l'esprit de Herr Otto lors de la première de *Jeanne d'Arc*. « Dix-huit ans ici, vingt-deux ans là, aussi célèbres l'une que l'autre ! De la rencontre de ces deux phénomènes ne peut jaillir qu'un cocktail d'étincelles », proclamait le dossier de presse. Entre interviews, séances de photos et plateaux télé, le maître continuait à coacher sa créature d'une main de fer. Il partait la tête haute. *Et maintenant, mesdames messieurs, voici côte à côte mesdemoiselles Françoise Sagan et Jean S. !* Que l'auteur, à qui il avait, deux ans auparavant, acheté les droits d'adaptation de *Bonjour tristesse* pour une bouchée de pain, fût indisposée de n'avoir pas eu son mot à dire sur le casting ne l'avait pas effleuré. Il ne nota pas davantage la mine renfrognée qu'elle tirait au moment de saluer la créature aux cheveux de garçonnet.

Contact glacial, poignée de main d'une mollesse extrême.

Le sourire de Jean se figea aussitôt.

Quand, encerclée par quinze micros, elle eut parlé de sa vie depuis deux semaines à Paris, on voulut savoir si elle avait lu *Bonjour tristesse*, et ce qu'elle en pensait. Elle répondit en français que ce genre d'histoire arrivait plus souvent qu'on ne le supposait, que les filles comme Cécile existaient, et que la lecture de ce roman l'avait ébranlée. « Anne est trop belle, trop intelligente, poursuivit-elle en revenant à sa langue maternelle. Cécile est fascinée par elle. Elle veut l'aimer coûte que coûte. Mais en même temps, maintenant que cette femme est entrée chez eux, conserver le cœur de son père lui paraît hors de portée. Elle ne se sent pas de taille à lutter contre une telle rivale. Dès lors, elle fait tout pour provoquer ses remontrances, sur sa paresse, ses flirts, son insouciance… La sévérité d'Anne à son égard est l'alibi dont elle a besoin pour la détester. Sans cela, elle reste la petite Cécile, écrasée par une telle perfection, et la situation ne peut que lui échapper. »

La mine rébarbative, Sagan, vêtue comme l'as de pique, alluma une cigarette et rejeta lentement la fumée.

Quand l'interprète eut fini de traduire, Jean reprit le cours de sa pensée : « Cécile ne veut pas provoquer la mort d'Anne, mais juste l'éloigner et avoir la paix. Surtout ne rien changer ! Comme si l'on pouvait avoir dix-sept ans toute sa vie, continuer à rater son bac chaque printemps, embrasser les garçons tout l'été, et séduire son propre père pour l'éternité…

– Et vous, Jean ? Êtes-vous ce genre de garce ? l'interrompit un journaliste.

– Oh non ! s'exclama-t-elle. Moi, je veux vieillir au contraire, progresser, devenir plus forte.

– Et vous y arrivez ?

– J'avance petit à petit.

– Pas au point d'être jalouse d'une autre femme ?

– Même si cela m'arrivait, je ne lui causerais aucun mal.

– Vous vous préférez dans la peau de Jeanne d'Arc ! lança un autre reporter.

– Non ! Non, ce n'est pas cela. D'ailleurs, je n'ai pas envie de servir de modèle toute ma vie. Les défauts, c'est très bien aussi.

– Quel genre de défauts ? Éclairez-nous s'il vous plaît.

– … Je veux rester morale. La trahison, le mensonge, je déteste ça. On peut se défendre autrement qu'en trompant les gens.

– Comment s'y prend-on ?

– On n'a pas besoin d'être une sainte pour rester honnête, et s'accorder avec autrui. »

Les yeux au plafond, Sagan eut un reniflement de dérision.

« Et vous, Françoise ? Entre Cécile et Jeanne d'Arc, laquelle des deux vous ressemble le plus ? »

Elle tapota sur sa cigarette pour en faire tomber la cendre.

« Cécile est amorale. La morale, elle n'y croit pas, grommela-t-elle. Elle n'est ni cynique ni perverse. À part son plaisir, elle se fout de tout.

– Rien à voir avec Jean S., alors ? »

L'écrivain haussa les épaules : « Cécile est une fille qui peine à s'affirmer, pas une star. Elle n'est ni américaine, ni mannequin, ni sainte-nitouche. Elle n'est ni pucelle, ni gravure de mode sur papier glacé. C'est une adolescente d'aujourd'hui.

– Jean peut jouer n'importe quoi, son métier consiste à s'identifier à toutes sortes de personnages, intervint Preminger, inquiet de la tournure que prenait l'entretien.

– Même en français, dans une langue qui n'est pas la sienne ? lança un reporter.

– J'apprends, répliqua Jean. Cet été, je saurai. »

Un photographe de *Paris-Match* attrapa au vol la moue dubitative de Sagan. « Françoise ! On dirait que, Jeanne d'Arc dans le rôle de Cécile, vous n'y croyez pas. »

Elle prit le temps d'écraser sa cigarette, seulement à demi consumée. Puis elle en alluma une autre, avant de balancer d'une voix pâteuse : « Que ça marche ou pas m'est égal... Que ce soit mademoiselle S. ou une autre qui s'y colle, franchement, je m'en tape complètement. »

4

Debout ! Il faut y aller !
Tu traînes, Jean. Chaque seconde perdue écorne ta renommée.

Star avant d'être comédienne, la créature revint dans son pays, ne sachant plus qui, de Jeanne, de Cécile ou d'elle-même, allait s'imposer. Il était prévu que le programme de promotion de *Sainte Jeanne* s'étale sur plus d'un mois et la mène d'est en ouest à travers les États-Unis, et de la pointe sud de la Floride jusqu'au Canada. Cocktails, séances photo, interviews pour la radio, animation dans les librairies religieuses ou les magasins d'alimentation, tombolas, bains de foule sur les marchés aux puces, poignées de main à tire-larigot au milieu de la fripe, des chips et des saucisses, stations debout au pied des manèges et des grandes roues, ou sur les marches des églises, avec autographes en sus, cantiques, eau bénite et gloires locales ravies de passer sur le bulletin paroissial… *Plus le temps d'aimer, de rêver, de se reposer.* Traquée par le mercenaire payé pour lui graver au burin, et en six semaines, les rudiments du français, la tournée ne lui laissait pas une minute de répit. Partout où elle passait, quelques dizaines de ménagères et leurs filles se précipitaient en brandissant ses portraits dans *Variety* ou *Photoplay* : *Jeanne d'Arc, vous pensez ! Ce n'est pas tous les jours qu'on peut toucher une sainte qui a brûlé…* Soixante-quatorze fidèles là, quarante-neuf croyants ici… Les taux d'audience variaient. Ce n'était jamais le vide, mais le succès de curiosité atteignait rarement le seuil escompté. Se sentant à peine concernée, Jean n'en tirait aucune amertume. Satisfaite de ne pas être mise à contribution autant qu'elle l'avait redouté, elle en profitait pour songer, en talons plats et les ongles sans vernis, à Cécile et au tournage dans lequel elle rêvait de s'impliquer.

Vite, Jean! Le train s'en va. C'est le tien! Attrape-le!

Et cependant, Jeanne au bûcher se laissait distancer. À un point tel qu'en parler comme d'une personne vivante causait une sensation étrange. Ouf! Le martyre appartenait à un passé de plus en plus lointain. Et Otto n'était pas là pour surveiller si oui ou non l'esprit de son œuvre se perpétuait.

Le soir du 12 juin 1957, elle se retrouva ainsi sur la scène d'un cinéma crasseux de la banlieue de Portland, où l'on avait organisé en son honneur une session avec le roi du « cool style » : Paul Desmond, dont le rapport avec la Pucelle restait brumeux.

Quand, après qu'elle eut répondu aux questions d'une salle aux rangs clairsemés, le saxophoniste de jazz vint se poser à ses côtés, elle fut surprise par son allure. L'homme, âgé d'une trentaine d'années, affichait la gravité du pasteur Harry Kenneth sur le point de célébrer l'office. Sa maigreur accentuée par un complet noir froissé ne plaidait pas en sa faveur. Avec ses cheveux plaqués en arrière, ses joues creuses et ses lunettes à grosses montures d'écaille, la jeune première ne lui trouva rien de remarquable.

Le présentateur annonça au micro qu'il venait de remporter le titre de « meilleur joueur d'alto » au référendum de la revue *Down Beat*, ce qui provoqua quelques maigres applaudissements.

Portant l'anche de son instrument en bouche et balançant sa mince silhouette au milieu du plateau, Desmond commença alors à dérouler, par petites touches, un chapelet de notes virevoltantes.

Quelques accords d'une chanson triste, pour dire l'amour perdu, suffirent à changer le regard de Jean.

Apparente nonchalance et timbre léger... Une saveur douce-amère coula dans ses veines. Ô surprise ! L'instrumentiste, tout à l'heure compassé, souriait, déliant ses épaules, ses reins et son corps souple. Son pied martelait le plancher de la scène en cadence, et ses doigts couraient sur le cuivre doré. Il fallait voir avec quelle sensualité ils dansaient !

Jazz-jazz. Quand le morceau fut terminé, Jean, debout dans les coulisses, applaudit longuement. Voilà ce qu'elle cherchait : rester dans le tempo, sans jamais donner l'impression de l'effort.

Fut-ce l'effet d'une fatigue longtemps contenue ? Au deuxième morceau (une performance de swingman à la tension soutenue, et cependant lyrique et délicate), elle se laissa basculer. Cet homme un peu vieux et sans chichi lui plaisait. Elle admirait sa fraîcheur d'inspiration, virtuosité pleine d'une santé qu'elle-même ne posséderait jamais. Au panier, les idées noires et les cœurs verrouillés ! À entendre Paul Desmond, on eût dit que la ligne de la vie était harmonie.

Quand ce fut terminé, elle applaudit plus fort encore.

Le pauvre instrumentiste transpirait et, avant de reprendre, s'épongea le front avec un mouchoir à carreaux rouge et blanc qu'elle jugea charmant. Tandis qu'il enchaînait les premières notes d'une composition de Lester Young, elle regretta que cet homme ne fût ni son frère, ni son ami, ni le plus délicat des compagnons d'un soir.

Quatre semaines qu'elle n'était pas rentrée chez elle. Il restait quatorze jours à transiter de gare en aéroport, de foires agricoles en salons des arts ménagers. Et il arrivait encore que ce lâcheur de John vînt à manquer au cœur d'artichaut qui s'affichait sur les podiums...

Le soir du concert, en proie au blues, elle faussa compagnie au responsable de la promotion payé pour organiser sa tournée et abandonna là le chauffeur et la script-maquilleuse-habilleuse qui la suivaient à la trace. *Jazz-jazz*, le son du saxo imprimait son tempo dans sa tête. Sitôt entrée dans le bar de l'hôtel, elle repéra Paul Desmond, toujours en costume cravate. Perdu dans ses pensées, il sirotait un verre au zinc, perché sur un tabouret. *Ce qui compte, c'est de connaître des gens que l'on n'aurait pas rencontrés autrement...* « Hello ! lança-t-elle à l'artiste. Je ne vous avais jamais entendu jouer, je suis impressionnée. » Elle se sentit un peu ridicule de s'adresser à lui en des termes pareils. Surprise par son apparition, il saisit la main qu'elle lui tendait avec une impulsivité enfantine. « Cela m'a plu, vraiment. » Il esquissa une sorte de *sourire à blanc*. Difficile de deviner ce qui se cachait à l'intérieur de cet homme. Il s'éclaircit la gorge deux fois, pour la remercier. Pas d'alliance au doigt : il n'était pas marié. Elle grimpa sur le tabouret voisin et commença à raconter que son seul contact avec la musique remontait à une dizaine d'années auparavant, quand elle jouait des cantiques sur le piano de Mum and Dad. Il eut un sourire indulgent, mais, derrière les carreaux de ses lunettes, l'expression de son regard n'était pas aisée à capter. Il finit par lui demander ce qu'elle voulait boire. Un gin tonic, c'était son truc.

Elle lui rappela cette valse intitulée *Hi-Lilli, Hi-Lo*, qu'il avait interprétée d'une façon ravissante. « C'est la musique de *Lili*, un film avec Leslie Caron et Mel Ferrer, précisa-t-il, touché par l'intérêt qu'elle lui portait. Pour vous, j'avais envie de ne jouer que des airs de cinéma, mais j'ai manqué de temps pour répéter. Je suis un perfectionniste et j'aime bien écrire quelques petites variations sur les thèmes que je choisis. » Il confessa qu'il passait un temps fou à rechercher les morceaux correspondant à son tempérament. Puis il évoqua son travail avec Chico Hamilton, Dave Brubeck et surtout Gerry Mulligan, « le premier à avoir élevé le saxophone baryton au rang d'instrument soliste ». Ravie, elle évita de l'interrompre, hochant la tête, comme si elle savait toujours de quoi et de qui il parlait. Ils reprirent un autre verre, puis un troisième, et un ballon un peu mou se mit à flotter dans son cerveau de groupie. « Et vous, Jean ? Malheureusement, je n'ai pas eu le temps d'aller vous voir dans *Sainte Jeanne*, finit-il par s'excuser.

– Vous pouvez vous en dispenser. Même la musique est ratée. Et puis Jeanne n'est pas une sainte, c'est un être insupportable, une fille habillée en homme, une hystérique asexuée qui se complaît à contrarier tout le monde. Elle est butée, à moitié folle, aucun spectateur ne peut sérieusement l'aimer. Il y en a sûrement qui sont ravis de la voir brûler vive. Mais... Dites-moi, pourquoi avez-vous accepté de jouer du saxophone aujourd'hui ? C'était une drôle d'idée.

– J'ai des contrats, je gagne ma vie.

– Nous sommes pareils, vous et moi, soupira-t-elle. Nous afficher n'est pas notre métier. Franchement ! Tous ces gens qui viennent à ma rencontre, qui s'imaginent que je suis une personne extraordinaire et que je pourrais les aider... »

Elle perçut de la complicité dans ses yeux. C'était un peu fou : elle contemplait ses mains, et, petit à petit, la gagnait l'envie que ses doigts courent sur elle avec autant de dextérité que sur son instrument. *Jazz-jazz. Quel son tireriez-vous de moi ? Soyez gentil, mon ami, au creux de l'oreille, soufflez-le-moi !* Il lui adressa un regard protecteur, et la voix précieuse de son saxo résonna de nouveau à ses tympans.

Nuque chaude sur l'oreiller.
Le jour n'était pas encore levé. En vrac sur la chaise, on distinguait la veste du saxophoniste, sa cravate et ses chaussettes, et, jetés à terre, chaussures, chemise et pantalon. L'artiste n'était ni si méthodique ni si ordonné qu'il y paraissait. Tout à l'heure, dans le hall, il serait affreusement chiffonné. Et sur la table de chevet que voyait-on ? Ses lunettes à large bord, dont les branches n'étaient même pas repliées. Elle se souvenait de les lui avoir ôtées, après le deuxième baiser. Incroyable ! Elle avait osé l'inviter, l'attirer, le toucher. *Gin tonic merci ! Tu es mon ami, je m'en souviendrai.* Le « Best Alto Player » de l'année, Desmond Paul, l'avait suivie. Le bar fermait, ils continueraient à parler dans sa chambre. Pas besoin de le prier de monter. Au fil de la soirée, ses yeux avaient fini par s'allumer. *Swing-swing.* Quelle découverte : ainsi, un lien secret pouvait se nouer entre deux êtres. Elle s'était trompée, le musicien au fin doigté ne mettait aucune distance entre la réalité et lui. Alors que de petites notes folles trottaient dans sa tête, du bout des lèvres, elle descendit de la poitrine au ventre doux de l'artiste endormi à ses côtés. Sérieux, sans doute compliqué… Mais sachant comment tirer le meilleur parti d'une fille plus jeune que lui. *Second amant.* Avant, elle n'avait jamais imaginé conduire un homme jusqu'à son lit. Et voilà que cela marchait. Émotion à peine retenue, quel tempo ! Au troisième crescendo, elle avait soupiré qu'elle l'aimait.

Et maintenant ? Dans deux ou trois heures, ils se sépareraient, chacun happé par sa propre tournée.

Il ouvrit les yeux, elle avait dû parler à voix haute. Il eut une seconde d'étonnement. Cette souris dans le même lit que lui, c'était qui ? Joli corps, jolies épaules… Jeune blonde, le cheveu coupé à la militaire. Et ces seins, et ce cul mignon, rond, tout rond ! Jean S., une actrice, c'est vrai. Petit don Juan de l'autre sexe. Môme moineau, avec une sacrée capacité de conquête.

« Qui parle de nous séparer ? murmura-t-elle. Il nous reste tant de détails à découvrir l'un sur l'autre. »

Et cette soif d'embrasser ! Après ses baisers, une saveur d'ananas restait collée au palais, et la chaleur en bas de son ventre ne l'avait pas quittée. En une seconde, le feu pouvait se rallumer. Il caressa sa tête, qu'elle avait posée sur sa poitrine. Blottie contre lui, bougeant à peine, elle renifla, comme si elle se retenait de pleurer. Puis, soudain enjouée, elle dit : « Quelle chance nous avons eue de nous rencontrer, mon chéri ! »

Il ne sut quoi ajouter.

« Je ne deviendrai jamais une grande actrice, reprit-elle. Pour cela, il faudrait que rien d'autre n'ait d'importance. Or, ce matin, la seule chose qui compte pour moi, c'est que vous et moi ne nous quittions pas. »

On the french Riviera

Trente cartes postales de Nice, sa promenade des Anglais, sa « vieille ville », son casino et son marché aux fleurs, pour Paul D., le saxophoniste aux doigts d'or ! Ajoutons quelques brins de lavande, et un coup de téléphone pour savoir comment se déroule son nouvel enregistrement…

Le virtuose se fend çà et là de quelques banalités, ou d'un *merci* un peu emprunté, et, tandis que Jean S. écoute en boucle les disques du Dave Brubeck Quartet, dans lesquels son amoureux fait merveille, le souvenir de John et de son lâchage en rase campagne revient la hanter.

Bonjour tristesse !

C'est le trac, mon amour. J'avance les yeux bandés, sans balancier ni filet. Je voudrais que tu sois là, pour me rattraper.

Chaque matin, débordante d'énergie, la créature aux cheveux courts arrivait au volant de sa Renault 4 CV dans la villa perchée sur les rochers où Otto Preminger tournait son film. Avec sa façon de s'intéresser à tous, acteurs, figurants, techniciens, elle donnait à chacun le sentiment d'être intelligent, et l'équipe l'adorait. « J'ai décidé très tôt qu'il fallait être heureux, et je m'y applique chaque jour », aimait-elle à répéter. Vérité cachée : elle évitait de parler de ces soirées où, retirée à Nice, dans l'appartement que la production mettait à sa disposition, une dose de pastis aidant, elle éprouvait une sensation d'anéantissement qui mettait tout effort hors de portée. Impossible de lire Proust, dont elle avait entrepris de dévorer l'œuvre intégrale, tantôt en français, tantôt traduite. Inutile aussi d'espérer écrire de nouvelles poésies. Depuis son arrivée sur la Côte d'Azur, et malgré quinze jours passés à bronzer sur les galets et à se balader au hasard des petites routes, dans un arrière-pays enchanteur, le clavier de sa machine à écrire demeurait muet.

Même les regards des garçons, et la manière, souvent drôle, dont ils l'abordaient, la gênaient.

Une fois sur le plateau, les déconvenues s'étaient enchaînées. Rien d'étonnant : le premier coup encaissé avait été porté par Otto le tortionnaire ! Trois répliques avaient suffi pour qu'il prenne la pire des décisions : pas question qu'elle double elle-même Cécile en français ! Malgré ses efforts, son accent restait impossible. Ensuite, il y avait eu les premiers rushes. Si les scènes d'introduction en noir et blanc fonctionnaient, celles en technicolor, éblouissantes de soleil et de mer azurée, paraissaient aux antipodes de l'univers du roman. Avec amertume, elle constata que jamais le point de vue de Cécile n'était adopté, alors que, au centre de l'histoire, elle en était l'unique déclencheur. En fait de parti pris, un discours du genre moralisateur se dessinait, qui n'était pas sans rappeler les serments de la Jeanne au bûcher. *Sagan ne sera pas contente*, se répétait-elle à la fin de chaque plan. Malgré l'accueil glacial que celle-ci lui avait réservé à Paris, elle en était désolée. Enfin, en rogne contre elle un jour sur deux, Otto le tortionnaire avait décidé de ne jamais laisser respirer sa créature. « C'est vous, Jean, qui jouez Cécile, pas lui ! », la consolait Deborah Kerr, chaque fois qu'elle devait reproduire à la lettre une intonation ou une attitude qui n'étaient pas les siennes. Heureusement que la belle actrice rousse était à ses côtés ! Et que David Niven, papa de cinéma à l'humour et au charme insensés, adorait la réconforter ! Même Mylène Demongeot, la starlette française dont elle avait envié le rôle d'Abigail Williams dans *Les Sorcières de Salem*, était toute maternelle pour cette « petite puce d'Américaine » qui sortait des choses scabreuses avec une voix de fillette et qui, un soir qu'elle passait la chercher, lui avait ouvert la porte nue de la tête aux pieds.

« Tu es inconsciente, ma puce. Tout le monde te voit de la rue. Et si c'était un satyre qui avait sonné...

– Un satyre ? Qu'est-ce que c'est ? »

Un matin, dans la salle de projection, Jean découvrit à l'écran que ses traits n'exprimaient aucune émotion. Que les sentiments violents éprouvés par Cécile, même sa haine envers Anne, étaient comme plaqués sur son visage. Un masque du genre de ceux que Carol H. interdisait à ses élèves recouvrait toute vérité. Où se cachait ce mal qui consumait son personnage ? Spleen, fatigue d'être soi... Ces fausses larmes, dans la scène où Cécile trucidait son ours en peluche à coups d'aiguille à tricoter à la place de sa rivale, quelle honte !

Son horizon lui parut plombé, enlisée qu'elle était dans des attitudes superficielles. « Mon Dieu ! Ce n'est que mon deuxième film et je ne sais déjà plus jouer, confia-t-elle à Deborah Kerr avec des sanglots dans la voix.

– Tu n'y es pour rien, ma chérie, c'est la faute à Otto, lui répondit sa partenaire.

– Il attend que je sois comme lui ! Avec ses grimaces et ses tics.

– Cesse de l'écouter et tu seras toi-même : une sacrée belle comédienne ! »

Otto voulait contraindre sa créature à être cette méchante poupée dont il avait décidé de projeter le châtiment sur écran géant. Mais plus il la rudoyait, plus elle se fermait, incapable de laisser le personnage prendre possession de son esprit. Elle en tremblait de peur, car tenter de la forcer c'était comme approcher une allumette d'un matériau prêt à s'enflammer. Résultat : Cécile ne se reconnaissait pas. Cécile avait honte de cette image que l'actrice projetait d'elle-même, et elle se retournait contre celle qui, la tenant à distance, la vidait de toute humanité. Plus de sentiment ! Penser à la joue glacée de grand-papa Benson ne suffisait plus à faire pleurer. Ce métier, sa vie, s'échappait. Or, elle voulait être *grande*, dans de *grands* rôles. Cela ne pouvait pas être terminé. Pas comme ça ! Pas déjà !

Ce jour-là, de retour à Nice, elle s'affola, avala trois pastis, fuma dix cigarettes, fut effrayée de voir ses yeux secs dans le miroir. La source de ses larmes tarissait. Elle se demanda si c'était pour ces raisons-là que Brigitte Bardot avait tenté de s'ouvrir les veines, et elle ingurgita un quatrième pastis. Pur cette fois.

Non, ne buvez pas, ma mie ! Vos nerfs, votre métabolisme... Vous êtes trop fragile.

Paul, vous êtes là ? Oh ! Jouez donc Hi-Lilli, Hi-Lo *pour moi.*

Mais de quoi avez-vous peur ?

Paul ! Je voudrais que nous soyons mariés !

Mais vous êtes dans un film à succès. Avec tous ces acteurs merveilleux pour vous entourer !

Cécile est entrée dans ma vie, j'ai peur d'elle.

Je croyais que vous l'aimiez...

Elle me déteste, et je n'ai personne pour prendre ma défense.

Elle se pencha au balcon, au cas où elle aurait eu le courage de plonger dans le vide. Mais, en bas, trottoir et chaussée se soulevèrent et, ventre énorme de ciment et de goudron, s'arrachèrent du sol pour se précipiter à sa rencontre. Elle se rejeta en arrière, son épaule heurta la table basse. Deux larmes au rimmel coulèrent sur ses joues. Voilà ! Elle arrivait encore à pleurer, mais à condition d'avoir mal... Elle s'en souviendrait.

Mouillée, barbouillée, l'orpheline de Marshalltown se recroquevilla sur son tapis. Des gouttes de sueur lui picotaient le front. Sous sa peau, ses os vibraient. Elle vit son propre visage et reconnut le regard sans vie de Cécile. Elle balança sa tête de droite à gauche et murmura : « Viens, Cécile, je vais te sauver. » Puis, incapable de se saisir de cette fille qui avait besoin d'elle pour exister, elle ferma les yeux, attendant le sommeil.

Qu'est-ce qui ne collait pas chez elle ?

Pourquoi ne parvenait-elle pas à garder ses amoureux ? Les battements de cœur légers de son amant lui manquaient. Saxo sous le bras, Paul D. prenait ses distances. Paul D. s'en allait.

Ciao, ciao le mec/Regrettez bien le mec/Je suis ravie que vous ne m'appeliez plus ma mie/Pleurez bien le mec/Aucune larme ne coule chez moi/Pourtant quelque chose, dans la fontaine de mon âme, gît.

Mais à quoi bon soupirer après l'amour entier, comme si le partager eût été sa seconde destinée ? Les hommes la cernaient. Ils lui proposaient des tête-à-tête, des balades en décapotable jusqu'à Monte-Carlo. On l'invitait, on la pressait parfois, mais sans doute pour l'abandonner une fois l'affaire faite. *Tu m'aimes, je te jette…* Dans chaque soirée mondaine, de Cannes à Saint-Tropez, elle était l'animal curieux dont on renifle la senteur de péché véniel. *Vive, fraîche, piquante, charmante, exquise et délicate, docile et adorable, appétissante et certainement délectable…* Les loups manquaient d'adjectifs dès qu'il s'agissait de saliver. Sans parler de ceux qui lui tenaient la main indéfiniment pour lui souhaiter la bienvenue ou pour la retenir au moment où elle voulait s'éclipser. Ni de ceux qui la serraient, le temps d'une danse, fiers d'écraser leur vaste poitrail sur la star d'un été. Sans compter celles qui la pelotaient, sous prétexte qu'entre femmes on avait le droit de se câliner, ne fût-ce que pour se consoler des goujats. Dire qu'un journal avait osé imprimer qu'elle était l'amante de Harry Bellafonte ! Mais Harry, lui, l'aurait gardée. Elle serait devenue sa femme, et rien de cette misère ne serait arrivé. De la poudre aux yeux… Du mal, du vrai, mais qui ne suffisait pas pour pleurer, quand, sous les feux croisés des projecteurs, l'impitoyable Cécile tentait de prendre possession d'elle.

Midi éclatant, un samedi vers la mi-août. Terrasses et plage privée aux abords de Saint-Tropez, la villa aux trente pièces, demeure somptueuse de Paul-Louis W., s'ouvrait sur la mer infinie, là où les yachts des milliardaires jetaient l'ancre. Oisive, la jet-set en quartiers d'été s'y rassemblait pour y célébrer la divine opulence. Attraction du jour : Charlie Chaplin, courtisé par trente privilégiés bruyants et maniérés : ducs et princes, vedettes du showbiz, parasites, artistes peintres et patrons de presse en mal de scandale, triés sur le volet. Difficile, sous ce teint de brique cuite et ces cheveux blancs clairsemés, sous ce corps massif et ce visage aux traits soufflés, de reconnaître le poète errant, moustachu et frisé, qui transfigurait fourchettes et petits pains en divine ballerine. Déçue d'avoir quitté les territoires brumeux de la mélancolie, flûte de champagne à la main, Jean errait autour des buffets surchargés. Ici, au moins, elle n'était rien. Cela tombait bien, elle n'avait pas envie de poser, ni de laisser croire qu'elle s'intéressait aux pensées d'autrui.

Comme elle s'écartait avec l'idée d'aller tremper ses pieds dans l'eau, un jeune homme brun aux cheveux longs l'aborda :

« C'est la première fois que vous venez ici ? Cela vous plaît ? Un peu, beaucoup, ou pas du tout ? »

Elle haussa les épaules. Beau garçon, teint hâlé, chemise rose déboutonnée, il parlait un américain parfait. Et alors ? « Moi, je sais qui vous êtes, mais vous, vous ne me connaissez pas... », insista-t-il en lui emboîtant le pas. Il se présenta : Fabrice N. de Paris, avocat expert en cinéma... Quand bien même il serait roi, des comme lui, il y en avait des milliers sur la french Riviera. Elle se déchaussa pour marcher dans le sable. Il l'imita. « Quelle jolie robe vous portez là ! Je parie qu'elle a été cousue sur vous... »

C'était un beau parleur ; il ignorait que cette robe était un cadeau d'Otto le tortionnaire et qu'elle avait hésité avant de se décider à la porter.

Mais pourquoi gardait-elle cette mine boudeuse, alors que le monde entier s'amusait ? Elle prétendit être là dans l'espoir de rencontrer Brigitte Bardot. « Vadim est mon ami, j'organiserai une rencontre, ce ne sera pas compliqué, vous verrez. »

Deux secondes plus tard, il s'élançait vers la villa. Pas le temps de dire ouf, il était de retour, déjà ! Des brassées de fleurs plein les bras. Hautes ou courtes sur tige, écarlates ou indigo, jaune d'or, mauves, mouchetées ou blanc immaculé, il les disposa devant elle, traçant un chemin multicolore, jusqu'à la mer. Combien de vases avait-il vidés ? Il suffisait de fouler du pied ce tapis de princesse pour rejoindre les filets de mousse que les vaguelettes tiraient à leur suite sur le sable mouillé. « Je vais chercher un maillot pour que vous puissiez vous baigner. » *Sitôt dit, sitôt fait.* À peine envolé, le magicien réapparut, mais à qui avait-il dérobé ce bikini taille minimum ? Le temps d'ôter son pantalon, de jeter sa chemise, prévoyant, le don Juan portait son slip de bain sur lui. « Où vous changer, prude Jean ? Mais derrière ces rochers, là-bas, où aucun regard indiscret ne risque de se glisser. » Chapeau, l'artiste ! Numéro rodé, mais difficile de savoir qu'en penser. Comment réagirait Cécile dans la même situation ? Le bougre est bien bâti. Sourire irrésistible, yeux de velours brillants de malice… Cécile ne se ferait pas prier. Cécile serait tentée ! Cécile irait ! Cécile s'en foutrait ! Quasiment nue, Cécile serait en train de barboter dans l'eau en riant ! « Sauf que je ne suis pas Cécile, mais une froide Américaine, abreuvée à l'eau de bénitier… », murmura-t-elle. Pas le temps de raisonner, il l'avait prise par la main, emmenée là où nul ne la verrait. Et d'ailleurs, qui s'occupait d'eux ? La faune avait d'autres chats à fouetter, accaparée qu'elle était par ses louanges à la gloire de Charlie C., et les louches de caviar enfournées entre deux verres de vodka. « Je ferme les yeux, allez-y, Jean ! Je compte, mais attention, à cinquante-sept, je les rouvre. »

Adieu tristesse !
Ski nautique taille unique. Deux jours qu'ils se connaissent, cela n'a pas traîné ! Pause déjeuner, tournage interrompu. Qu'importe l'heure ! On viendra la

chercher. La villa de Raymond et de Cécile s'éloigne. Maillot de bain rouge, Jean file sur la Méditerranée. Et, collé contre son dos, Fabrice N. la tient serrée. La veille déjà, le beau brun l'a emmenée à toute allure sur les flots bleus. Qui a dit qu'elle allait encore tomber ?

Corps contre corps, il veille sur elle.

Le canot à moteur accélère. Oiseau volant sur le sillon blanc qui se creuse au milieu de la mer, Jean saute et rebondit. Jean a de l'eau plein la bouche, des embruns plein les yeux. Jean crie qu'elle se noie. Jean va verser sur le côté. Jamais de sa vie, elle n'a été autant secouée. Mais Fabrice la retient. Attention au virage ! Les skis décollent, ils vont retomber. Quel choc ! Sur un pied, plus d'équilibre. Ça y est ! La corde est lâchée, on sombre à deux dans une gerbe d'écume.

Fabrice l'a embrassée. Comment voulez-vous que l'on se défende sans couler ? Il l'enlace, leurs jambes sont entremêlées, gaffe ! On va sombrer.

Moteur coupé, on leur tend la main. Mais ce cri ! « Jean ! Jean, reviens ! » C'est le tortionnaire qui gronde sur les rochers avec son accent autrichien. « Non, souffle le beau brun. Laisse-le gueuler, tu iras quand tu l'auras décidé. »

Il ne veut épouser que moi

Deuxième fois, dernière fois ? Après la première de *Bonjour tristesse*, le *New Yorker* réclamait « une bonne fessée » pour Cécile l'amorale ; le *Saturday Review* concluait que Herr Otto n'était pas parvenu à transformer la Cendrillon de Marshalltown en actrice digne de ce nom ; le *Times Republican* de Des Moines, qui l'avait soutenue dans *Sainte Jeanne*, parlait d'un « choix discutable » et s'interrogeait sur la suite d'une carrière qui marquait un temps d'arrêt. Aux oubliettes, ce prix d'interprétation reçu à Bruxelles pour sa Jeanne au bûcher ! Depuis son retour aux États-Unis, Jean S. s'accablait de tous les maux. Incapable, face à la caméra, de fouiller dans ses souvenirs, de développer ses sensations, de puiser la sève de la spontanéité dans ses réserves personnelles, elle se jugeait infirme. Continuer à stimuler ses émotions, comme le lui avait enseigné Carol H., lui paraissait hors de portée. En société, elle restait paralysée devant le regard des autres. Même les leçons de diction et les cours de mime qu'elle suivait à New York, même la fougue amoureuse de Fabrice N., son extravagant amant français, qui, l'ayant suivie outre-Atlantique, remplissait de fleurs leur location de l'Upper East Side et comptait les *cents* le lendemain pour acheter deux tickets de métro, ne pouvaient la rassurer. Bien que, le teint irradié de soleil, elle parlât encore en public de « l'ivresse d'avoir une vie faite pour qu'on la donne... », son existence s'apparentait à un processus d'autodémolition. Patiemment, la star éphémère creusait le sillon de la dépression. Coupable à ses yeux de ne plus s'occuper que d'elle-même et de rester sans réaction quand une foule hystérique expulsait neuf enfants noirs d'une école publique de Little Rock, elle dépérissait. « Ma petite source de joie, en te regardant, n'importe quelle jeune fille peut penser avoir aussi sa chance », lui assurait Fabrice. La tête sur son épaule, elle tentait de se consoler, et ils passaient les heures claires de l'après-midi en caresses et baisers profonds.

Après coup, elle se savonnait, se frictionnait, se parfumait, s'endormait, pelotonnée contre ce bandit de Français. Elle adorait qu'à midi passé le même parle de mariage en déposant sur ses draps le plateau garni de son petit-déjeuner. Mais la félicité ne durait jamais. Fabrice s'absentait le soir suivant pour partager son dîner avec les clients de son cabinet d'avocats. Ou bien Otto, maître de sa carrière, appelait... Et, de nouveau, tout engagement humain paraissait sans intérêt.

Il y eut un projet de film pour l'été suivant, un scénario de garçon de plage, pour ados boutonneux et maris trompés. Elle hésita, mais n'en toucha pas un mot à Otto. Puis, quand, de peur que rien d'autre ne se présentât, et sans s'être assurée que son contrat l'y autorisait, elle eut accepté le rôle de fille stupide qu'on lui concoctait, elle n'entendit plus parler de rien. Elle en conclut qu'on avait trouvé mieux que Jean S. Et pourtant, lorsqu'elle s'aventura en société, la semaine d'après, les photographes recommencèrent à la mitrailler. Sourire d'amour, bouche à croquer, elle prit la pose comme si rien n'était arrivé. Son portrait, radieux et légendé, parut dans la rubrique « Célébrités » des magazines, à peine moins grand que ceux de Liz Taylor et de

Marilyn. Conclusion : Fabrice avait raison, les cœurs simples continuaient à l'aimer. Ils voulaient payer un dollar pour la voir le samedi soir, présence familière sur l'écran de leur drive-in. Les paupières closes, ils rêveraient d'être dans sa peau. La voilà ! La fille idéale, la sœur, la petite amie, trésor délectable dont, entre deux rasades de Coca-Cola et une poignée de maïs soufflé, on était certain de ne jamais se lasser.

Elle s'agaçait parfois, malgré les cadeaux dont il la comblait (de la tortue en laisse à la cage dorée pour couple d'oiseaux enamourés ; ou des valses à minuit sur Madison Avenue à l'ultime tango sur le quai du métro). Cet entêté de Français continuait à s'imaginer l'anneau au doigt ! Elle voulait, ne voulait pas. Répondait « oui », changeait d'avis... Quelle souffrance de voir ce play-boy, dépensier et charmant, s'évertuer à la divertir !

L'idée, longtemps caressée, s'imposa un matin de mars : pour se relever, elle rejoindrait l'école de James Dean, de Julie Harris et de Marlon Brando. Elle reprendrait son métier à zéro, regarderait, écouterait, sur les bancs de l'Actor's Studio.

Première difficulté : obtenir un rendez-vous avec le pape de la *Méthode*, Lee Strasberg, ne fut pas chose facile. Quatre semaines d'attente avant de l'approcher. Encore du temps perdu, et la peur de ne jamais remonter la pente. Il y avait bien les baisers de Fabrice et ses idées abracadabrantes, bulles vives, promptes à rendre l'esprit léger. Mais il y avait aussi ces sorties entre fêtards, sans les fiancées. D'où l'expatrié tenait-il tant de nouveaux amis ? Et d'où tirait-il que, au petit matin, sa promise ensommeillée lui tendrait des lèvres sucrées ?

Seconde difficulté : le jour fixé, vingt-cinq minutes d'attente dans un couloir obscur, sans le moindre cen-

159

drier. Puis l'accueil froid de Strasberg, petit homme aux cheveux frisés, au nez bulbeux, aux yeux en billes de loto. « Auditrice libre, mademoiselle S.? Cela arrive dans mon cours, on vous a bien informée... Mais comment savoir si cela vous sera profitable? Vous n'avez rien préparé. Pas de scène à me jouer... Il y a vos films, évidemment. J'ai vu *Sainte Jeanne*. Hélas! Otto n'a jamais été inspiré. Diriger les acteurs n'est pas son fort. Cette malheureuse Gene Tierney, dans *Docteur Korvo*! Vous vous souvenez? Un vrai piquet... Et dans *Mark Dixon, détective*! Après cela, il faut survivre! Quoi? Dans quel film dites-vous? *Laura*, c'est cela? Un beau tableau de femme disparue, oui... Et alors? Un personnage mort et qui reste sans vie... Qui d'autre? Marilyn? *La Rivière sans retour*? Ma chère, voyez-la dans autre chose. Ah! Ces cow-boys l'écoutant chanter au saloon à moitié nue! Ne me parlez pas en plus de Jean Simmons! Vous l'aimez? L'aimer dans *Un si doux visage*, c'est nier le mystère de la comédie. La présence d'Otto se sent dans chaque plan. Et ces lumières! Il la rend limpide, alors que le personnage navigue en eaux troubles. Je sais, je sais... C'est également ce qui vous est arrivé. Otto! Chaque film est l'œuvre de sa vie. Et puis, sitôt terminé, il jette sa pellicule aux oubliettes, et ses comédiennes avec. Otto a des semelles de plomb. Or, le cinéma est sensible, et la caméra est un instrument de pénétration. Pas besoin de demander aux acteurs ce que leur personnage est venu chercher en entrant sur le plateau, l'objectif est là pour nous le révéler. Mais le théâtre, c'est une autre partie. Le résultat visible a plus d'importance que la pensée. Certes, vous êtes montée sur les planches, vous me l'avez raconté. Mais deux films avec Otto, par là-dessus... Saurez-vous redresser le guidon? Essayer... Essayer... Oui, vous pourriez essayer. L'action intérieure et sa dynamique vous échappent... Vous pourriez tenter de les rattraper. Entre Jeanne d'Arc et la vie que nous vivons, il doit exister un passage. Qui sait ? »

Dans la rue, devant la porte de l'Actor's Studio, un bus faillit écraser Jean. Au lieu de répondre « oui », Lee Strasberg lui demandait d'écrire une lettre. Une lettre pour solliciter l'autorisation de rester assise sans dire un mot, au fond de la classe, à distance du saint des saints où avait jailli le talent de tant d'autres !

Elle écrivit en effet. Puis elle attendit. Ne voyant rien venir, elle envoya un deuxième, puis un troisième courrier, et l'été arriva sans la moindre réponse. Après bien des palabres, Otto abandonna le contrat qui les liait. Elle en fut soulagée, mais se retrouva sans projet, ni « Père » pour la fouetter et veiller sur elle.

Retour à la case départ, excepté que Fabrice continuait à la rêver en robe de mariée, qu'ils parlaient de s'installer en France, et qu'il n'était pas impossible que la chance repasse une seconde fois.

* *
*

Je ne veux épouser que toi, Jean !

Pourquoi toujours me répéter cela ?

Parce que c'est ainsi. Parce que je te veux toi, et que toi, tu me veux moi.

Oui, je te veux, Fabrice, mais je ne sais pas... Je ne sais pas si tu resteras. L'idée vient de toi.

C'est toi qui me l'as soufflée, la première fois.

À deux, j'ai peur. Tu n'es pas comme moi. Je ne saurai pas.

Peur de quoi ? Je te ferai rire, tu verras.

Peur de ne plus jamais travailler. Peur d'être oubliée. Peur que tu veuilles un bébé.

Un bébé ? Et après ?
Peur de ne pas savoir l'élever. Et puis, un bébé, ce n'est pas ce que je voulais.
Tu veux être star, tu l'es !
Non, je ne le suis pas. Arrête de dire cela, je vais pleurer.
Je ne veux épouser que toi !
Moi, c'est quoi ? Tu le sais, toi ? Non, tu fais seulement semblant. Tu n'en as aucune idée.

* *
*

Marshalltown – 5 septembre 1958, 16 heures.
Au désespoir de Mum and Dad, Jean s'était décidée à dire oui à ce diable de Français, vif, intelligent, drôle et brillant, mais tellement différent de ces gars du Middle West aux épaules robustes, qui savent faire le bonheur d'une femme. Ah ! Cette allure désinvolte, ces tenues décontractées, ces cheveux dans les yeux, beaucoup plus longs que ceux de Jean ! Même pour le jour de son mariage, il avait refusé d'aller chez le coiffeur. Inutile d'insister, on se serait fâché. Au lieu d'essayer de se rendre présentable, il s'était envolé pour Chicago, dans l'avion de J. William Fischer, pour en rapporter des dizaines de caisses de champagne. Sitôt de retour, sans solliciter l'avis de sa fiancée, il avait réglé la cérémonie, décidé du menu, choisi les fleurs et composé les bouquets. Il avait établi la liste des invités, dans laquelle figuraient les amis de Jean : Harry Bellafonte et Sidney Poitier, mais aussi des gens de la Columbia et des Artistes Associés, qu'il n'avait jamais rencontrés. Il s'était enfin chargé d'appeler les journalistes de radio et de télévision, ainsi que *Life, Vogue, Photoplay*, auquel il avait vendu une double interview en exclusi-

vité, le *Register* et le *Times Republican*. Il avait aussi alerté *Ciné-Monde* et *Paris-Match* : l'heureux époux de *Sainte Jeanne* n'était-il pas français ? Cela valait le coup de se déplacer. Résultat : Marshalltown était envahi. Reporters, photographes et cameramen encerclaient le sanctuaire de la Trinité. Au grand désespoir de Jean, qui eût voulu une cérémonie familiale ; ni les voisins ni les fermiers de la région ne pourraient approcher.

Impossible de rêver sortie plus théâtrale : quand les portes du temple s'ouvrirent et que la mariée parut au bras de son mari, dans sa jupe blanche et son chemisier Guy Laroche à manches bouffantes, avec son bouquet de roses jaunes à la main, un éclair fendit le ciel d'encre noire. On accourut vers elle pour l'abriter sous un vaste parapluie. Les premières gouttes chaudes s'écrasèrent sur les marches. Fabrice lui serra le poignet plus fort. Elle s'efforça de sourire. Non ! Les mauvais présages, cela n'existait pas...

Alors qu'elle eût préféré rester quelques jours auprès des siens, ils rentrèrent le soir même à New York, au cas où, alerté par la publicité faite autour du mariage de Jean S., un producteur se précipiterait pour l'engager. Pourchassée par les amis, la limousine fonça sur la route, tous phares allumés, entre les champs gorgés de pluie. De Marshalltown à Des Moines, ils burent encore une bouteille de champagne, et, les pieds trempés dans ses fins souliers, Jean se sentit si fatiguée qu'elle s'endormit, la tête posée sur l'épaule de son mari. À l'aéroport, d'autres photographes les attendaient. Elle dut rassembler ses forces pour marcher droit. Au moment d'embarquer, elle aperçut son propre visage dans la salle d'attente, en gros plan sur un écran de télévision. Elle souriait sur le parvis du temple, mais comme Cécile, dont les sentiments étaient truqués, son bonheur de jeune mariée lui parut être de façade.

Loin d'imaginer le genre d'idées qu'elle ressassait, les fidèles, rejoints par une centaine de curieux, applaudirent à tout rompre ce couple si romantique qui s'envolait pour New York. Dernier instant de chaleur humaine. Ensuite, l'attente recommencerait... Vivre anonyme, était-ce possible ? Sûrement pas pour Fabrice, qui n'imaginait pas un instant avoir fait le mauvais choix en l'épousant.

*　*
*

Au même moment, en France, la couverture des *Cahiers du cinéma* décernait le titre de « nouvelle divine » à la « très féminine et très naturelle » Jean S. Et, en pages intérieures, François Truffaut, critique pourtant intransigeant, s'extasiait sur la douleur que chacun devinait sous tant d'apparente innocence.

Mais cela, la jeune mariée désœuvrée l'ignorait.

Il paraît que si l'on perd son talon le matin, ça veut dire qu'on trouvera le grand amour de sa vie avant la tombée de la nuit. Mais il faisait déjà nuit quand j'ai perdu mon talon. Peut-être que je trouverai le grand amour de ma vie avant l'aube, n'est-ce pas, trésor?

Tennessee WILLIAMS,
La Chatte sur un toit brûlant.

Jusqu'à la fin du bonheur
1959-1970

20 ans avant la mort de Jean S.

Cachet (pour le rôle de Patricia Franchini) : 15 000 dollars. Pas cher pour une star. Mais tout de même 1/6e du budget du film. **Note de frais** : un pull marin ras du cou, rayé à l'horizontale, et une robe de Prisunic, rayée aussi, mais à la verticale. **Gratuit** : un tee-shirt publicitaire estampillé « New York Herald Tribune ». **Scénario** : inexistant, si ce n'est la vague histoire d'un assassin demi-sel imaginée par Truffaut François et Chabrol Claude dans la rubrique des faits divers. *Un type est à Marseille. Il vole une voiture pour retrouver sa fiancée, une petite Américaine avec laquelle il a couché une ou deux fois. Sur la route, il tue un policier qui veut le contrôler. En cavale, il remonte jusqu'à Paris. Et puis, à la fin, soit il meurt, soit il assassine la fille, qui l'a dénoncé.* **Thème récurrent** : la lâcheté. **Prise de son** : pas de micro. Juke-boxes, ambiances bar, circulation automobile… on capte le son ambiant. On synchronise après, et on mélange. **Lumière** : naturelle, et selon l'air du temps (s'il pleut, on attend que le soleil soit revenu). **Caméra** : Cameflex. **Pellicule** : de l'Agfa record 35 mm, poussée à fond, vu qu'il n'existe pas de pellicule assez sensible pour travailler sans lumière. **Décors extérieurs** : Port de Marseille – Champs-Élysées – Place du Trocadéro – Aéroport d'Orly. **Décors intérieurs** : une agence de voyages – un studio rue Campagne-Première – la chambre n° 12, à l'hôtel de Suède, 7 m² loués pour une semaine, avant que l'immeuble soit démoli… **Producteur :** de Beauregard Georges. **Réalisateur :** Godard Jean-Luc, dont nul ne sait ce qu'il a dans la tête. **Vedette masculine (dans le rôle de Michel Poiccard) :** Belmondo Jean-Paul, un quasi-inconnu, qui s'apprête à jouer d'Artagnan pour la Télévision française.

Premier jour de tournage : 18 août 1959.

Pas de clap. On tourne dans une chambre de bonne. Une fille en pyjama est à quatre pattes, au pied de son lit… Belmondo Jean-Paul, qui dit son texte comme s'il parlait, en profite pour fouiller dans son porte-monnaie, et la voler. La star hollywoodienne, qui a tenu à être là « pour voir », n'a rien à dire. Godard Jean-Luc souffle leurs répliques à l'oreille des comédiens, juste avant qu'ils ne les disent devant la caméra. On se marche dessus, c'est un souk pas possible. Ulcérée de ne pas avoir plus de chance avec ses réalisateurs successifs, l'ex-Jeanne au bûcher hésite à tout plaquer. Mais elle se raisonne : depuis deux ans, elle n'a tourné qu'une petite comédie, *La souris qui rugissait*, avec son premier vrai baiser à l'écran, et Peter Sellers pour partenaire, dans un triple rôle délirant. Surprise : le film a rapporté deux fois plus d'argent aux États-Unis que *Sainte Jeanne* et *Bonjour tristesse* réunis. Sa carrière n'en est pas relancée pour autant. D'où l'idée de travailler en France, de prendre ce qui se présente, et de voir après.

Troisième jour de tournage.

La veille, au bout de dix minutes, Godard Jean-Luc a dit : « C'est fini pour aujourd'hui, je n'ai plus d'idée. » Et l'équipe s'est séparée.

Il ne parle pas à Jean. Il lui tend des feuilles de papier : *T'as qu'à faire comme ci, t'as qu'à faire comme ça...* Elle ne le trouve pas sérieux, pas professionnel. Fabrice a beau lui assurer que ses compères, Chabrol et Truffaut, dont *Les Quatre Cents Coups* ont triomphé à Cannes, sont des génies, qu'ils créent un nouveau cinéma, en vieux noir et blanc, elle ne sait pas dans quelle mélasse elle met les pieds. Voilà des mois que les avis de Fabrice glissent sur elle. Elle est venue là par désœuvrement. Si elle avait refusé, ils se seraient encore disputés. Elle n'a aucune idée non plus de la manière dont elle doit jouer. « Laisse-toi aller... », lui conseille Belmondo Jean-Paul, aussi décontracté devant l'objectif que dans la vie. Elle n'a pas le choix. D'où vient son personnage ? Où va-t-il ? Elle ne le sait pas.

Retrouvailles de Poiccard et Patricia sur les Champs-Élysées, première scène pour elle. Ce matin, on est pressé, mais le temps perdu ne se rattrape pas. Il y a un quart d'heure, on lui a donné quelques répliques griffonnées, à peine lisibles, sur les pages déchirées d'un cahier d'écolier. Elle s'est mise en retrait, a essayé de les apprendre par cœur, mais si vite (et en français!), c'est un pari impossible. Pas le temps de se concentrer, ça y est ! On a démarré ! Une autre, à sa place, céderait à la panique. Son calme est mauvais signe : elle se moque de ce film. D'ailleurs, la caméra aussi s'en fout ! Elle est invisible. On l'a peut-être supprimée, comme les micros, la script, la maquilleuse. Godard veut du cinéma-vérité. Personne alentour ne doit s'apercevoir que l'on est en train de tourner. Raoul C., son chef-opérateur, est couché au fond d'un triporteur de postier. On a poussé le vice jusqu'à le dissimuler derrière des colis. Rien ne prouve qu'il va vraiment filmer.

Trottoir de droite, petit sac à main blanc, pantalon noir, un paquet de journaux sous le bras, elle porte son maillot publicitaire « *New York Herald Tribioune! New York Herald Tribioune!* ». Quel accent horrible ! Si Carol la voyait ! Poiccard surgit dans son dos. « Est-ce que tu m'accompagnes à Rome ? » Elle se retourne. Chapeau, lunettes noires... Qu'est-ce qu'il fabrique ici, celui-là ? En principe, elle n'a rien prévu. Elle sourit pourtant. « Je voulais te revoir, pour savoir si te revoir me ferait plaisir », insiste-t-il. C'est un goujat, mais Patricia ne déteste pas. Elle lui demande d'où il vient, puis brandit encore son journal, à droite, à gauche : « *New-York Herald Tribioune! New York Herald Tribioune!* » Il lui en achète un. C'est gentil ! Il le feuillette, tout en marchant à côté d'elle. Le triporteur les suit. Mais pourquoi est-il ici, alors qu'il hait Paris ? Il répond qu'il a beaucoup d'ennemis. « Alors, vous êtes en danger ? » Ils s'arrêtent, face à face, le travelling aussi. Elle a dit cela drôlement. Comme si elle était inquiète. Pourtant, elle s'en moque, de Poiccard ! Il n'est même pas beau et ne dit jamais rien d'important. Et elle se moque de Patricia, une fille sans profondeur, à laquelle elle ne comprend rien.

Troisième prise... Ils marchent en silence. Depuis tout à l'heure, Jean est en proie à une impression curieuse. Poiccard l'observe, il ne la quitte plus des yeux. Ça la dérange :

« Qu'est-ce qu'il y a ?
— Rien. Je te regarde. »

Elle s'en veut de l'avoir plaqué la première fois, sans dire au revoir. *Ciao ciao, le mec...* C'est comme ça, les filles. On aime, on n'aime pas... Va savoir ce qui leur passe par la tête ! Il dit : « J'étais furieux, parce que j'étais triste. » Triste ? Lui ? Surtout ne pas montrer qu'elle a de la peine ! Ce garçon-là, en danger, elle ignore qui il est. Pas question de le laisser s'installer. Il raconte qu'il cherche un type qui lui doit de l'argent, et puis qu'après il veut la voir, elle. « Non, il ne faut pas. » Mais quand il lui demande pourquoi, au lieu de répondre qu'il ne lui plaît pas, qu'il est trop pressé, qu'il plaisante tout le temps et qu'elle aime les garçons sérieux, elle hausse les épaules : « Il y a beaucoup de jolies filles à Paris, plus jolies que moi. » Elle se sent un peu vacharde, mais elle ne l'est pas tant que ça : elle et lui, ça ne collera jamais. Ses parents et sa grand-maman lui envoient de l'argent pour qu'elle s'inscrive à la Sorbonne. Elle va suivre des études, devenir une grande journaliste, un écrivain reconnu. Alors que Poiccard... Il n'a pas de métier. Il drague les filles, a des histoires d'argent, et la terre entière le poursuit.

Neuvième jour de tournage.
« Bongiorno ! » La chambre 12 est minuscule, seuls deux floods au plafond l'éclairent. Pas de marques au sol, on bouge comme on veut. Godard a des chaussures trouées qui ne sentent pas bon. À part lui, coincé entre le mur et le lit, et son cameraman, engin sur l'épaule, l'équipe est obligée de rester dans le couloir. La fenêtre est grande ouverte. On a chaud. « Mais qu'est-ce que vous faites là ? » C'est comme du reportage. Après un instant de blanc, dû à la proximité de l'objectif, Patricia se demande si elle est contente ou non de découvrir que Poiccard l'attend. Dans son lit ! Il a du culot. Il est torse nu, un peu maigre, mais plutôt bien fichu. Il s'embarque dans une histoire improbable de chambre occupée à l'hôtel Claridge. Hier, à l'avant d'un cabriolet, il lui a dit : « Je ne peux pas me passer de toi. »
Elle a répondu :
« Tu peux très bien.

– Oui, mais je ne veux pas… », a-t-il répliqué.

Depuis, elle ignore elle-même où elle voudrait en venir. Elle est indécise, peine à se déterminer, comme toujours dans sa vie. Elle voudrait bien d'un type comme lui, mais elle a peur aussi. Tout l'inverse de Cécile, qui savait ce qu'elle voulait, jusqu'à déclencher la tragédie.

Maintenant, ils sont assis sur le lit.

« Laissez-moi tranquille, je réfléchis…
– À quoi ?
– Le problème, c'est que je ne sais même pas.
– Moi, je sais », fait-il en lui caressant les cheveux.

Dans la vie, est-ce qu'elle coucherait avec un garçon comme celui-là, au nez de boxeur ? Le problème, c'est que cette fille laisse venir les choses, elle ne réagit jamais quand il le faudrait. Godard l'observe en silence. Content d'elle ? Pas content ? Nul ne le saura. Elle décroche, n'a plus l'impression de jouer, d'être au cinéma. Depuis hier, l'idée que Patricia lui ressemble la poursuit. Mais la voici allongée sur le ventre, en travers du lit. Le visage à demi caché sous la couverture, elle soupire : « Je voudrais penser à quelque chose, je n'y arrive pas. » Voilà, son drame est là. Fabrice lui reproche de ne pas s'impliquer, et, faute d'arguments, elle ne se défend pas. Elle n'est pas malheureuse pourtant, comme aux temps de Jeanne et de Cécile. Non, elle est seulement vide. « Coupez ! » Et zut ! Sa réplique a sauté. Il faut recommencer. Elle devait dire : « Et moi, je ne sais pas encore si je t'aime. » C'était justement ce à quoi elle était en train de penser.

Quatorzième jour de tournage.

« Miss Franchini ? » C'est un flic. Crâne rasé, sorte de Herr Otto en plus trapu, il impressionne Patricia.

« Inspecteur Vital ! » Il brandit la une de *France-Soir*. Pleine page : une grande photo de Michel Poiccard. Elle n'est pas sûre à cent pour cent. Sur cinq colonnes, elle lit ceci :

LE MEURTRIER DU MOTARD THIBAULT COURT TOUJOURS.

« Vous le connaissez ? » Elle s'embrouille. Dit que non, puis dit que oui, mais ajoute que la photo est vieille, et qu'elle ne l'avait pas reconnu. Michel, un meurtrier ! « Où est-il maintenant, Miss Franchini ? » Elle ment, prétend qu'elle n'en sait rien. « Attention !… attention, ma petite fille. On ne plaisante pas avec la police parisienne. » *Plan rapproché – L'œil-loupe se braque sur elle.* Elle s'emmêle, dissimule son regard derrière ses lunettes noires. Mais non… c'est un type qu'elle a rencontré quatre ou cinq fois, qu'elle a trouvé gentil. Elle ne savait pas que c'était un meurtrier. Elle tente de rester placide, mais la peur est là, la peur qui dévore. Engrenage, engrenage… Elle dit qu'il est à Paris, qu'il doit rencontrer un ami. Ses idées se précipitent, elle ne veut pas que cela se remarque. « Ce Poiccard, vous pensez le revoir ? » Peut-être… Il lui téléphone parfois, pour sortir avec elle. Ce matin encore… L'inspecteur parle de son permis de travail. « Vous ne tenez pas à avoir des ennuis avec votre passeport ? » Il lui tend un papier avec son numéro de téléphone au moment de le prendre, elle ne peut empêcher sa main de trembler. « Au cas où vous le verriez… » Il lui tourne le dos, il s'en va. Elle reste à regarder la rue. Sale fille ! Pas de courage. Un soupçon de honte ? Même pas. Patricia Franchini est comme ça : pas de remords. On s'écarte d'elle, la caméra a cessé de tourner. Plus à l'aise avec les hommes, Godard Jean-Luc parle au policier, un acteur amateur, scénariste de son métier, dont le vrai nom est Boulanger Daniel. Pour la première fois depuis plusieurs semaines, elle a envie de pleurer. Ils ne se sont toujours pas décidés pour savoir si, à la fin, Michel la tue. Elle l'espère. Patricia lui fait honte. Elle ne veut pas être pareille. Patricia sera sa Rose Loomis à elle, on sera content de s'en débarrasser. Et, devant l'écran noir et blanc, les gens applaudiront quand elle souffrira, quand elle paiera pour ce mal-là.

Dix-neuvième jour de tournage.
Engrenage, engrenage... Lumière naturelle, même pas centrée sur elle. Patricia Franchini est au zinc d'un bar. « Un scotch ! » Il n'y en a pas. « Un café alors. » L'œil-loupe, voyeur qui déshabille, la radiographie. Poisson traqué dans l'aquarium, elle décroche le téléphone. *Première prise*. Il faut que ce soit bon, tout de suite. Pas question de répéter une horreur comme celle-là ! « Allô... Danton 01-00... Inspecteur Vital ? Patricia Franchini... Vous savez, le garçon que vous recherchez, il est au 11, rue Campagne-Première... Allô ! Allô ! » Engrenage, engrenage... On a raccroché. Elle prend son journal, s'enfuit dans la rue. Personne ne la rappelle. On plie la caméra. Du premier coup ! Je vous l'avais bien dit ! C'est facile, de dénoncer. Mais peut-être serait-il plus prudent de recommencer, elle n'est pas certaine d'avoir laissé percer le sentiment de panique qui habite Patricia... Belmondo Jean-Paul, qui est adorable, lui lance qu'elle est « sensas ! ». « Mais je t'ai trahi, Michel ! », lui répond-elle. Il rit. Comme tout le monde, il est berné. Il croit que cette star de poche, toujours souriante, est satisfaite et pleine de gaieté. C'est pareil que dans le film, il pose ses deux mains sur ses oreilles, l'amène vers lui, l'embrasse sur le bout des

lèvres. Mais ce n'est pas assez. Elle voudrait recevoir un vrai baiser. Se tâte pour le lui réclamer. Ne le mérite pas. A peur, yeux dans les yeux. Se ravise, mortellement pâle, car il a compris ce qu'elle désire de lui.

Elle fixe le sol du regard et se mord la lèvre inférieure. Chez elle, face au danger, c'est toujours signe de repli. Même Fabrice n'est plus capable de la retenir quand elle s'enfuit.

Vingt-deuxième jour de tournage.
La façon dont les choses finissent !... *Seul mon travail d'actrice compte dans ma vie. Seul mon travail d'actrice compte dans ma vie. Je veux que l'on m'aime grâce à mon travail. Je prends des risques pour cela. Aimez-moi, je vous en prie. Surtout quand mes personnages sont méprisables.*

La veille au soir, au restaurant de la Coupole, elle a pensé que le tournage allait se terminer bientôt. Fabrice, qui la comprend de moins en moins bien, a dit : « Je croyais que tu détestais ce film. » Quand elle a avoué s'être habituée à toutes ces bizarreries et s'amuser devant ce bazar généralisé, il a eu l'air stupéfait. Il a disserté sur le rêve américain de jeunes gens passionnés, sur le souffle d'air frais en train de balayer un cinéma en passe d'étouffer. Puis, satisfait, il en a conclu qu'il avait eu raison de la pousser.

STUDIO DE LA SUÉDOISE – *2ᵉ prise*. Les policiers vont arriver rue Campagne-Première. On espère que Michel va tuer Patricia, mais Godard Jean-Luc hésite. Nul ne sait ce qu'il va décider, ni quel dialogue final il va griffonner sur son cahier. Travelling arrière : « Je ne veux pas être amoureuse de toi, Michel. J'ai téléphoné à la police pour ça, parce que je voulais être sûre de ne pas être amoureuse de toi. » Sur la platine du Teppaz tourne un concerto pour clarinette et orchestre de Mozart. « Et puisque je suis méchante avec toi, c'est la preuve que je ne t'aime pas. » Preuve de quoi ? De face, de profil… Caméra à l'épaule, Raoul C. est assis dans un fauteuil d'infirme que pousse Godard. L'œil tourne et l'encercle. Michel dit que l'on a tort de croire qu'il n'y a pas d'amour heureux. Elle voudrait tant qu'il s'en aille ! « Maintenant, tu es forcé de partir. » Il répète qu'il reste, qu'il est mal fichu, qu'il a envie d'aller en prison. Elle croit qu'il cherche à être pris. Sans doute pour se venger d'elle.

On s'arrête net. Elle ne sait pas pourquoi. Un technicien s'affaire, on rebranche un fil. Belmondo Jean-Paul fume. Lui, si drôle d'habitude, la regarde avec une grande tristesse. Il ne joue plus. Ce n'est pas du cinéma, n'est-ce pas ? Non, Jean, si l'on ne se méfie pas, c'est la vie qui devient comme ça.

Dernier jour de tournage : 15 septembre.

Tourner dans l'ordre chronologique, c'est une nouveauté pour Jean S. Finir par la fin… pourquoi pas ? Sauf que, le jour d'après, la rupture sera plus brutale.

Coup de feu qui claque. C'est l'inspecteur Vital qui vient de tirer. Décision de la veille : Michel ne tuera pas la déloyale. Rose Loomis attendra, avant d'être châtiée. Rue Campagne-Première, Michel Poiccard zigzague. Sa main se plaque sur ses reins, là où la balle l'a atteint. Il titube. Il s'appuie à une Renault 4 CV, il pose un genou à terre, il se redresse. On dirait qu'il voudrait fuir… Mais, dans sa petite robe Prisunic à rayures, voici qu'on aperçoit la jeune Patricia. Elle se précipite à sa rencontre. Il se relève avant qu'elle ne l'ait rejoint, heurte une Dauphine, se cogne contre une Panhard, bute sur la portière d'une 203. Il s'enfuit au bout de la rue. Ses genoux ploient sous lui. Maintenant, ses deux mains soutiennent ses reins. Curieuse chorégraphie ! Ses pieds se croisent, s'entremêlent, entrechats sur pas de trois. Il est à bout de souffle, des badauds le regardent. Si la police n'était pas déjà là, ils l'appelleraient en renfort. Michel Poiccard s'effondre, tête en avant, sur les pavés, en travers dans un passage clouté. Une Peugeot 403 passe, elle aurait pu l'écraser. Et Patricia ? Patricia court vers lui. Patricia est debout, au-dessus de lui. Face aux spectateurs, Patricia n'en croit pas ses yeux. Patricia regrette de l'avoir connu. Patricia, la seule coupable, cache son visage. Dans la vie, il n'y aurait jamais eu de caméra, on l'aurait laissée se cacher, en paix.

Elle ôte sa main. Elle ose regarder le paumé qu'elle a dénoncé. Cigarette au bec, il tire ses dernières bouffées. Il ôte sa cigarette, ouvre la bouche, étire ses lèvres vers l'arrière, fait ses grimaces habituelles. Puis il s'exprime, dans un drôle de français : « C'est vraiment dégueulasse ! » Elle est plus absente à elle-même que jamais. *Bien sûr que je t'aime, Michel ! Comme j'aime Paul, John et Fabrice, comme j'aime habituellement : un peu – Pour toujours – Ne sait pas – Voudrait bien – Mais qui vivra verra...* Il glisse sa main devant ses yeux, pour les fermer lui-même. Il joue les idiots ? Mais non. *No more !* Sa tête inerte retombe sur le côté. C'est le cheval éventré sur le bord du chemin, c'est grand-papa Benson au front gelé. Poiccard Michel est mort, elle devrait pleurer.

« Qu'est-ce qu'il a dit ?
– Il a dit : vous êtes vraiment une dégueulasse. »

C'est l'inspecteur au crâne en boule de billard ! Du texte ajouté ! Pas besoin de commande : réplique surgie, réplique jamais écrite, aussitôt inventée, aussitôt dite. C'était sur elle que l'histoire devait finir. Désormais, plus rien n'est prévu, on est dans l'inconnu. Elle contemple Poiccard Michel. Elle l'imite et se frotte les lèvres avec le plat du pouce. Et puis quelque chose lui vient, sa contribution personnelle, juste avant le mot « fin ».

Plus d'ordre établi, elle a compris. Face caméra, en toute ingénuité, avec son accent chantonnant, elle improvise : « Qu'est-ce que c'est, dégueulasse ? »

Deux rencontres...

1

Brusquement, Jean S. en eut assez.

Assez de cette vie factice. Assez de ces boîtes de nuit enfumées où l'on s'alcoolise à tout-va. Assez de ces avant-premières *à ne pas rater*, les soirs où elle rêvait de rester chez elle à Neuilly. Assez de ces cocktails et de ces dîners mondains dans lesquels l'entraînait Fabrice N. et où elle ne desserrait pas les lèvres de peur de gaffer. Assez de ces maisons de production où elle tremblait de rencontrer un nouveau réalisateur autrichien au crâne rasé. Assez de cette course vaine entre Hollywood, New York et Paris. Assez de croiser des gens superficiels. Assez du film que son mari voulait réaliser et dont il parlait à longueur de journée. Assez d'être seule, de ne plus avoir d'amis avec lesquels parler des scandales qui minaient son pays : jeux télévisés truqués, corruption à la Maison Blanche, brigades armées empêchant les populations noires de s'approcher des urnes et de voter... Assez de ne pas se sentir à la hauteur en tant qu'actrice. Assez de n'avoir personne à qui se confier, sur qui s'appuyer.

Sitôt le tournage d'*À bout de souffle* terminé, elle en eut assez de se voir de nouveau inutile, sans projet, assez de laisser son mari orchestrer ses relations publiques, assez de faire toujours l'amour avec le même homme, alors que, parfois, un désir frémissant la chatouillait.

Elle en eut assez de penser que Fabrice l'avait épousée pour s'introduire dans le milieu du cinéma. Elle en eut assez de tout, et l'envie de partir autour du monde la saisit.

Au lieu de cela, en attendant la sortie d'*À bout de souffle*, prévue pour mars, elle s'envola seule pour Hollywood. Une fois là-bas, elle s'inscrivit aux cours de comédie que Paton P. donnait à la Columbia, et où il était de bon ton de dénigrer les studios et ces « conneries » de films dans lesquels on obligeait à s'engager les jeunes artistes de talent. Depuis son tournage à Paris, elle savait qu'il existait en effet une autre manière d'envisager le cinéma, sans budgets colossaux ni stars, ni foule de figurants costumés évoluant devant de faux bûchers, dans des décors en carton-pâte dressés sous la coque d'un ciel peinturluré.

Dès son arrivée, son attention fut captée par un jeune acteur au profil d'archange, nommé C. Nash, un rebelle qu'elle avait repéré au cinéma aux côtés de James Dean.

Elle fut subjuguée par son interprétation d'un rôle de toxicomane.

Le soir venu, dans un bar surpeuplé, quand elle l'interrogea sur sa technique dramatique, il répondit qu'il n'y avait nulle nécessité de se camer pour de vrai, qu'il suffisait de travailler avec sa vue, son toucher, son odorat, et d'attendre que la vague des sentiments vous emporte. Actor's Studio… la Méthode, toujours ! Le souvenir de l'entrevue avec Lee Strasberg ressurgit. Jean se toucha les lèvres, comme pour s'empêcher d'en parler. *Ailes du désir, vous me frôlez…* Nash avait compris l'enjeu. Il était là pour se régénérer, parce que la seule chose qui importait était de briser le carcan des vieilles idées et de déboulonner les gloires établies. Il s'embarqua dans un discours confus, qu'elle n'écouta pas, tant sa bouche sensuelle au dessin parfait lui plaisait. Pourquoi avait-elle épousé Fabrice ? Ce gars-là, cigarette au bec et verre de rhum à la main, avec ses cheveux décolorés, sa veste de trappeur en daim élimé, était autrement son genre. L'envie de le prendre pour amant la submergea. Il parlait justement de *la maîtrise de l'état intérieur, dans l'océan du subconscient...* Plus de barrière ! Éducation foulée aux pieds : sans attendre qu'il eût terminé, elle se racla la gorge et lui demanda : « Nash, voulez-vous avoir une relation sexuelle avec moi ? » Un souffle de forge s'abattit sur son front, jamais elle ne se serait crue capable d'oser une chose pareille. Lui, ne parut pas étonné. Loin des principes qu'elle gardait gravés dans le cœur, elle répéta : « Je veux avoir une relation sexuelle avec vous. »

Alors, par-dessus la table qui les séparait, malgré les clients qui les environnaient, elle le vit tendre le bras vers elle et refermer sa main aux doigts jaunis par le tabac sur son sein droit.

Elle riait.
Cela paraissait si simple de prendre un amant !
Silencieux, sans avoir échangé un seul baiser, ils rejoignirent la chambre minable que Nash occupait au-dessus de la voie rapide en direction de Los Angeles. Des toilettes sur le palier, des piles de livres écornés, des bottes et un chapeau de cow-boy, une paire de chemises à carreaux, deux casseroles, un réchaud à gaz et des cendriers débordants. Une table de bois entaillé, sur laquelle étaient posés deux appareils photo, des sous-vêtements épinglés sur un fil, deux chaises crevées, un lit aux draps défaits... Pas besoin de lumière électrique,

les lampadaires de l'autoroute suffisaient. Il lui proposa un verre de rhum, mais, de peur de s'enivrer, elle le laissa boire seul. Il avala un quart de bouteille, puis se déshabilla et jeta ses vêtements à terre en sifflotant le *Pont de la rivière Kwaï*. Quand il fut nu, ventre musclé et sexe à l'air, elle se sentit affreusement intimidée. Il l'attendait. Elle déboutonna son chemisier, sous lequel elle ne portait pas de soutien-gorge, et le laissa aussi tomber sur le parquet. Ah! Cette lumière! Désolé… impossible de baisser le store pour plus d'intimité, la ficelle était cassée, et les lattes arrachées. Ces derniers temps, quand Fabrice la touchait, elle se raidissait. Elle le devinait blessé et en éprouvait du remords. Ce soir, au contraire, elle venait pour tout donner. Alors, tant pis pour l'éclairage, son désir était trop fort! Elle dégrafa sa jupe et se retrouva au milieu de la pièce avec pour tout vêtement sa culotte minuscule. Au lieu de la toucher entre les jambes, comme faisaient les autres hommes, Nash lui demanda d'ouvrir son sac à main et de le vider. Qu'est-ce qu'il cherchait? Il fouilla dans le fatras. Voilà! C'était cela: son tube de rouge à lèvres! Pas de baiser, pas encore. Cigarette au bec, il vint dessiner deux cercles rouge vif autour de ses mamelons tumescents. Puis il recula, comme le peintre satisfait de son œuvre. Elle n'avait jamais vu une telle expression. Maintenant il bandait. Quand il prit son appareil-photo et son flash, elle eut envie de se cacher. « Allons, mon chou, ça ne fait pas mal! Je suis aussi reporter pour *Vogue* et pour *Harper's Bazaar*. Je fais du portrait d'art, c'est mon second métier. » Elle s'imagina en pied dans les pages des magazines, ou nue sur un calendrier de fin d'année. « Je crois qu'il y a des choses qui sont des péchés… », murmura-t-elle à l'instant où le premier flash la figeait sur place, suivi par trois autres, déclenchés en rafale. « Retire ta culotte, on continue. »

Elle fit non de la tête, pas de cette manière-là. « Tu veux baiser avant ? » Il parlait gentiment et n'était pas brutal, mais, si elle se braquait, il la plaquerait, et son aventure serait terminée avant d'avoir commencé. Pourtant, quel malaise elle éprouvait ! Il revint et lui raya la peau d'un trait écarlate, depuis le creux des seins jusqu'au nombril, et plus bas encore, sous les dentelles de son petit slip, que, de son autre main, il roula sur ses cuisses. On aurait cru un filet de sang figé. Un seul mot de protestation, et tout s'arrêtait là. Pénis dressé, pupilles dilatées, il la fixait du regard. Encore trois clichés ! Mais peut-être qu'elle fantasmait. « Un dernier coup, mon chou, et je te promets qu'on s'y met ! » Cette fois, il se concentra sur le bas de son ventre. Là où le feu du bûcher avait laissé quelques cicatrices, il dessina un entrelacs de flammes, langues de feu tordues jaillissant de son gazon d'or. « Tu brûles, mon chou, tu es ma sainte, ma Jeanne sacrifiée. » Cette exaltation, et cette voix euphorique, avaient-elles un rapport avec elle ? Elle pensa : *Il y a bien des types qui font des tas de choses bizarres avec leur femme, pourquoi pas ça ?...* Sauf qu'elle n'était pas mariée avec ce gars-là, qu'elle commençait à avoir honte, et que l'idée de brûler la révulsait. Il s'accroupit sous elle : « Ton sexe est une braise, mon chou, et tes seins sont des charbons ardents, surtout ne souris pas ! » L'appareil la mitrailla encore quatre fois. Mais bon sang elle n'était pas une pute de luxe ! Hélas, ce démon lui plaisait, plus que n'importe quel autre homme. Un mal de crâne lancinant la gagnait, redoublé par le bruit de la circulation sur la voie rapide. « Oh, Nash ! Jure-moi que tu ne montreras jamais ces photos à personne. Jure-moi que c'est seulement pour toi. Je veux que ce soit un cadeau, que cela reste un secret entre toi et moi. » Il jura que c'était une affaire confidentielle et posa son appareil. Comme il lui ouvrait enfin les bras, elle vit quelques gouttes de foutre poindre à l'extrémité de sa verge. Confuse, moitié pour se punir, car elle s'en voulait de supporter ce genre de chose, moitié par envie pour ce sale type qui lui mettait les sens la tête en bas, elle s'agenouilla pour les lécher… et voir le goût qu'elles avaient.

Était-elle en train de perdre la raison ? Le lendemain matin, en repartant de chez lui, courbatue, bouche pâteuse et yeux cernés, comme Nash se plaignait d'être obligé de se déplacer à pied, elle l'arrêta devant le champ d'exposition d'un marchand de voitures d'occasion. « Regarde celle-là ! C'est une quoi ? », s'écriat-elle au milieu d'une allée en désignant un coupé rouge vif, avec des ailerons arrondis, des pneus blancs et, entre deux paires de phares, une grille chromée qui couvrait tout l'avant. « C'est une Chrysler K 310. Un modèle de 1951 ou de 1952, designer américain, carrossier italien », répondit Nash qui s'y connaissait. « Elle te plaît ? Je l'achète, elle vaut combien ? » Avec autant de facilité que s'il s'était agi de donner un autographe à une mère de famille, elle signa un chèque de cinq mille sept cents dollars, soit les trois quarts de ce qui lui restait de son cachet d'*À bout de souffle*. Si imprévisible qu'il fût lui-même, Nash en resta interloqué. Il demanda :

« Mais pourquoi fais-tu cela, mon chou ?
— C'est normal d'offrir quand on aime bien, répondit-elle. Les gens manquent tellement de générosité ! »

Noël approchait.
Elle terminait le tournage d'un mélodrame minable, pour lequel elle avait dû faire des bouts d'essai, et vivait un feuilleton non moins pathétique avec Nash.

Elle restait dix jours sans le voir, puis, après avoir mimé une crise de larmes, cinq heures durant, sous la chaleur des projecteurs, elle remettait ça avec lui, au-dessus de la voie rapide. Sensations fortes à partir de minuit. Décidée à laisser venir, elle se pliait aux foucades de son drôle d'amant. Elle se soumettait à la montée progressive, puis vif-argent, de son plaisir, et apprenait à ne pas le regretter. Elle fermait les yeux et oubliait les lumières de la route de Los Angeles qui projetaient de grandes bandes de néon au plafond et faisaient glisser sur sa nudité le reflet tournant des phares allumés. Elle s'abîmait dans un rêve stupéfié au fort relent de péché. Dessus-dessous, méli-mélo à quatre pattes, sur le ventre, ou de côté, dans les fumées de marie-jeanne, il arrivait qu'il lui recouvre l'entrejambe de ketchup ou de crème pâtissière, qu'il lui casse un œuf cru sur le nombril, ou l'arrose de rhum qu'il buvait goutte à goutte, à la paille vert fluo. Elle n'avait plus qu'à se savonner de la tête aux pieds, à cinq heures du matin, nue derrière un paravent chinois sur le palier, au-dessus d'un évier à l'émail jauni. Une nuit, il se pencha sur elle avec un tampon d'éther sur le nez. Tangage halluciné, tête renversée, il se balançait lentement tout en la caressant en ces petits endroits de chair de poule où battait son cœur de femme.

La fille de l'Iowa était transfigurée.

« Et si on décidait de s'aimer, mon chou ? », lui balança un jour son amant des nuits bleues bien flippées. Trop tard ! Fabrice était dans l'avion, destination Californie. Fabrice rappliquait pour la tirer de ce mauvais pas...

« C'est quoi, s'aimer ? », répliqua-t-elle, découvrant sur le vif qu'elle ne s'était pas attachée plus que cela. Nash resta interdit. Jusqu'à présent, il avait décidé des voies où il voulait l'entraîner, et voilà que le jeu changeait de main. « Vous vous êtes bien amusé, très cher, poursuivit-elle. Vous en avez profité, il est temps que je pense à moi désormais. »

Aimer... Même avec son mari, elle ignorait à quoi ça rimait.

Deux jours plus tard justement, Fabrice N. débarqua, avec huit valises et deux chats. Avec du champagne et des boucles d'oreilles en croissant de lune, s'il vous plaît ! Avec le scénario achevé de son premier film et une foule d'idées inédites. Il avait visionné un premier montage d'*À bout de souffle* et en parlait comme « du récit chronométrique des dernières quarante-huit heures d'un homme enserré dans le filet d'une cité qui se referme sur lui ». Il l'affirmait : pas de revolver triste ni de cul bâclé, pas non plus de romanesque, de suspense à la noix, ou de héros auquel s'identifier... Mais seulement « l'art de faire descendre la caméra dans la rue, de l'introduire dans nos maisons, dans nos chambres à coucher, de la glisser sous les draps de toutes les Patricia... ». Car il fallait en parler, de cette femme singulière, mi-fille mi-garçon, mais que les hommes allaient désirer, comme ils désiraient l'adolescente dont les parents habitaient à l'étage du dessus.

« Si tu la voyais, cette effrontée qui envoie balader les clichés et se plaint que les Parisiennes portent des robes trop courtes ! Tu es magnifique, Jean, fan-tas-ti-que ! Bientôt, tu comprendras.

— Je ne comprendrai rien. Je ne pense plus au cinéma. C'est un milieu où l'on ne respire que si l'on n'a rien à dire. Non, la seule chose qui me préoccupe est de savoir combien d'hommes une femme normale peut aimer dans sa vie ?

— Il n'y a pas de demi-mesure : un seul homme, ou bien tous à la fois.

— Tous ? Tu crois ? Et ça ne s'arrête pas ! On ne se lasse jamais, et on remet ça tout le temps...

– Demande à Patricia.

– Patricia... Patricia... Ce n'est même pas elle qui choisit. Poiccard se pointe, et elle le suit. Elle enchaîne une ou deux galipettes, voilà tout ! Après, elle le dénonce. Moi, je ne suis pas Patricia.

– Mais, sur l'écran, je te jure que c'est toi !

– Moi, moi, moi... C'est ce que j'ai de mieux, n'est-ce pas ? Moi... Tu ferais bien d'en profiter, mon gars. Mais tu n'es pas pressé. Tu philosophes. Tu traînes, au lieu de me serrer entre tes bras. »

2

« Un dîner au consulat, ce soir ! À Los Angeles ? Mais pourquoi ?

– Parce que le consul est prix Goncourt. C'est un juif polonais, héros de guerre et gaulliste compulsif, un mondain amateur de femmes, qui tutoie Gary Cooper et connaît le Tout-Hollywood ! Un personnage de Gogol, qui dîne avec Selznick, fréquente Marilyn, Ava Gardner et Lana Turner, un aventurier échevelé, sorte de Boris Godounov qui raconte un tas d'histoires sur ses origines. Sa femme aussi est un écrivain célèbre, et elle connaît les gens de cinéma mieux que toi et moi. C'est une pure Anglaise du grand monde, une lady doublée d'une russophile aux goûts exotiques. Plus âgée que lui, elle adore l'excentricité de son mari, mais lui a appris les bonnes manières.

– Quel couple ! Si on les oubliait ?

– Monsieur le consul est un galant homme, souvent plein d'esprit. Dans ses bons jours, il est assez drôle, tu verras.

– Ne me dis pas qu'il va falloir que je m'habille.

– Un petit effort suffira.

— Je ne viens pas !

— Jean, je t'en prie... Tu as la rumeur pour toi. Il a entendu parler d'*À bout de souffle*, il sait ce qui se trame à Paris. Il sait que, dans deux mois, on ne jurera que par toi.

— Ce que tu peux m'embêter, Fabrice ! Tu ne crois jamais ce que tu dis. C'est dégoûtant d'être comme ça. J'en ai marre ! Si tu savais comme je te déteste parfois... »

Une heure plus tard, tandis que son mari, smoking et nœud papillon, faisait les cent pas en l'attendant dans le couloir, Jean, désespérée de se trouver d'une banalité à mourir, se contemplait dans son miroir.

Tu ne t'es pas maquillée, Jean ?

Si peu que cela ne se remarque pas.

Et cette robe, qu'est-ce que c'est ?

La plus simple, blanche immaculée... Une robe d'innocente.

Pas de bijoux ? Ni collier à ton cou ? Ni brillants à tes poignets ?

Mes boucles en croissant de lune suffiront.

Et ces cheveux de garçonnet ? Tu avais parlé de les laisser repousser.

J'ai changé d'avis.

Pourquoi cela ?

Parce que certains hommes caressent en secret quelques goûts inavoués. Il suffit de les titiller, et on les voit rappliquer...

La description de Fabrice était juste. À la porte d'une grande demeure de style espagnol, entourée de palmiers, l'épouse du diplomate-écrivain les accueillit dans un anglais pur et délicat. C'était une petite femme au teint pâle, à la jupe trop longue et au rouge à lèvres foncé, mais aux traits fins et au regard pénétrant. Elle avait vu *Bonjour tristesse*, et la destinée de la pauvre Cécile l'avait touchée au point qu'elle embrassa sa jeune invitée, qui en fut un peu rassérénée.

Baisemain et regard profond… Son premier contact avec le consul général de France rendit Jean perplexe. Dans ses boots de cuir ouvragé et sa chemise de cosaque, manches bouffantes, col ouvert, *Son Excellence* avait l'allure d'un héros de la steppe. Avec ses cheveux noirs coiffés en arrière et son teint bistre, avec son vaste front, ses pommettes hautes, sa fine moustache, l'hémisphère droit de son visage de guerrier curieusement figé, et sa voix caverneuse, il arborait un profil de Tartare, moitié slave, moitié yiddish. Difficile de ne pas se sentir dans ses petits souliers quand il s'adressait à vous. Quel personnage impressionnant, surtout pour une fille de cet Iowa conventionnel qu'il devait tenir en piètre estime ! Il se déplaçait, tel un sultan, dans un décor digne de Topkapi, tout en soieries, divans, coussins, lanternes et tapis. « Il raconte que son père était star du cinéma muet, c'est un adepte du théâtre permanent, un mythomane, enchanteur de haut vol », l'avait avertie Fabrice.

À table, où prirent place le vice-consul et son épouse, ainsi que le producteur Bill Goetz, accompagné par l'artiste peintre francophile Brenda Morgan, le maître d'hôtel lui désigna la chaise face au maître de céans. L'endroit le plus exposé, pour celle qui ne comptait pas se manifester ! Dès les œufs de saumon sur lit de glace pilée, l'anguille fumée, le pain noir et le caviar d'aubergine accompagné de vodka frappée, la conversation porta sur les relations entre les artistes français et de Gaulle. « En France, on confond grandeur et tyrannie, rétorqua *Son Excellence* à Fabrice qui s'étonnait du silence de nombre d'intellectuels en pleine guerre d'Algérie. Par instinct, les écrivains n'ont ni respect ni sympathie pour les dirigeants. Allons ! Ce sont des frondeurs : s'ils se ralliaient aux sauveurs de la patrie, ce serait à désespérer. » À court d'opinion sur le sujet, Jean gardait le silence. Était-ce pour mesurer son pouvoir sur une âme candide que *Son Excellence* plantait ainsi son regard bleu au fond de ses yeux ?

« Les Français s'essoufflent vite, il est possible que le Général perde son pari sur la grandeur, reprit-il.

– Mais vous-même, monsieur le consul, êtes-vous engagé à ses côtés ? lui demanda Brenda Morgan dans un français parfait.

– Un jour, alors que j'avais décidé de manière irrévocable de quitter le Quai d'Orsay pour m'occuper d'un journal satirique, je suis allé voir de Gaulle pour lui demander conseil sur la conduite à suivre. Au lieu de me répondre, il s'est borné à me questionner sur le seul sujet qui l'intéressait, à savoir : quel était mon avis sur Malraux, qui, disait-il, le divertissait. Impossible de revenir à ce qui m'amenait. J'étais pourtant déterminé en arrivant à l'Élysée. Je suis reparti déconcerté, ne sachant plus ce que je voulais. Ainsi en va-t-il de toute certitude... Surtout en politique, domaine par excellence où la vérité épouse une ligne brisée. Toujours à la recherche des vraies valeurs, je m'efforce de m'accrocher à quelques convictions. Tel est l'objet sacré que j'attribue à la littérature.

– Cela signifie-t-il que vous êtes plus à l'aise avec les choses de l'art qu'avec la réalité ?

– Cela signifie qu'être écrivain, c'est manier le sarcasme, l'ironie ou la moquerie, pour tester les repères auxquels on est tenté de s'attacher. Dès lors, le tri s'établit de lui-même. Mais c'est aussi le cas en peinture, n'est-ce pas ?

— On ne sait pas toujours ce que l'on est en train de peindre. Il faut attendre que le déclic se produise pour qu'apparaisse une idée. La provocation ne vient pas d'elle-même. Il est fréquent d'atteindre un niveau de mise en cause que l'on n'avait pas soupçonné.

— Sur la toile, comme sur le papier, seules les valeurs authentiques résistent au temps. En politique, ma chère, ce genre d'acide est vite corrosif.

— Même avec de Gaulle ?

— Nul n'est infaillible.

— Il me semblait bien qu'il était antiaméricain.

— C'est ce que je dis : tout le monde peut se tromper. Mais attention, de Gaulle n'est pas un homme comme les autres. Il a, entre autres génies, le sens de l'éternité. Il croit en la pérennité des valeurs humanistes qu'il est de bon ton de renier. »

Quand on apporta le gigot à l'ail, cuisiné par la maîtresse de maison, *Son Excellence* fit mine de s'inquiéter de sa jeune convive... Son discours franco-français l'ennuyait-il ?

Jean vit qu'il regardait sa bouche. Ce fut comme un déclic. Tout à trac, elle lui demanda s'il appliquait son raisonnement sur l'écrivain aux gens de cinéma.

Il baissa les yeux, comme pour rassembler ses idées. Puis, avant de s'exprimer, il sourit pour la première fois de la soirée à sa frêle invitée. *Il sourit...* Et, au milieu de ce visage buriné, son sourire parut si bienveillant que Jean en eut une légère palpitation.

« Le cinéma américain est aujourd'hui le plus vrai du monde, reprit-il précautionneusement, comme s'il s'adressait à son élève favorite... Le plus mauvais des films américains a toujours quelque chose de véridique.

Il rend compte d'une certaine réalité de l'Amérique. En ce sens, les cinéastes d'ici sont les plus subversifs au monde. D'ailleurs le pays entier est cinéma. Le cinéma fait partie de son histoire…

— Et le cinéma français ? l'interrompit Jean.

— La France est à la traîne de la civilisation américaine depuis trente ans. C'est ce que de Gaulle a raison de ne pas supporter.

— Oh là là ! Je ne crois pas du tout. Surtout pas dans le cinéma ! »

Incroyable ! La manière dont elle avait asséné cela ! Le sourire de *Son Excellence* s'était effacé, et son épouse anglaise la regardait de biais. À elle maintenant de se justifier.

« Ce que j'ai vu en France, sur le tournage auquel j'ai participé, prouve que nos principes et nos modes de vie n'ont été ni exportés ni gobés ! Les Français sont capables de retranscrire leur évolution sur la pellicule autant que nous. Un film comme *À bout de souffle* va dire la vérité du monde. Pas une seule vérité, par exemple sociale, mais la vérité tout court. On n'y représente pas les gens selon des stéréotypes, comme le bon et le méchant que nous, Américains, aimons tant, et ce n'est pas non plus une question de style. Il y a bel et bien de la provocation dans tout cela, et plus de liberté, et plus d'arrogance aussi, que dans nos mélodrames larmoyants, comme celui que je viens de tourner ici. »

Mais qu'est-ce qui lui arrivait ? Elle s'emportait, alors que nul ne la contredisait. L'étonnement se lisait dans le regard que *Son Excellence* gardait braqué sur elle. Des idées ? Cette petite actrice ? Pourtant, il hocha la tête, comme s'il lui était reconnaissant de s'exprimer. Gravement, il lâcha : « L'Europe ne pourra retrouver ses réalités qu'en revenant à ses racines, sinon elle ne sera jamais qu'un ersatz des États-Unis.

– Le vrai n'a pas besoin de charrier des idées ni de replonger aux origines, surenchérit-elle. On filme la vie en train de se dérouler, on enregistre l'événement, il n'y a plus de frontière entre l'histoire racontée et le documentaire. »

Fabrice acquiesça :

« C'est comme avec les impressionnistes, la lumière naturelle remplace l'éclairage.

– Il y a dans ce film des audaces absolues, et des choses scandaleuses d'un point de vue photographique, continua-t-elle, sans préciser qu'elle n'avait visionné qu'une demi-heure de rushes. Aucun reporter d'actualités n'a jamais osé cela. Aux États-Unis, n'importe quel professionnel se coulerait en se risquant sur ce chemin-là, monsieur le consul. »

Pour couronner le tout, voilà qu'elle interpellait *Son Excellence*. Trop tard ! Insolence impossible à rattraper.

Lui parut-elle trop vulnérable ou trop facile à blesser ? L'écrivain-diplomate rebondit sur son idée en évoquant « l'intérêt du point de vue assumé, et la primauté de la pensée dans l'art d'aujourd'hui »…

Le sultan n'était ni méchant ni méprisant. Et, dans son regard, se discernait une indulgence à laquelle elle décida de se fier, jusqu'au terme de la soirée.

Surtout, ne pas s'emballer !

C'était un matin après une nuit de regrets. Regret d'avoir trop bu la veille, au lieu d'être allée rejoindre Nash qui l'attendait depuis plus d'une semaine ; regret de se laisser mener par sa sexualité, qui était une invention du diable ; regret de mentir à son mari et d'avoir une envie minable de le tromper ; regret de se demander si l'heure n'était pas arrivée de le quitter ; regret de ne pas être à Paris sur les Champs-Élysées ; regret de ne pouvoir se laisser consoler par grand-maman Frances ; regret de n'avoir aucun projet de film même fauché, sans scénario ni vedettes ; regret de manquer de belles idées à inscrire sur le papier, comme au temps où le cinéma ne lui volait pas ses rêves...

C'était un matin gris, encombré de regrets, l'un de ces jours amers d'où rien de bon ne sortira.

Fabrice l'avait laissée pour aller jouer au tennis. Elle feuilletait des revues sur le canapé. Quand soudain...

Encore le téléphone ! Il ne cessait plus de sonner depuis l'arrivée de son mari en Californie. Elle avait décroché, décidée à rembarrer l'importun. « Allô, Jean S... »

Cette voix ! Reconnaissable entre toutes, et, ce matin, tellement amicale.

Monsieur le consul général de France, Votre Excellence... Quel titre choisir ? Trente-six heures seulement s'étaient écoulées depuis le dîner à Topkapi, et il rappelait. « Mais Fabrice n'est pas là, monsieur. » Il ne s'agissait pas de cela. « Si vous le voulez bien, Jean, je vais vous envoyer mon chauffeur à dix-huit heures. Il vous conduira dans un club où j'ai mes habitudes. Je serais heureux que nous y poursuivions notre discussion. En êtes-vous d'accord ? »

Elle avait répondu « oui », et s'était souvenue que, deux jours plus tôt, dans le taxi qui les ramenait chez eux, Fabrice avait décrit l'écrivain-diplomate comme un homme à femmes, chanceux que son épouse ferme les yeux sur ses aventures. « Si elle ne dit rien, c'est parce qu'il ne tombe jamais amoureux », avait-elle répondu. Il n'empêche, il l'avait rappelée, et, depuis, ses beaux yeux, brillant tantôt d'une intelligence aiguë, tantôt noyés de mélancolie, la poursuivaient.

Pour ne pas rester muette lors de leur tête-à-tête, elle décida d'acheter l'un de ses livres. Elle tomba sur un gros roman, mettant en scène un homme pur et dur, qui réchappait d'Auschwitz en imaginant, au cœur de l'horreur, la charge folle d'un grand éléphant d'Afrique, chasseur de nazis d'un genre différent, qui paie sa dette en traquant ceux qui tuent et mutilent les éléphants. Ce combat perdu d'avance la toucha. Elle aussi se heurtait à des murailles, à force de vouloir conquérir l'impossible étoile.

De retour à la maison, elle perdit une heure à se maquiller, puis changea cinq fois de robe. Finalement, elle enfila un pull ras du cou et choisit sa jupe la plus sage. Puis elle se débarbouilla. Constatant dans le miroir que sa bouche était décidément trop tendre, elle mit du rouge sur ses lèvres pour durcir son sourire. Puis, pestant contre ce halo de vulnérabilité qui flottait autour de son visage, elle souligna de deux traits de crayon le vert dilué dans le gris-bleu de ses yeux.

Au moment de retrouver l'écrivain-diplomate, alors qu'elle poussait la porte du bar au fond duquel il l'attendait, elle se remémora l'une de ses phrases, prononcée lors du dîner de l'avant-veille : « Seul l'idéalisme nous gardera du naufrage… »

Il patientait dans un petit salon. Vêtu d'un poncho mexicain, le cheveu à la diable, on l'aurait dit évadé d'un western frontalier. Il déplia sa haute carcasse. Très digne, il lui refit le baisemain, et la rassura, cette fois en américain. « Non, ma chère, vous n'êtes pas en retard, c'est moi qui me suis pressé pour vous retrouver. » Elle eut un sourire timide, à fendre le cœur de tous les don Juan. « Garçon, deux dry martinis s'il vous plaît ! Et des amandes salées. »

Avec une certaine application, elle lui confia combien l'histoire de cet éléphant, dont la course folle aidait un prisonnier à réchapper des camps l'avait émue, et combien elle était flattée de rencontrer l'auteur qui avait eu une aussi belle idée. « Chaque homme devrait pouvoir se raccrocher à une image qui lui sauverait la vie », remarqua-t-elle... Elle-même avait longtemps choyé des visions d'oiseaux déployant leurs ailes, mais c'étaient des choses tellement enfantines ! Et jamais cela ne lui avait ouvert le moindre horizon. L'écrivain-diplomate l'écoutait, un peu penché vers elle, avec une expression de compassion. « Moi non plus, je n'ai pas trouvé, lui confia-t-il. Je manque de constance, ma volonté est à éclipses. Je reprends ma quête régulièrement, certain que c'est l'affaire d'une vie. » Art de la séduction ou sincérité ? Il lui parut grave, comme peut l'être un homme plus très jeune, sans amour, sans ami ni famille, ce qui n'était naturellement pas la vérité. Ce n'était plus le sultan des salons de Topkapi, mais un géant tendre qui se révélait... L'écrivain à succès ou la star au cœur fêlé : lequel des deux avait besoin d'être protégé ? Il lui raconta que le personnage de son roman lui était venu à l'esprit alors qu'il se tenait assis sous un séquoia géant de Californie du Nord. « Cent cinquante mètres de hauteur, trente mètres de circonférence, les voilà, les racines du ciel ! Ce sont à la fois les ancêtres et les derniers survivants du peuple américain. Inébranlables, ils ont résisté à tout. Comme quoi le temps n'est pas le maître absolu. Quelle leçon ! J'étais blotti à leur pied et, moi qui suis un être souffreteux, j'ai puisé en eux la force de me lancer dans l'aventure de ce livre. »

Elle admit n'avoir pas connu d'émotion comparable et précisa d'une voix incertaine que, dans la vie comme au cinéma, elle se méfiait des images artificielles. « Il y a tant de délices à se laisser bercer par la facilité !

Chacun suit sa pente naturelle. La mienne, monsieur le consul, est semée de fleurs bleues. Elle est sucrée comme le miel, et la senteur des idées reçues flotte sur elle.

– C'est ce que je disais l'autre soir, lorsque je parlais de vérité. Faire l'artiste est un piège si l'on oublie de se moquer, ou si l'on craint d'être un provocateur au cas où le public ne saurait plus que penser, cela vous englue dans le train-train quotidien.

– On peut amuser la galerie. On peut faire semblant, mais arrive le moment où l'on s'aperçoit que, à force de naviguer dans l'irréalité, on ne sait plus rêver. »

Il la considéra avec une telle expression d'étonnement qu'elle craignit d'avoir lâché une imbécillité. Au lieu de boire son martini, il évoqua Marilyn, « un mythe vivant, avec l'œil rivé au box-office », une femme désespérée, qu'il connaissait bien. Il raconta qu'il n'était plus question d'avoir le moindre rapport humain avec elle, tant elle redoutait que l'on découvre ce qu'elle cachait d'obscur à l'intérieur d'elle-même. « J'espère, Jean, que votre vie n'est pas comparable à la sienne ! Un collage avec des douleurs d'enfant jamais résolues, un morceau de film par ici, un fragment de vie arraché par là, et puis encore trois mois devant d'autres caméras, avant de retrouver un nouvel amant, un autre mari, un psy charlatan. Que des instantanés : sourires heureux, ruptures, amitiés envolées, chagrins morcelés, antidépresseurs et bouts d'essai, qui forment une mosaïque aberrante. En plus rôde la peur de ne plus être celle que l'on a été. Impossible, dans ces conditions, de trouver le rêve qui pourrait vous habiter. »

Il avait l'air si inquiet qu'elle se fit un devoir de le rassurer. Occuper la première ou la dernière place, elle s'en moquait ; ce qu'elle voulait, c'était bien faire son métier. Et puis, souffla-t-elle, poussée au-delà de ce qu'elle aurait voulu : « Il faut rester capable d'aimer. Aimer l'homme avec lequel l'on désire se reposer. Mais aussi aimer les gens qui vous appellent, et que l'on est tenté d'oublier, parce que leurs souffrances vous dérangent et que l'on préfère ne pas se mouiller. »

« Être actrice ou écrivain, c'est du pareil au même », lui dit-il, comme il aurait confié un secret. On vivait en vitesse accélérée. En sautant d'un personnage à l'autre, on finissait par ne plus se retrouver. Alors on jouait... Par exemple le rôle du faux dur, comme Hemingway, qu'il avait vu hurler à l'hôpital, à Londres en 1944, en pleins bombardements, pour qu'on le soigne en premier après un petit accident de voiture, alors que les blessés s'entassaient jusque dans les couloirs, où ils se vidaient de leur sang... « Vous au moins, vous ne vous êtes jamais prise pour Jeanne d'Arc, n'est-ce pas ?

— Oh non ! Mais, si folle qu'elle soit, celle-là, elle avait au moins un idéal et savait pourquoi elle se battait !

— Mais vous, Jean ? Pour quel idéal rêvez-vous de vous battre ? »

La caressant de son regard très doux, il voulut savoir d'où elle venait, comment elle avait vécu. D'un ton d'excuse, elle concéda que son enfance n'avait rien d'original. Une vie simple, dans une ville qui n'en était pas une, pareille à une île perdue au milieu des champs, et la chance, un jour, de gagner un concours devant des milliers d'autres filles. Deux tournages difficiles, un mariage vite conclu, une aventure cinématographique à Paris, la peur que plus personne ne veuille lui donner de travail, avec, en même temps, l'envie de ralentir le rythme. Et, depuis son retour en Californie, le sentiment de n'être plus de nulle part. « Voyez : rien qui puisse fournir une bonne histoire au romancier...

– Qui sait ? lâcha l'écrivain-diplomate. Les meilleurs héros sont des gens ordinaires. Tout dépend des situations dans lesquelles on les place… Mais êtes-vous marxiste ? lança-t-il, brusquement inquiet.

– Oh non ! Je ne crois pas en ces idées-là. Je suis seulement pleine d'espoir et de bonne volonté. »

Constatant que le front du consul restait crispé, elle alluma une cigarette et, plus émue qu'au moment de son arrivée, ajouta :

« Je vois que je vous déçois…

– Ne croyez pas cela ! Je vous ai dit que j'ai moi-même une tendance à me plaindre pour un oui ou pour un non.

– Je veux toujours entreprendre des choses remarquables, mais je suis vite désorientée. Je crois que je réussis, alors que rien ne tourne comme je le voulais. Alors je m'entête et, à tort ou à raison, je vais jusqu'au bout. Voilà ! Après tout, c'est vous qui voulez m'entendre parler de moi.

– Vous êtes ravissante… murmura-t-il.

– Cela ne suffit pas à me rendre intéressante.

– Vous devriez prendre soin de vous, poursuivit-il en effleurant son poignet.

– Que voulez-vous dire ?

– Vous vous torturez. Persuadez-vous d'être une jeune femme exceptionnelle. Alors l'idéal se réalisera de lui-même. »

Le lendemain matin, elle reçut une gerbe de roses.

D'une main tremblante, elle décacheta l'enveloppe aux armes du consulat général de France à Los Angeles et lut cette carte que l'on avait glissée à l'intérieur :

Jean très chère,

J'ai tant aimé vous entendre parler de vous que j'en ai oublié de vous raconter les mésaventures d'Ivan K., l'écrivain immigré, russe, gaulliste et juif, fils de Nina Alexandra, et de l'acteur Lipiouskine.
Êtes-vous prête à les entendre ?
Jeudi soir, à dîner, si vous en êtes d'accord, je vous dirai aussi quel genre d'héroïne d'aujourd'hui j'imagine vivante sous vos traits.
Dans l'attente de vous.

La veille, au moment de se quitter, à vingt heures passées, ils s'étaient levés gauchement et, sans raison particulière, avaient ri ensemble. Lui, très grand, auprès d'elle ! On était à Hollywood, Californie... Avec, à l'écran, la belle gueule cuivrée de Pancho Villa et, pour lui donner la réplique, la star rive gauche au visage de porcelaine, portant sur elle cette sorte de douceur et d'abandon, mais aussi d'obstination, qui caractérise les personnages auxquels le public s'identifie. Il l'avait conduite jusqu'à un taxi, lui avait donné un baiser, chaste mais brûlant, et ils s'étaient tenu la main... Une portière avait claqué, il l'avait regardée s'éloigner. Puis il était reparti à pied.

Jean relut le billet deux fois. Puis elle le plia et le rangea précautionneusement dans son sac à main.

Son cœur bondissait de joie.

Deux ruptures…

1

S'il te plaît, mon chou, ne me déchire pas. Oh! S'il te plaît.

Première scène de rupture : la tension ne retombe pas. Mais qu'a-t-elle lâché de si atroce ? Qu'elle préfère les chambres baignées de soleil aux nuits blêmes au-dessus de la voie rapide, et que les liens de soie noués autour des chevilles et des poignets ont cessé de l'étonner ?

C'est ainsi : elle en rajoute. Elle dit qu'elle est rassasiée d'aisselles et de pubis rasés, de baisers à la nicotine, de tours de reins et de muscles étirés ! Elle prétend avoir son compte de petit cul lubrifié, de verge luisante de confiture, de grelots en feu plein la bouche, de foutre essuyé dans les cheveux, d'aubes comateuses, de réveils aveugles et de cœurs barbouillés. *Fines… Finies, nos nuits ?* Tel un acteur ne sentant plus la scène, Nash, la figure creuse, livide sous sa chemise en peau d'ange couleur rouille, se racle la gorge. Il continue d'émietter son morceau de pain sur la toile cirée du bar sous le pont suspendu, et son regard reste collé au fond de son assiette vide.

« Je te remercie pour ce que tu m'as donné, Nash. C'est ce que les autres femmes passent leur vie à espérer.

– Tu as une opinion là-dessus ?
– Elles voudraient oser ! Mais elles ont peur et n'imaginent pas le genre de cadeau qu'on pourrait leur offrir.
– Parce que toi aussi... Tu rêvais de ramper ?
– Il n'y a rien eu d'avilissant entre nous.
– Alors, sans moi, tu aurais passé des années à fantasmer sans savoir ce qui te manquait ?
– Tu m'as dit : Chiche ! Et j'étais partante... »

Il doit savoir qu'elle est comblée d'avoir été conduite jusqu'aux frontières extrêmes. Tant pis pour l'âme un peu sale, avec Ivan elle rentrera dans le rang.

« J'étais décidé à continuer, mon chou.
– Moi aussi, j'étais prête. Mais il vaut mieux que nous n'ayons pas le temps de nous lasser...
– Alors, putain ! On y va une dernière fois.
– J'ai mes règles.
– Raison de plus ! J'ai des idées chouettes, de ce côté-là.
– C'est douloureux, je ne peux pas.
– Va te faire foutre !
– Jouir, oui... Mais ce n'est pas une fin en soi.
– Ça n'a jamais été sérieux, nous deux. C'était purement sexuel, n'est-ce pas ? À la première queue qui bande, tu deviens folle.
– J'avais confiance en toi.
– Tu n'es le chou de personne.
– Pardon ?
– Tu n'es l'amour de personne.
– Pourquoi dis-tu cela ?
– Tu es docile. Les bites t'excitent. Tu aimes les gros calibres, mais tu n'as aucune imagination. Tu vis à ras de terre, Jean. »

Un peu de cruauté... Elle l'a cherché. John M., Desmond... Jusqu'à présent, ses amants avaient pris leurs distances en premier. « Aujourd'hui, c'est plus compliqué… », souffle-t-elle en contemplant ce profil d'archange qu'elle a si goulûment couvert de baisers.

« Qu'est-ce que tu racontes ?

— Je dis que j'ai les membres gelés, mais que ce n'est pas une raison pour capituler. »

2

Seize mois de mariage, et la seule chose qui importe à Fabrice c'est de s'assurer qu'elle sera au générique de son film ! Or, comment la voit-il ? Dans un rôle de fleur bleue, de tentatrice, une inconsciente crédule suscitant chez les hommes la même stupeur ravie que l'on éprouve devant des créatures hors normes. Voilà l'image qu'il veut donner d'elle. Elle meurt d'envie de lui balancer combien elle palpite dès qu'elle songe au diplomate-écrivain. L'idée de se servir d'Ivan pour le rabaisser l'indispose. Mais, depuis dix jours, elle se refuse à nourrir la moindre pensée tendre pour un autre que ce Tarass Boulba façon Gary Cooper, de vingt-quatre ans son aîné. Quand ce géant aux pieds d'argile, décoré de la Légion d'honneur, s'est dressé, son ombre est tombée sur elle. Impossible, depuis, de se tenir à distance de cet amoureux des belles manières, épris d'une bimbo de série B au point de lui adresser chaque matin une brassée de fleurs.

Seize mois ! Et son mariage roule dans le fossé.

La veille au soir, ignorant qu'elle sortait du consulat, où, en l'absence de son épouse, Ivan l'avait amoureusement embrassée, Fabrice l'a emmenée au bowling. Sans lui demander son avis, il a commandé pour elle l'un de ces cocktails arc-en-ciel, pleins de drapeaux et de petits poissons flottants, servis dans un verre énorme. Et il l'a rebranchée sur son film ! De nouveau, il lui a servi la petite fille douce et coupable, aux yeux de poupée brillant de peur et d'émerveillement. Ah ! la scène de la jupe, amusante et courte ! Et celle du train, où ils sont cinq à la mater ! Et celle où elle rencontre Maurice Ronet, le comédien beau garçon dont il a décidé qu'il serait son partenaire ! *Je suis désolée, Fabrice, mais je ne compte pas jouer cette gourde comme tu l'entends...* Furieux, il a raté son *strike*, et sa seconde boule est partie droit dans la rigole. Il a interrompu sa partie pour lui rappeler qui décidait sur un plateau. En retour, elle a craché qu'elle allait lui pourrir la vie. Basta d'être femme d'intérieur dans la journée ! Et basta de jouer la baby-doll en public ! Basta cette carrière mort-née ! Basta d'être la pompe à fric du foyer, d'ailleurs ses réserves sont épuisées ! Basta de mimer les couples modèles devant la galerie ! Basta de rejouer une fois par semaine la même scène d'amour, de moins en moins inspirée ! Désormais, elle mettra la pagaille partout où il passe. Elle ne portera plus leurs vêtements chez le teinturier et laissera des taches de fond de teint dans le lavabo. Elle perdra le bouchon du tube de dentifrice, abandonnera ses brosses pleines de cheveux sur la table de la cuisine, ne tirera plus la chasse des W.-C., ne videra plus les cendriers et sortira avec des bigoudis en plastique sur la tête, mal fagotée, avec des bas filés, des traînées de rouge à lèvres sur l'émail des dents et du vernis à ongles écaillé.

Au lieu d'attendre que l'orage s'apaise, il s'insurge, mais elle crie plus fort que lui. Que s'imagine-t-il ? Que sa mauvaise humeur suffit pour qu'elle se blottisse à ses pieds ? Il fond sur elle et se vante de vouloir l'arracher à l'obscurité. Elle a envie de lui défoncer le crâne à coups de talons. Sa rage enfle. Elle devient grossière. Elle le traite de tous les noms, et, devant les autres flingueurs de quilles de son espèce, l'accuse d'être « architecte de pissotières, mythomane organisateur de coups tordus, scénariste branleur et cinéaste foireux… ». Oh le vilain petit scandale, vulgaire et honteux ! Les ordures se déversent de sa bouche sur la place publique avec tant de naturel qu'elles semblent à l'image de leur vie quotidienne. Ne sachant même plus ce qui défigure son bonbon fondant, il bat en retraite. À temps, car sa brebis blonde et sexy va lui balancer son verre, avec paille, glaçons et drapeaux étoilés, à travers la figure. Il balbutie qu'il l'a toujours respectée et que la faire tourner est un hommage à son talent. Respiration sifflante, visage figé, elle le plaque là, l'air ahuri et les bras ballants.

Il est revenu à la maison vers minuit lui annoncer qu'il rentrait seul à Paris pour préparer son film. Peut-être a-t-il attendu qu'elle exprime des regrets, mais elle n'a pas pipé mot. Alors il a jeté ses affaires en vrac dans ses valises.

À présent, elle est pareille à l'oiseau sur le faîte d'un toit glissant. Fiévreuse, les membres lourds, la peau douloureuse, comme cuite par des coups de soleil, elle a avalé trois sortes de comprimés différents et ingurgité deux verres de vodka. Elle voudrait appeler Ivan au consulat, mais n'ose pas, car ils sont convenus que c'est à lui de prendre l'initiative de leurs rencontres.

Il est quatorze heures, Fabrice guette par la fenêtre le taxi qui va le conduire à l'aéroport. Ses bagages sont posés à ses pieds. À quelques pas, au milieu des centaines de fleurs que l'on continue de lui envoyer, et qu'elle hésite à jeter quand elles sont fanées, elle a le regard vitreux. Il l'ignore, mais elle ne sera jamais Rose Loomis. Son col de chemise est chiffonné, son teint est gris, ses traits, tirés, ses paupières de noctambule, enflées. Dommage ! Elle ne voulait ni le blesser ni l'humilier. Elle est seulement décidée à briser le cercle vicieux. À partir de ce soir, ou de demain matin, ou dès qu'il l'enverra chercher, seul Ivan occupera ses pensées. Elle le regrette pour Fabrice, mais elle n'avait encore jamais aimé au point d'être loyale.

Pourquoi le téléphone tarde-t-il à sonner ? À quel moment entendra-t-elle cette voix qui coule en elle avec tant de suavité ?

Fabrice soulève ses bagages, le taxi est en bas. Sur le pas de la porte, il se retourne pour parler de dates de tournage qui lui seront communiquées. Au dernier moment, il ajoute qu'il l'attend à Paris pour la sortie d'*À bout de souffle*. Œil de chien battu... Pour un peu, c'est lui qui demanderait pardon, elle en a le cœur lourd. *Tout n'est pas ta faute, cela nous dépasse, mon pauvre Fabrice. J'ai du chagrin pour toi !*

Mari parti.

Le visage enfoui dans les roses blanches, elle pleure.

14 heures 30 : le téléphone, enfin ! Elle se précipite, renifle, s'essuie les yeux du revers de la main...

« Allô ! Jean ? »

Oh, oui ! Oui, oui, oui... Voilà ! C'est lui. Et c'est moi, aussi.

Demain ? Seulement ? « Toutes ces minutes perdues... Ce sera si long, Ivan ! »

Sa nouvelle vie (1)

Ce soir-là, Ivan emmena Jean S. dans une hacienda en dehors de Los Angeles. La veille, au téléphone, elle lui avait confié que son mari repartait pour Paris. Bonne idée ! L'épouse anglaise s'envolait elle-même le lendemain vers la mer Caspienne, à la recherche du héros de son prochain livre.

Durant le dîner, au bord de l'océan, ils parlèrent littérature, voyages, politique... Elle lui était infiniment reconnaissante de prendre le temps d'échanger ses idées avec elle et de l'écouter s'exprimer, alors qu'elle était d'une ignorance confondante.

Les arômes du vin de France étaient subtils, et sa main large venait souvent recouvrir la sienne. Il racontait tant d'histoires merveilleuses ! En sa compagnie, la vie prenait mille couleurs chatoyantes. Il avait seulement cinq ans de moins que Dad, mais représentait le versant du monde opposé, celui où chaque rêve méritait d'être sauvé.

Bouleversé par la modestie de son sourire et captivé par la délicatesse du regard d'enfant perdu qu'elle posait sur lui, il fit un faux mouvement et, au milieu du repas, tacha son pantalon blanc. Elle aimait que, par instants, il fût maladroit.

Ils se contemplaient l'un l'autre avec adoration, et, souvent, leurs voisins de table tournaient la tête, discrètement, vers ce prince moscovite et la jeune femme qui l'accompagnait.

Grâce à Ivan, Jean se sentait lumineuse.

Dès qu'ils s'étaient retrouvés, à la manière dont il l'avait embrassée et à l'élégance avec laquelle il avait ouvert devant elle la portière de sa voiture, elle avait su que, ici, commençait la première nuit de sa nouvelle vie.

Rien de comparable avec l'ancienne vie !

Le feu brûlait sous la glace. La femme androgyne surprit l'aventurier quand, dans les couloirs déserts de l'hacienda, elle lui vola le plus prometteur des baisers.

Dans la suite, louée pour eux, Ivan n'alluma pas l'électricité. Au milieu d'une douce pénombre, il aida Jean à se dévêtir et frôla méthodiquement la peau frissonnante de son dos. Fondant d'amour, il la serra dans ses bras, comme s'il eût été nécessaire de la consoler.

Elle caressa sa vaste poitrine de ses doigts adroits. Ses épaules se soulevèrent, son cou se tendit avec grâce, et ses lèvres habiles se posèrent mille fois sur les lèvres du sultan.

Sa nouvelle vie (séquences)

1

Joie ou pas ?
En robe Prisunic à rayures ou tee-shirt publicitaire « New York Herald Tribune » ; à genoux sur le lit, dans le studio de Campagne-Première ou à pied le long des Champs-Élysées ; riant en gros plan sur la couverture de *Ciné-Monde* ou en reportage dans les pages intérieures de *Paris-Match* ; le chapeau de Belmondo posé de travers sur la tête, ou de profil devant un portrait de jeune femme d'Auguste Renoir... La photo de Patricia Franchini était partout : en façade des kiosques parisiens, au centre des rayons « Beauté » des Galeries Lafayette, à côté d'une B.B. échevelée dans la vitrine des coiffeurs pour dames, chez qui les jeunes filles se précipitaient pour se payer la même coupe qu'elle.
Ivresse ou tristesse ?
24 mars 1960 : neuf jours que les cinémas Helder et Balzac, qui projetaient *À bout de souffle*, faisaient salle comble. Après *Europe numéro 1* et *Radio Monte-Carlo, Radio-Luxembourg* venait de diffuser une interview exclusive de Jean S., déjà aperçue trois fois à télévision, dont l'une face au présentateur vedette Léon Zitrone. Même *France-Soir* y allait de son histoire romantique, celle de l'Américaine adorable à craquer, Jeanne d'Arc du vingtième siècle, que l'on montrait en

tablier, dans sa cuisine, servant une tasse de thé à son mari, Fabrice N., un jeune avocat français sur le point de tourner son premier film avec elle, et dont tout le monde ignorait qu'elle était décidée à divorcer.

Injustice ou triomphe mérité?

Quand, le jour de la sortie, le critique Jean de Baroncelli du quotidien *Le Monde* et Claude Mauriac du *Figaro* écrivirent que, pour la première fois, l'on entendait parler juste à l'écran, elle crut à une méprise. Puis d'autres confirmèrent que Jean S. et Jean-Paul Belmondo étaient les deux révélations de l'année. *À bout de souffle*, c'est « la misère de l'homme sans Dieu, et pire : la peinture séduisante de cette misère », lisait-on dans *L'Express*. Le dimanche suivant, les paparazzi commencèrent à la traquer. Le lundi, on lui proposa beaucoup d'argent pour poser chez un grand couturier. Le mardi, le facteur déposa chez elle ses trois premières lettres d'admirateurs, et, le mercredi, des gens l'arrêtèrent pour lui demander une photo dédicacée.

Il fallut se résoudre à l'évidence : aussi disproportionné que ses échecs précédents, un drôle de succès était en train de lui tomber dessus.

2

La presse féminine la présenta comme le modèle de la femme libérée, maîtresse de ses désirs au jour le jour et des sentiments qu'elle éprouvait. Elle seule savait que telle n'était pas vérité. La preuve : elle aimait Ivan passionnément et était revenue cependant habiter avec Fabrice, dans l'appartement loué au temps du couple « presque parfait ». Même s'ils se parlaient peu, et même si, fidèle au serment de fidélité qu'elle s'était fait, elle s'enfermait chaque soir dans leur chambre, l'obligeant à dormir sur le canapé, elle ne parvenait pas à s'éloigner pour autant. Sa peur de causer du mal à autrui l'emportait. Alors que les propositions de rôles affluaient, dont un projet de comédie avec le jeune réalisateur Philippe de Broca, elle avait signé pour jouer dans le film que Fabrice devait tourner pendant l'été, et cela bien que Maurice Ronet y fût remplacé par Christian Marquand, un acteur dont elle ignorait tout.

Cette image fabriquée aggrava sa confusion.

Ivan vola à son secours. « Dans un sens, je suis heureuse de ce succès, et, dans un autre, rien de ce qui m'arrive ne me semble vrai », lui confia-t-elle. Mais, contraints de se cacher des paparazzi, d'enfiler des déguisements abracadabrants pour tromper les échotiers et de se donner rendez-vous dans des lieux tenus secrets, leurs brèves rencontres accentuèrent son insécurité. Devant l'impossibilité de vivre ensemble à Paris, ils durent s'imposer une série de séparations, de plus en plus difficiles à accepter. Si bien qu'un soir elle se risqua à demander à son unique amant s'il serait prêt à divorcer pour vivre avec elle au grand jour. L'embarras d'Ivan la blessa, mais elle n'insista pas.

Le comportement de Patricia Franchini choquait certains spectateurs. Et les questions que les journalistes s'acharnaient à lui poser sur sa conception de la vie privée des jeunes filles dessinaient d'elle le portrait d'une dévergondée. Si son éternel sourire, volé par les virtuoses du zoom puissance mille et arboré chaque semaine par un nouveau magazine, la plaçait au top du Tout-Paris, et si la spontanéité avec laquelle elle livrait le fond de sa pensée séduisait une majorité de Français, d'autres voyaient au contraire dans sa manière d'être une incitation à l'amoralité.

Dans son courrier, entre deux déclarations d'amour fou, elle ne tarda pas à trouver quelques lettres d'insultes, lui enjoignant de retourner dans son pays, ou truffées de propos orduriers qui la rabaissaient au rang de *putain yankee*. Elle commença à se demander ce que le public attendait d'elle.

Un matin, un garçon maigre, le visage ravagé, l'interpella en bas de chez elle :

« Eh ! Patricia ! Montre-moi comment Belmondo te caressait les seins, sous les draps !

– Je ne sais pas, c'était du cinéma ! répliqua-t-elle en tournant les talons.

– Et qu'est-ce que tu éprouvais quand il bandait contre ta cuisse ? Est-ce que tu as frémi ? insista-t-il en s'accrochant à ses basques.

– Je n'éprouvais rien du tout ! Ce n'était pas pour de vrai.

– On vous connaît, vous autres, avec vos chattes mouillées ! », lui lança-t-il, tandis qu'elle déguerpissait sans se retourner.

3

Soir d'angoisse.

Pour se donner la force de sortir dîner chez le producteur de Fabrice, maquillée et pomponnée comme pour la nuit du Nouvel An, elle a mélangé alcool et comprimés.

L'heure de partir est dépassée. Il suffit que son mari lui ôte des mains le nouveau verre qu'elle vient de remplir... Et voilà... L'orage éclate.

Sans crier gare, elle saisit un vase qu'elle envoie contre le mur. Puis elle arrache à demi la porte du placard et fracasse une pile d'assiettes, dont les débris s'éparpillent sur le sol, faisant fuir les chats effrayés. Non, elle ne se montrera plus ! Et elle ne tournera plus jamais ! Elle ne veut plus de ce cirque, elle veut retrouver grand-maman Frances, échanger des cadeaux avec Mum and Dad et embrasser ses amis d'autrefois, qui l'aiment telle qu'elle est. Fabrice avance vers elle, il voudrait l'enlacer. Mais elle recule, le visage inondé de larmes qui roulent sur ses joues et s'accrochent à son nez comme de grosses gouttes de pluie. Elle saisit une paire de ciseaux, menaçant de la lui planter dans le ventre s'il fait un pas de plus. Mêlant le français et l'américain, elle hurle qu'elle le déteste et qu'elle a eu cent amants meilleurs que lui depuis qu'ils sont mariés. Puis, d'un coup de talon, elle passe le pied au travers de leur porte d'entrée. Il se jette sur elle, essaie de lui faire lâcher les ciseaux avec lesquels elle voudrait le poignarder. Devant les voisins sortis sur le palier, elle le mord au sang. Tout en lui couvrant la figure de baisers, il jure qu'il l'adore, la maîtrise, l'embrasse encore et, les yeux brouillés de larmes, lui redit à l'oreille que sans elle sa vie est terminée.

Son corps brisé par des hoquets en rafales lui glisse entre les bras. Elle s'affale. *Mamour, je vais t'aider. Relève-toi, je t'en supplie...* « Je veux qu'on vienne me chercher ! » Elle suffoque, on croirait que son corps rejette les flots de larmes qu'il retient depuis des années. *Tant pis pour le film ! Mamour, on va te soigner, et je te conduirai à Marshalltown, je te le promets.* Il parvient à la soulever. Elle tente de s'accrocher à lui. Un rictus déforme son visage marbré, strié de zigzags noirs. Haleine de gin et de substances opiacées... Quelle métamorphose ! L'écume blanchit ses lèvres, son doux regard est injecté de sang. Quel chagrin ! C'est à se pendre. *Ô ma Jean, je ne suis pas cruel ! Oh pardon, Mamour ! Comme je t'ai mal aimée !* Le temps qu'il la pousse dans l'ascenseur, poupée de chiffon, elle lui laboure la nuque de ses griffes de chat méchant.

Rez-de-chaussée... Le rideau de la concierge se soulève, on est passés ! Il la conduit jusqu'à la Chrysler, garée à deux pas de là. Elle le couvre d'insultes. « On va où ? Lâche-moi ! » *On va à l'hôpital américain, tu y seras bien, bien, bien...* L'hôpital ? Pour lui passer la camisole ? Son pire ennemi, ennemi de sa vie, c'est lui : ce play-boy français qu'elle a épousé ! « Ta voix, tes yeux, tes mains, je les déteste. Je déteste la façon dont tu fais le malin, et toutes les salades que tu débites sur ton film que personne ne verra jamais ! » Elle chavire sur le trottoir, écrase son poing sur la bouche de son ennemi, plante ses ongles dans sa gorge, lui assène un coup terrible dans la poitrine. Sonné, il titube. Mais il tient bon et la jette dans la voiture, si violemment que son front heurte le changement de vitesse et qu'elle s'affale sous la banquette. La portière est verrouillée. *Hollywood/California...* Elle réclame son pays, ses champs de blé qui frissonnent au vent rasant, sa Carol H., ses pauvres Noirs que l'on tabasse dur depuis qu'elle a déserté, ses oisillons patte cassée et ses cimetières indiens abandonnés. Elle arrache sa chaussure, celle à talon aiguille, qui a traversé la porte d'entrée, et se met à frapper. Deux cadrans du tableau de bord volent en éclats. D'un coup, la porte de la boîte à gants se cabosse, l'aérateur est en morceaux. Elle tente d'ouvrir la portière pour se jeter sur le bas-côté. Ah ! Le connard ! Il l'a verrouillée, pour l'empêcher de se tuer.

Alors, c'est au tour du rétroviseur de s'émietter.

4

Elle s'éveilla allongée dans un lit blanc, au milieu d'une chambre blanche où les portes, les murs, le carrelage et le plafond étaient d'un blanc violent, ainsi que le mobilier : chaises blanches, table de chevet blanche, table à roulettes recouverte d'une plaque de formica blanc.

Auprès d'elle, ni réveil, ni livre, ni bouquet de fleurs dans l'unique vase blanc, ni miroir pour se repoudrer le nez. Seulement un verre et une carafe d'eau. Une vague odeur d'alcool à 90° flottait autour d'elle. Des bruits étouffés lui parvenaient, comme des voix qui chuchotaient, des hoquets d'ascenseur, et des roues glissant sur un sol vitrifié… Plongée dans une solitude torturante, elle voulut se redresser pour appeler, mais elle eut le sentiment que son corps était dévasté. Elle n'avait mal nulle part, pourtant ses poignets étaient couverts de bleus. Elle se souvint d'une souffrance en dents de scie, et du souffle froid de la tentation de l'autodestruction. Souris lunaire, elle se souvint d'une gaieté insupportable, dont elle finissait toujours par voir la photo à chaque coin de rue. Ses intestins se tordirent : une tache violacée, cernée d'un fin réseau de vaisseaux éclatés, marquait le creux de son bras, à l'endroit où l'aiguille de la seringue l'avait piquée. Elle avait été dévêtue et on lui avait enfilé l'une de ses chemises de nuit. Au fond du placard à moitié ouvert, elle distingua sa valise et son pyjama suspendu. On ne comptait pas laisser le danger public rentrer chez lui de sitôt. La fenêtre était grillagée… Impossible d'échapper à ce bocal blanc surchauffé. La mémoire du dry martini coulant au fond de sa gorge l'envahit, ainsi que celle de son cœur affolé. Elle éprouva une sensation de honte profonde. Quand Ivan serait-il averti de ce malheur qui la frappait ? Et l'aimerait-il encore en apprenant dans quels abîmes d'indignité elle avait sombré ? Elle ferma les yeux et tenta de se replier dans une mélancolie moins vertigineuse que l'énigme de la terreur.

5

Cette fille-là, je ne la connais pas. Elle m'habitait, mais ce n'était pas moi. Je la regardais agir, briser, frapper, hurler... Et je ne pouvais l'arrêter. Je n'y voyais plus, des rayures hachaient l'espace, et des craquements fracturaient le temps. Une bouillie d'insanités accourues de partout se déversait de ma bouche comme des vomissures. Cette fille-là s'est emparée de moi. J'étais oubliée, muselée, cassée. Ce n'était ni Jeanne, ni Cécile, ni Patricia, mais une autre ennemie plus redoutable, qui m'avilit. Je traque mes souvenirs, mais ne distingue que le fond d'un puits grouillant de serpents. Je m'aperçois dans le miroir, est-ce son visage qui apparaît? On me dit que ce n'est rien. Mais mon regard reste éteint, et mes traits n'ont plus de contour. Un photographe de France-Soir *est venu. Il m'a demandé de sourire, j'ai souri. On m'apporte des fleurs blanches de la part d'Ivan. On me dit que ce n'est rien, que je suis guérie, que je sors dans quelques jours, et que tout ira bien.*

6

Malgré son âge, au bout du fil, Ivan était comme un enfant.

« De quoi as-tu peur, mon amour ? Je ne t'entends pas, ma chérie. Peux-tu parler plus fort, s'il te plaît ? Voilà ! C'est mieux. Non, ne t'inquiète pas, c'est un accident, tu n'as pas à avoir honte. Tu es saine et sauve, cela n'arrivera plus. C'est parce que tu crois que l'alcool te rend forte. Et puis toute cette fatigue accumulée ! Cette bousculade qui ne s'arrête jamais ! Il faut te reposer, retourner dans ta famille, écrire des poèmes et parler avec ta grand-maman des nuits entières. Je viendrai auprès de toi à Marshalltown, je te retrouverai chaque fin de semaine, je te le promets. Oui, il y a ces trois contrats que tu as signés, il suffira que tu rentres à Paris en juin pour tourner. Fabrice n'est pas venu te voir ? Il paraît se désintéresser de toi ? Fabrice comprend que tout est terminé. Et nous deux ? Nous deux fondant un foyer ? Moi aussi, j'aimerais que nous soyons mariés, mais toi et moi ne serons jamais comme les autres gens. Regarde qui nous sommes ! Tu es une actrice accomplie, une star que tout le monde connaît. Tu me dis que ce n'est pas toi. Je te comprends, moi aussi je suis écartelé : d'une part je suis un écrivain plutôt ombrageux et introverti, et d'autre part je suis un personnage public qui adore parler et se montrer. Sais-tu la dernière ? Zanuck m'a proposé de jouer le rôle de Jules César, avec Elisabeth Taylor, dans le *Cléopâtre* que la Fox prépare ! Tu vois ! Cela te fait rire ! J'imagine la tête de Couve de Murville découvrant son consul général en toge et en armure ! Ces deux hommes-là en moi, l'intellectuel et l'histrion, ne s'aiment pas. C'est que l'un pourrait étouffer l'autre. Quelle catastrophe ! C'est pareil pour toi. Tu es si assoiffée d'idéal et de vérité qu'il t'est douloureux d'être prise pour celle que tu n'es pas. Tu dis que le public ne comprend pas, mais le public t'aime, et les gens sont heureux grâce à toi. Moi, j'ai une chance folle : j'aime Jean S., qui est une femme délicieuse en même temps qu'une remarquable artiste, et je la connais suffisamment pour aimer aussi Patricia Franchini, qui est sa très belle œuvre... Tu voudrais que je sois présent ? Bientôt, chérie, je serai là. Tu voudrais que je vienne maintenant pour te dire tout cela en te serrant dans mes bras ? Tranquillise-toi, car nous nous réservons l'un à l'autre. Dans cinq jours, quand ton avion se posera à Des Moines, je serai auprès de toi… Et ensuite, quand tu rentreras à Paris, je demanderai un congé pour t'accompagner… Mais on m'appelle sur une autre ligne… Je vais devoir raccrocher. Il faut que tu saches quelle sorte d'amour tu as éveillé en moi. J'aurais juré que, dans une vie, cela n'arriverait pas. »

Ciao, ciao le mec (4)

Paris, juin 1960.
« Ohé Jean ! Un sourire, c'est pour *Marie-Claire* !
— Eh ! Patricia ! Par là !
— Oui, joli ! Merci ! Les lectrices de *Elle* vous adorent !
— Mademoiselle S., êtes-vous contente de retrouver Paris ?
— Et cette dame âgée qui vous accompagne, c'est votre grand-mère ?
— Il paraît que vous étiez malade, comment ça va ? »

Malade ? Cette fille saine et propre, en pull rose torsadé, pantalon corsaire et sandales à talons aiguilles ? Elle se porte comme un charme. Elle s'est reposée, a couru dans la campagne, est montée à cheval, a nagé, pêché, dévoré tous les livres qu'elle a trouvés, écrit son premier scénario, un court-métrage sur Billy the Kid, avec un rôle pour elle et son petit frère David…
Jean S. répond aux journalistes avec cette pointe d'insolence qu'avait Patricia Franchini. Détendue dans les salons de l'aéroport où une forêt de micros se tend, elle avoue que Paris lui manquait.
« Et votre mari ? Où est votre mari ?
— Fabrice N. n'est pas venu vous chercher à Orly ?

— C'est bien dans trois jours que vous commencez à tourner avec lui ? »

Dans trois jours, oui... Et puis, sitôt terminé, ce sera *Les Grandes Personnes*, un film de Jean Valère, et, sans transition, *L'Amant de cinq jours*, sous la direction de Philippe de Broca. Ses bras nus, sa taille, ses seins dont, sous la maille, on perçoit les pointes fines, sont ceux d'une femme, et son visage lisse reste celui d'une enfant. Ses yeux rient. Son secret, qu'elle est bien décidée à garder, le voici : son avocat de Marshalltown a rempli les papiers de divorce. Fabrice, qui n'est pas au courant, les recevra juste à temps... Ils peuvent la cuisiner, ils ne sauront jamais que ce film, qu'il n'aurait jamais eu les moyens de tourner sans elle, est son cadeau d'adieu, en souvenir des instants heureux.

« Avez-vous lu le dernier roman d'Ivan K. ?
— Trouvez-vous que c'est l'un des plus beaux livres qu'un fils ait écrit sur sa mère ?
— Est-ce un hasard si Ivan K. vient d'arriver à Paris ?
— Est-ce à cause de vous s'il s'est laissé pousser la barbe ?
— Ce côté espion russe, c'est votre idée ?
— Confirmez-vous qu'il n'est pas près de retourner aux États-Unis ? »

Ses paupières battent, le public en sait suffisamment. Les cheveux encore plus blonds que dans *À bout de souffle*, le teint encore plus clair, le sourire encore plus tendre, elle rayonne de bonheur. Mais motus et bouche cousue... Ce n'est d'ailleurs pas mauvais qu'ils s'interrogent à propos d'Ivan. Que leur liaison s'ébruite ! Et, même si l'épouse anglaise veille, lui aussi, qui avoue être flatté par sa jeunesse, sa beauté, son succès, a beaucoup à gagner à laisser filtrer quelques bribes de vérité… Mais prudence ! Elle est censée ne rien révéler et ne pas habiter dans un appartement sur l'île Saint-Louis qu'Ivan vient de louer pour elle, ne fût-ce que par égard pour Mum and Dad, déjà éprouvés de n'avoir plus de nouvelles de leur gendre français.

« On dit que vous allez faire du théâtre…
— Entre Christian Marquand, Jean-Pierre Cassel ou Maurice Ronet, lequel de vos futurs partenaires trouvez-vous le plus sexy ?
— Et Belmondo, est-ce que vous le revoyez ?
— Avez-vous un autre projet avec lui ?
— Pensez-vous vraiment que Maurice Chevalier est le plus con des Français ?
— Est-il exact que vous auriez aimé être un homme pour tomber amoureux de Marilyn Monroe ? »

On la filme pour la télé. Des lumières d'un blanc éblouissant sont braquées sur elle, c'est Alice au pays des Merveilles. Marilyn ? Oui, Marilyn est son genre de femme. Quant à la pièce, c'est *Vu du pont* d'Arthur Miller… Rien n'est décidé. Le cinéma, c'est tout de même plus facile que le théâtre : on se trompe, on recommence. En réalité, c'est Ivan qui la pousse, mais elle ne leur révélera jamais à quel point il prend sa carrière à cœur.

« Que pensez-vous des prochaines élections américaines ?
— Voterez-vous Nixon ou Kennedy ?
— Et l'affaire de l'avion U2 abattu au-dessus de l'URSS ?

– Le général Eisenhower a-t-il raison de capituler face à Khrouchtchev ? »

Une ombre passe sur elle. Voilà le genre de sujet qu'elle n'a pas envie d'aborder. Pas maintenant, pas ici. Le jeune sénateur Kennedy a du charme. Il veut intervenir dans la vie économique et sociale. C'est le seul qui parle de droits civiques et d'égalité des races. Il sera le candidat des Noirs. Cela ne risque pas d'arriver au vice-président Nixon, qui est un pourri.

* *
*

FABRICE N. : Salut Jean ! C'est bien, tu es à l'heure.
JEAN S. : Eight o'clock !
FABRICE N. : Il paraît que tu vas mieux.
JEAN S. : Je me porte bien. Et toi ?
FABRICE N. : Ça va... Mais je m'inquiétais à ton sujet.
JEAN S. : Je n'étais pas perdue. J'ai toujours su où j'allais.
FABRICE N. : Tu es partout, en effet... Dans *Variety, Hollywood Confidential, Modern Screen, Movie Stories*... Je les ai tous lus, je sais. Merci d'avoir parlé de mon film quand on t'interviewait.
JEAN S. : J'ai fait le maximum, sans quitter Marshalltown.
FABRICE N. : Il paraît que tu as amené grand-maman Frances avec toi...
JEAN S. : Elle viendra demain, tu la verras.
FABRICE N. : Je n'aime pas qu'on débarque sur mon plateau.
JEAN S. : Ce n'est pas elle qui va te déranger.

FABRICE N. : Elle pourrait vouloir te protéger.

JEAN S. : Je n'ai pas besoin qu'on me protège.

FABRICE N. : Ivan m'a téléphoné.

JEAN S. : Pour te dire quoi ?

FABRICE N. : Pour me conseiller d'être gentil avec toi. Il dit que tu n'es pas si solide que ça. Je ne savais pas qu'il était toubib !

JEAN S. : Et tu lui as répondu quoi ?

FABRICE N. : Que j'attends le maximum de toi. Qu'avec moi tu vas mettre le paquet. Peut-être que tu vas en baver, mais tu les laisseras babas, crois-moi !

JEAN S. : Mmm... Mmm...

FABRICE N. : J'ai l'intention de filmer un maximum de gros plans. C'est ton âme qui m'intéresse.

JEAN S. : Mon âme de colombe...

FABRICE N. : Tu vas me livrer le catalogue de tes nouvelles émotions. Chagrin, désespoir, rage et colère... C'est une gamme inédite, que personne ne prête à Patricia Franchini.

JEAN S. : Ici je suis toute neuve, née d'hier. Profites-en !

FABRICE N. : Tu ne voulais plus tourner... J'espère que tu es moins désenchantée.

JEAN S. : Beaucoup de choses peuvent encore m'étonner, Fabrice.

Presque comme si de rien n'était.

Après trois mois de séparation, et seulement deux lettres, et quatre coups de téléphone à propos du film, Jean et Fabrice s'étaient retrouvés pour tourner les premières scènes, sans animosité, mais avec ce tremblement d'amertume qui refroidit un couple d'amis déçus.

Dès le deuxième jour, sous le regard bienveillant de grand-maman Frances, elle sentit que son nouveau metteur en scène manquait de confiance en lui. Ce n'était plus le garçon entreprenant, écumant les parties de Hollywood avec un sourire éclatant. Malgré un plan de travail que le faible coût de la production avait resserré, il changeait constamment la caméra de place, modifiait les éclairages d'une prise à l'autre, réécrivait plusieurs lignes de dialogue au dernier moment et recommençait jusqu'à douze fois la même scène…

Comme Herr Otto, il l'obligea à être présente onze heures par jour, même quand elle n'avait pas de scène à tourner. Puis, après l'assiette froide jambon-salade de 20 heures, au comble de l'anxiété, il prit l'habitude de l'emmener enregistrer la bande-son, jusqu'à minuit passé. À plusieurs reprises, techniciens et comédiens, en particulier cette malheureuse Evelyne Ker, firent les frais de sa mauvaise humeur. Il était plus prudent avec Christian Marquand, qu'il évitait de harceler, le laissant répéter ses scènes en coulisses avec Jean. Les producteurs s'impatientaient, vingt-six jours de tournage, cela ne suffirait jamais… Bien qu'il ne lui parlât pas de sa demande de divorce, Jean regretta d'avoir laissé son avocat la lui transmettre à ce moment-là. Ce n'était pas très fair-play. Un soir, au zinc de leur habituel bar-tabac, malheureuse pour lui, et tout en se plaignant de n'être pas assez dirigée, elle tenta de le rassurer. Son obstination à nier l'évidence la fit sortir de ses gonds. « Il faudrait que tu cesses de me prendre pour une furie, lui déclara-t-elle avec cette voix aigrelette qu'elle était la première à se reprocher. Je dors cinq heures par nuit, je me bourre de vitamines et, à mi-tournage, je ne sais toujours pas ce que je fais. Je suis peut-être nerveuse, inquiète, instable, mais tu n'as pas besoin de m'épuiser pour être certain que je te foute la paix. » Le lendemain, il se risqua à lui donner quelques indications, aussitôt exécutées avec le sentiment amer de jouer l'oie blanche qui, à force de mimer vertu et crédulité, se dépouille de toute vitalité.

*   *
*

On débordait sur juillet… Budget explosé.

Soixante-douze heures supplémentaires, sans sommeil, orageuses, chaotiques, harassantes, mouillées de larmes, hachées de cris, écrasées de chaleur, trempées de sueur sous les projecteurs, furent nécessaires pour siffler la fin du tournage. Puis tout fut replié, très vite, comme ces cirques qui s'arrêtaient à Marshalltown, quand Jean était petite. Le temps de voir les animaux savants en compagnie de grand-maman, d'applaudir les chevaux au galop avec leurs plumets chatoyants, de frissonner devant les lions bondissant au travers des cerceaux de feu, d'adorer le petit chien qui, marchant sur ses pattes arrière, poussait un landau d'argent… Et puis, le lendemain matin, sur le chemin de l'école, il ne restait rien. Seulement un grand rond d'herbe écrasée, là où la tente avait été dressée.

Elle n'avait pas aimé ces quatre semaines. Dans dix jours, elle commençait un autre film, et pourtant, comme à la fin d'*À bout de souffle*, la tristesse l'étreignait. Vivre d'autres destinées, même médiocres, cela était beau. Sauf que, petite mort annoncée, le moment venu, le fil se rompait, comme se perd la vie.

Avec Fabrice, deux baisers qui claquent, le premier dans le vide, le second à plat sur une joue : « Au revoir, à bientôt. » La gorge qui se serre, les larmes qu'on ravale au milieu des projecteurs que l'on débranche, des câbles que l'on roule. Pourtant, comme avec Nash, elle pensait savoir faire place nette. Trois cocktails serrés, le soir dans un bar à lumière tamisée, et deux cachets, pour la première fois depuis le retour à Paris. Ensuite ? Un curieux dîner avec Ivan, aux chandelles, dans l'appartement au-dessus de la Seine.

« Je voudrais écrire comme toi...

– Ne crois pas qu'il n'y ait pas non plus de douleur à se séparer de ses personnages sur le papier. Il arrive qu'ils sachent se faire aimer, de manière déraisonnable.

– L'écrivain en conçoit plusieurs à la fois, entre lesquels il peut choisir. L'acteur, lui, n'en possède qu'un, imaginé par d'autres, et sous la coupe duquel il est contraint de tomber. Et puis, l'écriture dure plus longtemps, on peut réfléchir, c'est moins violent. On se prépare pour le jour où la page sera tournée. »

Il avait son regard d'épagneul blessé. En toute honnêteté, elle aurait dû avouer que sa séparation avec Fabrice ajoutait à la vacuité de ses journées. « Pourtant, j'avais cessé de l'aimer... », murmura-t-elle. Pensant qu'elle parlait de son personnage dans le film, Ivan lui dit qu'elle n'en était que plus remarquable d'avoir accepté le rôle pour que le film fût tourné.

« J'ai fait de mon mieux, ajouta-t-elle. Mais je me demande si j'ai raison de m'obstiner. Je m'aperçois que tout dépend de l'homme que l'on aime. Regarde... Ta femme n'est pas actrice, cependant sa vie dépasse largement la mienne. »

*\
* *

Vint le temps des *Grandes Personnes*...
Mauvaise pioche : du film de Jean Valère – où Micheline Presle, maîtresse d'un pilote de course, se

prenait d'intérêt pour une jeune Américaine à petite cervelle –, elle ne retint que l'amitié de Maurice Ronet, avec lequel elle eut, dans les premiers jours, une envie folle de flirter. Elle se retint, pour Ivan. Si, depuis son retour à Paris, elle se demandait jusqu'où son « grand écrivain » était prêt à l'accompagner, elle respectait son serment de fidélité. Bien qu'il eût décidé de s'installer à deux pas de l'île où elle résidait, et qu'il osât désormais se montrer avec elle devant quelques amis gaullistes, l'avenir de leur couple n'était pas garanti. L'épouse écrivain commençait à se plaindre de *cette petite actrice qui tournait autour de son mari*; et certains de ses ennemis d'hier guettaient. Quand Ivan lui montra le revolver qu'il portait à la ceinture, au cas où un commando de l'OAS l'attaquerait, elle ressentit une peur atroce pour lui. Il eut beau rappeler sa condamnation à mort comme déserteur par le gouvernement français en 1940 et ses exploits entre 1943 et 1944 dans la flotte aérienne, elle persista à penser qu'il était plus doué pour le rêve que pour l'action pure.

Dans les dîners, où son amant brillait et où les hommes rivalisaient d'attentions à l'égard de l'égérie de Jean-Luc Godard, elle demeurait muette et se demandait par quel caprice du sort les chemins tirés à angle droit dans les étendues de blé mûr de Marshalltown avaient pu la mener à la table des sommités du Quai d'Orsay.

Vers minuit, après que le chauffeur les avait déposés sur son île, Ivan n'oubliait jamais l'un de ces gestes délicats qu'elle espérait.

Ensuite, elle bénissait le flux et le reflux de la tendresse qui les berçait. Avec lui, il arrivait que la douceur de l'amour la fît pleurer. *Qu'as-tu ? Qu'as-tu, la belle ?* lui demandait l'amant baroudeur alors qu'une goutte d'eau salée mouillait sa lèvre.

Son divorce fut prononcé le 20 septembre.

Au tribunal, elle revit un Fabrice inexpressif. S'étant réfugiée elle-même dans une posture de statue grecque, elle se félicita que la procédure fût expédiée. Après avoir rusé pour éviter les photographes qui l'attendaient, lunettes noires sur le nez, elle rejoignit Ivan au restaurant. Plein de tact, il prit garde de la brusquer. Puis, afin de la préparer à leur rencontre avec André Malraux, il expliqua avec quel acharnement son maître et ami bondissait hors de la littérature, pour accéder à l'essence des choses.

Elle l'écouta, jusqu'à ce qu'il donnât l'impression d'avoir achevé.

Alors elle dit : « Me voici libre. C'est à ton tour de divorcer. »

Brune

Se voir en brune changeait tout. Jean S. était ravie de cet *Amant de cinq jours* où elle interprétait le rôle d'une jeune Anglaise, mère de famille, coiffée d'une perruque qui lui descendait jusqu'aux épaules. Jean-Pierre Cassel, son partenaire, semblait du même avis. Il était si attentionné avec elle qu'elle ne pouvait s'empêcher de l'aguicher. Cela marchait, il lui laissait des mots doux, l'aidait à répéter à chaque pause, l'invitait à prendre un verre quand la journée était terminée. Elle adorait sa fantaisie. Voilà le genre de naturel qui faisait défaut aux acteurs américains. Même comiques, ils se prenaient au sérieux et devenaient vite ennuyeux. Que Cassel fût quasiment amoureux d'elle la comblait. Plus de procès ni de bûcher, plus de trahison ni de naïveté feinte : bien dirigée par Philippe de Broca, elle retrouvait le plaisir de jouer, comme au temps de *Sabrina Fair* à Marshalltown. Elle se sentait rajeunir et se jugeait enfin bonne comédienne. Au fil des jours, rester fidèle à son serment envers Ivan nécessitait une attention soutenue. Mais, si elle s'était gendarmée avec Maurice Ronet, elle pouvait aussi se retenir avec ce nouveau partenaire et se satisfaire de leur tendre amitié. Sauf que… brune, elle changeait de peau et que, comme Claire, son personnage, le disait dans le film : « L'amour est une bulle légère dans laquelle il est tentant de se laisser emporter, jusqu'à ce qu'elle crève une fois redescendue sur terre. »

Renouant avec son idéal d'enfant, elle se voulut conductrice de joie, comme on le dit d'un métal qui transmet la chaleur. Chaque matin, pendant quatre semaines, elle arriva sur le plateau avec des croissants, ou des petits cadeaux pour chacun. Source de pure bonne humeur, l'amour toujours au bord des lèvres, elle se fit aimer de tous, avec un talent neuf.

Ce fut pourtant à ce moment, où la vie était belle, plus que belle dans son tendre éclat, que survint sa première querelle avec Ivan.

Depuis plusieurs semaines, il était question d'un dîner chez André Malraux, ce « grand poète à l'œuvre frémissante et à la destinée chargée », ennemi du fascisme, cinéaste pour le compte du gouvernement républicain espagnol, défenseur des causes les plus justes et auteur de *La Condition humaine*, nommé ministre d'État aux affaires culturelles du général de Gaulle. Ivan, qui lui était redevable de son entrée au Quai d'Orsay à trente et un ans, tenait trop à cette rencontre pour que Jean pût l'aborder décontractée. Souvent elle se plaignait que, à la différence des Américains toujours tentés de s'engager plus que de raison dans chaque relation, les Français se repliaient derrière une distance qui les dispensait de resserrer leurs liens sociaux. Ce jour-là, elle redoutait en particulier de faire les frais de cette bienveillance à peine polie. Après tout, de quoi pouvait-elle se vanter, à part d'avoir vendu le *New York Herald Tribioune* sur les Champs-Élysées ? Plus Ivan parlait de leur hôte, « archéologue de la création artistique à la noblesse naturelle, champion de l'aventure humaine à la sensibilité frémissante », plus elle redoutait la confrontation.

Quand arriva la date fatidique, elle rejoignit son amant coiffée de la perruque brune de Claire. La coupe lui donnait quelques années de plus. Calé sur la banquette arrière du taxi, Ivan n'en crut pas ses yeux. D'une humeur de dogue, il ne la serra pas dans ses bras. Elle était si changée ! C'était Jean S. qu'il emmenait, pas une inconnue aux allures de bourgeoise... Elle protesta qu'elle n'avait avalé ni cocktail ni cachets avant d'affronter cette soirée, mais qu'elle refusait de paraître sous les traits de Patricia Franchini, qui n'était qu'une écervelée. Ivan s'échauffa, lui demanda d'ôter ce déguisement qui, prétendit-il, la défigurait.

Elle lui reprocha ses propres lubies. Froidement, elle lui jeta au visage ces moments où, en proie à une inspiration soudaine, porte verrouillée, téléphone coupé, il s'enfermait pour écrire pendant des heures, voire deux ou trois jours d'affilée, durant lesquels elle cessait d'exister. Puis elle lui fit grief d'éluder son propre divorce, sous prétexte que, aux Affaires étrangères de la République gaulliste, l'adultère était mal noté. Un code de conduite difficile à avaler, quand chacun savait que le ministre Malraux, cocaïnomane notoire, était un homme à femmes. Enfin, elle lui rappela qu'elle avait vingt-deux ans seulement, et que, propulsée dans un monde étranger, aux codes intellectuels complexes, sa confiance en elle restait fort limitée. Ivan voulut intervenir, mais elle le blâma de se présenter coiffé et rasé de frais, en costume cravate, et de la traîner de force chez un personnage officiel, maître à penser croulant sous les honneurs, alors qu'elle n'aimait que les francs-tireurs et les minoritaires-nés.

Pas question d'être présentée comme la *petite Américaine* de service, maîtresse officieuse pour la vie !

Il prit son air d'épagneul mouillé. Exaspérée, elle ajouta : « Ce soir, je ne suis pas la star de cinéma aux célèbres cheveux de garçon ! Je suis la bourgeoise, d'une intelligence moyenne, amoureuse de l'homme qu'elle a choisi. Si tu as envie d'être mis en valeur devant tes amis, c'est préférable ainsi. »

Répéter ce que l'on va dire. Bégayer, ne plus se souvenir du texte que l'on savait la veille... Quelques minutes plus tard, à la porte du ministre démiurge, Jean la brune fut prise de panique. À ses côtés, après la scène du taxi, Ivan peinait à faire bonne figure. Elle n'osa pas penser à ce qu'il adviendrait de leur couple si la situation dégénérait.

L'accueil fut chaleureux.

Leur hôte, plus grand qu'elle ne le voyait, mèche teinte barrant le front et lunettes à grosse monture, posa sur elle un regard intéressé. Nullement étonné par la couleur de ses cheveux, il l'assura avoir trouvé de l'héroïsme à sa Jeanne au bûcher, capable à son sens de « dépasser la mise en scène de l'Histoire, pour atteindre la conscience qui cherche à s'éprouver au travers des faits... La chance de votre Jeanne est de n'avoir jamais à aller chercher les événements, puisque le Ciel l'y conduit, poursuivit-il en laissant Ivan à l'écart. Elle n'est pourtant pas faite pour les drames de son époque, tragique sillage de guerres et de fatalités. Elle n'aime pas le malheur, mais elle sait l'appeler pour s'éprouver ».

En mal de réponse intelligente, elle lâcha un simple « merci ».

Puis elle hasarda que Jeanne éprouvait en effet un mélange de peur et d'impatience face à l'épreuve et à la souffrance. « Mais elle est un peu folle », ajouta-t-elle en guise d'excuse.

« La perspective du destin n'étant pas celle de la vie, c'est ainsi que les rêves de l'homme se réalisent », conclut Malraux, avant de voltiger vers une autre idée, selon laquelle la condamnation au bagne de Dostoïevski avait démultiplié l'essence de son génie.

Au fil du dîner, les mains de plus en plus fébriles, le visage agité de tics, le ministre-penseur s'était lancé dans un numéro d'équilibriste à propos de la fonction de l'artiste et du monde devenu objet d'un art libératoire. Semé par l'étourdissante faconde, Ivan s'agrippait à un raisonnement qui se dérobait au fur et à mesure qu'il se déroulait. Laissant Jean sans repères, il se risquait parfois à tenir tête à son hôte. Ses propos, au sujet de l'écrivain vieillissant guettant le bruit que fait l'Histoire en passant, avaient ainsi déclenché quelques signaux de sémaphore de la part du ministre, inquiet de voir son ami éjecté des montagnes russes au sommet desquelles l'emportait sa propre vitesse.

Après une plongée dans le silence des profondeurs, la conversation avait refait surface.

Présentement il était question de l'homme-artiste, métaphysique plutôt que révolutionnaire... Éberluée, Jean tentait de retenir au vol ces bribes de phrases qui sombraient, avant de rejaillir dans un foisonnement d'images baroques et de sensations fortes. Inutile d'avoir peur pour soi : l'artiste, ébouriffé mais ordonné dans sa confusion, occupait l'espace entier. Pour rester hors de danger, il suffisait de l'écouter vanter « le mirage d'éternité de la création universelle, dans toutes ses métamorphoses », et de se laisser porter par les creux et les déferlantes de sa pensée. Auparavant, il avait ainsi été question des mythes – que nulle barbarie n'était assez forte pour arracher aux hommes –, puis de l'affranchissement des formes dans la peinture de Goya, puis encore de l'aveu de la vieillesse comme tentative d'ordre intérieur inéluctable, et, au prix d'une transition périlleuse, des ravages de la psychanalyse, pseudo-religion de l'inconscient. Pris d'une agitation subite, les doigts en éventail devant la bouche, le ministre trapéziste avait soudain brossé à grands traits l'épopée de l'art, victorieux d'une chronologie impure. « L'homme est plus ancien que l'Histoire, seuls comptent les progrès de sa pensée ! », avait-il asséné à son invité, qui, croyant discerner la tentation du désengagement à travers de tels propos, était intervenu pour défendre les glorieuses foucades d'une Histoire capable d'engendrer l'espoir.

« Et que faites-vous de Mao ? avait embrayé Ivan.
– C'est un personnage épisodique.
– Et du général de Gaulle ?
– C'est le héros d'une vision mythique de l'Histoire.
– D'une Histoire qui continue à se structurer...
– À se dérouler seulement, Ivan. Au jour le jour, anarchiquement. »

Alors que le repas touchait à sa fin, la conversation embrassa valeurs communistes et libérales, possibilités infinies du destin également universelles. Puis, en équilibre sur la crête de ses raisonnements, Malraux se demanda à haute voix si la dimension lyrique des révolutions n'en faussait pas la sincérité. Il en vint à l'élection du président John F. Kennedy, dont les idées libérales représentaient pour Jean un capital de confiance inépuisable. Elle sauta sur l'occasion pour rompre deux heures d'un silence admiratif.

« C'est à l'expansion économique qu'il revient de rendre leur chance aux minorités, intervint-elle.
– Comment concilier l'inconciliable ? s'exclama Malraux. Entre deux pôles incompatibles, le choix est tragique.

– On ne peut reprocher au président de vouloir combattre l'injustice.

– Tout homme se fonde sur une part choisie de lui-même. Missionnaire ou impérialiste, Kennedy devra trancher.

– Chômage, inégalités sociales, menaces communistes sur le Tiers-Monde... le rêve américain est en panne, remarqua Ivan en se lissant les moustaches.

– Mais les Américains ne perçoivent pas la gravité de la crise, poursuivit Jean. Leur confiance l'emporte toujours. Face à la ségrégation raciale et à la condition misérable des ouvriers agricoles, sous-payés à cause de la couleur de leur peau, il est temps que le pays se réveille...

– La meilleure forme d'État est celle où, en persistant, les antagonismes sociaux servent de moteur, grommela Malraux.

– Chez nous, monsieur, les communautés en viennent à la guerre ouverte. Les Noirs ne veulent plus être intégrés dans quoi que ce soit, ils ne veulent même pas renverser le capitalisme américain. Ils ont bâti de leurs mains une partie des États-Unis. Après des siècles de torture et d'exploitation, ils attendent qu'on leur rende justice. Il faut permettre à leur révolution de se dérouler sans violence...

– ... Et croire en la fraternité humaine des foules invisibles, lâcha le ministre, déjà en route vers d'autres cimes.

– Kennedy la cristallisera, insista Jean. Il a foi en la supériorité des économies capitalistes, mais il soumettra les intérêts privés à l'intérêt national.

– Sa tradition politique vient des progressistes et du New Deal, confirma Ivan. Il passera au-dessus des magnats de l'industrie et de la finance. »

Voyant que le ministre levait les bras au ciel, Jean redit sa confiance en Kennedy, le seul homme politique, selon elle, à avoir compris que, faute de remédier à ses propres inégalités, le système se détruirait de lui-même. Pour la première fois, on parlait à Washington d'éducation égalitaire, de ségrégation supprimée dans les transports, d'aide gouvernementale au logement, de salaire minimum augmenté et d'un droit garanti à la santé... « Vous qui vouliez anoblir la vie des créatures humaines déchues, je suis certaine que vous me comprenez. »

Le ministre cligna des yeux. Il s'éclaircit la gorge et, appuyant ses propos par un regard complice, dit : « Neruh affirme qu'il faut chercher la lumière partout où l'on peut la trouver : dans la pensée, la parole, l'écriture, et par-dessus tout dans l'action. Sur ces termes, très chère demoiselle, nous nous rejoignons. Je souhaite qu'il s'agisse, pour votre président, du courage instinctif d'un homme prêt à se ruer sur l'obstacle, et non de l'écho d'une vaine course au bonheur. »

Dans le taxi du retour, elle précipita la réconciliation avec Ivan et avoua être impressionnée : *C'est que je ne serai jamais son égale. Enfin, votre égale à vous deux...*

Il s'excusa. C'était à cause de cette perruque... Il l'aimait telle qu'elle était ! Elle était sa Jean ! Elle était sienne ! En contemplant son profil de conquérant, sur lequel glissaient les ombres et les lumières de la ville, elle pensa : *Si seulement nous étions libres de nous aimer, il serait mon Moïse, mon bon pasteur, mon berger...*

Dans la cage de l'ascenseur qui les ramenait à l'appartement, elle ôta sa coiffure brune. Aimanté par sa beauté, Ivan passa aussitôt sa main sur les épis de ses petits cheveux, redevenus blond d'or pur sous l'éclat du plafonnier.

Calculs et premiers résultats

Abandonner l'idée de retourner vivre aux États-Unis,
puisque, nommé à sa demande en mission spéciale
auprès de l'administration centrale, Ivan restait à Paris.

Quitter ce rôle de petite maîtresse américaine,
celle que l'on baise à tour de bras,
que l'on emmène à l'étranger, et que l'on sort en catimini
chez certains amis haut placés. Comme cet étrange ministre
André Malraux qui, depuis leur dîner, lui avait écrit deux fois
qu'il rêvait de lui voir jouer le personnage d'Anna Karénine.

Oublier la morale de Mum and Dad.
Effacer de sa mémoire la figure empourprée
du pasteur Harry Kenneth, tonnant contre le péché mortel
du haut de sa chaire qu'embrasait un crépuscule d'incendie.

*Se répéter que ni Cécile ni Patricia
n'auraient accepté de partager avec l'épouse légitime.
Ne plus jamais perdre une occasion d'annoncer publiquement
leur prochain mariage, à Ivan et à elle. Exiger le don total.
Devenir sa femme, la seule et l'irréprochable.
Tourner un film ou deux par an.
Et le reste du temps, s'occuper de ce grand appartement
qu'ils venaient d'acheter
dans le septième arrondissement...*

*Avoir un enfant... prochainement.
D'autant plus que l'épouse anglaise n'en a jamais voulu,
ou bien n'a jamais pu en avoir.*

* *
*

Depuis leur retour d'Asie, mi-mars, voilà le genre d'idées que brassait Jean S. jusque sur l'oreiller, quand, épuisés, alanguis, apaisés, les amants cessent de chercher à mi-voix où se niche la vérité du rituel auquel ils viennent de se livrer.

Vivre avec Ivan, c'était comme rouler sous un ciel élargi, même si, parfois, le chemin obligeait à franchir quelques fossés, à traverser des terres arides où sévissaient la faim et la soif. En revanche, même si jalousie et souffrance n'étaient jamais loin, l'indulgence pour les fautes vénielles était la règle. Et puis, il y avait ces corps nus se croisant dans l'embrasure des portes, ce frôlement des peaux qui brûlaient encore de se découvrir. Alchimie des sueurs, des voix, des humeurs... Il y avait ce goût partagé pour ces métissages d'odeurs, jusqu'aux senteurs enfouies des sécrétions intimes. Ivan, qui aimait les parfums de grand large, de bois, de terre, se moquait du plaisir acharné de Jean à se laver les mains, à se brosser les dents, à se débarbouiller, à se doucher, à se shampouiner, à se baigner, à se savonner les aisselles et le cou, et à s'activer le sang en se frottant les reins avec une serviette rêche. Il riait de la volupté avec laquelle elle déposait quelques gouttes d'essences fines sur les poils de son pubis et changeait de linge de corps chaque jour à dix-sept heures. Il s'y était fait. Il acceptait même ses lubies, par exemple celle de le masturber, puis de faire l'amour en portant des gants de suède couleur peau de souris. Il lui pardonnait tout dès qu'il était question de sexe, même quand, après deux ou trois verres, à genoux sur le tapis, dans la mousse blanche de son chemisier ouvert sur sa poitrine nue, environnée par la fumée de sa cigarette, elle murmurait des choses un peu culottées pour une luthérienne : *J'aimerais être pute. Avec toi, je ne suis jamais assez pute.* Ou quand elle serrait sa verge en pleine nuit pour le réveiller, et lui reprocher, d'une voix douloureuse : *Tu dors ! Tu es toujours en train de m'échapper. Tu rumines, on ne comprend rien à tes histoires, c'est trop compliqué.*

Bien qu'il considérât ses tentatives littéraires avec une pointe de condescendance, ce qui la blessait, car depuis leur rencontre elle avait l'impression de progresser, il arrivait qu'elle lui écrive. Surtout quand il la tenait à distance pour travailler :

Toi, tu fais le grand écrivain, et moi, je suis la chienne qui crève de faim dans son coin/Quand, toute seule, j'agite mon stylo dans ma main, il crache son encre-venin/Giclées de noir, au lieu du blanc dont tu es plein/Dis-moi que je ne mourrai jamais, quand tu es enfermé/Dis-moi que je resterai jolie pour te faire bander/Dis-moi que, chaque fois que tu regardes mes cheveux ébrindillés sur l'oreiller, tu te fais l'impression d'être un vilain pédé/Supposons... Ce serait à moi de te pénétrer, et l'air de mon âme t'entrerait par les trous du corps/Ensuite, tu ne pourrais plus t'en débarrasser/Ou bien supposons que, tout à l'heure, le fond de ma chatte te rende si fou, qu'il t'avale en entier/Un, deux, trois... Soleil ! Gare à toi, je suis folle de ta crème, j'adore ton sirop de corps/Mon sexe c'est ma bouche, ma bouche t'aspire, te dévore/Tu es bon, tu es fort, tu es gros, tu es dur/Tu ferais mieux de sortir de là : mon réceptacle est le vase vide dont tu es l'unique fleur.

C'était son style. Elle s'étonnait de ce qu'elle parvenait à écrire désormais, sans dry martini ni excitant d'aucune sorte. Quand elle se relisait, elle rougissait, hésitait, manquait de tout déchirer, puis finissait par déposer sa page pliée en quatre sur le manuscrit d'Ivan. Le lendemain, quand il sortait de son bureau, ils évitaient d'en parler. Elle le contemplait avec, dans l'apparente fierté que donne la beauté, quelque chose de trop calme ou d'inquiet. Cela semblait n'avoir jamais existé. Mais elle savait qu'il l'avait lue, puisque sa lettre avait disparu.

Un jour, elle écrirait pour de vrai, parce qu'écrire la libérait et la rendait plus sûre d'elle que le succès, l'alcool ou les pilules.

Pour l'instant, elle n'osait pas le lui annoncer. Cela tenait à cette sorte de peur que suscitait leur « liaison ». Elle regrettait parfois de ne pouvoir se tenir à distance d'un homme devant lequel il lui arrivait encore d'être intimidée, surtout en cas de désaccord. Ainsi, au cours de leur périple en Asie, ils s'étaient retrouvés dans les jardins de l'observatoire astronomique du maharajah Jai Sing, à Jaïpur. Tandis que, dans une atmosphère chargée de poussière ocre, ils allaient et venaient entre les instruments colossaux, cadrans solaires muraux, arcs géants gradués, gnomon de trente mètres de haut, maçonné et recouvert de stuc, une horde de lépreux en guenilles les avait encerclés. Deux grappes de miséreux s'étaient suspendues à elle, accrochant leurs moignons rongés à ses bras, s'agrippant à ses hanches, la retenant par les poignets. Elle avait tenté de se dégager, mais une femme au visage labouré de crevasses sèches, sans nez, sans lèvres ni traits, avait ouvert le trou noir d'une bouche sans fond pour la supplier. *Please, pretty lady, please… No food, no bed, no money, please…* Honte à elle, qui pensait toujours fuir ! Folle de compassion, elle avait tout donné : dollars, roupies, stylos, crème et lunettes solaires, boucles d'oreilles, chewing-gums, cigarettes, briquet Dupont, parfum, appareil et pellicules photo… puis elle avait lâché son sac et ce qu'il contenait. Ivan avait juste eu le temps de rattraper son passeport tandis que les pauvres hères s'enfuyaient en se frappant à coups de bâtons, à coups de poing et de pieds atrophiés, pour se dérober ces trésors. Furieux, Ivan n'avait pu se retenir de lui parler de pure inconscience en lui rendant ses papiers à demi déchirés. Devant ses larmes, il s'était souvenu de leur pacte de non-agression. Pas assez vite cependant pour empêcher Jean de mesurer la profondeur du gouffre qui les séparait. Hélas ! Il n'avait pas en lui cette générosité qui mène au don de soi. Elle se demandait même s'il ne lui arrivait pas d'avoir peur de manquer…

Le soir, à l'hôtel, elle lui avait rappelé qu'elle était capable de sacrifier ce qu'elle possédait, et qu'il ne fallait pas qu'il l'en empêche. Il avait répondu que, si tous les malheurs du monde la mettaient en ébullition, ce serait une source de douleur infinie pour elle. « Agir au cas par cas ne sert à rien, avait-il ajouté. D'autres miséreux viendront tendre la main demain. Tu n'auras plus rien à distribuer, et ta mauvaise conscience t'étouffera. » Elle avait insisté : toute civilisation digne de ce nom se sentait toujours coupable envers l'homme, et se juger personnellement responsable des autres relevait à ses yeux d'un simple devoir de dignité.

Ils étaient allés se coucher sans s'être entendus. Et, pour la première fois en cinq semaines de voyage, ils avaient fait l'amour un peu comme on souscrit à une obligation. Elle avait eu l'impression d'avoir quelques siècles de moins que lui et s'était endormie en regrettant de tant l'aimer.

* *
*

Tourner avec Brando.
Puis prendre la place de l'épouse-écrivain, par n'importe quel moyen.

En ce printemps 1961, ces deux idées fixes se disputaient l'esprit de Jean S.

D'abord, cela faisait six mois qu'elle n'avait pas travaillé. Bien qu'aucun de ses trois films français, tous sortis sur les Champs-Élysées courant février, n'eût été un échec public, ils n'avaient pas égalé le succès d'*À bout de souffle*. Y compris *L'Amant de cinq jours*, qui lui avait valu d'excellentes critiques. Côté projets, contre l'avis d'Ivan, elle avait abandonné l'idée de jouer *Vu du pont* au théâtre, avec Raf Vallone et Marcel Bozuffi. Si le metteur en scène Peter Brook lui inspirait confiance, dès la première lecture ses deux partenaires l'avaient trop impressionnée. Naturellement, moins d'une heure après avoir refusé, elle avait commencé à regretter. Pour se racheter à ses propres yeux et à ceux de son amant, elle s'était juré de jouer autre chose dans l'année, par exemple l'une des pièces de Harold Pinter, ce jeune auteur anglais dont elle raffolait.

Un vilain Américain, nouveau projet de cinéma, lui arriva en mai, de la Columbia qui la gardait sous contrat. Ayant déjà refusé un précédent script, elle se sentit coincée. Pourtant, elle se hérissait à l'idée de remettre les pieds à Hollywood. Alors qu'elle attendait le scénario, un soir à minuit on l'appela à son appartement en lui demandant de rappliquer dare-dare pour rencontrer la star à qui elle donnerait la réplique. Elle chercha à biaiser, prétextant qu'elle n'avait rien signé et qu'elle était occupée à Paris. Ce à quoi la production rétorqua que, pour tourner avec Marlon Brando, il ne serait pas compliqué de la remplacer.

Marlon Brando !

Elle se revit à l'orchestre de l'*Orpheum*, les yeux brouillés de larmes devant Ken Wiloceck, cloué dans sa voiture d'infirme, avouant qu'il ne pourrait jamais plus aimer une fille. Sa méthode de travail avait bouleversé sa vie… Pourtant, même si elle avait failli griller sur le bûcher, elle n'était jamais allée aussi loin que lui, et, à moins qu'elle ne le lui dise de vive voix, Brando ne saurait jamais ce qu'elle lui devait.

Avant le déjeuner, dans un état d'excitation qui laissa Ivan perplexe, elle rappela la production : oui, elle arrivait pour voir Brando, pour qu'il sache qu'elle était prête à tourner avec lui.

Trente-six heures plus tard, elle débarquait à Los Angeles, ignorant toujours de quel genre de rôle il s'agissait.

« C'est un projet contestataire que Brando poursuit depuis six ans. Ça parle des Nations unies dans l'Asie du Sud-Est. Il vous a repérée dans un petit film français en noir et blanc sur un tueur de flic en cavale. Vous avez de la chance ! Il va au cinéma deux fois par an », lui précisa l'attaché de production tandis qu'ils attendaient la star dans un bar enfumé, assis à trois tables d'un juke-box qui gueulait, sous un ventilateur colonial dont les pales brassaient en couinant un air chargé d'humidité. Le Tiers-Monde, l'égocentrisme des classes dirigeantes, du moins ce qu'elle en connaissait... Le sujet idéal pour s'investir sans retenue ! Comme la star n'arrivait pas, elle descendit aux toilettes. Dans le miroir, elle se jugea livide, avec les sourcils trop épilés, une bouche minuscule et des lèvres incolores, des cheveux quasiment blancs, et l'œil gauche moins grand que le droit. Elle eut beau se répéter que le but de Brando n'était pas de trouver une poupée en caramel fondant, elle préféra faire glisser un troisième calmant au fond de son gosier resserré.

Il leur fallut patienter une heure avant que la vedette nonchalante n'apparût, escortée par une espèce de chauffeur à moitié garde du corps, un géant à la peau cuivrée, au visage barré de cicatrices, avec un bandeau d'Indien pour retenir sa chevelure poivre et sel, des mocassins aux pieds et une veste bariolée. « Hey ! Je reviens de Papeete. Quelle circulation ! », lança-t-il, de ce ton maussade qui la faisait chavirer. Bronzé, regard bleu horizon, il se tenait là, en chair et en os, pas très grand, la chemise tahitienne ouverte, le cheveu long, attaché sur la nuque en catogan, le sourire éclatant, mais la mâchoire alourdie et la taille empâtée.

Dire qu'aucune des filles de Marshalltown ne la croyait quand elle affirmait qu'elle tournerait un jour avec lui !

C'était trop ! Trop grand, trop beau ! Elle se leva d'un bond.

Quelle idiote ! Ce n'était pas John F. Kennedy. Ni même André Malraux ! C'était un acteur comme elle, qui transpirait, et dont la poignée de main était molle, et la paume, moite. Un acteur, oui ! Mais sans doute le meilleur du monde, et sur le point de la choisir pour partenaire dans son prochain film.

Il commença par se plaindre du tournage des *Révoltés du Bounty*, qui s'éternisait, et de l'acharnement de la MGM, qui lui faisait porter le chapeau des retards accumulés et l'empêchait d'échanger le rôle de Fletcher Christian, dont il ne voulait plus, contre celui que jouait Richard Harris. Buvant à petites gorgées son café au lait sucré, il dit détester par-dessus tout les personnes qui usaient de leur autorité sur les autres, y compris sur lui, qui se moquait pas mal du grand cirque de Hollywood, où tout le monde couchait avec tout le monde, et où l'on produisait des centaines de films inutiles. D'une voix monocorde, à demi couverte par le son du juke-box, il poursuivit sans s'occuper de Jean. Le regard fixé sur la rue, de l'autre côté de la vitre, il s'en prit à l'injustice, à la violence mentale et la cruauté d'un monde où personne ne soutenait les minorités. « Les ghettos, le racisme, la manière dont les indigènes sont exploités à Tahiti... Il y a de quoi être en colère », ajouta-t-il avec un effet de menton digne de l'empereur Néron.

Difficile de savoir s'il était sincère en affirmant ne plus s'intéresser qu'à l'état du monde. Par comparaison, le cinéma n'était que dérision, juste utile à nourrir sa famille… C'était la star numéro un de Hollywood qui parlait ainsi, remuant à peine ses lèvres sensuelles que trois générations de femmes rêvaient d'embrasser, et forçant ses interlocuteurs à tendre l'oreille. Pourtant, quand par chance il vous effleurait du regard, sa pensée semblait d'une limpidité parfaite.

Quiconque jouait à être sa partenaire risquait d'être broyé. Mais Jean qui s'était dégonflée pour *Vu du pont* était venue pour s'accrocher. C'était avec lui qu'elle aurait voulu monter sur les planches.

Constatant que l'agent de la production n'osait pas interrompre la star qui parlait maintenant de son envie d'acheter une île en Polynésie, elle s'efforça de le ramener au Tiers-Monde, aux Nations unies, à son projet de film.

Il balança ses épaules, d'une largeur imposante, et grommela quelques mots sur la condescendance que les États-Unis témoignaient aux pays les plus défavorisés. Un pli amer au coin des lèvres, il avoua avoir cru pendant des années à la solidarité internationale entre riches et pauvres. Et puis, quand il s'était rendu en Asie pour le compte de l'Unicef, il avait vu clair dans la politique des nations industrialisées, inefficace, mal pensée, quand elle ne servait pas de cache-misère pour dissimuler des idées moins claires, comme la United Fruit Company, s'arrogeant le droit de régenter les républiques d'Amérique latine. C'était la raison pour laquelle il tenait à interpréter ce rôle d'ambassadeur, plein de suffisance et de bonnes intentions. Parce que, sous couvert de générosité universelle, son pays natal tolérait, encourageait, et parfois même installait les dictateurs qui volaient, pillaient, assassinaient. Avec la CIA, son bras armé, Washington maintenait un Marcos aux Philippines plutôt que de lutter contre la famine et de répondre aux besoins des paysans. « Il y a de l'intérêt personnel derrière cette façade ! Les raisons de notre coopération, c'est l'appât du gain, et la peur panique du communisme ! », proclama-t-il en donnant enfin de la voix.

Voilà ce que racontait *Un vilain Américain* : l'histoire d'un désastre, dans un pays imaginaire de l'Asie du Sud-Est.

Pas besoin de bout d'essai ; le rôle féminin était secondaire, mais conviendrait à une actrice dans son genre, dont le jeu était débarrassé de toute cette sentimentalité qui dégoulinait chaque samedi sur les écrans des drive-in. « Moi, je suis décidée. Je viens tourner quand vous voulez », affirma Jean, tout de même choquée par le ton que Brando utilisait pour parler de sa patrie. Elle se risqua à suggérer que, avec John F. Kennedy, les choses allaient changer.

« C'est l'unique fois de ma vie où j'ai voté, surenchérit la star. Je l'ai même soutenu officiellement. Moi ! Un rebelle, un Zapata... Vous vous rendez compte ! »

En même temps, serrant les poings, elle pensa : *C'est le genre de scénario que je veux tourner avec vous. Je vous plais. Enfin, vous aimez ma façon de travailler. Moi aussi, j'aime votre façon de travailler ! J'ai votre confiance. Vous n'aurez pas à le regretter. Mais qui d'autre est sur les rangs ? S'il vous plaît, dites-moi que je suis la seule. Dites-moi que cela va m'arriver...*

* *
*

Quant à l'épouse-écrivain...
À son retour de Los Angeles, ce deuxième front parut à Jean plus incertain encore que sa prestation au

côté de Marlon Brando, qui l'avait laissée repartir avec une promesse verbale, mais sans sortir de sa manche le contrat espéré.

Elle avait beau apparaître les yeux pétillant de vie et ne jamais laisser sa voix trahir son état, le spleen rongeait ses pensées.

Après dix-sept ans de mariage, Ivan hésitait sur la conduite à tenir. Quand elle insistait, il broyait du noir, rappelait que sa femme et lui s'étaient connus sous les bombardements, qu'elle l'avait aidé dans sa carrière, qu'elle fermait les yeux sur leur liaison, mais que, du jour où il demanderait le divorce, une guerre sans merci éclaterait entre eux.

Jean n'était pas certaine qu'il souffrît de la situation, et, dès qu'elle buvait un peu, les larmes lui montaient aux yeux. À deux reprises, sa colère avait éclaté, ravageuse comme avec Fabrice, et si destructrice que, la seconde fois, Ivan, l'âme aussi peu agitée qu'une mer d'huile, s'était éclipsé pendant quatre jours. Ne sachant ni où il était allé ni quand il reviendrait, elle avait appelé ses amis à son secours. Effrayés par sa voix au téléphone, Aki L., Vony B., Betty D. et Maurice Ronet avaient accouru, et il s'en était fallu de peu que Carol H. ne prît l'avion pour venir la rassurer.

À son retour, Ivan lui avait annoncé qu'il tirait un trait sur sa carrière au Quai d'Orsay. Elle avait versé des larmes de reconnaissance sur son épaule, mais n'en avait pas été apaisée pour autant.

Douleurs thoraciques, suffocations, troubles digestifs… Dès qu'elle pensait à l'épouse-écrivain, toute force l'abandonnait. Redoublant d'angoisse, elle se laissait emporter par sa vision sombre du monde. Elle avait beau ressasser cette idée de Jorge Luis Borges (en bonne place sur la liste de lectures établie par Ivan) selon laquelle le courage est souvent lié au manque d'imagination, elle ne pouvait se retenir de prévoir le pire. Mélangeant régulièrement rhum, whisky et martini, elle se nourrissait de sa propre terreur. Tantôt s'abandonnant à sa peur panique, tantôt la repoussant, elle se figurait Ivan de retour auprès d'une femme pour laquelle il éprouvait un mélange d'affection, de reconnaissance et de considération...

Car là était le second versant de son problème.

Sa rivale était une intellectuelle, une femme coquette, pétrie de culture slave, à la patience d'ange et à l'esprit libre, en même temps qu'un écrivain à l'inspiration variée, à la plume vive, au talent justement célébré, un auteur majeur dont l'un des romans, adapté à l'écran, avait permis à Elisabeth Taylor d'interpréter l'un de ses plus beaux rôles. Traduite en France par le poète et jazzman Boris Vian, son succès dépassait les frontières. Même si Ivan avait pu être jaloux d'une telle réussite, officiellement il se disait fier d'elle. Plus fier que de sa petite Américaine, qui, depuis son retour de Californie, passait son temps à attendre en tremblant un télégramme signé Marlon Brando.

Feignant de ne pas être rayée du monde des vivants, Jean parlait plus que de coutume en présence d'Ivan et riait plus fort avant de sombrer dans de longs silences. Pendant ses nuits blanches, aux prises avec une souffrance féroce, elle s'agrippait pour ne pas dévaler dans le vide, cherchant l'idée qui la sauverait. Quand elle s'endormait au petit matin, elle se voyait couchée, sentait, savait qu'une femme, dont elle ne distinguait pas les traits, s'approchait d'elle, la regardait, la palpait, montait sur son lit, s'agenouillait sur sa poitrine, s'emparait de l'oreiller, le posait sur son visage, et appuyait... appuyait de toutes ses forces... Haletante, incapable de se débattre, noyée dans une brume d'horreur, elle tentait de rejeter cette inconnue qui l'étouffait...

Jusqu'à ce qu'Ivan la réveille, suffocante, et la tienne aux creux de ses bras, avec un amour dont il était impossible de douter.

L'idée qu'elle cherchait en vain depuis le début de l'année surgit dans son esprit alors qu'un photographe du magazine italien *Oggi* la relançait au téléphone pour une séance de prises de vue, à réaliser dans l'endroit de son choix. Aussitôt, rendez-vous fut pris dans l'appartement du septième arrondissement, à une heure où elle était certaine qu'Ivan serait présent.

Quand le reporter arriva, elle l'accueillit en djellaba blanche, bottines Cardin, montre Cartier, si juvénile, si svelte, si discrètement maquillée et le teint si limpide qu'elle semblait sortie d'un écrin.

Ivan! Veux-tu venir, s'il te plaît? Prends donc ton fauteuil. Assieds-toi, que l'élève puisse se réfugier aux pieds de son maître, poser sa tête sur ses genoux...

Le stratagème était énorme, mais, sur le coup, Ivan pouvait être tenté d'adresser un pied de nez au Quai d'Orsay, et à ceux qui le critiquaient, l'accusant de vivre caché.

La ride verticale entre ses sourcils se creusa. Il eut un regard soupçonneux pour le photographe. D'un geste délicat, elle frôla ses lèvres du doigt, lui sourit avec une tendresse d'enfant, baissa humblement les yeux vers le fauteuil, lui signifiant qu'elle s'en remettait à sa décision. Il soupira. *Crois-tu que ce soit une bonne idée?* C'en était une, évidemment! On penserait que c'était son souhait à lui. Personne ne saurait qu'elle avait tout prémédité.

Il s'assit, plutôt lourdement, les traits crispés.

Elle l'embrassa sur la tempe, puis prit la pose indiquée.

Il mit du temps à se détendre.

Le monde tournait à l'envers : c'était à elle de le rassurer.

Il fallut qu'elle pose sa main sur la sienne et se blottisse encore plus chaudement contre lui.

Alors, seulement, il toucha ses cheveux.

Alors, seulement, il sourit en la regardant.

Jean et Ivan : les sept photos du bonheur !

Le titre était si éloquent, les photos en couleur, si parlantes, le texte de l'article, si clair, que, en un jour, leur couple fut projeté de l'obscurité à la pleine lumière, et pas seulement en Italie. Ivan rentra dans sa coquille, mais ne reprocha rien à personne. Dans la semaine, un hebdomadaire féminin français racheta les cinq meilleurs clichés et vint interviewer Jean à propos de l'histoire d'amour qu'elle vivait. Il n'était plus nécessaire de dissimuler la vérité.

> INTERVIEWER : Est-ce que cela ne vous gêne pas de vivre avec un homme marié ?
> JEAN S. : L'important, c'est d'être heureux à deux et de savoir ce que l'on veut. La mère de mon premier mari me répétait souvent : « Si tu ne vas pas au problème, le problème viendra à toi. » C'est le cas. On peut tricher toute sa vie, faire semblant de rien, et en souffrir abominablement. Ce n'est pas l'habitude aux États-Unis.
> INTERVIEWER : Que voulez-vous dire ?
> JEAN S. : Que la façade sociale n'a pas la même importance qu'en France.

INTERVIEWER : Dans votre esprit, est-ce un appel au divorce ?

JEAN S. : C'est vrai que l'on ne divorce pas facilement à Paris.

INTERVIEWER : Mais, pour les enfants, ce n'est pas une solution.

JEAN S. : Grandir au milieu d'un couple qui se déchire non plus. D'ailleurs, je ferai remarquer que ni Ivan ni moi n'avons d'enfant.

INTERVIEWER : Alors, quel genre de projets avez-vous ensemble ?

JEAN S. : Ivan est un homme exceptionnel. Un écrivain important. Un héros de guerre. Je ne sais pas ce que nous allons faire, mais c'est mon ami le plus cher.

INTERVIEWER : Son épouse est un grand écrivain aussi...

JEAN S. : Oui, je la connais. C'est une femme remarquable. Je ne suis pas en compétition avec elle. C'est à Ivan de décider.

INTERVIEWER : Vous pensez que c'est toujours à l'homme de faire les choix ?

JEAN S. : Pas toujours, non. Mais souvent... Enfin, quand il le faut.

Dix jours plus tard, Jean découvrit une interview de l'épouse-écrivain. Celle-ci répondait, non sans ironie, qu'elle et son mari étaient en effet très liés. Elle ajoutait qu'il était sans doute agréable de coucher avec mademoiselle Jean S., aussi vive et arriviste que jolie, mais que cela ne donnait pas matière à entamer une seconde vie. Pariant que d'autres prétendants ne manqueraient pas de se présenter aux pieds d'une jeune star assoiffée de respectabilité, elle affirmait garder sa confiance en son mari. Jean crut percevoir une certaine résignation au travers de tels propos. Malgré le silence d'Ivan, elle se pensa engagée sur le bon chemin.

Plus dures à supporter furent les réactions de Mum and Dad, et le jugement des lecteurs du *Times Republican* et du *Registrer* de Des Moines. Un professeur d'université se mit en tête de lui expliquer dans une tribune libre qu'il n'était pas honnête de traquer les hommes mariés. Elle répondit que le sentiment réciproque entre deux êtres n'était jamais affaire de calcul, et que la morale ne consistait pas à se brimer l'un l'autre lorsque l'on était certain de s'aimer. Si quelques soutiens lui parvinrent, la majorité des lecteurs se montrèrent sévères à son égard. Elle se persuada que plus personne ne l'appréciait dans les plaines de l'Iowa, où, après *À bout de souffle*, on l'avait déjà accusée d'immoralité ! Au bout de quelques jours, soupçonnant les deux journaux de lui épargner la publication des lettres les plus féroces, comme le sermon que le pasteur Harry Kenneth n'avait sans doute pas manqué d'adresser, elle demanda qu'on lui envoie copie de tout le courrier. On lui répondit oui, mais elle ne vit rien arriver.

Pendant ce temps, Ivan restait préoccupé, et Marlon Brando s'abstenait de télégraphier. De nouveau, son univers se colora en vert-de-gris.

Alors qu'elle voyait poindre la noirceur incandescente de la dépression, *cette horreur invertébrée qui glisse vers moi comme une limace...* elle reçut une proposition de film italien, qui devait se tourner dans l'ancien Congo belge, du côté de Léopoldville, au cœur de ce Tiers-Monde qui la fascinait. Elle feuilleta le script, puis le laissa de côté, pour le reprendre le jour où elle s'estimerait capable d'en apprécier ou non l'intérêt.

Elle se mit en tête qu'un rouage en elle était cassé, et qu'elle ne saurait jamais vivre.

Une amélioration légère survint, mais elle ne fut que temporaire.

Malgré ses difficultés à définir cette gangrène qui revenait l'attaquer, Ivan, de plus en plus inquiet, continuait à lui faire l'amour chaque soir. Elle lui en fut reconnaissante, le priant mille fois de ne pas se tourmenter et lui assurant qu'elle n'avait nul besoin de consulter un médecin. Une nuit, dans la nuit véritablement noire de l'âme, elle se pensa capable de rejoindre Virginia Woolf, Jack London et Ernest Hemingway au tableau d'honneur de la désespérance. Fumant cigarette après cigarette, elle comptabilisa toutes les pilules dont elle disposait. Elle en dénombra cent soixante-dix-neuf, qu'elle disposa par ordre de taille, et par couleurs, sur la table de la salle à manger. Un verre d'eau à la main, elle se tâta jusqu'à l'aube pour tout avaler.

Puis, un à un, elle rangea la totalité de ses cachets, et, pour cette fois, retourna se coucher.

Au petit-déjeuner, Ivan, au bord des larmes, lui demanda de lui pardonner le mal qu'il lui faisait et annonça qu'il était prêt à divorcer.

Elle l'embrassa. Elle le dévora de baisers.

Pourtant la force lui manqua pour arracher son pyjama, l'entraîner sur leur lit encore défait et le caresser jusqu'à ce que la sainte brûlure du plaisir recommençât à la torturer.

Elle pleura de joie. Mais était-ce suffisant ?

Durant l'après-midi, le cerveau atone, elle lut d'une traite le scénario de *Congo vivo*. Dès qu'elle eut terminé, elle appela son agent, qui n'avait plus de nouvelles d'elle depuis quatre semaines, pour dire que, Brando l'ayant oubliée, elle acceptait le rôle. Elle ajouta qu'elle n'avait jamais entendu parler du réalisateur, un certain Giuseppe Bonnati, mais que le sujet du film l'intéressait autant que l'idée de tourner avec l'acteur italien Gabriele Ferzetti.

Curieuse coïncidence : le soir même, François Truffaut l'appela pour lui confier qu'il pensait à elle pour le personnage principal de *La Peau douce*, qu'il envisageait de tourner début 1963.

Elle sentit que cette perspective allumait une étincelle en elle, comme le vif frémissement d'une pointe de désir. Elle annonça la nouvelle à Ivan, qui lui assura que le sort s'inversait.

Une semaine plus tard, constatant qu'elle n'avait pas eu ses règles depuis six semaines, elle se décida à consulter un médecin, qui la jugea dans un état de santé déplorable.

Ses côtes saillaient. Sur la balance, il lui manquait cinq kilos. « D'habitude, quand je vais mal, je prends du poids, pas cette fois », confessa-t-elle. Il lui prescrivit des analyses. Elle jura que son coup de blues était terminé. Qu'elle devait reconstituer ses forces avant de partir en Afrique.

Quarante-huit heures plus tard, elle revint le trouver pour avoir ses résultats.

Il prit un air mystérieux. Lui expliqua qu'elle était la première vedette de cinéma à laquelle il avait une aussi bonne nouvelle à annoncer…

« Quelle bonne nouvelle ? Je ne suis pas malade ? Ça, je le savais.

– Malade, non. Mais enceinte, sûrement. »

Un enfant ?

Elle s'était refusée à y songer, c'était pourtant ce qu'elle voulait, oui. Cent fois oui ! Un enfant... Mais serait-elle capable de l'aimer assez ?

Puis elle songea à Ivan, et une joie déraisonnable lui chavira l'âme.

Clandestine

1

Vite ! Notre enfant...
Nous réussirons, n'est-ce pas, Ivan ?

2

Sept semaines qu'elle attend.
Quarante-neuf jours de vie solitaire. Lunettes noires sous un soleil dur, et foulard pour couvrir les petits cheveux que nul n'est censé reconnaître, elle patiente loin de Paris, où les paparazzi la recherchent depuis mi-avril.

J'aurais tant aimé que notre bébé naisse chez nous, là où nous vivons heureux, tous les deux !

Depuis quelque temps l'enfant bouge. Cette vie neuve qui puise ses forces en elle, quelle étrangeté !

Elle caresse son nombril. Ça crapahute là-dessous : *Sage, mon petit ami ! Sage, mon bébé préféré...*

Faire l'amour avec Ivan lui manque. Il dit qu'elle ne pense qu'à ça, et, quand il vient parfois la rejoindre, il ne veut pas s'éterniser, de crainte d'être repéré. Dernière obligation en date : le Festival de Cannes, où il est juré. Quelle épreuve de vivre dissimulés, alors qu'elle adore être au grand jour ! Mais d'autres, comme Ingrid

Bergman amoureuse de Roberto Rossellini, ont vu le scandale briser leur carrière. Ivan sait qu'une star n'a pas d'enfant hors mariage et il a accepté l'idée qu'elle reste cachée. Mais où aller pour disparaître ? Il lui a ouvert les portes d'un appartement loué à Barcelone, et Consuela, la bonne espagnole qu'ils ont engagée à Paris, s'occupe d'elle. Elle est douce et attentionnée.

Jean est en paix depuis qu'elle a cessé de vouloir précipiter les événements. Le divorce traîne : Ivan le veut, ne le veut pas... Depuis quelque temps, quand ses angoisses le dépriment, il dit que c'est trop tard, qu'il n'a plus l'âge, qu'il a trop vécu, que c'est cuit, et puis, deux jours après, il change d'avis. Plus le temps passe, plus l'échéance approche. C'est ce qu'elle désire : se marier ! Ivan dit aussi que l'épouse anglaise ne doit pas soupçonner sa grossesse. La séparation lui évite d'avoir à s'expliquer et lui laisse le temps d'écrire ce roman dans lequel, dit-il, l'un des personnages, une jeune Américaine embarquée en pleine révolution, est inspiré par elle.

Un garçon ? Une fille ? Si tel est le cas, elle s'appellera Frances, comme grand-maman, la seule qui connaisse la vérité à Marshalltown.

Dostoïevski, Camus, Proust, Malraux au complet, Garcia Lorca, Mauriac, Cocteau, Jim Thompson et Chester Himes, aussi bien que Jean-Paul Sartre et Jean Genet, juste après *La Chartreuse de Parme* ou *Madame Bovary* suivie de *L'Éducation sentimentale*... Elle lit. Elle ne pioche pas seulement dans la liste que lui fournit Ivan, mais elle prend ce qui lui tombe sous la main. Elle apprend l'espagnol, aussi. Elle avance à marche forcée, avec Consuela qui l'aide à progresser. *Comme quoi, même quand personne ne vous voit, même quand vous vous endormez seule, à onze cents kilomètres de l'homme que vous aimez, il est possible de se dire heureuse.*

Équilibre précaire, certains soirs sont sinistres, quand la peur de ce qui va suivre la contamine. Sans résistance, avec ce corps qui gonfle et flotte entre les draps, elle sent que sa jeunesse s'échappe comme chuinte une fuite de gaz.

Pourtant, Dad, je n'ai pas mal agi... Tant pis si je manque de réserve, je ne veux plus être hypocrite, comme ces filles qui font semblant d'être rangées...

Exact ! Elle n'a pas le choix. Elle doit s'améliorer et se débarrasser de ces veuleries poisseuses et petites laideurs qui palpitent au creux d'elle-même.

Pour préserver l'âme vierge à naître, elle chasse ses mauvaises pensées. De peur de tuer son enfant, elle s'abstient de fumer. Résultat : elle se gave de tapas. Au fil des semaines, manger est devenu un soulagement, plutôt qu'un plaisir. Elle prend du poids et, quand elle sort de table, s'excuse auprès de Consuela d'avoir terminé le plat de paella. Elle marche peu. Depuis son retour du Congo, elle a tout le temps mal au ventre et ne s'aventure jamais bien loin dans cette ville qui la séduit, surtout les immeubles d'Antonio Gaudí : la Pedrera, le palais Güell, la casa Batló... Elle adorerait vivre dans une maison comme celles-là. Mais il lui faut souvent rentrer précipitamment ou se replier dans les toilettes d'un café. Elle a beau se soigner, la violence des crises de dysenterie la vide de toute énergie. Maintenant que l'enfant pousse, elle tremble pour lui. Elle juge cette souffrance humiliante. Quand elle dit à Ivan que la douleur ne sert à rien, il se crispe. S'il aime en baver, c'est heureux pour lui. N'empêche que, pour l'instant, c'est elle qui déguste !

Sans qu'elle s'explique pourquoi, il y a tout de même des journées merveilleuses.

Nue dans son lit parfumé, avec son ventre-ballon éclaboussé de soleil, on lit toute la matinée des pages qui vous chahutent les pensées. On s'aperçoit dans l'ovale de son miroir terni. Un peu ronde, on n'est plus soi-même, mais pas encore laide. On se lave les cheveux, qui moussent, mousse blanche ou rose... Coup de savonnette, on fait sa toilette, on enfile des vêtements neufs, embaumés de parfum... Et puis on recommence à attendre que les heures s'égrènent, ces heures tendres qui vous rapprochent de votre bébé, qui en aura bientôt assez de patienter.

3

Le vilain Américain, c'était lui.
M. Marlon Brando en personne, qui avait choisi Pat Hingle pour jouer le rôle qui devait lui revenir. En conséquence de quoi elle s'était retrouvée, en début d'année, enceinte en Afrique à boire une eau douteuse sous une chaleur étouffante, et, alors qu'elle tournait une scène sur un bac, au milieu d'un fleuve boueux infesté de moustiques, elle avait échappé de justesse aux balles des soldats congolais. L'équipe s'était repliée en catastrophe à Cinecittà pour y terminer le film, et elle avait rapporté ces foutues amibes, dont elle ne parvenait plus à se débarrasser. Un jour, à Rome, ses intestins s'étaient vidés au point que l'on avait dû l'hospitaliser. Effrayée par les contractions de son utérus, elle avait pensé perdre son bébé. Elle s'était vue avec un tube respiratoire dans les narines, perdant son sang comme Marilyn dans sa quinzième semaine de grossesse. Elle s'était juré, si tel était le cas, d'assassiner Brando, avant de se suicider.

De retour à Paris, pour trois semaines de convalescence, elle avait cru qu'elle ne travaillerait plus avant de longs mois, mais, alors que se précisait l'idée du repli à Barcelone, son agent avait téléphoné. Il était question d'un gros projet hollywoodien, avec un tournage en France durant l'été. Une comédie, c'était ce qu'elle voulait ! Produite par l'écrivain Irwin Shaw à partir de deux de ses nouvelles, avec Stanley Baker et Dick Powell pour partenaires, et Robert Parrish comme réalisateur. Parrish ! Pour elle, c'était le souvenir de Gregory Peck, dans *La Flamme pourpre*, contemplant une petite fille accroupie, en train de reconstituer dans le sable toute une série de signes mystérieux. C'était aussi Robert Mitchum abattant Larmes, son cheval, à la fin de *L'Aventurier du Rio Grande*. C'étaient des personnages déracinés en quête d'une morale qui se dérobait. Quelle joie ! Sa carrière serait relancée. Toutefois, personne, surtout pas Robert Parrish, ne devait la voir enceinte avant le début du tournage.

Or, voilà que, le mois de juin arrivant, avec l'amabilité qui le caractérisait, mais aussi la fermeté d'un capitaine sur le point de lâcher les amarres, il voulait à tout prix la rencontrer.

« Hello, Jean ! Comment allez-vous ? », lui lança Parrish en entrant dans sa chambre, où elle était alitée. Consternée de paraître plus que son âge, avec son teint de craie et ses yeux cernés, elle avait passé plus d'une heure à se maquiller avant son arrivée. Elle n'était cependant pas redevenue elle-même. Avec ses traits creusés, son visage rond, et ce petit bouton de fièvre qui lui gonflait la lèvre, elle n'était pas celle que les gens connaissaient et qu'ils avaient envie de retrouver le samedi soir à l'écran.

« Alors ? Cette jambe cassée ?

— Ça va mieux, monsieur. Ce n'est pas de chance, en vacances ! »

Élégant, Parrish contemplait en souriant le gros arceau qui soulevait le drap sous lequel elle dissimulait son ventre lisse, comme la peau d'un tambour. Mentir lui coûtait... Sans doute avait-il remarqué que sa belle héroïne avait quelques formes. *Je maigrirai, Robert. Je me brancherai au goutte-à-goutte et, à la date du 15 août, je serai exquise...*

Inutile de paniquer, il était venu lui parler de son rôle dans *À la française*. Celui de Christina, une Américaine qui, comme elle, vivait à Paris. Une fantaisie, oui, mais aussi l'histoire d'une fille que son père considérait comme une égarée. Et le récit d'une rupture, ce moment déchirant où une femme annonce à un homme amoureux d'elle qu'elle ne veut plus vivre avec lui.

« Nous travaillerons le script ensemble, Irwin est ravi que je vous aie choisie.

— Ce sont des situations que je connais, remarqua-t-elle en pensant qu'elle devrait se gendarmer pour ne pas saigner intérieurement en les jouant.

— Il y a beaucoup de désespoir tranquille en Christina. Même s'il la ronge, son chagrin reste discret.

— Carol, ma professeur, disait que sur un plateau de cinéma il faut vider les mots de leur signification et les lancer comme des coquilles vides, poursuivit-elle. C'est ainsi que le sens se déploie. C'est bien que Christina ait vécu les mêmes expériences que moi. Écouter sa joie, ses absences, son indifférence, et pas seulement son désespoir, me permettra de saisir ses défauts, peut-être sa méchanceté, ou sa bêtise, en même temps que la mienne. »

Parrish sourit. Il expliqua que le premier acteur qui l'avait impressionné, à huit ans, était Douglas Fairbanks dans *Le Pirate noir*, quand il se laissait glisser le long d'un grand mât un couteau entre les dents et se retrouvait en équilibre parfait sur le pont de son navire. « Le contraire du naturel, souligna-t-il, mais cela marchait. Sauf que, quand j'ai essayé, me suspendant à un drap noué à la branche d'un chêne, je me suis cassé le bras, et le couteau m'a ouvert la lèvre. » Maintenant, poursuivit-il, il n'aimait plus que le jeu en creux, où le doute règne en maître.

Discutant de ses personnages préférés, Jean oublia dans quelle position ridicule elle se trouvait.

Il finit par lui confier une histoire qui l'émut profondément : toujours enfant, il était au cinéma avec sa maman, qui tenait à voir *Le Lys brisé*. Elle s'était fait une telle idée de l'histoire qu'on allait lui raconter que, les lumières à peine éteintes, le rideau à peine ouvert, l'orgue à peine surgi du plancher, à la seule apparition du nom de *Lilian Gish* au générique, ses yeux s'étaient emplis de larmes. « Ne comprenant pas ce qui lui prenait, je me suis retourné vers la salle, ajouta-t-il. Il n'y avait que des femmes, et, alors que rien n'était commencé, au seul nom de la vedette tant désirée, toutes pleuraient. »

4

Un jour affreux en juillet, pluvieux, avec un ciel fermé.

Elle avait ressenti les premières douleurs au milieu de la nuit. La peur l'avait saisie. Malgré ses résolutions, la veille au soir, au lieu de dîner, elle avait bu trois verres de whisky. Puis elle avait avalé un somnifère. Qu'est-ce qui lui avait pris ?

À Paris, Ivan n'était pas averti. Se trompant deux fois dans le numéro de leur appartement, elle lui avait téléphoné. Quand pouvait-il arriver ? *Le plus rapidement possible, Jean chérie*… Mais aucun avion ne décollait pour Barcelone avant 14 h 30.

Son fils… Sa fille !
Poche fissurée, chemise de nuit trempée… Beaucoup de femmes se réjouissent d'accoucher. Mais, dans son cas, c'était trop tôt. La date prévue était le 18 juillet. Il manquait dix jours pour se laisser aller.

Jambes sanglantes. Fœtus vivant, éclaté sur le pavé… Marilyn revint la hanter.

Elle avait appelé Consuela chez elle. Qu'elle se précipite à son chevet ! Puis elle avait voulu réveiller Mum and Dad. Mais quelle heure était-il à Marshalltown ? Par bonheur, le téléphone lui avait échappé des mains. Tremblante, songeant qu'elle aurait pu les tuer de honte et de chagrin, elle ne s'était pas baissée pour le ramasser.

Impossible d'aller se montrer en clinique, mais serait-elle bien soignée, ici, dans l'appartement loué par Ivan ? Des mères mouraient au moment d'accoucher ! Elle avait vomi de la bile dans les cabinets, avait voulu boire un verre d'eau, avait tout recraché. Elle s'était recouchée, cisaillée par les spasmes qui lui sabraient le ventre. Et ensuite ? Que s'était-il passé ?

Puisant son souffle au plus profond d'elle-même, elle avait essayé de se contrôler. Mais, en dedans, le ballon continuait à se déchirer.

Derrière les carreaux, un jour obscur s'était levé, et, à la place d'Ivan, une femme aux cheveux gris était venue l'aider. « Inspirez, soufflez ! Inspirez, soufflez… » Sa peur s'était calmée. Voyons ! Chacun sait ce qu'est le bonheur de l'enfantement ! Oui, à condition d'en assumer la responsabilité.

Lui donner le sein... Le langer... Agiter peluches et jouets articulés devant ses mains dodues... L'embrasser au sommet de son crâne en papier... Au rythme de sa respiration saccadée, elle avait imaginé chaque scène dans laquelle jouer le rôle de la maman idéale : *Lui tapoter le dos pour qu'il lâche ses rots... Blanchir ses fesses de talc parfumé... Le débarbouiller au lait de beauté...* Quel personnage de calendrier elle endossait là !

Quand la sage-femme avait crié : « Voici la tête ! Je la vois ! Ses cheveux sont bruns ! Le voilà ! », elle avait pleuré, à la fois de souffrance et de joie. Dire qu'Ivan n'assistait pas à cela, ne lui serrait pas la main, ne l'encourageait pas, ne transpirait pas au-dessus d'elle en comptant les secondes qui la séparaient de sa délivrance !

Et encore : *L'écouter babiller au réveil... Lui raconter des histoires de fées, penchée sur l'oreiller... Et fredonner au creux de son oreille, quand les notes se faufilent par le gentil trou velouté... Et le bercer, dès que ses paupières de soie papillonnent...* Elle saurait ! Elle y arriverait ! « Mais poussez ! Poussez donc ! Poussez ! »

La date de leur mariage serait fixée, et leur premier-né grandirait.

Et Ivan en serait fier, parce que, grâce à l'amour que sa petite mère lui porterait, son fils, aventurier intrépide, lui ressemblerait ; à moins qu'une fillette n'eût hérité du charme troublant de sa maman.

Ça venait ! Encore ! Plus fort ! Mais Ivan n'était pas présent pour contempler leur enfant et graver dans sa mémoire son regard s'ouvrant sur le monde.

Peau déchirée : sa porte sur l'univers cède.

Aucune souffrance n'est inutile. « La tête brunette ! La revoilà ! Un effort, encore ! » Nul ne la confondrait avec Marilyn, la star avortée, objet de désir que meurtrissaient ces tordus de mâles. « Inspirez, soufflez, inspirez, soufflez… » Ne pas tourner de l'œil. Mériter l'amour que lui portait l'homme absent. Arrachant la toile sur laquelle on l'avait allongée, elle accompagnait le mouvement et résistait contre sa tentation d'abandonner.

En avant, en arrière, la terre se balançait.

Malgré le vertige, elle ne basculait pas.

Ivan saurait qu'elle avait tenu bon.

De rage ? D'étonnement ? Un premier cri jaillit. Il résonna dans ses tympans.

Partant de son entrecuisse, un fil épais se tordait, gros trait de chairs torsadées.

Elle se redressa, ouvrit les mains, tendit les bras.

On lui donna une chose mouillée, enduite de crème rose. Posé sur son ventre, un autre petit ventre, chaud et poisseux, gargouilla. Et deux poings minuscules martelèrent sa poitrine. Un souffle tiède lui chatouilla le cou, une odeur étrange, mélange de sang perdu et de lait tourné, lui monta au nez. Elle caressa les brins de cheveux collés, bruns comme les cheveux d'Ivan. Elle embrassa ce front bombé, rougi par la stupeur d'être né, et sur la peau duquel ses lèvres glissaient.

On lui parlait d'un petit garçon…

Un petit guerrier, à l'image de son papa, tsar de toutes les Russies, prince tatar d'ailleurs et d'ici.

Débuts difficiles.
Dès le premier biberon qu'elle lui donna, son fils vomit sur elle. Quand, le soir venu, son cœur se souleva parce qu'elle lui ôtait ses couches, elle jugea son dégoût dénaturé. Ses craintes étaient donc fondées : quatre jours après l'accouchement, elle se voyait déjà en mère indigne, alors que son petit enfant attendait qu'on l'aime. Toujours aux prises avec cet inégal combat entre réel et imaginaire, elle s'enfonça dans une crise d'autodénigrement sans précédent. Tandis que Consuela s'occupait de son fils, elle se laissait emporter par sa haine d'elle-même. Ivan dut s'installer à ses côtés et tenter de la consoler quand elle répétait que, selon sa chère Emily Dickinson, la dépression est *un enterrement à l'intérieur du cerveau*, et ajoutait : « Au-delà d'un certain seuil, les dégâts sont irréversibles. »

Bien que l'accouchement eût meurtri sa chair, elle rétablit le rythme quotidien de leurs relations sexuelles. Loin de ses habitudes, elle se laissa prendre un peu comme une Vierge en attente de l'Ange. La constance de son amant sembla toutefois lui rendre un peu de sérénité. Au point que, un matin, alors qu'ils s'étreignaient, flottant dès le réveil dans une sorte de temporalité amoureuse et secrète, elle lui dit : « Pour que tout ce que l'on déteste soit vengé, il n'y a qu'une solution : baiser. »

Elle lui parla aussi de « rouler sans fin dans ce temps élargi que l'on nomme plaisir ». Sur ce, jouer les étalons ne lui déplaisant pas, il la garda entre les draps toute la journée. Il la choya, l'effleura, la caressa, l'enlaça, l'embrassa, jusqu'à ce que la petite chair de poule, que l'on avait crue effacée à jamais, réapparut sur sa peau, de nouveau délicatement rosée.

6

Efforts vains.
Il lui restait quatre kilos superflus.
Cinq semaines de privations n'avaient pas suffi pour qu'elle retrouve sa taille de mannequin. À l'heure de partir en Suisse rejoindre Irwin Shaw et Robert Parrish, elle accusait un excédent pondéral de *huit livres deux cents*. Jogging quotidien et cours privés de gymnastique, soupe de légumes, eau plate, poireaux blanchis et poulet bouilli… Elle avait tout essayé. Une nouvelle crainte vint ainsi s'ajouter à celles qui l'assaillaient déjà : un jour, elle cesserait d'être désirable aux yeux d'Ivan. Et, si elle n'y prenait garde, à cause de ses variations de poids, cette épreuve se présenterait plus tôt que prévu. Persuadée que le tabac coupait l'appétit, elle se remit à fumer et passa de vingt cigarettes par jour avant sa grossesse à une quarantaine. Jusqu'au moment où elle se rendit compte que cela lui donnait mauvaise haleine… Alors elle revint à son paquet quotidien.

7

Nostalgie.
À la veille de quitter Barcelone pour se plonger dans un travail qui l'enthousiasmait, elle s'abandonna à la tristesse de se séparer de son bébé, dont, entre deux exercices physiques exténuants, elle parvenait tant bien que mal à s'occuper.
Ses valises bouclées, elle voulut l'embrasser encore.
Entrant dans sa chambre, elle aperçut sa figure poupine, un peu écrasée sur la poitrine de Consuela. Plus près de lui, elle contempla ses paupières closes, ses joues au teint naturellement hâlé, ses lèvres finement

ourlées, ses sourcils aussi noirs que ses cheveux. Plus les jours passaient, plus sa beauté s'affirmait. Cette ressemblance avec Ivan la ravissait. « Prince d'Orient, fils de roi », murmura-t-elle, la gorge nouée par l'émotion. L'enfançon ouvrit la bouche sur une réponse muette. Il plissa son front, fit une moue comique, puis se mit à pleurer avec une voix dont la profondeur l'étonna. Bien qu'il ne versât aucune larme, elle supposa qu'il souffrait. « Je vais te coucher, mon fils chéri », dit-elle en l'enlevant précautionneusement des bras de Consuela.

L'ayant déposé au creux de son lit douillet, elle le recouvrit avec le drap brodé, et il cessa de pleurer. Il agita son poing minuscule devant son menton, comme pour attraper son pouce et le sucer. Sa poitrine se soulevait régulièrement. La pulsation de la vie battait sur ses tempes et au sommet de son crâne d'une minceur extrême. Pas un jouet ! Pas l'un de ces baigneurs en celluloïd, tels qu'on pouvait encore en acheter à Marshalltown... Non ! Mais un bébé né d'elle, pour de vrai ! Avec un réseau d'organes compliqué et une personnalité déjà constituée. C'était un miracle. Elle ne méritait pas d'avoir un tel enfant ! Elle s'agenouilla au pied du lit. Elle caressa l'épaule ronde, si chaude qu'elle semblait fiévreuse. Elle frôla le cou, gentiment plissé, et la joue toute lisse. Elle eut le sentiment de se situer aux sources mêmes de la vie.

Le petit s'agita. Il écarta les jambes et, les ramenant au-dessus de son ventre, repoussa le drap. Son cœur de mère se serra. Craignant qu'il eût froid, elle voulut le recouvrir. Mais, tandis qu'elle se penchait, l'image d'un visage de cire aux orbites vides, à la peau raide et parcheminée, passa devant ses yeux.

Ah ! Ce froid polaire ! Et cette force qui la saisissait par la nuque ! *Embrasse ton grand-père pour lui dire au revoir...*

Sauf que, cette fois, ce n'était pas le visage de grand-papa Benson qui surgissait, mais celui d'une femme encore jeune, aux cheveux de paille sèche, aux lèvres couleur de terre... Quel pressentiment ! Pour chasser l'idée, venue de nulle part, qu'elle ne verrait jamais son fils avoir vingt ans, elle lui promit de l'aimer sans mesure et de rester toujours bonne, au nom de la tendresse qu'il éveillait en elle.

Escroqueries ?

1

« Patricia Franchini ?
– Oui...
– Qu'est-ce que vous faites à Marrakech ?
– Tout le monde m'a toujours parlé de Marrakech. Quand j'étais petite fille, mon père me disait : "On y va samedi prochain." Mais on vivait en Amérique, c'était loin, et il a toujours oublié.
– Faut se méfier, ma poupée, Marrakech, c'est pas très beau. Et puis ici les gens sont menteurs. C'est comme moi : tous ceux qui me connaissent disent : *Il est formidable !* Ben... En réalité faut se méfier, parce que j'ai l'air comme ça, mais c'est exactement comme Marrakech, moi, je ne suis pas ce qu'on croit... »

23 janvier 63 : fin de tournage du *Grand escroc*. Quatre ans après, Godard Jean-Luc retrouvait sa garce d'*À bout de souffle*. Première rencontre... Installé paresseusement au fond de sa boutique, dans une allée du souk de Marrakech, à demi allongé sur trois épaisseurs de tapis, une pile de coussins derrière la tête, l'escroc Eddie Constantine faisait la connaissance de la petite reporter américaine qui enquêtait, micro à la main, pour une chaîne TV de San Francisco. Cheveux rasés et tee-shirt rayé, déguisée en Patricia, Jean S. était triste. Elle s'était embarquée avec conviction dans ce film à sketches. Dix-neuf minutes, en couleur... Un

faux-monnayeur qui distribue ses billets aux pauvres Marocains, c'était une bonne idée ! Mais Godard avait hâte que tout soit plié. Poiccard Michel était bien mort rue Campagne-Première, une balle dans les reins, et la magie de l'été 1959 n'était qu'un souvenir. Pourtant, en mission de sauvetage, elle avait redonné vie à son personnage avec un cœur énorme. Coupable d'avoir trahi, sans vraiment de remords, mais désormais fascinée par les rêveurs qui faisaient le bien, Patricia n'était peut-être pas un cas désespéré.

Ivan l'avait mise en garde : plus une histoire est belle, moins elle a de chance de se répéter. Et puis à quoi bon ce petit tournage, après le bonheur d'*À la française*, pour lequel elle avait touché son plus gros cachet ? Mais le divorce n'était toujours pas prononcé, et il n'était pas près de devenir son mari. Son fils restait caché, trop souvent éloigné d'elle. Et, malgré un amour que seules quelques entailles superficielles égratignaient, il lui arrivait d'entrer en rébellion. Elle détestait Patricia Franchini, et néanmoins se retrouvait à Marrakech, seule pendant dix jours, parce qu'elle avait décidé de l'aider à se racheter.

Hélas ! Patricia lui avait résisté et elle regrettait d'avoir voulu la repêcher. Fâchée avec Godard, elle pensait : *Je me suis fait rouler. Et puis, je me figure toujours que personne ne peut être complètement mauvais, qu'il y a quelque chose de bon chez les gens, même quand ils ont trahi ceux qui les aiment.*

Étrange, déconcertant… Patricia n'avait pas changé. Rien ne prouvait que, le film terminé, elle n'irait pas dénoncer le faussaire.

Comme quoi, quand on est une dégueulasse, c'est pour l'éternité… Voilà ce que le scénario aurait dû décrire.

2

Fatiguée par la lutte qu'elle venait de mener, elle télégraphia à Ivan qu'il avait eu raison de la mettre en garde, et que, le tournage étant terminé, elle rentrait. Le 25 janvier, sous une pluie battante, elle s'embarqua à Tanger, avec ses bagages et une centaine de passagers, sur un ferry espagnol.

Moins d'une heure après qu'ils eurent levé l'ancre, le roulis devint méchant, et les rafales de vent giflèrent l'embarcation qui tanguait en grinçant sinistrement.

Bientôt soulevé par la crête des vagues, retombant dans des creux de plusieurs mètres, frappé par des déferlantes qui roulaient sur le pont désert, le ferry, malgré le raffut des bielles et le ronflement des machines, vit sa vitesse décroître de moitié. Secouées d'un bord à l'autre, les familles espagnoles et marocaines, auxquelles s'étaient joints une poignée d'Américains et d'Anglais, commencèrent à s'inquiéter. Plusieurs enfants se mirent à vomir et à pleurer. À la nuit tombante, tandis que des paquets de mer s'abattant sur les hublots passaient par-dessus la cabine du commandant, on dut attacher les plus jeunes aux sièges pour qu'ils ne se blessent pas. Les larmes aux yeux sous les ampoules électriques dont la lumière grise tremblait, des femmes espagnoles s'agenouillèrent pour prier. La côte était proche, mais, sur la mer, on distinguait la masse noire des rochers affleurant. Jean sentit que la peur s'installait. Au bastingage, elle n'aperçut que deux canots de sauvetage et, dans le couloir, seulement quatre bouées.

Elle songea à son fils, se demandant si elle le reverrait.

Qu'elle n'en ressorte pas vivante, et la victoire de Patricia Franchini sur elle serait sans appel...

Le ferry obliqua brutalement, comme s'il changeait de cap, et une petite fille échappa des bras de sa mère. Le front de la pauvre gamine heurta un montant de ferraille semé de gros rivets, et une blessure s'ouvrit au-dessus de son arcade sourcilière. Les autres parents serraient leurs enfants contre eux, et Jean sentit une certaine exaltation poindre en elle. Fini de marcher sur les nuages ! Cette fois, le moment était venu de montrer que l'on avait un cœur vaillant, débordant de compassion. Se retenant pour ne pas tomber à son tour, elle aida la maman à relever sa fillette qui saignait. Lui parlant tendrement, elle essuya le front de la gamine et prit son foulard Hermès pour lui faire un pansement. Une autre femme l'appela : son garçonnet s'était foulé le poignet. Mais les moteurs se mirent à tousser et l'électricité sauta, plongeant les passagers dans une quasi-obscurité. « N'ayez pas peur ! La côte est là, nous sommes arrivés », dit-elle dans son espagnol approximatif. Mais, scrutant la nuit, elle n'aperçut pas le moindre faisceau blanc de phare.

Il y eut encore quelques crachotements de mécanique, appels de sirène et grincement de bielles. À fond de cale, le vrombissement redémarra, s'étouffa, repartit, se grippa, sursauta, s'arrêta. Soudain d'une légèreté insensée, l'embarcation se contentait de flotter, rabattue tantôt sur un flanc, tantôt sur l'autre. Jean consola encore une maman, embrassa un autre enfant, aida les pères à resserrer les liens de fortune. Incapables de s'exprimer en espagnol, des touristes britanniques la supplièrent d'aller se renseigner. S'accrochant des deux mains à la rampe d'un escalier trempé, elle monta sur le pont pour interpeller un homme d'équipage… C'était à cause des récifs, ils ne devaient plus bouger jusqu'à ce qu'on vînt les sauver.

« Les secours sont avertis. Ils savent où nous sommes, ils ne vont pas tarder ! », affirma-t-elle alors avec un calme impressionnant.

L'attente dura la nuit entière.

Loin de faiblir, charriant des paquets de mer, la tempête redoublait d'intensité. Allant de groupe en groupe, Jean s'efforçait de rassurer les plus effrayés, s'arrêtant pour consoler, réconforter, dire une prière avec ceux qui le lui demandaient. Un diplomate américain, qui l'avait reconnue, la rejoignit pour lui prêter main-forte.

« Vous êtes pleine de courage, mademoiselle S.
– Je fais de mon mieux, j'aurai peur après…
– Même Jeanne d'Arc tremblait sur le bûcher.
– Pardi ! Elle a failli brûler. À tout prendre, je préférerais mourir noyée.
– Et moi, ne pas mourir du tout. Est-ce possible, grâce à vous ?
– Si tel est le cas, une fois débarqué, vous aurez le droit de me féliciter.
– Raison de plus pour en réchapper ! »

Vers quatre heures, ils aperçurent les lumières d'un bateau à bâbord. Mais, sans cesse repoussés, les sauveteurs ne purent venir assez près et, au terme de quarante minutes de lutte, s'éloignèrent. À moins que ce ne fût le ferry qui continuât à dériver.

« Ils y arriveront, j'en suis certaine.
– En attendant, vous tremblez, mademoiselle S…
– De froid, monsieur, seulement de froid. »

Jusqu'à l'aube, Jean continua d'embrasser les petits Marocains, de les réchauffer et de leur tenir la main. Pour les autres, qui comprenaient l'espagnol, elle raconta de belles aventures, de David Crockett à Mickey Mouse, en passant par Cendrillon et Prince Valiant. Et, pour les passagers anglais, que réconfortait la présence à bord d'une star, elle récita les moins sombres de ses poèmes préférés.

Au matin, des heurts sourds ébranlèrent le ferry, comme si la coque pourrie s'éventrait sur les récifs. Les plus jeunes recommençant à pleurer, elle inventa l'histoire d'une ancienne écuyère de cirque nommée grand-maman Frances.

La tempête dura jusqu'au soir, dressant le bateau sur sa proue et le rabattant dans des trous d'écume noire. Puis, une fois la nuit tombée, le vent cessa de mugir, et la crête des vagues s'adoucit.

À dix-neuf heures trente, une embarcation de pêcheurs les accosta.

« Deux miracles dans la même journée. D'abord celui de vous rencontrer, mademoiselle S. Puis celui d'être sauvé.

– Je vous ai dit d'attendre d'être à terre, monsieur, pour me féliciter.

– Les journaux vont parler de vous.

– Pas du tout !

– Moi, je leur dirai tout.

– Qu'y a-t-il à raconter ?

– Sur vous ? Beaucoup... »

« Lilith »

Ce pays sera de la poix enflammée ;
jour et nuit il ne cessera de brûler.

Des chardons croîtront sur ses palais,
des orties et des ronces sur ses places fortes.
Ce sera un repaire de chacals.

Les chats sauvages s'y donneront
rendez-vous avec les hyènes...

C'est pourtant en cet endroit
que Lilith viendra chercher le repos.

Livre d'Isaïe – 34.

Fin cigare noir aux lèvres, robe longue festonnée de dentelles blanches, chaussures à talons hauts, blanches également, gants brodés et chapeau à large bord flottant... Vêtue d'une toilette extravagante, riant plus que d'ordinaire et parlant plus haut qu'à l'accoutumée, Jean S. découvrait le site de Rockville, dans le Maryland.

Chestnut Lodge... Une vaste demeure, qui, vue de l'extérieur, ne laissait rien deviner de ce qui se passait derrière son mur d'enceinte.

Une fois les grilles franchies, on empruntait la grande allée, tracée entre plantations de fleurs multicolores, pelouses tondues et bosquets taillés. Pas un bruit. Pas un chant d'oiseau. Pas un cri. À droite, un jardinier ratissait un parterre de rosiers, à gauche, l'auvent d'un barbecue géant servait de remise à outils. Malgré le petit déguisement dont elle était affublée, Jean s'avançait d'un pas hésitant, et les graviers crissaient à chacun de ses pas. Droit devant, sous l'arc des branches feuillues, apparaissait la maison de santé : façade haute, tout en bois, flanquée de deux ailes basses, perron désert, portes closes et vitres à petits carreaux… On eût cru les abords d'un club très fermé.

Elle écrasa nerveusement son cigare sous son talon. La tentation d'accomplir ce qu'elle avait décidé la prenait en tenailles. *J'irai seule ! Je ne veux personne pour m'accompagner.* Elle n'avait voulu ni d'Ivan ni de Robert Rossen à ses côtés.

Un garçon maigre, d'une vingtaine d'années, se tenait là. Il l'attendait, assis sur l'un des bancs de bois. D'où venait-il, avec ses semelles boueuses et ses cheveux fraîchement peignés ? Il s'adressa à elle avec l'air doux d'un mouton perdu : « Je vous reconnais. C'est vous, Patricia Franchini, c'est vous qui avez sauvé des enfants qui allaient se noyer, l'hiver dernier. Le docteur nous a dit que vous alliez venir, mais on ne savait pas quand. Cela fait une semaine que je compte les heures dans l'espoir de vous rencontrer. Cent soixante-sept heures ! Vous voyez, je les ai barrées, l'une après l'autre, sur cette feuille de papier… Je le savais, mais cela me rend fou qu'une vedette de cinéma soit aussi belle que vous. » Lui tendant une poignée de fleurs coupées, enveloppées dans une page de journal, il ajouta : « Vous êtes tellement belle que je rêve chaque nuit que vous voulez bien qu'on se marie. »

Il la dévisageait comme une Sainte Vierge d'icône, peinte au cœur d'un halo d'or. Le coude de son pull-over était troué, son sourire révélait l'angle d'une dent brisée. Deux larmes brouillèrent les yeux de Jean. Elle pensa : *Si je ne suis pas plus forte, je n'arriverai pas au bout.*

Alors qu'elle prenait les fleurs, le rideau d'une fenêtre se souleva. L'air pressé, un petit homme sec en complet veston apparut. Comme il venait vers elle en lui adressant des signes de sémaphore, le jeune garçon la supplia de ne pas être fâchée, avant de s'éclipser.

« Vous êtes l'actrice Jean S. ? », lui demanda l'inconnu, dont les yeux restaient baissés derrière les verres d'une paire de lunettes à fine monture. « Moi, je suis le docteur Schwab, Rudi Schwab. Magda B. vous attend. »

Ils entrèrent par une porte de côté dont un employé referma le verrou. « Ici, nos patients sont libres d'aller et venir, précisa le médecin. On ne leur administre aucun médicament. Ils se soignent en discutant. » Jean ôta son chapeau. Elle savait comment fonctionnait l'hôpital, avec ces séances d'analyse jusqu'au dîner, et ces longs psychodrames qui pouvaient se prolonger jusque tard dans la nuit... Elle avait lu le roman de J.R. Salamanca, et Robert Rossen, l'ex-acteur devenu réalisateur, détenteur des droits, n'avait cessé de lui en parler. Ils suivirent un couloir. Passant devant une porte close, elle entendit le bruit d'un jet d'urine, et derrière une autre, elle reconnut la voix d'un speaker qui parlait chaque matin à la radio. Au pied de l'escalier, ils croisèrent une femme au visage poupin, vêtue comme à l'école d'une jupe plissée bleue et d'un corsage blanc au col boutonné, avec une croix dorée autour du cou. Bien que visiblement à bout de forces, elle leur adressa un sourire bienveillant. *Je vous salue bien bas…* « Celle-ci se prend pour Dieu le Père, précisa le médecin dès qu'elle eut le dos tourné. Elle se plaint du travail que cela lui donne, mais passe ses journées à tricoter. Utilisant trente variétés de laines et d'aiguilles de tailles différentes, elle dit qu'elle tricote des cœurs, des bras, des poumons et des mains. »

À l'étage, ils marquèrent une pause devant la porte de Magda B.

« N'élevez pas la voix en face d'elle, lui conseilla Rudi Schwab.

– Vous pensez que la rencontrer dès le premier jour est risqué ?

– Elle n'a jamais causé le moindre tort à ses visiteurs. Si violence il y a, elle reste intérieure. La folie, c'est une barre de direction qui se dérègle. On est sujet aux embardées, mais en général on redresse avant de rouler dans le fossé… Vous saviez qu'elle a été Miss Maryland en 1954 ?

– Et moi, trois ans plus tard, j'étais Jeanne d'Arc. C'est la raison pour laquelle mon réalisateur souhaite que je la rencontre.

– Magda se figure qu'elle fait l'amour avec la terre entière. Tout le monde l'attire d'un point de vue sexuel, même les enfants. Trop de regards l'ont caressée quand elle était reine de beauté. »

Jean reconnut que c'était aussi le cas du personnage qu'elle devait interpréter. Entendant cela, le médecin osa enfin lever les yeux vers elle avec une certaine curiosité.

« C'est le rôle d'une jeune femme schizophrène, précisa-t-elle. Elle est provocante, mais sa part de cruauté n'est pas préméditée, et le malheur qu'elle déclenche est involontaire. »

Genoux, hanches, bras, épaules, seins... Une fois dans la chambre, que baignait une demi-pénombre, Jean distingua les formes d'un corps de femme, enroulé serré dans ses draps. Le visage lui-même était dissimulé, à l'abri de l'air comme celui d'une momie. Elle salua la patiente, qui ne répondit pas. Seul le drap bougeait de manière saccadée, là où l'on imaginait le pli de l'entrejambe.

Le souffle court, Magda B. se masturbait.

Jean annonça qu'elle refusait de discuter avec une personne dont elle ne discernait pas les traits.

« Non ! Restez ! J'ai à vous parler, lâcha une voix rauque.

– Me parler de quoi ? »

Le froissement du drap s'accéléra. Le corps invisible gémit, sursauta. C'était le moment de jouir. Jean s'en voulut de rester. *C'est du cinéma, elle le fait exprès parce que je suis là...* Un râle guttural... Le drap qui se soulève et se tend... Ne manquaient que les caméras.

Une voix étouffée, mais presque fluette désormais, sortit des profondeurs, comme si de rien n'était :

« Quel est le titre de votre film ? On m'a dit que cela me concernait.

– *Lilith.*

– Qui est Lilith ?

– La première femme d'Adam.

– La femme de qui ?

– Au commencement des temps, Dieu façonne l'homme et la femme avec un peu de boue. Voici Adam, et voici Lilith, née de matières impures ! Mais cela tourne à la catastrophe : Lilith veut introduire le sexe sur la terre, elle fait les quatre cents coups. Alors Dieu recommence. Il enlève une côte à Adam et, à la place, fabrique Ève, la sainte mère de tous les enfants.

— Et alors ?

— Alors… Dans la tradition hébraïque, Lilith reste la femme mauvaise, libre et démoniaque. Mais, à votre avis, est-il préférable qu'une femme soit une Lilith ou une Ève soumise ?

— Moi, je ne suis pas Lilith.

— Vous choisissez Ève ?

— Moi, je ne suis pas Ève.

— Qui alors ?

— Je suis Magda. Et le monde entier a besoin de moi. »

Elle ne sortait pas de sous son drap. Jean, qui se figurait au chevet d'un cadavre, ne verrait pas son visage.

« Sans moi, ils ne savent pas, reprit la patiente. Ils croient qu'il est possible de prospérer sans le désir d'une femme. Mais, sans le désir de la femme, le monde capote. Patatras !

— Et moi, je vais jouer ça…

— Pardon ? Je ne t'entends pas. Plus fort ! Tu as une jolie voix, Lilith.

— Je disais que l'amour est bon, car il est partagé…

— Une part pour chacun, oui ! Bien dit ! Mais tout ce lait jailli du pis, que Magda boit ! Son gosier n'est plus assez ouvert pour l'avaler, ni son ventre assez large pour le contenir. Magda déborde, et cependant n'est pas pleine. Elle tousse, s'étouffe et pourrait en mourir.

— Ne vous inquiétez pas. Vous avez des amis pour vous secourir.

— Lilith ! Tu perds la tête ! C'est à moi de les secourir, ma fille ! Et non le contraire. Si j'accepte de me gorger de leur miel à la noix, c'est que, pour éviter de crever, ils ont besoin que les plus beaux fruits germent en moi. »

Comme elle s'excitait, un infirmier entra.

« Ah ! Le voilà, le fils de pute ! s'écria Magda. Il ne veut pas de Magda. Lilith ! Tu vois ça ! La reine du Maryland ne l'intéresse pas. »

De nouveau, le drap se soulevait. Elle recommençait à se trémousser, cette fois de manière frénétique, les jambes écartées. Jean souffla que tout allait bien et que leur conversation n'était pas achevée, mais l'infirmier lui conseilla de sortir, sans tarder.

* *
*

Titre du film : *Lilith.* **Compagnie :** Columbia. **Cachet de Jean S. (pour le rôle de Lilith Arthur) :** 65 000 dollars. **Scénario :** adaptation et dialogue par le réalisateur Robert Rossen, à partir du roman *Lilith*, de J.R. Salamanca. **Argument :** *Vincent, vétéran de la guerre de Corée, revient chez lui, dans le Maryland. Il trouve un emploi au département psychiatrique d'une maison de santé modèle, nommée Poplar Lodge. Là, il rencontre une patiente prénommée Lilith, avec laquelle il a une liaison. Mais il découvre bientôt que, sous une apparence de parfaite innocence, la pathologie dont elle souffre conduit Lilith à la nymphomanie. Il apparaît qu'elle s'offre à l'humanité tout entière. Sauf à Stephen, un autre malade, qui, se sentant rejeté par cette femme disponible pour tous en dehors de lui, finit par se suicider.* **Thème récurrent :** le jeu double et mortel de la schizophrénie. **Décors extérieurs :** Chutes d'eau du fleuve Potomac – Rockville – Barnestown. **Décors intérieurs :** une propriété inhabitée de Oyster Bay (Long Island). **Producteur :** Robert Rossen. **Réalisateur :** Robert Rossen. **Vedette masculine (dans le rôle de Vincent Bruce) :** Warren Beatty. **Seconds rôles :** Stephen Evshevsky : Peter Fonda ; Norman :

Gene Hackman ; Bea Brice : Kim Hunter. **Pellicule** : noir et blanc. **Durée** : 110'. **Dates de tournage** : 14 mai-23 août 1963.

* *
*

Et voici Jean S. comme Lilith : une fille de nulle part, une démone aussi fragile qu'un ange, maniérée, énigmatique, cajoleuse, généreuse et malfaisante.

À nouveau, sa vie se dédouble. La fille du pharmacien de Marshalltown est Lilith, femme originelle. Vincent la croit femme tendre, Stephen la croit femme modèle. Mais elle est vénéneuse, son double jeu aimante la terre entière. Où qu'elle aille, la caméra s'éprend d'elle, la caresse de l'objectif, ambitionne de la garder, quitte à la boucler derrière un moucharabieh.

Être cette autre : quelle sensation immense !

Premier plan, le rituel. Ses cheveux longs d'ange femelle lui vont bien. Elle attend la réplique sur laquelle elle doit entrer dans le champ. De cinq heures du matin à minuit… Dix jours qu'ils ont commencé. Chaque scène est un cas de conscience pour Rossen. S'il le décide, on reprend trente fois. Jean s'en moque. Rien ne la perturbe. Même pas Warren Beatty, qui, souffrant de voir l'attention se concentrer sur la jeune comédienne, attend parfois pendant des heures que l'inspiration vienne pour se glisser dans la peau de Vincent. En dehors du plateau, elle porte des toilettes excentriques. Tresses raides et chemisier de dentelles, elle continue à fumer des cigares multicolores. Les après-midi libres, elle s'intègre à des thérapies de groupes, avec les vrais patients du docteur Schwab, qui n'ont jamais rencontré de femme célèbre avant elle. Quand ils cessent de l'observer, elle voit l'instant où le voile de leur raison se déchire. Aimables ou brillants la seconde d'avant, ils chavirent sous ses yeux, se lancent dans des récits graveleux, sont saisis d'un rire inextinguible ou font mine de se pendre, de s'empoisonner, de s'ouvrir les veines. Elle voudrait leur tendre la main, mais elle est déjà possédée par le jeu, elle s'immerge, prend des risques, jusqu'aux larmes. Elle aussi change de nom, d'identité, d'histoire… Elle invente, puis finit par croire ce qu'elle raconte. Peine à se rétablir.

« Moteur ! Action ! » Spéléologue de la machinerie mentale, le lendemain sur le plateau, elle s'enfonce jusqu'aux profondeurs de son être, là où se tapit ce qui n'est jamais dit. *Réécrire l'histoire de cette femme est en mon pouvoir...* Elle s'essuie les yeux, se mouche le nez, et sait que Lilith Arthur est le rôle de sa vie.

Adieu Patricia Franchini ! Tard le soir, Ivan et elle rient ensemble sous les draps. Elle n'a jamais été aussi heureuse, semble-t-il.

À ce moment du film, alors qu'ils vont devenir amants, Vincent, l'employé infirmier, se figure que Lilith est guérie, qu'elle est à lui, prête à recouvrer sa liberté et à goûter la paix d'une vie à deux. Il veille sur elle, la suit sitôt qu'elle s'éloigne des autres malades. Il franchit avec elle les grilles de Poplar Lodge, l'accompagne dans la forêt, lui prend la main sur la rive du fleuve. Elle s'étonne d'un vol d'oiseaux dans le ciel, voit un papillon blanc dans un nuage qui glisse devant le soleil, sourit quand ils croisent un passant à bicyclette. Elle fredonne une chanson d'enfant, se montre d'une fraîcheur d'âme qui contredit toute pathologie. Elle rêve à voix haute d'une grande maison entourée d'un pré et d'une barrière de bois blanc. Il pose ses lèvres sur sa tempe, s'aventure sur ses paupières closes. Elle évoque son désir d'embrasser le reste de l'humanité, mais c'est pour ajouter que la tendresse d'un seul amant peut la combler.

Chaque jour, il revient la trouver, à la fin de son service. Il s'abreuve de ses paroles, cherche à percer ses souvenirs secrets, rit quand elle rit, s'assied auprès d'elle dans l'herbe chaude, lui chatouille le cou avec un bouton-d'or, la câline quand ressurgit sa mélancolie de petite fille.

D'écluse en écluse, Jean navigue en eaux familières. Jusqu'au moment où la faille s'élargit. Alors Lilith éprouve un sentiment de joie ou de douleur extrême. Elle se rapproche de Stephen, en soins depuis de longues semaines, et lui laisse entendre que sa faiblesse n'est autre qu'une solitude mortelle, une blessure d'où s'écoule l'amour pur... Voilà qu'elle essaie encore de se faire désirer par lui, après avoir séduit Vincent. Je suis Miss Angel's dream, ça te plairait de m'embrasser ?

Elle envoie ce garçon fragile comme le cristal au sommet d'une colline où, prétend-elle, poussent des fleurs dont elle raffole. Mais il revient les mains vides. Il a beau protester qu'il n'a rien trouvé, elle fait mine d'être blessée : il suffisait de se donner un peu de mal. Vincent, lui, aurait su la combler... Stephen est bouleversé. Elle lui refuse le baiser qu'il espérait. Il se met à bégayer, quelques perles de salive brillent aux coins de ses lèvres. C'est un nouveau-né abandonné qui prie sa grande sœur, sa maman, sa jolie fiancée, de le chérir.

Sitôt qu'il tourne le dos, sonné, Lilith se hait pour le mal qu'elle a commis. *Mauvaise ! Mauvaise amante, mauvaise femme ! Morte en dedans, qui pompe les hommes, jusqu'à la moelle.* Mais aussi, pourquoi

Stephen imite-t-il Vincent, qui s'obstine à la croire, alors qu'elle ment tout le temps ?

* *
 *

Scène cruciale.
Au pire moment.
Lourde ambiance. Warren Beatty/Vincent tient à son statut, et Peter Fonda/Stephen perd patience. Celui-ci supporte mal de voir la star réclamer de plus en plus de gros plans et profiter des meilleurs éclairages. Les semaines passent, et, certains matins, Robert Rossen pénètre sur le plateau l'air aussi égaré que les patients de Chestnut Lodge. De curieuses taches brunes lui couvrent le visage, et les doses de cortisone qu'il avale entament sa lucidité. Quand elle abandonne les attitudes extravagantes qu'elle affecte de prendre hors tournage, Jean subit l'assaut de méchantes vagues d'angoisse. Elle craint de s'abîmer dans une interprétation chaotique. De plus, en se mêlant aux véritables malades sans être en mesure de les secourir, elle subit de nouveau les assauts d'une autre Lilith, nommée Rose Loomis, baiseuse de la terre entière. En pleine séance de thérapie de groupe, elle a exigé d'un patient éberlué qu'il soit son mari et la tue sur-le-champ avec le foulard qu'elle lui tendait. Qu'est-ce qui lui a pris ? On n'attend pas d'elle que, en virtuose, elle nourrisse son talent de la misère humaine. Depuis, le regard paniqué du pauvre homme la talonne, et elle ne met plus les pieds au pavillon de santé. Du balai ! Elle a trop honte d'elle pour continuer.

Ivan, qui n'a rien su de l'incident, a beau affirmer : « Rossen a confiance en toi, il attend que tu continues comme tu as commencé », elle craint que, pareille à l'âme de son personnage, la sienne se délite.

Dix jours qu'ils n'ont plus fait l'amour, non que sa passion soit éteinte (sous les draps, son corps est brûlant), mais, l'amour charnel obsédant Lilith, elle ne peut plus y succomber elle-même, ce serait trop d'efforts, trop de douleur. Elle demande juste à son amant de caresser son visage : « Caresse mon visage ! Caresse-le encore ! » Elle veut se reposer, céder à ce besoin fou d'être possédée par l'autre. Elle bredouille quelques excuses, ses forces s'amenuisent… Ivan ne lui résiste pas. Il y aurait trop de danger à agir autrement.

La journée de tournage achevée, Lilith Arthur, amante et tueuse aux deux visages opposés, lui devient presque intolérable. Mais l'effort à fournir pour l'expulser de son cœur est de plus en plus intense, et, alors qu'elle espère la tenir à distance raisonnable, elle s'éveille la nuit en parlant comme elle.

Scène cruciale, donc.

Bras nus, cheveux flous, avec l'objectif braqué au-dessus de son épaule, Lilith Arthur s'est assise au bord d'une rivière. D'une innocence admirable, elle écarte les pans de sa jupe au-dessus de l'eau. Sous le large panneau tendu de papier immaculé qui renvoie la lumière de la mi-journée sur sa peau claire, elle se penche et approche son visage de l'eau. Parmi une myriade de lames vives, que l'éclat du soleil anime, elle se reconnaît. Elle se sourit. Son portrait, dont l'image danse à la surface du miroir ondulant, desserre les lèvres.

Comme tu parais douce, Lilith !
Je le suis pour ceux qui me tentent.
Comme tu dois être aimante, Lilith !
Je le suis pour ceux qui me veulent.

Ridé de vaguelettes aux reflets d'acier, ce double d'elle-même semble perdre sa sérénité. Sur l'onde qui frissonne, un pli amer durcit sa lèvre.

Ils sont trop nombreux à te désirer, Lilith! Tu les as éveillés et tu ne peux les combler.
Je sème le bonheur, et la foule des bienheureux se multiplie.
Oh, Lilith! Tu oublies toutes ces larmes. Regarde! Ta gorge en est trempée.
C'est l'eau de la rivière qui m'a mouillée.
Tu te mens, Lilith. Tu ruisselles de la souffrance de tes amants. Tu ne te sécheras jamais.

Deux grosses gouttes de pluie salée se détachent de ses paupières. Elles tombent lourdement. Deux cercles se dessinent, s'élargissent sur l'image qui parlait l'instant d'avant.

Tu pleures, Lilith, mais il est trop tard pour regretter.
Tant que toi tu es sauvée, je vis.
Lilith, il faut t'enfermer.
Je le suis déjà, on me tient cadenassée.
Alors, tu n'as plus le choix, Lilith. La vie ne t'est plus destinée. Rejoins-moi.
Te rejoindre? Où cela? C'est si profond! Je ne te vois plus. J'arrive, mais guide-moi.

Tête la première, elle bascule. On la retient par le bras. On est à genoux auprès d'elle. On essuie la pluie qui glisse sur ses joues.

« C'est bon, pour le son!
– Pour l'image, OK! On la refait? »

Rossen reste coi derrière sa caméra, dont le moteur s'est arrêté.

« Euh… Pas maintenant. »

Quoi ? On n'assure pas ?

Stephen serre toujours le bras de Lilith. Qu'est-ce qu'on attend ? La comédienne est éprouvée, mais a les moyens de continuer. Fond de teint, cotons, crayons à la main, la maquilleuse ne sait pas si elle doit réparer les dégâts. Silence complet. Les machinistes ne bronchent pas. Une seule prise ? Quand d'habitude on recommence jusqu'à l'épuisement ?

Les larmes de Jean continuent de couler. Elle avait décidé de se noyer pour sauvegarder l'humanité. Sa main bat le vide, elle tente d'éloigner on ne sait quoi. Peter Fonda s'écarte. Elle voudrait que cette averse cesse, que l'on ne perde pas son temps à cause d'elle. Plus loin, derrière le photographe de plateau, Ivan est là. Il la fixe du regard. Il la voit sous ce jour-là pour la première fois.

* *
*

« Toi et moi, Jean ! Nous deux à la Maison Blanche ! Le président nous attend. »

L'avion de Washington avait décollé en retard, et le taxi se traînait. Fuyant pour vingt-quatre heures la rage de Lilith, Jean S. se préparait à vivre l'un des moments les plus surprenants de sa vie. John Fitzgerald Kennedy avait décidé de la rencontrer. Mum and Dad n'en revenaient pas : la fille de Marshalltown conversait avec les chefs d'État !

Un tel répit, au dernier round du combat qui l'opposait à Lilith, c'était la chance d'oublier cette impression de vent glacé soufflant sur un esprit perdu. C'était le moyen de retrouver une certaine fierté et de puiser ses dernières forces dans le chatoiement de rêves colorés.

500 000 emplois créés, et 900 millions de dollars pour fournir du travail à ceux qui n'en avaient plus... Avec Kennedy, l'Amérique commençait à se socialiser. Missiles soviétiques retirés de Cuba, accord signé à Moscou par les trois Grands pour interdire les essais nucléaires... Sur le plan international aussi, Jean restait groupie de son Président. Tant pis pour les Marines parachutés dans la baie des Cochons ! Quant au soutien apporté à Diem et à l'envoi de milliers de conseillers militaires à Saigon, il était permis de croire en leur nécessité. Mais rien de tout cela n'égalait le projet des droits civiques, qui prévoyait la prohibition de toute discrimination raciale !

D'une minceur de mannequin dans son tailleur de chez Dior, maquillage discret, chevelure joliment nouée sur la nuque, boucles d'oreilles et pendentif en diamant... Son assurance revenait. Lilith, dont elle n'était pas la copie conforme, était tenue en respect. Mais il fallait cette circonstance exceptionnelle pour qu'elle retrouve la paix...

À l'instant de pénétrer dans la salle à manger du couple présidentiel, le sourire aux lèvres, elle abandonna Lilith. Prenant le bras d'Ivan, finalement plus tendu qu'elle, leur couple lui parut soudain mythique, et elle songea que le monde entier parlerait de leur amour durant des dizaines d'années.

Premier bonheur : ils n'étaient que six convives autour de la table. Sans leur laisser le temps de s'excuser de leur retard, vêtue d'une robe rose et blanche, Jackie Kennedy les accueillit de façon charmante. D'emblée, le président des États-Unis apparut à Jean comme elle l'avait imaginé : jeune, vif, élégant, raisonnant rapidement et avec lucidité. À peine jugea-t-elle le regard bleu acier qu'il posait sur ses interlocuteurs empreint d'une certaine froideur. Au fait de chaque sujet, il les bombarda de questions sur la France, sur de Gaulle, sur le Parti communiste, sur l'Algérie, sur la réconciliation franco-allemande, sur les prix Goncourt d'André Schwartz-Bart et d'Anna Langfus, sur la mode, sur le tour de chant d'Yves Montand, sur Brigitte Bardot, Johnny Hallyday, Godard, Delon et Belmondo. Il sollicita leur avis sur le Nobel de John Steinbeck et le Pulitzer attribué à William Faulkner. Comme s'il disposait librement de son temps, il voulut savoir ce qu'ils pensaient du nouveau pape, de Bernard Buffet, de James Bond, du groupe anglais nommé Beatles, et du film *Lawrence d'Arabie*. Ravie qu'Ivan se montrât à la hauteur, Jean intervint peu, sauf quand il s'agit de la manifestation pour les droits civiques, prévue à Washington sous la conduite du pasteur Martin Luther King. Elle donna son avis, non pour plaire au Président, mais parce que, en montrant combien le problème la concernait, elle regagnait une part de son identité. Nullement surpris qu'elle disposât d'autres atouts que ceux de la séduction et de la féminité, il s'engagea avec elle dans un dialogue bref mais intense, qui la combla de joie.

Au terme du repas, Jackie Kennedy l'entraîna à l'écart pour lui demander si Ivan et elle comptaient se marier. Elle affirma que oui. Le plus vite possible, mais à quelle date, elle ne pouvait encore le préciser… « Prenez votre temps, Jean, réfléchissez avant, répondit la femme du Président. Tant que vous n'êtes pas attachée à un homme, vous gardez votre mystère. Du jour où vous êtes sienne, pour lui la partie n'a plus besoin d'être gagnée. »

* *
*

Il avait bien fallu rentrer.

Elle n'avait qu'une obsession : reprendre le tournage. L'arrêt d'une caméra, un appareil-photo qui cessait de la mitrailler... Cela signifiait qu'on l'oubliait. À peine revenus de la Maison Blanche, Ivan et elle s'étaient réconciliés au vingt-neuvième étage d'un hôtel de Washington. *Réconciliés ? Mais nous n'avons jamais été fâchés.*

Tourner !

Il est vrai que, même pour une journée, son absence dans les jardins de Poplar Lodge avait creusé un grand vide. Pas question d'impressionner le moindre centimètre de pellicule sans Lilith. Même Warren Beatty était resté désœuvré. Sans elle, à cinq jours du clap de fin, l'équipe était pieds et poings liés.

Si bien que, à son retour, elle avait retrouvé sa chambre de motel envahie de gerbes de fleurs. Un producteur exécutif, quatre techniciens, un directeur de la photo, deux acteurs : Gene Hackman et Peter Fonda, et son réalisateur Robert Rossen tombaient soudainement d'accord pour s'éprendre d'elle au même moment. Et puis elle avait découvert un mot griffonné par le patient qu'elle avait terrorisé. Il lui confiait sa fierté de connaître une grande dame qui fréquentait le président des États-Unis d'Amérique.

Et voilà ! De nouveau, les objectifs traquaient Lilith.

Dernier jour de tournage... Elle restait penchée au-dessus du cadavre de Stephen. Le temps de lui donner un ultime baiser, avec une douceur d'innocente à ligoter. Ainsi certains hommes confondent-ils les principes avec la réalité. Impuissants face à l'amour qui ne peut se donner, ils préfèrent la mort à l'à-peu-près. Ils ne sont pas admirables, mais faibles. Cependant, cette faiblesse est trop humaine pour que Lilith triomphe.

« Moteur ! Action ! »

La générosité sans limites de Lilith a tué le garçon qui refusait de la partager avec la multitude des autres.

Huitième prise... Lilith est bonne, car dans le cœur de Lilith il y a un peu de Jean S. Et aucun homme ne s'est jamais tué pour Jean S., étant entendu que Jean S. aime chacun de ses amants avec infiniment de tendresse.

Se suicider à vingt ans pour une fille sous électrochocs : quelle injustice ! Mais Lilith ne pleure pas. Hagarde, elle clôt les paupières du pauvre garçon.

Toute à son chagrin, Jean S. berce l'enfant mort au creux de ses bras, liens de soie, berceau froid. Hélas ! Lilith ne lâche pas prise. La preuve : tandis que sa main apaise l'amoureux sans vie, un tressaillement l'alerte. Sous ses doigts d'ange, le bas du ventre de Stephen se durcit.

Le vice coule dans les veines de Lilith. Alors elle tâte l'entrejambe.

Est-ce possible ?

On jurerait que le membre du trépassé se tend.

Il ne veut épouser que moi (2)

Ivan se décida subitement, quand, bien que datant de plusieurs semaines, la séparation d'avec Lilith prit un tour morbide. Les médecins l'avaient averti : oscillant entre frayeur et attirance pour la mort, le mal dont souffrait Jean ne s'atténuerait que par immersion dans un nouveau rôle. Face à l'urgence, il lui proposa donc d'endosser le personnage tant convoité d'épouse.

Non, Ivan, soigner le mal par le mal n'est pas une bonne idée. Les personnages de cinéma sont trop cruels. Ils s'emparent de votre corps et rendent votre esprit exsangue.
Je te parlais d'un personnage de la vie réelle...
S'ils gagnent la partie, ils vous dévastent. Eux, sont là pour l'éternité, et vous, qui n'étiez pas de taille à résister, vous n'existez plus.
Je te parlais de nous marier...

Puis il y eut l'assassinat de Kennedy. Les balles tirées sur la voiture décapotable. Jackie en tailleur rose, à quatre pattes sur le coffre arrière de la voiture, rattrapant on ne sait quoi. Le serment, dans l'avion pour Washington, de Lyndon B. Johnson, chef du clan des Texans. Et encore : le revolver crachant le feu à bout portant sur le ventre de Lee Harvey Oswald, un détraqué dont Ivan était persuadé qu'il avait agi seul. Enfin, le petit John-John exécutant le salut militaire devant le cercueil de son père... Pour Jean, c'était un enchaînement d'événements d'une violence insupportable.

Notre mariage, tu le désirais.
Plus que tout, oui, mais Jackie m'a avertie.
Chérie, de quoi as-tu peur ?
On ne sait jamais... Tout change si vite.

Sans s'en douter, Belmondo la sauva peut-être en lui téléphonant alors qu'elle s'assommait de médicaments. Il voulait reconstituer leur couple de cinéma, dans une comédie cette fois. Un thriller pour rire, avec un personnage d'aventurière, drôle, sexy et raffinée ; un tournage entre Megève, Barcelone, Athènes, Istanbul et Beyrouth ; un bon réalisateur, Jean Becker, et un titre qui sonnait comme l'antidote d'*À bout de souffle* : *Échappement libre*.

Elle accepta et réfléchit après. Qu'était le rire, ou la comédie, sinon un barrage contre l'angoisse ? Ces personnages-là n'étaient pas de même nature que Lilith Arthur. Une complicité s'établissait avec eux, on pouvait s'en faire des amis, et vivre sans danger en leur compagnie.

Alors ? Notre mariage, Jean ?
Je le voudrais bien, oui. Pour notre fils, pour moi.
Alors, ce sera cette semaine, je t'emmène.

* *
*

Deuxième fois, dernière fois ?
Jean et Ivan.

Un soleil blanc, éblouissant en cette fin d'année, la Corse, les journalistes semés en route, pas le moindre invité, deux témoins rencontrés à la mairie le matin même, Mum and Dad, et grand-maman Frances, avertis la veille par téléphone… Alliances échangées dans le silence, intimité et calme parfaits.

On avait enfin le droit de pleurer de joie.

Neuf mois plus tard...

Los Angeles, le 20 septembre 1964

Mes chers Mum and Dad,

Quelle joie de vous accueillir bientôt à Paris ! Merci Dad de te déplacer, je sais combien tu détestes prendre l'avion. Ainsi, vous verrez notre bel appartement, et avec quel soin je l'ai décoré. Même si je ne suis pas assez souvent là à mon goût, Ivan dit que je tiens mon rôle de maîtresse de maison « admirablement ». En même temps, il me pousse à travailler, parce que ma carrière revêt une importance capitale à ses yeux. Vous ai-je dit qu'il rêve de réaliser un film dont je serais la vedette ?

J'aurais tant aimé venir vous embrasser à Marshalltown ! Mais mon emploi du temps, sur ce nouveau film, ne me laisse pas une minute de répit. Ne m'en veuillez pas, je suis toujours en train de boucler mes valises, et, actuellement, j'ai hâte de rentrer chez moi. Je n'ai pas d'amertume, mais la vie à Hollywood me pèse. Ici, la camaraderie n'existe pas. J'ai ma propre caravane de luxe, et une équipe de coiffeurs et de maquilleurs à pied d'œuvre pour entretenir mon « teint de pêche », mais je suis attristée de ne pas pouvoir aller boire un verre avec mes partenaires. De plus, le scéna-

rio est sans cesse remanié, et je travaille comme un robot.

Soyez gentils : dites à David, que la question semble préoccuper que, depuis un mois que je tourne avec lui, jamais Sean Connery n'a eu de ces crises d'ego qui rendent la vie, avec certaines stars, si difficile. C'est un professionnel, il travaille vite. Bien que son personnage, un homme à la tête fêlée, soit différent des précédents, il sait où il va. Quoi qu'en disent les journalistes, c'est un gentleman. Et il est plus qu'aimable avec moi. Je vous rassure toutefois : il est très amoureux de sa femme, une actrice italienne, que vous avez dû voir jouer cet été dans Tom Jones, *un énorme succès. Il m'a promis d'envoyer un portrait de James Bond dédicacé à David. Je sais que cela lui fera plaisir.*

Mais ce n'est pas pour vous raconter cela que je vous écris. C'est à propos de la photo que je joins à cette lettre.

Vous ne connaissez pas ce petit garçon, n'est-ce pas ? Regardez comme il ressemble à David !

Mum and Dad chéris, j'espère que je ne vais pas vous torturer encore l'esprit, mais cet enfant adorable, que vous allez voir à Paris, dans trois semaines, est notre fils, à Ivan et à moi.

Oui, vous avez un petit-fils de deux ans ! C'est un secret. Un immense secret qui ne doit pas être révélé. L'heure viendra, un jour prochain, d'avouer la vérité, mais actuellement il y a là de quoi briser ma carrière aux États-Unis et, je le crains, également à Paris. Officiellement, notre enfant doit être né après notre mariage.

Soyez tranquilles : cette naissance n'était pas un accident. Je suis tombée enceinte de l'homme que j'aime par ma propre volonté. Je m'organise très bien ainsi et suis parfaitement heureuse. Je m'occupe de notre fils dès que je le peux. Il vit le plus souvent à l'abri des regards indiscrets, en Espagne, où quelqu'un prend soin de lui : une femme remarquable, dont le prénom est Consuela, et que vous rencontrerez aussi chez moi. Quand je me retrouve avec lui, je me découvre une fibre maternelle que j'ignorais posséder. Je fonds d'amour, et il m'arrive de dépenser des fortunes en layette, et en jouets.

Le reste du temps, Ivan et moi sortons souvent ensemble, nous avons même rencontré le général de Gaulle, qui nous a conviés au palais de l'Élysée. Je me fais l'impression d'être Grace Kelly accompagnant le prince Rainier. Certains amis d'Ivan sont devenus mes amis. Par exemple, le mois dernier, entre la fin de mon film avec Jean-Paul Belmondo et mon départ pour Hollywood, André Malraux, le ministre-grand écrivain, m'a invitée, pour un déjeuner en tête-à-tête, dans un excellent restaurant. Je suppose qu'il ne me juge pas trop stupide.

Nous discuterons bientôt de tout ça, et de bien d'autres sujets qui me tiennent à cœur. J'ai préparé un programme de sorties pour vous. Paris ne vous décevra pas.

Et puis, je suis fière que vous puissiez embrasser votre petit-fils ! Ce secret me pesait à un point que vous ne pouvez imaginer. Vivez rassurés, votre Jean a fondé une famille, c'était l'un des rêves de sa vie, vous mesurerez bientôt l'étendue de son bonheur !

Votre fille qui vous embrasse, chers Mum and Dad, comme elle vous chérit.

* *
*

Marshalltown,
le 29 septembre 1964

Chère Jean,

Merci pour ta lettre. Merci de nous avoir avoué une vérité que nous étions loin de soupçonner. Même si tu nous as habitués à être surpris, tu imagines le choc que cela représente. Plus pour moi que pour Mum, je le reconnais. L'annonce subite de ton mariage avec Ivan K. nous avait sidérés! Par moments, je me demande comment mieux nous armer face aux grands écarts que tu nous imposes. Bien sûr, nous serons heureux d'embrasser notre petit-fils, qui, d'après Mum, ressemble en effet à ton jeune frère. Mais j'aurais voulu que cela se passe sans histoires ni secrets, comme dans les autres familles, et comme ce fut le cas dans le foyer de ta sœur aînée. Tu écris que tu es heureuse, mais ces événements, et les situations impossibles dans lesquelles tu te mets, sont tellement hors normes que j'ai peur que ce ne soit pas l'exacte vérité. Ce n'est pas un jugement que je porte (je voudrais surtout avoir les moyens de te protéger), mais ton cœur est toujours tellement débordant d'amour pour le monde entier que l'on se demande si tu as les pieds sur terre. Soit ! Ivan K. est un homme respectable, quoiqu'il soit divorcé (comme toi), mais c'est son premier enfant. Rien ne prouve qu'il sera un bon père de famille. Et puis c'est l'antithèse de Fabrice ! Il faut que tu comprennes que tu nous emmènes sur les montagnes russes. On a beau s'agripper, c'est comme si on se retrouvait dans un virage à 180°, pieds en l'air et tête en bas.

En plus, ta lettre est arrivée alors que nous venions de voir *Lilith* à l'Orpheum. Je sais que tu es fière de ce rôle. Il est vrai que tu l'interprètes d'une manière saisissante. Personne ici ne doute que tu sois devenue une actrice remarquable. C'est d'ailleurs le problème : on a l'impression que tu vis personnellement chaque situation. Le film est amoral (le cinéma d'aujourd'hui est comme cela), mais que tu t'impliques tellement dans les situations les plus scabreuses donne des frissons. Tu n'as jamais été ni aussi belle, ni aussi bonne comédienne, tout le monde s'accorde là-dessus. Au point qu'on se demande si tu n'es pas toi-même devenue folle. Alors, je t'en prie, Jean, réserve ton talent pour la pure comédie, plutôt que pour ces choses-là, qui sont peut-être des œuvres d'art, mais qui troublent les esprits. C'est bien que tu tournes avec de grandes stars, et que la presse annonce que tu touches 150 000 dollars d'un coup pour un rôle au côté de Sean Connery, mais as-tu lu cette critique du *New York Times* qui certes parle de toi comme d'une actrice accomplie, mais en même temps te qualifie, dans *Lilith*, de « naturelle, évanescente et effrayante » ? Effrayante… C'est le mot juste. N'oublie jamais que tu as une responsabilité vis-à-vis de dizaines de milliers de jeunes filles et de mères de famille, qui sont tentées de te prendre pour modèle. Alors, choisis mieux tes rôles, je t'en prie. Comme te le conseille cet article du *Times Republican* (que j'ai découpé pour toi et que je joins à ce courrier), préfère le léger, le brillant, le vif. Implique-toi dans ce genre de spectacles, grâce auxquels les gens du Middle West oublient les laideurs de la vie et qui n'exercent aucune influence néfaste, ni sur eux ni sur toi.

Que cela ne t'empêche pas de finir ton film actuel, qui est, d'après ce que je sais, un film pour sourire.

Peut-être auras-tu quelques minutes pour appeler Mum au téléphone avant de rentrer à Paris. Cela lui ferait du bien de parler à sa fille. En attendant, elle t'embrasse comme moi, et prie pour que Dieu te bénisse.

Dad.

* *
 *

Los Angeles, le 2 octobre 1964

Mon Dad,

Tu m'écris pour me dire que je vous surprends. Si cela ne vous cause pas de chagrin, c'est bien. Tu me connais assez pour savoir que je m'écarte toujours des chemins tracés.

Vivement que nous soyons ensemble, à Paris ! C'est une joie pour moi, car votre petit-fils a besoin de votre amour. Vous serez heureux de l'embrasser, n'est-ce pas ? N'oubliez jamais qu'il n'a pas d'autres grands-parents que Mum et toi.

Pour le reste de ta lettre, mon Dad, ne crois pas que, sans les exagérer, j'ignore mes responsabilités envers le public. Il se trouve simplement que je suis ce que l'on nomme pompeusement « une artiste », et que, dans le cadre de mon travail, je refuse d'ignorer certaines vérités de la vie d'aujourd'hui. Cela peut passer par la libération des mœurs ou par l'incarnation des êtres les plus exposés au malheur. J'aime en effet la comédie vive et qui pétille, mais je ne suis pas Shirley Temple. D'accord pour faire rêver les gens, mais si je trouve demain un film à tourner sur la condition des Noirs aux États-Unis, si dur et si impitoyable soit-il, je le ferai. Je suis convaincue que, puisque l'on me prête un certain talent, là est mon devoir social.

Tu crains que je finisse par confondre ma vie avec celle d'un personnage comme Lilith. Mais Dad! Même si je ne suis plus vierge depuis quelque temps déjà, je ne passe pas mon temps à attirer les hommes dans mon lit. Pas plus que je ne deviens folle, dans l'espoir d'être capable de jouer la folie. À ce prix-là, quand je tourne À bout de souffle, il faudrait aussi que j'aille dénoncer tous les voleurs à la police…

Voilà pourquoi paraître « effrayante » dans la peau de Lilith est, à mes yeux, un compliment magnifique.

Mum and Dad… Marshalltown et vous êtes mes racines, et votre jugement compte beaucoup, mais je ne prendrai jamais telle ou telle décision, dans ma vie ou ma carrière, uniquement pour que vous soyez fiers de moi. Ce n'est pas que je ne le veuille pas, c'est que j'en suis incapable, depuis que je suis toute petite.

Pas de tracas! Les choses vont bien pour moi. Je retrouve Ivan et mon enfant dans quelques jours, je me prépare à vous recevoir chez moi, et j'ai un autre projet de film pour le début de l'année prochaine.

Recevez mille baisers de votre fille Jean, qui vous met les pieds en l'air et la tête à l'envers.

L'émeute

L'émeute éclata par un soir torride, dans le quartier de Watts à Los Angeles.

À quelques pas de là, Jean, de retour avec Ivan aux États-Unis après plusieurs mois passés à Paris, achevait de tourner son nouveau film, un thriller dépourvu de mystère, bien que mis en scène par le réalisateur du *Magicien d'Oz*. Jugeant son travail de comédienne « évaporé, détestable et nul », elle regrettait d'avoir signé ce contrat en or, qui, confirmant l'escalade de ses cachets, représentait plus de dollars que Mum and Dad n'en avaient touché en dix ans de travail acharné.

Cette nuit de folie !

Il était tard. Fatiguée par une journée d'attente, pour dire trois phrases creuses sous les sunlights, décidée à ne jamais remettre les pieds à Hollywood malgré la revanche à laquelle elle aspirait depuis *Jeanne d'Arc*, Jean se laissait démaquiller par les mêmes mains expérimentées qui avaient pris soin de Marilyn sur ses derniers films. Disques de coton et cold-cream... Plus les coups de brosse débarrassaient sa chevelure couleur lingot d'or des paquets de laque qui l'alourdissaient, plus les traces de rouge à lèvres, de poudre, de blush, de fond de teint, de rimmel, d'eye-liner et de fard à paupières s'effaçaient, plus la poupée mécanique au visage de celluloïd reprenait vie. Le grain de beauté sur sa pommette gauche réapparut, et dans le miroir cerné de néons blancs finit par émerger une présence sombre mais familière. Alors qu'on appliquait des linges chauds et humides sur sa peau desséchée par les cosmétiques, un flash spécial d'information télévisé attira son attention. Micro à la main, devant une vitrine défoncée, le reporter parlait d'événements graves survenus en début d'après-midi à Watts, une banlieue pauvre de Los Angeles. Un officier de police blanc avait arrêté un conducteur noir nommé Marquette Frye, coupable de conduite en état d'ivresse, précisait le journaliste d'un ton méprisant. Un attroupement s'étant formé, un second policier avait été appelé en renfort et, lorsque la mère du conducteur, Ryana Frye, était arrivée sur les lieux, une altercation avait éclaté. Contraints de se dégager à coups de matraque, les policiers n'avaient pu empêcher un soulèvement, qui n'était pas sans rappeler la violence des affrontements de Birmingham en mai 63. À l'heure qu'il était, des émeutiers de South Central s'attaquaient aux biens des Blancs, brûlant et pillant tout sur leur passage. Le gouverneur de la Californie, Pat Brown, apparut à l'écran, transpirant à grosses gouttes. Il accusait les Black Muslims et autres groupuscules nationalistes noirs, nullement décapités par l'assassinat de leur leader Malcom X, et ordonnait à dix mille policiers, gardes nationaux et autres représentants de la force publique de rétablir l'ordre avant la nuit. Les caméras montrèrent le nuage de fumée qui recouvrait le quartier. On vit des chiens qui aboyaient, tenus en laisse par des hommes casqués, et un policier la figure en sang, que ses collègues se pressaient d'emmener. Le commentateur ajouta que des coups de feu avaient été tirés, blessant plusieurs représentants des forces de l'ordre.

Jean se contempla, en soutien-gorge de dentelles et jupon de soie, une serviette-éponge autour du cou, des bandelettes de momie posées sur ses joues irritées. La mort dans l'âme, elle se remémora les paroles du pasteur King :

Nous attendons depuis plus de trois cent quarante ans qu'on nous accorde les droits constitutionnels voulus par Dieu. Peut-être est-il facile pour ceux qui n'ont pas connu le poison de la ségrégation de dire : « attendez ! » Mais quand vous avez vu ces foules hargneuses lyncher vos pères et vos mères, quand vous avez vu des policiers pleins de haine frapper, et même tuer vos frères et sœurs, quand vous voyez vos vingt millions de frères noirs étouffés dans la cage étanche de la pauvreté au milieu d'une société aisée, quand vous luttez perpétuellement contre un sentiment de non-existence, alors, vous comprenez pourquoi il vous est difficile d'attendre.

Que fabriquait-elle dans cet accoutrement, au centre de cette bonbonnière rose, alors que ses frères se battaient pour leur dignité ? Dans ce décor de porcelaine, cinq ou six photos d'elle et de ses derniers rôles, un portrait dédicacé de Marilyn, quelques cadeaux sans intérêt, et des fleurs, beaucoup de fleurs, dont les fortes senteurs lui montaient à la tête... Quelle futilité ! Elle contempla le télégramme de Cary Grant l'invitant à boire un verre, et lui précisant que, à cette occasion, rien que pour elle, il mettrait une chemise blanche. Dire qu'elle y était allée en tremblant ! *Cœur d'artichaut, toujours... Rien de véritable en toi, ni de fort, ni de beau...*

Elle arracha ses bandages, enfila blue-jeans et tee-shirt, comme au temps d'Iron Bob, exigea une carte de journaliste au service de presse du studio et un appareil photo, s'engouffra dans sa décapotable rutilante et, cigarette aux lèvres, démarra en trombe en direction du quartier de Watts.

Elle s'engagea sur Hollywood Freeway, traversa Sunset Boulevard et Santa Monica Boulevard, bifurqua au Civic Center, rejoignit l'Interstate 110. C'était l'heure de pointe. À la hauteur de l'université, elle aperçut les premières fumées d'incendies voilant le crépuscule. Ivan allait la chercher, peut-être comprendrait-il où elle était passée. Elle entendit sur son autoradio que l'émeute s'étendait jusqu'à Manhattan Beach, et elle fut détournée sur Slauson Boulevard, puis vers l'aéroport international. Elle perdit encore du temps en rejoignant Manchester Avenue... Le ton du speaker la poursuivait. Comment pouvait-on se montrer aussi partial ? Tout le monde savait que, en Californie, le taux de chômage des gens de couleur était l'un des plus élevés des États-Unis, et que vingt-cinq pour cent des hommes de dix-neuf à vingt-huit ans attendaient en prison d'être jugés... Plus loin, le quartier était bouclé jusqu'à Inglewood par des cars de police blindés. Elle chercha un parking, fit deux fois le tour, finit par abandonner sa voiture le long d'un trottoir, sans être certaine de la retrouver. Elle se dirigea au bruit des explosions. Traversant des rues misérables, dans lesquelles ni Ivan ni elle ne mettaient jamais les pieds, elle songea aux images des émeutes de Birmingham, au cours desquelles des milliers de femmes, d'enfants et d'adolescents non violents avaient été renversés et blessés par des canons à eau d'une pression d'un kilo par centimètre carré, et sa colère enfla.

La nuit tombait. Plus Jean approchait, plus la fumée devenait âcre, et plus elle peinait à respirer. Les conservateurs ne manqueraient pas d'attribuer cette révolte à l'avancée des droits civiques... Mais, si tel était le cas, elle oserait faire entendre sa voix. Tant pis si le studio grinçait des dents ! Au premier barrage de police, elle présenta la carte de presse et prétendit qu'elle était correspondante du *Times Republican* de Des Moines. Elle dut parlementer, mais grâce à ses vêtements, et à ses cheveux longs retenus par un simple élastique, personne ne la reconnut, et elle put passer. Deux rues plus loin, elle découvrit un ghetto de tôle et de préfabriqué, l'une de ces « colonies domestiques » comme les appelait le pasteur Luther King. Partout, les vitrines étaient en morceaux. Jambes et bras écartés, plaqués contre le mur d'une laverie, cinq Noirs étaient tenus en respect, fusil braqué entre les omoplates. Là, elle prit ses premiers clichés. Puis elle se fraya un chemin entre deux carcasses de voitures encore fumantes et aperçut, sur le toit d'un bar, des soldats en treillis militaire avec une sorte de canon pointé sur les restes d'une barricade branlante. Des cris la firent tressaillir ; un homme était traîné par les pieds, et une vieille femme menottée était poussée de force dans un fourgon cellulaire. Autre photo : elle ne laisserait rien passer ! Aux abords d'un terrain vague semé d'ordures, elle foula du pied des pancartes arrachées sur lesquelles était inscrit : *NONVIOLENT ACTION COMMITTEE*. Plus loin, un officier de police détruisait une effigie grandeur nature de Martin Luther King, tandis qu'un de ses collègues coinçait un homme en cravate, vêtu comme un sénateur, peut-être un leader du mouvement, et lui enfonçait sa matraque dans le ventre. Zoom à fond, elle photographia deux fois, et une nausée lui remonta du plexus jusqu'au fond de la gorge.

Si ses yeux pleuraient, ce n'était pas uniquement à cause de la fumée. Pourtant, le pire restait à venir.

Le pire, elle le vécut au carrefour suivant.

Devant la porte close d'un drugstore, un homme allongé sur le dos, bras en croix, tête inclinée de côté, gisait au milieu des gardes armés. Une tache de sang s'élargissait sur sa poitrine. « Il respire. Il faut l'aider ! », s'écria-t-elle. À quelques mètres de là, un petit garçon pleurait, appuyé contre une poubelle.

Elle eut le réflexe de déclencher son appareil.

« Dégage ! gueula l'un des policiers.

— Il est vivant ! Regardez ! On ne peut pas le laisser comme ça.

— On a dit "pas de photos", putain !

— J'arrête ! J'arrête. Mais sauvez-lui la vie, je vous en supplie !

— Qu'est-ce que tu déconnes ? Balle dans le cœur, il y a un quart d'heure qu'il est mort. »

Elle voulut le secourir... Mais elle reçut un coup de crosse dans les côtes et se mit à hurler.

En quelques secondes, elle fut maîtrisée, menottée. On lui confisqua son appareil photo avant de la jeter dans un fourgon aux trois quarts plein.

Le flic, dont l'haleine puait l'oignon frit, lui écrasa les doigts sur le tampon encreur, puis en bas du formulaire où devaient figurer ses empreintes digitales. Pancarte N° 7089 autour du cou, on l'assit sur un tabouret à vis, devant un panneau de bois clair. Flash. De face, de profil... *Bande d'abrutis ! J'ai l'habitude, c'est mon métier*. Debout maintenant, bien droite devant l'échelle graduée. Taille : 5'3''. Allez ! Pieds nus sur le plateau de la balance. Poids : 108 livres. Retour dans le bureau des enquêteurs, l'un méchant, l'autre gentil, et un troisième suant devant sa machine à écrire. On récapitulait, lumière braquée dans les yeux, comme pour une criminelle.

AFFAIRES RACIALES
12 AOUT 1965 – LOS ANGELES, CALIFORNIA

Nom :	Jean K. née S.
Sexe :	Féminin
Race :	Blanche
Date de naissance :	13 novembre 1938
Cheveux :	Blonds
Yeux :	Bleus
Physique :	Agréable
Statut marital :	Divorcée
Mari :	Ivan K.
	Paris, France
Los Angeles Résidence :	2101 Goldwater Canyon Drive
	Los Angeles, California
Passeport :	Z516929 (United States).

2 h 35 du matin. Elle avait demandé que l'on avertisse Ivan, mais n'avait aucune nouvelle depuis. Que lui reprochait-on ? De s'être fait passer pour correspondante de presse, alors qu'elle était actrice, et d'avoir tenu tête aux policiers.

« Je n'ai pas résisté. Un homme était en train de mourir sur le trottoir.

– Pour la centième fois : il était déjà mort ! »

Derrière la porte, elle entendait le pas des pauvres bougres que l'on amenait.

« Des pauvres bougres ? Plutôt des émeutiers, des pillards, des activistes musulmans et antiaméricains.

– Ça veut dire quoi, antiaméricains ? Ces gens-là se sont libérés grâce à leurs sacrifices. Ils sont citoyens des États-Unis… »

Ils pouvaient la laisser menottée et la garder, ça lui était égal. Elle rejoindrait les femmes noires malmenées, emprisonnées parce qu'elles réclamaient du travail et exigeaient que leurs petits puissent étudier comme les enfants des Blancs. Rester là, derrière les barreaux, quarante-huit heures, une semaine, un mois... Elle s'en moquait, le tournage attendrait. Elle voulait seulement qu'on lui rende son appareil photo, car elle était bien décidée à envoyer ses clichés au *Times Republican*, avec les commentaires appropriés.

La discussion s'enlisa. Oui, elle avait mieux à faire que de jouer les bourgeoises devant les caméras. Elle avait à lutter contre la pauvreté et les inégalités ! Par moments, les policiers la regardaient bouche bée. Au bout d'une demi-heure, elle comprit qu'ils avaient surtout envie d'écouter parler une star de Hollywood. Elle força donc le ton. Elle attaqua le gouverneur et les forces fédérales et locales qui entassaient les Noirs dans les ghettos des centres-villes. Puis elle s'en prit au FBI, qui, affirma-t-elle, répandait de fausses informations sur les différentes organisations noires pour les amener à s'entre-déchirer. Son débit s'accéléra. Le flic au cou de taureau tapait comme un fou sur les touches de sa machine, arrachant nerveusement chaque feuille de papier noircie.

« Attention, Jean S. ! Tout ce que vous dites est enregistré. Vous ne tenez pas à ce qu'on vous retire votre passeport ?

– Je suis chez moi aux États-Unis ! J'entre et je sors quand je veux. »

La discussion avec le policier d'*À bout de souffle*, qui la menaçait d'expulsion si elle ne livrait pas Poiccard Michel, lui revint en mémoire. C'était le même genre de pression que l'on exerçait sur elle. Qu'elle se taise et courbe l'échine, ou bien... Elle redressa la tête :

« Aujourd'hui, je ne trahirai pas.

– Quoi ?
– Je dis que je ne me laisserai pas prendre deux fois. »

Ivan vint la chercher le lendemain à midi. Contrarié, il lâcha : « Tu es fichée ! » Elle s'en moquait. « Ce n'est pas que je sois opposé à leur cause, encore que certains d'entre eux sont manipulés, mais tu dois rester méfiante », précisa-t-il alors que défilaient encore des femmes aux robes déchirées et des hommes couverts de sang. Voyant que Jean s'arrêtait pour tenter de leur parler, il la prit par le bras.

« Ils n'ont pas besoin de toi. Ils ne te regarderont jamais comme une des leurs, ils se méfieront toujours de toi.
– Qu'en sais-tu ?
– Je le sais, voilà tout. »

Elle voulut reprendre sa voiture, mais elle avait disparu. Volée ? À la fourrière ? Ivan promit de s'en occuper.

Le lendemain au studio, après avoir justifié son absence de la veille, elle sentit une certaine réprobation à son égard. Et quand elle essaya de faire développer ses photographies, elle découvrit que les flics avaient voilé sa pellicule.

Pendant ce temps, malgré les objections du gouverneur Brown, Martin Luther King était rentré précipitamment de vacances pour se rendre à Los Angeles avec Bayard Rustin et d'autres responsables des mouvements noirs pour la liberté.

L'émeute, qui se poursuivait depuis quatre jours et quatre nuits, continuait d'ébranler Los Angeles.

12 ans avant la mort de Jean S.

Wouahoou !

Une star proche de la trentaine, sur laquelle les années n'avaient aucune prise, tournait sous le soleil du Péloponnèse un film un peu vain, mais plein de joie de vivre et de fantaisie.

Rendant à son visage les courbes et les aigus d'une féminité sans pareil, Jean S. avait retrouvé les cheveux courts de Patricia la jolie traîtresse et le regard malicieux de Claire dans *L'Amant de cinq jours*, l'un de ses films fétiches. Elle travaillait, pour la seconde fois en un an, sous la direction de Claude Chabrol, un homme dont l'ironie l'aidait à porter un regard lucide sur son métier. Plus de cachets disproportionnés : l'actrice découvrait qu'on pouvait l'aimer tout simplement.

Elle s'en remit à son metteur en scène avec une liberté et une confiance qu'elle croyait oubliées depuis Robert Parrish. S'amuser au côté de Maurice Ronet, son partenaire favori, dans cette facétie aux mille rebondissements semblait même donner un nouvel élan à sa relation avec Ivan. Effaçant de sa mémoire l'arrêt selon lequel les Noirs et les déshérités n'avaient rien à faire d'une femme blanche riche et célèbre, cessant de se plaindre des longues heures de solitude dans l'appartement de Paris quand son mari écrivait, et qu'elle ne tournait pas, s'efforçant enfin d'ignorer que le rythme et l'intensité de leurs relations sexuelles faiblissait, elle redevint l'épouse modèle. Ivan en parut si heureux qu'elle se demanda si la distance qui se creusait entre eux n'était pas de son fait.

Sur ce plateau, où régnaient détente et camaraderie, Jean était partante pour tout. C'est ainsi que, James Bond au féminin poursuivant les assassins de son mari, elle risqua sa vie. Cela sans s'imaginer que, comme Belmondo pour *L'Homme de Rio*, elle aurait droit à un reportage dans l'émission « Les Coulisses de l'exploit ».

Que vit-on sur les écrans TV à la rentrée qui modifiât l'image que le public français se faisait de Jean S. ?

Dans un paysage vertigineux, suspendue par un harnais au bout d'une grue, Jean était précipitée par un machiniste au-dessus du canal de Corinthe. La jeune héroïne se balançait dans le vide au-dessus de l'étroit défilé, au risque de s'écraser sur le pont du pétrolier qui passait trente-cinq mètres plus bas. Vibrant d'admiration, le commentateur Roger Couderc ajouta que, durant le tournage, la star avait aussi conduit une moto à tombeau ouvert, sauté d'un camion en marche, nagé dans un torrent… sans jamais être doublée. La suite du reportage montrait un Chabrol chancelant qui se précipitait vers sa vedette ramenée sur la terre ferme, et le mari écrivain, barbu et bronzé, le visage froissé d'angoisse, embrassant sa femme épanouie qui s'inquiétait de savoir si elle avait mis assez de vérité dans son jeu.

Après Lilith, après les bourgeoises américaines permanentées, le contraste était saisissant. *France-Soir, Elle* et *Paris-Match* prirent le relais, et, dans la semaine qui suivit, comme au temps d'*À bout de souffle*, elle reçut plus de cinquante lettres de félicitations et d'admiration, qui la touchèrent profondément.

Fière d'elle, elle envoya les coupures de presse à Marshalltown. Mais Dad ne répondit jamais.

Le rôle écrit pour elle

1

JEAN S. : Si vous écriviez un rôle pour moi ?
ANDRÉ MALRAUX : Pour vous, ma chère ?
JEAN S. : Au théâtre, oui. J'aimerais jouer un personnage que vous m'auriez écrit.
ANDRÉ MALRAUX : Mais pourquoi moi ? Ivan le ferait mieux, je crois.
JEAN S. : Ivan a déjà tenté sa chance au théâtre. Il préfère me réserver une place dans son premier film, le tournage commence dans un mois.
ANDRÉ MALRAUX : La scène n'est pas mon domaine.
JEAN S. : Au cinéma, je me tiens à une certaine distance de mes rôles. Avec vous, je voudrais jouer moins en retrait.
ANDRÉ MALRAUX : Projeter votre jeu vers l'extérieur ? Pourquoi auriez-vous besoin de moi ?
JEAN S. : J'aimerais explorer des directions que je ne connais pas, ne pas savoir où mon jeu m'emmène, rester le plus longtemps possible ouverte à différentes possibilités.
ANDRÉ MALRAUX : Entre l'auteur et l'acteur, c'est une histoire commune, la relation de deux inconscients qui trouvent un même territoire à partager.
JEAN S. : Je suis certaine que vous y pensez.

ANDRÉ MALRAUX : Donner forme à l'invisible du personnage…

JEAN S. : Et donc à l'invisible de l'acteur.

ANDRÉ MALRAUX : Là-dessus, mon esprit est désert.

JEAN S. : Rien à l'horizon : c'est le plus sûr moyen de rencontrer la vérité.

ANDRÉ MALRAUX : Ma chère ! Vous voudriez que je vous pousse vers des points extrêmes.

JEAN S. : Avec Lilith, je l'ai fait.

ANDRÉ MALRAUX : La femme originelle, évidemment ! De la terre glaise bonne à modeler. Mais, pour la transmutation, préférez donc l'île de Bali et regardez comment les femmes y dansent avec leur corps et leur esprit.

JEAN S. : C'est pareil, ici ! Quand le rôle est assez grand, il existe un espace infini pour que l'acteur s'y retrouve lui-même. D'abord, on se donne à la vision d'un autre, vous ! Et puis… Cœur, corps, peurs, angoisses… On s'approche de soi-même, on se pénètre par les gestes et la pensée.

ANDRÉ MALRAUX : Kleist disait : « C'est en devenant marionnette que l'acteur devient encore plus acteur, et plus lui-même. »

JEAN S. : Sa liberté intérieure peut être gigantesque.

ANDRÉ MALRAUX : À condition de ne rien déballer. L'acteur donne tout, mais retient aussi son secret.

JEAN S. : Ces contraintes, ne pourriez-vous me les fixer ?

ANDRÉ MALRAUX : Je n'aime pas qu'un acteur soit trop docile.

JEAN S. : Croyez-vous que je le serais ?

ANDRÉ MALRAUX : Une chance : le hasard surgit, quelquefois.

JEAN S. : Comme sur un tournage, quand il pleut tout à coup, et que tout en est changé.

ANDRÉ MALRAUX : Je parlais de l'intérieur des choses.

JEAN S. : À vous de commencer ! Je tiendrai bon.

ANDRÉ MALRAUX : Un rapport de forces ?

JEAN S. : Devant la caméra, je suis seule, sans personne pour partager. J'y vais petit bout par petit bout, alors que j'aspire à la durée. Pour ressentir les choses, il faudrait que je meure devant la caméra. Autant dire que ça n'arriverait qu'une fois.

ANDRÉ MALRAUX : Le théâtre est parfois comme du cinéma. Prenez Brecht ! Alors que Welles fait du théâtre au cinéma.

JEAN S. : Brecht, que je ne jouerai jamais.

ANDRÉ MALRAUX : Plus qu'un film, *Lilith* est un documentaire sur l'actrice Jean S. en train de jouer Lilith. C'est vif et spontané. Au théâtre, il faut répéter, répéter…

JEAN S. : L'instant de grâce n'y existe pas. La soirée entière doit être sublime. Essayez, je vous en prie.

ANDRÉ MALRAUX : D'autres saisiront l'idée.

JEAN S. : C'est avec vous que je veux y arriver.

2

Le rôle qu'Ivan K. avait écrit pour elle ?

Celui d'Adriana, épouse frigide, poussée au bout du monde par une quête mortelle.

Son idée ?

Officiellement : passer de Lilith Arthur, la femme qui se donne à la terre entière, à celle qui n'est plus en mesure d'aimer… Offrir à Jean S., son épouse, un second rôle aussi intime et tragique que celui de Lilith, tout en la déportant vers les rives opposées de la schizophrénie.

Voici, suivant le souhait des producteurs, ce que l'on verra sur l'affiche du film : un homme, portant un masque doré de guerrier, couché sur le corps nu d'une jeune femme blonde aux cheveux courts, dont la joue, la nuque et la poitrine sont maculées de terre humide et de graviers, et dont l'attitude ambiguë interdit de savoir si elle éprouve souffrance ou plaisir...

Dans un silence tendu, l'équipe reprend le tournage de cette scène emblématique.

Quatre gros projecteurs, blancs sous les nuages de novembre, plaquent des lueurs de morgue sur les deux personnages. Une plage sauvage au sud de l'Espagne, à quelques kilomètres de la frontière portugaise, des cadavres d'oiseaux éparpillés sur le sable gris et le squelette d'un homme mort depuis longtemps servent de cadre à cette rencontre improbable. Plus loin une jetée déserte et un café mal fréquenté, bordel construit de bric et de broc, complètent le décor.

Lendemain de carnaval. Jean est allongée, nue, le gros œil luisant de la caméra d'Ivan braqué sur elle. Nue ! Ivan a obtenu d'elle ce que Sean Connery n'a obtenu que partiellement, dans leur scène de bain du film *l'Homme à la tête fêlée*, en lui faisant boire auparavant dix flûtes de champagne. La figure du guerrier en bronze sculpté se penche sur ses lèvres, à elle de mimer l'orgasme se brisant sur le rempart de la frigidité. Normal que son personnage ait envie de hurler l'étendue d'un désespoir que nul homme ne parvient à atténuer. Les lèvres froides de l'inconnu au visage de Nabuchodonosor passent de son épaule à son cou... À elle de soumettre ses membres, sa gorge et son ventre au va-et-vient heurté de l'accouplement... Sens éteints, chagrin du sexe qui se referme : le mal d'Adriana est sans fond. Ambiance de fin du monde. Au-dessus du couple enlacé, les cormorans tournoient en déchirant, de leurs appels sinistres, le plus bas des ciels de pluie. Mais cela ne suffit pas pour que la souffrance s'épanche. Simulacre des caresses et des peaux censées s'éveiller, le garçon, couché sur Jean S., a un ventre souple et des muscles d'acier. Et, même si elle s'interdit d'en aimer un autre que son mari, elle constate que décidément le tourment de la frigidité lui est inconnu.

On arrête là ! Elle n'est pas assez Adriana.

Elle reste Jean S., épouse trop jeune, peut-être en mal de sensualité. Coupant court à ce désir pour un partenaire ramassé dans les rues par la production, et dont les traits lui restent cachés, elle se détourne et dissimule ses seins sous ses mains.

Un genou dans le sable, Ivan se penche à son oreille. Elle claque des dents... Ils ont pourtant longuement discuté de cette scène capitale.

« Adriana souffre plus que cela, Jean ! Son manque de plaisir est un martyre.

— Je crois que je vais mourir de froid.

— Il y a en elle cette tumeur de l'âme qui saigne et que nul remède ne parvient à soigner.

— Ne plus aimer ? Je ne sais pas comment jouer une chose pareille. Elle est tellement rigide ! C'est elle qui porte un masque, pas lui ! »

Elle ferme les yeux, couche sa joue au creux de la main d'Ivan...

« Adriana subjugue les hommes, mais on dirait que l'amour va la tuer.

— Attendre la mort en baisant... Est-ce pour moi que tu as écrit cela ?

— Essaie, Jean ! Essaie encore...

– Je voudrais en finir avec cette scène.
– Cette fois-ci sera la bonne. »

Son regard aux reflets d'ardoise le suit alors qu'il rejoint son chef-opérateur. Les machinistes l'observent, ils attendent qu'elle lâche ses seins et reprenne la pause. Elle mobilise sa volonté pour cesser de grelotter et songe avec effroi que son fils la verra un jour dans cette position. Puis le joli garçon masqué se recouche sur elle, et l'on reprend pour la sixième fois le martyre d'Adriana.

Se découvrir une vocation de réalisateur, cela devenait une habitude chez les maris de Jean S. Toutefois, Ivan proclamait qu'il agissait ainsi pour rejoindre sa femme sur le territoire qui était le sien et que, contrairement à ce qu'écrivaient les journalistes, il s'était laissé gagner par l'univers de Jean et non l'inverse. Loin de se prendre pour Pygmalion, il était fier d'avoir écrit pour la belle interprète de Lilith « un rôle qu'elle sentait admirablement, et qui serait la meilleure interprétation de sa carrière ».

Plus le tournage avançait, moins elle était certaine que ce fût la vérité. Qu'il eût voulu redonner de l'élan à leur couple, elle l'admettait, mais, au fil des scènes, sous le zoom d'une caméra espionnant ses nudités successives, son malaise prenait de l'ampleur. Tant pis pour elle si elle n'avait pas vu à la lecture du scénario ce qui la gênerait, une fois sur le plateau. En proie à la difficulté d'interpréter ce personnage qui va d'homme en homme – pêcheurs, tenancier de bordel, client éméché, aventurier de passage –, tout en éprouvant un dégoût viscéral pour ce qu'Adriana recherche, Jean craignait que ses sens ne se refroidissent pour de vrai. Au plus mal avec elle-même, elle se blottissait dans les bras d'Ivan, entre deux prises, mais lui voulait la pousser toujours plus loin dans une hystérie sans issue. Depuis quelques jours, blessée, elle se voyait sous les traits de la victime qui croit se sauver, alors qu'elle s'en remet à son assassin. Restait que le film serait peut-être beau. Il lui apparaissait maintenant que seule une réussite artistique lui permettrait d'oublier.

C'était une raison suffisante pour aller de l'avant.

3

On en était à la scène où le mari, un milliardaire sadomasochiste qui avait juré de la tuer si elle n'arrêtait pas de le tromper, la retrouvait nue sous sa robe de soirée, après l'une de ces vaines copulations dans lesquelles elle s'abîmait.

« Ah ! Vous voilà, chérie ! Nous vous cherchons depuis deux jours.

— Laissez-moi.

— Je suis sûr que vos amants ne vous ont rien donné, vu ce que vous leur réclamez ! J'espère au moins qu'ils n'ont pas volé vos bijoux. Une fortune ! L'assurance ne paiera jamais.

— On dira que j'ai été négligente...

— Ça ne peut pas continuer, Adriana ! Un jour, on vous retrouvera étranglée sur la plage...

— C'est le mieux qui puisse m'arriver, souffla-t-elle. Hier, j'ai voulu me noyer.

— Mais ça n'a pas réussi...

— Un aventurier m'a repêchée.

— Et vous avez couché avec lui ?

— Pas encore. Il m'a juste embrassée. »

Une lame de fond s'écrasa sur la plage. Par la fenêtre du café mal fréquenté, Jean aperçut son fils qui courait pieds nus dans l'écume. Ouf ! Pas de scène scabreuse tant qu'il serait là. En revanche... Nouvelle souffrance, l'amour qu'il portait à Consuela l'indisposait. Pour combler ce fossé, sitôt les projecteurs éteints, elle s'efforçait de jouer avec lui et l'emmenait se promener sur la plage. Sans être sûre d'employer les bons mots, elle lui parlait jusque tard le soir de l'école, de ses amis, de ses héros de bande dessinée préférés. Elle arrêtait quand elle voyait ses paupières se fermer. Un peu maladroitement, elle se consacrait à lui, en attendant de l'emmener fêter Noël chez Mum and Dad...

Ivan voulut recommencer la scène. Non pas à cause d'Adriana, mais par la faute de son mari, qui s'ennuyait tellement sur cette plage déserte qu'il ne se déplaçait plus sans une flasque de cognac dans chaque poche.

4

Les heures s'étiraient dans le froid et l'humidité, de plus en plus monotones sous le vent cinglant. La nuit tombait tôt, et, un jour sur deux, la pluie les empêchait de tourner. Comme Fabrice en son temps, le réalisateur Ivan K. cumulait les retards. Pourtant, les yeux baissés, Jean s'en remettait à lui avec une fragilité extrême. Un soir, après le départ de son fils, désemparée, elle lui demanda : « Est-ce que tu me vois comme Adriana, Ivan ? Est-ce que, pour toi, je représente ce type de femme, ouverte à tous les vents ? »

Il s'éclaircit la gorge, avant de s'étonner de sa question.

« Parce que, si nous manquons de tendresse l'un envers l'autre, je n'en suis pas seule responsable », précisa-t-elle.

Il assura que c'était uniquement un personnage, écrit par amour pour elle. Ce à quoi elle répondit : « Si j'avais besoin d'autres hommes maintenant, tu le saurais, Ivan. Et si cela m'arrive, un jour prochain, je ne te le dissimulerai pas. »

5

Première chez Universal.

Alors que, à Paris en ce début de mai, le Quartier latin commence à frémir à l'idée qu'une poignée d'étudiants est emprisonnée et que l'amphithéâtre de la Sorbonne pourrait rester fermé, on projette le premier film d'Ivan K., promis ensuite au public du Festival de Cannes.

À son arrivée, Jean a été la première surprise par l'accueil qu'on lui a réservé.

Depuis l'insuccès de ses derniers films, son étoile a pâli en France. On lui a cependant déroulé le tapis rouge, au point qu'Ivan, réalisateur-vedette de la soirée, est contraint de rester à l'écart. Déjà le film détient un record : la première classification en catégorie « X » par la Motion Picture of America, qui, l'ayant visionné, l'a interdit aux moins de dix-huit ans. Dès lors, on s'est persuadé qu'il créerait un certain événement.

Mais non ! On ne s'intéresse qu'à l'héroïne. Même des photographes américains se pressent pour lui tirer le portrait.

La nouvelle a fait le tour des rédactions : non seulement Jean S. vient d'achever le tournage de *Pendulum*, un polar produit par la Columbia, mais, doublant sur le fil Shirley Mac Laine, Jane Fonda et Faye Dunaway, toutes trois pressenties, elle a décroché le rôle d'Elisabeth dans *La Kermesse de l'Ouest*. Un bout d'essai en mars, qu'elle avait commencé par refuser, a suffi. Jeune mariée menaçant d'un revolver un Lee

Marvin éméché durant sa nuit de noces, elle a emporté le morceau. Un comble : elle, une apatride, engagée dans la comédie musicale de l'année, un triomphe à Broadway écrit par l'auteur de *My Fair Lady*, avec pour partenaire l'étoile montante du cinéma américain, Clint Eastwood, et plusieurs millions de dollars de budget... tout cela sans savoir chanter !

On ne jure plus que par elle. Ce n'est pas désagréable à vivre, même si, depuis Herr Otto, quelques illusions ont fondu comme neige au soleil.

Soyons lucides : j'ai trente ans. Encore cinq ou six films, et ce sera fini.

Ne dites pas cela, Jean !

Ça m'est égal. J'ai eu À bout de souffle, *et* Lilith, *un troisième rôle de ce niveau-là me suffira.*

Vous parlez de votre personnage dans le film de votre mari, Ivan K. ?

Je ne sais pas. Je n'ai rien visionné. J'ai préféré travailler comme à mes débuts, sans voir au fur et à mesure ce que je valais.

Une nuque blonde qui heurte le sable. Premier plan. Un masque de guerrier grec. Un corps d'homme qui se couche sur la femme aux jolis seins. Une pénétration subite, que l'on devine sur l'écran large. Putain de gorge profonde ! Quel orgasme !

Mais... Regardez : la fille se crispe !

C'est vrai ? Ah oui ! Elle paraît sans vie. Mais non, elle se ressaisit.

Une aguicheuse, je vous dis.

On croirait que le garçon va se retirer...

Ah ! La salope ! Elle se paie sa tête.

Collage de scènes de sexe inabouties... Ivrogne d'époux, malfrat de chauffeur, bordel crasseux, tenancière, oiseaux morts... Fausse noyade sous la pluie et ribambelle d'amants minables... On va où ? Jean saisit la main de son amie Paton P. qui l'accompagne. Impossible de juger le film. Peut-être esthétique ? Peut-être d'une laideur à pleurer ? Les spectateurs s'agitent dans leurs fauteuils. Chacun observe Jean S. en rut interrompu.

Si seulement le réalisateur n'avait pas été son mari ! Mais, inutile de rêver, le mal est fait.

« Emmène-moi dehors, dit-elle à son amie alors que le générique de fin ne va plus tarder à défiler.

– Mais Ivan ?

– Je ne veux voir personne, allons-nous-en ! »

Un amant pour rien

Ne sois pas ridicule, Jean.
... Voilà ce qu'elle se répétait, couchée avec ce garçon, dans son grand lit rond de star de Hollywood.

Son corps se détendit, ses hanches se soulevèrent... Mimer était son métier. Mais elle éprouvait si peu de choses ! Comme si, entre Lilith et Adriana, son choix eût été arrêté. Quel malheur ! Le plaisir était son dû, comme pour chaque homme ou femme vivant sur cette terre. Son amant, le premier depuis des lustres, était pourtant charmant. Stupéfait par ce qui lui arrivait, le jeune homme, un étudiant engagé, défenseur des mêmes causes qu'elle, y mettait tout son cœur. Sans résultat : ni chair de poule, ni vent qui embrase les joues, ni pensées qui battent des ailes au-dessus d'îles torrides.

Surtout que le garçon ne se doute de rien, et ne répète rien !

Elle ne pouvait s'en prendre qu'à elle-même. Jeanne, Cécile, Patricia, Lilith, Adriana... L'une après l'autre, les garces déposaient leurs sédiments, étouffant son âme. Cependant, sur la plage aux oiseaux morts, son corps-instrument avait vibré au contact du masque de Nabuchodonosor...

À pleines mains, elle pétrit les côtes de l'étudiant, puis appuya ses doigts sur ses reins pour qu'il s'enfonçât plus profond. Presque assis sur elle, il écarquilla les paupières, il poussa un cri et, sans l'attendre, il jouit...

Perdu au milieu des draps violets, il reprit son souffle. Puis il posa un regard coupable sur elle.

« Tout va bien », lui dit-elle en caressant sa nuque d'un geste maternel.

L'homme des hautes plaines

1

C'est ainsi que la vie bascule.

Après avoir participé, le matin même, dans sa villa de Goldwater Canyon, à une réunion de Blancs libéraux, Jean S. était partie collecter des fonds pour l'école qu'elle soutenait depuis son retour à Hollywood, afin de donner aux petits Noirs une éducation « sans haine ». La veille, elle s'était précipitée à un meeting de soutien à Robert Kennedy, un homme « accessible et humain », ennemi d'Edgar Hoover, chef du FBI, et candidat à l'investiture démocrate pour l'élection en novembre du nouveau président des États-Unis. Puis, dans la soirée, elle avait signé un chèque de deux mille cinq cents dollars pour soutenir « Resurrection City », le village de toile installé dans le Mississippi, où, toutes origines confondues, se réfugiaient les Américains en difficulté : natifs des Appalaches, Indiens et Latino-Américains.

Ses engagements dans une multitude de causes généreuses semblaient ne plus connaître de limites.

En vérité, six semaines après la fin du tournage du film d'Ivan, elle avait saisi le prétexte de son rôle dans *Pendulum*, un film mineur auquel elle n'aurait pas participé dans d'autres circonstances, pour fuir Paris. Depuis, débordante d'activité, elle n'avait pour seul but que d'enrayer une angoisse qui menaçait de virer à la névrose obsessionnelle. Écorchée vive par la projection en France du seul film jamais écrit pour elle, elle s'arrangeait pour oublier et nourrir en même temps cent projets. Mais, le tournage de *La Kermesse de L'Ouest* tardant à commencer, en proie à une tension physique extrême dès la tombée du jour, elle ne luttait plus contre ses envies de daïquiri ou de dry martini, reprenait les doses de somnifères abandonnées depuis l'époque de *Lilith* et connaissait des réveils difficiles.

D'autant que, durant ce printemps 68, elle venait d'affronter deux événements dramatiques.

D'abord son petit frère, pour lequel elle avait écrit son *Billy the Kid*, était mort un dimanche soir, au volant d'une voiture, dans un virage abordé trop vite près de Marshalltown. David S., dix-huit ans : brûlé vif dans un fossé avec l'un de ses copains… Immense chagrin. Souvenirs en pagaille. Peur panique d'imaginer la douleur physique que cela avait dû représenter. Le bateau de la famille S. prenait l'eau. Pour Mum and Dad, l'heure de la fin du monde avait sonné. Les consoler, et les emmener avec elle à Washington où elle finissait de tourner *Pendulum*, l'avait sans doute sauvée du naufrage.

Ivan était venu la rejoindre, avec Maï, leur chatte siamoise. Elle lui avait été reconnaissante d'être de nouveau auprès d'elle, mais un monde les séparait désormais.

Ce n'était pas encore assez ! Quelques jours plus tard, le 4 avril à 18 h 08, sur le balcon d'un motel à Memphis, un Blanc nommé James Earl Ray avait assassiné Martin Luther King. La veille, dans un discours prononcé devant les grévistes de la santé, elle avait entendu à la radio le leader pacifiste parler pour la première fois de lui au passé :

Comme tout le monde, j'aimerais vivre longtemps. La longévité a son intérêt, mais cela ne me concerne pas actuellement. Je veux simplement suivre la volonté de Dieu, qui m'a permis d'escalader la montagne, et de voir la Terre Promise.

Tandis que des cortèges de Noirs en colère mettaient le feu aux rues de la ville, pillant, incendiant, se barricadant à l'intérieur des maisons des Blancs, l'ultime rempart de Jean contre la souffrance avait cédé. À force de se retrouver dans la presse, aux côtés des vedettes les plus glamour et les plus superficielles de Hollywood, pour défendre la cause des Noirs et des droits civiques, elle s'interrogeait sur son propre engagement. Un jour dans un meeting, un jeune gars lui avait lancé : « Jean S. ! Arrêtez de fixer du regard les photographes, ça fait Hollywood, ça fait mode, ça fait cinéma ! » De retour dans sa luxueuse villa, elle s'était demandé si, en se montrant dans chaque réunion de soutien, en défilant dans la rue dès qu'on la sollicitait, et en signant manifeste sur manifeste, elle ne desservait pas la cause qu'elle épousait.

Aussi, en ce matin du 4 juin, c'est à cran qu'elle se rendit à la conférence de presse organisée à Beverly Hills par la production de *La Kermesse de l'Ouest*. Pourvu qu'on ne lui pose aucune question ! Alan J. Lerner et Joshua Logan, autrefois réalisateur de *Picnic*, l'accueillirent aimablement. En attendant l'arrivée de Lee Marvin, que l'on avait vu titubant dans un bar la veille au soir, Clint Eastwood quitta son siège pour la saluer.

Il était vêtu d'un pantalon noir dans lequel ses jambes paraissaient interminables et d'un polo blanc. Très droit, très grand, avec un sourire amical, il lui confia avoir soutenu sa candidature pour le rôle d'Elisabeth dans ce premier western musical.

Quelle classe !

Difficile de lui avouer qu'elle n'appréciait ni le genre de personnage qu'il jouait d'habitude ni sa réputation de conservateur chatouilleux de la gâchette. « L'homme sans nom » des films de Sergio Leone, hors-la-loi mal rasé, cigarillo planté entre les dents, lui déplaisait. Quant à son *Shérif à New York*, elle ne lui trouvait rien de fascinant. Et pourtant... malgré sa réputation et sa stature, elle discerna en lui une sorte de grâce inattendue, comme un état de pré-rupture, quelque chose de solitaire et de fataliste.

Elle se souvint d'un film à sketches italien dans lequel il avait tourné sous la direction de Vittorio de Sica et se demanda ce qu'il serait advenu de sa carrière sans la Vieille Europe. De quoi se sentir immigré de l'intérieur, dans son propre pays. Sentiment qu'elle connaissait bien, mais n'avait jamais partagé avec aucune star de Hollywood.

Lee Marvin ne se décidant pas à rappliquer, il lui parla de westerns, puisqu'ils allaient en tourner un ensemble, et regretta que les Américains méprisent un peu le genre, « comme ils méprisent le jazz, qu'ils ont pourtant inventé », ajouta-t-il. Puis il la surprit en évoquant les grandes plaines du Middle West et le lyrisme (« lyrisme », elle aurait juré que c'était le mot qu'il venait d'employer) des étendues de blé mûr et de la mosaïque verdoyante des champs de maïs et de soja. Il affirma vouloir réaliser lui-même un film, un jour, quelque part entre Des Moines et Marshalltown. À l'évidence, il savait d'où elle venait et connaissait son attachement à des racines dont son métier et son amour pour Ivan l'avaient éloignée.

Quand on décida de commencer sans Lee Marvin, elle fut désolée que leur conversation ne se poursuive pas plus longtemps et s'assit à ses côtés, face aux reporters.

Le lendemain, 5 juin, alors que, au volant de sa voiture, elle se rendait à la conférence de presse de Bob Kennedy, qui venait de gagner les primaires de Californie, elle songeait encore à sa rencontre de la veille. Il y avait une telle distance entre le tueur sans nom et l'homme doux et séduisant qui allait être son partenaire trois mois durant! Et quelle mélancolie lorsqu'il évoquait le Far West et la musique de jazz, creusets d'une culture populaire au rayonnement planétaire! S'accrocher aux valeurs et aux émotions collectives d'une civilisation, jadis donnée pour modèle, ne pouvait aller sans désillusion et sans humanité. Elle se demanda si cet attachement ne correspondait pas chez lui, dont l'élégance et les manières pouvaient paraître surannées, à une idéalisation du passé. À moins qu'il ne préférât entretenir ses rêves, avec lucidité.

15 h 01. Comme elle se garait devant l'hôtel Ambassador, où la conférence de presse avait dû démarrer, la chanson qui passait sur son autoradio s'interrompit. Un reporter enchaîna aussitôt sur un attentat à Los Angeles, des blessés, des coups de feu tirés sur le candidat dans une salle de bal. Une sirène de police retentit. Jean se précipita vers les portes vitrées. Trois hommes jaillirent de l'hôtel. « On n'entre pas ! » Crissements de pneus… Deux voitures de police, un porte-voix, dix vigiles armés… Prise par la bousculade, elle se retrouva dans le hall. Des gens couraient, hurlaient. Des femmes pleuraient. Elle aperçut une télé. À l'écran, un homme était allongé sur le dos. Il baignait dans son sang, quelqu'un lui tenait la tête. On l'entendait parler : « Oh mon Dieu ! Quelqu'un d'autre a-t-il été touché ? », demandait-il. Des brancardiers en blouse

blanche surgirent, puis, revolvers braqués, des agents de sécurité repoussèrent une équipe TV qui voulait forcer le passage. « Personne ne bouge ! » Avec d'autres, elle fut plaquée contre le mur. Une jeune fille fut jetée à terre, elle faillit la piétiner. À la télé, la caméra tremblait. *Assassiné, lui aussi…* Ses yeux s'étaient fermés. Bobby ! Mais quel était ce pays où elle était née et dans lequel, comme Eastwood, elle voulait se reconnaître ?

2

Un vrai village construit par la production, en Oregon, rassemblant un millier d'habitants ! Des murs en dur, un parking, une crèche, une épicerie et un dispensaire, l'eau courante, le chauffage et l'électricité, et même un héliport ! En altitude et en pleine forêt.

À cinq kilomètres de là s'élevait le décor monumental d'une ville de pionniers, avec sa rue principale creusée d'ornières, ses saloons, son église, sa prison, son relais de diligences, ses banques et ses bordels, le tout au milieu de montagnes aux sommets enneigés. Des centaines de hippies aux barbes hirsutes avaient débarqué, plus ou moins camés, avec femmes et enfants, pour faire les figurants à vingt dollars par jour. Sans parler des Gitans attirés par les annonces dans la presse. Anneau d'or à l'oreille, image de la Vierge Marie sur le cœur, guitare en bandoulière, air pouilleux et moustaches tombantes… Les attentes du directeur de casting étaient comblées. C'était aussi une aubaine pour Jean S., dont la porte restait ouverte à qui voulait cuire un steak, se doucher ou laver son linge dans l'énorme lessiveuse de la star, payée cent soixante mille dollars.

Cahin-caha, le tournage de *La Kermesse de l'Ouest* avait démarré. Cédant au stress, Lee Marvin avait voulu changer de réalisateur. Puis, au vu des rushes, il s'était calmé, admettant que Joshua Logan connaissait son métier, et que, avec lui, les pitreries dont il émaillait chaque scène prenaient du relief. Pleine d'indulgence envers sa passion pour le whisky, Jean résolut d'entretenir de bons rapports avec lui. Outre que ses gags, improvisés face à la caméra, faisaient rire toute l'équipe, elle appréciait sa bonhomie, une qualité rare au sommet de la pyramide hollywoodienne.

Anéantie par l'assassinat de Robert Kennedy, qui s'ajoutait au meurtre de Martin Luther King, honteuse pour les États-Unis, elle éprouvait quelques difficultés à s'immerger dans un rôle de femme mormone, libre au point d'épouser deux maris le même jour et de fonder un foyer à trois en plein Far West. Sans doute Eastwood l'avait-il senti, puisque, dès le premier soir, il avait pris le temps de discuter avec elle de son personnage.

Sa première impression se confirmait. Il parlait sans gêne d'une Amérique « multiraciale », des Noirs et des minorités, Latinos aussi bien qu'homosexuels, et même transsexuels, auxquels, selon lui, il était temps que le cinéma s'intéresse. « Un Noir n'est pas forcément innocent. Ce qui compte pour chacun, c'est de trouver sa place et sa famille, quand on est déraciné », lui répondit-il calmement alors qu'elle défendait un type louche dont parlait la télévision. Avec quelqu'un d'autre, elle aurait polémiqué, mais, lui, elle était prête à l'écouter.

Ils avaient repris leur discussion le lendemain et l'avaient poursuivie le jour d'après. Et puis comment s'occuper autrement dans ce village artificiel, retiré du monde civilisé, où, une fois le travail terminé, chacun se calfeutrait dans son bungalow ? Elle en vint à attendre ces moments de tête-à-tête avec une impatience grandissante. Le quatrième soir, comme il parlait des rapports de l'acteur avec le temps, et de l'intérêt d'explorer les territoires de la transmission et de la mémoire, elle lui confia ceci : « Le passé, même récent, m'effraie, car il est semé d'événements abominables, et les fantômes me laissent rarement tranquille. Quant à l'avenir, je n'ai plus envie de l'imaginer, tant je crains ce qui pourrait nous arriver. Depuis la mort de Luther King et de Robert Kennedy, je découvre que j'aime aussi mon métier parce qu'il n'est fait que de moments présents. »

Au matin du cinquième jour de tournage, elle se leva aux aurores pour le voir interpréter une scène dans laquelle il devait chanter. Tandis que, consciencieusement, il repérait chacune de ses marques, elle se souvint de son désir de personnages et de sentiments universels... Soit l'exact contraire de ce rôle léger qui passerait comme feuille au vent. Lorsque, la veille au soir, elle avait ajouté qu'être actrice lui permettait d'oublier la misère environnante, il l'avait regardée différemment, et un courant, d'une nature bien connue d'elle, était passé entre eux. Les yeux plantés dans ses yeux, elle avait pensé : *Je n'ai pas une très grande idée de moi-même, mais, si lourd qu'il soit, mon cœur est libre. De battre encore une fois le sauverait.*

Alors, six heures plus tard, tandis que Eastwood se mettait en place, peut-être parce qu'il était tolérant, attentif, superbe sous son chapeau de cow-boy, et qu'il était le genre d'homme sans reproche que Dad eût aimé la voir épouser, elle admit qu'elle était follement éprise de lui.

Ils devinrent amants le soir même dans le luxueux bungalow de Jean. Elle tendit la main vers lui. Il répondit. C'était l'union la plus naturelle du monde.

Sa délicatesse l'émut. Entre ses bras, liens de fer noués autour de ses reins, la tête appuyée contre sa poitrine solide, elle fondit de douceur et de plaisir. Adriana était finie, rayée de la carte du monde.

Il passa la nuit à ses côtés.

J'aime tous les mots de l'amour, pas toi ?
Les mots que je sais, ce sont les hommes qui me les ont appris.
Il y en a toujours de nouveaux à découvrir.
Confie-les-moi. Je t'écoute !

Elle s'éveilla à l'aube, le corps comme ouvert dans l'abandon. Délicieuse noyade...

Et si nous recommencions ?
Recommençons.
Nous recommençons comment ?
Comme ceci.
D'accord. Et ensuite ?
Autrement.

3

Amoureuse.

À en mourir. Mais, impossible d'être plus discrets, nul ne s'en doutait.

Je t'aime, donc je suis en vie.

Eastwood était marié, et sa femme était son agent. Et alors ? Jean aussi était mariée, avec un homme qu'elle continuait de respecter, même s'il avait voulu qu'elle se croie incapable d'aimer. Dans la journée, ils travaillaient dix heures d'affilée, et la force de son amour neuf la rendait meilleure actrice que jamais. « Charmante... Charmante... », chuchotaient Alan J. Lerner et ses producteurs associés, dans la salle où étaient projetés les rushes. Se sentant l'égale d'une reine de beauté sous le regard de son amant magnifique, elle réussit parfaitement la scène de colère au cours de laquelle elle mettait ses deux maris dehors d'un coup. Lee Marvin déclara à la presse que « malgré leur différence de taille notoire », avec dix ans de moins, il eût tout plaqué pour elle. Quant à Joshua Logan, il lui avoua qu'elle comprenait ses indications plus vite que Marilyn.

Traversant l'une de ses périodes de gaieté surnaturelle, elle murmurait entre deux scènes des phrases canailles à l'oreille d'Eastwood : « J'ai besoin de m'emplir de toi », ou bien : « Je suis une chatte, glisse-moi dans ta poche, là où c'est chaud... » Il souriait. Cet homme n'était jamais offusqué, ni condescendant, ni impatient. En temps ordinaire, une telle perfection l'eût alarmée.

Il lui parla d'*Un frisson dans la nuit*, le premier film qu'il projetait de réaliser, l'histoire d'un disc-jockey poursuivi par une femme hystérique.

« Tu pourrais jouer le rôle, je t'ai vue dans *Lilith*.

– Tu ne me l'avais pas dit.

– C'est un suspense à la Hitchcock, mais tourner un film de genre sans sortir des chemins balisés ne m'intéresse pas, et j'ai besoin d'un peu de temps pour monter l'affaire.

– Avec moi ?

– Le personnage est à l'opposé de toi. C'est une femme dangereuse, que je filmerai avec bienveillance. Je crois que ce serait une bonne idée de te confier le rôle. »

Un soir, vers le milieu du tournage, elle lui demanda s'il pensait que leur amour allait durer. « Je suis un nomade », répondit-il d'une voix blanche.

La tristesse brouilla le regard de Jean.

« Ce sera donc bientôt terminé, lâcha-t-elle.

— Il se pourrait que le choix t'appartienne.

— Dans ce cas, c'est tout décidé, je vais divorcer.

— Souviens-toi que ma préférence va à ceux qui ont mauvais genre. Je choisis les égoïstes et les salauds qui croient au rêve, plutôt que les héros, les individus respectables et sans défaut. J'aime les personnages les moins recommandables, contraints de se battre contre les travers qui les rongent.

— Cela se verra dans ton film ?

— Oui. Mes héros tirent volontiers dans le dos. La gloire est trop souvent une posture. J'aime démythifier, pourrais-tu t'y habituer ?

— Tes personnages, ce n'est pas toi.

— Tu m'as pourtant affirmé que chaque rôle laisse des traces indélébiles.

— Jusqu'à présent, tes hors-la-loi ne tuent pas les femmes.

— Et j'ai peu de scènes d'amour à l'écran. Mais cela viendra.

— Par exemple, quand tu planteras ta caméra chez moi, dans l'Iowa ?

— J'y pense. C'est une région qui me plaît. Je vois l'arrivée d'un homme, plus très jeune, un peintre ou un photographe, de passage sur la route de Marshalltown. Il s'arrête chez une femme, mère de famille, pour demander son chemin… Maintenant que je t'ai rencontrée, je sais qu'un jour ce film-là parlera d'amour et de sensualité, quelque part dans ces grands paysages où le regard porte si loin qu'on a l'impression que rien n'arrivera jamais. Mais il n'est pas certain que l'histoire finisse bien. Peut-être que ce sera à la femme de décider si, oui ou non, elle veut suivre l'homme de passage.

— En sera-t-elle capable ?

– Ce sera une femme estimable, digne d'être aimée, mais tout dépendra de son attachement aux siens et à la vie qu'elle a menée. »

4

Mi-août.
Son fils l'avait rejointe pour les vacances. Il fallait rester prudent, ne pas causer de peine à un enfant de six ans, qui voyait peu sa mère et que son père aimait tendrement.

Comment arrêter le fil du temps ? Le tournage avançait, elle ne parvenait pas à oublier que, bientôt, Eastwood et elle seraient séparés.

Quand, à l'occasion de la tournée de promotion pour son dernier roman, Ivan débarqua sur le plateau, elle lui révéla la vérité.

Douleur, colère... Il lui jeta au visage qu'il rentrait à Paris sur-le-champ et emmenait son fils avec lui.

« J'ai construit ma vie en fonction de toi, et voilà comment tu me remercies !

– Tu pensais que je ne savais plus aimer, soupira-t-elle.

– Je pensais que tu serais prudente à défaut d'être fidèle.

– Tu me connais si peu, Ivan ! »

La situation s'envenima quand il revint armé, décidé à provoquer Eastwood en duel le soir même.

« Ce cow-boy à la manque n'est pas Gary Cooper. Une fois mort, ou ridiculisé, il ne te fera aucun mal.

– C'est le plus doux et le plus amoureux des hommes. Je n'ai pas peur de lui, il ne s'attaquera jamais à moi. »

5

Nostalgie. Le vent grinçait la nuit contre les fenêtres, la saison des neiges approchait, le tournage dans les montagnes prenait fin. On avait détruit une partie du décor, le saloon était fermé, et la ville des pionniers se réduisait à un terrain boueux que l'on avait déboisé.

Chagrin. Après que les hippies et les Gitans, auxquels elle avait porté assistance et secours sans défaillir, eurent déclenché une fanfare en son honneur, Jean S. fit l'amour avec Eastwood. Dirigeant sa main vers les algues dorées de son sexe, elle cherchait à retenir du bout des doigts le souvenir de sa peau. Inutile de pleurer ! Il leur restait encore quelques scènes à boucler, trois semaines plus tard, aux studios Paramount.

D'ici là, on réclamait son amant sur un autre tournage, et elle avait décidé de le quitter à l'aube pour ne pas le voir s'éloigner d'elle.

« Je voudrais que tu restes jusqu'au dernier moment, lui avait-il dit.

– Seulement si nous partons ensemble.

– On m'attend chez moi.

– Dans ton projet de film, c'est la femme qui choisit de conserver sa vie d'avant plutôt que de suivre l'homme de passage.

– Elle hésite. Il s'en faut d'un rien.

– Moi, je suis prête à t'accompagner.

– J'aimerais être certain que… à la fin du mois…

– À Hollywood, rien ne sera pareil. Suppose que, une fois là-bas, nous ne nous reconnaissions pas. »

Comme convenu, le lendemain, elle ne le réveilla pas. Les yeux humides, coiffée, légèrement maquillée, en pantalon et gilet cintré, elle demanda que l'on charge ses malles dans le van qui venait la chercher, et s'éloigna sans se retourner.

6

« Dites-le très fort, je suis noir et j'en suis fier. » En route pour l'aéroport, elle entendit à la radio James Brown, le père de la musique soul. Le chauffeur lui-même était noir, mais, à l'image de ces Blancs dont elle fustigeait la lâcheté, elle ne se sentit pas en état d'engager la conversation avec lui. L'encerclement de « Resurrection City » par les forces de police, son démantèlement en quelques heures, entraînant l'arrestation de centaines de personnes sans autre refuge que les tentes de toile de Martin Luther King, tout avait glissé sur elle, aux prises avec son histoire d'amour. Comme le procès du leader Huey Newton, accusé d'avoir tué un officier de police, ou l'exclusion du village olympique de Mexico des deux médaillés du 200 mètres qui avaient levé le poing pendant l'hymne américain… Les nouvelles lui étaient parvenues, mais comme venant d'un pays lointain. Ce n'était pas la faute d'Eastwood, qui n'affichait aucun préjugé de classe, de race ni de sexe, et dont le penchant pour la solidarité qui soude les groupes humains ne pouvait être mis en doute.

Maintenant qu'elle rentrait à Beverly Hills, honte et culpabilité l'assaillaient.

Elle changea son billet de première classe contre une place en zone économique et s'embarqua sur le vol pour Los Angeles, en maudissant le ciel d'avoir la peau blanche.

« Vous êtes l'actrice Jean S., n'est-ce pas ? »

Alors que, à dix mille mètres d'altitude, ses pensées oscillaient entre l'image bouleversante d'Eastwood et le souvenir des dizaines de milliers de familles à la peau noire regardant passer le train qui emportait la dépouille de Robert Kennedy de New York à Washington, le passager assis sur le siège voisin du sien l'aborda. C'était un homme de couleur, grand, mince, portant barbe et moustaches, avec les joues creuses, une boucle d'or à l'oreille et une casquette en laine d'agneau.

Il se nommait Hakim Abdullah Jamal et se présenta comme l'un des fondateurs du mouvement Black Power. Gardien de la mémoire et des enseignements de Malcom X, dont il aurait été le cousin, il affirma avoir créé une fondation au nom du leader assassiné, et l'école Montessori, destinée à accueillir les adolescents sans travail qui avaient réussi à se guérir de leur toxicomanie. « En ce moment de crise, mais aussi d'espoir pour l'Amérique noire, alors que la nation blanche est au bord du chaos, que ses politiciens ne proposent aucune alternative, nous sommes le fer de lance du changement », souffla-t-il à l'oreille d'une Jean très attentive. « Les piliers de la société s'effondrent, il faut en profiter. Nous n'avons que peu de temps pour passer à la création de notre propre mode de vie noir », poursuivit-il avec un accent vindicatif qui l'impressionna. Un peu plus tard, il n'hésita pas à se vanter de l'amitié de Marlon Brando, de Sammy Davis Junior et d'autres célébrités de Hollywood. Puis il assura être le compagnon d'armes de Bobby Seale, fondateur du parti des Black Panthers, dont le quartier général venait d'être criblé de balles par la police. Pour preuve de ce qu'il avançait, il proposa de lui faire rencontrer celui que le chef du FBI présentait comme *le plus grand ennemi de la sécurité intérieure des États-Unis*. À cette idée, Jean frémit. Même si le radicalisme des Black Panthers l'inquiétait, l'aide sociale qu'ils mettaient en place, incluant consultations juridiques et soins médicaux pour les plus défavorisés, correspondait au genre d'actions qu'elle rêvait de mener.

Après qu'elle eut posé nombre de questions sur le fonctionnement de l'école, Jamal lui assura que la Fondation était menacée par les Blancs pourvoyeurs de drogue, et que, face à ce danger, le soutien de chaque personnalité comptait. « Ils sont deux cents enfants à avoir arraché l'aiguille de leur bras, maintenant leurs parents les imitent. Les laisser tomber reviendrait à les assassiner », insista-t-il. Alors qu'ils approchaient de Los Angeles, Jean sortit son chéquier et, s'excusant de ne faire que cela, signa un chèque de mille cinq cents dollars au nom d'Akim Abdullah Jamal.

Puis, avant qu'ils ne se quittent, elle lui donna son adresse à Goldwater Canyon, avec son numéro de téléphone personnel.

7

« Hé Jean ! Réveille-toi. Allez !
– *Allez.* »

Depuis son retour, elle n'est pas sortie de sa villa. Encore un jour de gâché ! En chemise de nuit à quatre heures de l'après-midi, déjà abreuvée de whisky, elle s'asperge le visage d'eau glacée. Elle se donne des tapes sur les joues, mais l'image d'Eastwood revient la hanter.

Tu l'as dans la peau. Cœur d'artichaut !
Encore dix jours avant de le revoir, aux Studios Paramount.

Tu as sa photo, de quoi te plains-tu ?

Photo de cow-boy macho... J'attends qu'il me téléphone.

Tu n'aimes pourtant que les Nègres.

Je veux que notre fils ait un petit frère.

Un écolier blanc dont le père serait l'homme des hautes plaines ?

Dont le père serait un homme droit, dont j'aurais décidé de suivre le chemin.

C'est toujours pareil, tu commences par croire que tu les aimes.

Passe le temps, comme s'envolent les sentiments. Je n'ai aucun cran. Je fais souffrir Ivan.

Tu l'humilies.

Non, c'est lui ! Nue sur la plage. Avilie, avec un masque de tragédie pour m'embrasser...

Tu aimes les histoires qui virent à la tragédie.

Pas ce coup-ci.

Que tu dis ! Mais c'est mal parti. Cœur d'artichaut ! Cœur d'artichaut, tu l'as dans la peau.

Dans l'avion, elle avait soupçonné Jamal d'affabuler quand il avait promis : « J'amènerai Bobby Seale chez vous ! »

Or, une semaine et trois jours plus tard, fines moustaches et peau très noire, Bobby Seale était là en effet, un verre à la main, assis jambes croisées sur son canapé.

Le chef des Black Panthers avait débarqué chez elle à une heure du matin, escorté par dix frères armés, portant blouson de cuir, insigne et béret. Après que Jamal l'eut avertie qu'ils arrivaient, ne sachant vers qui se tourner, elle avait appelé Vanessa Redgrave pour lui proposer de les recevoir avec elle, s'excusant d'avance au cas où rien de tout cela ne serait vrai. Jamal aussi s'était déplacé. Une sorte de chapelet africain à gros grains pendait autour de son cou, et une paire d'épaisses lunettes aux verres fumés dissimulait son regard.

Elle se demanda si Eastwood l'approuverait de fréquenter ces gens-là, traqués par le FBI, et dont les journaux écrivaient qu'ils n'hésitaient pas à s'entretuer. Mais quand ils commencèrent à parler devant elle d'organiser un rassemblement à Hollywood pour exiger la libération de Huey Oakland, elle sentit le vent de l'Histoire glisser sur sa nuque. Assez dédaigneux envers Vanessa Redgrave, Blanche à la peau crémeuse et à l'accent british, Seale, péremptoire, coupant ses interlocutrices, parlait à toute vitesse, à croire que chaque seconde de vie lui était comptée. Au fil des whiskies, la conversation glissa vers les enfants du ghetto, en faveur desquels Jean suggérait d'organiser cantine et petits-déjeuners. « Les bras, nous les avons, c'est l'argent qui nous manque ! », l'interrompit Seale.

Aux premières lueurs de l'aube, elle lui proposa de rester se reposer chez elle, mais il refusa, pour cause d'avion à prendre. Avant de le laisser partir, elle rédigea un second chèque, de cinq mille dollars celui-ci, qu'elle lui remit, et assura Jamal de son engagement à leurs côtés.

Dans la matinée qui suivit, elle eut le sentiment d'aller mieux. Pour la première fois depuis la fin du tournage, elle sortit sa voiture du garage et se rendit à l'école qu'elle soutenait déjà. Elle distribua un livre à chaque enfant, avec des images pour les plus jeunes et de beaux récits de fraternité et d'aventures humaines pour les autres. Presque tous l'embrassèrent. Puis on la photographia, avec les quatre classes et les professeurs.

Avant de rentrer, elle fit un détour par la fondation Malcom X, une vieille bâtisse aux murs fissurés, dont les fenêtres étaient obstruées par des planches. Nul ne lui ouvrit les bras quand, dans un climat d'effervescence générale, elle se présenta comme une amie de Jamal. Elle ne s'en formalisa pas. Ne ressemblait-elle pas à ces démons blonds aux yeux bleus qui cherchent à se donner le beau rôle à bon compte ? Dans la pénombre du couloir suintant d'humidité où on la laissa pénétrer, posés à côté d'une jeune fille allaitant un bébé, elle aperçut un fusil et des munitions, et, sous un nœud de fils électriques dénudés, des étagères couvertes de paquets de sucre et de boîtes de conserve. De quoi soutenir un siège. Elle laissa encore ses coordonnées et donna les deux billets de cent dollars qu'elle avait sur elle à la petite mère de famille, qui les prit sans la remercier. Puis elle rejoignit l'institution Montessori, située dans un pavillon en préfabriqué au milieu d'un terrain vague.

L'atmosphère y était toute différente. Coiffure afro à la Angela Davis et jupe jusqu'aux pieds, la femme d'une trentaine d'années qui l'accueillit se présenta sous le nom de Dorothy, épouse de Hakim Abdullah Jamal et maman de leurs six enfants. Dans une salle imprégnée d'une mauvaise odeur de moisi, elle lui permit de rencontrer une vingtaine d'adolescents, ainsi qu'une certaine A.G. Clarance qui leur apprenait la photographie. Émue, Jean regretta de ne plus avoir d'argent sur elle, mais promit de revenir. Elle proposa même de travailler avec les jeunes, de leur donner des cours de cinéma et de fournir pellicules et appareils photo.

« Il n'y a que les Noirs de notre communauté qui ont le droit d'enseigner, s'excusa Dorothy. Mais, pour le matériel, c'est oui. Jamal m'a parlé de vous, il m'a dit que votre âme est pleine de compassion.

– Je comprends que vous soyez obligés de vous méfier, mais, ayez confiance, je suis née à vos côtés. »

Sur le chemin du retour, hypnotisée par sa propre exaltation, elle se répéta vingt fois qu'elle était sur le point de trouver le rôle qu'aucun film ne lui avait jamais permis de tenir. Dans la mesure où son engagement restait sincère, elle ne désirait rien de plus au monde.

8

Quatre jours avant de revoir Eastwood.

La lettre, qu'elle trouva dans sa boîte, commençait par ces mots : *SALE TRAÎNÉE DE NÉGRESSE BLANCHE !*

Depuis *Sabrina Fair*, elle n'avait plus reçu de courrier anonyme. Des mots d'amoureux transi, des paroles de cinglé, ça oui, elle en avait une collection. Mais des lignes de haine pure, jamais…

On l'avait repérée sortant de l'institution Montessori, et on l'avertissait que sa *BELLE ÂME DE PUTE CUISSES ÉCARTÉES*, on allait la lui *RENTRER PROFOND*. Dès que l'on se montrait, les salopards rappliquaient. D'autres auraient encaissé le coup, mais elle était trop fragile, incapable de passer outre.

Elle décrocha son téléphone pour avertir Jamal, mais, quand elle eut composé le numéro, un sifflement inhabituel dans le combiné l'arrêta. Elle était sur écoute ! Elle raccrocha, persuadée que le FBI l'épiait.

Trois jours avant de revoir Eastwood.

Jamal l'arracha du lit à six heures du matin. Il avait une voix de fou au bout du fil. Durant la nuit, on avait incendié la Fondation. Tout ou presque était carbonisé. Il fallait alerter la presse, secouer Hollywood, mettre la Maison Blanche en branle. L'un de ses frères était brûlé au quatrième degré. S'il survivait, il resterait défiguré.

« Comment puis-je vous aider ? demanda-t-elle.

– Viens ! Des fils de pute racontent que c'est un court-circuit, mais c'est un attentat ! Ce sont les tiens qui veulent notre peau. Rapplique ! On a besoin de toi pour cracher la vérité. »

En raccrochant, elle se souvint des fils dénudés dans l'humidité. Mais, après la lettre qu'on lui avait adressée, elle ne pouvait croire à un accident.

Elle trouva les lieux encerclés par des Black Panthers, ceinture de cartouches en bandoulière et gros calibre à la main. Sans avoir le temps de comprendre, elle fut empoignée et jetée face à une caméra de TV. Mélangeant la Fondation et l'école Montessori, avec une voix qui ne lui appartenait pas, elle s'écria qu'il y avait ici des enfants qui étudiaient et qu'il s'en était fallu de peu qu'ils ne meurent dans l'incendie. L'interpellation d'un reporter, avançant que, pour la police, c'était le résultat d'un court-circuit, l'arrêta dans son élan. Elle bredouilla que ce n'était pas prouvé.

Une fois l'interview terminée, comme Jamal semblait lui reprocher de ne pas avoir été à la hauteur, elle lui jura, quoi qu'il arrive, de défendre sa femme et ses enfants.

Avant de repartir, voulant se faire pardonner son insuffisance, elle signa un troisième chèque, de sept mille cinq cents dollars cette fois, à remettre à la famille du frère brûlé.

9

Trente et une heures avant de revoir Eastwood.

C'est le moment de dîner. Persuadée, depuis la visite de Seale, que l'alcool ne suffit pas à maintenir son organisme en vie, elle a rebouché les bouteilles, fermé le bar à clé et recommencé à s'alimenter.

Mais, alors qu'elle est décidée à avaler un steak et une salade, elle aperçoit…

… Maï, étendue sur le pavé de la salle à manger.

Couchée sur le flanc, entre deux fauteuils, Maï a mauvaise mine.

Gueule ouverte, langue tirée, la jolie petite bête halète. Ses pattes raides frémissent. Auprès d'elle, un bol de lait, dont quelques gouttes ont mouillé le sol, est aux trois quarts lapé. « Oh ! Qu'est-ce qui t'arrive, ma beauté ? » Elle lui gratte l'échine, taquine son minois de chat siamois, lui ébouriffe le dessous du ventre… Mais rien n'y fait. Réactions zéro. Elle lui parle. Elle l'appelle. Cependant, reflétant la tristesse d'une humanité qui oublie que le pardon existe, les yeux bleus en amande de l'animal restent sans vie. Elle le soulève entre ses bras nus et promène ses lèvres sur son flanc qui palpite. Nul cri, nulle morsure gentille… L'amie chatte n'a plus la force de se dresser. On l'aime entre les deux oreilles, on la câline au creux du museau. Puis on laisse sa main pour qu'elle la renifle… Mais elle bave un peu, et son bout de nez est sec.

Elle suffoque, ses membres souples se paralysent. Elle a un soubresaut, sa douleur est visible.

Ce lait, dans son bol à moitié renversé, qu'est-ce que c'est ?

La dame de compagnie l'ignore, ce n'est pas elle qui le lui a donné.

Hélas ! La porte de la terrasse est restée ouverte toute la journée, il suffisait de la pousser.

Vingt-six heures avant de revoir Eastwood.

Couchée sous une lampe chaude, Maï jolie, qui n'a jamais connu de matou, se raidit. Pour le vétérinaire, c'est réglé : estomac détruit, animal condamné.

Douce chérie. Chatte gentille ou misérable Noir brûlé au quatrième degré, il n'y a pas de limite à la méchanceté.

Dix-huit heures avant de revoir Eastwood.

Assise à même le pavé, Jean reste auprès de sa bête préférée, dont le sommeil ne sera plus brisé. Cent vingt minutes qu'elle la caresse, en tentant d'imaginer ses rêves de jeune morte assassinée. Quand Ivan a su, elle a voulu penser que, à l'autre bout du téléphone, il pleurait. Vilaine séductrice ! La chatte s'était précipitée sur les genoux d'André Malraux, le soir où il était venu dîner chez eux. Bien installée, la rusée s'était léchée, en semant quelques poils sur le pantalon du maître... Conquis, à l'heure de savourer l'un des pur malt de l'ex-consul général, il l'avait caressée, avec des gestes d'un calme surprenant. Flatté qu'une pareille reine de beauté l'eût élu, il avait semblé vouloir retarder le moment de passer à table.

Neuf heures avant de revoir Eastwood.

Le jour va poindre, Maï n'aura jamais eu de bébés. La star des ghettos a les yeux gonflés : elle s'est endormie, lovée aux pieds de sa chérie, le front contre ses coussinets.

Et, lorsqu'elle s'est réveillée...

Oreilles gelées. Avec, sous les lèvres entrouvertes, un filet de bile à demi séchée... Elle n'a pas su l'instant où la vie de son amie s'était enfuie.

Comme je t'envie, ma sœur, ma fille ! Te voilà dans un monde fini, là où les êtres sont égaux, malgré la couleur de leur pelage ou de leur peau.

10

Au moment de revoir Eastwood.
Le voici ! Il vient du fond du décor. Il a revêtu sa chemise de pionnier, et elle porte la robe de toile, longue et décolletée d'Elisabeth. Ironie du sort : on tourne une scène de baiser. Leurs regards se croisent sous la rangée de projecteurs. Il n'a qu'un plissement de paupières. Son teint est hâlé, plus foncé que dans les montagnes. En lui, elle ne décèle rien d'hostile. Ils se postent face à face, dans le champ de vision de l'objectif. Elle n'ose pas sourire.

Le chef-opérateur n'est pas prêt. Ils ont le temps de se parler. Pour se raconter quoi ? Que la chatte Maï est morte empoisonnée, et que, au nom d'un espoir absurde, on l'a laissée agoniser pendant des heures, au lieu de lui administrer la piqûre capable de tout précipiter ?

Elle le sent qui fixe du regard le vide par-dessus sa tête. Elle pourrait lui révéler l'étendue des ravages qu'il a causés, et ses vaines tentatives pour oublier l'amour qu'elle éprouve pour lui. Il saurait ainsi qu'elle est mille fois d'accord pour partager son genre de vie, moins tourmenté et moins périlleux que celui des ghettos, des frères armés et des fondations carbonisées. Dans un instant, ils vont devoir se toucher, et s'embrasser, mais si elle ne bouge pas, si elle ne prend pas sa main tant qu'il en est temps, ce sera leur dernier baiser. En revanche, si elle murmure qu'elle est décidée à quitter le studio avec lui, de beaux rôles l'attendent, surtout celui d'épouse d'un homme que la terre entière ne tardera pas à lui envier.

Il avait raison, c'est à la femme de décider si, oui ou non, elle veut suivre l'homme de passage. Deux chemins s'ouvrent devant elle. Elle est avertie, il ne tentera pas un geste de plus.

Les minutes s'écoulent, la chance de renaître s'effiloche.

Et, même si rien ne la retient, ni foyer ni famille, elle n'est plus capable de choisir.

Avec des si...

Si personne n'avait vu Jean S. à la télévision, interviewée devant les décombres de la fondation Malcom X.

Si la chatte siamoise Maï n'avait pas été empoisonnée.

Si Clint Eastwood et elle n'avaient pas quitté les studios Paramount chacun de son côté.

Si, au volant de sa voiture, elle ne s'était pas aperçue que le FBI la suivait et ne s'était pas sentie traquée.

Si, pour ne pas être enregistrée, elle n'avait pas pris l'habitude de passer ses communications téléphoniques d'une cabine.

Si elle n'était pas retournée chaque matin à l'école Montessori et n'avait pas acheté un bus pour transporter les enfants.

Si elle n'avait pas ouvert les portes de sa villa de Goldwater Canyon, et ses chambres de reine, et sa piscine, et son jardin semé de palmiers, à cinq familles noires sans-abri.

Si elle n'avait pas reçu plusieurs appels téléphoniques anonymes au milieu de la nuit, l'accusant d'être une chienne nègre traître à sa patrie, lui donnant dix jours pour déguerpir des États-Unis, ou lui promettant le même sort que la chatte Maï.

Si Bobby Seale n'avait pas été arrêté et condamné à deux ans d'emprisonnement.

Si elle n'avait pas été persuadée que Jamal, Dorothy et leurs six enfants allaient être assassinés.

Si elle n'avait pas déposé cinq mille dollars sur leur compte en banque et n'avait pas acheté un fusil et des munitions pour qu'ils puissent se défendre.

Si, en partie pour pouvoir financer la lutte de ses frères humiliés, elle n'avait pas signé le plus gros contrat de sa vie, s'engageant à jouer aux côtés de Burt Lancaster et de Dean Martin dans le film *Airport*, dont on prévoyait qu'il serait un succès planétaire.

Si elle n'avait pas annoncé prématurément son divorce avec Ivan.

Si elle n'avait pas été désarmée face à Hakim Abdullah Jamal, dont la force de persuasion la laissait sans voix.

Si, ce soir-là, il ne l'avait pas rudoyée, lui reprochant ses raisonnements de milliardaire blanche en quête de bonne conscience...

Si rien de tout cela n'était arrivé, à ce moment précis de sa vie, elle ne se serait jamais donnée à un homme pareil et ne se serait pas engagée avec lui dans une relation sexuelle mortelle.

10 ans avant la mort de Jean S.

Une personnalité sauvage, dangereuse et disloquée, adepte de l'autodéfense ; un extrémiste refusant de prononcer un mot en public tant qu'il apercevait un coin de drapeau américain ; un mythomane capable, pour frapper les esprits, d'organiser une fusillade à blanc à la fin d'un meeting, et de tomber au pied de l'estrade en mimant l'agonie ; un personnage cupide, amoureux du show-biz, et méprisant les stars blanches qu'il rançonnait... Tel était le portrait de Hakim Abdullah Jamal que Jean pouvait lire dans la presse de son pays.

Vingt-sept membres du parti avaient été abattus par la police et neuf cent quarante-neuf frères avaient été emprisonnés, en moins d'un an. Elle tremblait, pour elle-même et pour son amant.

Le silence devenait menaçant. Un bruit anodin lui figeait le sang.

Malgré les factures d'hôpital réglées pour permettre aux jeunes mamans d'accoucher dans de bonnes conditions, malgré le soutien affiché à Montessori, où l'on distribuait chaque jour plus de deux cents repas aux enfants affamés, malgré les interviews où elle rappelait son adhésion à l'Association nationale pour la promotion des gens de couleur dès l'âge de quatorze ans, on se méfiait d'elle. Ses tentatives pour se mêler à l'action humanitaire d'Artie Seal, d'Elaine Brown, la chanteuse surnommée « la Reine des Panthères », de Cathleen

Cleaver ou d'Angela Davis échouaient. Elle avait beau tout mettre en œuvre pour tenir au mieux son rôle de révolutionnaire, elle n'y parvenait qu'en doublant une consommation d'alcool déjà excessive. Alors, en ajoutant deux cachets de Valium à sa dose de martini-vodka, elle puisait en elle l'agressivité qui, pensait-elle, lui manquait pour être à la hauteur des événements.

Nausées et vomissements, migraine, grippe, laryngite... Elle s'effondrait sitôt redescendue de la tribune et enrageait de voir avec quelle énergie une Jane Fonda menait sa croisade contre la guerre du Viêtnam.

Superficielle et niaise. Bon Dieu ! Elle ne franchirait jamais la limite du cercle qui l'emprisonnait.

Elle était sincèrement amoureuse de Jamal, et, faisant d'elle la cible de tous les regards, le triomphe d'*Airport* tombait au plus mal. Une bonne âme ne tarda pas à l'informer que sa liaison avec l'activiste Hakim Abdullah Jamal, qui délaissait le ghetto pour Beverly Hills, donnait de l'urticaire au FBI. Dans la foulée, un rôle dans un projet de film important, lui fut brusquement retiré, et Dorothy Jamal lui téléphona un matin pour lui demander de laisser son mari tranquille. Elle nia, mais ne douta pas un instant de l'origine de la dénonciation. Les services d'Edgar Hoover avaient bel et bien décidé d'avoir sa peau.

Quand Dorothy écrivit à Mum and Dad, les choses prirent un tour dramatique.

La lettre arriva, comble d'horreur, alors que Jean tentait de recouvrer ses forces à Marshalltown. Une mère de six enfants accusait la fille du pharmacien, une actrice à la vie dissolue, de casser son mariage, et le priait d'agir pour que cela cesse.

Rentrant de chez grand-maman Frances, Jean vit au regard de son père, mélange de pitié et de réprobation, qu'un nouveau malheur venait de s'abattre. « Je ne peux pas comprendre que tu veuilles le bien des gens en détresse, et que tu agisses de cette manière, lâcha le pauvre homme, terrassé par l'opprobre qui le frappait. Il y a eu Fabrice dont tu t'es séparée au bout d'un an, puis Ivan qui a divorcé pour toi, et avec lequel je te rappelle que tu es toujours mariée, et maintenant c'est le tour de cet homme qui a charge de famille. Aucun d'entre eux ne t'est assorti. Alors à qui le tour ? Qui suivra ? Et pourquoi ? Que cherches-tu ? Où vas-tu ?

– Je ne vais nulle part, Dad. J'ai seulement besoin de me soigner.

– Soigner quoi ?

– Mes blessures. Je ne peux vivre seule actuellement sans courir de graves dangers.

– Alors, reste ici où tout le monde t'aime. Abandonne cette vie, rejoins ton pays. Consacre-toi aux malheureux de la réserve indienne. Ils sont de plus en plus démunis et personne ne prend soin d'eux.

– T'occupe ! C'est ma vie. C'est moi qui l'ai choisie.

– C'est une mauvaise vie. Non seulement tu y abîmes ton âme, mais tu t'avilis. Et maintenant tu causes le malheur autour de toi. Comment veux-tu que les autres te comprennent ?

– Donc, tu crois cette femme.

– Oui. Il suffit que je te regarde dans les yeux pour savoir qu'elle dit la vérité. »

Le visage de Jean flamba, comme si son père l'avait giflée. Elle ne fut pas capable d'ajouter un mot pour sa défense, pas même pour signaler que cette lettre avait peut-être été écrite par le FBI, plutôt que par Dorothy Jamal.

De retour dans son igloo du temps jadis, les paupières rouges, elle sortit la photo d'Eastwood, glissée dans ses bagages. « J'ai suivi le mauvais chemin, Dad a raison », se reprocha-t-elle amèrement en caressant les traits de l'homme des hautes plaines.

Parce qu'il ne faut jamais céder. Surtout quand on est au plus bas.

Le lendemain matin, elle avertit le chef des Indiens Mesquakees qu'elle leur rendrait visite dans l'après-midi.

Dad n'avait pas menti : on l'attendait. Tambours, danses rituelles, chants et grelots autour des chevilles, coiffures de plumes dégarnies, vestes et pantalons de peau râpée, robes à longues franges, costumes bariolés aux couleurs défraîchies, colliers de perles ternies et mocassins percés… La tribu au complet l'accueillit, excepté deux hommes aux longs cheveux gris, étalés, ivres morts, contre les roues déjantées d'une Plymouth à moitié désossée. On l'entraîna dans une salle commune où flottait une odeur de poulailler, en sous-sol d'un immeuble aux murs dévorés par des filets de mousse brune. Sous la surveillance d'un couple de matons, matraque au côté, une squaw leur apporta à boire, et le chef se déclara honoré par la visite de *la plus grande vedette de cinéma jamais née sur la terre de leurs ancêtres*. Il lui dit qu'elle était une belle et bonne personne, et que chacun, dans la réserve, savait que, grâce à elle, les petits Noirs de Los Angeles mangeaient à leur faim. Quand il eut terminé, un jeune garçon s'avança pour lui offrir un carré de cuir ouvragé. Touchée, elle leur assura qu'elle était du même sang qu'eux, faisant pouffer de rire l'un des deux gardiens en faction.

« Toi, le SS, ferme-la ! », s'écria-t-elle en le pointant du doigt. Soudain méconnaissable, elle l'insulta, lui cracha de dégager et ajouta qu'il n'avait pas intérêt à se montrer tant qu'elle serait à Marshalltown. L'assistance applaudit, et le type sortit.

Au dîner, après le bénédicité, elle parla de sa journée à Dad. Elle reconnut qu'il y avait en effet beaucoup de malheur à soulager dans les plaines de l'Iowa. Peut-être s'y consacrerait-elle un jour prochain…

« Quand ? Quand est-ce que notre fille nous revient ? lui demanda-t-il.

– Je pars bientôt au Mexique pour tourner un western, souffla-t-elle. Ensuite, peut-être.

– Pourquoi peut-être ?

– J'aurai vécu deux mois loin de Los Angeles. Qui sait dans quel état d'esprit je serai ? J'ai déjà failli revenir parmi vous après *La Kermesse de l'Ouest*.

– Et tu nous serais restée ?

– Il y avait un film merveilleux à tourner ici. L'histoire d'une femme amoureuse, qui, à cause d'un homme de passage, a l'occasion de changer le cours de son existence. »

Celle qui ne veut rien sacrifier

Maintenant, Jamal voulait l'épouser !

Oubliant que les nervis du FBI la suivaient à la trace, lisaient son courrier et interceptaient ses communications téléphoniques, il appela Jean alors qu'elle venait d'arriver à Durango, à la frontière d'un désert de misère, situé au cœur de la Sierra Madre occidentale. Dans un état de surexcitation proche de la démence, il lui annonça son étrange décision. Elle lui répondit qu'elle soutenait toujours ses frères de couleur, mais qu'elle aspirait aussi à une vie de famille tranquille, avec une ribambelle d'enfants. En retour, elle reçut une bordée d'injures.

« Je te vois d'ici, tu es une sale bourgeoise blanche, sans une goutte de sang noir. *Fuck you ! Fuck you, white bitch !* Je renifle d'ici ton con blanc puant ! lui cracha-t-il d'une voix tremblante de haine et de mépris.

– Moi aussi, je pourrais insulter les nègres marron, tous les collabos qui ont trahi leurs pères d'Afrique en baisant avec une putain blanche ! répliqua-t-elle avec férocité. Ce serait facile, certainement agréable sur le moment, mais, à ta différence, je ne serais ni délivrée, ni fière de moi. »

Il y eut un mur de silence au bout du fil. Au moins les mouchards, derrière leur table d'écoute, en avaient pour leur argent !

* *
*

Rien d'original : une jeune veuve qui veut venger son mari assassiné, mais tombe amoureuse du meurtrier, un bandit brutal joué par… Richard Kimble, le *Fugitif* du feuilleton TV.

Porté par la vague du western spaghetti, *Macho Callahan*, le nouveau film mexicain de Jean S., se voulait réaliste, avec des nuages de poudre et de poussière dans des paysages arides, des balles qui sifflent aux oreilles, des vies balayées et des giclées de sang traversant l'écran. Ne pouvant se payer le luxe de refuser cent mille dollars de cachet, Jean s'engageait dans l'aventure à reculons. Abrutie par les doses d'alcool et de somnifères avalées à la tombée de la nuit, elle gagnait le plateau chaque matin avec des allures de zombi.

Jean S. n'est même plus une bonne actrice. Elle accepte n'importe quelle merde pour de l'argent.

Il n'y a pas si longtemps, elle aimait son métier. Maintenant elle paraît à peine vivante sur l'écran.

Pourquoi ne rentre-t-elle pas en France ? Elle y tournerait des films intelligents, comme avant.

C'est trop tard. Personne ne lui écrira le rôle qu'elle attend. Elle aurait dû se retirer quand il en était temps.

Elle n'a que trente et un ans !

C'est l'âge pour fonder un foyer.

Espérer, espérer, espérer encore… Dans la nuit du 31 décembre 1969 au 1er janvier 1970, alors que le tournage avait débuté depuis trois semaines et qu'elle attirait déjà tout ce que les bidonvilles de la rivière San Pedro abritaient d'esprits révolutionnaires et de familles affamées, elle rencontra un homme qui lui plut. Elle le croisa au cours de la soirée de Nouvel An organisée par une actrice mexicaine.

Après avoir échangé quelques phrases déchirantes au téléphone avec son fils, elle s'était forcée à franchir l'enceinte de la grande hacienda, aux murs hérissés de tessons de bouteilles. Ivan aussi avait pris le combiné. Ivan, presque sexagénaire. Tellement amer ! Tellement désenchanté ! Ivan qu'elle n'aurait peut-être jamais dû quitter. Elle l'avait rassuré : même s'ils ne la lâchaient pas, ni les Black Panthers ni le FBI ne viendraient la chercher là où elle était. Et puis, sous le coup de la nostalgie, ils s'étaient dit que peut-être... au détour de cette année qui commençait, ils auraient la chance de se retrouver.

Elle se présenta babouches aux pieds, mal fagotée dans une longue robe berbère, à peine maquillée, mais avec ses cheveux de blé taillés court, qui donnaient à sa physionomie cette netteté du regard et du trait que nulle autre ne possédait.

Elle tomba sur lui par hasard, alors qu'il tuait le temps entre deux verres, entre deux conversations juste ébauchées. Il s'approcha d'elle. Et elle vint à lui.

Comment se retrouvèrent-ils assis côte à côte, discutant cinéma et littérature dans le brouhaha ? Lui, l'avait reconnue, *À bout de souffle* était l'un des films de sa vie. Mais, de son côté, elle dut attendre qu'il lui révèle son nom pour réagir. « Ah oui ! Vous êtes romancier ! Et diplomate, vous aussi ! Je sais qui vous êtes. Mon mari français me parlait de vous. J'ai lu l'un de vos livres, l'histoire d'un grand bourgeois, ancien révolutionnaire, dont la fiancée a été massacrée. » Au jeu de rôles, il serait donc *L'écrivain mexicain*. Elle aima son visage de bel aristocrate métissé. Libérée d'avoir fui le ghetto et Hollywood, elle lui parla de l'exil, en particulier du sien. Elle évoqua ses parents et ses anciens camarades. Elle admit se sentir étrangère dans son village natal, comme en tout autre lieu. Il posa ses pas dans les siens et, le champagne aidant, lui prit bientôt la main. Elle avait beau savoir user de sa séduction, jamais un lien ne s'était tendu aussi vite entre elle et un homme de rencontre.

Il serait donc l'élu de sa soirée de Nouvel An.

L'OAS, Ernesto Guevara, le Christ et Martin Luther King firent le reste. Il la suivit dans sa villa.

L'écrivain mexicain lui rappelait Ivan. Avec plus de douceur toutefois, quinze ans de moins et, malgré des manières de prince, la simplicité innée des vrais aristocrates. Au soir du troisième jour de leur aventure, elle avait divisé par deux sa dose de calmants et réduit sa consommation d'alcool. Elle était heureuse de le retrouver après les heures de tournage sous un soleil implacable. Elle en oubliait presque les révolutionnaires auxquels elle avait déjà lâché quelques liasses de dollars. L'homme était brillant et bon amant. Elle l'avertit que, à cause d'elle, il serait fiché par le FBI et aurait des difficultés pour entrer aux États-Unis, mais il s'en moquait.

Finalement, ce tournage n'était pas si mauvais.

Prudence! Jean S. s'emballe, mais n'a aucun esprit de suite.

Il faut toujours qu'elle entraîne les autres dans sa vie et les implique contre leur gré.

Il y a cette frénésie qui la pousse. Mais c'est plus fort qu'elle, régulièrement elle fait place nette.

Dix pas en avant, dix pas en arrière... Et elle recule, jusqu'au bord du précipice!

Cette fois, le danger était identifié : il s'appelait Carlos N., vaguement étudiant, impatient de tailler en pièces les rapaces capitalistes. Indien pure souche, mais vivant dans les taudis de la rive opposée, sur laquelle on parachutait l'armée pour rétablir l'ordre quand le couvercle de la marmite cédait. Jean remercia le Ciel d'avoir mis l'écrivain mexicain sur sa route. Tant qu'ils seraient l'un à l'autre, son attrait pour cette doublure latino-américaine de Hakim Abdullah Jamal demeurerait sans danger...

Sauf que le studio fut averti que, si Jean S. continuait à fréquenter les subversifs, elle serait expulsée. Sauf que le producteur de *Macho Callahan* reçut une note du FBI le mettant en garde contre les agissements de sa star. Et sauf que, une nuit, son amant Panthère noire lui téléphona pour la dénigrer et l'accabler.

* *
*

Nue sous l'éclat de la lune, Jean S. en crève d'avoir la peau blanche.

Oublié le soir où elle a traité l'homme noir de nègre marron. Comme chaque nuit, à trois heures du matin, elle se lève et laisse son amant seul sous leurs draps froissés. Elle décroche le téléphone dans une autre pièce et parle d'une voix brisée que nul ne lui connaît. C'est sa faute, dit-elle, si elle est moins que rien, parce qu'elle s'obstine à penser comme une femme blanche.

Elle répète qu'elle voudrait être Billie Holiday, pour chanter la misère des âmes opprimées.

À l'autre bout de la ligne, l'homme noir la rudoie, la traite plus bas que terre.

Elle ravale ses larmes, tend l'autre joue, en redemande.

L'homme noir lui répond que lui et ses frères n'ont pas ce genre de problème, que cela leur est égal de ressembler à des macaques. Eux, n'ont jamais eu envie de changer de nature pour devenir Blancs. Blancs comme les tordus du Ku Klux Klan.

Un matin, dans l'espoir de la secourir, l'écrivain mexicain lui avoua l'avoir entendue pendant la nuit.

« Nous en savions si peu l'un sur l'autre ! Tu me respectais, et je te respectais, regretta-t-elle.

— Rien n'a changé.

— Tu ne peux plus faire semblant de ne pas être au courant, désormais.

— Mais tu n'as pas mal agi. Je ne te demande pas qui te parle ainsi à trois heures du matin, cela ne me regarde pas. Je suis toujours décidé à vivre avec toi, Jean ! Je travaillerai dans une université pendant que tu tourneras.

— Avec Eastwood aussi, j'ai eu le choix. Et même avec Ivan, je pourrais revenir, si je voulais…

— Regarde ! Depuis que je te connais, je n'écris plus, et je n'en souffre pas. Quelle autre preuve veux-tu que je te donne ?

— Ivan écrit aussi. Il reste enfermé chaque jour pendant des heures devant sa machine à écrire. Qu'importe ce qui se passe à l'extérieur ! Même s'il a risqué sa vie pendant la guerre, désormais écrire le dispense d'agir. Et Ivan est aussi un esprit supérieur, alors que la majorité des gens qui nous entourent sont sans bagage et en mauvaise santé. D'abord survivre ! Pour ceux-là, écrire est un luxe inaccessible. Comme le bonheur. »

L'écrivain mexicain eut un sourire triste. Elle planta durement son regard dans le sien, mais il se déroba et jeta un coup d'œil circulaire dans la pièce, comme si le mystérieux correspondant des nuits blêmes avait pu les entendre.

« On ne peut mener deux vies à la fois, Jean, ni vivre de deux manières différentes.

– Mais quand on a le cœur qui balance ? Dis-moi : comment s'y prend-on pour choisir entre le mauvais et le pire ?

– Décider d'être heureux tel que l'on est : voilà un acte de volonté.

– Et ensuite ? Comment s'arrange-t-on avec l'idéal que l'on n'atteindra jamais ? Mener une existence honorable, ou bien accoucher de la révolution mondiale... À vous entendre, monsieur le grand auteur, choisir entre l'un ou l'autre est aussi simple que de trancher entre le Blanc et le Noir ! »

*   *
*

Sur l'arête du précipice.

Un soir que son amant était à Mexico, elle saisit le prétexte d'une échauffourée dans une manifestation pour ramener Carlos N. chez elle. Elle lui ôta sa chemise déchirée et essuya sa petite blessure à la tempe. Il était mal vêtu, sa poitrine était creuse, ses cheveux étaient longs, sa barbe, mitée, et il puait le mescal... Elle lui fit couler un bain, renvoya sa servante, ouvrit une bouteille de vin californien et prépara la table pour un dîner en tête-à-tête.

Se voyant accomplir chaque geste au ralenti, elle songea au retour de l'écrivain mexicain, prévu pour le lendemain matin, et tenta de rattraper *in extremis* la moitié de sa vie en rébellion contre elle-même. Mais elle était en pilotage automatique.

Elle rejoignit Carlos N. dans la salle de bains. Elle le trouva dans la même position que son amant, paupières closes, tête en arrière et bras posés sur les rebords de la baignoire. Un nœud de barbelés étreignit son cœur : après ce coup-là, que lui resterait-il à sacrifier ? Elle appela ce va-nu-pieds : « Che Guevara ! » Puis elle plongea la main dans l'eau et, à travers les grosses bulles de savon gris, s'empara de sa verge.

Cointelpro

1

Enceinte.
Et, cette fois, pas besoin de se cacher !
Jean S. passait le plus clair de son temps dans les boutiques parisiennes, achetant tantôt de la layette, tantôt des vêtements qui soulignaient ses formes de future maman. Bien qu'elle commençât à prendre du poids et que le dessin de ses pommettes perdît de sa netteté, elle avait posé, pour un magazine de mode, dans une robe, puis dans une tunique et un pantalon, qui mettaient en valeur son ventre rond.

Avec la vie qui s'élargissait en elle, elle allait mieux. Cette impression de froid et de douleur, qui l'avait enveloppée avant de quitter Durango, n'était plus qu'un souvenir abject. C'était si beau, et rassurant, de n'être plus jamais seule ! De nuit comme de jour, dans son bain comme dans la rue, rien qu'elle et son bébé, en tête-à-tête.

Ciao, ciao le mec (11)
Trait tiré, biffé le « Che »/Ta révolution est en toc/ Tes pétards sont mouillés, tes épées de fer-blanc/Moi, j'en ai soupé de tes bombes toujours à retardement/Plutôt que tes chants du Partisan/Je préfère fredonner une chansonnette d'enfant.

Sans nouvelles de Carlos N., depuis qu'il lui avait annoncé qu'on allait sans doute le jeter en prison, elle préférait que son second petit ne connût jamais son père. Elle se disait qu'il eût mieux valu que le géniteur fût l'écrivain mexicain, mais aucun doute n'était permis. À son retour, l'ayant trouvée au lit avec ce terroriste d'opérette, il s'était résigné, non sans douleur. Compensation... Lorsqu'elle était rentrée en France, fuyant à la fois les Indiens des bidonvilles, Jamal, les Black Panthers, le FBI et Hollywood qui l'avait rayée de ses listes, Ivan avait accepté l'idée qu'elle attendît le petit d'un autre homme. Elle s'était réinstallée avec son fils et Consuela dans leur appartement du septième arrondissement, qui lui appartenait pour moitié, et avait fait dresser une cloison pour le diviser en deux, par le milieu, à l'image du lit qu'ils ne partageaient plus. Les époux s'étaient donc retrouvés côte à côte, mais séparés.

« Et si je te demandais de dire que l'enfant est de toi, Ivan ?

— Dans deux mois nous serons divorcés, Jean !

— Un bébé... Bonne occasion pour nous remarier.

— Tu me proposes un marché ?

— On ne sait jamais. Un couple comme le nôtre pourrait se reformer. »

En vérité, la générosité d'Ivan la touchait. Il s'était même mis à écrire un autre scénario pour elle. Avec, il le jurait, un personnage éloigné d'Adriana. De quoi passer l'éponge après la parution de son dernier récit, à propos des semaines qu'ils avaient passées ensemble à Los Angeles, et dans lequel il dressait un portrait d'elle en idéaliste victime de sa propre naïveté. Qu'il pense ce qu'il voulait, c'était en partie vrai... Mais de là à l'étaler sur la place publique ! Même André Malraux lui avait écrit pour lui dire que son ami Ivan exagérait, et que sans utopie le monde était condamné.

Puisqu'elle avait du temps, la poésie revint la titiller. Elle s'attaqua aussi à une nouvelle d'une quinzaine de pages, racontant l'histoire d'une actrice rudoyée par un producteur tyrannique. Puis elle entama les deux premiers chapitres d'un essai sur la schizophrénie. Mais, après quinze jours de travail, elle laissa son projet de côté, non par lassitude, mais par peur de sombrer de nouveau dans une neurasthénie dont elle s'était sortie avec difficulté.

Pourquoi? Pourquoi suis-je heureuse loin de la multitude qui aurait besoin que je prenne soin d'elle? se demanda-t-elle un soir en serrant un coussin dans ses bras et en commençant à le bercer. « *Bateau sur l'eau, fais dodo l'enfant do...* » *L'amour est l'unique rempart dont nous disposons. C'est la subversion suprême. Une âme toute pure se gonfle d'amour et s'ouvre au monde, à l'intérieur de moi.*

Plus elle parlait à son fils du petit qui allait naître, plus elle se reprochait secrètement d'avoir été une mère épisodique, capable un jour de débordements d'affection excessifs, et le lendemain d'un oubli apparent. Mais elle tenait sa seconde chance. Avec ce nouvel enfant, ni hauts, ni bas, elle ne demandait plus qu'un ou deux beaux rôles, et le reste du temps elle serait disponible. « Oh Nina, Nina! », chantait-elle souvent, persuadée que ce serait une fille. « Mon fils et Nina, mes guérilleros à moi! »

2

« Tu veux vraiment garder le bébé? »
Jamal lui hurlait dans l'oreille. Réveillée à quatre heures du matin par son appel, elle bredouilla que la naissance était prévue pour l'automne, et qu'elle était résolue à aller jusqu'au bout.

« Ce n'est pas possible, j'ai l'air de quoi ! éructa Jamal. Et toi qui le cries sur les toits ! Les frères de la Côte ouest sont atterrés. Qu'est-ce qui te prend ? Tu ne dessaoules plus, c'est ça ?

— Je fais une pause. Je veux bien envoyer de l'argent, ou aider l'un d'entre vous s'il vient à Paris, mais ça s'arrête là.

— Ici, on dit que tu as couché avec Hewitt.

— Ray Masai Hewitt ? Le chef de la section de Los Angeles ?

— C'est le bruit qui court...

— Mais le bébé ne peut pas être de lui. Je suis tombée enceinte à Durango. Et puis Hewitt est impuissant.

— Avec deux enfants ?

— Impuissant... C'est ce qu'on dit. »

Il y eut un silence et des crachotements sur la ligne.

« Toute cette merde pourrait te coûter cher, Jean, reprit Jamal d'une voix sifflante. Tu te souviens du livre que je voulais écrire ? J'ai trouvé le titre. Ça s'appelle : *Une balle en sucre*. C'est le titre ! *En sucre*... J'en ai déjà pondu soixante pages. J'ai une bonne mémoire et j'avance vite. Dedans, je raconte l'histoire d'une putain de star à la peau blanche qui s'est figuré qu'elle pourrait jouer les Jeanne d'Arc en entubant les Blacks.

— Arrête ! On est sur écoute...

— Je m'en torche ! Pour une fois je me sens solidaire de cette pourriture de Hoover. »

Elle retombait dans son cauchemar. La folie d'un monde malade les rattrapait, elle et la créature innocente qu'elle portait. Alors qu'elle avait cessé de fumer pour le bébé, elle courut, le ventre glacé, à travers l'appartement à la recherche d'une cigarette. « Allez vous recoucher ! », ordonna-t-elle sèchement à Consuela, alertée par son vacarme. Elle jeta le contenu de ses tiroirs à terre, vida sa penderie sur le tapis, fouilla dans ses sacs à main et retourna les poches de chacun de ses vêtements. En vain. Alors elle enfila une jupe sale et un chandail froissé et sortit en catastrophe à cinq heures et demie du matin. Après avoir tiré sa porte d'entrée, sans être certaine d'avoir pris ses clés, elle remonta jusqu'au boulevard Saint-Germain, traversa sans regarder, gagna le carrefour de l'Odéon, se jeta dans le quartier Saint-Michel. « Masai Hewitt, Masai Hewitt... », se répétait-elle hors d'haleine. Enfin, à six heures, elle trouva un bar tabac dont on remontait le rideau de fer. « Attendez, ma petite dame ! On y va... Ne soyez pas pressée comme ça ! », lui lança le patron, contre lequel elle se collait pour entrer. Sitôt à l'intérieur, elle acheta une cartouche de Rothmans et un briquet. Sans reprendre sa monnaie, elle déchira un paquet, cassa la première cigarette, en tordit une autre, et d'une main tremblante fit jaillir sous son nez une flamme de chalumeau mal réglé.

« Masai Hewitt, Masai Hewitt... » Quand elle eut avalé quinze goulées de fumée, elle réclama un express. *Et l'autre pédé, qui la menaçait avec sa balle en sucre...* Le café lui brûla la langue. Elle faillit vomir la première gorgée. Nina gigota sous la peau de son ventre, qui commençait à se tendre. Impossible de rester forte ! Forte et pleine d'amour et de fraternité, comme si nul ne la poursuivait.

Elle serra les mâchoires. Ce n'était pas sa faute si le mal ressurgissait. Un client entra. Il déposa son journal sur le zinc. À la une, on annonçait qu'un diplomate péruvien avait été assassiné en plein Paris de trois balles dans le thorax. Maintenant, le patron derrière son comptoir la dévisageait. Qu'est-ce qu'elle fichait là, pas douchée, pas peignée ? Elle se demanda qui se dérangerait pour venir la chercher. Elle ressentit une nouvelle douleur, dans l'aine cette fois. Son regard se posa sur l'alignement des bouteilles à droite du percolateur. *Pastis... cognac... whisky...* Voilà ce dont elle avait envie. Elle hésita. Comment calmer cette rage sourde contre un monde où même les bons étaient mauvais ? Plus rien ne bougeait en elle. Nina avait retrouvé le sommeil. *Whisky... cognac... pastis...* Maison inhabitée, libre d'agir comme elle l'entendait. Personne n'en saurait rien.

Vie de chienne !

Elle écrasa son mégot, qui lui brûlait les doigts. Puis elle commanda un second café, balança la tête doucement, songea à ses deux guérilleros chéris et ajouta : « Avec un verre d'eau, monsieur, s'il vous plaît. »

3

La lettre arriva chez elle dix jours après l'appel de Jamal.

Elle avait de nouveau proscrit les cigarettes et l'alcool. Bien qu'elle se sentît épiée, ne téléphonant plus, ne parlant plus d'elle dans son propre courrier, se méfiant de chaque passant, se retournant sans arrêt dans la rue, changeant dix fois de trottoir et empruntant des détours inutiles, au cas où quelqu'un l'eût suivie, elle s'employait à oublier les menaces de son ancien amant. Jane Fonda, rencontrée dans un meeting parisien dénonçant l'envoi de deux cent soixante-quinze mille soldats noirs au Viêtnam, le lui avait pourtant confirmé : elles étaient toutes deux les cibles du plan Cointelpro, mis en place par le FBI contre les Black Panthers. Chaque information les concernant remontait jusqu'à la Maison Blanche, et aucun effort ne serait épargné pour les neutraliser.

Sur l'enveloppe *AIR MAIL*, reçue le 22 mai, elle reconnut le cachet des postes californiennes. Son adresse était rédigée en lettres bâtons, et l'expéditeur n'avait pas inscrit ses coordonnées. Mauvais pressentiment ? À l'instant de décacheter, elle marqua un temps.

Même si elle s'accusait d'exagérer les menaces qui pesaient sur elle, force était d'admettre que le danger n'existait pas que dans son imagination. La preuve : à l'intérieur de l'enveloppe, un esprit « bien intentionné » avait glissé, sans commentaires, un extrait de la chronique de Jennie H., découpé dans le *Times* de Los Angeles en date du 19 mai.

ENCEINTE D'UNE PANTHÈRE ?

C'est une vedette du showbiz. L'une de ces jolies blondes sur lesquelles le Tout-Hollywood ne se lasse jamais de papoter. Teint transparent, âme à l'avenant... Il n'y a pas si longtemps, Miss Showbiz irradiait la pureté.

Choisie entre toutes pour incarner une sainte en armure, elle a connu ensuite d'importants succès et s'est mariée avec un consul général, longtemps connu pour écumer dîners-débats et plateaux de télévision en se vantant d'être le porte-parole de la France dans le Far West. Il y a peu, elle est revenue aux États-Unis, pour y figurer brillamment dans deux des plus grands succès cinématographiques de ces dernières années.

Ne s'en tenant pas là, Miss Showbiz a épousé les causes les plus radicales et, ne négligeant

> ni son temps ni son énergie, s'est montrée aux côtés d'activistes noirs, auxquels elle a distribué une part de ses somptueux cachets.
>
> Or, voilà que, déjà mère d'un premier enfant blanc, Miss Showbiz est l'objet de rumeurs laissant entendre qu'elle serait enceinte de presque cinq mois d'un second bébé, café au lait celui-là, et que le futur papa serait une Panthère noire.
> *Une affaire à suivre...*

Malgré les nausées, et les douleurs qui migraient d'un hémisphère à l'autre de son ventre, elle tint le coup. Mais, quand elle montra l'article à Ivan, elle le vit se raidir. Encore le qu'en-dira-t-on ! Avare de commentaires, il lui conseilla de ne rien entreprendre qui pût laisser penser qu'elle était sur la défensive. Désorientée, elle l'écouta.

« C'est pour l'enfant, Ivan, les médecins disent que je pourrais le perdre. Il faut que je tienne le coup jusqu'à la mi-août...

– Raison de plus pour ne pas te mêler de ces histoires-là.

– Je ne sais plus qui sont mes amis et mes ennemis. Ne plus avoir confiance, voilà le pire.

– Hoover annonce qu'il va publier la liste des gens fortunés qui ont aidé les factions noires antiaméricaines. J'aimerais autant que tu n'y figures pas.

– Une nouvelle *liste noire*...

– Sois prudente, ils pourraient t'interdire de remettre les pieds à Marshalltown. »

Ne plus jamais tenir la main de grand-maman Frances ! Ne plus embrasser Mum and Dad, ni revoir la façade de l'*Orpheum*, ni déclamer sous le hangar des Indiens morts... Ivan avait réussi à lui fournir un nouveau sujet d'inquiétude. Elle avait beau se réprimander, se répéter qu'elle n'était plus une gamine mais une femme d'âge mûr dont l'histoire n'était pas pire que celle de beaucoup d'autres, elle passait son temps à ressasser les moyens dont ses ennemis disposaient pour la détruire.

Faire ce qui vous ressemble...

Voilà comment elle pourrait en sortir ! En s'affirmant telle qu'en elle-même : Jean S., mère de famille, femme au cœur généreux et actrice en exercice. À elle de vivre à cent pour cent ce moment d'euphorie où chaque heure la rapprochait de la naissance de son nouvel enfant ! Alors qu'elle ne mettait plus le pied dehors depuis des semaines, elle se rua subitement dans les grands magasins. Oubliés les tueurs en liberté d'Edgar Hoover et les tireurs des Blacks Panthers faction armée. Elle acheta treize animaux en peluche, dix poupées avec leurs vêtements, des personnages de Walt Disney en caoutchouc, trois marionnettes, six livres d'images, des poissons en plastique et des canards multicolores pour l'eau du bain, deux boîtes à musique, un automate et trois hochets à grelots. Sitôt de retour, elle disposa les jouets sur les meubles et sur le petit lit, déjà en place dans la chambre jouxtant la sienne. Puis, allongée sur le tapis à longs poils roses, elle resta jusqu'au soir à contempler les ombres chinoises que la lampe tournante dessinait au plafond.

Faire ce qui vous ressemble...

Et s'y tenir ! Même lorsque votre agent américain vous téléphone, le lendemain d'une belle journée comme celle-là, pour vous avertir qu'elle vient de lire un article du *Hollywood Reporter*, dans lequel on s'interroge pour savoir pendant combien de temps l'actrice Jean S. va garder secrète une information que tout le monde commence à connaître.

Le 8 juin, Ray Masai Hewitt en personne l'appela de Los Angeles pour savoir quelle suite elle entendait donner aux rumeurs qui circulaient à leur sujet. « Je ne sais pas, répondit-elle désemparée. Tout ce que je tenterai pour m'en sortir se retournera contre moi. » Le leader des Black Panthers lui parla de complot et ajouta que l'affaire leur tombait dessus alors que les révolutionnaires du parti prônant la guérilla à outrance contre les Blancs et l'aile modérée se déchiraient, se menaçant mutuellement d'élimination physique. « Je ne veux pas être mêlé à cette histoire de grossesse en ce moment », précisa-t-il avant de raccrocher. Elle comprit qu'elle n'avait aucun secours à attendre de sa part.

Dans l'après-midi du 10, elle sentit à quel point elle avait besoin de boire quelque chose, à quel point avaler brusquement une boisson forte, en accord avec les couleurs radieuses de l'été qui s'annonçait, lui était nécessaire, indispensable, vital. Se persuadant que ce genre d'appel faisait aussi partie d'elle-même, elle ne résista pas. Quand, dans la soirée, Ivan la retrouva incapable de se tenir debout, plongée dans un délire de persécution où il était question de tireur embusqué, de colis piégé et d'avortement forcé, il décida qu'elle devait quitter Paris.

4

Faire ce qui vous ressemble...

On l'avait laissée retourner à Marshalltown. Entre la piscine, les séances à l'*Orpheum* et les balades à dos de poney, les journées passées avec son fils dans son Iowa natal semblaient l'avoir revigorée. La rumeur ne les ayant pas encore atteints, ni eux ni le Middle West, où l'on ne manquait pas une occasion de fêter la star d'*Airport*, Mum and Dad se réjouissaient d'être de nouveau bientôt grands-parents.

Hélas ! Bien qu'elle n'eût jamais cru à son western mexicain, la sortie de *Macho Callahan*, amputé d'une demi-heure par le producteur, entama son moral en partie retrouvé. Le scénario n'avait plus ni queue ni tête. Elle se mit en tête que la rapidité avec laquelle son personnage se donnait à l'assassin de son mari allait s'ajouter à la liste des reproches qu'on lui adressait. *Jean S. : femme facile, pute blanche sans loi ni morale, copulant avec de vrais gibiers de potence…* Confondre le personnage avec son interprète était trop tentant pour que ses ennemis s'en privent.

Elle raconta à Mum and Dad qu'Ivan et elle allaient se remarier, tout en priant pour qu'ils ne sachent jamais quelle boue on déversait sur elle. Grand-maman Frances avait beau lui jurer que ses parents l'aimaient assez pour ne pas croire ce que les journaux racontaient, elle avait une autre vision de la réalité.

À son retour en France, début juillet, elle chercha le soutien d'Ivan. Malheureusement, même s'il l'aimait encore, ce dernier ne pouvait s'empêcher de lui reprocher ses engagements. Elle voulut lui demander de refaire chambre commune, mais, face à la mine sévère, ses mots restèrent coincés en travers de sa gorge. À peine rentrée, elle fut relancée par Jamal, qui voulait savoir si elle s'était enfin décidée à avorter. Masai Hewitt lui téléphona aussi pour qu'elle organise clandestinement son transit par Paris, où il devait rencontrer une délégation de la faction adverse des anti-intégrationnistes avant de s'envoler pour Kinshasa. Elle n'osa ni refuser ni en parler à Ivan. Ne sachant vers qui se tourner pour obtenir de l'aide, contrainte de se rendre à Orly elle-même pour accueillir le prétendu père de son enfant, elle revint certaine d'avoir été reconnue, malgré sa perruque brune, ses lunettes noires et ses kilos en trop.

Jean S., la dépravée de l'Amérique, photographiée en compagnie de Masai Hewitt! Il ne restait plus qu'à attendre le reportage dans *Life*.

Le lendemain, elle engagea un gitan comme garde du corps et décida de s'éloigner de nouveau de Paris. Cette fois, Ivan la prit par la main et mit le cap, avec elle, sur le sud de l'Espagne.

5

Sale pute de mère blanche!
À l'hôpital de Palma de Majorque, face aux photographes, Jean S. jouait les futures mamans modèles avec un naturel confondant. Mais au fond d'elle...
Au fond d'elle, la terre continuait à trembler.

Sale pute de négresse blonde!
À peine débarquée en Espagne, sans rien tenter pour se protéger d'elle-même, elle avait vu sa cotte de mailles céder. *Vodka-citron, whisky, dry martini...* Exit Ivan. Balayé le gitan aux pectoraux d'acier... Une poignée de barbituriques avait complété le dîner. *Dry martini, whisky, vodka-citron...* Elle s'était retrouvée zigzagante sur la plage au clair de lune.
Mais qui vous a dit que j'étais Rose Loomis?
Sale pute de mère indigne!
Comme Adriana, elle s'était effondrée, sa nuque avait heurté le sable gris. *Bitch on the beach...* Même pas bonne à violer, avec son ventre en peau de montgolfière, son sexe sec et sa bouche au goût de vomi. La Grande Ourse avait tourneboulé au-dessus d'elle, le

ciel avait chaviré son encre de Chine. *Merci Consuela de m'avoir ramassée, mais il eût mieux valu m'abandonner aux cisailles du peuple crabe.*

Cyanose, asphyxie, activité cérébrale en berne, pouls qui s'égare... On l'avait perdue, rattrapée sur le fil, maintenue. Lavage d'estomac, oxygène et transfusions : un miracle qu'on l'eût sauvée. *Oh, pardon, Nina ! C'était moins une, je sais.*

« Jean ! Est-il vrai que, au lendemain de votre divorce, Ivan K. et vous allez vous remarier ?

– Oui, nous sommes réconciliés. Nos deux enfants auront un vrai foyer, dans lequel grandir et s'épanouir.

– Si c'est un garçon, c'est quoi son prénom ?

– Alexandre, comme le papa d'Ivan.

– Et si c'est une fille ?

– Nina, comme la maman d'Ivan. »

Un sourire en prime, pour la presse du cœur, devant une cascade de fleurs immaculées ! Elle en faisait trop, mais c'était ce qu'ils attendaient.

« On dit que vous avez voulu mourir.

– Mourir, moi ? Mais je n'ai jamais été aussi heureuse.

– Pourquoi attenter à vos jours ?

– Pourquoi ? Je vous le demande.

– Il paraît que vous allez tourner un second film avec Ivan K...

– Le rôle est écrit, mais Ivan le tient secret. Ce sera mon cadeau, dès que j'aurai accouché. »

Mais qu'est-ce qu'elle racontait là ? Anglais, Espagnols, Français... Ah ! Reporters de tous les pays, si vous saviez la vérité ! Qu'avait-elle donc de si intéressant à révéler ? *10 août. Encore deux semaines, et, à sept mois, ma petite Nina, pressée de savourer le goût des premiers baisers, sera viable. Le reste m'est égal.*

Ma carrière ? Je ne sais même pas si après le film d'Ivan je continuerai à tourner.

« On dit que vous allez jouer dans *Frenzy*, le prochain Hitchcock.

– On dit tant de choses...
– Et la suite d'*Airport* ?
– Pour rien au monde !
– Est-il vrai que vous allez publier un roman sur Hollywood, à la fin de l'année ?
– Seulement avec la permission d'Ivan.
– Il y aura des révélations ?
– Plus que vous ne le pensez... »

Les médecins avaient beau se montrer rassurants, son ventre pesait si lourd qu'elle n'osait plus se lever. Du béton ! Depuis sa saloperie de l'autre nuit, le bébé n'envoyait plus de coups de pied, comme s'il avait peur de se faire remarquer. Peur que sa dégénérée de mère se souvienne de lui et ne décide de lui épargner tout contact avec cette chienne de vie.

Rafale de flashs, comme au temps de Patricia Franchini. Surprenant ! Quarante minutes qu'ils la torturaient, et ils avaient encore d'autres questions à poser.

« Où préférez-vous vivre, Jean ? À Paris ou aux États-Unis ?

– J'aime mon pays, mais il est devenu très dur, difficile à supporter pour tout le monde. Comparativement, en France, les gens sont bienveillants les uns envers les autres. Je n'ai aucun projet à Hollywood. Même si on m'appelle, je ne crois pas que j'irai. »

6

« Quel bonheur pour un couple d'être plus
amoureux que jamais, et cela au moment où

> nous attendons un second enfant ! », lance l'actrice Jean S. du fond de son lit d'hôpital à Palma de Majorque, où elle se remet des complications d'une grossesse difficile. Déclaration paradoxale, alors que la procédure de divorce entre la belle et son époux de vingt-cinq ans son aîné vient d'aboutir. Le plus étonnant, c'est que l'ex-ancien mari fait mine d'ignorer que l'enfant, dont la naissance est prévue pour la mi-octobre, n'est pas de lui, mais d'un activiste noir rencontré par Jean S. au début de l'année.

Voilà le torchon qu'elle avait sous les yeux, dans la chambre de l'hôtel suisse où Ivan l'avait abandonnée avec son garde du corps, pour un reportage sur les pistes d'Afrique. Voilà ce que le magazine *Newsweek* publiait dans son numéro du 17 août, en regard d'une photo où on la voyait en chemise de nuit rose, fière de son ventre de petite mère, d'une beauté mûre que nul ne lui connaissait, le teint frais, souriante, quoique les traits tirés et les chairs un peu enflées. *Newsweek* ! Cela signifiait des millions de lecteurs, et un article repris par le *Times Republican*, diffusé aux quatre coins de l'Iowa, et dans tous les États-Unis ! Au téléphone, Ivan lui annonça qu'il portait plainte pour diffamation. « Pourquoi n'es-tu pas avec moi ? lui demanda-t-elle d'une voix chancelante. Tout le monde m'abandonne, même toi. »

Malgré son état physique, et bien que les médecins lui eussent interdit de quitter le parc du palace où elle séjournait, elle se précipita à la poste de Zermatt pour envoyer un télégramme à Mum and Dad : NE CROYEZ PAS CE QUI EST ÉCRIT JE VOUS EN SUPPLIE – RIEN DE TOUT CELA N'EST VRAI.

Et pour grand-maman Frances, elle ajouta : TA PETITE-FILLE N'EST PAS CAPABLE DE CHOSES COMME CELLES-LÀ. À l'attention de Carol H. elle adressa aussi cette prière : DÉFENDS-MOI – DIS À CEUX DE MARSHALLTOWN QUE JE N'AI PAS COMMIS UNE FAUTE PAREILLE.

La veille, alors que nul n'était supposé connaître le lieu où elle s'efforçait de sauver la vie de son bébé, une femme l'avait appelée pour qu'elle soutienne Angela Davis, accusée de conspiration, d'enlèvement et de meurtre, après la tragique prise d'otages du tribunal du comté de Marin. Quand elle avait répondu vouloir prendre ses distances avec l'action militante, l'inconnue l'avait traitée de lâche, de femme malhonnête et sans morale, et lui avait promis de faire entendre leur conversation enregistrée aux frères qui se trompaient sur son compte.

En regagnant l'hôtel, le ventre tordu de contractions, Jean renvoya son garde du corps, dont elle commençait à se demander s'il ne la trahissait pas, et se rendit d'elle-même à l'hôpital. Elle n'y resta que quelques heures. Au milieu de la nuit, un hélicoptère la transporta d'urgence à Genève, où, à neuf heures vingt-sept du matin, elle accoucha, dans la frayeur, d'une puce à la peau claire nommée Nina K. – 1,800 kilo – 32 centimètres – Chance de survie : 20 %.

Une heure plus tard, dans un flash spécial, les auditeurs des radios les plus écoutées de France apprirent que l'actrice Jean S. venait d'accoucher en Suisse, dans la clinique des princesses et des stars, d'une petite fille dont le père n'était pas Ivan K., mais l'un des leaders du mouvement des Black Panthers.

Cercueil de verre

Oiseau mort, posé au fond d'un carton à chaussures. Quelle différence avec jadis, quand, dans son igloo, Jean S. veillait le cadavre de son gentil compagnon tombé du nid ? Sauf que cette fois, au creux du berceau blanc, habillé de blanc, paupières closes, bouche groseille, mantille, dentelles et rubans de soie blanche, reposait le corps minuscule de son enfant. Le visage aussi était blanc. Si blanc que, pensant aux journalistes qui risquaient de débarquer, le personnel de la morgue avait cru bon de le colorer. Deux touches de fard, un peu de rose sur la peau de cierge, comme si une ombre de vie affleurait... Impossible pourtant de s'y tromper, visage de faïence blanche, Nina K. avait tout d'une poupée inanimée.

« C'est fini, pour votre bébé », lui avait annoncé, sans précautions, la sommité qui l'avait accouchée. Et voilà... Quarante-huit heures de vie, deux mille huit cent quatre-vingts minutes, pas une de plus ! Elle n'avait pas versé une larme. Elle avait seulement lâché que c'était un meurtre prémédité, et que le FBI et la CIA en étaient responsables. On lui avait administré un calmant, qu'elle avait avalé sans protester. « Edgar Hoover coupable. *Newsweek* coupable. Hakim Abdullah Jamal coupable... », avait-elle répété d'une voix blanche. Une fois seule, elle s'était levée, nue, avec ses seins bandés. Elle s'était lavée, maquillée et habillée, tailleur et col roulé. Puis elle avait appelé le garde du corps et lui avait dicté le texte d'un télégramme pour André Malraux, l'avertissant que l'on avait tué Nina. Elle avait réclamé son fils et Consuela, mais, toujours ensemble, ils étaient partis au cirque. Fiévreuse, elle avait fini par se recoucher tout habillée. Regard fixe et bras croisés, le visage dur comme du métal, elle avait attendu deux heures que l'infirmière arrive pour lui faire une autre piqûre qui lui permît de dormir.

Debout. Couchée. Dix pas comptés pour aller aux toilettes. Un coup d'œil à la fenêtre sur le parc désert. Puis le lit de nouveau. Les plateaux-repas, auxquels on ne touche pas, et les visites d'Ivan, déclarant dans un silence de mort qu'il assume la paternité de l'enfant... Deux autres jours de vie sans vie se sont écoulés ainsi, sans un pleur. Et maintenant, à la morgue, un vol de croque-morts encercle sa fille.

Elle remarque enfin à quel point Nina a le type indien. Cheveux noir d'encre et pommettes hautes, de quoi rassurer Masai Hewitt, ses femmes et sa clique. Ivan, Consuela, le garde du corps, Vony B. venue de Paris : ses proches ont la preuve du mensonge d'État. Elle sort un appareil photo de son sac et s'approche du berceau. D'un coup, elle prend quatre clichés. Puis elle tend l'appareil au gitan, se penche au-dessus de la petite morte et la soulève entre ses bras. Une odeur de formol lui monte au nez. Le cadavre est si léger ! Marionnette bout de bois, froide et sans fil, poupée inarticulée, bourrée de plume et de duvet... Quelle impression curieuse ! La nuque est raide. Totem rond, gros comme le poing, la tête se tient droite d'elle-même. Il y a une hésitation dans la grande salle aux murs pavés. Dans la morgue, tous la dévisagent. « Prends-nous comme ceía ! Dépêche-toi ! », s'écrie-t-elle à l'adresse du garde du corps, qui reste bouche bée face à la scène.

* *
*

Puisque le fil du temps avait glissé entre les doigts de Nina, Jean décida que son corps serait embaumé et resterait tel que la mort l'avait figé. Puis elle téléphona à Jennie H., dont le potin publié dans le *Times* de Los Angeles avait tout déclenché. Déterminée, elle lui dit : « J'espère que vous dormez mal la nuit. Si vous vous réveillez, avec devant vos yeux le visage minuscule d'une petite fille à la peau blanche, allongée au fond d'une boîte à chaussures tapissée de dentelles, vous saurez qu'il s'agit de Nina K. qui par votre faute n'a rien connu de la vie. Méfiez-vous ! Quand Nina K. s'incrustera dans vos rêves, avec ses paupières closes et ses membres raides, vous ne vous débarrasserez plus d'elle, ni de moi. »

Dès les premiers jours de septembre, sa culpabilité refit surface. Tandis qu'Ivan portait plainte contre *Newsweek* et déclarait à la presse internationale que Nina était bel et bien de lui, Jean en vint à se confondre avec les vrais assassins. Idée fixe… Elle se reprocha bientôt d'avoir tenté inconsciemment de tuer son bébé début juillet, à Majorque. Enfant encombrant, image et réputation ruinées, incertitudes sur l'attitude d'Ivan, situation risquée, carrière compromise, vie menacée, crainte de voir Carlos N. ressurgir, incapacité d'être bonne mère et de donner un père à sa fille, peur de mourir tout simplement, soit en accouchant, soit en se prenant une balle, blanche ou noire, dans la tête… Elle finit encore par se mépriser.

Après les déclarations d'Ivan, la presse, qu'elle eût été mieux inspirée de ne pas lire, parla, dans le meilleur des cas, d'« accident ténébreux ». La plupart des autres journaux continuèrent à mettre en doute la version officielle, et l'hypothèse *Masai Hewitt père unique* revint en force dans les publications les plus réactionnaires. « Le drame, c'est qu'ils mentent tous, lâcha-t-elle un jour. Il n'y a qu'une seule vérité en toute chose, pourquoi faut-il qu'elle soit défigurée ? »

Prouver que Nina n'était pas noire allait réclamer une énergie dont elle cherchait les clés. Ne fût-ce que par principe, il devenait impératif que le monde sût le fin mot de l'histoire.

Voilà ce qui me sauve la vie : le besoin de vérité.

Et sans cela ?

Je recommencerai comme à Majorque. Whisky-valium, sauf que cette fois-là je ne me louperai pas.

Admettons... Et quand tout le monde saura ce qui est arrivé ?

Je survivrai. Me tuer causerait trop de joie à ces enfoirés.

Mieux que les photos à la morgue, que nul n'avait encore vues, l'idée du cercueil de verre lui vint chez le marchand d'articles funéraires. Puisque le corps de Nina était préservé, chacun constaterait la vérité.

* *
*

24 septembre 1970 – **Vol Paris-Chicago/Correspondance pour Des Moines, Iowa.**

Elle avait tenu à être présente sur le tarmac au moment où le cercueil de verre, invisible sous son coffrage de métal et de bois, devait être introduit dans la soute à bagages. Assise sur la banquette arrière d'une voiture de service de l'aéroport, elle avait vu, par autorisation spéciale, le « caisson » disparaître, happé par la grande bouche de métal. Maintenant, au creux de son fauteuil *first class*, avec le gitan garde du corps à son côté, elle attendait que le vol qui les ramenait, sa fille morte et elle, à Marshalltown, prenne fin. Elle attendait... Mais, en réalité, toute durée lui devenait indifférente. Sécheresse des yeux ou sécheresse du cœur, elle n'avait pas pleuré face à la scène déchirante du matin. Ses réactions se résumaient à une raideur glacée dans le bas-ventre, à une respiration soudain entravée, et à quelques vibrations d'ailes de papillon au tréfonds de la poitrine. Rien de cérébral ni d'affectif : seulement des symptômes physiques qui finissaient par se résorber. Le pire était de renoncer à l'espoir que quelque chose se produise. Ne rien attendre quand seul l'événement donne un sens au temps, c'était se refuser à soi-même un reste de crédit. C'était nier sa propre conscience. Alors, face à cette scène blanche, ne restait que l'extase du vertige, du retour au noir, du baiser au rien qui tangue dans les voiles. Ne restait, malgré les tentatives du gitan pour l'empêcher de tout ingurgiter, que le Valium à haute dose, les coupes de champagne, et les mignonnettes de whisky achetées par filet de dix au duty-free.

Comment avait-elle réussi à gagner les toilettes de l'avion ?

Effrayée, persuadée qu'on la poursuivait, elle claqua la porte et repoussa la targette, puis elle s'écroula sur la cuvette des W.-C., heurtant du front le couvercle baissé. Avec l'envie de hurler sa haine à la terre entière, elle ramassa à quatre pattes sa trousse de toilette, dont le contenu s'était répandu sur le sol. De nouveau debout, château branlant sur ses jambes molles, elle aperçut son regard sauvage dans la glace et, manquant de le déchirer, arracha le fourreau noir qu'elle portait. *Quelle puanteur, dans ce réduit ! Puanteur de merde, puanteur d'urine…* Elle s'aspergea de Chanel. Le flacon vide lui échappa des mains, et elle commença à frictionner ses épaules, sa poitrine, la cicatrice fraîche de sa césarienne barrant son ventre, le creux de son triangle blond, triangle des Bermudes où disparaissaient tant d'amoureux perdus. « Edgar Hoover coupable. *Newsweek* coupable. Hakim Abdullah Jamal coupable… », ne cessait-elle de répéter, en trébuchant sur l'avalanche de mots pâteux qu'elle vomissait. « Le FBI va tous nous tuer. Masai ! Au secours ! L'avion est détourné ! » Et là, dans la soute, sous ses pieds, Nina chérie n'était qu'un objet inanimé. Non ! Les assassins n'avaient pas disparu. Depuis trois jours, sur un aéroport jordanien, des terroristes palestiniens menaçaient de dynamiter un avion à destination des États-Unis. Leur vol aussi était piégé. Et quand la carlingue exploserait, Nina mourrait une seconde fois. *Vite ! Avertir le commandant de bord que le temps où les mères et leurs bébés étaient sacrés est terminé…* Elle voulut arracher la porte. Bloquée ! Insensible à la douleur, elle la martela de ses poings fermés. La targette ! Il suffisait d'y penser. Elle se précipita en hurlant qu'on allait tous les tuer, buta sur un enfant, au milieu de l'allée centrale, se ramassa sur un père de famille. Stupeur. Incrédulité. L'actrice Jean S., que plusieurs passagers avaient reconnue, était nue, le front entamé, l'écume aux lèvres, le visage raviné de larmes noires. Certains détournèrent leur regard, un homme se leva pour l'arrêter. « Masai ! Masai Hewitt, tu vas tous nous tuer ! » Elle se jeta sur lui. Elle le mordit. Il attrapa les poignets de cette furie, se prit des coups de pied. Le gitan était là aussi. D'une manchette, il envoya la folle au paradis des inconscients, la ramena inanimée sur son

siège, jeta une couverture sur elle, et se précipita aux
W.-C. pour rapporter de quoi la rhabiller.

* *
*

Cent fois trop grand, le corbillard !
27 septembre – Cimetière de Marshalltown.
Minuscule cercueil dans une longue limousine. Les graviers de l'allée crissent sous les roues des Cadillac noires aux vitres fumées. Cela fait une éternité que Nina n'est plus. Au point que sa mort n'appartient pas au temps présent. Tout de blanc vêtue, telle une princesse à l'heure de ses noces, Jean, seule sur la banquette arrière, regarde par la vitre qui s'est déplacé pour elle. Les siens bien sûr : Mum and Dad, grand-maman Frances, la famille, son fils avec Consuela, Vony B., Carol H. Et aussi les fantômes d'un passé qui n'est la propriété de personne : l'ancienne amie Hannah, Cass Brenner, premier amoureux éconduit, à présent avec femme et enfants, J. William Fischer, le milliardaire, et son épouse, quelques copines de classe. Et puis les amis de la réserve indienne...

Eastwood ne s'est pas dérangé, il ne lui a pas écrit non plus... Mais qu'est-ce qu'elle va s'imaginer ?

Du regard, elle cherche les photographes. Oui, il y en a ! Elle en aperçoit trois, avec leurs appareils, prêts à s'emparer de ce qui se revendra.

Mais pourquoi le père n'est-il pas là ?

Vous voulez dire Ivan K. ? Il est retenu par un reportage.

Curieux !

Oui, en effet... Tout le monde est étonné.

Recueillie autour de la fosse, l'assistance s'impose le silence. David, le petit frère, tiré d'une carcasse de voiture calcinée, repose là, il ne sera plus seul désormais.

Voici le cercueil. Il est minuscule !

Tambourins et sonnailles, sorciers hérissés de cornes de buffle, chasseurs au visage barré de couleurs, peau tatouée et plumes dans le dos, la tribu des Mesquakees lance sa mélopée. Un frisson parcourt l'assemblée : ah ! cet écrin de verre... Personne ne les avait avertis. On se pousse, se hisse sur la pointe des pieds, pour regarder. C'est un miracle ! Nœud dans les cheveux, posée sur un coussin de mousse blanche, la crevette dort à poings fermés. Mèches sur le front, cils longs, trait de lèvres au fusain, la lilliputienne semble rêver au creux d'une douceur ouatée. Surprise : sa peau n'est pas si blanche. Pas noire, certes, mais basanée. Jean le sait ; au fil des jours et des semaines, le teint de sa fille a paru foncer, un vrai teint de sang-mêlé ! Le genre de gamine que les autres filles traitent de métèque.

Les photographes n'osent pas se précipiter. Mais qu'ils y aillent ! On n'attend qu'eux pour officier.

Deux cordes glissées par les croque-morts sous l'emballage de poupée, maintenant recouvert d'amulettes indiennes, et voici le cadeau offert à la terre. Plus loin, derrière les amis du peuple indigène, on distingue de drôles de types en cravate et costume gris. À quoi bon les vider d'ici ? Qu'ils fassent leur rapport à Hoover. C'est l'Amérique tragique, l'Amérique des mouchards et des manipulateurs.

Le chef mesquakee lance une prière au ciel. Jean voudrait que cette scène soit toute comédie, que l'instant où les portes de son Pavillon d'or se sont refermées sur Carlos N. n'eût jamais existé. Comédie ? Mais, dans les westerns, les petites filles ne meurent pas. Au pire, après le massacre de leurs parents, elles sont nourries par la meute des loups. Choyées par une mère universelle, elles apprennent l'envie de mordre les méchants. Elles aiguisent leurs crocs de lait... En attendant.

> *« Ma carrière, je le reconnais sans ambages, a connu des hauts et des bas. J'ai été un des astres de ma génération. Et puis quelque chose est arrivé, je ne sais pas quoi. Néanmoins, je suis ce que je suis, et j'ai survécu aux brimades et aux destitutions. »*
>
> Harold P<small>INTER</small>,
> *No man's land* (1975).

Intérieur nuit
Janvier 1971 – Août 1979

No woman's land

1

JENNIE H. (du *Times* de Los Angeles) : Voilà quatre mois que Jean S. n'est pas sortie de sa folie. Par moments, elle dort tout le temps, après quoi elle se paie une semaine d'insomnies, d'agitation incompréhensible et de délire violent.

HANKIE D. (du *Hollywood Reporter*) : Elle dit qu'elle entend son réfrigérateur la menacer de mort.

JENNIE H. : Elle est méconnaissable. Elle déambule toute la journée en robe de chambre, avec vingt kilos de trop.

HANKIE D. : C'est à cause du Nembutal, et des médicaments qu'elle prend ! Il paraît que ses gencives sont noires comme du goudron...

JENNIE H. : Seigneur ! Au fait, Ivan K. a retiré sa plainte contre *Newsweek*. Il a bien fait, tout le monde sait qu'il n'a jamais été le père du bébé.

HANKIE D. : Ça signifie que, nous aussi, on est à l'abri des ennuis.

JENNIE H. : Il n'empêche que Jean S. m'a encore téléphoné en pleine nuit pour m'avertir d'une voix pâteuse qu'elle écrivait un livre à la mémoire de sa fille, qu'elle appelle : *La Belle Princesse des taudis de Durango*, et que j'y figurais. « Je lui dois ça, pauvre bébé ! », a-t-elle ajouté.

HANKIE D. : Moi, elle m'a parlé d'un film et m'a dit qu'elle n'était pas près d'oublier que j'avais brisé sa poupée...

JENNIE H. : Elle ne s'est jamais remise depuis qu'Eastwood l'a plaquée. Il a encore fallu l'hospitaliser. Cette fois, elle est dans une clinique près de Paris.

HANKIE D. : Avec des barreaux aux fenêtres ?

JENNIE H. : Oui, oui. Là-bas, elle passe des heures à regarder le ciel. Le problème, c'est le film qu'Ivan K. tient à lui faire tourner. Ils commencent en mars.

HANKIE D. : Si c'est aussi réussi que le premier... Ce n'est pas ça qui la remettra sur pieds.

JENNIE H. : C'est un truc sur le trafic de drogue, avec James Mason, Curd Jürgens et Stephen Boyd.

HANKIE D. : Le Messala de *Ben-Hur* ? Passé de mode mais sexy... Encore un qui va finir dans son lit.

JENNIE H. : Sauf qu'elle est obèse, ma chère... Au fait, il paraît qu'elle a revu Hakim Abdullah Jamal.

HANKIE D. : Exact. Il est venu lui réclamer de l'argent à Paris, et elle a envoyé un gros chèque à Dorothy Jamal, qui l'a encaissé et s'est empressée de répéter qu'elle voulait l'acheter. Je n'ai rien voulu écrire là-dessus, mais si elle continue à nous bassiner avec ses menaces à la noix, on pourra toujours glisser l'info dans un entrefilet, histoire de la calmer.

2

Le second rôle qu'Ivan K. a écrit pour Jean S. ?

Celui d'Emily, l'épouse désœuvrée d'un agent du bureau des narcotiques d'Interpol, basé en Suisse, et censé démanteler les réseaux internationaux du syndicat de la drogue.

Son idée ?

Officiellement : grâce à un polar artistique et ultra-violent, comme nul n'en a jamais tourné, régler leur compte aux trafiquants.

Officieusement : malgré l'entêtement de son ex-épouse à décréter la disparition de l'actrice Jean S., lui offrir un personnage de belle aventurière, entraînée dans les montagnes d'Afghanistan sur les traces d'un ancien policier, justicier solitaire qui veut venger sa fille de treize ans tuée par une overdose d'héroïne... Pas si simple ! « Ils n'aiment plus Jean S. Oublie-la ! Et prends plutôt Jane Fonda », proteste-t-elle sitôt qu'il se risque à parler de son personnage. Mais, quand il parvient à l'approcher, il pose un baiser sur ses cheveux négligés ou sur ses lèvres, qui ont un goût de pharmacie, et lui glisse à l'oreille qu'elle seule sera en tête de son générique !

Officieusement toujours : relancer une carrière en rade depuis un an, coincée du côté du cinéma français, et sans espoir du côté de Hollywood, au motif que Jean S., épinglée comme *perverse sexuelle*, figure sur l'index de sécurité du FBI, sous la mention *À DÉTRUIRE*, pour ses agissements contre les intérêts des USA.

Officieusement encore : sortir Jean S. de son processus de désintégration et remettre en ordre le puzzle de sa cervelle.

3

Résister.

Résister dans la chambre de clinique, même face au miroir dans lequel se reflète le visage méconnaissable d'une autre femme, sans expressions ni contours.

Résister à la pulsion de mort, aux lumières qui baissent, au silence, à la nuit dans la bouche quand tout se referme. Ne plus se demander : *Où est la liste de ceux que tu as secourus et qui t'ont trahie ?* Ne plus ressasser la question : *Qu'as-tu fait de ton bébé ?* Ni répondre : *Quel bébé ? Je ne connais aucun bébé.* Ne plus rechercher l'obscurité pour se cacher, mais creuser une ouverture dans laquelle s'engouffre la conscience du monde. Ouille ! Briser le miroir, abattre les murs de la prison...

Voilà comment se remettre en selle.

Vraiment, c'est tout ?

Disons que cela vaut la peine d'être tenté.

Seule dans sa cellule en pavillon psychiatrique, elle reprend les photos de la morgue, au moment où, sous les traits de Jean S., elle tenait Nina dans ses bras. Des joues de cire ? Des paupières en papier de soie ? Rien de vivant ! Elle en arrive à douter que l'enfant a jamais été de chair tendre et de sang clair. Et plus cette idée revient, plus la Belle Princesse des taudis de Durango se perd, se dissocie du souvenir altéré qu'elle en retient. *Ça me fait peur, tu sais, chérie ?... Parce que le temps absorbe toute douleur, et que je ne sais pas ce qui me restera de toi.*

Quand elle dresse le bilan des événements survenus dans l'existence de Jean S., certains lui paraissent affreux. Tantôt elle les refoule, tantôt elle les laisse grouiller dans son cerveau. Dès lors, les plus abjects d'entre eux la débordent. L'horreur cannibale du pire semble d'abord insurmontable. Puis arrive toujours le moment où elle finit par s'habituer au sordide. *C'est à moi que cette chose est arrivée ? Vous en êtes sûr ? J'ai le sentiment que quelqu'un d'autre est concerné. Ou bien que j'ai encore inventé...*

Depuis dix-neuf jours qu'elle est en cure d'hygiène physique et mentale, dix-neuf jours de thérapie intensive, cette même question chamboule son raisonnement : ne plaque-t-elle pas ses propres lubies sur chaque événement de sa vie ? L'existence est tellement plus sensationnelle quand on la repeint aux couleurs de l'imaginaire, même noir de suie ! Ce soir, à l'inverse, elle n'a plus envie de se détruire avec les photos du nouveau-né. Fille maudite… Elle la contemple comme une étrangère. Plus envie non plus, à cette heure, de se persuader qu'un tueur à gages l'attend dans le couloir pour se jeter sur elle, et la supprimer d'une main experte dans un silence parfait.

Voilà comment, en résistant au besoin de transformer sa maladie en œuvre de salut public, elle rejoint la sphère des gens bien portants. La pulsion de la vie reprend le dessus. Coup d'arrêt : inutile de punir son corps pour réparer. Inutile de se convaincre qu'une autre femme, laide, obèse, tout l'opposé d'une star de cinéma, a commis l'irréparable. Voilà comment, s'appuyant sur cette pierre angulaire de la raison, même avec les poumons pleins d'eau de mer, la noyée a une chance de reprendre pied.

Mais pourquoi songer à des choses aussi morbides ? Au lieu de réinventer Jean S. une bonne fois ?

C'est que Jean S. est un leurre. Elle ne connaît rien au métier d'acteur.

Qui parle d'acteur ? Le film d'Ivan sera son dernier. Il faut choisir ce qu'on désire le plus. Or, Jean S. veut faire le bien contre vents et marées. C'est à sa portée.

4

Comme c'est bon d'écarter les conséquences de ses fautes et de ne plus chercher avidement un regard dans lequel poser ses yeux embués de honte ! *Alors ? Rétablie ? Oh non... Pas obligatoirement. Six kilos de perdus, l'haleine moins amère, les paupières moins enflées, le teint moins brouillé, le ventre moins ballonné... cela compte, mais n'est pas suffisant pour fixer les limites derrière lesquelles je dois me tenir en retrait.*

Nina, oiseau inanimé au fond de son cocon de dentelles blanches. Nina, de terre glaise, pétrie entre les doigts d'une Lilith à l'esprit égaré. Et voilà comment pointe le péché d'orgueil de celle qui s'institue créatrice de son propre malheur ! *Ce n'est pas que je sois croyante. Pourtant Dad l'est, et je l'ai été.*

En d'autres circonstances, se rétablir sans y être pour grand-chose l'eût humiliée. Mais aujourd'hui, grâce aux médecins, une pousse de vie fend la chape bétonnée ; qu'ils en soient remerciés. À son réveil, pour la première fois depuis trois mois, elle s'est mise nue sous la douche, a osé se regarder, et a recueilli la mousse du savon au creux de ses mains pour en recouvrir chaque centimètre carré de son corps sacrifié.

On lui rend visite, parfois. Elle reçoit ses amis fidèles au fond de son lit, couvertures remontées jusqu'au menton, de façon que nul ne la voie telle qu'elle est devenue. Alors que, trois mois plus tôt, il lui paraissait inacceptable d'être belle et de provoquer désir et concupiscence... Pendant que, gênés, les siens s'efforcent de parler avec elle, il lui arrive de songer à Magda B., enveloppée comme une momie dans sa chambre de *Chestnut Lodge*, avec ses deux mains invisibles qui secouaient les draps, à l'endroit où se creusait le pli de son entrejambe. « Je ne suis plus malade, je sortirai bientôt », lâche-t-elle de-ci de-là, triste de voir les autres inquiets à sa place. Un après-midi, elle a eu la visite d'Ivan, les bras encombrés par un gros bouquet. Curieuse scène : allongée sans bouger, tête sur l'oreiller, elle n'a pas réussi à dialoguer avec lui. Devant son embarras, elle a pensé que son existence se résumait à cette chambre grillagée, à un couloir glacé qu'elle arpente d'un pas lourd durant les nuits d'insomnies, à un escalier qui finit en cul-de-sac.

De quoi voulais-tu me parler, Ivan?

Je ne sais plus...

Cherche! Allez! Toi qui possèdes un merveilleux savoir, redouble pour moi le monde d'une parole enchantée.

Ne disais-tu pas que le monde s'achève ici?

Un monde que je n'ai pas vu vieillir est en train de finir, oui. Nous y avons eu notre chance, et du bonheur par moments. Mais n'existe-il rien de meilleur, derrière, que tu pourrais me permettre de découvrir?

Il faut bien que la vie continue, voilà ce à quoi je songeais en arrivant.

Alors, qu'attends-tu pour me sortir de là, toi qui as marché jusqu'à moi, bu un café, acheté ton journal du soir, choisi ces fleurs, traversé la rue? Aurais-tu aussi les jambes coupées? Aurais-tu sacrifié l'ordinaire d'une vie à la littérature, qui n'est que le reflet intérieur de la vie?

Il n'est jamais trop tard pour vivre, Jean.

Alors, regarde ce corps que tu as aimé... Tiens! Contemple-le. Détaille-le sous toutes les coutures. Pas si vite! Attarde-toi sur chaque pli de graisse, sur chaque bourrelet. Tu as vu ces cuisses! Bien... Maintenant, dis-moi : ce corps avachi est-il celui que tu as connu? Ou bien le corps d'une garce ordinaire qui ne t'aurait jamais plu?

C'est le corps d'une femme en vie.

Ah oui?

Alors, ça a été plus rapide que prévu ?

Rapide ? On peut le dire. Au matin du vingt-quatrième jour d'hospitalisation (huit kilos et sept cent soixante-dix grammes en moins), contre l'avis des médecins, j'ai bouclé ma valise.

Mais ta longue maladie ?

Courte.

Ah ?

Arrivée chez moi, j'ai jeté mes médicaments à la poubelle, une armoire entière de ces saloperies de pilules qui ont tué Nina. Tout a disparu dans le trou des W.-C.

Et depuis ?

Voilà une semaine que l'on revoit Jean S. dans Paris, sur un vélo au bois de Boulogne pour faire la course avec son ami espagnol, ou bien à six heures du matin, courant sous la pluie, en survêtement, dans les allées du jardin du Luxembourg.

Quel ami ?

Ricardo, un drôle de type court sur pattes et franchement laid, un jeunot qu'elle a rencontré dans une boîte de nuit, après l'enterrement de sa fille, et qui aspire à devenir metteur en scène.

C'est son amant ?

Elle l'avait plaqué, mais il est revenu quand elle l'a sifflé à la porte de la clinique.

C'est vrai qu'elle redevient belle.

Elle trouve qu'elle a encore les bras trop gros, tout en se disant que c'est un peu scandaleux de penser cela. Moi, je la regarde redevenir elle-même. Je crois que c'est à cause de son film avec Ivan.

Elle va le tourner, finalement ?

Elle veut recommencer, en effet. Pourtant, après que j'eus vidé mon whisky dans l'évier, j'ai cru être débar-

rassée de Jean S. Mais j'avais raison de douter. Entre deux femmes possibles, il y en a toujours une qui prend l'avantage sur sa rivale à un moment donné. Au lieu de rester telle quelle, l'entêtée s'alimente donc d'eau claire et de bouillon de légumes. Et je la vois transpirer pendant des heures à la salle de gym.

C'est une jolie femme. Comment lui résister ?

Cette question-là n'est pas réglée. C'est injuste, parce qu'il y a des femmes meilleures que Jean S. qui mériteraient d'être belles à sa place, et qui ne sauront jamais quelle sensation cela procure quand un homme vous aime en un clin d'œil, sans vous connaître.

Le rôle écrit pour elle (2)

Perruque afro sur la tête, en robe Louis Féraud dans un décor de chalet alpin, mince comme un fil, une Jean S. inhabituelle tient un fusil.
13 mars 1971 – Studios de Madrid.
Premier clap sur le plateau du second film réalisé par Ivan K., et produit par Alexander Salkind et son fils Ilya. Emily Hamilton, l'épouse qui s'ennuie, fait feu sur un coucou suisse qui explose en mille morceaux. Bois, plâtre, aiguilles, dégringolent sur l'électrophone, brisent le disque de cris de bêtes fauves qui tournait à la puissance maximale. Mais voici que le mari, Alain Hamilton, du bureau des narcotiques, accourt. C'est James Mason affublé d'une barbichette qui ôte tout sérieux à son personnage. Il lui arrache le fusil des mains :

« Bravo ! Tu as descendu le lion !

– J'en ai assez de cette vie, Alain ! Assez de cette vie tranquille qui me rend folle. »

Plutôt dans le coup, Jean S. est furieuse, sa voix tremble, et en même temps son désespoir se sent. Elle arrache sa perruque. En dessous ses cheveux sont blonds et coupés court. C'est bien elle ! On la reconnaît. À bout de patience, son mari lui lance :

« Tu veux sauver le monde, n'est-ce pas ? Tu devrais flanquer une bombe dans une université ou tuer le pape. Mais non, bien sûr, c'est trop dangereux !

– Qu'est-ce que c'est, dangereux ? »

Aïe ! Les dialogues d'Ivan ! En quatre lignes, on y trouve : des bribes de leur vie commune et de leurs différends, une critique de l'idéaliste naïve que tout le monde manipule, et, pour conclure, un zeste du dernier plan d'*À bout de souffle*. Elle se tait, déconcentrée. Ce n'est pas grave, Ivan n'a jamais été plus patient qu'en ce moment, et Mason est un ami. On recharge le fusil, et on recommence.

23 mars 1971 – Tunisie.

Ce n'est pas la scène la plus simple à jouer. Censée être en vacances dans sa famille aux États-Unis, Emily Hamilton, revêtue de son ensemble chic, pull rouge et culottes bouffantes, a précédé son mari au Pakistan, où il doit traquer le « coordinateur », chef de tous les réseaux de trafiquants. Tombée entre les mains de Bratt Killian – ancien policier, vengeur de sa fille chérie et assassin de onze gros bonnets –, elle subit un interrogatoire musclé. Poursuivie par la douleur d'Adriana, Jean S. peine, et, en professionnel aguerri, Stephen Boyd, son partenaire, tente tout pour donner l'impression d'y croire. Mais, au onzième jour de tournage, il est évident que rien ne fonctionne. Scénario alambiqué, situations artificielles, personnages stéréotypés… au vu des premiers rushes, les producteurs réclament « plus de nichons et plus de sang ». Pris entre son idéal artistique et la réalité, Ivan s'efforce de maîtriser une entreprise qui lui file entre les doigts. Hélas ! Réaliser des films n'a jamais été son métier. Paradoxalement, malgré un personnage sans intérêt, la star repêchée trouve là matière à s'impliquer. Jouer correctement un tel rôle devint secondaire. Pas d'évolution psychologique, mais plutôt des attitudes bien cadrées, telles que l'ennui, la peur, la tendresse, la haine, à exprimer tour à tour, à raison d'une par scène, c'est affaire de mécanique. Il suffit de se concentrer sur chaque situation, au jour le jour, honnêtement, mais sans souci de performance. Avenante avec tous, plutôt que d'être grande actrice, elle préfère être de nouveau le moteur qui permet au paquebot de poursuivre une route dont nul ne sait où elle aboutit.

La caméra a redémarré. Projecteurs braqués dans les yeux, poussée dans le dos, malmenée, elle perd l'équilibre, heurte le mur, retombe entre les mains de son tortionnaire, tourne sur place telle une toupie. Avec un mal de crâne abominable, elle crie :

« Laissez-moi partir !
– Où est Hamilton ?
– Il est à Genève.
– Non ! Il est ici ! Il est ici !
– Il doit venir demain.
– Je veux savoir où il est !
– Il ne sait pas que je suis ici…
– Où est Hamilton ?
– Il n'est pas ici ! »

Boyd essaie de ne pas la brutaliser, mais le scénario prévoit qu'il l'attrape par le cou, la gifle, lui torde les poignets. Demain elle sera couverte de bleus. Avant la troisième prise, il s'est excusé. « Non, ça va bien, il faut y aller au contraire », l'a-t-elle encouragé. Ivan a eu l'idée de cette scène, qui vaut à peine mieux que celle de la femme nue sur une plage avec un masque de tragédie grecque au-dessus d'elle. Tant pis pour elle si elle a laissé filer.

Première semaine d'avril – Dix-neuvième jour – 3ᵉ prise.

Scène de lit. Ni la première du genre, ni sans doute la dernière. Refus de tourner entièrement dévêtue.

Pour les plans sur les seins et le corps d'Emily, on aura recours à une doublure.

Torse nu, peau bronzée et bras aux muscles tendus, Stephen Boyd est couché sur elle. On l'a obligé à garder baudrier et revolver sous l'aisselle. Calibre 38, une arme lourde. Parce qu'un justicier doit toujours être prêt à tuer… Les contraindre à frôler la crosse froide au moindre geste de tendresse est une idée débile. Elle a les yeux ouverts. Elle sait qu'il n'y a rien à voir, mais pourtant elle regarde. Elle flotte, vide de toute sensation, avec un goût de colle séchée dans la bouche. Mimer le plaisir devient une salissure. *Cette fille n'est pas moi! Elle couche avec un tueur et est censée aimer ça!* Ce n'est pas une question de partenaire : malgré la défiance qu'elle lui a témoignée lors de leurs premières scènes, Boyd est amical. Il répète des gestes bien rodés et gagne sa vie avec une précision d'horloger, sans arrière-pensées.

La température est étouffante, et le matelas, dur comme la pierre. Bien qu'elle se soit douchée et lavé les cheveux, le drap humide sent la chaleur de son corps. Sensation pénible : sous les fausses caresses, sa peau est moite. Elle referme ses mains sur les épaules de son partenaire. Un nuage toxique traverse son cerveau : elle « fait l'amoureuse », alors qu'elle n'a plus de destin intime. *Des perles de sueur me picotent le front. Il ne doit pas être plaisant de me toucher. Qu'on me laisse au moins m'essuyer…* Au comble de l'inquiétude, de l'opacité, du désagrément, elle regrette les semaines passées, quand son mal ténébreux suspendait encore son jugement. « Cut ! » Ivan paraît satisfait, mais il ne connaît rien à l'art de jouer la comédie. En revanche, Stephen Boyd est navré. Il lui demande : « Jean, pourquoi acceptes-tu des scènes comme ça ? » Elle lui répond : « Ivan a écrit le rôle pour moi. C'est un grand écrivain, j'ai confiance en lui.

– Ma parole ! Il te prend pour quelqu'un d'autre. Cherche donc un vrai sujet. Trouve-toi une histoire qui te tienne à cœur, que tu sois fière de raconter, et confie-la à un jeune réalisateur, pour qui ce sera une chance de t'avoir comme star. C'est ce que j'ai fait quand j'ai monté mon film sur la traite des Noirs.

– *Slaves* ?

– Oui. Je n'ai pas gagné un dollar, mais, sans moi, ça n'aurait jamais existé. »

Un rang de projecteurs s'éteint. Face à face au milieu du brouhaha ambiant, alors que les machinistes s'affairent autour d'eux, ils se regardent.

« Le temps passe, soupire Boyd. Il y a tant de gâchis.

– Toi, tu as eu des succès.

– *Le Voyage fantastique* ? Comme grand rôle, on peut trouver mieux.

– Avec Bardot, et Vadim…

– *Les Bijoutiers du clair de lune* ? Le film est raté. En plus, j'étais amoureux de B.B. J'en suis sorti brisé, il m'a fallu des mois pour récupérer.

– C'est aussi bien qu'*Airport* ! Et puis tu as eu un Golden Globe, et les péplums : *Ben-Hur, La Chute de l'Empire romain*…

– C'est du passé. Et, même si ça a marché, je n'y suis pour rien… Aujourd'hui, j'en suis là avec toi. Je ne pavoise pas. Si nous continuons, nous nous réveillerons trop tard, K.O. debout d'avoir gâché nos chances, sans rien laisser. »

21 avril – Afghanistan – Six jours avant la fin du tournage.

Ici, comme dans les rues de Kaboul, on murmure que l'armée rouge se prépare à envahir le pays. Kalachnikov en bandoulière, un garçon sur deux est armé. Dans ce village aux pauvres maisons de pisé, Jean S. a revêtu sa robe décolletée, noire et blanche. Louis Féraud toujours… Les bailleurs de fonds aiment afficher leur générosité. Petit sac à la main, suivie par deux caméras, les pieds dans le purin, elle déambule en hauts talons. Les gamines que l'on a repoussées hors champ la dévorent des yeux. À la différence de leurs sœurs de la capitale, elles ne portent ni cheveux attachés sur la nuque, ni rouge carmin sur les lèvres, ni bleu sur les paupières, ni chemisier ni jupe courte. Prison d'étoffe, le tchadri les recouvre de la tête aux pieds, et la majorité d'entre elles vivent derrière une grille brodée qui semble les effacer à jamais. À chaque pose, tandis que l'on met en place le plan suivant, Jean S. s'écarte pour aller vers elles. Mais, ombres voilées, sans âge ni identité, la résille devant les yeux, elles n'implorent aucune générosité. Ce matin, ignorant les regards noirs des guerriers barbus, Jean s'est aventurée vers le bazar. Elle se fait bousculer au milieu des étals de fruits pourris, des bottes de radis et des laitues, mais elle ne ressent aucune crainte. Après le souk à la ferraille, derrière les épices, les poignards et la verroterie, la voici dans le quartier des vendeurs de toile. Elle tombe sur un père de famille occupé à marchander pour son aînée. L'homme prend le voile couleur bleu ciel que le boutiquier lui tend. Il le jette sur les bras de l'adolescente. C'est si lourd que les genoux de la jolie gosse ont ployé. Sans tristesse, elle le déplie pour l'essayer. C'est froissé, long, opaque, avec des fleurs brodées. Jean n'a pas été pareillement émue depuis les ghettos de Los Angeles. Quatorze ans à peine, regard de nuit immense, la jeune fille commence à enfiler sa nouvelle peau. Elle se mord la lèvre, abaisse le voile devant son visage, retient le tissu à la hauteur de ses genoux, puis le laisse tomber sur ses chevilles. Regard perdu, elle ajuste la grille de toile face à ses yeux. Jean l'imagine, sans bouche, sans nez, dans un cachot où le jour ne pénètre jamais. Silhouette tassée, l'ombre avance de trois pas, mais elle s'emmêle les pieds dans la toile et trébuche. Le père la prend rudement par l'épaule, la remet droite, pour qu'elle continue à marcher. On entend un filet de voix étouffée. *Que cette grille est petite!* semble-t-elle protester… Elle tâtonne, ronde comme un chou-fleur, bute sur un tabouret. Derrière les barreaux, l'oiseau chanteur est emmuré, il ne verra plus les matins limpides sur la montagne bleue, ni les fleurs de printemps pleines de grâce… Le cœur en branle, Jean veut s'approcher pour la guider, mais un groupe d'hommes armés, des seigneurs au profil d'aigle, en turban et tunique longue, la dévisagent avec réprobation. Ces gens-là aussi sont des panthères, sauf que leur peau n'est pas noire, qu'ils ne parlent pas la même langue qu'elle, et que cette terre est la leur depuis des milliers d'années. Que fabrique-t-elle chez eux dans son petit vêtement sexy, avec ses genoux à l'air, ses boucles d'oreilles dorées, et ses lèvres pulpeuses redessinées?

Sale prostituée, de quoi te mêles-tu? Un gamin la toise. Menaçant, il ramasse un caillou. Même la fille voilée s'est tournée de son côté.

Vos affaires ne me regardent pas, n'est-ce pas?

Tu pourrais être prise au piège en haut de ces marches. Des volées de pierres s'abattraient sur toi.

Je n'ai pas l'habitude, je viens de loin.

Troue-la! Troue! Découpe-la, du ventre jusqu'au menton.

C'est pour vous aider.

De quel droit nous juges-tu?

Je vous aime, véritablement.

Ravale ta compassion! Et crèves-en d'indigestion!

27 avril – Intérieur nuit – Une maison à l'écart d'un village afghan.

Garder cette scène pour l'avant-dernier jour de tournage est une idée d'Ivan. Elle comprend pourquoi maintenant. À l'extérieur, Boyd le justicier se livre à un massacre, ouvrant les gorges et transperçant les corps à l'arme blanche. Et pendant ce temps, après qu'un type répugnant, chauffeur d'un des gros bonnets, a tenté de la violer, elle s'avise que, fichée dans la porte d'entrée, la lame d'un couteau dépasse. *Premier temps :* faire croire à l'obsédé, dont elle a piétiné et éclaté la face de rat, qu'elle est finalement d'accord pour baiser avec lui. *Second temps :* le pousser à reculons, jusqu'à ce qu'il s'empale sur le poignard... Six heures qu'on y est ! Jean s'est pris des coups pour de vrai, l'ordure a fourré sa langue dans sa bouche et a dénudé ses seins, serré ses poignets, ses bras, son cou. En retour, après l'avoir en partie assommé avec un maillet, elle lui a ouvert la lèvre à coups de pied, et la scripte a dû éponger le sang avec gaze et coton. Ambiance atroce. L'acteur gueule que l'une de ses dents bouge. Maintenant, il la hait. Le jour va se lever, il reste moins de trente minutes pour boucler. Au lieu de s'en prendre à elle, Ivan accable l'ensemble de l'équipe. Le plateau est trop éclairé, le chef-opérateur patauge. Elle en a la nausée. Tous ces cadavres à l'écran ! Quelle saleté ! Et cette femme, soi-disant l'héroïne, maltraitée, torturée, obligée elle aussi de tuer... On est loin de *Lilith*. Pourquoi s'obstiner ? À bientôt trente-trois ans, elle n'est plus à la recherche du succès. Les mains vides, elle en a assez de ce cirque ! Assez ! Assez !

Elle reprend néanmoins la scène et caresse la nuque du violeur, qui cherche encore à l'embrasser. Contrainte de lui sourire, elle jette un coup d'œil sur la pointe de la lame aiguisée vers laquelle elle le conduit. S'en donnant à cœur joie, le type lui mord les lèvres. Elle ne peut se dérober sans gâcher le plan, mais elle serre les dents. Des poils de moustache lui entrent dans le nez, la bouche de ce tordu a un goût de sang frais. Elle a un haut-le-cœur. Inspirer profondément. Bloquer. Expirer lentement en contrôlant son souffle. *Je ne suis pas Emily Hamilton. Je suis Jean S. ! Jean S. de Marshalltown, et sitôt de retour à Paris, je vais chercher un grand projet à monter. Non, Ivan, ne te torture pas. Ce n'est pas ta faute, tu pensais me sauver en me conduisant ici...* Plus que deux pas ! D'une forte poussée, elle envoie le violeur heurter la porte. Il grimace, ses yeux se révulsent. Elle eût aimé que la lame de l'accessoiriste ne se rétractât pas. Un mort sur le plateau d'Ivan K. ! Un de plus, un de moins... qu'est-ce que cela aurait changé ? Les assurances auraient couvert, et les producteurs auraient été satisfaits de cette publicité gratuite.

La caméra se concentre sur le mourant. Ouf ! Terminé. Dégoûtée, elle tourne le dos, la voilà débarrassée. « Je ne recommence pas ! Tant pis si c'est raté. Ça restera comme c'est. »

7 ans avant la mort de Jean S.

1

Et la haine se réveilla contre elle.
Dès la première du film d'Ivan K. à Marseille, plaque tournante de la *French Connexion*, tout y passa : ses activités révolutionnaires, *à la frontière de la légalité*, son âme de *justicière antiaméricaine*, ses comportements de *névrotique se donnant au premier venu*... Massacres en boucle, sexe et torture : quel breuvage saumâtre ! Tandis que l'on raillait la seconde réalisation d'un cinéaste-écrivain « si involontairement comique qu'elle en devenait pathétique », les relais susceptibles de l'abattre furent activés via les ragots de la presse à scandale. Sans qu'il fût possible d'incriminer Hoover et ses services secrets, le film ne trouva pas de distributeur aux États-Unis, et, sauf en Italie où il rencontra un certain succès, fut projeté partout en Europe devant des salles à moitié vides.

Souffrance degré zéro.
Elle encaissa cette cruauté avec un certain détachement, comme l'ultime avanie d'une vie artistique révolue. « J'ai connu assez d'échecs dans le passé pour me remettre de celui-ci. Désormais, je choisirai soigneusement les quelques films qu'il me reste à tourner », déclara-t-elle dans une émission de François Chalais.

De fait, alors qu'Ivan se défendait de la pureté de ses intentions, elle s'envola pour Rome afin de jouer dans une comédie aux côtés d'Ugo Tognazzi. Là, comme aux plus belles heures de Patricia Franchini, le public la reconnut en pleine page dans tous les magazines, y compris avec une paire de lunettes posée sur le nez, et elle apparut dix fois sur les écrans de télévision. « J'ai le sentiment que, ici, les gens continuent de bien m'aimer, et je m'aperçois qu'une telle sympathie m'aide considérablement », confia-t-elle à l'hebdomadaire *Oggi*. Les soupirants se bousculant à sa porte, elle choisit pour amant du moment un bel acteur à la jalousie toute sicilienne : Fabio T., qui lui avait apporté un projet sur la camorra, un polar assez banal qui ne ressemblait en rien au second *À bout de souffle* dans lequel elle voulait s'impliquer. Pour l'aider, elle s'engagea néanmoins à figurer à ses côtés au générique, quelques mois plus tard.

Le tournage de sa comédie achevé, elle resta quatre semaines en Italie. Là, elle rencontra les réalisateurs les plus en vue. De ces rendez-vous à répétition, dîners et longues discussions, elle retira de sérieux espoirs de bons films, en particulier du côté d'Ettore Scola, dont elle adorait le *Drame de la jalousie*, dans lequel la performance de Marcello Mastroianni l'impressionnait. Même Luchino Visconti la reçut dans son palais. Bien que mettant la dernière main au tournage de l'histoire de Louis II de Bavière, avec Romy Schneider, il marqua de l'intérêt pour le scénario que, dit-elle, André Malraux terminait pour elle. « Adressez-le-moi dès qu'il sera achevé, ma chère. Cela pourrait m'intéresser », lui répéta-t-il tout en ne la quittant pas des yeux.

Quand la nouvelle de son engagement pour interpréter le seul rôle féminin du nouveau film d'Yves Boisset lui parvint, elle se décida à rentrer en France.

Le scénario, construit autour du kidnapping en plein Paris, et de l'assassinat, de Mehdi Ben Barka, leader de l'opposition marocaine, avec la complicité des services secrets, CIA en tête, lui convenait. Partager le générique avec Jean-Louis Trintignant, Gian-Maria Volonte, Michel Piccoli et Philippe Noiret, dans un thriller politique sans doute promis au succès, tombait à point. Elle se fit couper les cheveux à la Jane Fonda, et reprit l'écriture de son scénario sur les dérives d'un Billy the Kid de banlieue.

Nombre de chagrins lui parurent alors révolus.

Mais à peine fut-elle de retour chez elle que, résolu à la replonger dans les ténèbres, un fantôme à la peau noire surgit de son passé…

Une abomination.

D'abord poignardée, puis frappée à coups de barre de fer, jetée dans une fosse et enterrée vivante, A.G. Clarance avait été assassinée à la Jamaïque.

On venait d'exhumer son cadavre en morceaux…

A. G. Clarance : une martyre, une vraie Jeanne d'Arc, sur le corps brisé de laquelle il fallait que Jean S. se recueille humblement.

Comme durant les pires nuits de Durango, au bout du fil, Hakim Jamal était dans un état second. Tremblante, Jean se remémorait A.G. Clarance, assise au milieu des enfants de l'institution Montessori. Une fille grande et maigre, avec une peau d'ébène et un port de tête de reine. Quand elle avait découvert que Jamal la baisait en même temps qu'elle, ses sourires lui étaient devenus insupportables. Luttant contre l'envie de tout révéler à Dorothy, qui concentrait sa vindicte sur *la prostituée blanche qui dépravait son mari*, elle s'était murée dans un black-out d'amnésique, que rien jusqu'alors n'était venu rompre.

« Tu es la prochaine sur la liste, s'obstinait Jamal. Ça te plairait d'étouffer, avec de la terre plein la bouche, en te vidant de ton sang de navet ? Si tu n'alertes pas *France-Soir* et *Paris-Match*, tes amis écrivains, Malraux et compagnie, voilà ce qui va t'arriver.

– Laisse-moi, Hakim. Je ne suis plus concernée.

– Ne me raconte pas que tu ne reçois plus de menaces, ni que tu peux mettre un pied dehors sans être espionnée !

– Je reçois des lettres horribles, oui, mais moins nombreuses qu'avant. Et puis je les déchire sans les lire.

– Secoue-toi, Jean ! Ils veulent la peau de mes sœurs combattantes. Dorothy aussi va y passer. Je t'aurai avertie. »

Alcool-Valium. Ayant vainement tenté de joindre Ray Masai Hewitt, elle appela les connaissances qui lui restaient en Californie. Puis elle poussa Ivan à mettre en branle ses réseaux du Quai d'Orsay. Au bout d'une semaine, la nouvelle de l'arrestation d'un certain Marvin X, membre d'une faction rivale des Black Panthers, lui parvint. Qu'un tel suspect eût, ou non, été manipulé par les services secrets ne changeait rien à cette frayeur sauvage dont elle avait cru s'être débarrassée, et qui, à la tombée de la nuit, revenait grimper sur elle. Tremblant également pour le salut de Jamal, elle dut admettre que la sauvegarde de son existence de *putain blanche* lui importait plus qu'elle ne l'imaginait.

Alcool-Valium. Alors que le tournage de *L'Attentat* approchait, pour la première fois depuis sa confrontation avec Adriana sur la plage d'Alicante le trac la saisit. Pour l'exorciser, contre l'avis d'Ivan, lui-même dans l'une de ses phases dépressives, elle accueillit les sans-argent, amis d'amis désœuvrés, artistes en mal de projet ou d'engagement, étudiants gauchistes, vagues agitateurs d'idées dans une France embourgeoisée, engoncée depuis mai 68 dans sa propre frigidité idéologique. Il suffisait de pousser la porte de chez elle pour entrer… En quelques jours, son appartement devint un souk, au centre duquel elle officiait en djellaba blanche, à la fois grande prêtresse et bonne fée sous les volutes entremêlées de marijuana et d'encens. Mais cela ne suffit pas à l'apaiser. Aussi, en proie à une panique animale, deux jours avant sa première scène devant la caméra d'Yves Boisset, rappela-t-elle ses deux amants récents à ses côtés : l'Espagnol Ricardo et l'Italien jaloux Fabio T.

Belle idée, de démarrer le tournage de *L'Attentat* en plein Paris, au milieu d'une vraie manifestation contre la guerre du Viêtnam ! En imperméable mastic, encore mincie, les cheveux flous, à peine maquillée, pieds et mains glacés, voilà qu'elle se retrouvait face à un cordon de CRS, à lancer d'une voix chevrotante des slogans vengeurs à propos d'une affaire d'État sordide, vieille de sept ans. On laissa les caméras tourner. Persuadée que c'était une chance pour elle de participer à un film militant dont le propos la motivait, elle se raisonna. Mais, oiseau enchaîné, incapable de voler, elle sentit sur son visage ce masque de sucre glacé que Jamal lui avait tant de fois reproché d'arborer.
RÉSISTER.
Face à Clint Eastwood, elle en avait eu le courage ! Et ni Burt Lancaster ni la police de Los Angeles ne l'avaient intimidée… Sous une banderole, à deux pas d'un porte-voix, elle n'avait pas le droit de céder.
SE SENTIR HEUREUSE et pleine d'espoir, quoi qu'il arrive.

Du défilé se détachèrent deux garçons qui vinrent la saluer. Puis d'autres se présentèrent, des jeunes filles et des gens plus âgés, pour lui demander des autographes.

À CROIRE QU'ELLE NE SUSCITAIT PAS QUE REJET ET INIMITIÉ.

Trois heures plus tard, l'accueil glacial d'Ivan balayait ce regain de confiance. Les voisins se plaignaient du vacarme dans son appartement et des allées et venues incessantes dans les escaliers. De fait, en son absence, des meubles avaient été déplacés, le bar et le réfrigérateur, pillés. Par terre, il y avait du verre brisé, et quelqu'un avait vomi dans la salle de bains. Tous ceux qu'elle abritait s'étaient envolés. Seul le plus jeune d'entre eux gisait inconscient dans la chambre. Impossible à ranimer. Tandis qu'Ivan nettoyait les cendriers, s'efforçant d'effacer toute trace de marijuana, de haschisch et de cocaïne, elle appela Police-Secours. *Ton âme est aux quatre vents, Jean, le premier venu s'y niche…* Toujours comateux, le garçon fut emmené aux urgences. Elle dut s'expliquer sur sa présence chez elle. Difficile de faire croire qu'elle ne l'avait jamais rencontré auparavant ! On fouilla l'appartement, puis on la convoqua au commissariat pour enregistrer sa déposition. Elle déballa une histoire à dormir debout, où se mêlaient meurtres en Guyane, filatures, menaces du FBI et peur de rester seule, exposée à la haine d'ennemis sans visage… Le tout débité d'une voix blanche. En retour, on lui rappela sans la ménager que seule sa responsabilité serait engagée en cas d'accident.

On la renvoya à une heure du matin. Elle rentra à pied, aphone sous la pluie. Qu'il lui arrive malheur ! Et l'on serait obligé d'admettre qu'elle disait la vérité ! À bout de forces, la cigarette aux lèvres, sans s'inquiéter ni de son amant espagnol ni de son amant italien, qui la cherchaient, elle s'enferma dans sa chambre avec ses calmants, en serrant l'unique bouteille de whisky épargnée par ses invités contre son sein. Comme un bébé.

Alcool-Valium. Plus puissants que le grondement du canon, les coups en rafales résonnent. Tam-tam ? Pilonnage ? Cérémonie vaudou ? Qu'est-ce que c'est... Sa paupière gauche reste paralysée, elle entrouvre celle de droite sur un monde brouillé. « Jean ! Tu es en retard pour tourner ! » La voix d'Ivan... Oui, elle se souvient. Elle ne doit pas être partie bien loin. « Jean ! Il faut te lever ! » Se lever ? Une nausée lui contracte l'estomac. Goût de pourri, haleine de fer rouillé. Elle se redresse, retombe sur le champ de bataille de son lit. Une lime à métaux lui râpe la boîte crânienne. « Jean ! C'est ton deuxième jour, tu ne peux pas les faire attendre ! » Deuxième jour de quoi ? Qu'ils patientent. Elle n'est pas consentante. Et maintenant une autre voix. L'Italien ? Qu'est-ce qu'il fout là ? Lui aussi parle de tournage. D'un certain *Attentat*.

Le sol est en biais. Une bouteille roule sous son pied, elle s'affale sur le parquet, frôle le bois du lit. Un millimètre de plus et elle avait le nez brisé. On s'affole de l'autre côté. L'amant veut enfoncer la porte. Il est armé. Elle s'agrippe pour se relever. Le cinéma, oui évidemment c'est   SON MÉTIER   SON GAGNE-PAIN sa raison d'exister

mais son œil gauche reste fermé. STAR BORGNE NEZ FRACTURÉ   la caméra va cesser de l'aimer

on s'empare d'elle. Deux hommes l'empêchent encore de tomber. C'EST QUI LE GARS MORT ?   on lui répond que le garçon est vivant, qu'il a repris connaissance.

En pleine figure.

Un jet glacé. On la douche. L'eau coule bruyamment, ruisselle sur son ventre. Dégouline entre ses jambes. On la shampouine. Mousse qui pique les yeux. Qui rentre dans les narines. Lilith et Adam. *Chestnut Lodge*, Magda B. L'un des deux infirmiers l'embrasse sur la bouche. Peau rugueuse, l'autre pose sa main sur son sein. Une heure de retard.   AI FAILLI ÊTRE DÉFIGURÉE TRANQUILLE APRÈS   plus besoin de me lever pour tourner.

Il est de plus en plus tard. On la tire hors de sa chaise. *Non, je peux marcher.* Dans la glace, son œil maintenant entrouvert est enflé. C'est une horreur que nulle maquilleuse ne réussira à effacer. Elle peut décider de ne pas y aller. Mais elle revoit le corps du jeune drogué, étendu précisément là où elle pose les pieds.

H + 96 minutes.

Elle eût aimé se noyer dans la boue tiède d'un sommeil sans rêve.

Elle avait vomi dans la voiture du gitan. Son corps exhalait l'odeur de la panique. Sur le plateau, on avait patienté. Dans un décor de commissariat, du genre de celui où on l'avait retenue la veille, Trintignant Jean-Louis, Perrier François, qui jouait le policier, *plus* le réalisateur, *plus* le chef-opérateur, *plus* quinze techniciens, avaient maudit mademoiselle S. Jean qui se prenait pour Marilyn. Et ce n'était pas fini : dans son imperméable mastic, elle tenait à peine debout, avec un œil gonflé et une diction mal assurée. L'âme endolorie, elle s'excusa, raconta l'histoire d'un garçon mal en point, d'un interrogatoire jusqu'au milieu de la nuit, et de longues heures d'insomnie. Elle buta sur chaque réplique, se reprit, honteuse. Il fallut la supporter, jusqu'à ce qu'elle fût en état de travailler.

À la fin de la journée, ayant retrouvé figure humaine, elle assura à son réalisateur qu'une telle chose ne se reproduirait jamais. Il accepta de la croire. Elle lui en sut gré et jura de se souvenir de son indulgence.

2

Son futur mari…

Entre l'Espagnol, une tête de moins qu'elle, et l'Italien au physique de jeune parrain, le cœur de Jean S. oscillait.

Après neuf jours de tournage, neuf jours *parfaits*, elle voulut sortir, flirter, s'amuser. Elle avait tenu sa promesse : première arrivée sur le plateau, d'une beauté toute naturelle dès l'aube, ses répliques sues au cordeau, on n'avait pas pu la prendre en faute. Si son écart était impardonnable, du moins avait-on compris qu'il ne se renouvellerait pas. Cela méritait une récompense. Ce soir-là, elle dansa donc chez Castel avec Ricardo, jusque tard dans la nuit.

Et A.G. Clarance ?
Du passé. J'ai autre chose en tête.

Quatre jours plus tard, elle reçut une curieuse proposition par l'entremise de Vony B. Un jeune réalisateur de courts-métrages l'invitait à une soirée, avec des danseurs et quelques artistes… *Pourquoi ne pas y aller ?* se dit-elle. C'est que les paroles de Stephen Boyd sur le tournage d'Ivan la poursuivaient toujours. Pour monter un projet, il lui fallait saisir chaque occasion de rencontrer des gens de talent. Elle appela donc Fabio T. pour qu'il l'accompagne, ce qu'il ne refusait jamais.

Surprenante soirée.

Le jeune réalisateur, français d'origine américaine, ne manquait pas d'audace. Elle aima la manière dont il parlait du cinéma. Un peu chien fou, à la fois drôle et romantique, avec des cheveux frisés, et ce genre de charme anticonventionnel qu'elle appréciait. Voyant qu'il voulait attirer son attention, elle se prêta au jeu et, sous l'œil furieux de Fabio, ne tarda pas à se mettre à l'écart avec lui. Il avoua l'avoir remarquée chez Castel, accompagnée de son Espagnol au physique à la Toulouse-Lautrec, et avoir voulu aussitôt la connaître. Il lui parla d'un scénario dont il venait de terminer l'écriture, elle évoqua son *Billy the Kid*, qu'elle modifiait et enrichissait régulièrement depuis plusieurs années. En moins d'un quart d'heure, elle eut envie d'être séduite.

Soudain, elle lui dit : « Et si vous m'embrassiez ? »

Le garçon savait s'y prendre. Tant pis pour Fabio ! Ce fou furieux la prit par le poignet, voulut l'entraîner dehors, mais la lâcha quand elle le repoussa. *S'il m'aime, il comprendra.* Mais il la menaça, et sortit en claquant la porte. Semblant craindre pour sa vie, le jeune réalisateur s'inquiéta.

« Il n'est pas méchant, c'est mon chevalier servant, avoua-t-elle.

– Il pourrait vous arriver malheur, venez donc passer la nuit chez moi. »

Comme c'était drôle ! Ils se retrouvèrent seuls dans un grand appartement vide, où elle se donna à lui.

Déjà ? Comme si coucher avec un inconnu allait de soi !

J'aime ne rien connaître des hommes que j'étreins.

Et les abandonner dès que le mystère pâlit.

Je sais aussi être fidèle. Je l'ai été. J'attends le moment de le redevenir.

Ô Lilith ! Lilith est en toi... souviens-toi.

*Jamais le cœur de Lilith ne s'apaise.
Et le tien ?
Le mien…*

Le lendemain matin, elle lut d'une traite le scénario du jeune réalisateur. Elle le trouva un peu toqué, mais d'une grande justesse sur les laissés-pour-compte des révolutions qui déchantent. Quand, dans l'après-midi, elle vit le court-métrage, déjà primé, de son nouvel ami de cœur, elle ressentit une impression comparable. Ébranlée jusqu'aux larmes, elle avala deux cachets pour se calmer.

Voilà qu'elle redevenait Cécile, Patricia, et surtout la fille de Marshalltown à qui pouvait arriver l'impossible. Qu'importe si ce brigand vivait sans le sou, et si ce grand appartement n'avait jamais été le sien ! Quelques heures plus tard, ses pensées dérivant vers les rives des bonheurs intérieurs, elle signifia à Ricardo et à Fabio qu'elle ne les verrait plus avant longtemps.

On partit passer le week-end en Bretagne. Non contente d'être émue par ce garçon talentueux, plus jeune qu'elle de six ans, elle avait l'impression de rire de tout en sa compagnie. Une semaine auparavant, elle était morte, elle croyait avoir renoncé à l'argent, à la célébrité, et voici qu'elle s'amusait comme jamais. Depuis combien d'années n'avait-elle pas ri ainsi ?

À leur retour, elle présenta le jeune réalisateur à Ivan, qui préférait connaître les gens auxquels elle s'attachait. Mais, durant leur premier dîner à trois, les choses ne se passèrent pas comme elle l'avait imaginé. Entre de longs silences, meublés par ce rebelle débordant d'idées, Ivan la mit en garde contre le genre de vie qu'elle menait. Devant l'homme qu'elle s'était mise à aimer, il lui reprocha de trop boire et de frôler le désastre à chaque seconde. Comme autrefois avec Dad, elle se sentit coupable de ne pas être à la hauteur des espoirs placés en elle. Mais de quelle manière Ivan l'aimait-il ? En tant qu'épouse (ce qu'elle avait cessé d'être) ? En tant que fille ? Ou comme une malheureuse à la dérive, carbonisée à même pas trente-cinq ans ? La soirée terminée, elle s'excusa auprès de son amant de ne pas l'avoir averti des réactions de son ex-mari, comme elle dépressif chronique. « Autant que tu le saches : Ivan ne m'abandonnera jamais, ajouta-t-elle. Et, même s'il m'arrive d'étouffer en sa présence, je lui suis redevable de mes meilleures années. Il lui a fallu bien du courage. Il s'est trompé parfois, mais il a pris des risques pour moi, et ce n'est pas fini. »

Il ne veut épouser que moi (3)

« Et si nous nous mariions, Jean ?
– Chiche !
– À Las Vegas.
– Non, trop factice.
– Où alors ?
– Quelque part… Ailleurs.
– Peu importe, pourvu que ce soit vite.
– Oui, tout de suite. »

12 mars 1972 – Une usine à marier dans le Nevada. Comme il semblait loin le temps où, petite épouse de l'Amérique, sainte Jeanne en chemisier Guy Laroche à manches bouffantes, elle sortait sous l'orage de l'église de la Trinité au bras de Fabrice ! Pleine de craintes pour son avenir, les yeux baissés, un peu contrite, elle s'était avancée sur la grand-place de Marshalltown envahie par des centaines de reporters du monde entier… Rien à voir non plus avec les alliances échangées avec Ivan sous le soleil blanc de la Corse. Cette fois tout était fou et improvisé. Le son de la télévision hurlait chez le pasteur qui les bénissait. Un crucifix posé sur un buffet de salle à manger ; une bible écornée, à la couverture plastifiée ; deux anneaux d'or réglés le matin même à crédit… Rien de convenu, rien de guindé. Pas de bouquet de fleurs blanches, pas de cantiques non plus, juste un souffle frais d'amour et de liberté. On était si pressés ! Lui en pull, elle dans une robe longue à motifs imprimés. Un sandwich poulet-mayonnaise acheté dans un distributeur automatique, et, en guise de champagne de France, un verre de vin de Californie. Voilà pour le banquet.

Que Dieu les garde !

À Orly, le lendemain matin, les reporters de *France-Soir* les attendaient. Qui donc les avait prévenus ?

À seize heures, des centaines de milliers de lecteurs découvrirent ainsi Jean S. en une, jeune mariée, un bras passé à celui de son époux, un grand garçon aux allures de hippie. Sous un manteau épais, bordé de fausse fourrure, elle était radieuse. En dessous, une photo d'archives, plus petite, la montrait quelques années plus tôt à Venise en gondole, lascive, avec à ses côtés un Ivan souriant.

Sa nouvelle vie (reprise)

Fidèle. Je vous l'avais promis.

À Paris, les amis s'éloignaient. On la traitait de folle. On médisait sur son compte, les ragots la poursuivaient, alors que, comblée et libérée, elle redevenait une épouse exemplaire. Tee-shirt et blue-jeans, socquettes blanches et tennis aux pieds, elle déclarait : « J'ai toujours une compassion infinie pour ceux qui souffrent, mais la révolution à laquelle j'aspire, c'est d'abord celle du cinéma et de l'écriture. D'ailleurs, après mon *Billy the Kid*, je termine un second scénario, l'histoire d'une chanteuse pop, une malheureuse tyrannisée par un producteur marron, une fille dont je pourrais jouer le rôle. »

Son imagination s'envolait. Des pages et des pages s'empilaient... Elle barrait, chiffonnait, jetait, mais parvenait à fouiller ses petits secrets pour en faire une histoire. Mis bout à bout, cela lui ressemblait. C'était beau, d'écrire ! Elle avait même rempli un dossier pour demander une aide publique à la réalisation.

Fidèle, oui. Confiante et en sécurité, grâce à lui.

Même si parfois d'horribles souvenirs affleuraient. Comme ce jour où Jamal, dont le nom ne franchissait plus ses lèvres, l'avertit que Marvin X serait pendu le lendemain à l'aube pour le meurtre de A.G. Clarance.

Mais, se sentant maintenant en sécurité, elle s'exprimait d'une voix profonde et calme. Revenue à des sentiments presque enfantins, elle s'amusait, même si, pour la première fois de sa vie, elle était obligée de compter l'argent qui lui restait, après avoir gagné, distribué et dépensé des millions de dollars. Dans d'autres circonstances, elle eût été brisée de ne plus pouvoir donner autant qu'avant, surtout aux artistes fauchés, dont elle découvrait l'enthousiasme en même temps que le dénuement. Elle était d'autant plus reconnaissante envers son mari, qui, loin de profiter d'elle comme certains le prétendaient, freinait ses dépenses. En mal d'engagements, elle partit deux semaines en Italie tourner l'histoire de camorra que Fabio T. lui avait proposée, du temps de leur liaison. Son nouveau mari la rejoignit, et, le film terminé, ils allèrent à Capri pour retravailler au script qu'elle avait tant aimé.

Sous le soleil de la côte amalfitaine, un sang neuf coulait dans ses veines. Son jeune époux déchiffrait l'univers pour elle. Il le magnifiait et l'en protégeait. Sans faille, sans écarts, les jours clairs et sereins filaient en sa compagnie. *Lui, il est le monde*, se disait-elle, sans être capable de s'expliquer davantage. Elle était si calme et si fière de lui !

Calme... Même si, parfois, à la tombée du jour, l'obscurité occupait soudain l'espace comme une flaque immobile. Lieu de sortilèges où, quand l'homme charmant dormait, la tentation de boissons alcoolisées ressurgissait, comme l'envie de lancer au ciel un vœu de bonheur éternel.

Cigarette aux lèvres, elle le réveillait :

« Dis, tu crois que je risque de sombrer dans la folie ?

— Il n'y a pas de femme plus saine d'esprit que toi, balbutiait-il en reprenant ses esprits.

— L'envie de prendre congé, tu vois ce que c'est ?

– Congé de quoi ?
– Du vent, de l'orage imminent. Le temps pourrait changer. Il y a de l'électricité dans l'air, tu le sens ?
– Non.
– J'ai connu tant de choses auxquelles je n'étais pas préparée ! Je n'ai pas encore réussi à te le dire. Vu de loin, c'est sans doute beau, mais de près c'est un château de sable. Quelques gouttes de pluie qui ruissellent et les murs s'effondrent. Oh ! Il faudrait que tu saches…
– Quoi ? Parle !
– Quand je suis heureuse, et que tout semble réglé, j'ai peur des éclairs, et de l'averse qui s'abat en rafales.
– Le ciel est clair, Jean.
– Comme lorsque j'ai quitté Mum and Dad, il y a tant d'années.
– C'est si vieux ! Ton souvenir aura tout déformé.
– Chez moi, l'orage prend le temps de mûrir.
– Pas maintenant.
– Il est toujours temps d'y penser et de s'y préparer. »

Il l'embrassait, et, se disant qu'elle n'était pas si vieille, que les hommes la suivaient encore des yeux, qu'un second *À bout de souffle* était à sa portée, Jean se raisonnait. *Voilà ce que c'est d'être une femme dont l'histoire s'écrit un peu plus chaque jour !* Elle contemplait son mari, tout ébahie, et un nouveau baiser suffisait à la rassurer. Le vertige s'emparait d'elle, glissait jusque dans ses mains, atteignait l'extrémité de ses doigts, qui s'ouvraient et se repliaient sur le nœud nerveux d'où irradiait la sève du plaisir. *Au diable, le passé ! La marée des souvenirs… J'en ai soupé !*

Puis le matin radieux revenait. Elle se levait en sifflotant, en short et tricot, pieds nus sur le carrelage tiède à l'heure où les couples napolitains débarquaient à la Marina Grande, avec serviettes et maillots de bain pour se jeter dans la mer d'azur.

Cela dura deux semaines, le temps nécessaire pour que le bonheur l'emportât dans son esprit.

À leur retour à Paris, une bonne surprise l'attendait : l'avance sur recettes couvrait le tiers de son film sur la chanteuse pop. Elle en remercia follement son mari, comme si c'était lui qui avait fixé la somme qu'on lui accordait.

* *
*

Un rôle de femme plus âgée ? Pourquoi pas ? Il est temps d'essayer, je n'aurai pas trente-quatre ans toute ma vie. Et puis les cheveux blancs, ça donne l'air noble. Ce pourrait être une manière de combattre le mythe. Enfin... de deviner ce qui subsistera du visage de Jean S., une fois sa jeunesse passée.

Elle avait accepté ce rôle de criminelle dans un film espagnol à gros budget uniquement pour l'argent. Et puis, au dernier moment, le réalisateur avait décidé de lui donner quinze ans de plus. À la lecture du scénario, c'était justifié. Mais quand elle s'était vue ! Chairs et menton affaissés, rides et paupières tombantes : la maquilleuse avait forcé la dose.

Sa peau, dont on vantait l'éclat ? Grise et froissée comme du papier d'emballage. *Sa nuque souple et son cou plein de grâce ?* Un port de tête raide, et les stries de deux tendons qui se devinaient sous un épiderme trop épais... Cette mine fatiguée, tragiquement vraisemblable, la déconcerta. Rien à voir avec l'époque où elle accusait des kilos en trop. Cette fois, la métamorphose semblait irréversible.

Pour les premières prises, elle ouvrit son sac à main derrière les caméras, prit son petit poudrier et rafraîchit son teint discrètement, comme on renoue son lacet.

C'était tellement étrange de la voir déambuler dans les banlieues de Madrid, gorge de lait dénudée et physique d'Américaine usée, au milieu des beautés brunes. Et c'était tellement incongru de l'entendre sur les marchés parler couramment un espagnol mâtiné de son accent chantant de Marshalltown ! Au bout d'une semaine de tournage, il fut clair que la production voulait laisser croire à une relation homosexuelle entre l'héroïne quinquagénaire et sa belle-fille, complice dans le meurtre sordide d'un paumé. Aimer une autre femme, Jean y pensait parfois, mais pas ainsi. Avec Rose Loomis, oui ! Mais Rose était son double assassiné. *On me parle d'une autre fille ? Mais qui donc, s'il vous plaît ? Avez-vous un nom à me proposer qui tienne la route ? Ou me suggérez-vous de m'aimer moi-même ?* Dans ce cas, autant faire l'amour en solitaire, comme Magda B.

Reste que Jean S. était comédienne et avait pour obligation de se soumettre.

Deux mois et demi de tournage…

Intérieur-jour : dans son rôle de belle-mère perverse, Jean devait frôler d'une main tremblante la hanche de sa partenaire, dont le grain de peau lui déplaisait. Et réciter avec naturel des dialogues lourds de sous-entendus : « Ce gâteau est si bon ! Je t'assure, ma chérie, que je n'ai jamais goûté de gâteau aussi délicieux de ma vie ! »

Dans quelle sale histoire s'était-elle encore embarquée !

Le soir, son mari la consolait. Mais non ! Inutile de s'alarmer. Elle tenait le coup, mieux qu'il ne l'imaginait, et leur couple modèle durerait... D'ailleurs, l'argent gagné servirait à la réalisation de leurs projets. Leurs deux scénarios étaient profonds, deux chefs-d'œuvre en comparaison de ce marigot. Au printemps, ils pourraient tourner. Elle en avait la conviction. Et puis il y aurait le Festival de Venise, ou bien Cannes, selon la saison. En haut des marches du Palais, on se retournerait en souriant aux flashes qui crépitent. Interviews à la chaîne, conférences de presse. *New York Herald Tribioune – New York Herald Tribioune...* chanterait-elle de nouveau. Le lendemain, les journaux du matin les montreraient ensemble. La belle femme dans la plénitude de son âge, et le hippie que lui enviaient les épouses du monde entier. Le couple de l'année, comme au temps de Jean S. et de Belmondo, remontant côte à côte les Champs-Élysées.

Mais, avant, il lui fallait jouer d'autres scènes, sous les lumières glauques d'un film corrompu.

Un soir, après quelques tapas au comptoir d'un bar, au lieu de sortir s'amuser, elle se jura d'écrire vingt poèmes avant de rentrer à Paris :

> *La truite entre les pierres se faufile.*
> *La truite me rappelle ma vie.*
> *Elle se glisse et frétille, elle est affamée.*
> *Le ver empalé sur l'hameçon la tente.*
> *Mais que penser d'une truite qui rit ?*

Ses propres idées la séduisaient. Dans ses nouveaux poèmes, il y avait de la simplicité. Simple... Une chose qu'elle n'avait jamais été. Encore deux ou trois ans, et elle parviendrait à raconter et à publier les histoires emmêlées de Cécile, sale gosse maniérée, de Jean S., de Lilith et de Patricia Franchini.

Huit heures sur le plateau, chaque jour. Elle ne retouchait plus son maquillage en douce. Les larmes et le sang dégoulinaient dans le film. Elle y mettait pourtant de la sincérité. Question d'honnêteté, puisqu'on la payait. Elle trouvait cela drôle de parler d'honnêteté dans un contexte truqué, où son visage lui-même prenait une avance aléatoire sur un temps pas encore écoulé.

Une semaine avant la fin du tournage, elle regagna tardivement son appartement en centre-ville sans s'être démaquillée. Après tout, elle s'habituait à cette apparence, et s'attarder dans un bar ou traverser la Plaza Major dans cet accoutrement n'était jamais qu'anticiper sur son futur. Ce n'était pas une mauvaise expérience pour une femme que trop d'hommes avaient désirée.

Avec sa cinquantaine fatiguée, elle lâcha à son mari :

« Plus tard, je veux être enterrée dans l'un des plus beaux cimetières du monde. Je connais une île de carte postale dans les Antilles. J'y suis allée avec Hakim Jamal. C'est près de Fort-de-France. Au bout du chemin, des petits anges créoles attendent les voyageuses. Ils les prennent par la main, en souriant de leurs dents éclatantes, et les guident sur la colline aux bougainvillées. Côte sous le vent, de là-haut, j'aperçois mon pays. Il n'y a aucun danger, je vais bientôt t'y emmener.

– Pourquoi regarder ton pays à distance ?

– Ce sera le moyen le plus sûr de me reposer. »

*   *
  *

À Paris, il apparut que le financement du film de son mari n'avait pas avancé. Pas plus que le sien, auquel elle hésita à consacrer l'intégralité de son cachet. Mais

445

cela n'eût pas suffi à couvrir les frais de tournage qu'elle peinait d'ailleurs à estimer. Il y avait de quoi la mettre à sec. Elle se vit ruinée, comptes vidés. Incapable d'accomplir le moindre geste de générosité ! Elle écrivit aux nombreux amis qu'elle avait secourus au fil des ans. Ne pouvaient-ils l'aider à monter son premier film en tant que réalisatrice ? Elle ne reçut que quatre réponses gênées. Fabrice accepta, ce dont elle fut touchée, mais elle n'osa pas s'adresser à Ivan, dont les livres ne se vendaient pas autant qu'on le croyait. Comme revenait la tentation du Valium-whisky, son mari magicien sortit un troisième projet de son chapeau, une histoire délirante, avec un beau rôle onirique de femme fatale et reine de bordel écrit pour elle.

Séduite par le personnage, elle résolut de s'y consacrer en priorité.

Puis elle décida d'utiliser une partie de ses fonds, dont elle n'avait plus besoin pour monter son propre projet, à l'achat d'un nouvel appartement plus grand... indépendant, mais à deux pas de chez Ivan, chez qui son fils logeait le plus souvent.

* *
*

En route pour Marshalltown !

Elle choisit les fêtes de Noël pour présenter son troisième mari à Mum and Dad.

Bien que ses liens avec les Black Panthers fussent rompus, elle paniquait à l'idée de revenir chez elle après si longtemps. Si, dans le Nevada, pour son mariage impromptu, personne n'avait eu le temps de l'inquiéter, cette fois, à l'aéroport de Des Moines, on la fouilla au corps. L'un après l'autre, ses bagages furent reniflés par les chiens policiers. Tous ses vêtements furent dépliés, ses affaires, même les plus intimes, examinées, ses paquets de cigarettes ouverts, ses livres et ses cahiers de poèmes épluchés, son dentifrice et le contenu de ses tubes de fond de teint vidés… On la retint jusqu'à la nuit pour l'interroger. L'immigration appela deux inspecteurs de police en renfort. Pendant trente minutes, on lui laissa croire qu'elle serait refoulée. Épuisée par le vol, le transit à Chicago et le décalage horaire, elle parut accepter l'humiliation sans broncher. Si bien que l'on se résolut, de mauvaise grâce, à la laisser passer. Elle rassembla ses effets en vrac et, valises ouvertes à bout de bras, rejoignit Dad qui les attendait sur le parking depuis des heures.

Retour à son igloo, parmi les bibelots un peu cucul, les peaux d'ours polaires, les poupées ternies, les lampes à froufrous et la collection de boules magiques avec flocons de neige. Pourtant, dès son arrivée, elle sentit qu'elle perdait ses repères. Deux heures du matin. Le temps de ranger les affaires sens dessus dessous, de grignoter quelques épis de maïs gorgés de beurre brûlant, et, gagnée par le sommeil, elle ne prit pas garde à l'atmosphère qui régnait dans le salon de ses parents. Mum dans sa robe de chambre, et Dad blême, les sourcils froncés, ne quittaient pas le mari des yeux. Depuis Fabrice, ils avaient pris l'habitude des gendres chevelus, mais celui-ci était à moitié afro, et si jeune ! Encore un artiste, peut-être un révolutionnaire… Au moins, le nouvel élu était-il fils d'Américain. Et plutôt aimable. Mais était-il capable de se consacrer au bonheur de leur fille ?

Qu'importe de les décevoir encore ! se dit Jean en se couchant, tout en sachant qu'elle se mentait. Comme elle se mentait en se répétant que la méfiance d'Ivan et le contrôle qu'il exerçait sur leur couple quand ils étaient à Paris, étaient sans conséquences.

Le lendemain, réunion de famille : grand-maman Frances, au courant des derniers secrets, mais avec de petits gestes fêlés et le regard d'une vieille femme de quatre-vingt-seize ans ; Mary-Ann, la sœur aînée ; Bill, l'oncle préféré, soixante-dix ans bien tassés ; les tantes, les cousines, leurs gosses et leurs époux, verre à la main. « Voici mon mari ! » Les gamins piaillaient, couraient partout. Même si on se demandait ce qu'elle devenait, on avait l'air d'être content de revoir la star locale pareille à elle-même, en pull rose à petites torsades. Et puis quelques amis étaient venus : Hannah Heyle, Clara qui la jalousait autrefois, Mary Becker, l'ancienne caissière de l'*Orpheum*, et surtout Carol H., professeur chérie, que Jean avait serrée dans ses bras en tentant de ravaler les deux rubans de larmes qu'elle sentait dévaler sur ses joues.

Jean ! Relève donc la tête ! Qu'est-ce que tu as ?
O.K. Mum and Dad ! Pardonnez-moi.

Mais… Quelle horreur ! On avait aussi rameuté le pasteur Harry Kenneth, toujours en vie. Son baiser mouillé brûlait la peau comme l'huile bouillante versée sur les damnés. *Oh ! L'affreux vertige !* Le feu dans la cheminée flambait, on étouffait. Il y avait en plus quelques bigots et grenouilles de bénitier, dont elle avait oublié la voix grinçante et le sourire glacé. Des groupes se formaient par affinités. Elle rejoignit son mari, résolue à ne plus le lâcher jusqu'au soir. Quand il lui ôta son quatrième verre des mains, elle le remercia et se souvint que, lorsqu'Ivan agissait ainsi, à une certaine époque de leur vie, elle se mettait en rage contre lui. On saisit l'instant pour les photographier en jeunes mariés, mais le cœur manquait. Même Carol avait quelques scrupules à s'approcher d'elle.

Jean dut attendre la bûche géante pour lui parler de leur projet.

« Pourquoi ne joues-tu pas dans un grand film français après le succès de *L'Attentat* ? lui demanda son ancien professeur.

— On ne me propose que des scénarios pornographiques, répliqua-t-elle. Si tu savais ce que je reçois ! Mais mon mari va me sortir de là.

— Je prie pour que cela arrive, soupira Carol H. En même temps, à ton âge, et avec le visage que tu as, tout le monde sait que si tu le voulais…

— Faire l'actrice ne me suffit pas.

— Romy Schneider s'en contente. Vous êtes nées la même année, vous avez à peine deux mois d'écart.

— Je crois qu'elle n'est pas heureuse, pas autant qu'on le dit.

— Vos carrières ont démarré en même temps, elle avec Sissi, toi avec Jeanne. C'est aussi une exilée… Regarde quelle actrice elle est devenue ! Pourquoi elle, et pas toi ?

— Parce que j'ai perdu la foi. »

Deux jours plus tard, Jean emmena son mari à la réserve mesquakee. Mais, cette fois, il n'y eut ni tambours, ni danses tribales, ni coiffes de plumes pour l'accueillir. Dans la rue déserte, creusée d'ornières, on avait abandonné des voitures désossées. Sous un porche jonché d'ordures, à quelques pas d'un maton, un homme inconscient baignait dans ses vomissures. Et, sous les escaliers où flottait un relent de cave humide, de jeunes garçons désœuvrés fumaient des herbes étranges, enroulées dans du papier journal. Cheveux longs, pull troué, avec sa femme et ses six enfants autour de lui, le chef les reçut, assis sur un matelas crevé. On grelottait dans son appartement. Au lieu de se plaindre, mal rasé et le visage bouffi, il s'inquiéta de la carrière de *la grande vedette de cinéma née sur la terre de ses ancêtres*, et voulut savoir ce qu'elle devenait depuis l'enterrement de la petite Indienne, sa fille métisse. Elle parla de son mariage et émit l'idée de réaliser, avant son départ, un reportage pour le *Times Republican* sur la réserve. Le vieux chef soupira... À quoi bon ? Les jeunes s'en allaient. Bientôt le territoire serait délaissé, on y construirait une exploitation agricole, ou des immeubles pour les familles de l'Iowa.

« Mais vos traditions ? Qui va les préserver ? s'insurgea-t-elle.

— Ici, elles sont condamnées. Ni travail, ni avenir, ni liberté... Maintenant, le peuple indien a quelques écrivains célèbres. On parle un peu de nous, c'est déjà beaucoup.

— Mais je peux vous aider.

— C'est trop tard, madame... Nous avons... Comment dit-on ? Nous avons été... engloutis. Oui, c'est cela : engloutis. Trop de temps s'est écoulé, personne, même pas vous, ne peut nous ramener à la vie. »

Du côté du vieux hangar, au-dessus du cimetière d'autrefois, elle s'excusa auprès de son mari pour ce qu'elle lui montrait depuis leur arrivée. Voilà ce que devenait son pays. Elle en pleurait. « Le mal est plus fort que nous... gémit-elle. Mais pourquoi ceux qui souffrent ne veulent-ils jamais que je sois bonne envers eux ? »

Hautes solitudes

1

Mort ! Mort ! Mort ! Buté, comme A.G. Clarance.

Le plus bel homme que la terre eût jamais porté, rétamé lui aussi. Assassiné dans son fauteuil à bascule, avec sa femme blanche qui hurle de terreur sur le palier.

Hakim Abdullah Jamal, quarante-deux ans, cousin de Malcom X, ex-toxico, ex-assassin, ex-taulard, ex-musulman noir, ex-Panther de la branche des profiteurs, ex-voleur, ex-dealer, ex-tortionnaire, ex-amant, ex-n'importe quoi... Mort maintenant. Huit balles dans le ventre, à Roxbury – Massachusetts. Une passoire en peau noire, trouée de plomb. Un cadavre de nègre barbouillé de sang, huit fois punaisé au troisième étage d'un immeuble crade. Affalé, bras en croix, avec son couvre-chef en laine de mouton à ses côtés. À bout portant, flingué. Cinq vétérans du Viêtnam, de sa propre race, cinq Blacks s'en sont chargés. Sale boulot ! Une faction implacable, infiltrée par le FBI. Cinq arrestations MORT ET RE-MORT tout cela parce que, abandonnant Dorothy et ses six enfants, il avait roulé une putain d'épouse blanche en nage sur son matelas aux ressorts déglingués !

Effroi.

Douleur maximale.

Valium, Aldol, Lithium... Mort ! Le Jamal ! Abattu, Che Guevara. Flingué, le révolutionnaire adulé !

De la merde, ces cachets ! Mais il faut étouffer la frayeur. Au lieu de crier, de pleurer, le regard vitreux, Jean S. se recroqueville. « Non, Jean ! Pour l'amour du ciel, ne te laisse pas glisser. Il te faisait peur, souviens-toi, quand il est venu chez toi, aux abois, il te voulait pour esclave. Un homme pitoyable... » Noyée dans la brume des marais, elle sait que tout cela est vrai, mais, frappée par une perte irrémédiable, la femme qui aime ne se guérit pas sur un claquement de doigts. « Dis ! Qu'éprouves-tu, Jean ? Parle-moi ? » Elle pourrait parler en effet, consoler son mari, lui assurer que le choc va passer, mais ses lèvres refusent de bouger. Et si j'avais eu un bébé avec lui, alors que je l'aimais... Elle délire, et le sait. *C'est un jeu. Comme c'est merveilleux que vous m'aimiez autant, mari si attentionné ! Mais quelle guigne ! Maintenant que j'ai mon martyr, notre douce vie pourrait tourner, comme lait au soleil...*

« Hé ! Réveille-toi ! Allez ! »

Son mari est penché sur elle. Il la secoue doucement, comme un petit enfant.

« Tu as le visage tout chaud. Ta peau est brûlante, on croirait que tu t'es endormie au soleil. »

Elle l'entend. Elle essaie de se réveiller, comme on remonte du fond de la mer, avec le poids de l'eau qui pèse sur les épaules et sur les paupières.

Combien de temps a-t-elle dormi, avec cet arrière-goût de vase au fond du gosier ? Sa chemise de nuit est humide, elle a fait sous elle. Seules les enfants sages, tapies au fond de l'igloo, mouillent leur culotte. Ou bien, en voulant attraper la truite vive sous le rocher, elles tombent la tête la première dans la rivière et se relèvent trempées. À moins que ce ne soit l'eau mouchetée de reflets d'acier dans laquelle se mirait Lilith... Ou bien encore les eaux de l'oubli, dont on teste la température du bout de l'orteil avant de s'y laisser couler. Cela signifie-t-il qu'elle est revenue chez Mum and Dad, et qu'elle est toujours petite fille ?

Mais ce n'est ni de l'eau, ni de l'urine froide qui s'écoule. C'est le sang de ses règles ! Sang perdu du second enfant qu'elle n'aura jamais.

Elle s'assied dans son lit, désorientée. Jeanne a bel et bien failli brûler sur son bûcher, et elle s'est donnée corps et âme pour le bonheur du monde. Jamal est mort, et elle ne recueillera aucun oisillon ce matin, ni ne lancera de noisettes aux écureuils bondissant sur la pelouse vert moquette de Dad.

Son mari lui sourit, comme s'il avait accompli un miracle. Ça va. Oui, elle a pleuré, mais c'est terminé, grâce à lui, dernier de la race éteinte de ceux qui aiment Jean S.

Huit balles trouant un ventre noir, inconsciemment, imprudemment, follement caressé, léché, embrassé. Sans doute n'a-t-elle pas été belle à voir quand la nouvelle est arrivée, mais, par pitié, qu'on lui pardonne.

Vite ! Dis-moi que tu m'aimes.

Toujours je t'ai aimée.

Encore ! Répète-le ! Ce n'est pas assez, ce ne sera jamais assez.

Toujours je t'aimerai.

2

À quoi bon continuer ? Puisque bientôt plus personne ne poussera la porte de chez elle.

Telle fut la première chose à laquelle elle pensa, quand, une semaine après la mort de Hakim Jamal, elle décida de suspendre les rencontres qu'elle organisait depuis son retour de Capri entre metteurs en scène de théâtre échevelés, cinéastes aux yeux sombres et hantés, et jeunes acteurs de toutes nationalités. Au milieu d'une improvisation sur le thème de la rencontre réunissant deux comédiens en savates, elle laissa son regard courir sur les murs de son appartement, et ses tableaux, toiles d'un peintre américain, genre Dubuffet, qu'elle avait adoré au début de son mariage avec Ivan, lui parurent soudain insupportables de banalité. Ces croûtes ne valaient pas un clou ! Elle eut envie d'ouvrir la fenêtre pour faire entrer la lumière de l'après-midi. Pourtant, malgré le peu d'inventivité des improvisateurs, elle se garda d'interrompre les comédiens.

Même son mari fut surpris quand elle annonça tout à trac son désir de suspendre ces longues séances passées dans une promiscuité enfumée, un verre de vin à la main, chéchia blanche sur la tête et babouches aux pieds. Il devait la croire incapable de se passer de ces gens-là, simplement parce qu'ils l'aimaient, comme un peuple de gueux aime sa reine.

Cela ne changea rien à leurs habitudes. Ils continuèrent à se lever à quatre heures du matin pour parler ensemble de leur projet de film. Ensuite ils se recouchaient, faisaient l'amour, dormaient jusqu'à midi passé. Elle ne prononçait plus jamais le nom de Jamal et s'était débarrassée des quelques souvenirs de lui qu'elle avait gardés. Quiconque les rencontrait, elle et son mari, ne pouvait douter de l'harmonie dans laquelle ils vivaient. Certains soirs ils sortaient, allaient danser chez Régine, ou dîner à La Coupole, où ils avaient leur ardoise. En réalité l'argent manquait de nouveau, et, certaines nuits d'insomnie, malgré le Valium, Jean se voyait comme Faye Dunaway à la fin de *Bonnie and Clyde*, poupée sanglante désarticulée, secouée de spasmes hystériques sous les rafales de la mitraille.

Un soir, se torturant l'esprit à propos de Dorothy Jamal, avec laquelle elle n'avait plus le moindre rapport depuis quatre ans, elle appela André Malraux chez lui à Verrières-le-Buisson, pour lui demander d'organiser l'émigration vers la France de la veuve du leader noir assassiné et de ses six enfants en danger de mort. Embarrassé, celui dont elle parlait en public comme de son « plus proche ami » lui répondit qu'il verrait ce qu'il pouvait envisager pour l'aider. Le débit haché de la voix du maître au téléphone, et son souffle haletant, suffirent pour apaiser ses tourments. Au bord des larmes, elle lui confia qu'il était le seul homme irréprochable qu'elle eût jamais connu, et qu'elle l'aimait et le respectait infiniment.

Par chance, il arrivait aussi que se dessine une éclaircie...

Frappé par sa personnalité au Festival de Cannes, treize ans auparavant, Kirk Douglas la voulut pour partenaire dans un film au budget confortable, destiné à la chaîne de télévision ABC. Jeu du chat et de la souris : pour lui un rôle inhabituel de mari fou de jalousie, et pour elle un personnage d'épouse assassinée dans une maison obscure... Les similitudes avec le destin de Rose Loomis la séduisirent. *Je rêve d'être punie au cinéma, tout le monde sait ça...* Elle gagna donc les studios de Pinewood en priant le ciel pour que la caméra ne lève pas le nez au plafond pendant son agonie. Sauf que cette victime-là était plutôt inoffensive, et que, loin d'applaudir à son dernier souffle, le public ne manquerait pas de prendre son parti contre son psychopathe de mari.

Pendant le tournage, elle cessa d'avaler ses pilules, dont la liste s'allongeait, mais, contrairement à ce qu'elle espérait, le résultat fut catastrophique : elle se mit à somnoler sur le plateau et on fut régulièrement obligé de la réveiller. Elle n'était plus la jeune fille vive des belles années. Pourtant, malgré un jeu mécanique et de fréquentes hésitations sur son texte et dans ses déplacements, elle s'en sortait. Au moins, quand tout allait mal, lui restait-il du métier. Un midi, Douglas entra par erreur dans sa loge, où, en peignoir, elle feuilletait un magazine. « Non, restez ! S'il vous plaît ! », le supplia-t-elle. Il dut percevoir une telle grisaille dans son regard qu'il lui demanda les raisons d'une telle tristesse. Elle haussa les épaules. « Pourquoi avez-vous si peu confiance en vous ? reprit-il. Je n'ai jamais vu une actrice douter à ce point de ses capacités. »

À ces mots, elle ne put retenir ses larmes.

Il entoura ses épaules de son bras et lui tendit son mouchoir pour essuyer son nez... Alors elle se blottit contre lui, et tout ce qu'elle avait sur le cœur se libéra : les hurlements de Herr Otto et la frayeur de Jeanne grillant sur son bûcher, la crainte de n'être jamais à la hauteur, la traque du FBI et la peur d'être criblée de balles pour un crime qu'elle n'avait pas commis... Il la rassura sur son talent de comédienne, sur sa beauté préservée au fil des années, et lui répéta que la confiance en soi était aussi affaire de volonté.

Il fallut de longues minutes à Jean pour se consoler, si bien que l'équipe dut attendre qu'elle fût prête et remaquillée pour reprendre le tournage.

Elle ne tarda pas à éprouver une honte abominable. Geindre ainsi dans les bras du héros de *Règlements de comptes à OK Coral*, des *Vikings* et de *Spartacus*, il fallait oser !

Tu voudrais que l'on se souvienne de ton passage sur terre, Jean, et tu es nulle ! Une pleurnicheuse, indigne de rester dans les mémoires. Un monstre d'égoïsme, un parasite qui ne fera rien de concret ni de salutaire de sa chienne de vie…

Pour effacer l'impression déplorable qu'elle craignait d'avoir laissée, le lendemain elle invita Douglas et sa femme française à dîner. Pour la circonstance, elle apparut rayonnante, dans un ensemble bleu vaporeux, avec ses yeux doux maquillés du même bleu, couleur de matin tendre. Elle se montra enjouée toute la soirée et, tantôt dans sa langue maternelle, tantôt en français, fit preuve d'un esprit à mille lieues des plaintes éplorées de la veille. L'étonnement qu'elle lut dans les yeux de son partenaire la rassura quelque peu. *Il ne sait plus qui je suis*, pensa-t-elle, *ni laquelle des deux Jean S. est la vraie…*

Pour l'instant, elle n'en demandait pas plus.

3

« D'accord, mais je veux une scène de suicide ! »

Projet trop ambitieux ? Producteurs effarouchés par une comédie trop subversive ? Alors que l'avance sur recettes tardait à arriver pour financer le film de son mari, Jean S. se faisait l'effet d'une sprinteuse dans les starting-blocks, dont la course ne cesse d'être ajournée. Le coup de feu du départ ne claquait pas. Malheureusement, plus les semaines passaient, plus elle faiblissait. Elle avait grossi de cinq kilos, ce qui l'inquiétait avant de jouer le rôle de belle Américaine écrit pour elle. Pour tromper l'ennui et embellir la réalité, elle prit l'habitude d'inventer des histoires à tout bout de champ. Un soir, elle se surprit elle-même racontant à son mari qu'elle était amoureuse du ministre des Affaires étrangères algérien, Abdul Aziz Bouteflika, mais que c'était un secret. Ce fut plus fort qu'elle : au lieu de se reprendre, elle en rit intérieurement, et elle laissa planer le doute. Sa vie avait été suffisamment singulière pour que ce genre d'incongruité parût possible. *Avec Jean S., mon cher, on ne sait jamais...*

« D'accord, mais je veux une scène de suicide ! »

Un suicide ? Gauloise entre les lèvres, pas rasé, Philippe G., jeune réalisateur dont elle adorait les films *underground*, semblait prêt à tout lui accorder. Enfiévré à l'idée de faire jouer l'égérie de la Nouvelle Vague, star exilée, activiste révolutionnaire enfermée dans son propre piège, il était venu la trouver avec un scénario encore plus vague que jadis celui d'*À bout de souffle*. Elle avait été emballée par ce film improvisé, tourné en direct, au hasard de ce que révélerait la caméra. En plus, on la filmerait en noir et blanc, dans son propre appartement, autant dire au cœur de son royaume secret, qu'elle détestait parfois, mais préservait comme le seul territoire au monde qu'elle eût jamais possédé.

Se donnant follement au projet, elle proposa de le financer, et fut dépitée lorsque le réalisateur refusa, par fierté, pensa-t-elle. Mais, vu l'état de son compte en banque, elle ne pouvait s'offrir le luxe d'insister.

Titre du film : *Hautes solitudes*. **Dates de tournage :** janvier 1974. **Cachet de Jean S. :** de quoi rembourser un tiers de son ardoise à la Coupole. **Scénario :** concocté avec la chanteuse Nico, mais en réalité inexistant, si ce n'est la non-histoire d'une actrice vieillissante, affrontant l'oubli. **Prise de son :** film muet, sans micro, sans dialogues, sans bruitages ni musique.

Lumière : celle du jour, la lueur des chandelles et le faible éclat des lampes de chevet. **Décors extérieurs :** les rues de Paris et la terrasse d'un café. **Décors intérieurs :** l'appartement de Jean S. rue du Bac. **Partenaires :** Aumont Tina et Terzieff Laurent.

S'asseyant au bord de son lit ; se coiffant du bout des doigts ; se mordillant la lèvre pour s'empêcher de pleurer ; marchant seule dans la rue, le front tragiquement plissé ; achetant quelques fruits ; surgissant plein cadre, le visage illuminé par un sourire radieux ; soufflant la flamme d'une bougie ; séchant ses larmes de femme mûre que l'existence n'a pas épargnée ; entrant dans un café ; allumant une cigarette dont elle rejetait lentement la fumée ; posant un regard ravagé sur les passants, de l'autre côté de la vitre ; puis ressortant enjouée, et s'éloignant avec la démarche d'une fille de vingt ans... Au jour le jour, selon le métrage de pellicule dont il disposait, Philippe G. la filmait, dans toutes les situations possibles, sous toutes les coutures, utilisant la gamme complète de ses expressions.

Quand son visage douloureux emplissait l'image, comment ne pas se souvenir du dernier gros plan d'*À bout de souffle* ?

Qu'est-ce que c'est... dégueulasse ?
Dégueulasse ? C'est la vie, ma fille.

Mèche de cheveux blonds tombant sur le front, lèvres sensuelles et teint diaphane... Dans la violence contrastée des blancs obscurs, avec les rides de la souffrance, comme deux coups de rasoir noir entre les yeux, tout le monde l'eût confondue avec Marilyn.

« Je veux une scène de suicide ! »

Elle y tenait. Et c'était dans la logique du film. Alors, O.K. Et Tina Aumont la sauverait in extremis.

Voici donc Jean S. dans sa chambre, en chemise de nuit. Pas de clap, mais la caméra tourne déjà. Sur la table de chevet, en évidence sous la lampe allumée, on voit un verre d'eau et des pilules éparpillées. Allongée sur son lit, paupières fermées, elle tend le bras. Au radar, elle attrape un cachet, on la croirait droguée. Verre à la main, elle boit, en voilà un d'avalé. Elle en saisit un deuxième, qu'elle manque de laisser tomber. Main à la bouche, verre aux lèvres. Hop ! Et de deux ! Mais ce n'est pas fini. Ses doigts cherchent à tâtons. Cette fois le comprimé tombe à terre. Elle en prend un autre, identique. C'est le troisième, elle le tient bien. Tête en arrière, on dirait que ça a du mal à passer. Elle est obligée de se redresser. On la voit mieux. Ça fait quatre pilules, je crois… Elle cherche… Il y en a une autre là, mais son verre est vide. Qu'à cela ne tienne, elle l'a déjà gobée ! La scène n'est pas nouvelle : Marilyn Monroe, c'est elle !

« Jean ! Qu'est-ce que tu fais ? »

Elle ne s'en rend pas compte, mais, alors que la caméra a cessé de tourner, elle en est au sixième cachet.

« Jean ! Arrête ! »

Philippe G. est sur elle. Affolé, il a juste le temps de lui arracher le septième cachet, qu'elle serre dans sa main.

« Merde ! Je me tue. Laisse-moi me tuer, bordel ! Chiotte ! Tu m'as fait louper ma scène.

– Jean, ce n'est pas nécessaire.

– Mais, tu es nase, c'est de l'aspirine ! »

Autour d'elle, nul ne semble la croire. Ils ont l'air d'avoir peur pour de vrai. Elle dit pourtant la vérité. De l'aspirine ! Il lui arrive d'en avaler quinze d'affilée, quand elle a ses migraines à hurler.

Philippe G. ne sait que penser.

« J'en ai assez de mimer… lui jette-t-elle. Il y a des choses qu'on ne peut pas jouer. »

Il la dévisage en clignant des yeux comme pour effacer une réalité qu'il refuse. Un peu de sang colore la pâleur de ses joues. Il s'imagine capable de comprendre ses pensées.

« Jean, tu as déjà fait cela une autre fois, murmure-t-il. Tu as déjà essayé. Ce n'est pas ton premier essai, n'est-ce pas ? »

Elle hausse les épaules. C'est un sujet qu'elle n'aborde jamais. Mais il est trop tard ! Par la faute de Philippe G., au moment crucial, elle pense à Nina.

Une semaine plus tard, elle se taillada les veines.

Doutait-elle de la qualité de son travail ? Non, depuis des années elle ne s'était pas sentie aussi juste face à la caméra.

Alors quoi ? Était-ce à cause de Nina ? Même pas. Ni par la faute de Jamal, ni parce qu'Ivan ne lui laissait pratiquement plus la garde de leur fils, ni parce qu'une querelle avait éclaté la veille entre elle et son mari, ou que l'avance sur recettes ne lui était toujours pas accordée. Elle n'avait reçu aucune menace téléphonique récemment, ni ne s'était sentie épiée, ni n'avait cru discerner de messages codés, dirigés contre elle.

Il avait suffi d'un dîner avec Philippe G. et son mari, au soir d'une journée de tournage, d'une conversation animée dont elle s'était crue exclue, et d'une quantité démesurée d'alcool. Elle avait quitté la table, tenant à peine sur ses pieds, sans que personne s'inquiétât de savoir où elle allait dans cet état. Bruit de verre cassé dans la salle de bains, et voilà ! Ce n'était pas plus compliqué que ça : le sang luisant coulait sur le carrelage, ça ne faisait pas mal. Son mari se précipita pour nouer un garrot autour de son bras, tandis que Philippe G. appelait SOS-Médecins. « Laissez-moi mourir ! J'ai le droit ! »

Le lendemain matin, elle ne se souvenait plus pourquoi son poignet était bandé. Elle revint tourner, le visage gonflé, sans présenter d'excuses. *Foutez-moi la paix. Si j'ai agi ainsi, c'est que j'avais une raison de le faire.* Son travail sur le film touchant à sa fin, elle confia à une journaliste venue l'interviewer que, depuis *Lilith*, elle vivait l'expérience la plus intense et la plus profonde de sa vie de femme. *Mais ma vie de femme, ma vie d'actrice qui veut écrire ses propres répliques, ma vie de Parisienne, ma vie d'épouse mariée... Dites-moi, qu'est-ce que c'est ?*

Huit kilos en trop... *Pour que mon rôle soit crédible, il faudrait... Je veux dire que ça fiche la frousse parfois.*

Quarante-huit heures plus tard, elle entrait d'elle-même dans une clinique privée. Yeux brillants et lèvres humides de salive, sans vêtements de rechange, sans livres, sans cigarettes ni produits de beauté, avec juste une chemise de nuit et des chaussons roses à pompon, elle signa d'une main tremblotante les papiers pour une prise en charge instantanée. *Je veux que tu m'aides à me reposer, docteur. Et puis à me réveiller. Et à rafistoler mes nerfs qui cassent comme du verre. Non, je ne bois pas. Enfin si. Cela m'arrive. En ce moment plus souvent que je le voudrais. Je ne me gave pas de pâtisseries, je n'aime pas le chocolat, je trouve ça écœurant. Si je suis grosse, c'est à cause des ordonnances à vie : Temestat, Lexomil, Nuctalon, Seconal, Nembutal, Dexedrine, Valium, Lithium, Benzedrine, Miltown, Aldol, Marplan, Dexamyl... Mon garde-manger en est plein à craquer. Quand j'ouvre la porte avec ma petite clé, tout me dégringole dessus. Difficile de me repérer :*

je fréquente plusieurs médecins qui ne se connaissent pas entre eux, et je ne vais jamais deux fois de suite dans la même pharmacie. Gélules, comprimés, barrettes, mini-pilules, cachets, je les repère du premier coup d'œil. J'ai mes préférés. Ce sont mes amis, mes ennemis. Je sens un tel désordre sans eux ! Comment suis-je encore en vie ? J'ai besoin d'eau fraîche et d'horaires stricts. Il faut que tu me surveilles, docteur. Ça oui ! Il faut m'attacher pour que j'écoute la bonne parole. Je m'installe ici, car, malgré ta belle science mal foutue, c'est bon de parler avec toi.

4

Bouleversante et méconnaissable dans ce rôle muet, c'est Jean S. ! Aux antipodes de personnages moins heureux, c'est un retour en force pour une comédienne qui, avec le temps, a acquis une épaisseur qu'elle n'avait pas auparavant. Ce one-woman-show a quelque chose de saisissant. Sans prononcer un mot, pendant quatre-vingt-dix minutes, l'ex-beauté androgyne de Godard et de Belmondo nous entraîne dans le désert brut et dérangeant de ses hautes solitudes et ne nous laisse pas la moindre chance de lui résister. C'est une renaissance impressionnante.

Que le journal *Le Monde* parle d'elle en ces termes, ce n'était jamais arrivé. Après vingt-six jours de clinique et un tour de taille presque retrouvé, elle remontait la pente, infiniment flattée par l'accueil que lui réservait la presse. Le film de Philippe G., distribué dans un circuit d'art et d'essai, était unanimement salué par la critique. Maintenant, d'autres portes s'ouvraient : son époux aimant la poussait à réaliser elle-même son scénario remanié sur Billy the Kid; elle avait posé pour une série de photos remarquées, en blouson de cuir noir, coiffures bouclées frisées de Jean-Louis David et maquillage Chanel, pour le mensuel *Votre Beauté*; l'avance sur recettes pour le film de son mari, ainsi que le soutien de deux producteurs, permettait d'envisager un tournage pour la fin de l'année... Soudain elle renoua avec le désir d'être brillante, sexy, séduisante et de déborder d'idées. Quand elle trouva un jeune acteur pour cofinancer le tournage de son court-métrage, *Ballad for the Kid* – la rencontre entre une déesse du nom de Star et un hors-la-loi, héros d'une dizaine de westerns –, elle vécut cinq jours d'euphorie. Comme par enchantement, les difficultés s'aplanirent. Elle reçut l'autorisation de tourner sur une ancienne piste de l'aéroport d'Orly et put réunir sans mal une équipe technique de douze personnes pour l'assister. Vingt-cinq minutes de film à réaliser, c'était autrement plus excitant que ce métier de comédienne qui l'avait usée.

Après avoir songé à engager une autre interprète, elle se décida, par souci d'économie, à jouer elle-même la blonde platinée, vulgaire et désabusée, style cinéma muet.

Panoramique – Plan américain – Champ/contre-champ – Gros plan – Devant/derrière la caméra... Vérifiant éclairages, cadrages, maquillages et prise de son, sans s'apitoyer sur son sort, elle racontait sa propre histoire, avec juste ce qu'il fallait de fantaisie.

Sur la piste bétonnée, noircie par les traces de trains d'atterrissage, elle suscita une incroyable curiosité. En plus de *Paris-Match, Elle, Le Figaro* et les principaux journaux français, *Life*, et même le *New York Times*, vinrent l'interviewer. « Ce ne sera pas un grand film, confia-t-elle avec lucidité. Pour moi, c'est un essai. Si le résultat me convient, et si le public est intéressé, je continuerai. » Même *Newsweek*, coresponsable à ses yeux de la mort de sa fille, voulut la photographier. Elle hésita, puis contre l'avis d'Ivan accepta cette volte-face comme une occasion de prendre sa revanche sur ses ennemis. Elle posa donc en robe du soir, derrière la caméra, l'œil rivé à son partenaire le cow-boy, qu'elle devait finir par abattre d'une balle dans le dos.

Satisfaite? Elle l'ignorait. Sur le pont vingt-quatre heures sur vingt-quatre, surexcitée, mais écartelée entre les deux tâches qu'elle s'était fixées, et bousculée par le souvenir de son jeune frère David, pour l'amour duquel le rôle du bandit légendaire avait été écrit, elle attendit le dernier jour pour mettre en scène le dialogue qui lui tenait le plus à cœur :

STAR : *Comment va notre bébé, Kid?*

BILLY THE KID : *Nous n'avons jamais fait de bébé.*

STAR : *Ah? Vous croyez? Pourtant, regardez, quand je colle mon oreille sur le sable, je l'entends, notre bébé. Son petit cœur bat, je vous le jure.*

BILLY THE KID : *Je vous répète que vous et moi n'avons jamais eu le moindre bébé. Ça n'a pas marché.*

STAR : *Alors, il faut insister. Il faut recommencer...*

BILLY THE KID : *Non! C'est trop tard. Vous savez bien que je serai mort ce soir.*

Au crépuscule, quand tout fut replié, il se mit à pleuvoir sur la piste abandonnée, et elle eut le sentiment que, se concentrer ainsi sur son passé, c'était régresser. De retour chez elle, il ne lui restait plus rien de son bel enthousiasme, et elle fondit en larmes dans les bras de son mari. Mais pourquoi pleurer? La semaine s'était déroulée comme elle l'avait souhaité. « Oui...

souffla-t-elle, j'ai fait ce que j'avais dit. Mais le résultat sera loin de ce que j'imaginais. J'ai tourné un petit film freudien, dont personne ne se souviendra jamais. Le problème est que je n'ai pas assez travaillé, et que je n'aurai pas d'autre chance de me rattraper. »

5

Quitte ou double.
C'était au tour de son mari de réaliser son film.
Malgré les semaines difficiles traversées depuis la fin de *Ballad for the Kid*, il n'avait pas cédé à la tentation de remplacer Jean par une autre comédienne. Elle lui en était reconnaissante, mais il ne savait plus sur quel pied danser.

Deux mois auparavant, elle s'était mis en tête de faire évader Huey Newton, cofondateur du Black Panther Party, accusé à tort, disait-elle, d'avoir assassiné une jeune prostituée, et emprisonné en Californie dans l'attente d'un procès *arrangé*.

Moments tragiques… L'idée parut l'obséder pendant quinze jours. Elle gaspilla ses dernières réserves pour faire fabriquer, à prix d'or, de faux passeports et mouilla dans son plan quelques activistes, en France et en Italie. Par bonheur, elle n'alerta ni la presse ni André Malraux, auquel elle avait néanmoins projeté de rendre visite à ce sujet à Verrières-le-Buisson. Il suffit à son mari de passer deux coups de fil pour découvrir que le prétendu prisonnier vivait réfugié à La Havane depuis plusieurs mois. Jean, qui avait inventé l'histoire de toutes pièces, reconnut la vérité avec une facilité déconcertante et, plutôt que d'en vouloir à son mari d'avoir percé son méchant secret, se jeta dans ses bras, pleine d'une confiance et d'un abandon excessifs.

« Nous vivons des temps terrifiants, se mit-elle bientôt à répéter à tous les gens qu'elle rencontrait. Il est impossible qu'un fléau, une guerre, un massacre, une épidémie, ne s'abatte pas sur nous, pour faire du vide... » Elle prit l'habitude d'explorer dix fois par jour chaque recoin de son appartement. Elle regardait au fond des placards, sous les lits, et, pieds nus, en peignoir, la main braquée sur une cible invisible, se croyant maîtresse d'elle-même, criait d'une voix flûtée : « Qui est là ? Qui êtes-vous ? Attention, je suis armée ! Allez-vous-en ! Non seulement je vais vous tirer dessus, mais je vais vous tuer ! » Persuadée que sa porte d'entrée avait été forcée, elle fit installer une alarme stridente, qui ne cessa de se détraquer et déclenchait un affreux tintamarre une nuit sur deux. Se voyant en cible parfaite, elle ne s'approcha plus des fenêtres, vécut dans le noir et ne décrocha plus le téléphone quand il sonnait. Parfois, le sang battait si fort à ses tempes que sa vue se brouillait. Alors, couverte de sueur, elle tombait, comme une somnambule. Et s'endormait, recroquevillée sur le parquet.

Elle se réveillait, la hanche couverte de bleus, mais l'esprit enfiévré, fière d'avoir tenu quelques heures de plus.

À force d'alterner crises de boulimie et d'anorexie, son foie se détraqua. Elle tomba malade pour de bon. Entre exaltation et hébétude, elle regretta que le corps prît le pas sur l'âme. Elle versa des larmes étrangement douces et demanda à entrer de nouveau en clinique, là où celui qui soulage prend la place de celui qui sauve.

Sortie depuis cinq jours pour tenir ce rôle longtemps attendu, au côté du jeune et bel artiste qu'elle aimait (ou avait aimé, sachant que, entre présent et passé, elle confondait), elle semblait remise. Guérie, comme la fois précédente, regard profond, plus bleu que gris, et sourire d'une tendresse infinie. De son propre chef, avec quinze ans de plus, elle adopta de nouveau la coupe de cheveux de Patricia Franchini. Sauf que, la succession des traitements ayant laissé quelques bouffissures sur son visage, sa beauté, dont elle n'avait plus envie de se défaire, lui apparut comme… brouillée.

Ni heureuse ni malheureuse, elle vécut le tournage calmement, jouant son éternel personnage de star sur le retour d'une voix plaintive, puis se reprenant la prise d'après, sans qu'il fût nécessaire de la corriger. « Accélère, Jean ! », lui lançait son mari. Alors, sans souffrir, dans ce décor de bordel délirant, elle se pressait un peu. Aux rushes, elle se découvrit sous un jour inhabituel : fascinante dame portant une fourrure immaculée, mais se déplaçant de manière saccadée. Sur l'image, son teint, blanc comme la chaux, contrastait avec le bleu joyeux de ses yeux. Elle s'estima à moitié désincarnée, à distance respectable des dangers de la vie, et plaignit les femmes qui meurent de se voir vieillir.

Quand l'accès du studio fut interdit aux producteurs, elle sentit que le tournage se compliquait, et, poussée par Isabelle Huppert, une jeune comédienne dont la présence la stimulait, elle s'employa à être meilleure. En dépit de son application, l'atmosphère resta électrique. Difficile dès lors d'ignorer que le film échappait à son mari, qui la ménageait mais perdait patience avec le reste de l'équipe. Il y eut des engueulades, et des après-midi infernaux. Pourtant, les images renvoyées par le laboratoire n'étaient pas mauvaises, loin de là. Elles manquaient seulement d'organisation. Pas de quoi s'alarmer : un bon monteur saurait leur donner du rythme et de la profondeur.

Un matin, au lendemain d'une nuit blême, elle se trompa plusieurs fois dans ses dialogues. « C'est nul à chier ! », lui lança son mari, de moins en moins patient. Et cela devant la petite Huppert, à laquelle il n'avait rien à reprocher. Jean le regarda, tout ébahie de l'entendre lui parler sur ce ton. Il la fusillait du regard, prêt à la secouer comme un prunier. Elle ne trouva rien à répondre. Tout ce qui lui vint à l'esprit fut une excuse. Mais s'excuser de la dureté de quelqu'un d'autre était absurde. Elle ne dit rien. Il poussa un grognement écœuré et balança son script en travers du plateau. Le soir, elle se souvint de la façon dont son visage s'était empourpré, comme sous l'effet d'une crise d'urticaire. Embarrassée, elle dit à voix basse : « J'espère que je ne t'ai pas contrarié. » Il soupira, et la regarda avec une expression hostile.

« Attention ! Ce n'est pas le moment de cesser de m'aimer, ajouta-t-elle.

— Ni aujourd'hui, ni demain, ni plus tard, ni jamais. Je sais, Jean.

— Ce n'est pas ma faute, j'ai le cerveau parasité, un nuage toxique lui est passé dessus. Mais ton film me plaît. Et puis j'ai besoin de travailler, je te suis reconnaissante de m'aider. »

Cela lui sembla être un aveu honteux. Elle faillit se rétracter.

Il se racla la gorge, et soudain elle lui en voulut. Elle eut envie de lui demander de disparaître.

« Tu pourrais comprendre que pour moi c'est compliqué, revint-il à la charge.

— Par ma faute ?

— Je ferais mieux de lâcher avant qu'ils me virent.

— C'est lamentable de dire des choses pareilles. *Shut your mouth ! Stop it !*

— C'est un fiasco. Il vaudrait mieux que je me tire.

– Et moi, alors ? Peut-être que tu trouves humiliant de me tenir la tête hors de l'eau, devant tout le monde…

– Toi ! Tu restes avec moi.

– Ah ouais ? Et pourquoi avec toi ? Moi, je préfère reconstruire ma vie ailleurs, avant d'avoir les cheveux grisonnants et la bouche amère. Si tu baisses les bras, je ne te connais plus, je ne baise plus avec toi. *Get out of here !* Tu sors de ma vie. *Go away ! Go !* Ciao le mec, ciao ! »

Intérieur nuit.
Sanglotant jusque dans son rêve, la joue écrasée sur son oreiller mouillé de larmes et de salive, elle sentit les mains de son mari posées sur elle. Elles tâtonnaient à sa recherche. Mais comment saisir l'amour d'un être du bout des doigts ? Un visage baigné d'ombre caressa le sien. Une fenêtre s'ouvrit, à l'intérieur d'un grand cartouche blanc. Igloo, comme avant. La tête renversée vers le ciel, la jeune fille aux cheveux de blé offre sa beauté à l'homme qui la désire. Sa beauté, c'est tout ce qu'elle a. Elle la joue à qui perd gagne, elle la risque, contre le temps. Mais que voient ses yeux clairs, pendant l'amour ? Ils voient le ciel bleu, sur lequel s'effilochent trois rubans nuageux. Mais que sent-elle, alors que s'attise le grand feu ? Elle sent l'odeur crue de l'herbe chaude sur laquelle son dos de soie repose. Mais que touche-t-elle, alors que tout en elle s'ouvre infiniment ? Elle touche du doigt la peur d'être arrachée à cette autre moitié d'elle-même, sans laquelle elle ne peut plus exister.

Le lendemain, tout le monde sur le plateau pensa la même chose : ils s'étaient querellés, affreusement. Le lien qui les rattachait l'un à l'autre avait cédé.

Chaque fois que Jean S. fait un film avec ses maris, c'est un désastre. Ce n'est pas leur faute, elle leur porte la poisse.

Qu'elle change donc de métier !

C'est impossible, elle ne sait rien faire d'autre.

Dernier répit ?

> *Je m'allongeais dans le sable, en prenais une poignée dans ma main, le laissais s'enfuir de mes doigts en un jet jaunâtre et doux, je me disais qu'il s'enfuyait comme le temps, que c'était une idée facile, et qu'il était agréable d'avoir des idées faciles.*
>
> Françoise SAGAN, *Bonjour tristesse.*

Point de départ : *il était une fois, dans la ville de Marshalltown, une petite paysanne qui voulait séduire son Dad.*

Point d'arrivée : *me résigner.*

Printemps 1975.

Le tournage avec son mari n'était plus qu'un mauvais souvenir. Un beau matin, elle s'était dit que ça ne pouvait plus durer. C'était toujours pareil : une fois échouée dans les grands fonds, elle remontait. Dans ces moments-là, il suffisait de la regarder pour comprendre : libérée de ses fils barbelés, elle respirait à pleins poumons. L'air avait une odeur d'océan, et sa conscience l'attirait vers quelque chose d'amical et de muet. Ce coup-là, elle se mit à ressembler à son personnage de Cécile, à peine dix-huit ans, gamine butée qu'elle n'avait pourtant jamais aimée. Et, ô miracle ! À quelques détails près, cela semblait fait pour durer.

Donc... Un matin, dans la ville sans vie de Marshalltown, un oisillon blessé tombe du nid sur une pelouse vert moquette...

L'idée d'entrer en cure psychanalytique était venue de son mari si attentionné. Son mari feu follet, qui l'étourdissait avec ses mille nouveaux projets et le tourbillon incessant des gens qu'il attirait, y compris à leur cours de théâtre, qu'il avait remonté dans une ancienne école. Son mari qu'elle aimait... Enfin, les trois quarts du temps, quand elle ne se répétait pas qu'ils n'arrivaient à rien de bon ensemble... Pourtant, quand il parlait de son prochain film, une histoire de terroriste, qui avait paru capable un temps de la ranimer, elle l'écoutait distraitement, en souriant, on aurait dit une petite fille songeant à quelque histoire mirifique. Tantôt elle l'assaillait de tendresse, tantôt, exténuée par l'énergie qu'il déployait, elle se refermait et devenait impénétrable. Mais elle serait toujours ainsi : à la fois femme fragile, brisée par ses propres élans de générosité, et femme redoutable, lorsque sa défiance vis-à-vis de l'alcool se relâchait. Un jour, comme ils marchaient bras dessus bras dessous dans la rue, elle esquissa un pas de danse. Quelques badauds se retournèrent sur elle. « Jean, on nous regarde ! », lui dit son mari. Elle s'arrêta brusquement et lui tourna le dos. Ce genre d'incident pouvait suffire à déclencher la tempête. Entre eux deux, lequel était l'agneau, lequel était le loup ? Difficile à savoir, tant ils prenaient à tour de rôle l'initiative de s'entre-déchirer. Plus les crises étaient pénibles, plus ils se raccommodaient avec la fièvre des couples maudits, éblouis de toujours se retrouver. Jusqu'à quand cela durerait-il ? Lequel craquerait le premier ?

Mais Dad ne veut pas de cet oiseau blessé chez lui. Il le rejette... Et zut ! Je confonds. Cette fois-là, c'était un bébé chat...

Elle avait entendu dire que l'analyse était un déchirement, aussi avait-elle hésité avant d'y recourir. En vérité, elle s'était fait peur inutilement. Ponctuelle, elle arrivait au cabinet de préférence tôt le matin, elle s'allongeait là où des centaines de femmes déversaient leurs larmes comme on perd ses puces, et, le regard au plafond, énumérait les faits d'une voix monocorde. Ce rituel la sécurisait. Pas si folle que ça, elle restait à la lisière du réel et, entre refoulement et autodéfense, se rétractait dès qu'elle sentait quelques épines. *Mum and Dad, grand-papa Benson, le pasteur Kenneth...* Elle déroulait le fil des événements, étape par étape, en se tenant à distance du danger. Plus tard, le moment viendrait d'évoquer les brûlures du bûcher et les transferts d'identité. Au moins ne trouvait-elle pas trace de méchanceté sur les sentiers de son enfance. Sans doute n'avait-elle jamais eu besoin de faire souffrir pour aimer. Et puis, au-delà des malheurs de l'humanité, de clinique en clinique, elle avait découvert une dimension insoupçonnée de l'empathie, celle qui vibre au-delà des mots, entre petites gens, alcooliques, infirmes et personnes âgées. Depuis quelques semaines, elle partageait aussi le chagrin de son fils, treize ans maintenant, bouleversé par la longue maladie de Consuela, pour laquelle le temps était compté.

Aimer et secourir les animaux, ce n'était pas fuir le monde des adultes. La preuve : à l'âge de huit ans, je pensais être chirurgien, sans avoir idée de ce que c'était. Ce qui est sûr, c'est que mon intérêt pour les animaux était lié à cette profession... Je voulais savoir ce qui se passe dans l'âme et le cœur des autres.

Aimez votre passé ou détestez-le, mais gardez-le présent à l'esprit, sinon vous ressentirez la douleur à chaque instant. La leçon commençait à entrer. Jour après jour, le meilleur d'elle-même ressurgissait : les vitamines distribuées aux jeunes mamans noires dans les rues de Marshalltown, les friandises apportées à Iron Bob sous le viaduc... cette honnête vision du monde la réconfortait. Brave gosse ! En ce temps-là, la petite Jean pleurait sans jamais se décourager. La seule tristesse qu'elle éprouvait aujourd'hui à une telle évocation était d'avoir perdu l'audace et le sérieux d'alors, et de s'être dépouillée de cette ténacité qui lui interdisait de renoncer, même quand personne ne la comprenait.

Bon sang ! C'est avant dix-huit ans que j'ai écrit mes poèmes les plus sincères. Et puis, en un jour, je suis devenue un objet de culte, toujours en page « une ». Ce n'est pas moi qui voulais cela, ce sont les journaux...

Mais on ne vit pas deux fois le même instant. Et c'est quand on croit s'en être débarrassé que le ressentiment envers la vie ressurgit. Trop confiante au fil des séances, elle ressentit les effets d'une grande nostalgie. Avec les coups de Herr Otto sur le crâne rasé de Jeanne et les premières lettres anonymes, elle gratta quelques blessures qu'il eût été plus prudent de ne pas rouvrir. Elle éprouva ses premières difficultés à se confier. Un matin, alors que le processus s'enrayait, elle reprocha à son analyste de ne pas lui soutirer l'essentiel, avant qu'elle crève.

Oui, une icône, un modèle... Les revues américaines, les critiques, les amis parlaient de moi sur ce ton-là, avant de m'abandonner.

Le praticien ne broncha pas.
Libre à elle de s'arrêter. Mais alors à qui se plaindrait-elle de sa solitude ? Plus personne ne venait la voir, même pas Delon, qui, six semaines plus tôt, avait tourné deux scènes de *Monsieur Klein* en bas de chez elle. Delon qu'elle avait attendu toute la journée, prisonnière entre quatre murs. Delon qui avait oublié de monter l'embrasser. C'était d'ailleurs préférable, parce que, ce jour-là, elle était laide, franchement laide, avec un visage endommagé.

Blonde et belle ! Les yeux des hommes déshabillaient Jean S., et elle recevait de longues lettres pathétiques auxquelles elle ne répondait pas. Mais, au lieu d'en profiter, elle ne se reconnaissait jamais dans ce qu'on lui disait d'elle et avait toujours l'impression que les déclarations enflammées étaient destinées à une autre femme...

Alors qu'habituellement elle restait immobile sur le divan, elle secoua nerveusement ses mains devant son visage, comme pour chasser un insecte. Puis elle se redressa et déclara qu'il n'y avait ni puzzle à reconstituer ni énigme à résoudre. Puis elle ajouta qu'elle reviendrait, mais que, pour aujourd'hui, elle en avait assez.
Rien de grave ! Cela ne dura pas.
Une heure plus tard, dans une nouvelle robe chatoyante et quasi transparente, elle léchait une glace

trois parfums devant la façade du Bon Marché. Elle sourit d'un air sournois et demanda à son mari pourquoi il restait avec elle. Il haussa les épaules…

« Pourquoi ? Pourquoi ? Parce que je t'aime. »

Elle eut un petit ricanement.

« Tu m'aimes ? Mais comment m'aimes-tu ? Attends, attends un peu que je devine… Aimer, ce n'est pas difficile, on peut s'y consacrer puisque l'on sait que ça ne dure jamais. Quand ça s'arrête, ce n'est pas la fin du monde. L'amour est une cage dorée, belle et luxueuse, mais, si l'on y séjourne trop longtemps, on n'en sort plus. J'en connais qui essaient de se relever, mais qui ont des fourmis dans les pieds. »

Peu de temps après, ils partirent au Maroc, en repérage pour leur second film en commun. Elle n'était pas irritée. Maintenant, elle parvenait à se reposer. Dès que la moindre contrariété menaçait, les traits apaisés, elle disait : « Il ne faut pas nous disputer, notre histoire recommence, je le sens. » Et elle répétait ces mots-là à tout bout de champ. Elle riait moins qu'à Paris, mais souriait souvent. Songeuse devant des paysages laminés, elle aimait contempler l'étendue de la lumière. Puis, à l'heure où la flaque d'or du soleil se noyait à l'horizon, elle disait à son mari : « Caresse mon visage ! Caresse mon visage ! », et, comme Ivan au temps de Lilith, il la caressait. Ou bien, une fois la nuit tombée, elle lui demandait de la réchauffer, et elle ajoutait : « Petite fille, je n'avais pas froid aux yeux, je ne reculais jamais. Maintenant, le vent glacé me fait pleurer. »

Il n'y avait plus de scènes de reproches entre eux. Elle revenait souvent sur l'idée selon laquelle la difficulté, c'était la durée, et que la mémoire qu'ils commençaient à partager lui suffisait.

Mais elle ne disait pas que des choses graves. Dans l'obscurité, elle pouvait converser longtemps, paresseusement, au hasard.

Quand elle avait la sensation qu'il était tard, elle s'endormait, abruptement. Puis elle se réveillait à l'aube, avec le teint d'une rose.

Ciao, ciao le mec (18)

Le soleil fondait, je me confiais à toi.
Souviens-toi, l'été dernier j'avais froid.

Ciao, ciao, le mec, ciao, ciao.
Salut, ciao, ciao.

Ai vu de grands nuages s'éventrer dans le ciel.
Ai vu ressurgir le fatras des ennuis matériels.
Les barreaux dorés de notre amour ont cédé.
Ai lu dans tes yeux que t'en avais soupé.

Ciao, ciao, le mec, ciao, ciao.
Salut, ciao, ciao.

Ni destin, ni fidélité, la vie glisse.
On s'agrippe, mais les corps se désunissent.
Pas une rose, pas un violon.
Ta valise t'attend sur le paillasson.

Ciao, ciao, le mec, ciao, ciao.
Salut, ciao, ciao.
Monte de moi un présage de mort.
Sa blancheur fatale enveloppe mon corps.
Ne serai jamais loin.
Peut-être m'apercevras-tu, dans le coin.

*Ciao, ciao, le mec, ciao, ciao.
Salut, ciao, ciao.*

*À Babylone l'été dernier, je tremblais.
Le soleil fondait, au creux de tes bras, je grelottais.*

Jean S.,
Chanson de Noël.

Temps mort
(aux alentours de mars-avril 1976)

Ces ordures reconnaissaient que tout était vrai !
Résultat de l'enquête menée pour le compte du *Times* de Los Angeles : les accusations de violation des droits de l'homme contre J. Edgar Hoover étaient fondées. Grâce aux notes extraites des dossiers du FBI, la preuve était apportée que, dans le dossier des Black Panthers, « la pire action avait concerné l'actrice Jean S. », fichée *Indice de Sécurité priorité 3*. Un flingage programmé éclatait au grand jour. Six ans auparavant, on avait voulu réduire en miettes « une perverse sexuelle vivant en promiscuité, partisane immodérée d'un parti extrémiste hostile aux États-Unis ». Rapports de police, transcriptions d'écoutes téléphoniques, rencontres, lieux de résidence, filatures de Marshalltown à Hollywood et de Rome à Paris, dates et horaires de rendez-vous, numéros de vols et de chambres d'hôtel… Il ne manquait pas un détail. Un monument de cynisme était livré au public. Même l'envoi à la presse à scandale de Hollywood, par les services secrets, de la lettre accusant Jean S. d'être enceinte du leader activiste Raymond Masai Hewitt, était confirmé.

L'information fit le tour du monde. Et, de nouveau, les reporters furent à ses trousses. *Overdose à Palma de Majorque. Cercueil de verre. Visage de faïence blanche de Nina K*. Tout remonta.

L'air absent, Jean répondit à quelques questions, avant de se barricader chez elle. Affamée deux jours sur trois, puis gavée de nourriture et de boissons alcoolisées, elle ne voulut plus voir personne pendant trois semaines.

Un matin, après qu'elle eut rebranché son téléphone, elle reçut un appel pitoyable.

« Allô ! Jean S. ?

— Allô...

— Je suis Jennie H., je travaillais pour le *Times* de Los Angeles, mais j'ai été licenciée l'été dernier.

— Jennie H. ?

— Attendez ! Il y a quelque chose que vous devez savoir.

— Rien du tout.

— Ce courrier anonyme qui vous dénonçait, je ne l'ai jamais reçu personnellement. Il ne m'était pas destiné. L'information m'a été donnée par un ami, un journaliste en qui j'avais toute confiance. Ah ! Mon Dieu, je n'aurais jamais fait une chose pareille sans cela.

— ... Moi, je crois que vous l'auriez fait quand même. Pour me causer le plus de mal possible.

— Je vous aimais beaucoup, Jean. Vous aviez de grandes qualités humaines. À Hollywood, il n'y avait personne comme vous. Un jour, vous m'avez appelée pour me dire combien vous souhaitiez que je dorme mal la nuit, vous vous souvenez ? Eh bien voilà, c'est le cas.

— Il fallait vérifier. C'était facile de vérifier, au lieu de me rendre folle ! Vous avez tout publié, et ce n'était pas encore assez, vous avez insisté.

— C'était mon métier, Jean.

— Métier de merde. Vous avez continué à me harceler pendant des mois.

— Je ne vous demande pas de me pardonner.

— C'est vraiment dégueulasse, à gerber. Aimer était toute ma vie. Maintenant, jamais je ne guérirai. »

** *
**

Son mari délaissé...
Il avait déménagé dans un studio, mais elle le voyait toujours. Pratiquant le pardon mutuel des péchés, ils se raccommodaient dès qu'elle retombait malade. Elle l'avait appelé à son secours après avoir brûlé les photos d'elle tenant le cadavre de Nina. Brûlée, cette mère infernale ! Huit jours plus tard, les portes avaient de nouveau claqué, et ils s'étaient séparés dans un ouragan de cris et de larmes, le temps pour elle d'un bref retour vers Ricardo, l'ancien amant, qui venait d'achever la réalisation d'un film : *La Famille de Pascual Duarte*.

Son mari précédent...
Ivan ne la loupa pas ; quand elle lui parla d'écrire leur histoire, il lui jeta : « Tu n'y arriveras pas ! » Et encore : « Je n'ai pas envie que tu étales les détails de notre vie privée. » En réponse, elle lui cracha au visage que son travail de mémoire était commencé et que rien ne l'arrêterait. Mensonge : elle attendait toujours la bénédiction d'Ivan pour trop de choses, et pour celle-là en particulier.

Le lendemain, au petit matin, dans un silence de sanctuaire, elle piétina encore quelques souvenirs sous l'œil froid de son analyste :

Jean S. aurait pu s'imposer auprès d'Ivan K. Mais, dans leurs dîners, au lieu de se mêler aux conversations, elle le laissait parler de tous les sujets. Un jour... alors qu'elle n'était en France que depuis deux ans, elle se trompa devant un académicien. Elle qui se piquait d'être poétesse confondit quatre vers de Baudelaire avec quatre vers de Verlaine. Il lui balança un coup de pied sous la table, qui non seulement lui coupa le sifflet, mais lui arracha un cri aigu, d'un ridicule mortel. À partir de ce jour-là, sauf devant André Malraux, Jean S. fit tapisserie aux côtés de son mari. Quinze ans plus tard, elle reste persuadée que, en dépit de son amour pour elle, Ivan K. ne l'a jamais respectée intellectuellement... Et maintenant c'est de pire en pire ! Il arrive qu'il lui propose de l'argent pour l'aider. Et elle accepte. Avant, elle gagnait trente fois mieux sa vie que lui, à tel point que, lorsqu'ils se sont séparés, il a eu très peur de manquer. Elle prend l'argent, c'est humiliant.

Voilà le genre de choses qu'elle confie, allongée sur le divan, après quatre bols de café brûlant, avec des yeux douloureux, un cœur qui palpite, et des vêtements qui serrent à la taille, grattent la peau des reins, irritent sous les seins et en dessous des bras, et donnent des plaques d'urticaire sur le ventre.

L'expression de son visage trahit une douce détresse ; les yeux embrumés, elle ajoute :

En venant ici, dans le métro, Jean S. croise des gens sapés qui vont travailler. Leur regard brutal, posé sur elle, lui rappelle qu'elle n'a jamais servi à rien, ni à quiconque. Ils ne peuvent pourtant pas la reconnaître, elle est devenue trop grosse. Du temps où son corps était prompt à se cambrer, elle aimait les croiser. Mais elle avait le don de casser les ambiances. Certains la prenaient pour une comédienne-née, trop belle pour être honnête, et les autres lui servaient un cocktail de mépris et de pitié effrayée...

Ou bien, semblant ignorer que le cinéma ne veut plus d'elle, elle déclare d'une traite :

Censés être des gages d'amour, les films des maris de Jean S. ont été le tombeau de ses couples... Donc, Jean S. n'est plus actrice. Une actrice s'inspire des événements de sa vie. Or, à force d'être malléable, Jean S. ne tient plus debout sur ses pieds en pâte à modeler. Elle n'a plus de forme et ne vit plus rien d'intéressant. Jean S. ne connaît plus d'émotions où puiser ses ressources. Jean S. est sèche, gémissante et perplexe. Elle va plutôt écrire des chansons. La voici parolière ! Sauf que la poésie la rend triste et lui donne envie de tirer un grand trait en dernière page de son cahier...

* *
*

Alors que, les soirs de dérive, elle décrochait son téléphone et appelait, par ordre alphabétique, les gens de la profession, producteurs, réalisateurs, acteurs, avant de raccrocher sans avoir prononcé un mot, le cinéma revint vers elle.

On lui proposa de tourner dans l'adaptation pour l'écran du *Canard sauvage*, une pièce de Henrik Ibsen, le dramaturge ennemi de tout compromis avec les esprits dogmatiques, qu'elle avait adoré durant ses jeunes années. La pièce parlait des laissés-pour-compte et des ratés grandiloquents dans une Norvège mesquine et étouffante, semblable par bien des aspects aux provinces luthériennes de son enfance. Elle reçut comme un bienfait l'idée d'incarner une illettrée, moralement compromise dans ce monde clos, une maîtresse de maison parvenue, une mère de famille à l'idéal faux et au langage ampoulé, incapable de maîtriser les codes sociaux d'une bourgeoisie gangrenée.

« Toutefois, j'ai actuellement quinze kilos de trop et n'ai plus rien de commun avec la Jean S. que tout le monde connaît, précisa-t-elle préalablement à toute rencontre.

– Je sais, lui répondit le réalisateur, un Allemand nommé Hans G. C'est l'une des raisons pour lesquelles je viens vous chercher. »

C'est ainsi qu'elle se retrouva dans les studios de Vienne, en Autriche, pour jouer le rôle de Gina Ekdal, ancienne bonne, puis gouvernante, puis épouse plutôt replète, avec un visage lisse et des tresses nouées sur le haut de la tête. Elle aborda l'aventure comme l'une des étapes de son retour aux sources et se jugea vraisemblable en petite-bourgeoise scandinave de la fin du dix-neuvième siècle, réputée bonne compagne pour son mari le photographe Hjalmar, et bonne mère pour sa fille Hedvig. Impressionnée par la technique de jeu de son partenaire, l'acteur Bruno Ganz, elle se prit aussitôt d'amitié pour lui. Après des semaines d'enfermement, l'ambiance de travail lui plut, et, au soir du quatrième jour de tournage, elle écrivit à ceux de Marshalltown :

Ah mon Dad! Si tu me voyais : une vraie fille du Nord! Je crois que ce sont les origines suédoises de notre famille qui ressortent. Peut-être que cela s'accentuera avec les années. Quand je me regarde dans la glace, je trouve que je ressemble à grand-maman Frances. Il fait très froid sur le plateau, j'ai le nez rouge et les pieds gelés, mais cela me stimule pour jouer. Cette fois, Mum et toi allez m'aimer. L'histoire finit affreusement mal, mais c'est un vrai rôle de théâtre, comme j'ai rêvé d'en interpréter pendant des années. Je crois qu'après cela je vais oser monter sur scène. C'est pour bientôt. Si vous pouviez venir m'applaudir à Paris, quelle joie!

Elle se garda d'ajouter que son idée était de jouer Martha, l'héroïne alcoolique terrifiante de *Qui a peur de Virginia Woolf*. « Un personnage qui n'a plus rien pour moi d'un rôle de composition », confessa-t-elle à son agent, qu'elle assaillit soudain d'appels téléphoniques, tout en précisant qu'elle voulait Yves Montand pour partenaire, et qu'il suffirait de l'appeler pour qu'il accepte.

* *
*

Fin de la pièce.
Fille sans vie, trop déçue par ses parents… La jeune Hedvig, une adolescente de treize ans, est allongée dans l'atelier. Le réalisateur veut un plan-séquence autour de son père et de sa mère, au moment où ils découvrent son cadavre.

> GINA : *Jésus ! Qu'est-ce que c'est ?*
> HJALMAR : *Elle est étendue par terre !*
> GREGERS : *Hedvig est étendue par terre.*
> GINA : *Hedvig ! Non, non, non !*

Première prise.
Comment retenir ses larmes en découvrant son enfant morte, une pauvre petite menacée de cécité, bouleversée par la fausseté de son papa chéri ? Dans la peau de Gina, Jean reste interdite au milieu des photographies de son époux disposées sur des chevalets pour

être retouchées. L'émotion grandit au fil des répliques. Elle déteste ce chagrin irraisonné, qui n'est pas celui de son personnage.

HJALMAR : *Elle va revenir à elle bientôt. Elle va revenir à elle... Oui, oui, oui.*
RELLING : *Qu'est-ce qui se passe ?*
GINA : *Ils disent qu'Hedvig s'est tuée.*
RELLING : *S'est tuée ?*

Elle s'agenouille auprès du corps. Entre les petits seins à peine naissants, le corsage blanc de sa fille est rouge de sang. Elle a répété la scène, mais n'a pas imaginé que la douleur surgirait.

RELLING : *La balle est entrée dans la poitrine.*
GINA : *Oh ! L'enfant ! L'enfant !*
GREGERS : *Au fond de la mer...*

Sa voix s'est fissurée. Impossible de jouer sans se maîtriser. Au théâtre, plus personne ne l'entendrait. Mais au cinéma ? Au cinéma, elle a le droit. Gina a l'autorisation de verser quelques larmes de crocodile. Voilà ce à quoi elle pense... Mais on ne s'en sort pas comme ça ! Dense et cruelle, la souffrance qui bouillonne en elle a quelque chose d'obscène.

HJALMAR : *Et moi qui l'ai repoussée ! Elle est morte par amour pour moi.*
RELLING : *Elle tient cette arme si ferme !*
GINA : *Non, non, ne lui cassez pas les doigts. Laissez le pissolet tranquille.*

« Le pissolet ! » Mon Dieu, quelle gourde... Parvenue à l'âge des émois adolescents, Nina K. aussi aurait pu décider de se tuer, à cause de sa mère indigne et de son père qui n'avait jamais été le vrai. Jean pense à cela au moment où il ne le faut pas, quand la caméra se braque sur elle. Vivre avec la mort d'une enfant devenue grande... La sienne était âgée de quelques heures à peine lorsque la vie a cessé de couler en elle. Elle ne l'aura pas entendue pleurer une seule fois. Elle n'aura pas entendu le son de sa voix. Nina K., pas encore une personne... Une fleur éteinte, dont nul ne connaîtra le parfum.

RELLING : *Jamais on ne me fera croire que ce coup de feu a été tiré par accident.*
GINA : *On va la mettre dans sa chambrette, chez elle. Aide-moi !*
HJALMAR : *Oh Gina ! Gina ! Comment peux-tu supporter cela ?*
GINA : *L'un aidera l'autre. Parce que, maintenant, nous sommes à égalité vis-à-vis d'elle.*

Il faut toucher le cadavre, le soulever, bras ballants, tête renversée, tout mou, et le transporter ! Elle a trop cru à ce rôle : la peur gronde en elle, c'est une cataracte. Avec sa peau *blanc de lune*... la fillette est belle ! Comme celui de Nina, son corps va pourtant se mêler à la terre. Le corps de Nina... jamais embrassé, jamais aimé, et qui s'est éteint sans mystère, parce qu'elle n'avait pas pris le temps de le nourrir assez longtemps de son propre sang, avec amour, patiemment, comme le font toutes les mamans du monde.

Son mari précédent (suite)

23 novembre : L'amour impossible de Jean S. s'est éteint. Chasseur de grandeur et avaleur de lumière, André Malraux est mort, à soixante-quinze ans... Il ne lancera plus dans les airs ses hiéroglyphes verbaux, que d'aucuns se sont crus capables de saisir.

Jean S. pleure son tendre Cagliostro, son mage hypnotisant à la recherche de la plénitude. « Je t'accompagne ! », lance-t-elle, bondissant sur Ivan, alors qu'il sort de chez lui pour aller veiller son maître et ami. « Je ne vais pas à Verrières-le-Buisson ! », proteste-t-il, les yeux rougis. C'est un jour pourri. Il lui ment. Il la détaille de la tête aux pieds, cherche un reproche à lui adresser sur la manière dont elle est coiffée ou habillée, hésite, ne trouve pas, baisse le nez, se tait... La supercherie littéraire dans laquelle il s'est engagé lui mine l'esprit. Il est sous amphétamines. Elle comprend qu'il ait voulu tenter une seconde vie, mais il est sinistre, et, sortant comme elle de clinique, il perd un peu la tête. Il passe la voir de plus en plus souvent, pour lui parler de sa propre mort, ce qui n'est pas le meilleur service à lui rendre et provoque chez elle des crises d'angoisse difficiles à maîtriser. Il est pourtant habitué à manier les femmes dépressives. A-t-il agi de même avec Romy Schneider, dont il s'imagine que sa brève liaison avec elle lui a échappé ? Pour couronner le tout, il se prépare à publier sous pseudonyme un livre bâclé. Un livre dans lequel il s'attaque et se ridiculise lui-même avec une cruauté inutile.

« Je viens avec toi, Ivan. »

Il grogne entre ses dents. Il n'ose pas protester. Avec une folle, on ne sait jamais... Elle pourrait faire une crise sur le palier.

Il n'est pas assez lucide pour se rendre compte qu'elle a trop de chagrin pour se quereller. Il est dans l'escalier quatre à quatre, l'âme en deuil, elle dégringole les volées de marches à sa suite. Un jour, peu de temps après la mort de Nina, Malraux lui avait envoyé des brassées de fleurs à la sortie d'un de leurs déjeuners en tête à tête. Elle avait cru pendant quelques heures qu'il l'aimait. Puis, se souvenant qu'elle lui avait parlé à cœur ouvert, certainement sans pudeur, elle s'était dit qu'il avait voulu la réconforter. À moins qu'il se fût mépris sur la profondeur de son désespoir, et la nature du secours qu'elle réclamait...

Il n'empêche que Jean S. aimait André M., parce que, si génial qu'il fût, il lui témoignait une indulgence sans faille. Avec lui, Jean S. avait le droit de se tromper, d'être un peu bête parfois, voire fêlée, de sortir des banalités, de rire à contretemps, ou de répondre à côté.

Sur la route de Verrières-le-Buisson, elle n'échange pas un mot avec Ivan. Sourcils charbonneux, il a sa tête des jours de tempête... Vêtu d'un complet noir étriqué, débarrassé de son Stetson, de ses bottines à boucles dorées et de sa chemise en soie brodée, il a vieilli de dix ans. Mais, avec son corps alourdi, elle ne vaut pas mieux. À la sortie de Paris, elle se demande s'il existe de belles morts, très pures, sans concessions, et si préparer la fin de ses jours, activité à laquelle Ivan semble désireux de se consacrer, est une forme de sacerdoce, une mobilisation à plein-temps du corps et de l'esprit. Tant de travail, si patient, quand on sait qu'un seul coup suffit! « Poum », et c'est fini... À moins que, pour des individus comme elle ou Ivan, toujours prêts à se noyer dans leur malheur, le suicide soit une sorte d'arme bien-aimée, que l'on brandit en gueulant sous le nez des passants pour éviter d'avoir jamais à l'utiliser.

Supposons que Jean S. disparaisse en même temps qu'Ivan K... Qui donc s'occupera de leur fils? C'est la bonne question! Y penser la retient de jouer à la roulette russe.

Passé le portail de la propriété Vilmorin, il descend le premier de voiture. Hermétique, il s'éloigne, vaguement chancelant. Les pieds dans la boue et les feuilles mortes, elle lui emboîte le pas. Elle regrette de ne plus croire en un au-delà où l'on accueille les êtres tels qu'ils sont.

À l'intérieur de la vaste demeure, ils suivent un couloir plongé dans la pénombre, à l'extrémité duquel la nièce de Louise de Vilmorin les accueille. Le corps tendu, Jean aperçoit la dépouille mortelle derrière la porte du salon. « Attends-moi là! », lui lance Ivan. Sonnée, elle ne bronche pas. Cette flaque de froid, dans laquelle elle sombre régulièrement, irradie jusque dans ses jambes et ses bras. *Idiote! Idiote! Tu obéis. Tu restes dans le vestibule parce que ton mari précédent te croit incapable de te recueillir dignement.* Avec quelle facilité, elle cède! Rester à la porte : voilà quel est son destin. Rester à la porte d'une grande carrière, à la porte d'un amour magnifique, à la porte d'une vie de famille avec un fils et une fille heureux d'exister. À la porte, oui! Avec, sur le visage, cette même expression d'étonnement enfantin qu'elle ressert depuis tant d'années. Les yeux baignés de larmes, elle hoquette de rire, seule dans l'obscurité. Sa vie ? Une bonne grosse comédie, un vieux spectacle d'autrefois, avec quelques plaisanteries grasses, des quiproquos en série, et une ou deux pitreries...

De quoi s'exercer à mourir vite.

Alors ? Au Ciel, André M. ? Non, pas plus que grand-papa Benson, Hakim Jamal ou Nina K. Car le Ciel est pervers, même envers les hommes de bien et de lumière.

Dix-huit mois avant la mort de Jean S.

Sa nouvelle vie.
Excès de poids. Poumon au goudron, œdème au foie. Nicotine et vodka, Jean S. voudrait qu'on la désire, mais ne fait aucun effort pour cela. Depuis que son mari est parti aux États-Unis pour une durée indéterminée, Jean S. abuse. D'une écriture de plus en plus enfantine, sans préciser la vraie nature de sa maladie, elle raconte à Mum and Dad qu'elle a une hépatite infectieuse, qui l'empêche de venir à Marshalltown. Les malheureux ! À trente-six ans, Kurst, le seul fils qui leur reste, est en cure de désintoxication. Ils disent qu'ils se font un sang d'encre pour lui. Elle ne va pas les accabler, la désintoxication, elle connaît. D'ailleurs, depuis la mort de grand-maman Frances, à l'enterrement de laquelle elle n'a pas osé se rendre, elle se déclare orpheline, au point d'avoir réécrit dans ce sens le premier chapitre de son autobiographie. Elle dit qu'elle ne remettra jamais les pieds à Marshalltown. Pourtant, les photos de ses jeunes années lui arrachent des sanglots, et elle ne parvient pas à couper les ponts avec l'Iowa. Idées brumeuses, jambes et paupières lourdes, regard hanté… Jean S. adore jouer. C'est admis : Jean S. joue au lieu de vivre. Et elle perd, c'est inexorable. Elle en rit souvent, car elle n'est pas dupe. Le sommet est atteint lorsque, désespérée de n'être plus baisable, elle cherche un homme capable de se contenter de ce qu'elle a. Pourtant, le plaisir la

fuit. Elle n'est même plus Lilith, dans le film de sa vie. Quel film ? Jean S. est oubliée, on ne lui propose plus le moindre film ridicule à sauver. Si par extraordinaire son nom est cité, elle est épouvantée à l'idée de retravailler. Jean S. n'a plus d'agent, plus d'engagement. Jean S. sème des dettes qu'Ivan est obligé de régler. Elle a peur de montrer ses chansons, même celles que Martin C. a mises en musique, et on l'a attendue en vain sur le plateau d'*Aujourd'hui Madame*, où elle avait promis de venir lire ses poèmes, à la fin d'une émission consacrée à Ivan. Jean S. ne reçoit plus de courrier, elle vit avec ses deux chats persans, dans un abominable foutoir. Jean S. n'a jamais été aussi grosse. Grosse au point de ne plus quitter sa longue robe noire usée et de se barricader dans sa chambre, volets clos, quand on se déplace pour venir la visiter. Pourtant, Jean S. se nourrit à peine, et il lui arrive de faire de la gymnastique des heures durant, jusqu'à l'abrutissement.

Sa nouvelle vie.
Philippe G. s'est mis en tête de tourner chez elle un nouveau film muet. Elle a tardé avant de répondre, puis a brusquement accepté, à condition de ne pas avoir de rôle à y interpréter. « Au cinéma, il faut de vraies femmes, fines et élancées », a-t-elle prétexté. Philippe G. l'a tout de même décidée à poser pour quelques plans. Mais elle s'est présentée à la caméra en boitant, vêtements en désordre, figure blanche de crèmes et de produits de beauté. Elle a proposé de faire un numéro de mime, par exemple de figurer une femme âgée sur son lit de mort… Quand, le visage bouleversé, Philippe G. s'est détourné d'elle, elle lui a pressé la main et lui a lancé : « Je plaisante ! Hé ! C'est pour rigoler. »

Sa nouvelle vie.

Ce soir, Jean S. est presque redevenue belle. Robe neuve de femme enceinte, cheveux trop longs, mais d'une jolie couleur châtain clair, shampouinés et correctement peignés, teint lissé, yeux nimbés de bleu, lèvres soulignées de deux traits rouge sang… Silhouette de ballon gonflé (comme les petites Afghanes), dans le noir on s'y tromperait. Dommage qu'elle ait tant de difficultés à marcher. Mais la voici à quelques pas de l'hôtel borgne, pourquoi s'y rend-elle ? Même au lit, dans les bras des hommes, elle pense se perdre. Alors pourquoi ? Parce que son amant l'attend, les mains dans les poches sous l'enseigne qui clignote. Elle l'appelle Mohamed, comme tous les gars de son pays. Ce n'est pas un beau garçon. Il parle mal le français. Il lui file la frousse, parfois *Mon amant n'est pas un Algérien ordinaire, c'est le neveu du ministre Bouteflika.* Il la regarde à peine. Il aboie « on y va ! ». Elle est trop vieille pour lui, mais voilà : elle se livre, comme ça. Ils sont dans le monte-charge, on croirait qu'il a l'esprit ailleurs. Attention, mon gars ! Ce n'est pas une call-girl, elle ne le touchera pas la première. Pas là. Pas déjà. Dans la chambre, elle ôte sa robe du neuvième mois. Elle respire à plein nez le parfum dont elle s'est aspergée. Ses jambes sont rasées, les poils de son pubis décolorés. Elle voudrait éteindre l'électricité, mais lui pas.   La tête lui tourne, elle n'a rien avalé depuis vingt-quatre heures. Il la jette sur les draps froissés, se couche sur elle, l'aplatit sur les lames du sommier, mais il n'est pas méchant. Sourire jus de cerise, elle l'embrasse, a de la tendresse pour lui, qui n'a ni travail ni argent. Elle est si triste que son peuple soit opprimé ! Tous ces contrôles d'identité dans le métro et ce manque de respect la révulsent. Lui non plus n'est pas maigre. Son torse aux chairs un peu molles est recouvert d'un fin réseau de poils bruns. Son visage est maussade. *Hé, mec ! Faudrait au moins faire semblant que je te plais, pigé ?* Il respire un peu plus fort, ~~pourrait faire acteur~~. Sa paume sèche court sur son épaule, malaxe son sein, rabote les couches adipeuses qui enrobent ses hanches. Il doit savoir qu'elle l'aime bien, qu'elle saurait le protéger s'il le fallait. Tabac froid et transpiration aigre, la chambre pue. Le plafond est taché d'humidité, une assiette sale traîne sur la table de chevet. C'est lui qui tient à la voir ici en danseuse nue. Ciné-porno, yeux gris qui chavirent : « Oh là là ! », gémit-elle comme si c'était vrai. Mais elle peut jouer n'importe quelle scène. Pas un gramme d'alcool dans le sang, que la réalité crue. Venir à jeun n'était pas une bonne idée. Mohamed l'embrasse, elle tousse. À la hâte, il gigote en elle, une goutte de sueur s'écrase sur le coin de sa bouche. Il hoquette deux fois. Plein cadre, Adriana est en dehors du coup. Un serpent de glace s'insinue dans ses profondeurs, et sa nuque rebondit sans fin sur le sable gris d'Alicante. Brusque désunion des corps. Décrue immédiate, il se redresse. Est assis au bord du lit, porte canette cabossée à ses lèvres. Déjà fini ? Oh la séparation ! Oh la mort ! Il se lève sans un mot. Ne l'a même pas regardée. Elle n'a rien éprouvé, rien senti.   Pas de dispute inutile, pas d'hystérie. ~~Elle le savait d'avance. INCH'ALLAH. C'ÉTAIT ÉCRIT~~. Il se reculotte. Allume une cigarette, en aspire trois bouffées. Les yeux agrandis par la terreur de rester seule, elle s'approche, caresse sa joue râpeuse, se blottit, se colle, lui demande au creux de l'oreille s'il a besoin d'argent.

Sa nouvelle vie.
Un peu de journalisme… Un jour où, après quinze heures d'un sommeil comateux, elle s'est aventurée hors du bois :

Une dernière chose ; mais importante. Et même très importante. Soyez gentils avec les Arabes et les Noirs en France. Eux non plus n'ont pas un métier facile. Parlez-leur sentiment, d'homme à homme. Il fut un temps où la France avait une réputation pour cela. Vous aussi, vous seriez tristes et violents si vous dormiez sur les trottoirs de Barbès. Je vous dis tout doucement, poliment, en femme qui ne sait pas se défendre, qu'il y a dans ma vie deux Mohamed. Les deux sont très calmes. L'un est café au lait, américain, rapide sur ses pieds et sur ses poings, bien qu'il n'ait jamais fait de mal à personne. L'autre est ailleurs, pas loin. Pas assez près. Mais si je leur dis que vous n'êtes pas gentils, ils viendront, ils prendront des avions…

27 février 1978. Publié dans *Libération*, l'article est signé *Jean S*. Ivan est contrarié. Il l'a grondée. Elle est comme une enfant de sept ans, incapable de se défendre. Elle a écrit ça avec son cœur, mais elle s'est fait violence pour adresser son texte au journal. Ivan la regarde de haut, ne se gêne pas pour lui dire d'agir autrement, comme ceci ou comme cela, et de se tenir de telle ou telle façon. Ivan dressant la liste des interdits, qu'elle passe son temps à braver, alors qu'elle aurait besoin de sa confiance.

Elle n'est plus certaine d'avoir eu raison. Craint de ne jamais avoir le courage de recommencer.

Le rôle écrit pour elle.
Le projet de film adapté du dernier roman d'Ivan sous son vrai nom se précisait. Cette histoire d'une rencontre entre un homme dont l'épouse malade s'est

suicidée et une femme dont la fille a été tuée dans un accident de voiture avait été un succès de vente. À sa lecture, Jean S. était tombée encore plus profond dans le chaos où elle perdait la raison. Quand deux individus à la dérive se rencontrent, qu'en sort-il ? Il en sort leur histoire de mort à deux, récit d'un itinéraire destructeur dont ils avaient jadis fixé les règles. Or, voici que l'on parlait de Romy Schneider pour tenir le rôle de Lydia, la femme *jetée aux orties par la vie* ! Lydia : ce rôle écrit pour elle seule par son ex-mari. Pour ELLE qui, privée de tout recours, titubait dans un abandon infernal. Romy ! Elle l'avait adorée dans *L'important c'est d'aimer*, où jouait son ancien amant Fabio T., et elle pouvait admettre que ses relations secrètes avec Ivan n'étaient pas étrangères au thème du livre. Mais ces deux êtres en déroute, incapables de s'épauler dans leur solitude, c'étaient d'abord Jean et Ivan. Quel électrochoc ! Lydia et sa fille morte... Lydia incapable d'assumer le poids d'un amour trop grand pour elle : merde ! C'était son cas, cela lui revenait de droit, même si elle n'avait plus envie de faire de cinéma. Personne d'autre que Jean S. ne dirait les phrases qu'Ivan avait forcément écrites en pensant à elle : *Depuis la mort de ma petite fille, je passe mon temps à me prouver que je n'ai pas le droit d'être heureuse...* Face au vol, à l'injustice, quelle force intérieure était-elle capable d'opposer ? Sans don particulier, elle n'avait eu que sa beauté pour s'imposer ; maintenant qu'elle l'avait saccagée, elle n'était plus rien. Elle avait nausée sur nausée, elle pouvait à peine marcher. Qui la croirait l'égale de Romy ? Elle ne lui arrivait pas à la cheville.

Quand Jean S. plonge au fond de ce gouffre portatif qu'elle traîne comme un boulet, elle boit pour se rendre agressive, mais est chassée hors d'elle-même à chaque crise. Chassée le long d'un dédale de couloirs bordés de supplices, et qui se resserrent au fur et à mesure qu'elle avance à tâtons, ou bien se précipite.

Acceptation, résignation. À cause de ce projet de film, elle se soumet à la question, envisage de se torturer pour s'obliger à cracher la vérité. Elle contemple sa cigarette tombée à terre, qui grille le tapis. Elle la ramasse, souffle sur ses cendres incandescentes, se l'applique, rouge vif, sur la paume de la main.   DOULEUR Preuve qu'elle reste en vie. Elle étouffe un cri. Elle cède elle recommence. Son cœur se bloque. Pourrait s'évanouir ou s'affaler, morte sur le tapis, un peu cramé lui aussi. Elle lâche la cigarette, vérifie l'effet produit. Replie ses doigts engourdis. Ricane en pensant qu'elle fait feu de tout bois. « Je ne comprends pas qu'un amour puisse finir », dit-elle à haute voix. C'est une phrase de Lydia. Elle feuillette le roman et tombe sur cette autre réplique : *Je songe souvent à ce que nous serions devenus, si nous ne nous étions pas rencontrés…* « Remboursez ! Remboursez ! », s'écrie-t-elle. Mais sa voix s'étrangle, la douleur qu'elle s'impose est trop violente. Elle n'est pas armée non plus pour la supporter.

Le rôle écrit en pensant à elle.
Étant donné les circonstances, ce serait plus commode d'admettre qu'elle n'aura jamais le rôle. Et de reconnaître que cela n'a pas grande importance. Mais elle récidive. De nouveau, elle s'est infligée quelques brûlures, sans vaciller. En fin de journée, elle est parvenue à passer devant Ivan sans un regard pour lui. Elle s'est crue très fière, s'est imaginée délivrée. Mais, tandis qu'elle s'éloigne, vivre sans point d'appui, au milieu du vide, lui paraît inimaginable.

Il pleut maintenant. Tout se tait sur un monde vert et gris.

Bobine de vieux film… La pluie raye le paysage. Bande-son à l'avenant : le bruit très net de l'eau ruisselant dans les gouttières, les petits tintements de cloche, et le gong distinct de chaque goutte d'eau tombant sur l'appui de sa fenêtre, rythment ses pensées. Elle cherche la limite à ne pas franchir. A-t-elle besoin de se sentir dépossédée pour exister encore ? Dans ce cas, ~~et si mourir n'est pas souffrir~~, il est temps de lâcher prise.

Supposons qu'aucun sursaut ne germe en elle et qu'elle attente à ses jours… son suicide ne sera somme toute qu'un crime crapuleux.

Par un matin clair.
Jean S. bâille, d'un bâillement caverneux. On l'a aidée à se mettre au lit, où elle est couchée nue sous sa chemise de nuit de coton blanc. Elle se souvient d'un baiser à son fils, peut-être trop long, et trop appuyé jusqu'au noir final. Dieu soit loué ! Ses bras font toujours corps avec son buste, ainsi que ses jambes, conçues pour fuir cette vie.

Nul ne renonçant jamais avant de naître, elle se lève avec l'idée que la mort ne serait pas suffisante pour ce corps hideux qui l'a trahie et dans l'enveloppe duquel elle est en train de pourrir. Se passant la main sur le ventre, elle rit : *Étonnant qu'une peau aussi tendue n'ait pas craqué !* Et son rire flotte dans l'air, étrange et merveilleux. Par chance, une fois le corps parti, tous les squelettes sont maigres. L'idée la met de si bonne humeur que, debout sur ses pieds froids, elle ose s'admirer dans l'unique miroir en pied qu'elle n'a pas occulté. Quelle ampleur ! Quelle lourdeur ! Quelle épaisseur !

Pour jouer Lydia... ça craint ! Mais, au lieu de torturer ce pauvre Bibendum, elle ferait mieux de prendre ses jambes inertes à son cou, avant que, pour se venger, son malheureux corps ne lui saute à la gorge.

Les yeux fermés, le visage figé dans l'écoute, elle colle son oreille contre son téléphone : « Voilà cinq mois, docteur, que je ne t'ai pas parlé. Tu vas bien rigoler quand tu vas me voir. Ta patiente était à plat, elle s'est regonflée. Je suis si grosse que, lorsque je pince ma taille, je ne ressens plus aucune douleur. Je peux même me brûler, pas au creux des mains, j'ai essayé, mais sur le gras des bras. C'est ma graisse qui fond, ce n'est pas moi. Docteur ! Je vais rejouer au cinéma. J'attends une réponse d'Ingmar Bergman, pour un remake de *Lilith*, et je vais interpréter un rôle qu'Ivan K. a écrit en pensant à moi. Toutefois, docteur, j'ai fait une hémorragie, et il faut que je sois en forme. Qu'est-ce que tu me conseilles ? »

Miroir, mon beau miroir

1

Jean S. caressait, pressait, embrassait la peau tendue de son ventre.

« Qu'est-ce que tu me conseilles ? »

La question avait été lancée d'un ton si pressant que les docteurs n'avaient pas eu le choix. Impossible de s'en remettre plus longtemps aux moyens pharmacologiques pour agir sur le mal, « ces molécules fascinantes, qui changent la chimie de mon cerveau, mais sont si peu efficaces contre mes pathologies démentielles », disait-elle couramment entre deux comportements compulsifs.

Après un bilan diagnostic alarmant, elle s'était retrouvée hospitalisée d'office dans le service de santé mentale d'un hôpital-prison.

Aussi changeante que son âme au fil de la journée, sa peau souple et exquise lui semblait être l'enveloppe d'une beauté qu'elle s'était mis en tête de retrouver. *Miroir, mon beau miroir, commences-tu à me reconnaître ? Où en suis-je ce matin ? Ai-je ou non une chance d'être Lydia au cinéma ?* Entre deux séances de thérapie, elle restait assise dans un petit fauteuil droit en osier, face aux barreaux de sa fenêtre, au-dessus de la cour. Dans l'attente que le temps présent disparaisse, elle contemplait le soleil qui déclinait puis sombrait derrière les murs d'enceinte du pavillon. Situés quelque part dans le centre de la France, ces lieux obscurs lui rappelaient Lilith. « Un asile psychiatrique, on se croirait en U.R.S.S. », avait-elle lâché, à moitié épouvantée, la seule fois où Ivan lui avait téléphoné. Souvent, la nuit venue, ses yeux fixaient le dehors sans le voir. Elle entendait des hurlements à glacer le sang. Puis tout redevenait immobile, jusqu'à l'heure de la toilette. Quand la lumière minérale du petit jour s'insinuait dans la fosse à serpents, il y avait toujours un malade qui se débattait pour ne pas aller se doucher. Il fallait le maîtriser, et une ambiance carcérale s'installait.

Graisse brûlée, plateaux-repas vides, sudation, et fonte accélérée... Presque une demi-livre à perdre chaque jour.

La poitrine haletant à peine, le buste raide, la nuque droite, d'aplomb jusqu'au sommet du crâne, les avant-bras le long des accoudoirs du fauteuil en osier, elle concentrait son attention sur un objet unique, par exemple tel ou tel banc dans la cour, ou son gobelet rempli d'eau minérale. Quand on l'interrogeait sur ce qu'elle était en train de faire, elle posait un doigt sur sa bouche et répondait : « Chuuuuuuut... Je redeviens belle. »

Mais vingt-cinq pour cent de muscles se consumant avec chaque kilo perdu, un après-midi qu'elle voulut marcher sans bruit, à petits pas lents, dans la cour du pavillon des fous, son genou gauche se déroba et elle tomba sur les pavés. Quand son amie Raymonde W. vint lui rendre visite, elle la trouva allongée, quasiment paralysée. « Je ne peux plus me déplacer, lui confia-t-elle. Cela n'a aucune importance, puisque je n'ai nulle part où aller. » Se retenant de pleurer, elle releva jusqu'à la taille sa chemise de nuit tachée, pour lui montrer les hématomes que lui avait laissés sa chute. Puis, soudain, elle éclata d'un rire impérieux : « Si je ne porte pas de sous-vêtements, c'est que je m'affranchis de la loi des pères Fouettards. » Le teint et le cheveu ternes, les ongles sales et ébréchés, ni coiffée ni maquillée, malgré les quelques kilos envolés, elle paraissait avoir dépassé la cinquantaine et n'être pas près de retrouver cette beauté qu'elle affirmait traquer sans répit.

Après le départ de son amie bouleversée, flottant sur les étranges océans de sa pensée, elle prit un crayon et du papier, et, pour la première fois depuis de longs mois, se mit à écrire :

Moi qui ai du goût pour le plaisir des corps, mon corps m'a prise de vitesse. Gonflé jusqu'au délire, il a déjoué à l'avance tous mes plans. Mais ma pensée est haute comme un arbre, et, en m'exerçant à ce genre de tromperie, mon esprit le contraint à descendre plus bas encore. Je ne connais pas de meilleur moyen de reprendre l'initiative. Dérives alcooliques, erreurs d'attitude et fautes de langage... Que ce corps, devenu fosse commune, crève de faim n'a pas que du mauvais. J'ai peut-être eu tort de penser que j'étais une comédienne nulle.

Moitié pour se racheter de ses supercheries, moitié par esprit de solidarité, elle se prit d'amitié pour une fille pathétique, ravagée par la drogue, marquée par les coups reçus, et minée par des années de prostitution. Dans les jours qui suivirent, on les vit côte à côte, se soutenant l'une l'autre dans les couloirs et poursuivant des conversations décousues, où il était question de persécution.

2

Deux semaines et dix séances de psychothérapie de soutien, de rééducation et d'autonomisation plus tard, avec cinq nouvelles chansons (rien que des blues !) et six pages de confessions, elle rappela Raymonde W. pour se plaindre : alors qu'elle souffrait d'une maladie grave qui touchait des millions de gens de par le monde, personne ne se souciait d'elle. « Pas un mot, pas une fleur, il faut croire que je suis morte, ajouta-t-elle. On me pense aux abois, et on a peur de moi. Je suis pourtant la seule actrice hollywoodienne à être restée humaine. »

Quand elle sut que son amie venait pour l'embrasser, elle s'épuisa pendant plus d'une heure à tenter de recréer la Jean S. que le public avait connue.

Elle en eut la vue brouillée.

Puis, en retard mais debout sur ses pieds, elle descendit sans canne dans le hall. Coiffée et maquillée, élégante dans une robe blanche et bleue, elle apparut métamorphosée. Avec un sourire narquois, elle congédia l'infirmier qui la suivait, en l'appelant « mon chauffeur », et en interpella un autre, aussitôt nommé « mon valet de chambre », pour qu'il leur apporte deux chaises. Cette fois, les résultats de sa diète étaient nets. Elle sauta au cou d'une Raymonde W. stupéfaite : « Il fallait que tu me voies plus en forme ! Je suis navrée pour l'autre jour. Tout change si vite pour moi ! Parfois je me dis que je ne suis pas vraiment malade, puisque, certains jours, je me porte tout à fait bien, alors que d'autres fois le moindre mouvement me pose un problème insoluble. Il faut me pardonner si je t'ai fait de la peine, mais je suis obligée d'improviser, et je n'ai pas toujours la même lucidité. » Puis elle se précipita sur un autre sujet, et prétendit avoir sollicité l'autorisation de venir tourner un court-métrage dans « cet asile de fous », une fois qu'elle serait rétablie.

Le soir-même, au sortir de son évaluation quotidienne, elle écrivit :

Perdre les derniers kilos sera le plus difficile. Oh, pitié! Je rêve de blinis avec un dé à coudre de vodka frappée, mais on me répète que c'est moi qui suis malade, et pas le monde, alors j'accomplis ce sacrifice pour Jean S. Tendre Jean, dont la jeunesse fut si absolument pure et limpide, avant qu'elle ne perde pied dans le lait noir de la réalité. J'ai pour mission de ramener Jean à la vie. Je la sortirai donc du puits amer de son cœur. Un peu pâlichonne peut-être, mais toute fraîche, je la ramènerai par les aisselles, ou par les pieds. J'espère qu'elle sera à la hauteur quand j'aurai réussi à l'extraire de cette mielleuse détresse privée, où stagnent tant de misères portatives, vaguement ridicules.

3

« Vous êtes fatiguée, Jean ?
— Oui, répéter les mêmes vieux rituels depuis trente-neuf jours, en attendant de jouer la belle captive dont les chevilles sont entravées par de lourdes chaînes, n'a rien de reposant. »

Dans l'air de cette chambre-cellule flottait un premier souffle exquis de printemps... Immobile à nouveau, avec quelque chose en elle de provisoire et de fragile, comme si une menace, une peur, un arrêt de mort régnait encore sur tout ce calme apparent, Jean S. redevenait elle-même. Sur son visage aminci, de petites rides nouvelles, sinueuses et parallèles, apparaissaient au sommet de son front et au coin du regard perdu de ses grands yeux gris. « Cela vous rend très sexy », lui confia ce matin-là celui de ses gardiens qu'elle continuait d'appeler « mon valet de chambre ». Elle en fut bouleversée, même s'il ne s'agissait que de paroles de réconfort. Elle se remémora les tentatives de Stephen pour avouer à Lilith à quel point il la trouvait belle, et une onde de désir battit en elle.

« Sexy ? Vous trouvez ? »

La figure du garçon s'empourpra. L'essentiel était qu'il reste gentil avec elle. Très doucement, comme elle savait le faire, elle lui dit qu'elle ne méritait pas de recevoir le moindre compliment.

« Je ne suis pas bonne. Ah ! si vous me connaissiez... Je joue avec les gens. Même quand cela m'accable moi-même, je leur fais croire des choses qui ne sont pas vraies. »

Il secoua vaguement la tête et lâcha que, depuis son arrivée, il avait eu le temps de savoir qui elle était.

« Quand vous causez de la peine aux autres, ce n'est pas exprès, ajouta-t-il. La preuve : vous allez mieux et c'est un cadeau pour eux.

– Je n'irai jamais bien.

– Sauf si quelqu'un vous... »

Il resta les lèvres entrouvertes.

« Oh ! Pas moi ! s'excusa-t-il, confus. Quelqu'un d'autre.

– Il y en a eu des dizaines et des dizaines d'autres, qui ont voulu de moi, reprit-elle pour venir à son secours, des gens remarquables, des écrivains fameux, des héros de la révolution mondiale que j'ai vénérés, et des vedettes de Hollywood. Mais les hommes n'ont aucune considération pour les femmes qu'ils connaissent bien, même belles. Ils les touchent, comme un homme touche une femme, ils les aiment parfois, ou bien ils cherchent à les recréer ou à les exploiter, mais si ces femmes les entravent, ils les repoussent contre le mur, avec la tête, les pieds, les mains. Pour un peu, ils leur piétineraient les yeux. Coucher avec de grands hommes n'a rien changé. Je suis quand même devenue folle.

— La folie, je sais ce que c'est. C'est mon métier de la côtoyer.

— Alors, qu'est-ce que c'est ? Vous croyez que c'est une jubilation intérieure qui brûle les femmes ?

— Non. La folie, c'est autre chose.

— Une chose comme la douleur de vivre, sa sœur ? Non-sens ! La folie est une vanité. Séparez-vous-en, et il ne vous reste plus rien. »

4

Parvenue aux deux tiers de son épreuve marathonienne, elle reçut une lettre poignante de son fils. Avec délicatesse, il lui parlait de sa guérison et de son prochain retour :

J'espère te revoir en forme et belle, très belle. Soigne-toi bien.

Elle pensa qu'il était le seul à vouloir l'aider sans arrière-pensée, et mesura quel gouffre son absence creusait dans son cœur. Croyant choisir ce qu'elle désirait le plus au monde, elle n'avait rien choisi du tout. Rien ni personne. Même pas lui, qui eût mérité son amour plus que tout autre. C'était une chose dont elle n'était pas sûre de pouvoir parler dans le récit de sa vie. *Ta mère était folle, mon fils. Rappelle-toi, elle t'avait abandonné, ce n'est plus un secret. C'est terrible de dire ça, mais on aurait dû la tuer dans le pavillon des fous où elle était enfermée.*

Miroir, mon beau miroir…

Mais que découvrait-elle lorsqu'elle se regardait en face, affamée, et tremblante de peur à la veille de revenir au monde réel, sans mur d'enceinte, ni valet de chambre, ni chauffeur ?

Elle voyait une femme svelte, pas très grande, mais bien proportionnée, avec des jambes longues, une taille marquée, un galbe de hanches idéalement dessiné, des bras fins, des épaules droites et un port de tête élancé. Une Parisienne en somme, à laquelle, d'un peu loin, on donnait à peine trente ans.

Son corps était comme un accordéon. Cette fois encore, il avait repris ses formes initiales.

Donc, à distance, et dans le silence des choses, tout allait bien. Les jours, les semaines s'étaient succédé dans le monde extérieur et plus rien ne l'empêcherait de s'en aller.

Parfait ! Mais vu de près ?

À vingt centimètres de son miroir, beau miroir que ses prunelles fixaient dans un tremblement de paupières, son teint était nacré, ses lèvres, pleines et délicatement rosées. Ses pommettes faisaient de nouveau saillie, rendant à son visage ces reliefs anguleux qui lui conféraient charme et personnalité.

Alors quoi ?

Alors… Ses joues s'étaient creusées comme jamais. Des cernes marquaient le dessous de ses yeux, et ses traits restaient tirés. Plutôt que de la nostalgie, son regard gris ardoise exprimait une fatigue infinie, avec en lui quelque chose d'éteint et de froid.

Et son sourire ?

Son sourire était-il tendre, comme au temps de son enfance ?

6

Premier acte après sa remise en liberté.

Elle a convaincu le photographe Carlos M. de se déplacer jusqu'à son appartement. Ivan a accepté de poser avec elle et leur fils.

Portrait de famille, portrait d'autrefois, ils sont là tous les trois.

Assis côte à côte au premier rang : elle et son fils.

Debout derrière eux, tournant le dos à la fenêtre, une main sur l'épaule de chacun, Ivan est en veston boutonné, col ouvert, moustaches fines comme au temps de leur amour naissant. Tête penchée, il regarde droit devant lui, avec l'air désespéré d'un homme dont la femme est morte pendant la nuit.

En pull et chemise blanche, brun, cheveux mi-longs : leur fils, seize ans, plante un regard interrogateur dans l'objectif. C'est à son père qu'il ressemble, mais elle est fière qu'il soit beau garçon, et tellement plus grand qu'elle !

Elle donc ! Elle surtout ! Elle, sur laquelle, vu l'angle de la photo, l'œil se pose en premier. Jean S... Veste blanc immaculé, jupe plissée et chemisier noir, fin bracelet doré et chaussures à boucles. Non, ce n'est pas Lilith ! Au contraire, la revoici toute gentille, coiffée comme Patricia Franchini. Confiante, jambes croisées, bras posés sur les accoudoirs, elle est la seule à sourire, légèrement. Avec cette douce lumière qui caresse son profil droit, il émane d'elle une impression de paix presque angélique. On jurerait qu'elle est le socle sur lequel se repose cette famille idéale.

Elle adore ce portrait.

Après tant d'années, elle se remet à prier, pour qu'il soit à l'image de sa nouvelle vie.

Il ne veut épouser que moi (4)

Le nouveau gorille de Jean S., c'est le Delon algérien. Il prétend qu'il a dix ans de moins qu'elle, mais, sur ses papiers, il a falsifié sa date de naissance. Il a les yeux clairs et les cheveux frisés. Il mesure un mètre quatre-vingt-dix, mais a les traits un peu mous et la voix haut perchée. C'est un malabar, un ancien footballeur. Elle l'appelle « Cherif » et le considère comme le Gary Cooper arabe. Toujours aussi svelte, elle lui arrive à l'épaule, il est son garde du corps et son secrétaire. Elle dit qu'il est le cousin du ministre d'État Bouteflika, mais il n'en est rien : elle l'a rencontré au restaurant La Casbah, dont son oncle est le gérant, et sa mère tenait un hammam à Oran. Elle a commencé par l'aider, en lui donnant un peu d'argent, alors qu'elle vit sur les mensualités que lui verse Ivan. Quand il a proclamé avoir des relations étroites avec le monde arabe, avoir assisté aux funérailles du président Boumédiène et avoir en tête le tournage d'un film sur Yasser Arafat, elle a vu en lui un combattant implacable, ennemi de tout ce qui porte atteinte à la dignité, une nouvelle version d'Abdullah Hakim Jamal. Elle lui a raconté les tragédies de sa vie et lui a confessé que, à sa sortie de la clinique psychiatrique, elle s'est inscrite à SOS-Amitié, *un geste minable à côté de la guerre qu'il faut mener pour abattre ceux qui entretiennent la misère de l'humanité*. Qu'ils deviennent amants dans la foulée est allé de soi. Depuis, il loge chez elle.

Il la surveille vingt-quatre heures sur vingt-quatre. Gérant seul la totalité de leur budget, il ne lui donne quasiment pas d'argent. Il lui arrive de fouiller dans son sac et dans son porte-monnaie pour voir si elle n'a pas caché un billet. Elle affirme qu'il la gendarme, la réprimande parfois sévèrement, et que, grâce à lui, elle n'avale plus ni alcool ni pilules.

Je le regarde et le trouve beau. Il pense de même à mon propos. J'ai repris la traversée, le pont branle sous mes pieds, surtout quand il me gronde, mais je ne marche plus sans rime ni raison. Avec lui, je vais et je viens, les portes de ma maison et mes fenêtres sont grandes ouvertes. L'amour passe à travers elles, comme les rayons du soleil.

Elle ressort ses plus beaux vêtements d'il y a quelques années et, même si elle est fidèle à son nouvel amant, elle aime que les hommes la caressent de nouveau du regard. Quant au rôle de Lydia, auquel elle tenait tant, Romy Schneider l'a eu, et pas elle. Normal ! Elle a baissé les bras et n'a rien tenté pour le lui arracher. *Je me serais exposée en devenant Lydia*, a-t-elle écrit à Ivan. *Cela vient trop tôt : je ne suis pas encore assez solide pour jouer les femmes suicidaires. Il suffirait de peu de chose pour que le malheur enfle en moi et prenne toute la place...*

Mi-février, elle a tenu à s'envoler seule vers l'Algérie, afin de rencontrer Abdul Aziz Bouteflika, à qui elle a écrit quatre fois, pour lui parler de la vie difficile de ses amis, les Algériens de Paris. Elle a attendu quarante-huit heures, passant ses journées dans le hall du ministère, avec l'espoir d'obtenir un rendez-vous. Mais, au lieu de cela, le second soir, alors qu'elle prenait son mal en patience et ne provoquait aucun scandale, la police est venue la chercher dans son hôtel et l'a reconduite à l'aéroport manu militari.

« Mais pourquoi ?

— Vous appartenez aux Black Panthers !

— Qu'est-ce que c'est, cette salade ? Je me suis retirée, il y a dix ans. Je peux le prouver.

— Au revoir, mademoiselle S. Disparaissez ! Et un bon conseil : ne revenez jamais ! »

À son retour, elle a écrit au rédacteur en chef du *Times Republican* pour se plaindre du tort que l'on continuait à lui faire. Elle en a profité pour affirmer qu'elle ne remettrait plus les pieds aux États-Unis. Puis, victime de terribles migraines, elle s'est sentie de nouveau surveillée, jusqu'à se persuader un soir qu'on l'avait mise en joue dans les rues de Paris. Quand son amant garde du corps l'a retrouvée inconsciente sur le plancher de son appartement, la peur de rechuter l'a saisie. Elle a exigé de passer des examens médicaux. Tandis que le médecin auscultait son cou et sa nuque avec une sorte de souris, elle a observé l'écran sur lequel se dessinaient les flux et oscillations de sa pensée et de son sang. Sous son crâne passaient les ondes du vent. Montées d'effluves salés : le goût perdu de son enfance a glissé de ses tempes au fond de son palais. Ligne continue, ligne brisée : que d'amours inutiles ! Que de vies emmêlées ! À quand la grande marée qui viendrait tout nettoyer ?

Voilà comment, malgré Cherif, elle a recommencé à souhaiter que le métronome du sempiternel ballet fût déréglé.

Depuis elle a replongé, avec les somnifères.

Un beau matin, elle a distribué ses vêtements de couturier, même ceux qu'elle n'avait portés qu'une fois, sous des portes cochères à de pauvres filles camées qui l'ont regardée comme une extraterrestre, puis elle en a acheté de nouveaux, en s'endettant.

Quand Cherif l'a appris, il s'est mis en colère contre elle.

« Tu n'es pas fichue d'écouter les conseils qu'on te donne, c'est ça ton problème !

— C'est pour te plaire, tu aimes quand je suis bien habillée, ça te remplit de fierté d'être vu en ma compagnie.

— Bien sûr que je t'aime. Oui, oui…

— Alors, qu'est-ce que tu essaies de me faire ?

— Pas de questions ! C'était entendu entre nous. Tu n'as pas le droit de m'interroger.

— La réponse, je la connais : tu trouves que je suis trop généreuse, et cela t'indispose. Si tu savais à quel point cela m'affecte que tu sois ainsi… »

Il a sifflé entre ses dents. Tout cet argent gaspillé ! Il l'a prise par le poignet et l'a jetée à la porte de chez elle. « Vas-y ! Claque le fric, Ivan est là pour te renflouer ! » Au lieu de se réfugier dans un bar, comme elle en a d'abord eu l'idée, elle est restée assise trois quarts d'heure sur son palier en attendant qu'il se décide à lui permettre de rentrer.

Quand il lui a rouvert sa porte, il a précisé qu'il n'avait pas l'intention de fermer les yeux sur ses excentricités. Pour toute réponse, sitôt à l'intérieur, elle a réclamé du feu. Elle n'avait pas eu le temps de prendre son briquet et crevait de ne pas avoir pu fumer.

* *
*

Et la main un peu lourde de Cherif s'appesantit sur son sein.

Hé! Écoute : tant que nous ne serons pas mari et femme, je ne serai pas vraiment ton amant.

Qu'est-ce que c'est : pas vraiment ?

C'est... Pour de rire, pour faire semblant.

Mais je suis déjà mariée.

Ton mari t'a plaquée.

Je déteste quand tu parles comme ça. Nous sommes séparés, mais je continue de l'aimer tendrement.

Ah? Voilà pourquoi tu refuses de te marier avec moi!

Quand on aime tendrement, ce n'est plus de l'amour. Tendrement... c'est un peu seulement. C'est pareil avec Ivan.

Celui-là! Il te regarde encore, je vois bien comment il te regarde.

Il te défend, Cherif, ne dis pas de mal de lui. Il pense que tu me protèges.

Avec Ivan aussi c'est de l'amour, alors...

Pas de l'amour! Je t'explique. Pourquoi es-tu furieux contre moi?

Parce que je veux t'épouser. Et puis je ne suis pas furieux, je cherche à comprendre.

Comprendre quoi?

Toi.

Me comprendre, pour quoi faire? Moi, je suis du vent.

Te comprendre pour me marier avec toi.

Oh... Cherif, je t'en prie, ne t'y mets pas aussi. Avec moi et mes maris, ça n'a jamais bien fini.

Nous deux, c'est différent.

Quatre maris, c'est trop. Et puis je peux retomber malade, je suis sur la corde raide.

Raison de plus.

Je pourrais vouloir un enfant...

Justement! Tu as quarante ans, dépêche-toi.

Ne dis pas des choses pareilles.
Moi, je t'aime !
Qu'est-ce que tu crois ? Je cherche à te protéger de moi.
Tu es plus belle que jamais, Jeany.
C'est des mots, tout ça, je n'ai jamais été belle. En aucune façon.

Planté devant elle, il serra le poing, puis il plaqua son autre main sur sa nuque, et il attira sa tête vers lui. Ensuite il frotta son poing fermé sur sa bouche.

Embrasse mon poing, Jeany.
Oui... oui...

Elle le fit.

Tu vois, comme tu es docile.
Pas docile, non.
J'aurais le droit d'être très en colère contre toi.

Il lui serra la nuque plus fortement. Elle poussa un petit cri.

Et si je veux un bébé, Cherif, tu feras quoi ?
On verra... Mais pourquoi tu continues à parler ? Ce n'est pas la peine, je capte tes pensées. Tu penses : il m'a. Est-ce que ça ne lui suffit pas, tant qu'il a envie de moi ?

Il ouvrit son poing et lui plaqua la main sur la bouche, pour la bâillonner.

Tu te trompes sur ton homme. Je t'aimerai même quand tu seras vieille, et que tu ne seras plus la même. En attendant, toi comme moi, nous sommes en proie à la haine. Si on nous attrape, on nous lynche, c'est la loi de la nature. Alors ne te défile pas. C'est à toi de répondre à cette question : contre toutes les agressions injustes, quelle chance avons-nous de nous en sortir, et d'en sortir nos semblables, si chacun de nous prend les coups seul de son côté ?

* *
*

La célébration.

31 mai 1979, église américaine de Paris. Cet épisode avait tout l'air d'un rêve. Lui : chemise à fleurs, col grand ouvert et imperméable posé sur les épaules ; elle : chemisier bleu foncé et jupe longue. Un sourire s'esquisse sur son visage grave… Ils font face au révérend Thomas E.D. qui les bénit dans l'intimité la plus stricte. « Dieu vous garde ! » Mais ils n'ont pas eu le droit de se répondre « oui » l'un à l'autre, et leur union n'existe pas aux yeux de la loi.

À partir de cet instant, Cherif sera pourtant le mari de Jean S.

« Seigneur ! Tu es heureuse, toi !

— Encore plus que les autres fois. Tu sais pourquoi ? Parce que les gens vont enfin voir que je suis sincère. Ils vont dire : *Regardez comme Jean S. est différente ! Elle a épousé un Algérien, comme elle aurait pu épouser un Noir ou un Indien, qu'elle aurait aimé. Elle est allée jusqu'au bout de ses idées.*

— Ce n'est que cela ?

— C'est immense pour moi. »

* *
*

Le bonheur.

Le lendemain de ses fausses noces, elle alla consulter un gynécologue obstétricien et, sans avoir averti Cherif, fit ôter son stérilet.

« Puis-je encore avoir un enfant, docteur ?
— Vous pouvez... Mais vous n'êtes pas en bonne santé.
— J'ai décidé que j'étais heureuse ! C'est facile, il suffit d'en être certaine pour l'être. Alors c'est vrai ! Je ne suis pas devenue stérile ? Je veux... Mon mari et moi voulons ce bébé. Une fois qu'une femme a un bébé, elle est utile pour toujours. On ne peut plus la rejeter.
— Il faudra bien vous soigner, vous nourrir normalement, être tranquille et ne plus fumer.
— Je sais comment faire pour arrêter. J'y suis déjà arrivée.
— Il faudra vous reposer.
— Oh là là ! Me reposer... je n'ai aucun autre projet. Ça va marcher, vous verrez !
— Je le souhaite pour vous, mais ne peux pas vous le promettre, madame. J'en suis désolé. »

* *
*

La surprise.

Pour la première fois depuis trois ans, un producteur, Georges de Beauregard, l'homme d'*À bout de souffle* et des deux Chabrol, lui proposa un rôle dans un film de guerre retraçant l'intervention de la Légion au secours des Français retenus en otages en 1978 à Kolwezi. Seule condition préalable : passer une visite médicale. Dans les jours qui précédèrent l'examen, bien que Cherif eût renoncé à la suivre dans ses efforts, elle ressortit son vieux vélo, reprit ses courses à pied matinales dans le jardin du Luxembourg et se contraignit à avaler une nourriture équilibrée. Neuf jours de tournage seulement, ce n'était pas mirifique, et le sujet militariste ne l'enthousiasmait pas, mais elle recevrait un cachet digne de ses meilleures années, et Cherif se réjouissait de la voir travailler. De plus, la production avançait la possibilité d'un autre projet beaucoup plus important pour 1980. Le médecin l'ausculta, parla d'une tension trop faible, de palpitations et de bronchite chronique, mais ne lui trouva rien qui clochât suffisamment pour mettre le film en danger. Heureusement, le tournage en Guyane était prévu fin juillet; même si elle tombait enceinte d'ici là, son état ne se remarquerait pas.

Deux mois avant la mort de Jean S.

« Vends ton appartement ! »

Cherif ne plaisantait pas. Il voulait qu'elle abandonne ce quartier de Paris où habitaient son fils et Ivan, et où elle vivait depuis seize ans. Il voulait qu'elle loue quelque chose de plus petit, et utiliser les fonds pour financer leur film sur la Palestine, ou pour acheter un commerce en Espagne. Pas rasé, encore en pyjama à trois heures de l'après-midi, il avait sa figure des jours peu glorieux. Elle détestait cette contraction de tous ses traits. Les yeux plantés dans ses yeux, il la dévisageait avec un air furieux. Elle vivait au-dessus de ses moyens. Voilà pourquoi rien n'allait droit dans sa vie. Elle devait prendre des risques pour que ses grands projets aboutissent un jour.

« Il faut que ça cesse.
— Quoi ?
— Ta dépravation, ta façon de claquer le fric. Tu n'es pas à Hollywood, ici. Fais marcher ta cervelle, Jeany ! Si tu fais marcher ta cervelle, rien ne nous arrêtera.
— Vraiment ?
— C'est psychologique. Qui ne risque rien n'a rien. Ivan aurait dû t'apprendre ça. »

Deux jours auparavant, il l'avait bousculée parce qu'elle n'avait pas discuté les termes de son nouveau contrat de cinéma. Ce n'était pourtant pas le moment de la malmener, alors que ses règles avaient plus d'une semaine de retard. « Mais, rends-toi compte, Cherif ! je n'ai pas gagné autant d'argent depuis *L'Attentat*. » Elle avait heurté le mur de la chambre. Maintenant, un gros hématome violet s'étalait sur son épaule, et elle peinait à lever le bras pour s'habiller. Il s'échauffait : il y avait toujours un moment dans la vie où il fallait choisir… Qui recevait-elle de si important dans cet appartement ? « C'est pour te sortir de ce bourbier ! », lui lança-t-il en serrant les poings. Le ton montait. Jamal aussi l'avait rudoyée, mais ce n'était pas comparable. Depuis qu'ils étaient « mariés », Cherif changeait de comportement. Pour la première fois, elle eut peur de lui. Elle voulut rappeler qu'elle était chez elle, mais ne se sentit pas de taille à protester.

Plus il parlait, plus il s'exaltait :

« Ce que je veux, c'est te maintenir debout, parce que si je te laisse aller…

— Si tu me laisses aller ?

— Tu vas encore te retrouver à délirer avec un verre dans le nez. Ça ne sera pas joli joli.

— Comment peux-tu dire des choses pareilles ? Tu sais quels efforts je fais.

— Ce n'est pas assez !

— Je n'en ai pas fait de semblables depuis des années.

— Tu n'as rien changé du tout. Tu joues la star, sans t'apercevoir que c'est sinistre, et sans intérêt.

— Tu n'as pas le droit de dire ça, ce n'est pas vrai. »

Il était si énervé qu'elle posa sa main sur son poing, au cas où il lui serait venu à l'idée de s'en servir contre elle… Comment accepter d'être déçue à ce point par le père de son futur enfant ? Pour l'appartement, elle avait besoin de réfléchir, c'était la seule chose de valeur qu'elle eût jamais possédée.

« Oh, Cherif ! Arrête d'être en colère contre moi.
— J'en ai marre… de te tenir à bout de bras. Ça me fatigue. »

Le lendemain matin, au réveil, il lui demanda si ses réflexions avaient abouti. Elle se vit lamentable et tremblotante face à lui. Elle affirma que le film sur la Palestine était décisif pour elle, et qu'elle en parlerait à Beauregard dès leur prochaine rencontre. « Mais combien de temps mettra-t-il à se décider ? éructa-t-il. Moi, je n'ai pas une minute à perdre. »

Un ange passa. Dixième jour sans ses règles… Elle s'assit tranquillement pour boire son thé. Son cœur battait, et une douleur lui contractait le ventre. Oui, elle comprenait ses intentions, elle aspirait aussi à une autre vie, plus simple et sans dépenses inutiles. Mais son appartement valait beaucoup d'argent, plusieurs millions de francs. Un acheteur ne se présenterait pas aussi vite qu'il le souhaitait. Toutefois, elle ne rejetait pas l'idée et allait demander une expertise à un agent immobilier. Un silence pesant s'abattit. Cela avait été plus fort qu'elle : de quels adorables frémissements de paupières elle avait ponctué sa réplique ! De quels délicieux battements de cils elle avait parsemé son discours, légers comme des points de suspension, au cas où son mari n'aurait pas remarqué l'état de stress dans lequel il la plongeait !

Cherif balança sa grosse tête.

« Dommage que tu cherches à m'entuber. Je croyais que ça n'arriverait jamais entre nous…
— Non… Non…
— Tu ne veux pas t'en aller à cause des visiteurs que tu reçois ici. Surtout Ivan, qui déboule dès que je suis absent. Et puis les autres jobards qui rappliquent, les après-midi, tout le temps.
— Non, ce n'est pas vrai. Ne sois pas ridicule.

— Dès que tu as ta dose de dry martini, tu relèves tes jupes par-dessus tête. C'est répugnant.

— Trente jours que je n'ai rien bu ! Mais qu'est-ce que tu essaies de faire, avec moi ?

— Et puis tu as peur de t'engager. Tu crois que je ne le vois pas ? Arafat, ça te plaît de loin, mais tu gerbes à l'idée de prendre des risques. Tu devrais avoir honte ! Mais c'est bien connu, tu vois des tueurs partout, jusque dans ton lit.

— Oh, arrête…

— Oui ou non ? Est-ce que tu le vends, cet appartement ?

— Il y a des chances… Je ne sais pas encore, j'ai tant de souvenirs ici. »

Un rictus découvrit les dents de Cherif.

Ce fut brutal et terrible. La merveilleuse bulle aux reflets irisés dans laquelle la petite Jean se laissait bercer depuis quelques semaines lui éclata au nez. Tout à coup, elle fut à genoux sur le plancher, avec du sang qui coulait dans sa bouche. Elle tendit la main pour reprendre son équilibre, tenta de respirer, mais elle suffoqua et s'enfonça dans le sol comme dans une eau sans fond.

Fin de journée.

Elle aurait pu s'échapper, après que Cherif eut claqué la porte, mais elle est restée assise sur son canapé, avec l'oreille qui bourdonnait du côté où était tombée la gifle, et une sorte de pointe émoussée qui lui creusait le dedans du bas-ventre.

Alors que baisse la clarté du jour, elle se souvient de tout (de son nom, de ce qu'a été sa vie sur cette terre, de ses innombrables zigzags et bifurcations). Qui sait ? Si elle n'était jamais tombée tête la première dans le piège tendu par Herr Otto, peut-être qu'elle aurait connu le bonheur. Qui sait... Qui sait... Alors que l'atmosphère de son appartement s'enténèbre, elle éprouve le sentiment d'être emmaillotée dans quelque chose, comme des bandages à l'hôpital, qui l'empêche de se ruer chez Ivan. Ou de déguerpir.

Et voilà ! La clé de Cherif tourne dans la serrure.

Cherif est rentré.

Il plante sa silhouette massive devant elle. Dans la pénombre, elle discerne ses épaules tombantes. Il revient pour s'excuser.

Pourquoi reste-t-elle dans le noir ? Il allume l'électricité.

La vérité s'étale soudain : quel rapport y a-t-il entre ce bellâtre au corps massif qui frappe les femmes et l'Oranais magnifique dont elle est tombée amoureuse avec délices ? Elle préfère détourner son visage un peu tuméfié.

« Ce matin, mon défunt cerveau a cessé d'être utilisable.

– Ce n'est pas exprès, Jeany.

– Ai-je seulement eu droit à la messe des morts, avant qu'on m'enterre ?

– Je ne me pardonnerai jamais. C'est une erreur.

– Si j'existais encore, je divorcerais.

– C'est forcément une erreur. Je voudrais tant que nous tournions ce film...

– Il y a des choses plus importantes qu'un film.

– Tu n'as même pas cherché à te protéger.

– Tu devrais savoir que je ne me protège jamais. »

Il prend une cigarette, l'allume en haletant bruyamment. Puis, après avoir avalé quelques goulées de fumée, il s'assied à ses côtés. Comme il recommence à demander pardon, elle l'interrompt.

« Si tu as faim, il y a du poulet froid au réfrigérateur.

— Sûrement trop froid !

— Sors-le, le temps de le réchauffer. Tu es chez toi ici.

— Et toi ? Tu manges quoi ? Tu es si maigre. Dès que je te touche, je sens tes os qui me rentrent dans les côtes.

— Moi, j'ai mal au ventre, je vais me coucher. »

Quinzième jour de retard.
Et toujours cette douleur qui ne ressemblait en rien à ce qu'elle avait éprouvé lors de ses deux grossesses précédentes.

Progressant d'une démarche mécanique et flottante, elle parcourait des rues qu'elle reconnaissait. Et pourtant rien autour d'elle ne lui prouvait qu'elle ne fût pas morte. Elle était émue et effrayée de ne plus appartenir à un monde aussi familier, et, au terme de nuits terrifiantes et amères, durant lesquelles les mains rudes de Cherif s'étaient posées sur elle comme si rien n'était arrivé, elle craignait d'être de nouveau internée.

Tu pleures, Jeany ? Est-ce que l'on est méchant avec toi ?

Non, mais j'aimerais que quelqu'un reste auprès de moi.

Qui ça ? Ivan ?

Ivan ? J'étais sa femme, mais au lieu de grandir j'ai régressé. Ivan n'a plus l'âge, ni l'envie, de s'embarrasser d'une enfant.

Tu le regrettes, Jeany ?

Ce qui est fait est fait. Il souffre assez comme cela, par ma faute. Non, ce que je regrette le plus, c'est autre chose. C'est que des hommes sensibles, tendres et courageux se métamorphosent d'un jour à l'autre en brutes épaisses parce qu'une femme leur accorde sa confiance.

Ce n'est pas la première fois que tu vis cela...

On se veut un modèle de bravoure, et puis le rêve irresponsable qui vous emportait se fige... Plus on est marquée par les coups, plus on se prend pour une sainte, mais la douleur vous avilit. Si j'attends un bébé, je vends mon appartement, et je m'en vais.

Où vas-tu? Tu retournes à Marshalltown?

C'est possible, parce qu'en France tout le monde m'a laissé tomber.

Elle avait hésité à consulter plus tôt, à cause de l'hématome sur son épaule et de sa joue qui tardait à désenfler. « Vous en avez, un air! Qu'est-ce qui ne va pas? », lui lança le médecin en matière d'accueil, quand elle se décida enfin. « Vous êtes malade? » Visage duveteux, regard flou, douces lèvres sans fard, dont la teinte se dissolvait en un rose fiévreux, elle répondit qu'elle était souffrante en effet, qu'elle avait eu des saignements pendant la nuit, et qu'il fallait l'examiner d'urgence.

Infection gynécologique... Le verdict la laissa sans voix. Toutefois, il lui sembla dans la nature des choses qu'un fantôme fût inapte à donner la vie.

De retour chez elle, sans trop savoir pourquoi elle agissait ainsi, elle téléphona au *Figaro* pour passer une annonce à propos de la vente de son appartement. L'affaire fut conclue en vingt-quatre heures, pour une somme très inférieure à la valeur réelle. Elle toucha une avance de plusieurs dizaines de milliers de francs, qu'elle arrondit en vendant quelques tableaux. Elle plaça le tout, en liquide, au fond d'une valise, dans laquelle elle jeta aussi quelques vêtements et le script de son film sur Kolwezi. Puis elle annonça à Cherif qu'elle partait en vacances jusqu'à la date du tournage.

« Je pars avec toi ! s'exclama-t-il. Je ne peux pas te laisser seule, il pourrait t'arriver malheur, tu es si fragile. »

Quelques portraits : au plus offrant !

Comme à ses débuts.
Cherif lui a mis son chapeau sur la tête. Les pieds dans le sable de Palma, plage de triste mémoire, Jean S. pose pour son mari, entre les transats et les vacanciers qui bronzent. Elle sourit, d'une minceur impeccable dans son maillot deux-pièces orné de grandes fleurs. Coup de zoom : sur son ventre on distingue encore les traces de brûlures de la petite Jeanne. – PORTRAIT N° 9 – Le tableau de chasse s'allonge. Mais ce n'est pas assez. Cherif exige d'autres images d'elle. « Oui ! Oui, Jeany ! Humecte-toi les lèvres de salive, entrouvre-les, je t'en prie. Ouais… Putain ! C'est joli ! » Cette fois, elle est allongée. Les rebords du chapeau plongent une partie de son visage dans l'ombre. En dessous, dans le plein éclat de la lumière, bouche plus sensuelle que jamais, bouche à picorer, à embrasser, à dévorer de baisers, elle sourit encore. On croirait qu'elle dort, rêvant d'une vie dorée aux côtés de l'homme désiré. Sagesse, beauté, luxe calme, volupté… Jambe droite repliée, bras le long du corps, elle paraît calme, ô combien apaisée !

Voyage de noces : voilà donc un jeune couple d'amoureux pareil à tant d'autres. Ces deux-là sont émerveillés de leur rencontre !

N'importe qui s'y tromperait.

Excepté que, lorsqu'elle le veut, Jean S. est excellente comédienne.

Excepté que Cherif fait ces photos d'elle dans l'espoir de les revendre aux journaux, et qu'elle le sait.

Excepté qu'il s'est mis en rage le jour où elle a refusé de poser nue dans leur chambre d'hôtel, cambrée à quatre pattes, ou sur le dos, jambes écartées, et qu'elle a dû s'enfuir pour ne pas se prendre un pain sur son joli nez.

Excepté qu'il gère seul l'argent de la vente de l'appartement et que, en deux semaines, trente-huit mille francs ont disparu de la valise.

Excepté qu'il refuse de lui rendre le manuscrit de ses Mémoires, dont elle a écrit cinq chapitres.

Excepté que, depuis deux soirs, il l'enferme à clé pour l'empêcher de sortir et de donner l'occasion aux autres hommes de se rincer l'œil.

Excepté qu'il la menace quand elle refuse de coucher avec lui et prend l'habitude de lui tordre violemment le poignet, avant de la jeter sur le lit et de lui arracher ses vêtements.

Excepté qu'ensuite il se repent et se met à pleurer.

Excepté qu'il l'avertit : le jour où il la retrouvera avec un autre homme, il les brûlera vifs.

Excepté qu'il menace de la tuer cinq fois par jour.

Elle est résolue à se séparer de lui. À la différence de ce qu'elle a vécu avec Hakim Jamal, son amour-propre est balayé, et, ayant bu son chagrin jusqu'à la lie, elle accepte l'idée de s'être trompée.

Elle attend le moment propice pour déguerpir, pour le plaquer sans un regard, sans un mot de regret, et rentrer seule avec sa valise à Paris. Pour y parvenir, elle se prépare à verser un somnifère dans son verre.

De Beauregard est averti. Il la planquera pendant quelques jours, avant qu'elle ne s'envole vers la Guyane, où sa famille de cinéma, composée d'amis civilisés, l'attend pour tourner dans son nouveau film.

Traquée (suite)

Direction : Paris
Phares éblouissants dans le rétroviseur, blancs et aveuglants, puis s'évanouissant quand elle écrasait son pied nu sur la pédale d'accélérateur. Dès que Cherif avait piqué du nez, sombrant dans un sommeil artificiel, elle avait récupéré sa valise et pris dare-dare la direction de Paris.

Elle qui, sitôt la nuit tombée, peinait à y voir clair au volant, tantôt assaillie par un froid piquant, tantôt en nage, elle avalait d'une traite mille cinq cents kilomètres en mâchant du chewing-gum et en fumant cigarette sur cigarette pour se tenir éveillée.

Vers dix heures du matin, à la frontière franco-espagnole, elle s'aperçut que, dans sa précipitation, elle avait oublié de prendre son manuscrit. Impossible de faire marche arrière ! Pourtant, c'étaient des confidences terribles ! Tous les scénarios étaient possibles : que Cherif cherche à les vendre à la presse, à ses ennemis, à *Newsweek*, ou les utilise contre elle, par petits morceaux. Ou qu'il révèle en bloc ses secrets au monde entier, les vrais, et ceux qu'il aura inventés pour la punir, et la forcer à revenir.

Il me déteste, ne me respecte pas. Me fera tout le mal qu'il pourra puisque je l'ai quitté. Tentera de m'assener un coup horrible moi qui n'ai jamais levé la main sur mon semblable   VEUT M'ÉLIMINER   a saboté ma voiture

mes freins vont céder dans la prochaine descente et ma direction va casser   **DANGER DE MORT**   *tu traînes Jeany accélère ton mari te colle au derrière il va te rattraper*

Au lieu de s'arrêter une heure ou deux, de boire un café, de manger un peu, elle poussa le moteur de sa petite R5 à un train d'enfer. En réalité, elle aurait pu éliminer Cherif tandis qu'il gisait à ses pieds, comateux, les muscles paralysés, abruti par les substances chimiques qu'elle lui avait administrées. Elle avait pris un couteau, y avait pensé, aurait aimé conduire avec son sang sur les doigts. Foutaises ! Elle n'était pas assez dure pour ça, gentille fille de l'Iowa... Elle pouvait bien y songer froidement, tout en sachant qu'elle ne serait jamais l'un de ces êtres impitoyables qui rendent coup pour coup. *Il meurt, je mourrai, nous mourrons. Hé Jeany ! Qu'est-ce que tu fabriques ? Tu ne vas pas flinguer ton reste de vie pour ça...* Crispée, les yeux brûlants, elle regardait l'aiguille du compteur monter et prenait ses virages à cent à l'heure, comme sur un manège de fête foraine, en pensant que chaque seconde comptait. Changeant de voie, se rabattant brutalement sans mettre son clignotant, elle se faisait klaxonner. En milieu d'après-midi, elle fonça dans un nuage de pluie d'orage qu'elle transperça comme une flèche. L'averse ruissela entre les arcs rapides de ses essuie-glaces, sitôt tracés sitôt effacés. Soudain, à travers la lunette arrière, brouillée par l'eau qui dégoulinait, elle aperçut le visage de Cherif. Sa voiture fit une embardée sur les grosses gouttes qui ricochaient en travers de la chaussée. D'un coup de volant à l'aveuglette, elle tangua, rectifia sa trajectoire, se redressa. Le véhicule suivant se déporta, dérapa, l'évita de justesse. Hébétée, le front mouillé de sueur, elle freina, ralentit et se gara sur le bas-côté. Indemne, elle se mit à rire et à sangloter. L'image des carcasses encastrées l'une dans l'autre, pare-brise et porte enfoncés, habitacle broyé sous l'éclat blafard des balises et des gyrophares qui tournoyaient, lui vint à l'esprit… Elle avait manqué de se tuer. Mais un réflexe de survie l'avait emporté. Dommage, car, elle en charpie, Cherif n'aurait jamais eu son argent. Sûr qu'il aurait pleurniché à son enterrement !

Elle entra dans Paris à la nuit tombée et se rendit directement à l'hôtel où son producteur avait réservé une chambre pour elle. Au téléphone, il lui dit : « Sois rassurée, à part la police, personne ne sait où tu es. » Elle s'emmêla, le remercia dix fois, ajouta qu'elle n'était pas quelqu'un d'intéressant et qu'il n'y avait pas de raison pour qu'on l'aide comme cela.

« Je protège ma star, sans quoi plus de film ! lui répondit-il.

– Oh… Je suis très facile à remplacer. Il y en a plein, des comme moi, plus jeunes, et moins chères.

– Je n'en connais pas une seule, Jean. »

*   *
*

Le 5 août, en Guyane.

Si triste et si heureuse. Malgré la chaleur et l'humidité de Kourou, son premier jour de tournage s'était bien déroulé. Un rôle d'épouse d'ingénieur belge : rien qui ressemblât à sa propre réalité. Et pourtant deux prises pour chaque plan avaient suffi. Elle connaissait encore son métier. Dans sa vie précédente, Carol H. le lui avait souvent répété : jouer ne s'oublie jamais, la mécanique se grippe, mais le moteur est toujours prêt à redémarrer. Comme au temps d'*À bout de souffle*, lorsque, assis dans un fauteuil d'infirme ou allongé au fond d'un triporteur des postes, il tenait la caméra de Godard, Raoul C., promu réalisateur, était content d'elle.

« Tu es toujours la même, Jean !
– Je le voudrais bien.
– Tu as si peu changé... »

Elle en oubliait les mauvaises nouvelles : à Paris, Cherif la cherchait sans répit. Il harcelait jusqu'à son ancienne belle-mère, qui l'avait aussitôt avertie. Il répétait comme un fou qu'elle était sa femme, qu'elle ne voulait plus faire l'amour avec lui, qu'elle était partie à cause de ça, en emportant cent cinquante mille francs, que sa voiture avait disparu. Il avait averti la police, qui ne paraissait pas pressée de la retrouver, mais elle avait tort de s'imaginer qu'il laisserait courir. D'une manière ou d'une autre, il remettrait la main sur elle, et alors elle comprendrait. Elle en oubliait son manuscrit, qu'il gardait, avec ses poèmes les plus intimes, et des choses intenses sur Mum and Dad, sur Preminger, sur ses premiers amants et sur Ivan, qu'elle ne voulait pas voir révélées actuellement.

Par téléphone, elle demanda encore à son producteur de lui trouver un meublé, avant de revenir tourner le 6 septembre. Trois jours plus tard, il lui annonça que c'était réglé, que la police veillerait sur elle, et qu'elle pouvait rentrer.

* *
*

Chanson perdue (par Jean S. – août 1979)
such sweet thunder qui que tu sois au-dedans de moi / j'aimerais que tu cesses de me bousculer /

et que tu dormes encore pendant un an / le temps que mes lèvres de bois me chantent un refrain d'amour

avec toi un théâtre nommé frayeur / une ville fantôme dans le pays du Prince le vent / ta main qui fend l'air dur se lève et s'abat / chaque moment d'extase se paie d'angoisse

such sweet thunder quoi que tu fasses au-dedans de moi / j'aimerais que tu cesses de me traquer / et que tu dormes au moins un an

sur mon épaule un grand coup cinglant / swing-swing c'est toi qui donnes le drum / la corde de mon cœur assoiffé se tend elle va céder / je disparais sous le soleil d'une mer agitée

such sweet thunder quoi que tu me voles au-dedans de moi / j'aimerais que tu cesses d'exister / et que tu dormes pour l'éternité / le temps que mes lèvres de pierre cessent d'appeler au secours

* *
*

Dire que, sans le film, elle serait retournée à Marshalltown.

Au lieu de cela…

N'osant pas sortir, s'ennuyant à mourir, elle a tenu bon, barricadée dans le petit meublé que lui a loué la production. Même Ivan ignore dans quel endroit de Paris elle se cache.

La voici donc au matin du quatrième jour. Sans qu'elle s'explique pourquoi, tout est changé. Elle se sent misérable. Jamais de la vie elle ne s'est vue abandonnée à ce point.

Étage numéro 5. Elle a refait son lit, a nettoyé le lavabo, lessivé le sol de sa salle de bains, puis a ouvert la fenêtre pour laisser entrer l'air. Elle aperçoit une ombre au loin, est-ce lui ? Elle se penche dans le vide, par-dessus le rebord, se couche à moitié sur la balustrade. Écarte les bras comme les ailes de l'oiseau quand il va s'envoler. Il suffirait d'un coup de vent, tant elle a perdu de poids ! Ou que ses pieds glissent sur le parquet, la rencontre frontale avec le trottoir ne pardonnerait pas. En hommage, la télévision française programmerait *Bonjour tristesse*; puis un ou deux festivals se souviendraient de la folie de Lilith. Aux grandes répliques de l'histoire du cinéma, on ajouterait : « Qu'est-ce que c'est... dégueulasse ? », sans même se souvenir de la Martienne en robe Prisunic, qui, la boule à zéro, chantait ce refrain-là. Plus tard, il y aurait au moins un livre écrit sur *Ivan K. l'homme et l'écrivain aux cent visages*, dans lequel on dirait des choses horribles à propos de Jean S. : *rivale impitoyable, mauvaise fille, mauvaise mère, mauvaise épouse, mauvaise comédienne... Alcoolique à moitié folle, avec le feu aux fesses...* Chouette postérité !

suis contente d'être née

*   *
*

Dire que, sans le film, elle se serait réfugiée chez Mum and Dad.

Toutes ces chansons perdues : voilà ce qu'elle supporte le plus mal.

Et son autobiographie ! Une vie n'a de valeur qu'en vertu des événements qui l'ont marquée. Ce qu'elle a écrit ne cesse de la hanter. Du néant sans doute, mais qui lui appartient. Du néant, plein d'impudeur, entre les mains d'un fou   qu'elle a aimé

L'accord tacite avec la douleur est rompu. Cette impression que le ciel s'effondre. N'a plus de remède à cette maladie. Trop dur de rester seule à se battre avec son propre effroi.

Il est dix-huit heures trente. Elle n'y tient plus. Elle appelle chez elle :

« Allô Cherif ! Je veux récupérer mon manuscrit.

– Hé ! Jeany ! Mais où tu es ? Oui, j'ai gardé tes cahiers, j'ai veillé dessus. Je peux te les apporter tout de suite, si tu veux. »

Onze jours avant la mort de Jean S.

Piégée.
Pour continuer à lui échapper, elle avait demandé à Cherif de déposer ses Mémoires chez son ancienne belle-mère et avait attendu deux jours avant d'aller les rechercher, tôt le matin, à une heure où habituellement il dormait.

Quelle imprudence ! Il l'attendait. Comment lui échapper ?

« Jeany, sans toi je ne suis rien de bien. Ne me laisse pas tomber. »

Il avait pleuré, avait supplié, s'était tordu les mains, avait juré qu'il l'aimait et n'avait jamais eu l'intention de se venger d'avoir été plaqué. Elle l'avait cru à moitié. Avait eu pitié. L'avait laissé la suivre jusqu'à son meublé, comme les chiens sans collier et les chats pelés qu'elle ramenait autrefois chez Mum and Dad. L'avait laissé entrer, tout en sachant que leur couple était fini. Rien à faire ! Jusqu'au bout, elle s'entêterait à sauver tout être en détresse.

Ensuite, bien qu'elle éprouvât une espèce de répugnance à l'idée de continuer à vivre avec Cherif, ils avaient changé deux fois d'hôtel, puis elle avait décidé de louer un studio dans le XVIe arrondissement.

C'est là que, en manque d'illusions, elle s'était résolue à s'envoler seule pour Marshalltown sans repasser par Paris, sitôt son tournage achevé. Coupable, mais un peu rassurée, elle avait vécu pendant quelques jours avec cette idée, puis les choses avaient recommencé à aller mal.

En pleine interview (la première qu'on lui eût réclamée depuis longtemps), alors qu'elle parlait de la liberté des femmes de jouir de leur féminité, Cherif lui avait arraché des mains la cigarette qu'elle venait d'allumer, et l'avait cassée en deux, devant la journaliste médusée.

À peine s'étaient-ils retrouvés tête à tête, qu'il l'avait prise à parti. Elle s'était rebiffée, moyennant quoi, comme en Espagne, il était sorti en l'enfermant à clé.

Ce jour-là 18 août.
Dans son sang, sous sa peau, sourdait un besoin de paix. Le film sur la Palestine n'était plus qu'un souvenir, et leurs projets se résumaient désormais à l'ouverture d'un restaurant à Alger... avec son argent. Malgré la bonté de son âme, elle s'était mise à détester Cherif et comptait les jours qui lui restaient à vivre avec lui. Dix-sept jours en tout. Paradoxalement, l'étendue de son dégoût l'empêchait de sombrer. Sois forte, Jean ! Sois tête de mule et comporte-toi honorablement, ce n'est qu'un sale moment à passer.

L'incident éclata sous un ciel bleu parfait, peu avant midi, alors que Cherif venait de se lever.

Pour une tasse de café qu'elle lui servit à moitié froid, il l'envoya valser. Elle recula, voulut\fuir vers le lit, en lui demandant ce qu'elle avait fait de mal. Quand il la rattrapa, elle tenta de se protéger avec son oreiller, mais il le lui arracha des mains. Elle hurla, il se jeta sur elle, dans la pointe d'un angle de soleil. Les choses se figèrent en un tableau de cinéma. Lui au-dessus, en bête humaine. Elle en dessous. C'était vraiment étrange. Il la saisit par le cou, se mit à serrer pour qu'elle cesse de crier. Elle entendit sa propre voix s'étouffer au fond de son gosier, eut l'impression que la peau de son visage se décollait. Poumons de noyée, elle suffoquait, mais ne se défendait pas, voulait tousser mais ne le pouvait pas *du cinéma DU CINÉMA Rose Loomis enfin punie la souris entre les griffes du chat*

Il la lâcha, explosa en larmes, s'effondra à genoux, ivre de terreur.

Pourquoi avait-il fait ça ? « Pardon ! Pardon... Oh ! Jeany, pardonne-moi. Je ne recommencerai jamais, j'ai perdu l'esprit, je ne sais pas, je ne me reconnais plus, ce n'est pas moi... »

Elle se releva à moitié, retomba.

Le ciel bleu avait la tête en bas.

Sitôt qu'elle eut recouvré ses esprits, elle se précipita dehors. Rien de neuf, elle est toujours en train de se précipiter quelque part.

Elle pleure en courant sur le trottoir. Mais quoi de plus habituel ? Depuis qu'elle est née, il émane d'elle une impression de drame permanent.

mourir oui cent fois mais pas entre les mains de Cherif

fenêtre ouverte il l'appela tandis qu'elle s'éloignait « Jeany ! Jeany ! si tu ne reviens pas avant ce soir je me jette en bas »

elle s'engouffra dans une bouche de métro

pensa qu'elle lui avait encore laissé ses Mémoires

monta dans le premier train sans but

Station Montparnasse-Bienvenüe.
tel est le lieu où l'action se poursuit
 des publicités dans le dos. Des bancs, des carreaux blancs. Des individus, une jeune fille sûrement amoureuse, un homme corpulent, d'une cinquantaine d'années, portant chemise Lacoste, une grand-mère avec un petit chapeau de couleur crème posé sur un chignon de cheveux blancs... On s'apprête à monter à l'assaut du prochain métro. Dans l'oreille de Jean S. sourd le battement aveuglant de sa vie qui a failli imploser. Tête gonflée d'hélium, ballon au centre de la terre, d'une manière générale la mort est un sale moment à passer. Se tourne la page la plus claire de son histoire : beaucoup de gens ont rêvé de la tuer (du moins a-t-elle tenu à s'en persuader), et, sous l'effet d'une passion déréglée, l'une de ces personnes venait d'agir pour y parvenir. Elle peine à se rappeler comment elle est arrivée aussi bas. Qui l'a attirée dans ce cloaque, sinon elle-même   UN PORNO/CINÉ GORE/FILM D'HORREUR   Elle a refusé toutes les propositions pour ce rôle de série-navet. Elle ferme les yeux en essayant de se souvenir de son meilleur amoureux, celui qui l'a le mieux aimée pour ce qu'elle est : une fille à tuer, incapable de sang-froid. Combien de ses amants surnagent-ils dans son souvenir ? Nash ? Ivan ? Oui, mais jusqu'à quand ? Eastwood ? Du grave, du sérieux, le seul que Dad aurait aimé. L'écrivain mexicain ? Quelqu'un de bien, qui ne l'aurait jamais brutalisée. Son troisième mari ? Oui... Oui, jeune et séduisant génie... Aucune continuité dans ce récit. Nous voilà bien avancés. Elle a un haut-le-cœur, comme si elle avait un os de poulet coincé en travers du gosier.

N'importe quelle vie peut être jouée.
Mais as-tu aimé une seule fois, Jean, ou as-tu simplement aimé que l'on t'aime violemment ?

Les deux, mon capitaine.

Quant à Cherif… Ses doigts lui ont fait mal, là où il l'a agrippée. Si brutalement, à lui briser le cou, qu'elle a donné quelques coups de reins, comme pour se dégager alors qu'elle aurait dû se laisser faire. Se dégager! Existe-t-il une seule chose plus dégoûtante? Un réflexe d'animal à l'agonie. Oh, c'est sa faute… Elle les rend fous. Et Cherif a toujours son manuscrit. Et Cherif le sait, et Cherif truquera ses secrets.

Laisse tomber! Qui sera intéressé?

Hé! Je sais que c'est ma vie, c'est moi qui l'ai racontée. Manque juste le chapitre d'aujourd'hui.

Séquence de maintenant métro Montparnasse-Bienvenüe, temps présent.

De mieux en mieux : deux trains sont passés, et elle se tient debout, en équilibre au bord du quai. Un anonyme la dévore des yeux! *Vous ne seriez pas?…* La taille serrée dans une robe chatoyante, ce ne peut être la même fille. Non! Pas celle en tee-shirt « New York Herald Tribioune ». Pas la souris de Poiccard Michel, alias Belmondo Jean-Paul. Été 1959 – Champs-Élysées, Paris. Il y a de cela vingt ans exactement.

Pas elle, d'une pâleur de morte, et les vertèbres saillantes. Pas elle, celle-ci a quarante ans.

Va te faire foutre, mec!

Deux phares surgissent du tunnel, un train entre en gare.

Alors qu'elle vient de laisser son fric à Cherif, elle tient un billet de vingt dollars, plié au creux de sa main, comme un porte-bonheur.

C'est sûr, ça ne peut pas être elle! Celle-ci court pieds nus dans l'herbe des champs. Sur l'océan des blés mûrs, les vibrations de l'air chaud lui chatouillent le museau, elle rit, ah ce rire de petite fille !

Une rivière. Pas de pont pour traverser mais un petit bond en avant

elle s'emmêle les pieds saute bascule au-dessus de l'eau vive

chute

et choc au fond de la fosse

un éclat de phare sur le rail que sa tempe heurte

coup de frein grincement strident

est-elle morte qui l'a poussée ?

le corps replié sur lui-même elle ne bouge plus paupières closes

pas elle puisqu'on vous le dit ! pas elle bordel

pas Patricia Franchini

Cherif était venu la récupérer à l'hôpital Cochin.
Il était midi, on l'avait examinée sous toutes les coutures, radiographiée de la tête aux pieds, gardée en observation durant près de vingt-quatre heures. Contusions multiples, cheville tordue, poignet foulé… Sans compter ces traces un peu bleues sous le menton, à propos desquelles on l'avait interrogée. Elle n'en sortait pas indemne. Un miracle cependant ! Elle n'avait rien de cassé, les roues ne l'avaient pas touchée. Le conducteur du métro avait pilé, à vingt centimètres près. Sous sédatif, elle continuait à penser qu'il est toujours préférable de vivre. Vivre ! Comment réagir quand cette pauvre idée s'accroche ? Surtout que, veste de laine malgré la chaleur, bras croisés sur la poitrine, tenant dans sa main droite les clés de sa R5, dans laquelle il va la ramener, les paupières gonflées par l'afflux des larmes de la nuit, Cherif l'attend.

On aurait pu la garder à l'hôpital jusqu'à son retour en Guyane, mais, puisqu'un gentil mari venait la réclamer, on l'avait finalement libérée, sans qu'elle eût protesté. Dans la rue, elle alluma une très précieuse cigarette, que Cherif ne lui arracha pas des mains. Le temps d'une mini-combustion, elle compta ses pas. Grésillement du tabac, avalé tout rouge brindille par brindille, fumée rejetée par le nez, le temps se réduisant à l'instant (avec une telle acuité), rien ne la contraignait à repartir avec ce fêlé.

« Je crois que, hier, le thermomètre est monté, Jeany. La lumière était très forte chez nous, à l'heure du déjeuner.

– Oui, très forte.

– Elle m'a aveuglé.

– Mmm-mm

– Si tu voulais bien rentrer... J'ai baissé les stores.

– Quand il y a du soleil, il tape.

– Les stores resteront baissés, je te le promets.

– Le soleil rend les choses plus piquantes.

– Seulement à des moments très précis de la vie. Même dans mon pays, en Algérie, on est ébloui. On préfère se cacher.

– Moi, pas.

– Surtout quand on aime une fille. On se replie à l'ombre des porches pour l'embrasser.

– Je m'en doutais.

– Je dois dire que mon attitude à ton égard est inquiétante. Je suis tellement sensible à ta grâce, à ton élégance de femme de la métropole ! Faire semblant de te tuer, pour une tasse de café... Comme je suis navré ! »

Elle monta dans sa propre voiture, s'installa à la place du passager. Sur l'autre siège, les deux mains posées sur le volant, Cherif se mit à pleurer :

« Je suis navré que, par ma faute, notre couple manque à tel point de dignité.

– Qu'est-ce que c'est… dignité ? »

Elle le laissa introduire la clé de contact, la tourner et démarrer. Il oublia le clignotant, déboîta brutalement et se fit klaxonner. Silhouette ramassée, dos cassé, front penché vers le pare-brise, il pleurait sans discontinuer, trop grand de taille pour l'habitacle de cette voiture miniature. Ses larmes ruisselaient, tant et si bien qu'il devait fournir de gros efforts pour se frayer un chemin dans la circulation, d'une rive à l'autre de Paris.

Côtoyer à ce point le danger avait quelque chose de rigolo.

C'était comme si elle avait eu la pointe d'un couteau posée sur la gorge. Avec toutes ces plaies qui saignaient dans son cerveau!… Mais, à l'hôpital, ils avaient admis qu'elle n'avait pas tenté de se suicider, *un malaise, dix nuits que je ne dors plus, la tête m'a tourné…* Elle avait obtenu les médicaments qu'elle désirait : Temesta, Nuctalon, Nembutal… Encore seize jours de corde raide ! Elle survivrait.

« Je ne te contrarierai plus, Cherif. Je ne fumerai plus, et réchaufferai ton café. »

Il se tourna vers elle, stupéfait. Elle confirma, d'un hochement de tête. Ne plus le contrarier, avant de se carapater, c'était dans la gamme de ses possibilités. *Épouse soumise, je connais ça. J'ai déjà fait…*

Cherif renifla. Pas assez fort. Son nez coulait, tout au bout une goutte luisante restait en suspens. Mais ses grosses mains étaient occupées par le volant. Il eût été charitable de le moucher, mais elle ne leva pas le petit doigt. *Tu peux crever, mon gars !*

En même temps, elle pensa : *Quand ce sera terminé, qu'il ne retrouvera plus ni mon manuscrit, ni moi, ni*

ma valise à billets, qu'est-ce que ce pauvre type deviendra? Si paumé dans la vie qu'il se pourrait qu'une autre fille (pas moi!) y passe, un midi de plein soleil. Pfttt... comme ça
  pour rien

Le jour de la mort de Jean S.

29 août 1979
Dix-sept heures passées, dans un cinéma des Champs-Élysées.

> C'est le matin, Michel et Lydia sont dans un lit. Ils ont fait l'amour ensemble pendant la nuit. Lui, l'embrasse. Elle, pleure dans ses bras.
>
> MICHEL : *Vous ne trouverez rien ici, même pas une bouée de sauvetage.*
> LYDIA : *Je n'ai aucune envie d'être heureuse. Je ne suis bonne à rien, vous voyez bien ?*
> MICHEL : *Évidemment, quand on fait ça comme si on se jetait du sixième étage.*

Huitième rang d'orchestre, face à l'écran. Jean S. est assise auprès de Cherif.

L'idée d'aller voir Romy Schneider dans le dernier rôle écrit pour elle est la sienne. C'est le vide du temps présent qui l'a précipitée dans ce guet-apens. Maintenant elle est coincée. Elle aimerait pouvoir échapper à cette histoire qui la plonge dans sa propre nausée, mais elle est trop impliquée. Une seule chose lui semble certaine : même si elle ne paraît pas avoir quarante-cinq ans, Romy est très bien, elle n'aurait pas pu jouer Lydia comme cela. Sans rancune ! Pour le reste, c'est pire que dans le livre. C'est même pire que dans ses propres Mémoires, où elle n'hésite pourtant pas à s'exposer. Ces êtres qui partent en morceaux et luttent pour tenter de s'entraider, c'est tellement indiscret !

> MICHEL : *J'essaie de tuer le temps.*
> LYDIA : *Et vous le tuez n'importe comment, n'importe où... Combien vous en reste-t-il à tuer ?*

Seul clin d'œil : tout à l'heure, derrière Romy, dans l'appartement de Lydia, posée sur un meuble, elle a repéré une photographie de Sissi. Michel venait justement de lui dire : *Quand vous souriez, on voit que vous avez dû être longtemps heureuse.*

Et puis, il y a ces idées reçues, qui creusent son malaise : *Tuer sa sensibilité, c'est parfois une question de survie...* Ou bien ceci : *À une époque où l'homme gueule de solitude, sans savoir qu'il gueule d'amour...* Elle n'est pas certaine qu'Ivan ait écrit de telles banalités. Mais elle n'ira pas vérifier, elle a donné l'exemplaire qu'il lui avait dédicacé.

Cherif est comme momifié sur son siège et elle n'est pas sûre d'aimer ce film.

> LYDIA : *À partir de quel moment cesse-t-on d'être une malheureuse, pour devenir une garce ?*
> MICHEL : *Dans la vie, on mise toujours sur l'arrivée des secours.*
> LYDIA : *Illusion !*

En effet, les secours ne sont jamais arrivés.

Trou noir. Film morbide. Et le pire est pour la fin, quand Michel est interrogé par la police, à propos de sa femme malade, qui vient de se suicider : *Elle s'est endormie, c'est tout, elle a décidé que ça suffisait comme ça. Elle m'a demandé d'être complice.*

Complice d'une morte, dont le cadavre serait l'ultime excrément ?

La veille au soir, pendant que Cherif regardait la télévision, elle a bu deux verres remplis à ras bord de whisky, après avoir avalé double dose de somnifères. Petit suicide... Ce matin, elle n'arrivait plus à se réveiller. Elle tremblait et était glacée de la tête aux pieds. Sans doute est-ce la raison pour laquelle elle est venue là, se piéger dans cette salle de cinéma, où elle frémit à chaque réplique. Venue pour mieux flairer la bête noire qui la guette, alors que, si elle le veut, dans huit jours, elle sera tirée d'affaire. Cherif aussi a quelque chose à entendre. Mais en est-il capable ? Même s'il n'a pas recommencé à la brutaliser, il doit bien savoir qu'elle craint d'être dépecée, morte ou vive, par lui.

Elle ne lance pas de telles idées par hasard, elle n'a jamais autant réfléchi, au point qu'un peu moins de lucidité l'aiderait. Exception faite d'hier après le whisky et les somnifères, elle ne parvient pas à s'arrêter de penser. Avec son appartement du septième arrondissement occupé par de nouveaux propriétaires, un pan de sa vie s'est envolé. Comme s'envole le souvenir des quelques hommes (maintenant, elle n'en compte plus que trois) qu'elle n'a pas assez aimés. Pour se préserver du temps qui passe, elle s'engouffre à pas de loup, mais plus profondément que jamais, sous la pyramide de souvenirs déjà usés. Étrange façon de sous-vivre, quand on a tant joué sa vie sur des coups de dés ! Les yeux grands ouverts sur l'obscurité, elle se perd, alors qu'elle est en mission de survie. Elle tourne ainsi le dos à Cherif et semble attendre, pour revenir à l'air libre, d'avoir retrouvé un chemin enseveli, perdu pour toujours.

> LYDIA (au téléphone avec Michel qui prend l'avion à Roissy pour une destination lointaine) : *C'est trop grand pour moi, Michel. J'étais tellement seule, j'avais besoin d'aider quelqu'un... Tu me saoules de malheur. Un jour, quand nous serons nous-mêmes, nous pourrons faire connaissance.*

Le film s'achève ainsi. Ces deux-là ne se sont pas trouvés. Ni passé, ni futur, monde manqué. On attend encore, dans l'apesanteur, où se frôlent deux douleurs parallèles : juste une bulle de souffrance, prête à crever.

* *
*

Vingt heures trente (dans le studio du seizième arrondissement).
Elle n'avait jamais pensé que le jour où sa propre disparition serait effective, palpable, irréversible, ceux qu'elle aimait pourraient y rester indifférents. Passé quelques regrets de circonstance, que la mémoire de Jean S. les lâche avec brutalité serait ainsi sans effet notoire. Au moins auraient-ils été avertis, par le comportement de cette pauvre folle, toujours à courir derrière une vocation de sauveteur alors qu'elle était en train de se noyer. Mais qui étaient-ils, ceux-là, les vivants, regroupés au fond de sa tête en ébullition constante ? Un père et une mère, un fils, un mari un seul, un unique

amant… Qui parmi eux protégerait son souvenir, face à toutes les méchancetés qu'il y aurait à déballer ? Elle-même n'était plus en mesure de se justifier depuis longtemps. *Et moi ? (moi, moi, mon tout petit moi) suis-je tant dépassée par l'étrangeté de la situation dans laquelle je me suis fourrée ?* Le tout étant de savoir s'il n'existe pas un seuil au-delà duquel, ayant voulu distribuer tant d'amour à l'aveuglette, on n'est plus capable de continuer à vivre.

Mettre fin à ses jours pouvait constituer un abus de pouvoir envers ceux qu'on laissait pétris de regrets. Mais là ? Mais dans son cas ?

« Viens donc dîner ! lui lança Cherif, qui n'était même plus méchant avec elle.

– Pas faim… grommela-t-elle.

– Tu sais ce qui ne va pas chez toi, Jeany ? lui lança-t-il en posant sur elle un regard appuyé.

– Dis toujours…

– Tu ne t'intéresses plus à rien.

– Je m'intéresse à des tas de choses.

– Lesquelles ? Même le film de cet après-midi, tu n'en penses rien.

– Ce n'est pas une obligation d'avoir un avis sur tout. »

Il haussa les épaules. Dans la pénombre qui gagnait, à cause des stores toujours baissés, il s'approcha et la prit par le menton pour qu'elle relève la tête. « Regarde-moi. Qu'est-ce que tu as ?

– Je pense à ceux qui seront capables de me défendre quand je ne serai plus là, lâcha-t-elle comme claque le fouet. En fais-tu partie, toi ? »

*   *

*

Vingt et une heures cinquante-cinq.
Cherif lui interdisait de fumer, mais qu'elle boive un whisky au lieu de venir dîner ne semblait pas le distraire de la télévision. Elle avait essayé de joindre Ivan, sans succès. Alors... qui d'autre que Cherif avait-elle sous la main, pour lui éviter le naufrage ? Sauf que, regardant le monde à travers la vitre de son scaphandre, il était plutôt du genre à lui enfoncer la tête sous l'eau.

* *
*

Vingt-deux heures dix.
Ce n'était pas facile pour Jean S. de se mouvoir dans une conscience comme la sienne, mais une chose au moins était claire : après son retour chez Mum and Dad, elle resterait aux États-Unis. Entre deux activités de plein air, peut-être au bord de la mer, elle continuerait à écrire, humble et travailleuse.

Écrire ! S'adonner à cette activité déraisonnable, pas seulement pour boucler son autobiographie ou imaginer des scénarios que personne ne tournerait, mais pour donner de vrais romans poignants, avec des mots rudes, redresseurs de torts. Écrire pour livrer des histoires dures, avec des personnages qui luttent pour moins souffrir. Écrire sur le fil du rasoir. Écrire, même quand on se sent sombre ; écrire surtout des vérités difficiles à porter. Écrire ! Vêtir ses héros de ce que l'on garde de plus ingrat en soi, et récidiver pour combattre la perversité, la violence, la morbidité. Tel serait le but de sa vie, jusqu'à ce que son fils et Ivan qui, grâce à ses livres avait tout expérimenté, soient fiers d'elle.

Voilà ! Il y a une heure, je ne faisais plus aucun projet. Mais cet esprit enkysté et ce corps à bout de souffle, sièges d'aventures capricieuses, je dois pouvoir les ramener au contrôle absolu.

Oui... À condition que Cherif te laisse te rendre seule à ta banque et transférer à Marshalltown l'argent de la vente de ton appartement
Cherif me surveille en effet.
Et s'il t'empêche d'y aller ?
Je crois que je changerai de vie, quand même.

* *
*

Vingt-deux heures cinquante.
« Jeany ! Je vais t'accompagner en Guyane, la semaine prochaine.
– Ce n'est pas la peine, Cherif.
– Je dois veiller sur toi.
– Je n'en ai pas besoin.
– Au contraire ! Combien de whiskies as-tu bu ?
– Deux, pourquoi ?
– Je t'accompagne, pour cette raison-là. Sinon, qui te réveillera ? Il faut que tu sois en état pour tourner.
– Je le serai. C'est mon métier.
– Je resterai avec toi. Moi, les plateaux de cinéma, j'aime ça.
– Cherif, il faut me laisser tranquille. Ça ne durera qu'une semaine, je te téléphonerai, je reviendrai dès que j'aurai terminé.
– J'ai dit que je venais avec toi, Jeany. Tu veux quoi ? M'éliminer ? Je viens, O.K. ? C'est pigé ! »

* *
*

Vingt-trois heures dix.
Cherif s'est fâché contre Jean. Comme il en avait pris l'habitude en Espagne, il lui a tordu le poignet. Inutile de discuter.

Troisième whisky – Imprégnation des cellules nerveuses les plus fragiles, mais la bouteille est vide, son cadavre sur le flanc roule en dessous du lit.

Cherif est allongé auprès d'elle. Pourquoi l'a-t-il laissée boire ? Qu'il la protège donc contre elle-même, au lieu de bander quand il la sent à ses côtés ! *Bander or not bander, baiser or not baiser. Quel intérêt ? Si ce n'est pour partager la même conscience tragique ? « Sexual drive », dans le décor au bord de la mort... Que Cherif se montre donc capable une fois d'aimer, s'il veut s'accrocher.*

* ***
*

Vingt-trois heures vingt-deux.
Nembutal – Pentobarbital
une... deux... capsules jaunes – STOP – Jean S. a peur d'avoir mal

indications : insomnie anxiété tension hypertension convulsions – recommandé contre tout ce que très chère Emily Dickinson nomme la « mortelle abolition »

contre-indication : absorption d'alcool

effets : ralentissement du système nerveux central – vision brouillée – désorientation – ralentissement des réflexes et du rythme respiratoire – altération des perceptions spatio-temporelles.

Une fois sur la pente, difficile de remonter.

Vingt-trois heures vingt-trois : Cherif somnole, mais ce con reste en érection.

* ***
*

Vingt-trois heures trente-sept.
Elle se lève, démarche hésitante, pourrait tomber. Allume l'électricité, fait assez de bruit pour que Cherif ouvre un œil. Elle prend un stylo et du papier. Cinq lignes, à l'attention de son fils. Pour lui écrire qu'il doit être fort, mais qu'elle n'a plus le courage de vivre.

Message bref posé sur la mallette dans laquelle dort ce qui reste d'argent du premier versement de la vente de son appartement.

En vérité, la dégradation des choses n'est pas irréversible et elle n'a pas plus envie de mourir que de vivre. Légère crise d'étouffement en revenant au lit, *son lit de ténèbres*. Pas de noire tempête. Pile ou face, elle veut juste savoir qui prendra sa défense, avant de repartir vivre aux États-Unis.

* *
*

Quelques minutes avant minuit.
capsule jaune dans une main – verre de vodka dans l'autre
hop !

tournage de *Hautes solitudes* – Philippe G. arrête sa caméra se précipite sur elle – balance ses comprimés
CHIOTTE MA SCÈNE EST RATÉE
mais ce soir la tête de Cherif écrase l'oreiller
Cherif est tourné vers la mallette à billets
pourtant Cherif s'est levé à midi   et dormir est un passe-temps peu viril pour un macho de son espèce
sans doute Cherif ne dort-il que d'un œil   sans doute est-il écrit que Cherif veille et qu'il va la retenir

capsule jaune dans une main – verre de vodka dans l'autre
hop...

souffle glacé – froid de décembre sur la joue

n'empêche que la vie est belle : dans sa cour de nuages, ruban de velours noir autour du cou, mèches argentées sur les tempes, grand-maman Frances l'appelle « ma chérie » et lui caresse les cheveux – elle aurait juré qu'en de telles circonstances elle aurait été terrorisée

* * *
*

Aux alentours de minuit.
la maison de l'Iowa est bourrée de monde – mais ces gens heureux qui parlent gaiement lui sont pour la plupart inconnus

il y a des fleurs partout – l'air embaume – un buffet est dressé dans la salle à manger de Dad avec des crêpes et du sirop d'érable – avec du chocolat et des beignets – vêtu d'un smoking coûteux Ivan sourit à Jean S. il est magnifique – elle se laisse embrasser sur la bouche – est contente oh très contente – tout en dentelles blanches et le teint basané leur fille Nina K. rit à gorge déployée – sur la pelouse vert moquette leur fils encore petit garçon fait du poney

la campagne est fraîche – une sensation de soulagement ruisselle dans ses veines – elle peut respirer

capsule jaune dans une main
verre de vodka dans l'autre

    et hop
contenu du verre à terre
n'y voit plus bien
    mais capsule avalée
a du mal à passer

        Cherif sait
        Cherif va   se retourner
        fais un effort !

        S-I-L-E-N-C-E

ne peut plus parler – va lui griffer le dos lui donner des coups de poing des coups de dents pour le secouer – mais impossible de frapper ce fils de pute avec les yeux fermés

horloge du cœur qui défonce la poitrine – ~~n'a plus que ça de vivant ? Et la chair ? Et l'os ? Et le nerf ?~~

        amertume dans la gorge qui monte et descend – goût acide au palais – langue qui s'imprègne de la même odeur –
        entre les étoiles le vide est sans mesure –
~~tout ça pourrait mal tourner~~
        haleine moisie
        doigts raides
            et patatras
        les dernières capsules aussi sont tombées

ne serai jamais une belle femme un peu âgée

un papillon aux mille couleurs volette gauchement
sur les champs de blé du Middle West

                et Cherif
       Cherif   reste
                            sans bouger

Les films de Jean S.

Jeanne d'Arc (Otto Preminger), 1957.
Bonjour tristesse (Otto Preminger), 1957.
La souris qui rugissait (Jack Arnold), 1958.
À bout de souffle (Jean-Luc Godard), 1959.
Let no man write my epitaph (Philip Leacock), 1959.
La Récréation (François Moreuil), 1960.
Les Grandes Personnes (Jean Valère), 1960.
L'Amant de cinq jours (Philippe de Broca), 1961.
Congo vivo (Giuseppe Bennati), 1961.
In the french style (Robert Parrish), 1962.
Le Grand Escroc (Jean-Luc Godard), 1963.
Lilith (Robert Rossen), 1963.
Échappement libre (Jacques Becker), 1964.
Moment to moment (Mervin LeRoy), 1965.
Un milliard dans un billard (Nicolas Gessner), 1965.
L'Homme à la tête fêlée (Irvin Kershner), 1965.
La Ligne de démarcation (Claude Chabrol), 1966.
Estouffade à la Caraïbe (Jacques Besnard), 1966.
La Route de Corinthe (Claude Chabrol), 1967.
Les oiseaux vont mourir au Pérou (Romain Gary), 1967.
Pendulum (George Shaeffer), 1968.
La Kermesse de l'Ouest (Joshua Logan), 1968.
Airport (George Seaton), 1969.
Vague de chaleur (Nelo Risi), 1969.
Macho Callahan (Bernie Kovalski), 1969.

Kill (Romain Gary), 1971.
Questa specia d'amore (Alberto Bevilacqua), 1971.
L'Attentat (Yves Boisset), 1972.
La Camorra (Pasquale Squitieri), 1972.
La Corruption de Chris Miller (Juan Antonio Bardem), 1972.
Mousey (Pierre Petrie), 1973.
Hautes Solitudes (Philippe Garrel), 1974.
Ballad for the Kid (Jean Seberg), 1974.
White horses of summer (Raimondo del Balzo), 1974.
Le Grand Délire (Dennis Berry), 1975.
Le Canard sauvage (Hans Geissendörfer), 1976.
La légion saute sur Kolwezi (Raoul Coutard). Rôle repris par Mimsy Farmer, 1979.

Bibliographie sélective

Nombre de sources ont été déterminantes dans l'élaboration et l'écriture de *Jean S.*

Parmi celles-ci, je réserve une place toute particulière à *Diane ou la chasseresse solitaire* de Carlos Fuentes (Gallimard, 1996).

Je citerai également : *The Jean Seberg story* de David Richards (Random House Inc, 1981) et *Jean Seberg, ma star assassinée* de Guy-Pierre Geneuil (Édition n° 1, 1995), ainsi que la biographie consacrée à Romain Gary par Dominique Bona (Mercure de France, 1987).

J'ai puisé aussi mes sources dans : *Autobiographie* d'Otto Preminger (Jean-Claude Lattès, 1981), *Songs my mother taught me* de Marlon Brando (Random House Inc, 1994), *J'ai grandi à Hollywood* de Robert Parrish (Stock/Cinéma, 1980), *À l'Est d'Eastwood* de Christian Authier (La Table Ronde, 2003), *Tiroirs secrets* de Mylène Demongeot (Le Pré aux Clercs, 2001).

Sur le travail de l'acteur : *La Formation de l'acteur* de Constantin Stanislavski (Pygmalion, 1986) est une référence inépuisable.

À propos du mouvement de libération des Noirs aux États-Unis, je retiendrai : *Malcom X et Martin Luther King* de James H. Cone (Labor et Fides, 2002) et *Histoire des États-Unis depuis 1865* de Pierre Melandri (Nathan Université, 2002), ainsi que *Freedom, une histoire photographique de la lutte des Noirs américains* (textes de Manning Marable et Leith Mullings, photographies éditées par Sophie Spencer-Wood, Phaidon, 2003).

Les citations d'Emily Dickinson sont extraites de *Poèmes*, dans une traduction de Guy Jean Forgue (Aubier, 1970). La citation de *La Chatte sur un toit brûlant* de Tennessee Williams est adaptée et traduite par André Obey et Raymond Rouleau, et l'extrait de *No man's land* de Harold Pinter est traduit par Éric Kahane (Gallimard, 1979). Les dialogues de *Des souris et des hommes* de John Steinbeck sont traduits par Maurice-Edgar Coindreau (Folio Plus), et ceux du *Canard sauvage* de Henrik Ibsen par Régis Boyer (GF Flammarion).

Les dialogues d'*À bout de souffle* sont de Jean-Luc Godard, ceux des *Oiseaux vont mourir au Pérou* et de *Kill* sont de Romain Gary, et ceux de *Clair de femme* sont inspirés de son roman éponyme.

De nombreux articles de presse sont liés à l'histoire de Jean S., ou en ont rendu compte. Ils ont été publiés, entre autres, par le *Times Republican*, le *Register*, *Newsweek*, le *Hollywood Reporter*, *Life*, *Paris-Match*, *France-Soir*, *Libération*, *Les Cahiers du cinéma*, *Cinémonde*, *Ciné-Revue*, etc. Certains d'entre eux sont disponibles sur Internet, ainsi que plusieurs documents et rapports du FBI concernant Jean S.

Il est aussi question de Jean S. dans *Les Mangeurs d'étoiles* (Gallimard, 1966), *Chien blanc* (Gallimard, 1970) et *La nuit sera calme* (« L'air du temps », Gallimard, 1974), tous trois de Romain Gary.

Merci à Claude Durand, qui a cru d'emblée à ce projet et m'a soutenu jusqu'à son terme.

Merci à Élisabeth Samama, dont la lecture fut en tous points essentielle.

Du même auteur :

ROMANS

L'Homme disparu, Albin Michel, 1979.
Roman d'une ville en douze nuits, Albin Michel, 1980.
Un vieux fusil italien dont plus personne ne se sert, Calmann-Lévy, 1982.
Vasile Evanescu, l'homme à tête d'oiseau, Calmann-Lévy, 1983 (Prix Libre, 1984).
118, rue Terminale, Calmann-Lévy, 1984, Le Livre de Poche.
Lazare ou le Grand Sommeil, Calmann-Lévy, 1987, Le Livre de Poche.
L'Égal de Dieu, Calmann-Lévy, Pocket, (Prix Femina), 1987.
Baptiste ou la Dernière Saison, Calmann-Lévy, 1990, Le Livre de Poche.
Jo... ou la Nuit du monde, Calmann-Lévy, 1993.
Sulpicia, Zulma, 1993, Pocket.
L'Affaire Grimaudi (en collaboration avec Jean Claude Bologne, Michel Host, Dominique Noguez, Claude Pujade-Renaud, Martin Winkler, Daniel Zimmermann), Le Rocher, 1995.
L'Enfant-lune, Julliard, 1995.
Alessandro ou la Guerre des chiens, Flammarion, 1997.
Les Noces fatales, Flammarion, 1999.
Le Pauvre d'Orient, Les Presses de la Renaissance, 2000.
Lapidation, Fayard, 2002, Le Livre de Poche.
La Déclaration d'amour, Fayard, 2003.
Deux personnages sur un lit avec témoins, Fayard 2006.
Sans pays, Fayard 2007.

NOUVELLES

L'Éveil, Le Castor Astral, 1985.
Mémoires du bout du monde, Les Presses de la Renaissance, 1989.

Les Tyrans, Les Presses de la Renaissance, 1991.
Sénèque (en collaboration avec Joël Schmidt), Nouvelles Nouvelles, coll. « Triolet », 1991.
La Vierge au creux du chêne, Le Verger Éditeur 2002.
Au voyageur qui ne fait que passer, Fayard, 2006.

ESSAIS

Alejo Carpentier, Julliard, 1994.

Composition réalisée par ASIATYPE

Achevé d'imprimer en novembre 2007 en France par
MAURY Imprimeur
45330 Malesherbes
Dépôt légal 1re publication : décembre 2007
N° d'éditeur : 93274
LIBRAIRIE GÉNÉRALE FRANÇAISE – 31, RUE DE FLEURUS – 75278 PARIS CEDEX 06

31/1378/4